Alfred Birney (1951) is auteur van een groot oeuvre waarin zijn Nederlands-Indische familiegeschiedenis centraal staat.

'Een meesterlijke roman.' – *de Volkskrant* ****

'Meeslepend, gedetailleerd, bloedig, pijnlijk erg en geschreven in een gejaagde documentaire stijl die je naar de keel grijpt en volstrekt geloofwaardig overkomt.' – *De Groene Amsterdammer*

'Genadeloze roman over de rol van het koloniale Nederland tijdens de Indonesische vrijheidsstrijd in het voormalige Nederlands-Indië.' – *NRC Handelsblad*

'De stijl van Birney is weldadig polemisch, recht voor zijn raap.' –*Vrij Nederland* *****

'Indrukwekkende roman.' –*AD Magazine* *****

'Aangrijpend, hartverscheurend, gruwelijk en uitermate boeiend.' – *Hebban* *****

'*De tolk van Java* is zonder discussie een grensverleggend boek, dat literair niveau aan sociale bewogenheid paart. Toch is het bovenal een langgerekte demonstratie van de verbluffende vermogens van vertelkracht: de roman heelt, ontwricht, vernieuwt en ontroert.' – *commissie van voordracht Henriëtte Roland Holst-prijs*

'Een beklemmende, veelzijdige en literair uitstekende roman die niet alleen een besmette periode uit onze geschiedenis in een nieuw daglicht stelt, maar die ook de blijvende gevolgen van een burgeroorlog voor gewone mensen op een indringende wijze belicht.' – *juryrapport Libris Literatuur Prijs*

MIX
Papier van
verantwoorde herkomst
FSC® C004472
FSC
www.fsc.org

Alfred Birney

De tolk van Java

Waarin de herinneringen van een kamerolifantje,
de memoires van een oorlogstolk gehamerd
op een schrijfmachine, onderbroken met verhalen,
brieven en gemopper van de oudste zoon,
becommentarieerd door zijn broer

DE GEUS

Zesde druk, 2017

De auteur ontving voor het schrijven van dit boek een projectsubsidie van het Nederlands Letterenfonds.

Nederlands letterenfonds
dutch foundation
for literature

Omslagontwerp Berry van Gerwen
ISBN 978 90 445 3850 2
NUR 301

In memoriam mijn ouders,
ooit de kaalkop en het kamerolifantje

There are no mistakes in life
Some people say
It is true sometimes
You can see it that way

BOB DYLAN
('Man in the Long Black Coat', 1989)

INHOUD

I

SPEKKOEK

Gitaar en schrijfmachine

Als jongeman zag mijn vader in Soerabaja de 'vliegende sigaren' van de Japanse luchtmacht zijn ouderlijk huis aan puin bombarderen, hij zag Japanse soldaten burgers onthoofden, hij werd gemarteld wegens sabotage in dienst van het zogenoemde Vernielingskorps en in een ijzeren kist onder de brandende zon te smoren gelegd, hij zag Japanse soldaten Australische krijgsgevangenen in open bamboekisten aan de haaien voeren, hij zag Punjabisoldaten in Engelse dienst Japanse soldaten besluipen en ze de strot doorsnijden, hij hoorde over de dood van een neef aan de Birmaspoorlijn, hij hoorde hoe zijn lievelingsoom door Japanse soldaten was doodgemarteld op het landgoed van zijn vaders familie, hij verraadde de Japanse vriend van zijn zuster, die als animeermeisje aan de kost kwam, hij wees de geallieerden de weg in de hitte van de Javaanse Oosthoek, waar opstandige Indonesiërs ondersteboven hangend aan de enkels werden verhoord terwijl hij optrad als tolk en de schrijfmachine hanteerde, hij hielp de geallieerden met het platbranden van *desa's*,* hij zag brandende opstandige jongelingen schreeuwend van de pijn hun eenvoudige huisjes uit rennen en overhoopgeschoten worden, hij leerde schieten en doorzeefde op een treinstation een vrouw en zuigeling achter wie een Javaanse vrijheidsstrijder zich had verscholen, hij kreeg als hoofd van de afdeling Verhoor van Gevangenen in Djember de hardnekkigste zwijgers aan het praten, hij reed met een pantserwagen op een landmijn en stortte tachtig meter een ravijn in, hij kreeg het bevel van een Hollandse adju-

---

* Zie het Glossarium op p. 535.

dant om het transport te begeleiden van honderd gevangenen van de stadsgevangenis van Djember naar het station Wonokromo en mocht aan het einde van de veertien uur durende rit zesenveertig lijken van gestikte mensen uit de goederentrein slepen, hij vond een Indo-vriend* terug die zichzelf voor de kop had geschoten nadat hij had ontdekt dat zijn meisje met een Hollandse soldaat het bed had gedeeld, hij maakte tijdens de Bersiap* jongens af met wie hij nog een appeltje te schillen had, maar het ergst van alles vond hij dat tijdens de Eerste Politionele Actie de hals van zijn gitaar brak.

Of ben je dat laatste vergeten, Pa, omdat je het misschien verzonnen had?

Het gebeurde tijdens het passeren van twee elkaar tegemoetkomende konvooien. Iemand hield de loop van zijn mitrailleur niet binnenboord en jij de hals van je gitaar niet. De mitrailleur was van onbekende makelij, je gitaar een originele Amerikaanse Gibson, de droom van elke Indo, een instrument waar alle grootheden op speelden, een juweel waarvoor je zelfs het mooiste meisje van de krokodillenstad zou inruilen.

Je was een grote man voor me, en een angstwekkende verschijning, toen je me dit lachend vertelde in een kille Hollandse huiskamer. De gitaar had jou en je kornuiten vergezeld, al schrijf je er nergens over, en zo lang het instrument leefde, leek de oorlog op een gezellig schoolreisje: beetje rondlopen, beetje keten, beetje kanen, lekker krontjongen* in de desa en gluren naar vrouwen die zich wassen in de rivier, al die schelmenverhalen die ik als kleine jongen avond na avond van jou moest aanhoren. Boven het voeteneinde van je bed in Soerabaja had het portret van de Koningin der Nederlanden gehangen, terwijl die makkers van je, met die groene baretten, pin-ups op hun tanks plakten. Jouw grote droom was voor hen een aardig betaalde klus, en voor de gekken onder hen een avontuur. Die mariniers van het eerste uur waren opgeleid in Amerika, en helden in jouw ogen. Hardleers als jij bent, zou je je hele leven naar die idiote Amerikaanse speelfilms blijven kijken waarin oorlog voor helden is en vrede voor lafaards. Je weigerde volwassen te worden, je bent altijd die jongen van twintig gebleven, niet?

Film

Op een avond, ik was een jaar of achttien, nam je me plotseling mee uit, een zeldzaamheid. Nou ja, ik had vijf jaar lang niet bij je in huis gewoond, was op mijn dertiende door de Kinderbescherming bij jou weggehaald en, om met jou te spreken, naar een 'internaat gedeporteerd'. Ik at er Hollandse kost en toch vond de Kinderbescherming het passend om na die jaren in het internaat broer Phil en mij in een Indisch kosthuis te plaatsen. Onze hospita liep daar rond alsof ze nog in het koloniale Indië leefde. Wat een idiote manier van doen van die Kinderbescherming was dat. Je wordt eerst vijf jaar lang onder de Hollandse knoet opgevoed en vervolgens naar een tempo-doeloefamilie gestuurd. Tijdens jouw bezoekuren in het internaat had je aldoor gezegd dat je je kinderen terug wilde, je riep ons strijdvaardig toe dat je de ene na de andere rechtszaak voerde, dat wij bij jou hoorden, dat wij 'jouw bloed' waren en ga zo maar door. Ondanks de waarschuwingen van broer Phil besloot ik dat benauwde Indische kosthuis te ontvluchten om te gaan naar waar ik volgens jou thuishoorde. Ik nam de tram naar Staatsspoor, stapte er op de bus en belde na een rit langs Voorburg en Leidschendam aan in een akelig schoon portiek in een nieuwbouwwijk in Voorschoten, op een kilometer afstand van mijn oude internaat. Je opende de deur en als welkomstgroet sprak je de onvergetelijke woorden:

'Waarom heb jij mij verlaten?'

Zoiets vroeg Jezus ook eens aan God de Vader. Je sliep met de Bijbel onder je kussen, mafkees. Het ergste was nog dat ik werkelijk geloofde dat ik je had verlaten. Wat deed die foto van mij eigenlijk tussen die bijbelse bladzijden? Fungeerde ik als boekenlegger omdat je even je dolk niet bij de hand had? Je wou me toch niet wijsmaken dat je voor me bad, hè? Later heb ik nog gedacht dat je mijn foto met naalden doorstak. Toen ik dat aan twee Amerikaanse hippievriendinnen vertelde nadat ik je huis was ontvlucht, begonnen ze te huilen. Ze dachten dat ik gek geworden was, al wisten ze dat jij ook niet helemaal goed snik was. Toen ik ze een keertje bij je binnenliet, joeg jij ze onmiddellijk het huis uit, gewoon omdat ze er in jouw ogen liederlijk uitzagen. En een vriend van me, half Amerikaans half Nederlands, werd ook meteen het gat van de deur gewezen. Omdat hij zwart was, achterlijke racist die je bent. Die vriend zei later tegen me dat je gek was. Zoals Ma dat altijd had geroepen. Ik wilde dat toen liever niet geloven, en ik vrees nu nog niet.

Je nam me dus mee uit. Het was op een doordeweekse avond, op een dinsdag, zo'n dag waarop vrijwel geen hond naar de bioscoop ging. We namen de bus in Voorschoten, stapten uit bij station Den Haag Staatsspoor en liepen van daar naar bioscoop Odeon aan de Herengracht. Er speelde een Amerikaanse film waarin vijf ter dood veroordeelden hun laatste kans op gratie kregen als ze een belangrijke professor uit Vietnam zouden bevrijden. Het gespuis maakte de jungle van Vietnam onveilig op hun motorfietsen. Een voor een gingen ze eraan, maar de professor werd gered. Gebiologeerd keek je naar het doek, met nog een paar eenzame simpele zielen, die verspreid over de filmzaal zaten. Je was een jaar of vijfenveertig, je had de leeftijd bereikt voor reflectie, voor zelfinzicht, maar je zat als een jochie naast een zoon die een gruwelijke hekel had aan motorfietsen, die zijn ogen dichtkneep als er iemand aan flarden werd geschoten of iemand ondersteboven aan een liaan omhoog werd geslingerd en werd gespietst aan een schild met puntige bamboesperen. Doeltreffende boobytraps maakten die Vietnamezen! Hoe gruwelijk ook, ik koos heimelijk partij voor de onderdrukten, voor mijn zogenaamde broertjes op het witte doek, terwijl jij de kant koos van die stomme yankees. Ik voelde me ongemakkelijk naast je, en misschien voelde jij je ook wel ongemakkelijk naast mij. We zwegen onderweg in de bus terug naar Voorschoten. Ongetwijfeld was het jouw bedoeling geweest om mij uit mijn isolement in die zelfmoordflat van je te halen, waar ik overdag niets anders deed dan naar de radio luisteren terwijl jij naar je werk was en ik bij god niet wist wat ik met mijn leven moest. Wat een afgrijselijke forensenbuurt was dat: drie portiekflats in een U-vorm aan de Puccinidreef in een dorp tussen Leiden en Den Haag, bevolkt door eenzame mannen en vrouwen, forensen die elkaar op straat niet durfden aan te spreken en 's avonds in hun eentje televisie zaten te kijken.

Zeg, Pa, het leven is nog altijd zo in Holland. Dank voor je keuze voor dit koude land, waar het goed is zolang je geen warmte zoekt. Wijs van je om je laatste jaren in Spanje te slijten. Of is het uit lafheid? Ben je bang dat wij je wat aan komen doen? We zijn nog altijd met ons drieën, makker. Alleen wat groter en sterker dan toen we knaapjes waren. Ik ben een redelijke jiujitsuka, Phil is een moordmachine met een paar zwarte banden uit verschillende gevechtsdisciplines en Arti is een straatvechter. Nou, daar ben je mooi klaar mee. Ik hoorde dat jij in je laatste Hollandse jaar in die andere zelfmoordwijk, die van Haarlem-Zuid, met een bijl onder je bed hebt geslapen. Je was namelijk bang dat Arti jou de hersens in zou komen slaan. Ik hoorde het van Ma en zij had het van een van je dochters, waarschijnlijk van Mil, je lievelingetje dat de naam kreeg van de een of andere Australische jeugdliefde van je op Java. Achteraf gezien heb je nog geluk gehad dat ik zo laat in mijn leven gevechtskunst ben gaan beoefenen. Ik ben niet moordzuchtig, Pa, maar je hebt het wel verdiend om alsnog door mij eigenhandig het ziekenhuis in te worden geslagen. Een kwarteeuw lang zuchten onder jouw rigide tucht en paranoia en vervolgens een kwarteeuw lang aan een onvoltooid boek daarover werken lijkt een aardige balans, maar ik had liever een halve eeuw compleet geleefd en een jaartje in de gevangenis gezeten wegens ernstige mishandeling van een oud-marinier. Helaas ben ik een edel mens, die de zachte weg bewandelt van de samoerai met de pen en die met zijn gitaar mensen tevreden doet glimlachen. En helaas ben ik een van die nieuwsgierige naturen die zo naïef zijn te denken een volslagen gekke fascist te kunnen doorgronden. Misschien verdien je het ook wel, al is het maar dat jouw papieren standbeeld die leugenachtige Nederlandse geschiedenis een smoel kan geven.

Een regisseur beitelt aan het einde van zijn film de koppen van de helden in de wolken:

THE END
(met bombastisch muzikaal slot)

Je hebt vast weleens je eigen smoel in die wolken gezien, in die jongensdromen van je. Maar de hemel in oorlogsfilms, waar helden naar afreizen, die bestaat alleen in Hollywood, Pa.

Toen ik twaalf was gaf je me een pen, een echte vulpen, een Hoover, met inktpot en een inktlap. Je gaf me die pen uit schuldgevoel, nadat je me de trap op en af en weer op had geschopt in die ellendige eengezinswoning van ons daar ergens in dat Den Haag-Zuidwest, een goedkope wijk die een halve eeuw later wordt bevolkt door de paria's van de maatschappij. Toch wist je wat je deed door mij die pen te geven. Je zag meer in me dan je ooit had laten blijken, met die indirecte Aziatische maniertjes van je. Verder overstelpte je me in mijn twaalfde jaar met boeken over de oorlog. Veel zwart-witfoto's van vliegdekschepen, straaljagers, bommenwerpers. Ik kon er werkelijk geen schoonheid in ontdekken, Pa. Later, veel later, bleken die geschiedenisboeken geen van alle te deugen. Propagandazooi. Verheerlijking van de technische vooruitgang van moordmachines. Verhullende termen voor een koloniale oorlog: de Politionele Acties. Geen wetenschapper, journalist of schrijver die dat uit die flutschoolboeken krijgt. Voor Neerlands koloniale geschiedenis hebben ze aparte boekenkasten ingericht. Er zijn er trouwens nogal wat die vinden dat onze geschiedenis begint bij WO II. Voor die lui is de rest 'antieke geschiedenis'. En daar moet ik dan tussen leven. Wat een straf is dat. Ze denken dat de Tweede Wereldoorlog ophield op de 5de mei in het jaar 1945. Dat klopt ja, voor Nederland achter de duinen.

Zeg, Pa, je moeder was toch een Chinese? Dus jij bent een halve Chinees. En ik een kwart Chinees, die de weg in zijn DNA volgt met het snuffelen in de *I Tjing*, dat raadselachtige *Boek der Veranderingen*. De *I Tjing* zegt ergens in Hexagram 29: *Want alleen door herhaling neemt de leerling de stof in zich op*.

Helaas kennen ze hier in Holland geen kritische zelfreflectie. Ze leuteren maar wat over slaven, koelies, gastarbeiders en de kinderen van de koloniale liefde. Ooit verspreidden ze jullie eerste generatie Indischen* over gans het land: in elke straat één Indische familie was zo'n beetje het quotum in de jaren vijftig. Ze hadden jullie beter in een getto kunnen stoppen. Den Haag-Zuidwest zou een populaire wijk zijn geworden, met ons, de volgende generaties, als de laatste resten gemixt tropisch Nederland achter de ramen en op de balkonnetjes, met elke zaterdag een braderie met Hawaïaanse muziek, indorock, vliegeren en lootjes trekken. Nu wonen de 'allochtonen' er bij elkaar, en hinderlijk veel politieauto's patrouilleren in de straten.

Beerput

Het zuiden van Nederland was nog niet bevrijd door de geallieerden of de oude slogan *Indië verloren, rampspoed geboren* galmde als een mantra door het land. De eerste scheepsladingen met oorlogsvrijwilligers, genoemd ovw'ers, geworven in Brabant en Limburg, bleken niet voldoende en na een grondwetswijziging waren dienstplichtigen de klos. Onder die jongens bevond zich mijn oom Jan van moeders kant. 'Ons Jan', zo genoemd in het Helmondse, kwam tegen zijn zin als soldaat in de zelfgeproclameerde republiek Indonesië terecht en wendde direct na aankomst buikkrampen voor, misselijkheid, hoofdpijnen en een volslagen afkeer van de tropische hitte.

Mijn vader was een jaar of twintig toen hij in zijn geboorteplaats Soerabaja de pantserwagens van de geallieerden binnen zag rijden en zich als tolk aanbood. Na de Japanse capitulatie, toen de Nederlanders het stokje van de geallieerden kwamen overnemen, trok hij op met de mariniers. Nederlandse jongens spelen domme bijrollen in zijn heldenverhalen, anders dan de Britse en Australische en bovenal de Ghurka's die hij had meegemaakt. Die stomme Belanda's* staken doodleuk een sigaret op in het pikkedonker met de Indonesische vijand op een steenworp van ze vandaan. Dorpjes platbranden viel niet onder de noemer heldenverhalen, dat was gewoon mariniierswerk, er school geen romantiek in. Romantiek kwam pas tot leven wanneer werd besloten om een dorpje juist níét plat te branden.

'Niet doen, er zit een liefje van mij daar in die kampong!'

'Hé, daar zit een meid die beweert een kind te hebben van een neef van me, haha! Die Belanda's naaien ook maar raak hier. Mogen wij Indo's dat dáár ook in Holland? Vreemd is het wel dat die Belanda's hun vrouwen niet slaan. Hoor je dat? Die Belanda's slaan hun vrouwen niet, in Holland slaan de vrouwen hun mannen! Die meiden daar hebben haren op hun tanden, adoe!'

Oost-Java. Lijken dreven nooit lang in de kali, de krokodil zwom er nog. Tegen de tijd dat Politionele Actie numero 1 werd ondernomen, had onze lepe Jan de terugreis per schip al aanvaard. Ons Jan veegde zich de krokodillentranen van zijn snoet en floot schijnheilig deuntjes van heimwee door de patrijspoort van zijn scheepshut. Gezeten op een truck die hem naar de haven bracht, had hij hilarisch zijn correspondentieboekje in de richting van een stel tolken geworpen. Mijn vader kreeg het uiteindelijk in handen en koesterde het als een juweel. Limbo's en brabo's zwaaiden vaker vlijtig met hun correspondentieboekjes. Er stonden portretten met adressen in van bekoorlijke Nederlandse meisjes die met tropenjongens wilden corresponderen: godinnen in de ogen van elke Indo.

Mijn vader had van zijn moeder de Germaanse naam Arend gekregen, maar werd meestal Arto genoemd op Java, waar namen snel verbasterd worden. Pas in Nederland kreeg hij zijn geboortenaam terug, van ons, zijn kinderen, met een lidwoord ervoor: de Arend. Je mocht je vader immers niet bij zijn voornaam noemen. We noemden hem ook nog geen Pa. Hij was iets anders.

Voordat wij geboren werden, wist mooie Arto met zijn foto's en brieven uit Oost-Java drie correspondentievriendinnetjes in Nederland te bekoren: een hoogopgeleide Amsterdamse dame die zich liet fotograferen op een hemelreikende trap in een chique studio, een dame uit de Haagse middenstand poserend met parasol voor het Kurhaus en dan nog een vrolijk lachend kamerolifantje uit het Brabantse Helmond, zeg maar het Kediri van Nederland. Kediri: een stadje op Oost-Java, de geboorteplaats van zijn moeder.

De Amsterdamse schreef haar vlekkeloze brieven in schoonschrift met groene inkt en bestrikte haar enveloppen met paarse lintjes. De Haagse gebruikte een schrijfmachine waarvan de e en de o versleten waren. Daar stond tegenover dat ze naar eigen zeggen kon accelereren tot wel tweehonderd aanslagen per minuut. Arto was daar eigenlijk wel jaloers op, want het waren vaak ellenlange rapporten die hij op de papierrol moest hameren over wat Indonesische verzetsstrijders er in hun ellende allemaal uitschreeuwden onder de martelingen door de Nederlandse mariniers en hun tolken.

Arto maakte deel uit van een groep tolken 'van het land'. Hij sprak en schreef Nederlands, Engels, Frans, Duits, Hoogjavaans, Middenjavaans, Laagjavaans, Madoerees, Soendanees, Pidginchinees, Kantonees, Japans, Arabisch en natuurlijk Maleis, de voertaal in de kustgebieden van de Archipel. Het Helmondse kamerolifantje was erg onder de indruk van Arto's taalvaardigheid. Andersom verbaasde hij zich over haar kinderlijke schrift, idiote interpunctie en onnozele mededelingen. Een Brabantse mariniersmaat las mee en zei dat ze ongetwijfeld linkshandig was, en dat in Holland linkshandigen gedwongen werden om rechts te schrijven. Volgens hem waren linkshandige vrouwen de beste minnaressen. Hij stoelde deze bewering op eigen ervaring en bedreef de liefde zelfs niet langer met rechtshandige vrouwen.

Het Helmondse kamerolifantje had een paar zusters, van wie de leukste serieus uit was op een knappe tropenjongen. Riek heette ze en ze dicteerde haar oudste zus, het kamerolifantje, dat ze 'als boter zo geyl werd van je augen'.

'Dat is geen Nederlands', grijnsde de Brabantse marinier naast hem op een pantserwagen. Een ogenblik later reed mooie Arto tijdens Politionele Actie numero 1 op een landmijn en tuimelde tachtig meter een ravijn in. Tot zijn leedwezen kon hij vanwege verwondingen aan zijn rug niet aan Politionele Actie numero 2 meedoen. Hij verbleef een poos in de Willemsoordkazerne in Soerabaja. Hij ging weleens op stap, totdat hij vaker en vaker zijn naam voorbij hoorde komen, op de wind die was opgestoken in de achtertuin van Soekarno. Zijn naam stond op de zwarte lijst. De strijd was beslecht, voor Arto verloren, de dekolonisatie kon beginnen. Het ene na het andere schip vol militairen of burgers vertrok richting Holland. Mooie Arto kreeg het bevel om permanent binnen de muren van de kazerne te blijven. Hij zou hulp krijgen van een schimmige Nederlandse kapitein, zonder wiens netwerk hij nooit zijn land had kunnen ontvluchten, waar zijn toekomst in de maag van een krokodil lag.

Daags voor zijn vertrek nam hij tijdens de stille en minder onveilige middaguren afscheid van zijn moeder, de kokkin en de huisbediende. Alle anderen waren afwezig. In de avond sloop hij de kazerne uit met Ben de Lima, een Ambonese makker, die een goede Chinees wist aan de Embong Malang. Volgens Ben was het varkensvlees bij die Chinees het beste van de stad en wellicht van heel Oost-Java, zo niet van het hele eiland. Hij kende ook het geheim van de Chinees, maar hield dat grinnikend voor zichzelf.

'Ik kom er toch wel achter,' zei Arto, 'ik kom overal achter, dat wéét je. Als jij die smeerlappen niet aan de praat kreeg, dan had je mij nodig, niet?'

Arto doelde op de ondervragingstactieken die hij kende om de tongen van Indonesische gevangenen los te krijgen. Daarin was hij die goeiige Ben de Lima altijd de baas geweest. Een lange bootreis wachtte beiden. Tijd zat om Ben aan het praten te krijgen.

Ben de Lima knikte onverschillig, hij wilde eten, en vergeten. En ja, Arto moest bekennen dat hij niet had overdreven. Zulk lekker varkensvlees had hij inderdaad zijn leven lang nog niet gegeten. Het was in een klein, onbeduidend restaurantje, een beetje af van de grote weg, met een zij-ingang die je moest weten te vinden, anders liep je er straal aan voorbij. Achter het eetgedeelte lag een binnenplaatsje, waar het wemelde van de kakkerlakken. Als altijd waren er de schaduwen van de nacht in het licht van zwakke peertjes, waaromheen insecten zoemden. Maar Arto was zich opgejaagd gaan voelen sinds hij wist dat hij werd gezocht. Hij zou bijna nog Ben hebben gevraagd hem te vergezellen naar de *kamar kecil*, het toilet.

Het had een houten deur, met een hartvormig gat op ooghoogte. Ben had hem gezegd dat de Hollandse mariniers het een beerput noemden, een soort Hollands meubelstuk, nagemaakt door de Chinese eigenaar van het restaurant. Er gloeide een zwak olielampje. Er lag een deksel op een hoge po van een soort dat hij nooit eerder had gezien. Hij nam het eraf, ging zitten en deed zijn behoefte.

Hij kon maar liefst tot drie tellen eer hij zijn drol diep beneden hoorde neerkomen. Hij schepte water uit de emmer naast de po om er zijn kont mee te spoelen. Schrok toen van een geluid beneden zich. Haastig hees hij zijn broek op. Hij wiste zich het zweet van het voorhoofd en hoorde toen een tevreden geknor van varkens in de diepte. Hij voelde zich even door Ben in de maling genomen, maar terwijl hij met het deksel de beerput sloot, besefte hij dat hij slechter af had kunnen zijn geweest. Met een door kogels doorzeefd achterwerk bijvoorbeeld.

Toen Arto na een lange bootreis in Nederland aankwam, was zijn eerste opwelling in het water te springen. Zijn tweede was direct terug te rennen over de loopbrug van het troepenschip de Groote Beer, dat hem in zes weken naar Nederland had gebracht. Hij had het best gehad aan boord als bibliothecaris. En al was hem door de brabo's en limbo's op Java wel duizendmaal verteld dat de zon lang niet altijd scheen in Holland, hij had het nooit willen geloven. Nu hij de kade in mist zag gehuld, de mensen somber gekleed in grijze loden jassen, mannen met hoeden en vrouwen met hoofddoeken op het hoofd, zag hij in een flits een vreugdeloze, onomkeerbare toekomst voor zich. Zijn moeder had hem immers een set van zes ivoren tafelmessen meegegeven. Die messen zouden de fysieke banden tussen hem en Java voor altijd verbreken.

Terwijl hij in Amsterdam voet aan wal zette in de haven aan het IJ, kreeg zijn moeder in Soerabaja bezoek van vijf tot de tanden toe gewapende pemoeda's, jonge Indonesische vrijheidsstrijders. In Japanse stijl hadden ze rode haarbanden krijgshaftig rond hun verhitte hoofden gestrikt. Ze namen de moeite niet om fatsoenlijk langs het hek naar binnen te komen. Ze sprongen, nee vlogen, over de vlijmscherpe hekpunten heen, die Arto ooit met zijn beide broers met engelengeduld had bijgevijld, zodat indringers hun leven als saté zouden eindigen. Het vijftal pemoeda's lachte erom maar kreeg de tijd niet met de van gecapituleerde Japanners gejatte geweren het deurslot van de woning aan de Oendahan Koelon numero 5 kapot te schieten.

Arto's moeder was in de deuropening verschenen, met een vorsende blik die haar kleine gestalte op een of andere manier hoog boven hen deed uittorenen. Haar sarong* was de aarde, haar kabaja* de lucht, haar hoofd de hemel.

De vijf pemoeda's brachten de Chinese vrouw de sembah, de oosterse groet, en lichtten haar zich omstandig excuserend hun missie toe.

'Schiet mij maar dood', zei ze.

'Mevrouw Sie, het spijt ons, we willen uw zoon, de jongste, we willen Arto.'

'Arto zit in Nederland.'

'Wat? Is Arto naar Nederland gevlucht?'

'Zeg, stelletje melkmuilen, jullie vrienden zijn hier al eerder aan de deur geweest. Had Arto hier op jullie kogels moeten wachten?'

Een van hen stak een kretekje op. Peinzend blies hij de kruidnageltabaksrook omhoog en hij zei in welluidend Nederlands: 'Mevrouw Sie, het ware beter geweest wanneer uw zoon zich door ons had laten berechten. Dan hadden onze doden rustig kunnen gaan slapen.'

'Goed, neem mijn leven dan voor dat van mijn zoon.'

'Dank u, mevrouw, u bent een goed mens, wij zullen voor u bidden.'

Ze trokken het hek zachtjes open en liepen een voor een achteruit de voorgalerij af naar buiten, terwijl ze de Chinese vrouw met gevouwen handen groetten. Eenmaal op straat wendden ze zich van haar en het huis numero 5 af, hieven de geweren met gestrekte armen en riepen: 'Leve de Republik Indonesia!'

Mooie Arto had 18.000 zeemijlen verderop een voorlopig onderkomen gekregen in de Alexanderkazerne achter de duinen van Den Haag. Hij ontmoette zijn kennissen uit Indië (men sprak niet van Nederlands-Indië en al helemaal niet van Indonesië) in de binnenstad. Jaren later zie ik een jongeman van amper vijfentwintig in een militair uitgaansuniform poseren met een voormalig troostmeisje bij de kiosk van Berlage. Formaat: ansichtkaart. Zwart-wit. Nooit verzonden. De jongeman denkt dat de Hagenaars hem met hoogachting zullen bejegenen vanwege zijn heldhaftige oorlogsdaden, terwijl de jonge vrouw hoopt haar schandelijke verleden als animeermeisje van Japanse officieren te kunnen wegpoetsen in een stad waar niemand haar kent. Maar beiden worden met argusogen bekeken. Nederland is amper bekomen van de Duitse bezetting en wat er in Indonesië is voorgevallen is het probleem van 'die kolonialen'. En die hebben geld zat. Laat ze oprotten, terug naar hun eiland, wij zitten hier met woningnood, verdomme, en die bruine mensen stinken al net zo als dat eten van ze, dat riekt naar knoflook en stront, die ze trassi noemen.

Dat 'die kolonialen' geld zat hadden, dacht ook de dame die door Arto als eerste werd bezocht in het Amsterdamse. Hij voelde zich onhandig in het stijve restaurant van haar keuze, begreep weinig van de spijskaart en vroeg zich af of de dame haar teksten tevoren soms had ingestudeerd. Ze leek net zo gedicteerd te spreken als ze haar brieven in paarse inkt schreef. Paars was ook de strik die haar hoed sierde. Het kostte hem moeite haar te volgen terwijl ze sprak over allerlei schrijvers die hem hoegenaamd niet interesseerden. Op school was hij weinig verder gekomen dan *Don Quichot*, *Moby Dick* en *Robinson Crusoe* en nog wat van die westerse klassieken. Gelukkig wist hij wel het een en ander te vertellen over zijn familie, waar zij meer dan nieuwsgierig naar was. Dat waren rijke jongens, anders dan hij, de bastaard, die een week lang droog brood moest eten nadat hij de rekening van het stijve restaurant gepresenteerd had gekregen.

De tweede dame van het correspondentielijstje was een stuk goedkoper. Ze spraken af in een etablissement in Scheveningen, waar ze thee dronken. Er werd één koekje bij geserveerd, een cultuurverschijnsel dat ruime aandacht kreeg in een van de vele brieven die hij naar zijn familie in Soerabaja stuurde en waarvan de helft niet aankwam. De Haagse dame had een andere tongval dan de Amsterdamse, koninklijker, was verder wat formeler in haar voorkomen maar praatte gelukkig wel over dingen waar hij verstand van had: schrijfmachines. Ze werkte op een notariskantoor en hij vroeg zich af of dat hier in Holland deftiger was dan werken bij het gouvernement. Toen hij de ober wenkte voor extra suikerzakjes bij zijn thee, veranderde de tot dusver neutrale blik van de Haagse dame in een afkeurende. Hij lichtte zijn verzoek toe met de mededeling: 'Wij Indische jongens houden erg van zoete thee.'

'O ja, ik begrijp het. Dus jullie drinken daar ook thee?'

'Thee groeit op Java. Net als suiker. En koffie.'

'O. Ja. En hoe zit dat met schrijfmachines?'

'Schrijfmachines groeien niet op Java.'

Ze begreep zijn intonatie niet en wist niet of ze het humoristisch moest opvatten. Het leek haar het best om maar op haar polshorloge te kijken en de afgesproken wandeling tot een andere keer uit te stellen.

Arto was opgelucht dat hij nu in zijn eentje over de drukke boulevard mocht flaneren. Hij keek aldoor om zich heen, niet alleen alert op Indische jongens maar ook op Indonesiërs. Er schenen verraders als verstekeling naar Holland mee te zijn gekomen en die moesten wat hem betrof alsnog zonder pardon de nek worden omgedraaid. Hij vroeg zich af of hij misschien een hoed moest aanschaffen om minder op te vallen tussen al die mensen die hem zo vreemd aanstaarden. Zelfs de zee leek smerig naar hem te grijnzen.

Zijn laatste troef lag in het Helmondse, een klein plaatsje dat hij met de boemeltrein bereikte op een zomerdag in het jaar 1950. Hij genoot van de stiptheid waarmee de trein het station binnenreed. Geen minuut eerder of later dan op Den Haag Hollands Spoor was aangegeven. Daar konden die luie Indonesiërs op Java nog wat van leren.

Helmond was klein. En het was er nog stiller dan in Den Haag, dat op zijn beurt op een mortuarium leek vergeleken met Soerabaja. Er was niemand die op hem stond te wachten, hij was op de bonnefooi gegaan. Het enige dat hij wist was het adres van het kamerolifantje: Beelsstraat 1, waar haar vader een schoenmakerij had. Arto schoot verschillende personen aan om naar de weg te vragen. Ze waren stuk voor stuk vriendelijk, maar moeilijker te verstaan dan die mariniers uit deze provincie met wie hij had opgetrokken op Oost-Java.

De Beelsstraat was voor Helmondse begrippen een ruime straat, maar in zijn ogen een straat van niks. Zelfs het hoekhuis op nummer 1 leek een poppenhuis. Een matrone met een vette, geruite theedoek langs haar schort geknoopt deed voor hem open, bracht een kreet van ontzetting uit en sloeg op de vlucht. Uit de belendende schoenmakerij stak daarop een mager mannetje zijn spitse vogelkop naar buiten en hij riep vervolgens kalm iets naar binnen. Zijn dochters, drie zusters, verschenen giechelend in het portaal en namen de Indischman, zoals men zijn type indertijd noemde, van top tot teen op.

Hij keek naar de punten van zijn schoenen. Ze glommen in de Helmondse middagzon. De vouwen in zijn pantalon waren ondanks de treinreis nog even scherp als bij zijn vertrek. De zilveren manchetten staken slechts voor een subtiel deel onder zijn colbertmouwen uit. Wie zou wat op zijn kleding aan te merken kunnen hebben?

Zat zijn haar wel goed? Was hij misschien te kwistig met zijn brillantine omgesprongen?

In Indische kringen werd veel geklaagd over de krenterigheid van de Hollanders, maar in Brabant ging het nogal. Arto kreeg in elk geval een uitgebreide lunch aangeboden. Het kameroli-fantje zei niet veel, of beter: helemaal niets. Haar zuster Mies met de vissenogen achter haar dikke brillenglazen stelde nu en dan een vraag over de tropen, maar het hoogste woord werd gevoerd door Riek, de langste en met haar zwierige haren de bekoorlijkste van de drie. Door haar uiterst platte Helmondse tongval verstond hij weinig van wat ze zei, maar ze klonk amusant. Ons Jan was afwezig, wat de schoenmaker erg speet, want Ons Jan kon zo mooi over Indië vertellen. Of heette dat nu Indonesië? vroeg hij zichzelf hardop af, zonder zich direct tot die tropenjongen tegenover hem te richten, bij wie hij zo een gevoelige snaar raakte.

Het werd, na die eigenaardige maaltijd van soep, brood, fijngesneden vleeswaren, een gekookt eitje dat uitgelepeld moest worden, thee en een sinaasappel, onderhand wel tijd dat de drie zusters de kamer verlieten, in het kielzog van de matrone, die door de aanwezigheid van de tropenjongen nog altijd met stomheid was geslagen.

Maar voordat mooie Arto oog in oog met de heer des huizes kwam te zitten, vroeg hij in vlekkeloos Nederlands of hij even gebruik van het toilet mocht maken.

Nou was het zo dat de schoenmakersfamilie nog niet over een modern toilet beschikte, zoals hij die in Den Haag had leren kennen. Ze hadden er nog zoiets als een beerput. Het aparte gebouwtje was bereikbaar via de tuin. Tijdens de wandeling ernaartoe moest Arto terugdenken aan zijn afscheidsmaal bij die Chinees met dat buitengewone geroosterde varkensvlees, in fijne schijven gehakt, gepaneerd met een hartig soort bloem waarover een rode saus met tropische vruchten was gegoten.

Het was midden op de dag, feitelijk tijd voor een siësta, zoals in de tropen. Maar hij had begrepen dat men ook hier in de provincie geen bijgebouwen kende waar gasten zich enkele uren te rusten konden leggen. Toch was het spannend. De deur naar de beerput zag er namelijk net zo uit als bij die Chinees in Soerabaja vlak voor zijn vertrek naar dit merkwaardige land. Een open hartje lonkte op ooghoogte in het donkergroene houtwerk.

Toen hij het deksel van de beerput lichtte, tuurde hij in een donker gat. Hij legde zijn oor goed te luisteren, maar hoorde niets dan het gezoem van een paar vliegen. Er stond geen emmertje met water om zijn kont te spoelen, maar vooruit, hij had intussen wel geleerd met dat rare wc-papier in Holland om te gaan.

En toen hij zich die zomerdag in 1950 in het Helmondse, met zijn billen op de houten po in een uiterst propere omgeving, ontlastte, telde hij de seconden die zijn drol nodig had om de aarde te bereiken. Maar hij hoorde niets, helemaal niets, zelfs niet nadat hij tot tien had geteld! Nog méér geschrokken dan toen bij die Chinees in Soerabaja, sprong hij op van de po. Hij hield die geheimzinnige donkere put nauwlettend in de gaten terwijl hij nerveus friemelend met wc-papier zijn stoelgang afsloot.

Terug in de huiskamer, met de kleedjes op de geboende tafels, de potten met geraniums op de vensterbanken en de koekoeksklok aan de muur, kwam hij weer tegenover zijn aanstaande schoonvader te zitten.

De man bood hem een sigaar aan.

Arto keek achterom in de richting van de beerput nadat hij er een uit het blanco sigarenkistje dat hem was voorgehouden had opgestoken. Wat voor bijzondere, getemde en stille beesten hadden ze hier eigenlijk in Helmond rondlopen, daar diep onder in die beerputten?

De schoenmaker, in burgerkleding, blies kringen van rook naar het plafond en zwijgend observeerde hij de tropenjongen, die nog eens achteromkeek. Toen stelde hij mooie Arto die ene allesomvattende vraag. Zijn aanstaande vrouw luisterde stiekem mee achter de deur en zou het haar leven lang niet meer vergeten:

'Zeg, zitten ze achter je aan of zo?'

De herinneringen van het kamerolifantje (1)

'Nee-hee, het ging ánders die dag dat hij naar Helmond kwam ... Annie van Asseldonck komt naar mij toe en vraagt wil jij corresponderen met een Indische jongen dus ik met haar mee naar huis en zij heeft een stapeltje foto's van Indische jongens en toen zei ik goh zeg, dát is een knapperd, díé wil ik, met hém wil ik corresponderen. Ja-ha, Pa was knap hoor vroeger! Enfin, zij geeft mij zijn adres en speelt mijn adres aan iemand door en zo kreeg ik een brief van Pa en toen begon die correspondentie. Dat heeft zo een paar jaar geduurd en toen kwam hij naar Nederland. Hij werd gestationeerd in Den Haag aan de Van Alkemadelaan bij de mariniers, al was hij geen marinier meer, hij was als burger hier gekomen. Hij had nog geen tijd gehad om mij te komen opzoeken, dat gebeurde een maand of twee later. Want ja, hij moest acclimatiseren en zo, en hij was naar Amsterdam geweest naar die ene correspondentievriendin en in Limburg of zo, weet ik het, en hij was naar Lunteren geweest, naar die andere marinier, die Gelderse jongen die daar in de kippen zat. Op een goeie dag kwam er iemand in de winkel. Ik was op dat moment achter of boven, dus mijn vader komt en zegt Annie d'r is bezoek voor je, die Indischman is er, die Indischman! Wat? zei ik en Riek was ook thuis en Riek meteen voor de spiegel d'r haar kammen. Enfin, ik ging naar de winkel en daar stond Pa met die man uit Lunteren. Nee, hij was niet alleen, dat maak jij er natuurlijk weer van, of die vader van je. Hij was samen met die kippenboer, ik weet het zeker.'

'Had die kippenboer dan een kip bij zich?'

'Ach nee, doe niet zo mal! Je komt toch niet in die tijd op 'n zondag met een kippetje in de hand je vriend vergezellen die uit is op een huwelijkskandidate? O ja, Joop heette-ie, of Jan, Joop van den Burg of Jan van der Burgt, zoiets. M'n moeder was niet thuis en m'n vader zei neem hem maar mee naar achteren, want er zijn klanten binnen.'

'Op een zondag?'

'Nou ja, dan was het op een zaterdag, dat weet ik ook niet zo precies. Het was in elk geval zo dat klanten niet mochten zien dat er een zwarte binnen was.'

'Was Pa dan een zwarte?'

'Alles wat niet blank was, dat waren zwarten, want wij waren achterlijk in die tijd. Intussen was mijn moeder thuisgekomen en ook zij wist zich geen houding te geven. En Riek die riep maar o wat een knappe jongen, o wat een knappe jongen! Ik was dik in die tijd en Pa noemde me gelijk al kamerolifantje. Hij flirtte alsmaar met Riek, maar die was zestien, dus te jong. Enfin, boterham gegeten, koffie gedronken en toen zei mijn vader dat-ie nog maar eens terug moest komen. Op afspraak graag. En op een andere zondag is hij teruggekomen, met weer een andere ex-marinier, eentje uit Tilburg, dat weet ik niet meer zo precies, een Hollandse jongen, nee een Brabander moet ik zeggen. Eind augustus 1950 – je vader zat een maand of vijf in Holland – kwam hij alleen. Hij was verhuisd van de kazerne naar de Trooststraat in Den Haag. Ik was echt niet verliefd op hem, hoor, Riek was verliefd, ik niet. We zijn gaan wandelen naar de Vrand, een groot park, over de brug, de paden langs naar het Theehuisje. Hij zei die zus van jou, dat is een knap meisje zeg! Ik zei nou, waag het maar niet om met haar te gaan, want ze is pas zestien. Ik voelde echt niks voor hem, maar hij nodigde me uit om eens naar Den Haag te komen. Daar woonde tante Annie aan de Troelstrakade. Ik logeerde bij haar en het was net alsof ik naar hem toe getrokken werd, net alsof er een kracht was, iets geheimzinnigs zoals in die boeken van Couperus of hoe heet die schrijver, heet-ie zo? Een kracht dus, terwijl ik toch een sterk karakter had, hoor, ik had mijn verstand heus wel bij elkaar. Mijn ouders waren er fel op tegen dat ik naar Den Haag ging, maar hoe meer ze protesteerden hoe meer ik naar hem toe getrokken werd. Ik werkte in die tijd in een kartonnagefabriek, dozen inpakken, afschrijven, verzendingen klaarmaken en zo. Op een donderdag had ik mijn weekgeld gekregen en de volgende dag stapte ik op de trein in plaats van naar mijn werk te gaan. Ik ga naar tante Annie in Den Haag en ik zeg tante ik ben van huis weggelopen, want ze zijn er zo op tegen en ik krijg aldoor op mijn donder. Tante Annie zegt ga nou maar niet naar hem toe, weet je wat, blijf voorlopig maar bij ons logeren. Maar haar zoon heeft me op een dag stiekem naar de Trooststraat gebracht. Ja, dat had ik hem gevraagd. En toen is het begonnen. Je vader werkte nog niet, hij kreeg nog geld uit de marinierskazerne. We gingen samen fietsen en we gingen langs Indische kennissen van hem: tante Lieke en tante Thea en zo. Van mijn kant gingen we langs tante Fien. Tante Fien woonde toen aan de Van Alkemadelaan, vlak bij de kazerne, en die waarschuwde me al voor je vader. Ze zei dat hij niks voor mij was en dat het nooit goed kon gaan. Ze vond hem ook wel wat vreemd. Want hij keek steeds maar achterom en mijn vader zei altijd maar van zeg, ze zitten hier niet achter je aan hoor … Ja, ik heb zo veel meegemaakt, zei je vader dan. Hij was alsmaar bang om aangevallen te worden, maar ik zag die paranoia toen niet. Ik vond het geweldig, met zo'n mooie donkere jongen de stad in, dat was iets aparts, dat had niemand! En toch vond ik het ook een beetje afstotend, een beetje vreemd. Ik was negentien en nog nooit met een jongen naar bed geweest en ik wilde als een reine maagd het huwelijk in. Maar op zekere dag kom ik weer in de Trooststraat. Daar had Pa boven een vrije kamer. Er kwamen nogal eens Indische jongens over de vloer en omdat ik ze niet verstond hadden ze een hoop lol. Ze dronken limonade of koffie, géén alcohol. Op een keer kreeg ik zo'n glas stroop soesa of sasoe of soesoe van ze, hoe noem je dat, weet ik het, van ze te drinken. Pa's vrienden vertrokken en wat er toen met me gebeurde weet ik niet, maar ik trok opeens zó de kleren van mijn lijf! Ik drong mezelf gewoon aan je vader op. Ik had plezier en voelde me opgewonden en veel later ben ik erachter gekomen dat ze altijd zo'n klein flesje Spanish Fly meenamen, eh ... Spaanse Vlieg dus, en dat hebben ze gewoon in die die die ...'

'... stroop soesoe ... Mam ... rozenstroop ... limonade ...'

'... dat hebben ze gewoon in mijn glas gestopt! Ik heb nooit meer van mijn leven die Indische stroop willen drinken. Limonade of niet, voor mij is die rozenstroop een Indisch liefdesdrankje. Kijk, die Kees Stokkermans, of Joop Stokkermans, hoe heet-ie ook weer, die marinier uit 's-Gravenzande, die heeft mij dat verteld, dat die jongens mij daarmee gek gemaakt hebben, en hij kan het weten want hij heeft in Indië gezeten en volgens hem maken de mensen elkaar daar helemaal gek met toverdrankjes en kruiden en goenagoena, ze vermoorden elkaar zelfs met die hocus pocus, dat gaat daar allemaal heel anders, hier schieten ze elkaar gewoon overhoop, snap je wel, dat is toch ánders. Ik begreep er helemaal niks van, want ik was nog maagd maar je blééf maar naaien op dat spul verdomme! Het was dus voor mij de eerste keer maar er kwam geen bloed en je vader geloofde me niet en maakte me uit voor leugenaar, hij geloofde gewoon niet dat ik eens een onderzoek had gehad waarbij het vlies was doorgestoken. Toen die Indische jongens er later weer waren hoorde ik ze zo half in het Maleis half in het Nederlands zeggen dat-ie met me moest trouwen. Volgens mij ging het dáárom, want hij had nog geen officieel paspoort, hij had zo'n groene kaart of zo van de mariniers. Gut, ik was al na die ene keer zwanger! En je vader en die jongens die zaten maar te lachen en Stokkermans die zei dat ze allemaal niet deugden, die Indo's. Ik werd misselijk van die zwangerschap en ik durfde het niet tegen tante Annie te zeggen. Ik ben toen op een kamer gaan wonen aan de Van Zeggelenlaan. Ik lichtte je vader in over mijn toestand en hij was niet eens verbaasd, die gek. Volgens mij is het allemaal voorbedachte rade geweest. Hij stelde voor om samen te gaan wonen – dat noemden we toen "hokken" – want trouwen kon nog niet, hij zat in moeilijkheden, het was onduidelijk of hij hier wel kon blijven. Het was al december 1950, januari 1951, ik was doorlopend misselijk en ziek. We zijn samen op een parterrewoning aan de Gouverneurlaan gaan wonen, voor vijftig gulden per week in de kost bij een hospita. Ik werkte bij drukkerij Rijmenam in de Hofwijckstraat en je vader werkte als volontair halve dagen in de Van de Kunststraat als machinebankwerker en technisch tekenaar. Toen ik van de misselijkheid niet meer kon werken, begon je vader me te slaan. De hospita hoorde me regelmatig huilen en liet op een avond een dokter komen. Die zag toen niet dat ik een tweeling zou krijgen, waar ik uiteindelijk zo ziek van ben geweest. Ja, ik ben ziek van jullie geweest, doodziek!'

'Toen al?'

'Ja, toen al, lul die je bent! Ik ging in de ziektewet en toen je vader eens naar zijn werk was, klopte de hospita aan om eens poolshoogte te nemen. Ze zag aan mijn gezicht dat ik was geslagen en ze zei hij moet zijn handen thuishouden, dat neem ik niet hier in mijn huis. Ik zie dat je uit een nette familie komt, dus meid pak je spullen en laat hem verrekken.'

'Maar ik ben in verwachting!' zei ik.

'O god, ook dát nog! Hoe ver ben je?' vroeg ze.

'Drie maanden. Ik moet trouwen, anders breng ik schande over de familie', zei ik. 'Nou en toen kwam op een dag mijn moeder naar Den Haag op de Troelstrakade bij tante Annie. Tante Annie had dat zo geregeld, want ze vond dat ik open kaart moest spelen. Zijzelf wilde geen zegsvrouw zijn, ik moest het zelf vertellen. Ik heb de hele middag mijn kaken stijf op elkaar gehouden. Pas toen ik mijn moeder naar Hollands Spoor bracht, kwam het eruit, want ik moest opeens erg huilen. Het verbaasde haar niets. Een week later kregen je vader en ik via tante Annie contact met dominee Lelie. Die was ook uit Helmond. Pa vroeg of hij ons in de echt wilde verenigen, maar dat weigerde die dominee. Ik moest eerst naar catechisatie en Pa wilde sowieso niet met een katholiek meisje trouwen, want zijn moeder had hem protestant laten dopen in de oorlog en zijzelf, die moeder van hem dus, was toen ook protestant geworden. Dat deden ze geloof ik omdat Chinezen gevaar liepen met hun confucianisme of boeddhisme, dat weet ik niet zo precies. Je vader is de eerste keer meegegaan naar catechisatie in een soort wijkcentrum, om te kijken of de boel wel deugde, en daarna ging ik alleen. Tante Annie zorgde ervoor dat dominee Lelie contact kreeg met mijn ouders in Helmond. Er werd een hoop afgekletst en toen dominee Lelie terugkwam zei hij tegen me dat hij een gesprek met mijn ouders had gehad en dat ze nog altijd faliekant tegen het huwelijk waren. Bovendien had dominee Lelie inlichtingen ingewonnen in Indonesië. Je vader had daar zó veel rottigheid uitgehaald dat de dominee vond dat mijn ouders de beste redenen hadden om het huwelijk te verbieden, want ik zou regelrecht het ongeluk tegemoet gaan. Maar ik was verblind, en in verwachting bovendien. Toen stelde dominee Lelie het volgende voor: ik zou naar een tehuis voor ongehuwde moeders gaan. Bij jullie geboorte zouden jullie direct van me worden weggehaald, ik zou mijn kinderen nooit meer terugzien, ik zou niet eens weten hoe ze heetten en waar ze zaten. Jullie zouden meteen in een katholiek weeshuis worden geplaatst in afwachting van adoptie. Ik kreeg twee weken bedenktijd en zou dan naar Helmond komen om mijn keuze kenbaar te maken. Pa wist van niks. Nou, de dag kwam, ik vertrok naar mijn ouders en 's avonds zou ik naar dominee Lelie gaan. Daar vertelde ik natuurlijk dat ik niet kon leven met het idee dat mijn kind zou worden weggehaald en ik maar moest doen alsof ik het nooit had gekregen. Nee, ik wist toen nog niet dat het om een tweeling ging. Laat me dan maar een beetje een moeilijk leven krijgen, zei ik, maar ik wil dat het kind een vader krijgt. Ik was nog geen vijf maanden ver en Pa en ik konden nog niet trouwen, want inmiddels was bekend dat hij niet officieel Nederlander was. Dat was hij in Indonesië wel geweest maar hier niet en dat moest nog bewezen worden vanuit Soerabaja. En hij droeg nog steeds de naam van zijn moeder – Sie – want zijn vader had hem niet erkend. Pa had me opgedragen mijn ouders over te halen toestemming te geven voor het huwelijk. Toen ik terugkwam en alles opbiechtte over het plan van dominee Lelie, zei-ie dat hij hem zou killen met zijn mariniersdolk. Ja echt, hij zou dominee Lelie de strot doorsnijden met die mariniersdolk van hem, die ken je nog wel, in die lederen zwarte schede, die had-ie altijd binnen handbereik, die gek, en hij heeft me lachend verteld dat er bloed aan kleefde, nou dan weet je wel hoe laat het is want daar in die tropen zijn hele erge dingen gebeurd, erger dan hier nog, veel erger, ja niet zoals met de Joden natuurlijk, dat is heel anders. Uiteindelijk kwamen de papieren uit Indonesië en dat was allemaal wel genoeg om voor de kantonrechter te kunnen trouwen.'

'O, dus het hing af van Indonesië?'

'Nee, dat leg ik straks wel uit.'

'Hoe kan dat nou? In Holland zeggen ze dat zijn papieren niet deugen en dan laten ze Indonesië bepalen dat ze wel deugen. Hollanders die naar Indonesiërs luisteren? Wat is dat voor gelul?'

'Hou je mond toch eens! Laat me uitpraten, wat weet jij ervan. Het zal wel met zijn politieke vlucht te maken hebben gehad, hij moest halsoverkop weg daar. In elk geval waren die papieren inmiddels voldoende als je geen toestemming van je ouders kreeg om te trouwen. We zijn getrouwd op 28 maart 1951 met twee getuigen: die marinier uit Tilburg en Sundahl, die Indische boezemvriend van je vader die later naar Amerika zou emigreren. Maar, en nu komt het, jouw vader bleek toch nog altijd geen Nederlander, hij stond in Indonesië bij de burgerlijke stand van de Chinezen ingeschreven en in afwachting van zijn nationalisatie of naturalisatie werd ik door het huwelijk vanzelf ook Chinese. Ik was het eerste en enige Brabantse kamerolifantje ooit dat met de Chinese nationaliteit in Den Haag woonde!'

'Pa schrijft toch wat anders aan het einde van zijn memoires. Hier ... lees maar ...'

'Zijn memoires? Heb je die dan? Hoe kom je daaraan?'

'Vertel ik later wel.'

'Maar die mag helemaal niemand lezen!'

'Hoezo niet?'

'Die zijn geheim!'

'Voor jou toch niet?'

Uit de memoires van de kaalkop (1)

Vaderlandse bodem

Op 14 april 1950 landde ik voor het eerst op vaderlandse bodem. Op de kade van de IJ-haven stond een militair orkest opgesteld. Dat speelde allerlei populaire liederen ter verwelkoming van de thuisvarende militairen. Voor mij was alles totaal nieuw en vreemd. Ik viel van de ene verbazing in de andere. Nadat mijn schip de Groote Beer was afgemeerd, verlieten wij mariniers het transportschip en daalden wij de lange loopplank af naar een aangrenzend groot pakhuis. Wij moesten langs dranghekken lopen. Tussen de jubelende menigte stonden talloze communistische jongeren, die ons uitscholden voor moordenaars, massaverkrachters en nog meer van dat fraais. De voorste mariniers werden toen zo kwaad dat zij hun plunjezakken lieten vallen en meteen op de vuist gingen met al dat gespuis. Of ik wilde of niet, ik kreeg het bevel om ook mee te vechten. Meteen sloeg ik erop los. Even later kwamen leden van de MP de boel sussen, maar dat hielp niet veel. Na de mariniers kwamen de landmachters aan wal en die lieten het er ook niet bij zitten. De hele aankomsthal leek wel een slagveld. Na verloop van tijd namen de oproerkraaiers de benen en konden rust en orde wederkeren.

Ik pakte mijn koffertje weer op en sloot aan in de rij van mariniers op weg naar de tafels met versnaperingen. Achter die tafels stonden behulpzame dames klaar met pakjes belegde boterhammen en appels. Een lieftallig Rode Kruisverpleegstertje reikte me mijn lunchpakket aan met de woorden: 'Welkom in uw vaderland, Indische marinier.'

Ik kon van verbazing en nervositeit niets anders zeggen dan: 'Ik dank u.' Nog nooit tevoren in mijn leven had een blanke Hollandse vrouw mij op zo'n vriendelijke en hartelijke manier begroet en verwelkomd. In Indië was een dergelijk menselijk gebaar totaal ondenkbaar, immers, wij Indischen waren daar slechts derderangsburgers, het bruine uitvaagsel van de Indische maatschappij. Wij werden op gelijk niveau gesteld met de inheemsen, toen nog 'inlanders' geheten, en nu Indonesiërs. En als men te weten kwam dat je een onwettig kind was, dan werd je als een paria behandeld.

Terwijl we wachtten op onze bagage in de aankomsthal, zocht ik met mijn maten Ben de Lima, Harry Rijckaerdt en Jonker Laperia een rustig plekje om te kunnen genieten van ons lunchpakketje. Even later kwamen een paar Hollandse maten ons verwennen met flessen bier. Ik besloot wat rond te banjeren en ontmoette diverse kruiers. Onder hen ontdekte ik een paar oude maten van me, die al eerder waren thuisgevaren. Op mijn vraag of zij geen beter baantje konden krijgen, antwoordden zij dat dat niet meeviel vanwege de grote werkloosheid, en ze jammerden over hun goeie ouwe tijd.

Het was al laat in de middag toen onze bagage in de gereedstaande bussen met diverse bestemmingen werd ingeladen. Ik nam afscheid van mijn vrienden en stapte in de bus naar Den Haag. Daar werd ik voorlopig ondergebracht in de woning van Thea Kötner. Zij was gescheiden van haar man, en haar drie kinderen waren aan hun vader toegewezen. Thea woonde aan de Parallelweg in Den Haag. De volgende dag al moest ik verhuizen naar het pension van mevrouw Essenberg aan de Oostduinlaan. Essenberg was ook een Indische vrouw, maar niet bepaald van het meelevende en solidaire soort. Zij nam mij in huis louter om aan mij te kunnen verdienen. Weer een dag later meldde ik mij aan bij de Gemeentesecretarie aan het Goudenregenplein. Daar leverde ik mijn groene paspoort in. De dienstdoende loketambtenaar, zelf een gedemobiliseerde soldaat van de 7 December Divisie, nam het document in ontvangst en vloekte hevig op het oude koloniale stelsel vanwege mijn groene paspoort met de status van 'Nederlands onderdaan'.

'Je krijgt van mij binnen een week een echt Nederlands paspoort, dus met een donkerblauwe kaft. Ik vind het verdomme een grof schandaal dat die emigratie-autoriteiten in Indië jou niet eerder de Nederlandse nationaliteit hebben gegeven', aldus die ambtenaar.

Voordat mijn eerste week in het pension voorbij was, werd ik per telefoon ontboden bij de betaalmeester-officier van het hoofdkwartier van het Korps Mariniers te Rotterdam. Ik reisde direct met de trein naar Rotterdam en vond er na lang zoeken de poort van het hoofdkwartier. Daar ontmoette ik Piet Dikotta, mijn vroegere chef bij de Veiligheidsdienst Mariniersbrigade. Hij had daar een goede job gekregen. Piet bracht mij naar het bureau van de betaalmeester-officier.

De betaalmeester-officier was een luitenant-ter-zee der eerste klasse, die een deel van zijn diensttijd in de tropen had doorgebracht. Hij bood mij een stoel aan en stelde mij vragen omtrent mijn verblijf en hoe het met mij ging. Ik vertelde dat ik aan mevrouw Essenberg honderdvijftig gulden per week moest betalen voor logies en een karig ontbijt. Wilde ik een bad nemen, dan was dat vijftig cent extra. Toen hij dat hoorde, explodeerde hij zowat. Hij pakte het telefoonboek, zocht haar telefoonnummer op, belde haar en er volgde een hevige woordenwisseling met de nodige maritieme krachttermen van zijn kant. Die officier liep helemaal rood aan van woede en smeet de hoorn erop. Dat deed mij echt goed. Hij gaf mij opdracht om terstond dat pension te verlaten en mij te melden bij het marinepension aan de Van Alkemadelaan in Den Haag. Daar kon ik gratis verblijven, totdat ik op eigen benen kon staan. En zo viel ik van het ene dubieuze avontuur in het andere, totdat ik trouwde met een van mijn vele correspondentievriendinnen.

De herinneringen van het kamerolifantje (2)

'Och, moet je dát eens lezen: *een van mijn vele correspondentievriendinnen*! Vele! Mooi is dat!'

'Ma, het gaat me nu even om zijn nationaliteit. Volgens mij had hij een dubbele: een Chinese en een Nederlandse.'

'Ja, dat klopt, bedenk ik me nu. Want ik kreeg een keer bezoek – dat was vele jaren later – van de vreemdelingenpolitie. Die kwamen bij mijn flatje in Zoetermeer aan de deur omdat ze dachten dat ik illegaal in Nederland woonde. Ze lieten me een papier zien waarop stond dat ik een Chinese was. Ik ... een Chinese! Nou, dus ik met mijn vingers mijn ogen scheeftrekken. Enfin, ik heb toen nog erg gelachen met die twee heren van de vreemdelingenpolitie en er verder niets meer over gehoord.'

'Kan kloppen, want toen Nana eens op het postkantoor een identiteitskaart aan ging vragen, vroeg de lokettiste welke nationaliteit ze op haar identiteitskaart wilde: de Chinese of de Nederlandse ... Wát, zegt Nana, ben ik dan ook Chinees? Ja, zei dat meisje. Mag het ook allebei? vroeg Nana. Ja, dat mocht. Ik was wel een beetje jaloers op haar identiteitskaart, want ik wilde ook wel een dubbele nationaliteit, zodat ik makkelijk naar China kon reizen. Zeg Ma, het leven is een administratieve kwestie, niet?'

'Hè? Wat? Nou, was dat maar zo! Je zit maar weer wat te lullen! Dus jij beweert dat jullie dus ook al Chinees zijn? Gut, mooi is dat dan! Nou ja, jullie lijken meer op Chinezen dan ik natuurlijk. Maar om op mijn verhaal terug te komen: gelukkig waren we inmiddels die vieze vuile stinkende hoerige Stationsbuurt ontvlucht en woonden we nu in de Bilderdijkstraat. Want daar is de ellende eigenlijk pas écht begonnen.'

Matagora

De foto in de Bilderdijkstraat is gemaakt vlak voor mijn geboorte. Er is maar één foto uit die tijd. Mijn moeder is hoogzwanger van ons: een tweeling. Naast haar staat een huisvriend. Mijn moeder en de huisvriend lachen breeduit. Hun lach is écht en niet gespeeld. Die sfeer van wederzijdse sympathie hebben mijn ouders nooit kunnen bereiken. Een gestreept kleed hangt provisorisch aan een roede voor het raam, de banen lopen horizontaal en geven aan het vertrek een armoedig voorkomen.

Mijn ouders woonden vlak voor mijn geboorte in een obscuur hotelletje tegenover de Openbare Bibliotheek in de Haagse Bilderdijkstraat. Het hotel werd permanent bevolkt door toneelspelers. Er zaten bekende namen bij uit die tijd.

Vele jaren later zou het hotel een liederlijke kast worden waar minnaars elkaar troffen tijdens kantooruren. Een aantrekkelijke Indische vrouw met achtervolgingswaanzin en een diepe angst dat haar adres bekend zou worden, stelde me toen eens voor er samen heen te gaan. Je betaalde er per uur. Maar het idee stond me tegen de liefde te bedrijven op een plek waar mijn moeder de weeën kreeg op de laatste dag van de hondsdagen, als ik dat al kon: de liefde binnen een vastgesteld uur bedrijven.

Volgens mijn moeder verbleven zij en mijn vader er maar een paar maanden. De kamer op de foto draagt duidelijk het stempel van mijn vader. Een uit kistjes opgetrokken boekenkast vol ordners, een encyclopedie in gebonden delen met opdruk en een stapel studieboeken waarop een wekker staat te tikken. Een medicijnkastje aan de muur. Een batik kleedje vrolijkt het behang nauwelijks op, de lichtschakelaar is van bakeliet, het is onbegrijpelijk waarom die twee zo staan te lachen.

'Wie is dat ook weer?' vraag ik.

'Dat is Matagora, die was verliefd op me.'

'Matagora ... Verrek, ik was die naam vergeten. Hoezo was hij verliefd op je?'

'Nou gewoon! Je weet toch wel dat mensen verliefd kunnen zijn?'

'Waarom zou Matagora nou verliefd op jou zijn geweest? Wie wordt er nou verliefd op de zwangere vrouw van zijn beste vriend?'

'Nou, ik weet niet of Matagora zijn beste vriend was. Sundahl was je vaders beste vriend.'

'Kwam Matagora ook van de mariniers?'

'Nee, Matagora zat bij het KNIL*.'

'Heeft-ie Indonesiërs doodgeschoten? Ik hoor vaak dat KNIL-soldaten alleen maar zo'n beetje in de lucht hebben geschoten.'

'Dat weet ik niet, hoe moet ik dat nou weten, wat stel je toch voor stomme vragen, je moeder is toch niet bij die smerige stinkoorlog geweest, ik zat in Brabant, Matagora wilde nooit praten over die vervloekte oorlog van die vervloekte vader van je met die vervloekte verhalen van hem altijd, Matagora was gewoon een hele aardige, knappe man.'

Matagora draagt een trenchcoat en wollen handschoenen en

staat zo te zien op het punt van vertrekken. Voor het afscheidskiekje heeft hij zijn elleboog op een stapel boeken gelegd, hij kijkt recht in de lens en lacht. Vriendelijk is zijn donkere gebeeldhouwde kop met de Ambonese trekken, stralend is zijn gebit. Ma-ta-go-ra, dat klinkt als een toverformule. Hij is alleen, heeft geen vrouw, geen kinderen, en twaalf jaar later is dat nóg zo.

Mijn moeder staat dichter op de voorgrond met haar dikke buik onder een smoezelige positiejurk. In die dagen begint mijn vader haar te slaan, hij schopt haar in de buik, ik moet het hebben gevoeld, ik kan het er onmogelijk rustig hebben gehad met mijn tweelingbroer. We zijn ongeduldig geworden en tegen de buikwand aan gaan timmeren, mijn moeder gaat door een hel, we worden te vroeg geboren, volgens mijn vader vier weken, volgens mijn moeder vijf weken, dan weer volgens beiden zes weken of acht weken, naar gelang de herinnering mijn ouders dient.

Tussen Matagora en mijn moeder staat een zwarte petroleumkachel. Walmt die, dan moet het een koude lente zijn, we zijn in de zomer geboren. De hoekspijlen van een bed zijn nog net zichtbaar, het moet zo'n kamer zijn waarin je alles doet, tot en met je lijf wassen aan de koude kraan.

De fotograaf kan niemand anders dan mijn vader zijn. Hij hield van fotograferen, stuurde fotoseries naar familie in het van Nederland onafhankelijke Indonesië in de hoop dat ze daar aan zouden komen. Mijn moeder kijkt weg van de camera, ze lacht naar Matagora, die op zijn beurt naar de camera lacht.

'Hij heeft me gewaarschuwd voor je vader', zei ze.

'Hoezo gewaarschuwd?'

'Dat wéét je toch wel? Zeg, ben jij achterlijk of zo?'

'Wat zei hij dan tegen je?'

'Nou gewoon! Hij zei dat ik van hem weg moest gaan, nog voordat jullie geboren zouden worden. Hij wilde me meenemen om mij en jullie te redden uit de klauwen van je vader. Hij wist al dat je vader knettergek was, dat wist hij al in dat stink-Indië van ze.'

'Was Matagora dan niet ook gek door die oorlog dan?'

'Dat heeft helemaal niks met die stinkoorlog te maken! Die vader van je, die was al gek voordat die oorlog uitbarstte, en hij, Matagora, wist dat.'

'O, en daarom ging hij zeker met Pa om, omdat hij zo gek was.'

'Je kunt toch wel gewoon een vriend hebben die toevallig niet helemaal goed snik is? Zijn jouw vrienden dan allemaal zo normaal soms? Straks pleegt er eentje een moord, nou en wat dan? Laat jij die vriend dan vallen?'

'Nou, ik zou er niet met zijn vrouw en kinderen vandoor gaan.'

'Had ik dat anders maar gedaan! Dan had ik al die ellende niet gehad met die vader van je.'

'Misschien was Matagora jou ook wel gaan slaan.'

'Matagora?'

'Dat zeggen ze toch? Dat Ambonezen hun vrouwen altijd slaan?'

'Matagora niet, hoor! Die was de zachtheid zelve!'

Ja, het was een zachte man. Veel heb ik Matagora niet gezien. Wel heb ik vaak zijn naam gehoord. Dat was wanneer mijn vader hem ging bezoeken. Ik ging nooit mee, hij nam nooit iemand van zijn kinderen mee naar Matagora. Misschien woonde Matagora wel ergens in een smoezelig achterkamertje van negen vierkante meter in een straatje van niks en schaamde hij zich ervoor.

De laatste keer dat ik hem zag, was in de zomer waarin ik dertien werd. Mijn vader had me afgetuigd en ik was de badkamer in gevlucht. Ik hing boven de wasbak en keek naar hoe het kraanwater het bloed van mijn gezicht wegspoelde. Vreemd dat ik dat zo'n mooi gezicht vond, hoe mijn bloed zich vermengde met het kraanwater. Maar het bewijs vloeide wel weg met het water. Toen hoorde ik mijn vader binnenkomen. Ik hoefde niet opzij te kijken. Matagora was ook verschenen. Zijn stem klonk zacht en bedaard, bijna bezwerend. Mijn vader liep weg uit de badkamer en ik keek in de ogen van de ontdane Matagora. Het voelde veilig dat hij er stond om mij te beschermen tegen een nieuwe driftaanval van mijn vader.

Matagora stond in de deuropening van de badkamer. Op het punt van vertrekken, zoals op die foto van hem met mijn moeder, ruim dertien jaar eerder. Mijn moeder werpt hem een verliefde blik toe. Want zo was het. Ze was gecharmeerd van hem. Later trad Matagora op als buffer tussen mij en mijn vader, totdat het niet meer hoefde, of het niet meer kon, ik heb hem nooit meer gezien.

Of zag ik hem tóch nog eenmaal, op een zondag, een paar jaar later tijdens het zondagse bezoekuur op het internaat in Voorschoten? Bij het afscheid begint die vader van me opeens te grienen. Een gênante vertoning om die woesteling te zien janken. Gelukkig wenden mijn vriendjes verlegen de hoofden af. Matagora slaat zijn arm om mijn huilende vader heen en samen wandelen ze weg, het hek door van het terrein, waar geen oorlog woedt. Was dat Matagora die bij hem was? Waar is die vriendelijke Matagora toch gebleven?

De herinneringen van het kamerolifantje (3)

'Pa werkte inmiddels hele dagen en in het hotel had je Jan Retèl en Sigrid Koetse – die was nog minderjarig, hoor, dat klopte niet helemaal – en een heleboel andere toneelspelers hingen eromheen, je weet wel hoe dat gaat met beroemdheden, want die Jan Retèl was echt beroemd hoor in die tijd. En dan haalden ze me naar beneden, want ik kon heel moeilijk trappenlopen met die dikke buik van me, en dan zei Jan Retèl tegen mij: "Hè, wat jammer toch, jij had toneelspeelster moeten worden." Dat meende hij echt. En ik had dat ook altijd gewild, in blijspelen optreden.'

'Sloeg die tropenjongen je nog daar in dat hotelletje aan de Bilderdijkstraat?'

'Nee, het ging toen wel aardig tussen je vader en mij.'

'Weet je het zeker? Jij hebt me eens verteld dat hij je tegen je dikke buik heeft geschopt.'

'Nee, alleen in het begin.'

'Jij vertelt steeds wat anders.'

'Ach welnee, je vader zag mij niet eens meer staan! Hij was altijd maar de hort op. Hij had nu toch zijn papieren, hij zat veilig in Holland want in Indonesië zouden ze hem in mootjes hebben gehakt, daar was-ie zelf heilig van overtuigd. Maar in plaats van die oorlog achter zich te laten, trouwde hij ermee. Op een ochtend vertrok hij al heel vroeg naar een vliegshow in Ypenburg, je weet toch hoe achterlijk vroeg hij altijd naast zijn nest stond met dat achterlijke tropenritme van hem. Hij spaarde boeken met vliegtuigen, die man was helemaal bezeten van vliegtuigen, van gevechtsvliegtuigen dus, geen burgervliegtuigen maar straaljagers en bommenwerpers en helikopters en weet ik wat al niet meer. Toen hij vertrok zei ik al dat ik me niet goed voelde in dat snikhete zolderkamertje, maar dat kon hem allemaal niks schelen. Er stond al een klein bedje voor jullie en de kleertjes lagen klaar want we wisten inmiddels dat het een tweeling zou worden – je vader had ook een tweeling in de familie, die twee zusters van hem – Ella en Ina – en ik kreeg opeens afschuwelijk veel bloedverlies. Ik raakte in paniek, ik ging naar de overloop en ik riep, maar er was helemaal niemand, geen Alice, geen Sigrid, geen Jan Retèl. Naast ons woonde een oud echtpaar, maar dat was ook al niet thuis. Zondags was het hotel gesloten, dus de eigenaar was er ook niet. Ik moest met die dikke buik maar beneden zien te komen en ik schoof voetje voor voetje die steile trappen af naar de telefoon in het halletje. Ik stopte een dubbeltje in de gleuf en belde tante Annie op, want die was modern en had al een eigen telefoontoestel in huis. Het was zeven uur in de avond toen tante Annie met een taxichauffeur boven kwam. We namen wat spullen mee en reden met de taxi naar de verloskliniek aan de Prins Mauritslaan.'

'Ha, schuin tegenover dat huis waar Tjalie Robinson zou komen wonen en werken, met zijn wanhopige droom om van dat stelletje Indo's zoiets als een volk te maken.'

'Daar weet ik allemaal niks van. Jij ook met die boeken en die schrijvers altijd. Ik wist niet dat muzikanten zo veel boeken lazen. Mijn vader las nooit een boek, hij speelde zijn muziek en hield voor de rest zijn smoel. Maar goed, je vader werd hoe dan ook door de politie opgespoord en gewaarschuwd en hij kwam de verloskliniek binnen precies op het moment dat jij geboren werd.'

'Om half drie 's nachts pas? Die vliegshow duurde toch niet tot zo laat in de nacht?'

'Nee, hij kwam om een uur 's nachts aanzetten, weet ik veel waar hij uithing. Of het was om half een in de nacht, dat kan ook. Ik lag daar half dood te gaan want met jou had ik een stuitbevalling. Je kwam er eerst met je voetjes uit, dus je moest worden teruggeduwd en toen kwam je er met je ruggetje uit. Phil lag helemaal dwars en jij was al een half uur oud toen ze besloten hem te halen, met de keizersnede dus. Ze zeiden me nog: jij dood of je kind dood? Ik weet niet meer wat ik heb gezegd. Later vernam ik dat de arts had verwacht dat ik het leven zou laten, dat gebeurde vaker in die tijd. Ik was dus bijna dood geweest. Of Phil was bijna dood geweest. Het was eigenlijk hij of ik. Het scheelde dus niet veel of jij had geen moeder of geen tweelingbroer gehad. Of je had alleen je vader gehad, nou dan was je daar mooi klaar mee geweest! Nou was die kliniek net verbouwd en jullie waren de eerste tweeling en de hele zaal lag op jullie te wachten. Jullie werden in een bedje gelegd, met kruikjes en een glazen kap eroverheen, ja een couveuse, die was heel modern en verrijdbaar, dus jullie lagen naast mijn bed.'

‘Een aquarium.’

‘Wat aquarium? Wat klets je nou?’

‘Ik moet opeens denken aan die aquariummanie van Pa, die ik later overnam.’

‘Moet je eens luisteren: ik kan jou soms niet volgen, en die broer van jou ook niet. Soms denk ik dat jullie van een andere planeet komen, ja echt! Ik heb trouwens een paar dagen op de verloskamer gelegen, want er was iets niet goed met mijn ademhaling. Jullie werden door de zaal gereden want iedereen wou jullie zien, jullie waren de enige bruine kindertjes, echt een bezienswaardigheid. Na drie weken gingen jullie mee terug naar die zolderkamer in dat hotel aan de Bilderdijkstraat.’

‘Zeg, Ma, weet je dat dat hotel later een hotel met peeskamertjes is geworden? Dat was op nummer 12. Volgens de huisnumerologie is dat 1 + 2 = 3 en huisnummer 3 is een echt neukhuis.’

‘Praat niet zo raar!’

‘Hé hé, het is maar spielerei, die numerologie.’

‘Maar ja, dat zou best kunnen, zo’n sekshotelletje, want je kon je spullen er niet kwijt en de bedden namen de helft van de ruimte in, in alle kamers. Dat kon die toneelspelers niks schelen natuurlijk, die stonden tóch elke avond op de planken. Overdag wasten de artiesten jullie luiers en legden ze me in de watten. ’s Nachts begonnen jullie te huilen en die oude mensen in het huis ernaast kwamen klagen. De hoteleigenaar zei natuurlijk dat-ie ons er niet zomaar uit kon gooien. Pa had inmiddels een brief aan de koningin geschreven, aan de burgemeester en weet ik aan wie al niet, hij zat altijd maar achter zijn typemachine te schrijven dat-ie als marinier voor de Nederlandse driekleur gevochten had, weet je dan niet meer dat hij altijd maar zat te tikken? Ik dacht weleens die vent is getikt en tikt jullie straks ook helemaal zot.’

‘Huh, er was eens een Nederlandse schrijver en zijn kat lag altijd naast zijn schrijfmachine, dat beest was verslaafd aan dat getik. Die kat is uiteindelijk helemaal tureluurs getikt, echt waar, helemaal gek getikt.'

'Nou dat zal dan wel. Maar het hielp toch, dat getik van hem, want we kregen een huis aangeboden in de Schermerstraat bij het Zuiderpark. Nou was dat huis nog in aanbouw en op een nacht kreeg ik hoge koorts. De artiesten bellen een dokter en die zegt laat haar maar hier komen en twee toneelspeelsters zetten mij in een taxi naar het ziekenhuis aan de Zuidwal en ontfermen zich verder in het hotel over jullie. Aan de Zuidwal kreeg ik te horen dat ik een borstontsteking had en opgenomen moest worden. Jullie zijn de volgende dag gebracht en de hele zaal stond op zijn kop omdat er twee bruine kindertjes binnen werden gereden. Jij had een roze bandje om je pols en Phil een blauwe, of andersom, dat weet ik niet meer zo precies.'

'Dat vindt Phil belangrijk, want bij hem is het idee gaan leven dat wij toen zijn verwisseld: dat hij mij is en ik hem, althans volgens de astrologie.'

'Ach, hij met zijn astrologie. Ziet hij eigenlijk nog wel mensen, of alleen maar horoscooptekeningen? Ik weet heus wel wie wie was, daar had ik die polsbandjes niet voor nodig. En wat maakt dat nou uit, wie wie is? Je krijgt je leven en daar moet je het maar mee doen. Die verpleegsters daar waren trouwens helemaal dol op jullie en legden jullie helemaal in de watten. Jullie lagen samen in een wieg. En die vader van jullie die begreep er helemaal niets van, die kwam op hoge poten binnen en eiste dat jullie met hem meegingen. Alsof hij wel eventjes voor jullie kon zorgen. Er was een hele stoet verpleegsters nodig om hem te kalmeren en uit te leggen dat dat allemaal zo niet kon hier in Nederland. Nou, hij zou elke dag terugkomen tierde-ie, maar dat deed die leugenaar helemaal niet, hij moest vaak overwerken, althans dat zei-ie, wist ik veel waar-ie uithing. Hij was ook druk doende met dat huis aan de Schermerstraat en alsie kwam dan nam-ie altijd iemand mee. Er was een Indische dame, die zag dat jij een diepe gleuf in je tongetje had en ze zei:

die krijgt later een scherpe tong. En een andere Indische dame zei dat je helderziend was omdat je met de helm was geboren, je fontanellen groeiden maar heel langzaam dicht en je was zo zwak, je lag altijd maar te slapen, terwijl Phil erg vinnig was, die kon erg hard bijten. Jullie mochten om en om aan de borst en er was een vrouw die was bevallen van een doodgeboren kindje en zij mocht jullie om en om de fles geven en ze werd er helemaal blij van. Nou, en dan gingen jullie weer terug naar de babyafdeling en dat ging zo drie maanden door daar aan de Zuidwal. Toen ik werd ontslagen uit dat ziekenhuis ben ik nog gedag gaan zeggen tegen die lieve toneelspelers in dat hotel aan de Bilderdijkstraat. Ze waren zo aardig, die mensen.'

Couveuse

In het begin schiepen mijn ouders de hemel en de aarde. De aarde was dan weer woest en dan weer vredig en de geest van mijn ouders zweefde boven de wateren. En mijn vader zei 'er zij licht!' en hij knipte zijn bureaulamp aan. En hij zag dat het licht goed was, en ook zijn schrijfmachine was goed en hij maakte scheiding tussen het licht en de duisternis. En hij noemde het licht de sleur van de dag, en de duisternis noemde hij de speeltuin van de liefde. Toen was het avond geweest, en het was morgen geweest, de eerste dag. En mijn moeder zei: 'Ik voel een uitspansel in mijn lijf.' Zo ontstond een scheiding tussen de hemel en de aarde. Zij noch hij had invloed op het uitspansel in haar buik en beiden noemden het de hel, want ze zouden niet lang meer alleen zijn in dat armzalige maar knusse kamertje in die duistere Bilderdijkstraat, waar het plensde van de regen en waar de sneeuw het trottoir glibberig maakte en waar mensen het tweetal vreemd aankeken, want zij leken in niets op al die paren die met hoeden, hoofddoekjes en paraplu's de straten bevolkten. Ze waren hoer en vreemde oosterling, slaaf van hun zinnen, ze waren nog erger dan de Joden die met duizenden uit de stad naar gure stations waren gedreven, waar lange treinen op ze wachtten om ze te brengen naar oorden nog erger dan de hel, waar zij werden vergast en verbrand en werden begraven en waar jaren later enorme kolen de grond uit schoten, bezwangerd van hen die de moord stikten in de gaskamers.

Mijn vader had een andere oorlog in zijn kop, een die niemand scheen te kennen in de stad, waar alleen gesproken werd over de Hongerwinter van 1944. Over de Joden werd gezwegen en de koloniën waren niet meer dan oorden waar inhalige Hollanders de Indonesiërs geselden en waar Hollanders inheemse meisjes zwanger maakten en halfbloeden voortbrachten voor wie men door de eeuwen heen vele benamingen had verzonnen. Kleurling, blauwe, klipsteen, liplap, lippertje, creool, sinjo, njo, nonna, nonnie, petjoek, serani, Euraziër, Euraziaat, mesties, poesties, kasties, toepas, cristietsen, Indo-Europeaan*, Indo, Indiër, halfbloed, halfcaste, Indisch ... om maar eens wat te noemen, en uiteindelijk in het naoorlogse Nederland 'Indische Nederlander', een term waar mijn vader graag aan vasthield en die ik nauwelijks uit mijn strot krijg.

Hij wilde zijn zoals zijn vrouw was, minus haar verstand van niks, en hij noemde haar land de hemel, ook al was het er koud als de hel en moest hij zware kleding dragen om zich tegen weer en wind te beschermen. Voor zijn vrouw moest Indonesië het paradijs zijn, met palmbomen, blauwe luchten en zonneschijn, maar haar man wist daar niets meer van. Hij sprak aldoor over de oorlog en als zij hem vroeg daarmee te stoppen dan werd hij toornig en sloeg hij haar in het gezicht. En toen haar buik zo groot werd dat het kamerolifantje op een walvis begon te lijken, schopte hij ertegen. Soms ontkent ze het, dan weer niet, naar gelang haar bui.

De dreunen maakten het uitspansel vreemd van vocht en geluid en we werden onrustig en we wilden vluchten uit de benauwdheid van die buik. We vochten om een plek bij de poort en tijdens ons laatste gevecht kwam ik onder en mijn broer boven te liggen. Ik duwde met mijn voeten tegen de poort en hield mijn broer boven me, zodat hij dwars kwam te liggen en geen kans had op een uitweg. Iemand trok mij met een tang naar buiten en worstelde met de vraag hoe dat andere ongewenst stuk vreten van de ene naar de andere hel moest worden verhuisd. Mijn moeder werd gevraagd wat ze verkoos: zijn leven of het hare. Ze ijlde dat ze hem maar moesten halen – wat zouden de buren wel niet denken als ze voor zichzelf had gekozen – en ze sneden haar buik open en verlosten hem van de schuilkelder waar het nooit veilig was geweest. Mijn moeder bleef in leven.

Mijn broer en ik vormden een uitzonderlijke tweeling vanwege een enorm tijdsverschil van vijfenveertig minuten. Onze astrologische ascendanten zijn niet dezelfde: de mijne Kreeft, de zijne Leeuw.

In het begin was alles ongevormd, duister en vol schaduwen. Soms klonk er vreemde muziek vol echo's en zoemende dissonanten. Mijn moeder beweerde later dat ik dan lag te huilen in mijn wieg. En ze beweerde dan ook dat mijn vader net zo lang tegen mijn wieg schopte totdat ik stil was. Er bestond dus geen verschil tussen buikwand en wieg. De couveuse, het aquarium zonder water, omgeven met lieve verpleegsters ... ik kan het me niet herinneren, er hooguit over fantaseren.

Ik was ooit een vis.

De vis is.

Nu ben ik een mens, dagschuw, en ik slaap liever op een sofa bij de radio dan in een bed in een pikdonkere slaapkamer. Ik ben een muzikant en leef in de avond en de nacht. Het heeft lang geduurd eer ik me waagde aan jazzy dissonanten op mijn gitaar, omdat ze een akelige herinnering in mij omhooghaalden die ik niet kon plaatsen.

De herinneringen van het kamerolifantje (4)

'Herinner jij je Ollie Plomp nog? Dat was die Surinaamse, een van de weinige toen in Nederland, en ze was getrouwd met een Gelderse man. Ze woonde naast ons in de Schermerstraat bij het Zuiderpark. Op een avond kwam ze met een brede kinderwagen aanzetten, dus ik was dolgelukkig, dan kon ik met jullie naar buiten. Jij werd heel snel bruin in de zon, Phil bleef altijd wat bleekjes. We hadden leuke kennissen hoor: de familie De Niet, tante Fien, tante Lieke, Thea Buren of Bürer, weet ik het hoe ze precies heette – allemaal mensen uit Indië, nou ja behalve tante Fien dan. Iedereen wilde jullie zien, en met mijn ouders waren we inmiddels wel zo'n beetje verzoend. Maar de mensen op straat die keken me altijd zo na, of ze stopten en vroegen me: ben jij met zo'n Indischman getrouwd? Ik schaamde me dood achter die grote kinderwagen van jullie. Ze bekeken me alsof ik een hoer was. Ollie Plomp natuurlijk niet, want zij was als zwarte met een blanke man getrouwd, dat lag anders. En het was beter om als zwarte vrouw een blanke man te trouwen. Ik bedoel: gelijk had ze, Ollie Plomp, want die vader van je kon niet tegen jullie geblèr in de nacht maar toch verbood hij me om jullie te gaan troosten. Soms werd-ie zo kwaad, dan riep-ie: ik moet er verdomme vroeg uit! En dan ging-ie naar jullie toe en schopte-ie tegen jullie bedje. Dan waren jullie stil. Dat zou zo'n man uit Gelderland nooit doen natuurlijk. Maar als jullie vader eindelijk eens sliep, dan sloop ik toch weleens het bed uit, hoor, om naar jullie te kijken. Op zekere dag, jullie lagen in de box, ik was jullie eten aan het geven, kwam-ie van zijn werk. Hij had zijn sleutel vergeten en belde aan. Ik wist niet dat hij het was en reageerde niet, want hij had gezegd dat ik voor niemand mocht opendoen. Maar die bel bleef maar gaan en toen ging ik toch maar eens kijken. Ik doe open en zonder dat hij iets zegt slaat-ie me midden in mijn gezicht. Met zijn vuist! Ik kon een hele week de straat niet op met die buil op mijn gezicht. Ollie Plomp deed boodschappen voor me en ging met jullie wandelen met de kinderwagen. Toen werd ik echt bang voor hem. Hij ging altijd vroeg naar bed, klaagde altijd over zijn rug, altijd maar klagen over die val met een pantserwagen in een ravijn. Gelukkig hadden we 's zondags veel plezier bij de Van Mouriks, die grote Indische familie aan de Erasmusweg. Er werd daar aldoor eten gemaakt en veel Maleis geluld en gekaart en gitaar gespeeld en gezongen, van die Maleise liedjes en ook wel van Jim Reeves, dat zoete, daar hielden Indische mensen van. Toen een neef van Van Mourik met een Hollandse trouwde, Francis heette ze, kon ik eindelijk eens met iemand babbelen. Die Marietje van Mourik die kon zo goed in dat taaltje praten, Hollands-Maleis. Ze kwekte aan een stuk door maar op een keer zei ze doodleuk: weet je waarom Annie zo'n zware bevalling heeft gehad? Omdat jullie niet bij elkaar passen. Ja, dat zei ze gewoon! Intussen raakte ik gewoon weer in verwachting.'

'Door een gescheurd condoom, toch?'

'Hoe weet jij dat?'

'Dat heb ik van Pa.'

'Ach, die vader van jou is hartstikke gek, maar ja, het kan wel zijn, ja, je moest die dingen omspoelen en steeds weer gebruiken, wat een koleredingen waren dat.'

'Ik heb ze nog op de wastafel zien liggen ...'

'Wat? Toen jij zo klein was?'

'Met Phil, hij zag ze ook liggen. We hebben ermee gespeeld geloof ik. Maar toen waren de anderen al geboren.'

'Nou ja, zeg, 't is me wat! Enfin, dat huis aan de Schermerstraat werd veel te klein, want Arti was op komst, dus we verhuisden naar de Melis Stokelaan aan de andere kant van het Zuiderpark, weer zo'n portiekwoning maar met een extra kamer. Een dag voor Arti's geboorte had ik enorm veel druiven gegeten. Een dag later onweerde het. Arti kwam tijdens dat onweer. Het was bloedheet, die dag, en ik was aan de diarree. Hij kwam helemaal onder het stront op de wereld, echt waar, hij zat helemaal onder het stront.'

'Wij zeggen: de stront.'

'Dat moeten jullie weten. Wij thuis zeiden altijd: het stront.'

'Een minder fijnzinnig omen.'

'Omen? Waar heb je het over?'

'Dat is een voorteken. Die jongen heeft de helft van zijn leven in de stront gezeten, Ma. Figuurlijk dan. Waarom noemde hij hem eigenlijk Arti? Dat is bijna gelijk aan Arto.'

'Ik denk dat-ie dacht dat Arti de laatste zou zijn. Zoiets, ik weet dat allemaal niet, ik mocht me niet bemoeien met jullie namen, want hij wilde Amerikaanse namen, je weet toch dat hij door wilde emigreren naar Amerika. Trouwens, hij was zelf ook de laatste uit zijn gezin.'

'Ze waren net als wij met vijf kinderen. Hij was de vijfde.'

'Het was beter geweest als jullie met zijn tweetjes waren gebleven, want die vader van jullie kon het gezinsleven steeds minder aan. Dat komt zo: hij volgde een avondstudie voor ingenieur en ging werken als technisch tekenaar bij Rijkswaterstaat. Maar daar kreeg hij problemen met voordrachten voor hogere functies, die ambtenarenrangen, hij dacht dat het hier in Holland allemaal zo ging als daar in Indië, met kruiwagens, maar dat was natuurlijk niet zo. Hij kreeg bonje met collega's en ging zijn woede op ons koelen. Toen Mil geboren was, werd het huis te klein en is hij zich gaan terugtrekken in de slaapkamer, waar hij zijn bureau neerzette. Als jullie eens herrie hadden met elkaar, dan stoof hij de kamer uit en sloeg hij jullie koppen tegen elkaar en tegen de muur, want hij kon niet tegen die herrie van jullie. En dan lagen jullie te dreinen op bed en moest ik weer met koude washandjes aan komen zetten, ik kon nooit eens fatsoenlijk een blijspel afkijken op televisie. Maar weet je nog dat hij je moeder eens bewusteloos sloeg met een halter? Ik viel bij de meisjes neer op bed – ja, Nana was intussen ook geboren – en toen kwam Pa met een bak koud water en smeet dat zó over mijn smoel, die vuile sadist. Later sloeg-ie me met het deksel van de wasketel op mijn arm.'

'Ja, dat weet ik nog. Phil en ik probeerden jou te beschermen en toen heeft-ie ons het huis door geslagen. De volgende dag zei hij: ga de was doen, je moeder heeft trombose.'

'Ja, en de verzekeringsambtenaar die elke maand de premie kwam innen, die zei eens: gut mevrouw, hoe komt u aan al die blauwe plekken. Nou, dan zei ik maar niks, want die vader van je zou me hebben vermoord. Het ging helemaal niet goed bij Rijkswaterstaat en toen heeft-ie heel lang in de ziektewet gelopen. Dat was dan weer later, op Hoogveen, in dat leuke eengezinswoninkje waar jij een eigen kamer had. In die tijd werd hij nog agressiever. Dus meer ruimte hielp ook al niet. En maar klagen over zijn rug. Maar wél trainen met halters en trekveren. En dan altijd die stinkbrommer van hem in de woonkamer. Die blauwe. Een Zoendap.'

'Een Zündapp, Mam. Een Duitse bromfiets. Blauw.'

'Duits? Duits? Nou ja, dat blauwe stinkding met die stinkbenzinelucht die altijd in de kamer hing. Die man dacht soms écht dat-ie nog in Indië woonde. Alsof je hier de tuindeuren open kunt laten staan met dat miezerige weer altijd.'

'Het was een aardig huis, ik had het rustig op mijn kamertje. Ik heb er wel met mijn poot door die glazen tuindeuren geschopt naar die broertjes van me, uit woede, omdat ze me hadden buitengesloten. De hele zomervakantie met mijn poot in het gips.'

'Ja, dat weet ik nog wel.'

'Pa had een wig in de heg geslagen, zodat-ie er met zijn bromfiets doorheen kon. Ik weet nog dat-ie dat ding steeds naar binnen reed, ja, en er na het poetsen verheerlijkt naar ging zitten kijken. De kinderen in de omgeving moesten ons niet, ze werden pas aardig toen we gingen verhuizen naar dat akelige flatje tegenover het Zuiderpark. Dat is waar alles eindigde, nou ja, waar alles uiteenviel, we zijn nooit meer samen geweest daarna, nooit meer compleet. Bij elke gelegenheid is er wel iemand die schittert door afwezigheid. Wij noemen dat de vloek over onze familie.'

'Wie wij?'

'Wij, de kinderen.'

'O, en wie zijn wij dan?'

'Wie wij?'

'Je vader en je moeder!'

'Dat zijn jullie.'

Koppen

Op een dag had mijn moeder een mantra verzonnen waarmee ze ons ons leven lang zou blijven achtervolgen: 'Jullie zijn niet van hier, jullie komen van een andere planeet.'

Mijn tweelingbroer hield zich al heel vroeg bezig met de wetten van de zwaartekracht, met raketten en ufo's, terwijl ik luisterde naar de bakelieten radio om die ellendige oorlogsverhalen van mijn vader te kunnen vergeten. Zolang mijn broer en ik naast elkaar speelden, was het goed. Speelden we met elkaar, dan kwam er ruzie en sloeg mijn vader onze koppen tegen elkaar.

Toen ik een jaar of vijfentwintig was, vertelde een vrouw me dat ze een keer sterretjes had gezien na een klap van haar man. Ze vertelde het aan iedereen en dat verbaasde me. Ze dacht dat sterretjes zien iets was dat alleen in stripboeken voorkwam. Maar die sterren kunnen vele vormen aannemen, afhankelijk van hoe hard je wordt geslagen. Sterretjes zien, dat gaat nog wel. Maar als er meteorieten op je afkomen en je een gevoel van misselijkheid krijgt, dan is het moeilijk om op je benen te blijven staan.

Het ergst was het moment vlak voordat onze koppen elkaar raakten. In een ondeelbaar ogenblik kijk je diep in de angstige ogen van je broer. En hij in de jouwe. Ik kan me niet herinneren wanneer we elkaar voor het laatst hebben aangekeken. Ik ben bang dat we elkaar nooit meer écht hebben aangekeken. We ontwijken elkaars blik, zo lijkt het wel, ons hele leven lang al.

Sterretjes zien betekent niks. Je broer niet meer durven aankijken, dat is heel wat anders. Beter is het om met je hoofd tegen een muur geslagen te worden. Het voelt anders, harder, maar je ziet niet die angstige ogen van je broer op je afkomen, die de jouwe worden en uiteindelijk de jouwe zijn. Een muur is dood. Een muur is geen spiegel.

Mijn kamer heeft één raam en drie kale muren. Met mijn kamer bedoel ik: de kamer waarin ik dit schrijf. Er hangt niets aan de muren. Ik weet niet waarom ik nooit iets aan de muren hang. Ik heb er geen zin in om hierover na te denken, het is te vanzelfsprekend.

Gitaarindo #1

Zeg, Pa, op die ene foto die je in de Bilderdijkstraat maakte van je zwangere kamerolifantje zie ik van alles staan en hangen, maar geen gitaar. Achtte jij in je Hollandse beginjaren het bezit van een fototoestel én een schrijfmachine belangrijker dan dat van een gitaar?

Indo's zonder gitaar zijn als treurwilgen, Pa.

Van het huis in de Schermerstraat – onze eerste officiële woning – resteren maar een paar foto's. Kiekjes van de straat, picknicken met Oma Helmond in het Zuiderpark, wij de tweeling in de box. Maar van de Melis Stokelaan, de hel aan numero 1394, heb ik nog een schoenendoos vol foto's: zwart-wit, veel in het standaardformaat van toen – 9 x 9 cm – met een uitschieter naar een groter formaat, al dan niet gekarteld. Op vrijwel elke foto die jij daar intra muros nam, zie ik wél die gitaar van je hangen: een goedkoop ding.

Tegenover dat instrument hing het portret van je moeder. De gitaar aan de muur en je moeder op de schoorsteenmantel, recht boven de kolenkachel zodat ze het niet koud had in Holland. Daar kun je zeker niet om lachen, Pa?

Veel speelde je niet op je gitaar. Ik herinner me maar één avond waarop ik met de anderen rond jou op bed zat om samen te zingen van de stencils die je in een strenge grijze ordner met een zwarte linnen rug bewaarde. Het was zo'n zeldzame avond waarop je een vader was in plaats van een kampcommandant. Maar je speelde niets maar dan ook niets uit het volksrepertoire van jouw moederland. Géén 'Terang Bulan'. Géén 'Nina Bobo'. Géén 'Bengawan Solo'. Niets van dat. Jouw favoriete liedjes kwamen van Jim Reeves, die vanwege zijn zoetheid en weemoed zo populair was onder Indo's van jouw generatie. Verder allerlei ordinaire Amerikaanse liedjes, die je ongetwijfeld van je geallieerde makkers op Java hebt geleerd, zoals 'South of the Border', waarin de bezongen liefde in Mexico woont. In Mexico! Je koesterde *The American Dream*, maar jouw hart ging uit naar Mexico, misschien wel omdat je dacht dat jij daar als Indo minder op zou vallen. Inderdaad, de grootste Indo-community vind je tegenwoordig in Los Angeles. Indo's worden er voor Mexicaantjes aangezien, dus ze laten hun snor staan, spreken Spaans en lenen op die manier makkelijker een identiteit dan hier in Holland.

Wat een vooruitziende blik had je toch eigenlijk, Pa, om naar Californië te willen emigreren. Ik heb als kind gesidderd bij die gedachte. Ik herinner me dat Ma en ik de enigen waren die liever hier in de modder bleven steken dan de sprong te wagen naar dat land met dat sprookje waar je als bordenwasser kon beginnen en als president kon eindigen. Eerlijk gezegd heb ik daar achteraf gezien wel spijt van. Het spijt me dat ik zo'n bang jongetje was, Pa. Al weet ik even niet of ik nou bang was voor dat Amerika of voor die enorme zee die je moeilijk kon overzwemmen voor het geval ik je wilde ontvluchten. Want dát, vlúchten, wég van jou, dat wilde ik al voordat ik kon kruipen, hondsvod die je bent.

Maar ik begin alweer te schelden. Het spijt me, Pa. Maar ik scheld wel uiterst gedoseerd, hè? Nou dan. Waarom hoorde ik vaker geratel van de hamertjes uit je schrijfmachine komen dan muziek uit het klankgat van je gitaar? Misschien speelde je wel stilletjes, zo eigen aan veel Indo's, zodat wij of de buren het niet hoorden. Soms zag ik dat je gitaar van de muur was gehaald en dus ergens in de slaapkamer moest staan. Het was ons verboden je gitaar aan te raken. Ik wilde al vroeg leren spelen maar jij vond het belangrijker dat er geen vlekken op dat ding kwamen. Ze was nauwelijks een instrument, eerder een pronkstuk en zo werd ze ook behandeld. Je zette haar regelmatig in de teakolie. Nogal fnuikend voor de hals, die door het vocht krom ging trekken, handige jongen die je bent. Je gooide toch ook geen motorolie in de mechanieken van je typemachine? Nou dan. En jij mij maar dagelijks voor OH uitschelden, mij belachelijk maken voor de anderen. OH was mijn naam. De OnHandige. Nee, jíj was handig. Was je nou bang dat ik je gitaar uit mijn tengels zou laten vallen of vermoedde je een muzikaliteit in me die de jouwe oversteeg?

Als ik eens het streng verboden gebied van jullie slaapkamer betrad, waar jij je vrouw verkrachtte en molesteerde, viel ik op mijn knieën voor het instrument, pakte ik voorzichtig de hals vast zodat de gitaar niet om zou vallen en liet dan mijn duim zachtjes langs de snaren gaan. Die vreemde moderne gitaarstemming was betoverend en angstaanjagend tegelijk. E A D G B E … díé stemming, zo anders dan de harmonieuze krontjong- of Hawaiianstemmingen. De klank van die open snaren roept zelfs nu nog de herinnering in mij op aan de oorlogsboeken die rond dat brede bed van jullie lagen opgestapeld, en aan die koude mariniersdolk onder je hoofdkussen, voor het geval dat de een of andere Indonesische vrijheidsstrijder 's nachts uit de lucht kwam vallen om jou de strot door te snijden uit wraak voor wat je allemaal had gedaan, dáár, ooit, op Java.

De gitaar was een verplicht meubelstuk, elke Indo moest zo'n ding hebben. Ik verlangde naar de muziek uit het klankgat, als zalving voor de bloederige oorlogsverhalen die jij avond aan avond door de huiskamer liet galmen. Er zat weinig muziek in je kop, om maar te zwijgen over die handen van je. Waarom hield je nou nooit eens op met je slachtoffers te tellen? Waarom zweeg je niet en speelde je niet gewoon gitaar, zoals je vrienden deden? Waarom beantwoordde je niet gewoon aan het cliché van de Indo? O, je bent geen Indo. Nou, wat dan wél? Een Indische Nederlander? Nou, gefeliciteerd dan maar. Jammer dat je ervoor hebt moeten knokken. Gelukkig kwam er tussen die oorlogszooi weleens een mooi verhaal over je lippen. Kinderen willen sprookjes horen, Pa, geen oorlogsverhalen.

Pah Tjillih

Pah Tjillih was een oude man, halfblind en mank, altijd gewapend met een stok. De man scheen over uitzonderlijke gaven te beschikken en moest in zijn jonge jaren de geheimen van de gevechtskunst van een oude Chinese meester hebben geleerd. Naargelang de aard van de straf die hij wenste uit te delen kon hij met een doeltreffende tik van zijn stok iemands arm of been voor een week verlammen, voor een maand of voor drie maanden. Een langzame dood met een looptijd van drie tot zes maanden was ook mogelijk, maar dan met een tik op iemands borst. Het ergste wat Pah Tjillih kon doen was iemand met een in het Javaans uitgesproken vloek naar de andere wereld helpen.

Zoals alle meesters der gevechtskunst verstond Pah Tjillih ook de buitengewone geneeskunst. Zijn handoplegging scheen wonderbaarlijk. De door hem gebrouwen drankjes en zalfjes vonden gretig aftrek tot in de wijde omgeving. En zoals alle grote geesten verstond Pah Tjillih de kunst van het alleen zijn. Hij bewoonde een klein huis ergens aan de rand van Soerabaja, waar hij dagelijks zijn planten verzorgde totdat de pendule zesmaal sloeg en de avond viel en de rimboe voor hem begon te zingen.

Het was lang na de oorlog en mijn vaders vlucht uit Indonesië dat het overlijdensbericht van Pah Tjillih per brief tot hem kwam. De mensen uit de omgeving hadden gezegd dat in het uur van zijn dood de pendule stil was blijven staan en dat tegelijk met hem alle planten in en rond het huis waren gestorven.

Hallo, Papa!

Zeg, Pa, van zulke verhalen wilden wij er wel meer. Die brief moet destijds aangekomen zijn op het adres van onze hel in die veel te kleine vierkamerwoning van ons. Voelde het niet eenzaam de herinnering aan die man niet te kunnen delen met je kamerolifantje, dat zich voor weinig anders interesseerde dan onnozele blijspelen op de zwart-wittelevisie? Waar heb je de brief geopend? Achter je bureau in de verboden slaapkamer? Was het eigenlijk wel een slaapkamer, die jij met je kamerolifantje deelde? Was het niet eerder een werkkamer annex martelkamer, waar toevallig ook nog een bed stond?

Die kamer, aan de achterkant van de portiekwoning, met uitzicht op de immer verlaten openbare achtertuin van ons woonblok, was jouw domein. Ma had haar stoeltje van formica in de keuken, waar ze haar sigaretten rookte, die ze aanstak aan de geiser. In de woonkamer gingen we klokslag zes uur aan tafel, geen minuut later. Was jij te laat, dan wachtten we, al werd het eten koud. Kwam je binnen, dan begroetten wij jou unisono met: 'Hallo, Papa!'

De groet was verplicht. Zoals jij ooit voor 'de jap' had moeten buigen. We groetten jou uit angst, wat dacht je. Maar eerlijk gezegd zaten we te wachten op de dag waarop je helemaal níét thuis zou komen. Nooit meer. Ergens met je brommer een sloot in gereden, pas dagen later opgedregd door de brandweer, je doodskist gaat met een speciaal vliegtuig van de Koninklijke Luchtmacht terug naar Java, waar ze hem te water laten bij de Rode Brug in Soerabaja. De krokodillen zwemmen op je kist af, het lijkt wel alsof ze weten wie je bent, wat je hebt gedaan en welk genoegen die beesten jouw Javaanse vijanden laten smaken terwijl die toekijken hoe jouw kist wordt versplinterd en jouw lijk aan stukken wordt gescheurd. Inderdaad een prachtig eiland, waar zoiets mogelijk was. De mens in harmonieuze samenwerking met de natuur. Toch wel wat anders dan hier, waar wij ons maar moesten zien te redden tussen al die grote Hollandse jongens. Ma schopte ons altijd maar de straat op, ze hield niet van kinderen, ze houdt niet van kinderen en ze zal nooit van kinderen houden, dat kindvrouwtje met haar eeuwige non-communicatieve mededelingen. Hield haar vader eigenlijk wel van kinderen? Vreemd, hoe die man in Brabant verder weg kon zijn dan die dode grootvader van jouw kant in zijn graf op Java.

Spijkertjes wegen

Mijn grootvader van moederskant groeide op in een weeshuis in Brabant en werd een bekende figuur in Helmond toen hij tweemaal achtereen de staatsloterij won. Met het kapitaal dat hem in de schoot geworpen werd, begon hij een schoenmakerij aan de Beelsstraat 1 te Helmond. Ik herinner me het schemerige atelier, de geur van leder en in de straat de schittering van de kinderhoofdjes die gloeiden onder de zomerzon. Ik kwam er alleen in de zomervakantie, de zon scheen er altijd, ik herinner me geen regen en ook niet of Opa Helmond ooit bij ons in Den Haag langskwam. Hij reed in een zwarte Citroën Traction

Avant. Die rook heerlijk. Leren zittingen, houten dashboard, hangende ruitenwissers. Sigarenrook. Opa Helmond leek gemoedelijk en bedaard, en ja, nu herinner ik me opeens toch wél regen, een enorme wolkbreuk boven de Peel, waar we waren wezen zwemmen in de glasheldere vennen. De auto schudt heen en weer en baant zich een weg door een dik gordijn van regen. Een ruitenwisser breekt af en ik kijk aldoor naar die overgebleven ruitenwisser die het regenwater weg doet golven, in spanning of hij het zal volhouden tot we terug zijn in de schoenmakerswoning.

Naast de dagtochtjes naar de Peel biedt Opa Helmond ons vermaak door 's morgens zijn gekookte eitje tegen zijn voorhoofd stuk te tikken voor hij het met snufjes zout begint uit te lepelen. Hij zegt niets, hij zegt vrijwel nooit wat, hij speelt alleen voor goochelaar.

Als oudste van de drie jongens mocht ik eens helpen in de schoenmakerij, waar de geur van schoenen, smeersels en vetten een gewijde atmosfeer schiep bij het diffuse licht dat door de kleine ramen naar binnen viel. Ik had de eer spijkertjes te mogen wegen, die voor vijftien cent in een bruin papieren puntzakje aan klanten werden verkocht, die zelf hun schoenzolen bijspijkerden.

De gewichtjes stonden in rangorde in een houten blok opgesteld naast een intrigerende weegschaal. Wat een genoegen was het om een, twee of drie gewichtjes op de linkerschaal te mogen zetten en met een fraai metalen schepje de spijkertjes in het zakje op de andere schaal te laten glijden. Minutenlang kon ik met die schoenzoolspijkertjes kruidenieren totdat de haantjes van de weegschaal precies in balans stonden.

Opa Helmond liet me aanvankelijk begaan met mijn nauwgezette pogingen om met een spijkertje meer of minder de haantjes precies op één lijn te krijgen. Maar op een gegeven moment verdroeg hij mijn werkwijze niet langer. Hij zei: 'Je moet niet op een spijkertje meer of minder kijken, je moet zien of het ongeveer goed is.' En toen vulde hij in één minuut tien zakjes waar ik anders een uur voor had genomen. Wég was de betovering van de zachtjes wiebelende weegschaal. Wég het genoegen om de prijs van de spijkertjes met zacht potlood op de bruine papieren zakjes te kalligraferen. Ik was teleurgesteld, mijn zomervakantie uit balans. Wat is een schoenmaker zonder gevoel voor schoonheid en precisie?

De herinneringen van het kamerolifantje (5)

'Het was een snikhete dag geweest en 's nachts brak een hevig onweer los. Ik werd geboren met donder en bliksem op 30 augustus 1928 en ik kreeg de namen Johanna Henrica van Kerkoerle. Mijn moeder was 24 en mijn vader 28. Ik kwam na mijn broer Jan en was de eerste dochter. Mijn vader is van vreugde een kroegentocht gaan houden, want elk café moest het weten. Mijn ouders hadden een kleine winkel annex schoenmakerij in de Heistraat. Helmond was een fabrieksstadje en de mensen moesten hard werken om aan de kost te komen. Mijn moeder ging de klanten af om te vragen of ze nog schoenen te repareren hadden. Mijn vader stond bekend als de beste schoenmaker van het stadje en werkte dag en nacht, want hij droomde van een grote zaak. Ik lag nog in de wieg toen mijn vader de hoofdprijs van de staatsloterij won: 100.000 gulden. Hij breidde zijn zaak uit, kocht een auto, haalde zijn rijbewijs in ruil voor een kistje sigaren bij de burgemeester en mijn moeder hoefde de klanten niet meer langs, ze kwamen nu naar de zaak toe. In de weekends speelde mijn vader met zijn orkestje in de omringende dorpen. Hij speelde accordeon en viool en haalde zijn orkestmaten op. Die bracht hij dan ook weer met zijn stomdronken kop naar huis en zo reed hij zijn zwarte Citroën Traction Avant een keer het kanaal in, met vier orkestlui erin, zó zat waren ze. Ze kropen eruit en toen mijn vader thuiskwam zei-ie dat zijn auto was verzopen. Een week later kocht-ie weer een nieuwe, weer een zwarte Citroën Traction Avant. Hij was als weeskind van het ene naar het andere pleeggezin geschopt en was niet van plan om nog langer op zijn centen te letten en al helemaal niet toen hij voor de tweede keer de staatsloterij won, wéér 100.000 gulden erbij. Met zijn orkest speelde hij polka's, mazurka's en walsen en ze zongen natuurlijk levensliedjes. We hadden thuis zo'n ouderwetse grammofoon met platen van Mario Lanza en Caruso, je moest dat ding aanslingeren en er alsmaar nieuwe naalden in zetten. Intussen was Mies geboren en het was crisis: die arme arbeiders stonden in rijen met een pannetje voor eten dat werd uitgedeeld in de gaarkeukens en terwijl Jan en ik naar school werden gebracht, bekogelden die arme donders onze auto. We werden zelf ook armer en vertrokken naar een huurpand met winkelruimte. Dat was aan de Mierloseweg. Ik was zes jaar en op zolder had ik een schommel, we hadden het niet slecht. Toen Riek, onze gekke Riek, werd geboren, verhuisden we naar de Beelsstraat. Dat was een drukke straat met tegenover ons een slager, een kruidenier en verderop had je Van Asseldoncks bakkerij en de drogist en naast ons zat ook nog een aannemersbedrijf. Daar werkten leuke jongens en ik klom weleens op ons dak om naar ze te roepen, en als ze keken, dook ik weg. Die aannemer diende een klacht in bij mijn vader en ik mocht het dak niet meer op, ik moest voortaan maar helpen in de schoenmakerij.'

'Daar heb ik nog spijkertjes gewogen.'

'O ja? Weet je dat de overburen jullie zo leuk vonden? Ze vonden het zo leuk, jullie kleine bruine kinderen, en ze stopten jullie vol met snoepgoed.'

'En ze sloegen ons niet, scholden niet op ons en sloten ons niet op in de kast.'

'Ach! Wie sloot jou op in de kast dan, in Helmond?'

'Die moeder van je.'

'Nou, dan zal je wel kattekwaad hebben uitgehaald.'

'Was dat haar gewoonte, kinderen opsluiten in de kast? Ben jij ooit opgesloten in de kast door je moeder?'

'Nou, dat kan ik me niet herinneren. Maar ik was dan ook een braaf kind. Op school ging het goed, ik was geen ster in taal en rekenen maar wel in aardrijkskunde en geschiedenis. En ja, het was nog wel een slechte tijd, er was veel armoe onder de mensen, maar als kind merkte ik daar niet veel van. Toen ik een jaar of tien was, hoorde ik nogal eens over Hitler praten. Als kind mocht je nooit iets over politiek horen, het was alleen maar bidden, leren, bidden, spelen, bidden en voor de rest was je je van geen kwaad bewust, zo beschermd leefde je in het gezin en op school. Totdat ik op een dag thuiskwam en mijn ouders gespannen bij de radio zaten te luisteren, ze waren erg nerveus. Ik vroeg wat er was, maar mijn moeder legde haar vinger tegen haar lippen, alsof ze ons in Duitsland konden horen. Ze zei: de oorlog is uitgebroken. Ik was intussen twaalf en voordat we gingen slapen werd er over de radio gezegd: gaat u maar gerust slapen, het is nog niet ernstig. Midden in de nacht werden we wakker van het geronk van honderden Duitse vliegtuigen en in de ochtend hoorden we schoten op straat, van een handjevol Nederlandse militairen van niks. De koningin sprak ons toe via de radio, ze zei dat de invasie was begonnen. Het duurde een week voor we weer de straat op mochten. Overal zag je tanks met Duitse soldaten. Ze probeerden contact te leggen met de mensen en in de eerste maanden ging het allemaal nog wel. Daarna werd het vervelender met een avondklok van zeven uur: wie zich niet kon legitimeren werd zonder pardon doodgeschoten. We werden verplicht om de ramen te verduisteren en overdag kwamen de Duitsers al het koperwerk in beslag nemen: kannen, potten, vazen, eierdoppen, tabakspotten … alles wat van koper was moest naar de Duitsers. Als je niet vrijwillig je spullen inleverde en ze vonden tóch wat, dan werd je tegen de muur gezet en gefusilleerd. Ik vond het zó erg van die koperen sigarendoos, want ik mocht er altijd een sigaar voor mijn vader uit halen, of voor een hoge meneer op bezoek, en dat deed ik dan altijd heel voorzichtig, zo van dat mooie deksel optillen en dan zag ik die mooie sigarenbandjes en het rook zo lekker! Ik dus die prachtige koperen sigarendoos onder de divan voor de Duitsers verstoppen en toen heb ik op mijn donder gekregen, de enige keer ooit dat ik van mijn moeder op mijn donder kreeg. Dat begreep ik wel, want hadden de Duitsers die sigarendoos gevonden, dan waren we tegen de muur gezet en doorzeefd met kogels en dan was jij er mooi niet geweest!'

'Gut, hadden die Duitsers dat dan maar gedaan.'

'Nou zeg! Praat niet zo raar!'

'Ik maak maar een grapje.'

'Noem je dat een grapje? Wat ben jij toch raar soms! Zal ik jou eens wat zeggen ... Jij bent van een andere planeet! Je bent gek, jij! Net als die broer van je, die is ook al zo gek met die sterrenkijker van hem daar in Genève of weet ik het waar-ie nu weer uithangt, al was hij wel altijd beleefd tegen me, heel anders dan jij, jij behandelt me als een stomme trut jij, als een kind behandel je me, lul die je bent! Maar enfin, in het begin van de Duitse bezetting viel het dus allemaal nog wel mee. Maar toen werden de rantsoenen minder en alles ging op de bon. Je had bonnen voor brood, voor textiel en voor schoenen, hoewel de mensen toen op klompen gingen lopen. Ik heb uren in de rij moeten staan met die bonnen als ik van school kwam. Groenten en aardappelen waren het eerste jaar niet op de bon en er werd veel zwarte handel gedreven en er werd gehamsterd bij het leven, maar de moffen maakten daar een eind aan en dan stonden we weer in de rij voor een bosje prei en een kilo aardappels voor elk tien cent. Intussen ging mijn vader de boeren af, met wie hij schoenen ruilde voor meel, kaas, melk en granen. De bakkerswagen was niet meer veilig, hoor, de bakker werd gewoon van zijn brood beroofd en in elkaar getimmerd. Op den duur moest je al 's morgens om zes uur in de rij gaan staan, wilde je het geluk hebben iets te eten te krijgen. De moffen kregen natuurlijk ook honger en als ze zagen dat je brood en kaas bij je had, dan pikten ze dat van je af en was je alles kwijt. Kinderen lieten ze met rust, vandaar dat ik eropuit werd gestuurd. Maar de Engelsen kwamen en die bombardeerden 's nachts Duitse doelen en dan vluchtten we de schuilkelders in. We werden vaak van tevoren gewaarschuwd als de Engelsen kwamen, ik weet niet meer precies hoe dat ging, en de Duitsers begonnen van die V1's af te schieten. Later vond je dan resten van die raketten in de tuin, maar een nichtje van me zat in Eindhoven in een schuilkelder, zo'n zandloopgraaf met schotten in de tuin, en die werd door een verdwaalde V1 geraakt en was op slag dood. Jouw vader, die kan wel lullen over zijn familie, dat er acht neven van hem door de Japanners zijn onthoofd, maar wij hadden dus ook een slachtoffer. En iedereen die kon werken moest op transport naar Duitsland om er te werken in de munitiefabrieken of aan de wegen. Mijn vader moest veel laarzen van militairen verzolen, onder dwang. Ja, hij kreeg er wel voor betaald, zo waren ze óók wel weer, die moffen. De winter van 1943 was erg koud, het vroor twintig graden en de maan en sterren fonkelden aan de hemel. Vanuit de schuilkelder keek ik naar de hemel en hield me stil en bad tot God dat er geen bom op ons huis zou vallen. De scholen werden gesloten om brandstof te sparen. Op zekere dag kwam een jonge Duitse soldaat van hooguit achttien bij ons in de winkel huilen, toen hij zijn laarzen kwam afhalen. Hij liet foto's zien van zijn ouders en zijn broer en zijn zusjes en hij zei alsmaar: ik heb deze oorlog niet gewild en ik hou zo van mijn familie en ik wil terug naar huis. Het was zó zielig, die jongen, en ineens had je dan geen hekel meer aan die Duitsers. Er waren veel villa's gevorderd en later bleek dat dat allemaal huizen van Joden waren, die werden afgevoerd en op de trein gezet. Je zag ze nooit meer terug en in die huizen kwamen gewoon Duitse gezinnen wonen want in Duitsland was het ook een verschrikking. Daar bombardeerden de Engelsen de heleboel plat, ja wat moesten ze anders, dat ging 's nachts, dan kwamen ze weer aanvliegen richting Duitsland, dus daar zat je ook niet fijn. Op een dag kwamen de Duitsers al onze radio's vorderen. Niemand, geen hond mocht meer iets over de oorlog horen, maar veel mensen hadden toch stiekem een ontvanger ergens en 's nachts kwamen berichten door van een soort geheime dienst of zo, hoe het allemaal zat met Nederland, en we hoorden toen pas dat Rotterdam zich niet had willen overgeven en hoe zwaar de mensen het daar te verduren hadden gehad, dat wisten we allemaal niet meteen, daar zijn de meeste bommen gevallen en de meeste doden en zo kregen ze veel later de scheldnaam "kakkerlakken" – nou, is dat niet misselijk, dat je je eigen landgenoten kakkerlakken noemt omdat ze tot moes zijn gebombardeerd? En na die radio's moesten we ook al onze fietsen inleveren. Je had er moffen bij, die moesten nog leren fietsen, maar wat kon mij die fiets nou schelen. Ik wilde actrice worden! Op school hadden we een toneelgroepje maar tijdens gymnastiek viel ik van de rekstok en verstuikte ik mijn enkel en toen kreeg mijn vriendinnetje de hoofdrol en ik was treurig want ik was veel beter dan zij, dat zag die Jan Retèl veel later ook wel in de Bilderdijkstraat. Ach, was ik daar maar zonder die vader van je terechtgekomen, dan was ik zelfs televisieactrice geworden – ja-ha! – jouw moeder op televisie, je zou dan wel niet hebben bestaan, maar ja, ik bedoel maar. Maar waar was ik gebleven? Nou, in 1944 gonsde het van de geruchten dat de tommies zouden komen, zo werden ze genoemd, die Engelse soldaten.'

'Ja, naar Thomas Atkins. Dat was een soldaat die sneuvelde bij een veldslag tegen de Fransen. Thomas stierf in de armen van de hertog van Wellington en die liet zijn roepnaam model staan voor de Engelse soldaat. Daarom werden in beide wereldoorlogen de Engelse soldaten door vriend en vijand tommies genoemd.'

'Hoe weet jij dat?'

'Zeg, Ma, ik ben bang dat ik me meer verdiep in die kloteoorlog van jullie dan jullie dat zelf doen. Dat is het lot van iemand van de naoorlogse generatie die denkt dat zijn toekomst is bepaald door het verleden van zijn voorouders.'

'Ach, wat klets je toch? Jij hebt de oorlog niet meegemaakt! En wees daar maar blij om.'

'Die oorlog van jullie heeft dertien jaar in ons huis gehangen! Totdat de Kinderbescherming ons bij jullie weghaalde.'

'O, en werd er in dat internaat van jullie daar in Voorschoten dan soms nooit over de oorlog gesproken?'

'Nou, de directie kende inderdaad het refrein van "jullie hebben de oorlog niet meegemaakt". Dus wij mochten of konden geen problemen hebben, laat staan maken, wij dienden gelukkig te zijn, want wij hadden de oorlog niet meegemaakt. Het waren oorlogskinderen die ons opvoedden, dus wij mochten nergens over klagen. Phil en ik klaagden trouwens niet, althans niet in het begin. Weet je nog dat jullie onze montycoats over onze dekens legden omdat die winters zo koud waren? Ik was acht en sjouwde met Phil door de sneeuw met die vervloekte kolenzakken, ik moest vroeg mijn bed uit om de kolenkachel op te poken terwijl jij en Pa nog in jullie nest lagen, en als ik mijn neus eens ophaalde voor het avondeten dan had ik die oorlog van jullie weer eens niet meegemaakt.'

'Dat komt door je vader! Díé had het er altijd over! Hij deed net alsof alleen in Indonesië oorlog was gevoerd en hier helemaal niks was gebeurd, maar die moffen die werden steeds grimmiger en zetten steeds vaker zomaar mensen tegen de muur om ze af te knallen. Nog steeds werden er Joden weggehaald, maar wij wisten niet waar ze naartoe gingen natuurlijk, wij hadden andere zorgen aan onze kop.'

'Ga je dan niet nadenken als je ziet dat er een hele bevolkingsgroep wordt afgevoerd?'

'Wij dachten gewoon dat ze tewerk werden gesteld in Duitsland!'

'Mannen, vrouwen én kinderen? Een kind aan een draaibank voor raketkoppen?'

'Wisten wij veel over die vernietigingskampen. Zoiets komt toch niet bij je op? Wie verzint dat nou, zoiets, die gaskamers? Dat verzin je toch niet? Nou dan! En in de zomer, en er zat een heel hete zomer bij, moesten we hout gaan sprokkelen in het bos om een voorraad voor de winter aan te leggen, dat is wel even wat anders dan een paar kolenzakken sjouwen.'

'Ik heb daar nooit over geklaagd, ik heb jou daar alleen aan herinnerd, maar jij herinnert je helemaal niks als het over ons gaat.'

'Had jij dan in de kou willen zitten, achterlijke vent die je bent! Wat nou sneeuw? Dat kleine beetje sneeuw ... Die stinkmoffen die hadden in de bossen mijnen neergelegd, dat was andere koek, dus je moest overal uitkijken waar je liep met dat hout sprokkelen. Dat is wel wat anders dan uitglijden over de sneeuw met een paar kolenzakken op je schouders. En soms, als we urenlang in de rij hadden gestaan voor een stuk brood, dan kwamen de moffen gewoon al het brood weghalen voor de hoge pieten en verscheen er een bordje:

UITVERKOCHT!

Maar ... ik moet toegeven: echt honger hadden we niet thuis, mijn vader ruilde aldoor schoenen met de boeren in de omtrek, dus we hadden altijd bonen, erwten en gort, alhoewel het in het laatste jaar wel wat schraal werd. Maar goed, het begon te gonzen van de geruchten dat de bevrijding nabij was. Er kwamen gevechten bij het kanaal en er vielen bommen. Op een ochtend hoorden we een hoop kabaal en we keken stiekem naar buiten en de moffen liepen als gevangenen met hun handen in de nek in ganzenmars ...'

'... Zat die soldaat erbij, ik bedoel die Duitse jongen die zo bij jullie in de schoenmakerij had zitten huilen? ...'

'... naast de tanks van de geallieerden, en de mensen hingen de vlag uit en overal was gejuich en gezang want Limburg en Brabant waren bevrijd. Boven de rivieren moesten de mensen nog wachten en die zouden de Hongerwinter nog voor hun kiezen krijgen. Wij moesten de tommies om beurten in huis nemen, als de soldaten moesten rusten, die kregen dan zo een weekje vrij. Ze namen hun eigen slaapzakken mee maar ook eten, sigaretten en vooral chocolade. Wij spraken geen Engels en alles ging in gebarentaal en die tommies waren aardig, die repareerden een lamp voor je of zo, en ze zaten altijd bij de radio, maar na een week moesten ze weer inrukken en soms kwam er eentje terug die zat te snikken omdat hij een kameraad had verloren.'

'Terwijl een ander met je buurvrouw lag te naaien, zeker.'

'Ach jij! Nou en? Er zaten heel leuke jongens bij, hoor.'

'Heb je die soldaat nog gezien, die Duitse jongen die zo bij jullie in de schoenmakerij had zitten huilen?'

'Wie? O, die jongen? Die zal wel doodgeschoten zijn, weet ik het, hoe moet ik dat nou weten. Die Engelsen en Amerikanen waren veel leuker, ja die versierden de knapste meisjes, en ik was echt knap dus ik moest binnen blijven van mijn vader. Toen ze vertrokken zag je hier en daar meisjes in verwachting, ik dankte de hemel dat ik daar niet bij hoorde. Ik was zeventien toen de bevrijders vertrokken en eindelijk mocht ik met Ons Jan op zondagavond mee uit dansen. De Engelsen hadden allerlei dansstijlen geïntroduceerd en wij waren maar stomme boeren en nu leerden we eindelijk eens fatsoenlijk dansen. Zo heb ik Peter van der Hurk ontmoet, in de danszaal Drouwen, voor de brug op een hoek die er nu niet meer is. Er was livemuziek van orkestjes die foxtrots speelden, en walsen, de tango, de rumba en weet ik wat, en die Peter stapte op me af en vroeg me ten dans en we spraken af voor de volgende week en voor we het wisten was het aan. Na het dansen gingen we wandelen in het park. Hij droeg altijd zo'n plusfour en met zijn kortgeknipte haren zag hij er niet echt aantrekkelijk uit, maar toch was ik stapelgek op hem. Toen, op een avond, vertelde hij me dat hij priester wilde worden. Hij zou naar het seminarie gaan en we hebben op een bankje in het park zitten wenen en toen is hij vertrokken en ik heb hem nooit meer teruggezien. Maar ik was hem een week later alweer vergeten hoor, ik werd verliefd op een musicus, hij speelde accordeon maar hij wilde me direct betasten dus die heb ik aan de kant gezet. Het was in die tijd zo, dat als je op een bankje in het park zat te zoenen dat er dan plots een pastoor kon verschijnen met een zaklamp. Die scheen dan recht in je smoel en dan hoorde je die pastoor zeggen: zeg, hoe oud ben je, moet je niet naar huis, hup naar huis jij! Ik was nog maar zeventien en elke week moest ik van mijn moeder naar de melkfabriek om roomijs te halen. Naast die fabriek had je een houtzagerij en de jongens riepen dan "hé, melkfabriek!" vanwege mijn dikke tieten, of ze riepen dat ik een kunstgebit had omdat ik zulke mooie tanden had en dan werd ik boos en liet ik mijn tanden zien en riep dan: hier, kijk maar, ze zijn écht! Toen kwam er een leuke jongen naar me toe en die zei: trek het je niet aan, het is maar plagerij. Ik was gelijk weg van die jongen. Op een goede dag vroeg hij me mee naar de bioscoop, naar zo'n liefdesfilm, en later zijn we gaan dansen. Hij heette Tom dus ik noemde hem Tommie, dat klonk Engelser. Een vriendin hielp me aan een alibi wanneer ik naar hem toeging. Tommie had donkerblond haar, blauwe ogen met donkere wimpers en gelukkig mooie tanden want in die tijd was het zo, dat als een jongen geen behoorlijke tanden had, hij niet in mijn boekje stond. Na een maand of vijf werd Tommie opgeroepen als dienstplichtig soldaat, tegelijk met mijn broer Jan. En die lul van een Jan die vertelde aan mijn ouders dat ik met Tommie omging en dat Tommie in een fabriekje werkte waar ze kleerhangers maakten. Tommie woonde in een arbeidershuisje met zijn Amsterdamse moeder, zijn vader was dood.

Broers en zusters had-ie niet. De fabriek was van zijn oom. Mijn ouders vonden het maar niks dat Tommie kleerhangers maakte, dat was beneden onze stand. Ik had er maling aan en bleef met Tommie omgaan. Inmiddels had hij zijn soldatenpakkie aan en was hij gelegerd in de kazerne, dus eigenlijk was hij toen gelijk aan Ons Jan, maar toch was hij nog altijd niet goed genoeg voor mijn ouders. Als Tommie verlof had, dan droomden we samen over de toekomst en hij had het toen al over emigreren naar Nieuw-Zeeland of Australië. Daar gingen er zo veel heen na de oorlog: trouwen, werken, rijk worden, huis bouwen, een grote auto kopen en kinderen krijgen in een paradijs waar de zon altijd schijnt, zelfs al is het winter. Dat wilde hij ook, Tommie. Mijn moeder vond dat allemaal maar gedroom. Als ik thuis kwam vroeg ze: en, hoe is het met je kleerhanger? Zeg, denk erom: altijd je broek aanhouden, anders komen er kinderen van! Dat was alles wat ze zei. Verder zei ze niet zo veel.'

'Ik kan me ook weinig van oma's woorden herinneren. Eén zin heb ik onthouden. We waren op vakantie in de Peel en gingen zwemmen in de vennen. Oma stond aan de kant pootje te baden. Ze gleed weg en terwijl ze achterover het water in viel riep ze uit: o, daar gaat oma! Oooh, daar gaat oma! Dat zijn de enige woorden die ik me van haar kan herinneren. Oooh, daar gaat oma! En jouw vader zei al helemaal niets, maar dan ook niets. In de schoenmakerij heeft-ie eens wat gezegd, maar verder was het mime. Elke ochtend tikte hij grijnzend een eitje tegen zijn voorhoofd stuk. En voor de rest keek-ie ons wat meewarig aan omdat we er de humor niet van inzagen. Of omdat we er tropisch uitzagen.'

'Ja, en toen-ie op zijn sterfbed lag, zei-ie tegen me: waar zijn de kinderen? Hij vroeg naar jou, speciaal naar jou.'

'Nou, ik heb die hele man nooit meer gezien, bij ons thuis niet en op het internaat al helemaal niet. Had-ie wel gevoel in zijn donder?'

'Ach, weet ik het, hij was zelf in internaten opgegroeid en zal zelf ook wel nooit bezoek hebben gekregen. Het was gewoon een stille vakman, altijd bezig in de schoenmakerij. Toen Ons Jan naar Indië vertrok, moest ik zijn werk overnemen. Ik moest de gerepareerde schoenen naar de klanten brengen en geld incasseren van mensen die nog niet betaald hadden. Als het marktdag was, moest ik helpen achter de kraam en dan deed mijn moeder de winkel. Om zes uur in de morgen laadden we alles in de auto en om zeven uur begon de markt en om twee uur was het afgelopen. Als het slapjes was, met weinig klanten, dan mocht ik naar huis maar dan moest ik wel weer terugkomen om de spullen terug in de auto te laden. Hele dozen met hakken, dames- en herenhakken, spijkertjes, lijm en weet ik wat al niet meer. Mijn ouders stonden te treuren toen Ons Jan naar Indië moest, want ze hadden maar één zoon. Maar ze stonden te juichen toen Tommie ging. Ik wist niet hoe ik het had, want Tommie moest voor anderhalf of twee jaar naar dat stink-Indië. Ik vervloekte die rotte oorlog die net achter ons lag en nu moesten onze jongens zélf op oorlogspad naar dat vieze, verrekte, stinkende apenland. We waren al een jaar een stel toen hij op een grauwe novemberdag vertrok met zijn grote plunjezak. Samen met een vriendin hebben we onze jongens met de trein naar het station in Roermond gebracht. Het stond er vol met militairen, de een met een meisje en de ander zonder meisje. "Tabé, ik moet je gaan verlaten ..." was het liedje van die tijd. Omhelzen, kussen, tranen, de trein komt, instappen en "Tabé, ik blijf op je wachten ..."'

'Dat deed je zeker niet ...'

'Ach, jij kent het leven niet.'

'Nee, ik ben nog altijd dat kind met die kolenzakken op zijn schouders.'

'In het begin schrijf je elkaar natuurlijk vurige liefdesbrieven. Je gaat helemaal niet meer uit en je moeder zegt alsmaar: ga toch met je vriendinnen dansen! Je zit hier als een oude weduwe achter de geraniums, je lijkt wel een oud wijf. Maar dan zei ik: nee, ik blijf op Tommie wachten. En dan zei zij weer: een kleerhanger heeft geen toekomst.'

'Hoopte ze soms dat-ie voor zijn kop geschoten zou worden?'

'Dat weet ik niet, ik denk niet dat ze zo was, zulke dingen denk je natuurlijk niet.'

'Of dat-ie met een tank op een landmijn reed. Dat is wat minder erg, dat is dan de voorzienigheid. Een Indonesiër die jou neerknalt is een klootzak en volledig verantwoordelijk voor zijn daden, maar zo'n landmijn, die ligt daar gewoon te wachten op een vingerwijzing van de Almachtige. Zo denken de mensen toch?'

'Nou, als jij denkt dat de mensen zo denken, dan ben je hartstikke getikt. Zo denken mensen niet. Zo denk jij! Jij denkt zo!'

'Het is goed, Ma. Had me dan ook niet naar die stomme kerk gestuurd.'

'Dat wilde ik helemaal niet. Dat wou jouw vader. Die wou jullie per se laten dopen.'

'Wat een verschrikking was dat. Nana was nog een baby, maar ik was zes, zeven, en daar sta je dan met zijn vijven met die Indo-vader van je. Nog een wonder dat hij die afgestreken smoelen van die afgrijselijke kerkgangers wist te trotseren. Of hij deed alsof ... Er was een foto van. Weet je dat? Op een of andere manier zie ik die foto in 3D voor me. Ik zie zowel ons, de hele familie, rond de doopbak, of hoe heet dat, staan, en tegelijk zie ik die kerkbanken met die mensen in opgesteven kleding. Misschien waren het wel twee foto's. Zwart-wit. Groot formaat. In de fik gegaan door die Duitse vrouw van Pa. Wat een gek wijf was dat. Pa pestte haar vaak door het brengen van de Hitlergroet wanneer ze weer eens haar huishoudelijke orders uitdeelde. Smakeloze pesterij, maar dat het pesterij was, lag er duimendik bovenop. Maar niet voor zo'n Duitse natuurlijk, dat snap je wel. Die Duitse matrone had haar vlucht goed voorbereid. *Gründlich*. Eerst is ze naar een souvenirwinkel gegaan om er een Nederlands vlaggetje te kopen. Vlak nadat Pa naar zijn werk was gegaan, kwam de verhuiswagen voorrijden. Voordat ze de deur voorgoed achter zich sloot in die hoge flat op de twaalfde verdieping daar ergens in Delft, ging ze naar de wc. In de wc-pot stak ze alle foto's in de fik die ze maar van hem kon vinden. Inclusief de fotonegatieven. Toen is ze erop gaan schijten. Ten slotte stak ze de Nederlandse vlag in haar drol. Een deel van mijn gefotografeerde jeugd kwam platgebrand onder de shit te liggen.'

'Wát?'

'Ja, echt. Die Duitse matrone was wel wat krijgshaftiger dan jij.'

'O, dus jij vindt mij niet krijgshaftig genoeg?'

'Nee, dat zeg ik niet.'

'Maar het klinkt wel zo.'

'Ik had het liever anders gehad, Ma. Ik herinner me veel foto's die Pa maakte. Zoals die in de kerk. Nou ja, misschien had hij die foto niet zelf gemaakt. Maar je zag die christelijke meute met die afgestreken smoelen in de kerkbanken afkeurend zitten kijken naar een Indisch gezin met een bruine vader en een blanke moeder, terwijl de dominee water over onze koppen sprenkelde. Ik weet nog dat Nana een bad kreeg. Ze was nog een baby en werd helemaal ondergedompeld. IJskoud was dat water. IJskoud was de kerk. IJskoud waren de mensen. Ik had het koud en kreeg het na die doop nog kouder.'

'Ja, en ijskoud was die vader van je.'

'En wou jij zeggen dat jij warm was of zo?'

'Jij bent niet van deze planeet, lul die je bent.'

'Is die Tommie nog levend uit de oorlog teruggekeerd? Het vergeten leger, zo noemen ze die jongens tegenwoordig toch van die vergeten oorlog? Ruim 6.000 zijn er gesneuveld. Nou ja, die getallen fluctueren, naar gelang de laatste publicaties. Weet je dat die boeken over de Nederlandse koloniale oorlog steeds vaker door Amerikanen worden geschreven? Hoe zou dat nou komen, hè? Doen ze hun werk hier niet goed of zo? Maar goed, we waren bij Tommie gebleven.'

'Tommie. Ja. Tommie. Tommie! Nou, de teruggang van het station in Roermond was dus triest en ik dacht maar: die vervloekte oorlog, die heeft alles kapotgemaakt. Eerst waren we blij met de bevrijding en dan nu dit. Maar het leven ging verder en Tommie en ik schreven elkaar dus vurige liefdesbrieven. Op een dag, ik had al drie maanden geen plezier meer gehad, dacht ik: ja moet ik hier dan twee jaar gaan zitten wachten? Ik ging weer naar de bioscoop en naar bals en zoal meer. Ik bleef Tommie wel schrijven, die zat ergens op Celebes geloof ik. Ik had hem beloofd dat ik hem trouw zou blijven en dat ik niet zou gaan dansen want hij kon daar in de rimboe het idee niet verdragen dat ik in de armen van een ander zwierde. Nou had zijn nichtje toevallig geschreven dat ze mij op een bal had gezien en dat ik nogal veel met dezelfde jongen danste. Tommie boos en teleurgesteld daar in de rimboe en mijn moeder blij dat ik na een half jaar van schrijven, schrijven en nog eens schrijven Tommie van me afzette. Ik voelde me weer vrij. En ik leerde een ander kennen. Dat was Nico. Die studeerde voor wethouder.'

'Studeren voor wethouder? Die wordt toch door de gemeenteraad gekozen?'

'Nou ja, weet ik het. Hij was in elk geval knap, hij had hersens. En hij zong altijd liefdesliedjes voor me. Dat deed-ie in het park want je mocht pas vriendjes mee naar huis nemen als er een verloving op komst was.'

'En?'

'Ach, met die Nico, dat duurde maar een paar maandjes en toen kwam er nog een Jan en nog een Jan en nog een Jan. Ik dacht nog weleens terug aan Tommie, maar die was kwaad op mij. De wederopbouw was hier in volle gang en daar was het oorlog, nou dat was natuurlijk ver van mijn bed. Je kon hier zó een baan vinden en ik ging werken in een boekbinderij en later op een kousenatelier als assistente van de bedrijfsleider, zo'n ongetrouwde kwezel. Het was 1948 en toen kwam Annie van Asseldonck naar me toe en ze zei: goh An, ik heb me toch een mooie kiekjes van Indische militairen! Die willen graag corresponderen met Nederlandse meisjes. Zit er niks voor jou bij? Ik heb toen al die foto's bekeken en diezelfde avond zat ik al te schrijven aan die vader van je, de allerknapste uit het hele boekje. Want jouw vader die was knap, hoor! Mijn ouders kwamen erachter en schrokken ervan dat ik met een kleurling schreef. In hun ogen woonden mensen in Nederlands-Indië in hutjes en liepen ze er rond in rieten rokjes of ze hadden een vijgenblad voor, ja zo dachten ze toen in Helmond. Ze waren een keer in Amsterdam geweest, dat was voor hen het buitenland, en daar was het bij gebleven. In Helmond woonde toen al een Indische familie, hoor, maar dat waren erg bruine mensen, die waren ánders en daarom waren mijn ouders erg tegen die correspondentie. Maar mij interesseerde Indië wel, ik vond het heel apart. En dus schreef ik door. Mijn ouwelui kwamen erachter dat ik stiekem brieven op een ander adres liet aankomen en toen zeiden ze: ach, laat die brieven dan maar gewoon hier aankomen ... Maar Arto's brieven werden alsmaar spaarzamer. Ja, hij noemde zich de ene keer Arto en dan weer Arend en dat vonden mijn ouders natuurlijk dubieus. Toen ik op een dag de kast opruimde, vond ik een hele stapel die mijn moeder had onderschept en verstopt. Ik maakte een enorme ruzie, ik was toen al bijna twintig jaar zeg, maar ja, had ik maar naar ze geluisterd, want mijn lieve moeder en mijn goede vader waren erg op me gesteld, had ik maar geluisterd, dan had ik Tommie terug gehad, maar hoe meer mijn ouders zich verzetten hoe eigenwijzer ik werd. En op een dag kwam Tommie terug uit Indië, levend en wel. Het was op een zaterdagavond, ik zat bij een vriendin en ik was erg zenuwachtig, ik zou Tommie terugzien. Arto zat in Indië, wist ik veel dat-ie naar Holland zou komen. En ja, hoor, op die dansavond zag ik Tommie terug en hij kwam naar mij toe en alles was weer net als voor-ie naar Indië ging! Hij bracht me naar huis en zou me de week erop van huis ophalen. Er zou een groot feest worden gehouden voor alle militairen die levend waren teruggekeerd uit Indië. Ik had een prachtige jurk aangetrokken en wachtte die avond op Tommie. Het was voor het eerst dat een jongen mij persoonlijk van huis zou komen afhalen. Dat betekende wat! Mijn moeder vond het beter dan corresponderen met die Indische snoeshaan uit Soerabaja, en ook mijn vader was in zijn nopjes. Nou, ik wachtte en ik wachtte en ik wachtte, maar Tommie verscheen niet aan de deur. En toen zei Mies, mijn bloedeigen zus, die vervloekte Mies, die troela, dat zij aan Tommie had verteld dat ik allang met een Indische jongen correspondeerde en dat hij Arto heette en dat hij naar Nederland zou komen en dat ik hem, Tommie dus, dan zeker weer zou laten zitten. Dat kreng, dat mispunt, weet zich daar nu helemaal niets meer van te herinneren! Zegt ze. Dat zegt ze! Ze zegt: o, dat ben ik allang vergeten. Nou, ik zakte zowat door de vloer, want ik hield écht van Tommie, ik wist het zéker van het moment dat ik hem weer terugzag! Dat hele feest is voor mij niet doorgegaan en ik heb Tommie daarna nooit, nóóit, NOOIT meer gezien! Later hoorde ik dat hij naar Nieuw-Zeeland was geëmigreerd met een andere vrouw. Daar heb ik zo'n pijn van gehad, kun je je dat voorstellen?'

'Was jij dan met hem meegegaan naar Nieuw-Zeeland? Je wou toch ook niet met Pa mee naar Amerika?'

'Ach, natuurlijk was ik met Tommie meegegaan!'

'Jij naar Nieuw-Zeeland? Ga toch weg, haha!'

'Liefde maakt blind! Maar jij snapt dat niet, en jij kent natuurlijk dat liedje niet dat wij altijd zongen als we verdrietig waren, want jij luistert alleen maar naar die lelijke jazz en popmuziek.'

Het kamerolifantje zingt:

De oorlog kwam
En ging voorbij
Jij kwam in mijn leven
Wij waren gelukkig en blij!

Toen moest je naar 'n vreemd land
Onze liefde bleek niet bestand
Het duurde zo lang
Voor je weer bij mij kwam

Wij waren weer opnieuw gelukkig samen
Maar 'n donkere wolk kwam over ons heen
En je liet mij voor altijd
Alleen

'Pa had ook zijn liedjes, maar die klonken minder sentimenteel. Ken je deze nog?'

Zoonlief zingt:

Het is de baboe die je nooit vergeet*
Til op d'r saroe**, dan zie je d'r blote reet*

'Ach, die Pa van je leerde jullie die liedjes al toen jullie amper de luiers waren ontgroeid, die gek.'

'Dat liedje staat zelfs in zijn memoires. Die heb jij toch gelezen, nadat Pa door de recherche het huis uit was gezet?'

'Nee, hoor, die heeft jouw vader laten pikken door Arti uit die scheepskist van hem, dat lelijke ding waar ik steeds mijn benen tegen stootte bij het huishouden. Dan had ik weer een ladder in mijn kous.'

'Hoe dan ook, ze zijn in elk geval weer boven water.'

'Over die vieze oorlog van hem? Daar heb ik helemaal niets van gelezen, dat deed Willem. Willem vond dat manuscript en heeft alles gelezen en mij erover verteld.'

'Dus jij liet jouw vriend de zogenaamde geheime memoires van jouw ex-man lezen? Mooi is dat!'

'Moet je hém horen! Die geschriften van jouw vader waren zo dik als de keien van de straat. Je denkt toch niet dat ik dat toen allemaal ging lezen? Ik was al blij dat ik van die gek verlost was. Willem was nieuwsgierig, niet ik.'

'Nog steeds niet? Pa had net als jij een oorlog tijdens zijn jeugd. Jij had de Duitse, hij had de Japanse bezetting. Ik heb het maar even niet over wat er daarna kwam, want dat willen jullie toch niet weten.'

'Wie jullie?'

'Jullie Belanda's.'

'Noem jij je moeder een Belanda?'

'Jij gedraagt je zo. Jij toont geen interesse voor de geschiedenis van je ex-tropenjongen, net als het gros van de Belanda's, dat denkt dat de oorlog alleen in Nederland plaatsvond onder de Duitse bezetter. Jij kan wel heel leuk vertellen dat jij de eerste blanke vrouw was die met een tropenjongen door de Haagse binnenstad wandelde, maar veertig jaar later zit je met Nana in de tram richting Scheveningen. Je kijkt om je heen en je zegt tegen je medepassagiers: "Ja-ha, dat is míjn dochter, hoor!" Nana kwaad natuurlijk.'

'Nou, ik snap nu nóg niet waarom ze zo kwaad werd.'

'Omdat jij je verontschuldigde voor je bloedeigen dochter die de dertig al was gepasseerd. Ben je in de jaren vijftig blijven hangen of zo? Hoe vaak heb jij je niet voor mij en Phil in de kinderwagen verontschuldigd? Dat zou ik weleens willen weten. Je werd er toch op aangekeken dat je kindertjes had van zo'n aap uit de rimboe? Nou, aan wiens kant stond je?'

'Ja, aan jullie kant natuurlijk!'

'Intussen interesseerden de verhalen van Pa jou niet. Jij zei aldoor dat-ie zijn mond moest houden.'

'Dat zei ik voor jullie!'

'Oké, Mam. Maar zijn jeugdjaren gaan niet alleen over de oorlog, hoor.'

'Daar vertelde-ie nooit iets over.'

'Wel waar. Schieten op vleermuizen en zo. Jouw vader reed in een Citroën Traction Avant en zijn vader in een Ford. In de jaren dertig! Dat is toch chic, niet?'

'Ach, doe niet zo mal.'

'Ik laat die eerste bladzijden hier wel achter. Is dat goed? Luister: jouw vader kwam uit een weeshuis, mijn vader was een onwettig kind, ikzelf ben in een internaat opgegroeid en dan nog nota bene in hetzelfde internaat waar jouw eigen vriend Willem in de jaren dertig onder de knoet zat. Jij bent de enige die afkomstig is van een fatsoenlijke familie. Iedereen om jou heen heeft een dubieus verleden.'

'Maar jij toch niet?'

'Voor jou niet, voor anderen wel. En Pa was al een dubieuze figuur voordat de oorlog uitbrak.'

Uit de memoires van de kaalkop (2)

Omtrent mijn geboorte

Op 28 september 1925 werd ik omstreeks drie uur in de middag geboren om op te groeien in de schaduwzijde van de Indische samenleving. Er is veel geschreven over de gegoede samenleving in het voormalige Nederlands-Indië, vooral over de vervlogen tijden waarin het goed toeven was, het zogenaamde tempo doeloe. Maar die 'goede oude tijd' heb ik nauwelijks gekend, en de geschiedenis die daaraan gekoppeld is en zo graag door Hollanders wordt gelezen, is een leugen.

Ook later heb ik mij in Holland altijd afzijdig van Indische verenigingen gehouden, ik walgde van die tempo-doeloesfeer. Ik was een krijger, een vechtjas, geen vadsig verwend jochie dat met zijn ouders naar de schouwburg ging.

Toen ik werd geboren, woonden mijn ouders aan de Koninginnelaan nummer 3 te Soerabaja. Hier is het bewijs, inclusief slordigheden in de spelling:

Uittreksel ... [onleesbaar] ...
acten van Geboorten voor de Chineezen,
gehouden te Soerabaja in het jaar negentien honderd
vijf en twintig

No. 726.

Heden den eersten October negentien honderd vijf en twintig verscheen voor mij, Alexander de Witt, buitengewoon ambtenaar van den Burgerlijke Stand te Soerabaja, bij verhindering wegens andere dienstzaken van den gewoon ambtenaar: Pieter Hendrik van Baak, oud drie en vijftig jaren, zonder beroep, wonende te Malang, zijnde bij de bevalling tegenwoordig geweest, die mij verklaarde, dat op den acht en twintigsten September negentien honderd vijf en twintig, des namiddags ten drie ure, ten huize van Meester Willem Nolan te Soerabaja, uit SIE SWAN NIO, zonder beroep, wonende te Soerabaja, is geboren een kind van de mannelijke kunne, aan welk kind zijn gegeven de namen SIE AREND.
Zijnde deze aangifte geschied in tegenwoordigheid van: Charles Guillaume Roerich, oud vijf en zeventig jaren, zonder beroep en van Tan Tjhan Ing, oud acht en twintig jaren, van beroep handelsemployé, beiden wonende te Soerabaja.
En is hiervan deze acte opgemaakt, die na voorle-

zing en voorhouding in de maleische taal door den comparant, de beide getuigen en mij is ondertekend.
Was getekend: P.H. van Baak; C.G. ~~Ror/~~eh Roerich; T. Tjhan Ing; de Witt.
Voor eensluidend uittreksel uitgegeven den vijfden December negentien honderd vijf en twintig, door mij, gewoon ambtenaar van den Burgerlijke Stand te Soerabaja.

[stempel en signatuur onleesbaar]

Gezien voor legalisatie der handteekening
Van Bernard Benjamin Faber, gewoon
Ambtenaar van den Burgerlijken Stand te Soerabaja.
De President van den Raad van Justitie te
Soerabaja.

[stempel: president etc. signatuur: onleesbaar]

Mijn onwettige vader Willem Nolan was als Indo-Europeaan geboren in Djember en had zijn rechtenstudie in Nederland gevolgd. Als advocaat hield hij kantoor ergens aan het Rozenplein in Soerabaja. Zijn cliënten waren vermogende lieden en mijn vader behandelde bij voorkeur zaakjes die stonken. Die leverden hem het meeste geld op. Hij importeerde zijn whisky zelf uit Schotland. Naast zijn advocatenpraktijk beheerde hij een stomerij in de Simpangbuurt. Verder bezat hij twee vrachtschepen die vanuit Soerabaja voeren naar Makassar, Balikpapan en Bandjarmasin, met kolen, hout en dergelijke.

Mijn vader was getrouwd geweest met zijn nicht Aleida en had met haar twee kinderen, een jongen en een meisje, die helaas nogal wat geld kostten, zo verwend als die kinderen waren. Van de jongen, mijn onwettige halfbroer dus, kreeg ik bij mijn terugkeer uit Blitar, waarover straks, een groot metalen ledikant, als herinnering, want hij vertrok voorgoed naar de USA. Mijn broer Jacob vernam later dat onze onwettige halfbroer met het zoeken naar werk grote problemen in Amerika had gekregen vanwege zijn donkere huidskleur.

Mijn moeder Sie Swan Nio was een eenvoudige Chinese huisvrouw. Ze maakte haar eigen ketjap bij wassende maan in de achtertuin en verkocht die aan mensen in de buurt. Ze was gescheiden van haar Chinese echtgenoot met de naam Djie Lian Hwa Nio, van wie zij een dochter had, kortweg Nonnie genoemd. Omdat ik niet erkend was door mijn vader kreeg mijn moeder de volgende epistels onder ogen:

Soerabaja, den 20 November 1925

Aan
Mejuffrouw Sie Swan Nio
Koninginnelaan 3
te
Soerabaja

De Wees- en Boedelkamer te Soerabaja geeft U bij deze in overweging het kind genaamd Sie Arend van hetwelk U blijkens opgave van den Ambtenaar van den Burgerlijken Stand te Soerabaia moeder is/ ~~zijn~~, geboren den 28 September 1925, zoo spoedig mogelijk te erkennen, kunnende zulks zoowel bij notariëele acte als bij den Ambtenaar van den Burgerlijken Stand geschieden. Zonder zoodanige erkenning bestaat van rechtswege geen verwantschap tusschen U en het kind, terwijl eene erkenning tengevolge heeft:

a. *Dat U de voogdij en dus het wettelijk toezicht over het kind heeft, terwijl in het ontkennend geval op voorstel der Kamer door den Raad van Justitie een ander tot voogd over het kind zal worden benoemd. (Wordt intusschen het kind erkend of mede erkend door hem die het verwekt heeft, hetgeen natuurlijk zeer aan te bevelen is, dan wordt deze van rechtswege voogd).*

b. *Dat het kind bij het aangaan van een huwelijk op minderjarigen leeftijd Uwe toestemming behoeft,*

c. *Dat op het kind de verplichting rust om U, indien U in behoeftige omstandigheden mocht komen te verkeeren behoorlijk te onderhouden,*

d. *Dat U eventueel erfgename wordt van het kind en omgekeerd het kind van U (zonder erkenning hiervan is geen sprake).*

Ten slotte zij U medegedeeld, dat indien U niet binnen drie maanden na dato dezer Uw kind heeft erkend, waaromtrent bericht wordt ingewacht de Kamer onmiddellijk door den Raad van Justitie in de voogdij zal doen voorzien.

De Wees- en Boedelkamer te Soerabaja.
~~*President*~~
Secretaris,
[signatuur onleesbaar]

No. 38
E R K E N N I N G

Heden Woensdag den drie en twintigsten December negen tien honderd vijf en twintig.
Verschenen voor mij, JUST TOWNSEND, Notaris te Soerabaia, in tegenwoordigheid van de na te noe-

men, mij bekende getuigen:
Mejuffrouw Sie Swan Nio, zonder beroep, wonende te Soerabaia, Koninginnelaan 3, volgens hare verklaring oud vijf en dertig jaren en ongehuwd.
De comparante is mij, de notaris, bekend.
De comparante verklaarde als haar natuurlijke zoon te erkennen het kind, dat bij de aangifte aan den ambtenaar van den Burgerlijken Stand te Soerabaia verklaard is geboren te zijn te Soerabaia den acht en twintigsten September negentien honderd vijf en twintig, haar tot moeder te hebben en aan hetwelk de voornamen Sie Arend gegeven zijn.

WAARVAN ACTE

Verleden te Soerabaia ten dage voorgeschreven in tegenwoordigheid van Loo Lam Twan en Sie Khwan Djioe, beiden notarisemployé, wonende te Soerabaia, die deze acte onmiddellijk na door mij, notaris, aan de comparante en de getuigen gedane voorlezing en aan de comparante voorgehouden vertolking der acte in de Maleische taal hebben geteekend met de comparante en mij, de notaris.

Verleden met een bijvoeging en een doorhaling zonder renvooien.

(Geteekend) Sie Swan Nio, Loo Lam Twan, Sie Khwan Djioe, Townsend.

UITGEGEVEN VOOR AFSCHRIFT

[stempel en signatuur Townsend]

Horoscoop

Jouw geboorteakte is niets bijzonders natuurlijk, het lijkt wel alsof je wilt bewijzen dat je überhaupt bent geboren, omdat je een onwettig kind bent. Namens Phil moet ik jou zeggen dat hij het betreurt dat ze daar in Soerabaja het tijdstip van 15:00 uur op je geboorteakte hebben neergekalkt. We nemen aan dat het tijdstip is afgerond, wat het lastig maakt om jouw horoscoop exact te berekenen. Nou heeft een half uur eerder of later in jouw geval alleen invloed op de plaatsing van je Pluto in de huizen. Maar ja, Pluto ... Dat is Mars in het kwadraat. Geweld, terreur, magie, dwang, sadisme. Is het tijdstip juist, dan staat jouw Pluto in het zesde huis, wat neerkomt op gedoe op je werk. Ben je een kwartier eerder geboren, dan staat je Pluto in het zevende huis. Extreme relaties. Dat strookt uiteraard beter met dat ellendige huwelijk van je met je kamerolifantje. En dan heb je je Maan, Venus en Mars ook nog in dat huis der huwelijken! Je Uranus in het vijfde huis verraadt weinig goeds voor ons. Mensen met Uranus in het vijfde huis ervaren kinderen als lastig. Wij waren lastig, hè Pa? Mijn hemel, en dan heb je ook nog vier planeten in je achtste huis: Zon, Mercurius, Saturnus en Neptunus alle in het huis van de dood, seks en de diepste krochten van de ziel. Oorlog, kortom. Eigenlijk staat alleen je Jupiter aardig, in het tweede huis, vrek die je bent. Je had altijd meer geld dan je voorgaf, hè? Chinees trekje zeker. Een ervaren astroloog moet toch een fascistische, paranoïde massamoordenaar in die horoscooptekening van je zien. En een zeer ervaren astroloog ziet er natuurlijk een kaalkop in. Is hij ook nog dwaas, dan ziet hij er een jonge Boeddha in. Was die vader van jou soms dwaas met die tondeuse van hem? Ik bedoel: zag hij een kleine Boeddha in je? Maar ik begin weer te spotten, dat is waarlijk niet edel van me. Eén zin uit de akte vind ik interessant:

die deze acte onmiddellijk na door mij, notaris, aan de comparante en de getuigen gedane voorlezing en aan de comparante voorgehouden vertolking der acte in de Maleische taal hebben …

Je moeder las dus geen Nederlands, of althans te slecht om te weten waar zij haar handtekening onder zette. Ik zal haar maar geen *njai* noemen, anders ga je me nog met stenen bekogelen.

Bijna dood

Ik was een baby van tien maanden toen ik een zwerende wond kreeg achter mijn rechteroor en zowat op sterven lag. Vooraanstaande artsen en kennissen van Papa, zoals Dr. Markovitch, een Hongaar, en Dr. de Vries, hadden mij opgegeven. Mijn moeder kon mij niet zien sterven. Ze riep haar jongere broer Sie Soen Thjwan, kortweg oom Soen, bij zich en gaf hem opdracht mij mee te nemen naar de rimboe in de omgeving van Blitar. Oom Soen wikkelde mij in lompen en een oude sarong en nam mij mee in de trein naar Blitar. Daar moest oom Soen met onder meer de hulp van zijn zuster Sie Mien Nio, kortweg tante Mien, en andere familieleden proberen mij te genezen met allerlei wilde kruiden uit de bushbush. Mocht oom Soen falen, dan diende hij mij daar diep in de rimboe op een geheime plek te begraven.

Maar na ruim twee jaar was ik genezen. Toen werd ik door oom Soen teruggebracht naar mijn moeder in Soerabaja. Zij liet me driemaal daags levertraan slikken. Ik vond dat vies, maar als ik tegenstribbelde dan kreeg ik slaag. Op last van Papa werd mijn hoofd kaalgeschoren. Met een kaal hoofd zou ik volgens hem veel beter leren, al viel er voor een kind van drie weinig te leren. Tot mijn twaalfde levensjaar heb ik met een kaal hoofd moeten rondlopen en werd ik vaak door schoolkinderen met stenen bekogeld.

Mijn oudste broer Jacob was veertien jaar ouder dan ik, mijn tweelingzusters Ella en Ina twaalf jaar ouder en mijn broer Karel was acht jaar ouder. Van ons vijven was ik de donkerste en dus werd ik vaak gepest en geslagen door mijn broers en zusters. Soms insinueerden mijn broers en zusters dat ik was verwekt door een Indiër, dus iemand uit India. Karel en mijn beide zusters hadden zeer licht getrokken ogen, waaraan je hun deels Chinese afkomst kon aflezen, maar Jacob en ik hadden die niet. Uiteraard durfden ze Jacob niet zoals mij te behandelen, want in huis was hij als oudste het verlengstuk van onze vader.

Mijn moeder was in die tijd aanhangster van de leer van Confucius, de Kong Hoe Tsjioe. Zo kregen mijn broers en zusters en ik bij de begrafenis van mijn grootmoeder – een vrouw direct afkomstig uit Kanton, zo'n klassiek Chinees poppetje met van die ouderwetse ingebonden lotusvoetjes – kalkstrepen achter onze oren gesmeerd om ons te beschermen tegen boze geesten. Na de begrafenis haalde ik stiekem de zoetigheden weg van haar graf om ervan te smullen. Ik was vier jaar oud, het was op het kerkhof, dus mijn moeder en broers en zusters mochten mij niet slaan. Maar thuis kreeg ik alsnog de uitgestelde straf, met de zweep.

De gelukkigste momenten in mijn jeugd beleefde ik met Sinterklaas, Kerstmis en mijn verjaardag. Op die dagen werd ik verwend met duur speelgoed en maakten Mama, baboe Tenie en kokkie* Tas mijn lievelingsgerechten: Kantonese nasi goreng en macaroni met kaas.

Met Oud en Nieuw bestelde mijn vader een ossenkar vol Chinees vuurwerk. Mijn beide broers drapeerden de slingers met zevenklappers rond het hekwerk aan de straatkant van ons huis. Dan liep de hele buurt uit. Het enorme lawaai duurde een vol uur en door de rook kon je niets meer van de omgeving zien.

Op mijn vijfde jaar werd ik 'oom', toen mijn stiefzuster Nonnie beviel van een dochter: Betty Tie, bijgenaamd Poppy. Door de deurspleet kon ik de hele bevalling gadeslaan en ik voelde me er erg onbehaaglijk bij. Omdat Poppy weigerde mij 'oom' te noemen, groeiden we op als kat en hond. Zij wilde met haar grote mond nooit naar mij luisteren.

Wolf en Beer

Ik had in die tijd twee goede vriendjes: Wolf, een waakzame straathond, en Beer, een kleine zwarte beer die door mijn vader op zijn schip uit Bandjarmasin op Borneo mee naar Java was genomen.

Op een morgen hielp ik onze chauffeur Petro met het poetsen van de T-Ford, model 1929, voor de dagelijkse rit van mijn vader naar diens praktijk aan het Rozenplein. Ik was in een ondeugende bui. Ik klom achter op het bagagerek onder het reservewiel en liftte stiekem mee. Wolf rende blaffend achter de auto aan. Toen Petro over een hobbel reed, viel ik en werd ik meegesleurd over de weg. Wolf blafte naar Petro, die stopte. Petro schoot geschrokken een Javaan aan en vroeg hem mij naar huis dragen. Hij durfde het voorval niet aan mijn vader te vertellen, die de hele tijd suf voorin de auto zat te dommelen. Toen mijn moeder me zag in de armen van die vreemde Javaan, dankte ze hem en ze gaf hem een fles zelfgemaakte ketjap mee. De Javaan was nog niet vertrokken of mijn moeder pakte de rotanstok om me af te tuigen. Oom Soen was net bezig Beer te voeren. Hij liep op zijn zuster af en griste de stok uit haar handen. Onze twee baboes brachten me naar de badkamer, kleedden me uit en wasten mijn verwondingen aan mijn knieën en benen. Mijn moeder was inmiddels bedaard en maakte van geneeskrachtige kruiden een papje, waarmee de baboes mijn wonden insmeerden. Ik schreeuwde het uit van de pijn. Voor straf werd ik naar mijn kamer gestuurd. Wolf ging met me mee en ontblootte zijn tanden telkens wanneer mijn moeder haar hoofd om de deur stak.

Toen mijn vader tegen etenstijd thuiskwam, plofte hij neer in zijn bamboe ligstoel en hij liet mij bij zich komen. Ik werd geflankeerd door mijn tweelingzusters Ella en Ina. Ik stond nog te tollen op mijn benen van de pijn. Zonder een woord te zeggen kwam mijn vader overeind en haalde plotseling uit met zijn vuist. Ik viel neer en verloor mijn bewustzijn. Toen ik bijkwam, stonden mijn zusters smekend te huilen en had ik in mijn broek geplast.

Heb jij ook al van angst in je broek gezeken? Dat deden wij ook als je op ons afkwam om ons af te ranselen. Toch heb ik geen medelijden met je en je moet wel met heel veel meer ellendigs komen om dat te doen veranderen.

Ella en Ina brachten me terug naar mijn kamer. De baboes wasten me en legden me op bed. Toen mijn vader in de deuropening verscheen, liet Wolf hem zijn tanden zien. Mijn vader verdween, maar kwam terug met een geweer en zette die tegen zijn schouder. Hij richtte de loop op Wolf en zei koel: 'Bind die hond aan je bed, anders schiet ik hem overhoop, met jou erbij.'

In de eetkamer had mijn vader een houten rek met zes jachtgeweren en daarnaast een kastje met allerlei munitie. Zijn collectie bestond uit vier dubbelloopsgeweren van het kaliber 16 en 12, een Winchester repeteergeweer met zes schoten en een klein, zogenaamd 'tjies' geweer. Dat laatste model was het kleinste jachtgeweer onder Indische jagers en verplicht voor Indische jongens die nog moesten leren schieten. Dat hoorde bij je opvoeding. Kon je raak schieten met de tjies, dan mocht je met zwaardere geweren gaan oefenen.

Als kaalkop naar de Openbare Europese School

We verhuisden naar een huis aan de overkant van de Koninginnelaan. Toen ik bijna zes was, moest Mama een rekest indienen bij de resident van Soerabaja, opdat ik de Openbare Europese Lagere School kon gaan volgen.

Uittreksel uit het Register der Besluiten van Den Resident van Soerabaja.

Soerabaja, 29sten Juli 1931

No. 367/31.

GELEZEN:

a. het rekest gedagteekend Soerabaja 17 juni 1931 van Sie Swan Nio wonende in de Koninginnelaan No. 28 ter hoofdplaats Soerabaja, inhoudende verzoek om toelating van haar zoontje genaamd AREND oud 6 jaar tot de Openbare Europeesche Lagere School C alhier,

b. enz;

Overwegende dat van verzoekster reeds eerder op regelmatige wijze oudere kinderen - volle broeders en zusters van Arend - werden toegelaten tot de bovengenoemde onderwijsinrichting zoodat ter wille van eene gelijksoortige opvoeding der kinderen uit eenzelfde gezin ook thans dit verzoek om toelating dient te worden ingewilligd.

Gelet enz;

Heeft besloten:

Toe te laten tot de eerste klasse der Openbare 1ste Europeesche Lagere School C te Soerabaja

Arend

Zoon van Sie Swan Nio wonende te Soerabaja.

UITTREKSEL dezes verleend aan belanghebbende tot inlichting en naricht.

Stemt overeen met voors. Register,
De Assistent-Resident Secretaris.

[signatuur onleesbaar]

En zo kwam ik met mijn kaalgeschoren hoofd op de Openbare Europese School terecht. De kinderen wisten ervan, dat ik een onwettig kind was, in de volksmond een bastaard. Op Java in de koloniale tijd was je afkomst veel belangrijker dan in Nederland. De juf was wel aardig, maar bij de geringste fout werd ik met de rotanstok geslagen en in de hoek gezet. Ondanks de pesterijen ging ik over naar de tweede en de derde klas. Toen moest ik elke zondag naar de zondagsschool, die geleid werd door onderwijzer Claproth. We moesten bijbelteksten van buiten leren en als je faalde kreeg je er met de rotanstok van langs. Meneer Claproth sloeg ook met de vlakke hand, met vingers vol gouden ringen. Dan kwam ik met builen op mijn hoofd en geronnen bloed rond mijn mond thuis. Aanvankelijk scholden mijn moeder en broers me uit, omdat ze dachten dat ik het ernaar gemaakt had. Maar op een zekere zondag gingen mijn broers met me mee naar de zondagsschool, waar ze zich verdekt opstelden. Toen ze me weer met een gehavend hoofd naar buiten zagen komen, wachtten ze meneer Claproth op. Hij kwam naar buiten met zijn tas en zijn beruchte rotanstok in de hand. Mijn grote broer Jacob liep langzaam naar hem toe en zonder iets te zeggen haalde hij hard uit met zijn vuist. De man viel op de grond en bleef even versuft liggen, kwam overeind en stond toen oog in oog met mijn broer Karel. Die sloeg hem toen vakkundig in elkaar. Er kwamen andere onderwijzers aan, en ook zij maakten kennis met de vuisten van Jacob. Mijn grote broer droeg ze op om mij voortaan strafwerk voor thuis te geven in plaats van slaag. Sindsdien was het afgelopen met de mishandelingen door onderwijzers op school.

Mijn opvoeding thuis bleef wél keihard en onbarmhartig. Was ik één minuut later thuis dan klokslag zes uur, dan kreeg ik van Jacob en Karel voor het huis de volle laag.

Dank je voor dit inzicht, Pa. Kwam ik een minuut later thuis dan vijf uur, dan sloeg je me de gang door. Ik kreeg ook klappen als mijn broertjes te laat waren, want ik moest ze elke dag zoeken en ervoor zorgen dat ze op tijd binnen waren. Speelden ze verstoppertje en vond ik ze te laat, dan sloeg ik ze naar huis, zodat ze geen medelijden met me hadden als ik hun portie slaag kreeg.

In het achtergedeelte van de woning kreeg ik dan ook nog een pak rammel van Ella en Ina met de rotanstok. Ten slotte maakte Mama de boel af met een boomtak. Aan het einde van die martelgang werd ik opgevangen door de huilende baboes. Die brachten me naar de badkamer om me te wassen. De kokkie liet de pannen dan even op het vuur achter om schone kleren voor me te halen. Ik dacht vaak na over die vernederingen, maar een reden kon ik er niet voor vinden.

Ik wel. Achterlijke koloniale manieren stammend uit de achttiende eeuw. Ene Willem van Hogendorp stelde die redeloze slaag toen al ter discussie in zijn novelle Kraspoekol, of de droevige gevolgen van eene te verregaande strengheid jegens de slaaven (zedekundige vertelling) *uit 1780. Overigens waren de boosdoeners geen Hollanders of Chinezen, maar … mestiezen van gemengd Portugees en Javaans bloed, zeg maar Indo's. Het is een straf om een Indo te zijn, is het niet, Pa?*

Op mijn achtste verjaardag kreeg ik een spiksplinternieuwe jongensfiets, *made in Japan*. Ik was er erg blij mee en begon zwerftochten door de stad te maken. Op een zondag wilde ik gaan vissen in de buurt van het havenkantoor in Tandjoeng Perak. Mijn broers gaven me een tas mee met aas en een kleine bamboehengel. Onderweg kocht ik een jonge klapper om mijn dorst te lessen in de hitte van Soerabaja.

Aan de haven gekomen, zocht ik een rustig plekje op bij een smal strandje. Ik zette mijn fiets neer, ging zitten en wierp mijn hengel uit. Ik ving een paar vissen, totdat ik een visje naar adem zag snakken. Ik ging het water in en waadde naar de plek, waar het visje zwom. Voor ik er erg in had, was ik in drijfzand terechtgekomen. Langzaam werd ik omlaag gezogen in de modder. Ik raakte verlamd van de schrik en kon niet om hulp roepen. Ik zakte steeds dieper weg, totdat het water me tot over mijn hoofd steeg. Ik kreeg zeewater naar binnen, strekte mijn armen boven het water uit maar kreeg het zwart voor de ogen. Vreemd genoeg kreeg ik een heerlijk gevoel over me. Het leven kon me niets meer schelen, ik was bereid te sterven, zodat ik verlost was van de slaag thuis, mijn kale hoofd en de stenen die de kinderen op school naar me gooiden. Onder water kreeg ik plotseling een schitterend licht te zien en een gevoel van zaligheid kwam over me. Ik raakte buiten bewustzijn toen ik aan mijn armen omhoog werd getrokken.

Toen ik bijkwam, ontwaarde ik de gezichten van mannen die zich over me heen bogen. Het waren drie blanke matrozen. Een van hen liet me mijn vingers in mijn keel duwen, zodat ik moest overgeven. Ze gaven me limonade om de vieze smaak van het zeewater weg te kunnen spoelen.

Thuisgekomen deed ik mijn relaas aan mijn moeder. Tot mijn verwondering kreeg ik geen straf te verduren. Onze kokkie bereidde de vissen die ik had gevangen en liet me die eten met gestoomde rijst en wat groenten.

Ik was een mager, tenger jongetje en op mijn tiende vond broer Karel dat ik maar eens wat sterker moest worden. Hij kon het niet langer aanzien dat ik met builen op mijn kale hoofd thuiskwam. Hij liet me elke ochtend om zes uur opstaan. Snel tandenpoetsen, snel wassen en dan in alleen een onderbroek een paar blokjes om in looppas. Karel liep zelf mee. Tijdens de looppas moest ik schijnbewegingen maken en schijnstoten plaatsen. Daarna naar huis en gewichtheffen met zware halters. Om half zeven een bad, dan ontbijten en snel naar school. In de middag van school naar huis, middageten, een kort middagdutje en dan aan de rekstok in de tuin. Daarna onder de douche en met open ogen in de douchestralen kijken. Dat was het zwaarst. De eerste maanden leed ik alleen maar pijn en toen die verdween, druppelde Karel wat citroensap in mijn ogen om me extra te harden. Na een half jaar kon ik de douchedruppels op me af zien komen en was mijn reactiesnelheid enorm toegenomen.

Oom Soen schaarde zich aan de zijde van broer Karel. Zij waren mijn leermeesters in de tuin, waar Beer aan een lange ketting rond de tamarindeboom rondscharrelde en Wolf aldoor op de loer lag voor inbrekers. Ze gooiden kiezels naar me, die ik met de rugzijde van mijn handen moest afweren. Ze wierpen ook stokjes naar me, die ik moest pareren met klassieke Chinese vechttechnieken. Het zou tot mijn vijftiende jaar duren eer ik ook messen wist af te weren zoals oom Soen en broer Karel dat konden.

Oom Soen was ongeveer 1,65 meter klein, terwijl broer Jacob 1,85 meter groot was. Jacob trainde veel met halters en was van nature nogal fors. Maar ik heb eens gezien hoe oom Soen Jacob bij zijn pols pakte en hem volledig verlamde gedurende vijf seconden. Dat deed hij toen Jacob mij weer eens probeerde te slaan. Oom Soen schold hem uit voor 'vuil beest' en verwees hem naar zijn kamer. Oom Soen liep mank vanwege een gedeeltelijke kinderverlamming, maar hij bezat een soort natuurkracht in zijn handen. Hij was vaak bij ons en dan voelde ik me veilig. Als hij er niet was, dan kwam tante Kiep op me passen. Wanneer Jacob vervelend werd, ging zij tussen ons in staan en ze schold hem dan de huid vol in haar eigen taaltje, dat net als dat van mijn moeder een mengeling was van Nederlands, Maleis en Chinees.

Natuurlijk hadden we buren aan de Koninginnelaan. Daar was het echtpaar Van Baak, een paar huizen verderop. Ze waren bejaard en hielden een fraaie collectie vogels in de achtertuin. Ik werd altijd hartelijk ontvangen en mocht de namen van de vogels in die enorme volières uit mijn hoofd leren. Het interieur van de woonvertrekken zag er voornaam uit, met veel antiek, porselein en glaswerk.

Nog een paar huizen verderop zat de familie Van Geel. Die mensen bezaten een prachtige collectie antieke Chinese en Japanse vazen. Hun dochter Ilse was een charmant meisje, dat me Chinese en Japanse sprookjes vertelde.

Naast de familie Van Geel had je de Indische familie Wetzel wonen. Dochter Lien was van mijn leeftijd. Ze hield er erg van om mij over mijn kale hoofd te strelen en er kusjes op te geven. Dat beviel me niet. Ik was meer gewend aan harde woorden en rake klappen. Wanneer Lien weer eens op mijn schoot kwam zitten om me te overladen met kusjes op mijn kale hoofd, rukte ik me los en liep weg. Ze werd dan kwaad en begon te schelden, soms krabde, sloeg en beet ze me. Maar ik sloeg niet terug, ik vond het laf om meisjes te slaan.

Dan had je in de buurt nog de familie Zweerts. Ik was goed bevriend met de drie zoontjes. Aan de overkant van de Zweerts woonde de familie Perazzo, een Joodse familie, met een zoon en twee dochters, heel lieve mensen.

Direct links van ons woonde een Japans echtpaar. Ze werkten beiden in het Tjijodawarenhuis aan de Toendjoengan. Kort voor het uitbreken van de oorlog ontpopten zij zich als Japanse spionnen met militaire rangen. Maar in mijn jongensjaren was ik nog te naïef om die dingen te begrijpen.

Ten slotte woonde direct rechts van ons de familie Altmann. Duitsers met twee volwassen zonen en een nakomertje van mijn leeftijd. Vooral met de oudste kon ik niet goed opschieten. Ik mocht trouwens die hele familie niet. Die twee volwassen zonen waren echte krachtpatsers en opscheppers. Hun hobby was spelen met vier volwassen pythons van drie tot vijf meter lang.

Mijn twaalfde verjaardag

Op mijn twaalfde verjaardag raapte ik alle moed bijeen, stapte op mijn vader af en vroeg hem of ik mijn haar mocht laten groeien, zodat ik niet langer gepest werd op school. Hij ging met Mama, broers en zusters langdurig in conclaaf en uiteindelijk werd besloten dat het mocht, mits ik zou slagen voor het toelatingsexamen van de middelbare school. Papa wilde hebben dat ik in zijn voetsporen trad, maar Jacob en Karel vonden dat ik een technische opleiding moest gaan volgen. Omdat ik op het nippertje zakte voor toelating tot de hbs liet de familie mij het laatste schooljaar overdoen. Ik hoefde mijn hoofd niet weer kaal te laten scheren, al zag Papa daar nog altijd wel de noodzaak van in.

Intussen speelde er een hooglopend conflict tussen Papa en Jacob omtrent Papa's weigering om ons als zijn kinderen te echten en ons de familienaam Nolan te laten dragen. Jacob nam toen als protest het besluit om zijn naam te veranderen van Nolan in Nolans. Karel nam een gematigde houding aan en noemde zichzelf gewoon Nolan, naar Papa's familienaam. Het kon hem niet schelen of die wettig was of niet. Ik begreep toen nog niet veel van wat er op de achtergrond speelde en volgde voorlopig Karels voorbeeld. Maar op school bleef men mij toch als een bastaard zien – ik was en bleef Arend Sie, Sie Arend, of Arend Sie zich noemende 'Nolan' – met zoveel woorden. Voor mijn Indonesische vrienden ging ik door voor Si-Arend, maar vanwege de rijke komaf van mijn vader noemden ze mij vaak Si-Arto of kortweg Arto, dat 'geld' betekent. Indonesische namen als Soegiharto en Soeharto, werden afgekort tot Harto of verbasterd tot Arto. Soms werd ik thuis ook zo genoemd.

Vooral de Indische coterie, Indische families van hoger aanzien, keek op mij neer. Hollanders deden dat minder en Duitsers helemaal niet. Nou hadden Jacob, Karel, Ella en Ina nog het geluk met een blanke huid geschapen te zijn, maar ik was net zo donker als mijn overgrootmoeder Rabina, die voor haar huwelijk een hofdame was van het sultanaat van Pamekasan.

Zeg, Pa, ik weet niet wie jou deze onzin heeft verteld, maar zodra ik met een Indo terugga in zijn familiegeschiedenis, dan kom ik altijd wel een geschaakte prinses of iets dergelijks tegen. Net als met een Hollander die wel ergens op een familiewapen stuit. Wat nou: hofdame? En hoe kwam die grootvader van jou dan in dat sultanaat terecht? Hou toch op, man, met die stompzinnige Indische sprookjes van je. Dát is nou koloniaal Indisch: je beroepen op de een of andere prinses of hofdame in je voorgeslacht.

Jacob en Papa stonden op gespannen voet. Jacob legde zich toe op het boksen, als waarschuwing dat Papa het niet in zijn hoofd moest halen hem te slaan. Jacob was een zwaargewicht. Karel was tenger, net als ik, en beoefende allerlei gevechtskunsten zoals judo, jiujitsu, pentjak silat*, khun thao (een vorm van taekwondo) en vechten met de *sikoe*: een stalen drietand met een kort handvat. Mijn broers namen steeds vaker besluiten in plaats van Papa en zij stuurden me dan ook naar de KES in plaats van naar de hbs. De KES was de Koningin Emma School, een technische school, waar ik werktuigbouwkunde volgde. Tot leedwezen van Papa, die mij rechten wilde laten studeren.

In die tijd kreeg ik zo'n beetje verkering met Hermina, een Indisch meisje. Toen haar moeder vernam dat ik een onwettige Nolan was, werd het haar ernstig verboden om verder serieus met mij om te gaan. Hermina, haar broer en beide andere zusters protesteerden hevig, maar dat hielp niet. In de ogen van die moeder was ik vervloekt en met pek besmeurd. Op de voorgalerij van hun huis hoorde ik met pijn in mijn ziel hevige ruzies en woordenwisselingen binnenshuis aan en toen ben ik zonder ook maar iemand te groeten weggeslopen.

De dood van Beer en Wolf

Op een namiddag kwam Papa thuis en als gewoonlijk werd hij begroet door Beer, die inmiddels zo groot als Jacob was geworden. Papa was het gewend om Beer met een paar suikerklontjes te groeten, maar ditmaal was hij uit zijn humeur en gaf hij hem met zijn wandelstok een ferme tik op zijn neus. Beer gromde woest, trok de ketting waaraan hij vastzat kapot en kwam dreigend op Papa af. Oom Soen pakte snel een afgebroken tak van de tamarindeboom en sloeg ermee op Beer in. Karel en Jacob hoorden het tumult en grepen elk een dubbelloops jachtgeweer van de muur. Ze laadden de geweren bliksemsnel en losten elk twee schoten. Het dier viel dood voor de voeten van Papa neer. Maar in plaats van zijn zonen te bedanken voor hun ingrijpen, begon hij tegen ze te razen, te tieren en te vloeken.

Ik heb nog lang tegen Beer aan gelegen. Binnenshuis bleef men nog lang over het voorval ruziemaken. Mijn broers hebben Beer bij maanlicht begraven in de tuin. Een paar dagen later verloor ik Wolf, die door een auto werd overreden. Ik heb hem zelf begraven, naast Beer.

Nu ik van de lagere school af was, vond Jacob het hoog tijd dat ik met vuurwapens leerde omgaan. Dat was, zoals gezegd, traditie onder Indische jongens. Ik moest de wapens regelmatig reinigen en invetten, en al was Beer door een van die geweren gedood, het gaf me toch een gevoel van trots dat ik die wapens in mijn handen mocht houden.

Onze woning aan de Koninginnelaan had spits toelopende daken. In de nokken hingen veel vleermuizen. Achter de garage stond een oud gebouwtje, dat dienstdeed als bijkeuken, waar Mama haar ketjap bereidde en in flessen schonk om wat bij te verdienen. In dat vieze gebouwtje wemelde het van de ratten en de muizen. Ik begon met oefenen op vleermuizen. Ik schoot ze overdag uit de nokken en verbrandde ze in een kuil achter in de tuin.

In de avond nestelden Karel en ik ons op de verdieping boven de garage, gewapend met een zaklantaarn. Karel hanteerde de Winchester en ik de tjies, een klein 5.8-millimeterjachtgeweer. Om beurten beschenen we de afbraakkeuken, op zoek naar muizen en ratten. Muizen waren het moeilijkst te raken, en al helemaal met een tjies. Maar elke Indische jongen moest eerst met dat ding leren schieten, dat was traditie. Ik deed voorlopig de ratten, Karel de muizen, we schoten om de beurt. Toen ons dat begon te vervelen plaatsten we lege conservenblikken in de tuin om te oefenen met het Winchester repeteergeweer. Mama, Jacob en oom Soen keken goedkeurend toe. Ik werd dol op schieten, ik voelde me zelfverzekerder, ook al ging ik zonder geweer naar school.

Maar Jacob gunde me geen rust. Ik mocht van hem na het middageten geen siësta meer houden. Boven de garage lag een stoffige rommelzolder. Aan de nokbalk bevestigde Jacob zware dikke touwen met ringen, zodat Karel me kon leren turnen. Jacob liet me werken met halters van vijf tot twintig kilogram.

Met stootkussentjes op mijn lichaam gebonden moest ik tegen die snelle Karel leren vechten. Het duurde maanden voordat ik zijn bliksemsnelle slagen en trappen kon afweren. Jacob had aan de nokbalk een zware juten zak hangen, gevuld met zaagsel en zand. Als hij ertegen sloeg, begon dat gevaarte te bengelen, maar het bleef doodstil hangen als ik er mijn knuisten op uitprobeerde.

Mijn vaders dood

Papa had de advocatuur al vaarwel gezegd en begon zich steeds meer uit het gezinsleven terug te trekken en betrok een paviljoen van een groot sociëteitsgebouw ergens aan de Embong Malang. Zo raakten wij ook onze chauffeur Petro kwijt. Misschien vond Papa mijn moeder lastig met haar scherpe kritiek op zijn levensstijl. De man was verslaafd aan drank en gokken. Als ik hem opzocht tijdens een vrije schoolmiddag, dan moest hij zijn bed nog uit komen en zijn tanden poetsen. Hij spoelde zijn mond met whisky.

O, dus dat nachtbraken heb ik van jou geërfd ... Atavisme, huh? Op die whisky na dan. Dat Schotse spul maakt me vreemd agressief. Dat heb ik dan weer van jou.

Wij moesten nu kleiner gaan wonen en verhuisden naar de Ardjoeno Boulevard nummer 144. Daar kreeg ik veel nieuwe vrienden: Hollanders, Duitsers, Indische jongens, Javanen en Ambonezen, alles door elkaar. De tuin van onze woning moesten we delen met een andere Indische familie, die in het paviljoengedeelte van de woning zat. Het was er dan wel klein en we hadden het niet breed, maar het was toch heel gezellig daar. We hadden een Chinese kostganger, Kwee Lian Bo. Hij studeerde bouwkunde en werd een grote steun voor me bij mijn studie werktuigbouwkunde.

Van Mama kreeg ik zo zoetjes aan te horen dat het bergafwaarts ging met Papa. Eerst met zijn zaken. Zijn wasserij aan de Simpang ging failliet, hij moest zijn beide vrachtschepen verkopen en zijn acht auto's om zijn speelschulden te kunnen aflossen. Zelfs zijn postzegelverzameling met een waarde van enige miljoenen guldens moest worden geveild. Alleen zijn Ford T-model bleef behouden.

Papa kreeg erge last van zijn oude kwaal, diabetes. Toen hij nog bij ons woonde, lapte Mama hem altijd op met inheemse kruiden, maar daar in dat sociëteitspaviljoen kwamen alleen zijn westerse privéartsen en die wisten weinig beters dan hem maar naar het hospitaal te sturen. In het Dharmoziekenhuis zochten wij – Mama, Jacob, Karel, Ella, Ina en ik – Papa regelmatig op.

Op een middag in september kwam ik met mijn neef George Nolan aan Papa's ziekbed te staan. Papa zei: 'Arend, dit is je neef George. Hij zal voortaan voogd over jou zijn. Ik heb met hem een financiële regeling getroffen voor je verdere studie. Luister goed naar George en volg zijn instructies nauwkeurig op. Later, als je groot bent, zul je me wel begrijpen. Jij bent de jongste van jullie vijven en de ogen van de familie Nolan zijn op jou gericht. Ella en Ina deugen niet, die zijn zo stom als het achtereind van een varken. Voor Karel geef ik geen rooie duit, die vent weet alleen hoe hij met vrouwen moet omgaan en verder niets. Aan deze drie heb ik niet gedacht bij mijn testament. Jacob is flink en kan goed handelend optreden. Voor hem heb ik zijn financiële zaken in orde gemaakt, maar natuurlijk heb ik in de eerste plaats aan je moeder gedacht.'

Buiten zijn kamer, in de hal van het zijpaviljoen van het ziekenhuis, wachtte ik na mijn bezoek op neef George. Toen hij naar buiten kwam, zei hij: 'Arend, jouw vader zal het niet lang meer maken. Het is nog slechts een kwestie van enkele weken. Hij voelt zijn einde naderen. Af en toe is hij helder maar soms verliest hij zijn bewustzijn. Het is nog mooi dat hij jou steeds herkent. Je broers en zusters herkent hij soms niet eens! Maar enfin, Arend, je hebt je vader gehoord en begrepen. Doe je uiterste best op school. Je bent nu bijna veertien en straks, als je zestien bent en ik kan zien dat je écht je best hebt gedaan, dan krijg je van mij een mooie motorfiets cadeau.'

Neef George, zoon van de rijke planter oom Louis Nolan, gaf me een stevige handdruk en keek me van onder zijn witte hoed diep aan met zijn meelevende ogen. Ik stapte op mijn fiets en reed met een bedrukt gevoel terug naar huis, zonder langs mijn speelkameraden te gaan.

Op een maandag, drie dagen voor mijn veertiende verjaardag, stond ik aan de bankschroef in het praktijkleslokaal te werken, toen ik in het gaasscherm achter de bankschroef duidelijk het gezicht van mijn vader zag verschijnen. Hij zei iets tegen me, maar ik wist niet wat. Ik begon om hem te roepen en de jongens om me heen hielden allemaal op met werken en keken verbaasd in mijn richting. Toen stormde onze Chinese kostganger Kwee Lian Bo het praktijkleslokaal binnen. Hij riep naar me dat mijn vader was overleden en dat mijn zusters bij de directeur op me wachtten. De leraren hielpen me met mijn overall uittrekken en brachten me naar de wasgelegenheid, waar ik me netjes moest kleden. Ze gaven me een hele week vrijaf.

Drie dagen later werd mijn vader plechtig begraven op het Europese kerkhof van de Algemene Begraafplaats te Kembang Koening. Ik bezocht bijna elke zondag zijn graf, waarop een grote grafsteen van Italiaans Bianco Carrara-marmer lag. Ik zette dan bloemen in de vazen aan zijn graf en smeekte God om vergiffenis voor alle wandaden die mijn vader in zijn leven had begaan. Mama was soms radeloos omdat ook nu, na zijn dood, veel bezittingen van hem moesten worden geveild om zijn schulden te kunnen aflossen. Neef George stelde Mama financieel schadeloos.

Ongeveer een jaar na Papa's dood moesten we weer verhuizen. Ditmaal naar een groter gebouw, maar zonder tuin, gelegen aan de Pasar Wetan Gang IV/4. Uiteindelijk moest Mama ook alle jachtgeweren en overige kostbaarheden verkopen. Maar de twaalf grote Chinese vazen konden we behouden en die verhuisden met ons mee.

Helaas zag ik neef George minder dan ik wilde en nam mijn broer Jacob de voogdij over. Hij ging overdreven te werk. Op een zaterdagmiddag – ik was vijftien jaar inmiddels – was ik wezen sporten op school. Zweedse gymnastiek: oefeningen aan het wandrek, bokspringen, touwklimmen en oefeningen aan de ringen. Toen ik thuiskwam, liet ik de baboe een grote wasemmer in de badkamer klaarzetten. Ik sloot de badkamer, wreef mijn lichaam in met zeep en ging in de wasemmer met koud water liggen. Het was een smoorhete dag en ik viel in slaap. Een half uur later kwam Jacob thuis van kantoor. Hij bonsde op de badkamerdeur. Ik schrok wakker en loom richtte ik me op uit die wasemmer. Ik droogde me af en trok mijn pendek* aan. Weer bonsde Jacob hard op de badkamerdeur. Ik opende de deur en voor ik het wist, greep hij me bij de nek en sleurde me naar buiten. Daar begon hij hard op me in te slaan en hij trapte me tegen de grond. Ik dook ineen en riep hem toe wat er in godsnaam met hem aan de hand was.

'Hou je smoel, jij vuile hond!' schreeuwde hij en hij trapte me waar hij maar kon. Mama, Ella en de baboes kwamen op het tumult aflopen en maanden hem te stoppen.

'Wát heeft die jongen misdaan?' vroeg mijn moeder.

'Wah, dat beest heeft zichzelf afgetrokken in de badkamer!' riep Jacob woedend uit. 'Daarom zat hij nog in de badkamer toen ik thuiskwam. Ik wil niet hebben dat Arend zichzelf aftrekt. Dan ransel ik hem nog liever.'

Ik krabbelde overeind en vroeg aan Jacob wat 'aftrekken' betekende. Weer werd hij wit van woede en hij sloeg me in het gezicht. Uiteindelijk werd het Mama te veel en ging ze tussen ons in staan. Toen hield hij op. Het werd me zwart voor de ogen en ik viel flauw. Baboe Tenie bracht me met natte doeken bij en veegde het bloed van mijn gezicht, terwijl kokkie Tas mijn hoofd op haar schoot hield.

'Waarom word ik zo geslagen?'

'Omdat je blijft liegen!' schreeuwde Jacob.

Later haalde hij me uit mijn kamer en hij sleurde me mee naar de zijne, waar ik aan zijn bureau plaats moest nemen. Jacob trok een dik boek uit zijn boekenkast en schoof het onder mijn neus. 'Dit is een boek over venerische ziekten, geschreven in de Amerikaanse taal', zei hij. 'Hier heb je er een woordenboek bij. Bekijk vooral die kleurenfoto's van die ziekten goed. Wat ik zo-even met "aftrekken" bedoelde is dat je met je eigen pik ligt te spelen. Als er dan iets uitkomt, kun je ongewenste ziekten krijgen. Je verliest zo je kracht, je wordt dan een weekdier, een garnaal! Je blijft hier net zo lang zitten lezen totdat ik je zeg dat het genoeg is. Begrepen?'

Sindsdien moest ik me tweemaal per week bij hem melden voor dat boek over venerische ziekten. Hoe ik met meisjes en vrouwen moest omgaan, vertelde hij me niet. Ik wist alleen dat Karel gitaar voor ze speelde. Misschien moest ik dan ook maar gitaar leren spelen. Gelukkig stonden er ook boeken over vliegtuigen in Jacobs kamer. Hij had Hutchinson's *War Pictorial* gekocht, terwijl ik van mijn spaarcentjes tweedehands vliegtuigtijdschriften kocht, zoals *Vliegwereld*, *Flight* en *The Aeroplane*. Jacob kocht ook nieuwe tijdschriften, waarin we de oorlog in Europa konden volgen. Karel luisterde naar de radio. We wisten dat Nederland was bezet door de Duitsers en dat Japan dreigde hetzelfde met Indië te doen.

Op een dag las ik in de krant een advertentie van de Koninklijke Marine, waarin jongelui vanaf veertien jaar werden opgeroepen in dienst te gaan. Ik wilde me aanmelden, zoals zo veel van mijn vriendjes. Maar Mama weigerde mij toestemming te verlenen en stuurde Jacob op me af.

'Arend, als jij in dienst komt bij de marine, dan betekent dat dat je later ook moet gaan vechten. Dat kan Mama niet verdragen. Vergeet niet dat jij haar *anak mas*, haar lievelingskind, bent. Je moet altijd dicht bij haar in de buurt blijven. Daarom kan ik jou geen toestemming geven. Mama wil hebben dat jij later ingenieur wordt. En stel je niet zo aan met dat geklaag over dat beetje slaag van je moeder. Zo zijn ook wij, je broers, grootgebracht. De zweep maakt ons hard. Wil jij liever een weekdier zijn soms? Nou dan, geen aanstellerij! Denk jij soms dat jij als vijftienjarig jochie tegen de Japanners kan gaan vechten? Laat me niet lachen, man. Je hebt een Chinese moeder, wij staan ingeschreven bij de burgerlijke stand der Chinezen. Nou dan! Als jouw vader ons had erkend, dan waren we Europeanen geweest. Dat zijn wij niet! Nou dan! Jij, Karel en ik, wij houden ons gedeisd mochten die Japanners binnen komen vallen. Begrepen?'

Ik knikte maar wat.

'Ken jij dat verhaal van koning Djojobojo dan niet?' ging hij verder. 'Nee? Waar hebben wij jouw schoolgeld voor betaald? Die Djojobojo was de "Javaanse Nostradamus". Je weet toch wel wie Nostradamus was, of weet je dat ook al niet? Nee? Nee? Dommerik! Nostradamus was een Franse apotheker met helderziende gaven. Hij heeft Napoleon, het communisme, Hitler en wereldoorlogen voorspeld. Onze Djojobojo gaf zo rond het jaar 900 leiding aan een van de hindoerijkjes hier op Java en beschikte over profetische gaven. Aan de hand van zeven schotels voedsel voorspelde hij zeven tijdperken waarin zeven grote rijken elkaar zouden opvolgen. De laatste zijn zeevarende naties. Eerst de Belanda's en dan de Japanners, die Java in een poel van verderf zullen storten. Beide naties zullen uiteindelijk worden verdreven, waarna de koningen van Java het gezag weer zullen overnemen. Elke Javaan weet dat. Wij moeten dat dus ook weten, wij zijn immers omringd door Javanen. Soedah, al, klaar! Het heeft geen zin om te vechten, we hoeven alleen maar te wachten. Blijf jij dus maar gewoon vechten op het "slagveld" met Karel.'

Met dat slagveld bedoelde Jacob het stukje grond bij de KES, de Koningin Emma School, op de hoek van de Prins Hendrikkade en de Prinsesselaan. Het was een braakliggend stuk grond waar ruzies werden uitgevochten. Karel demonstreerde er zijn razendsnelle techniek met de drietand, ik heb hem de polsen zien breken van geduchte tegenstanders. Er zaten goede vechtersbazen onder de jongens. Het was er een mengelmoes van rassen: Indische jongens, Madoerezen, Javanen, Boeginezen, Makassaren, Menadonezen, Ambonezen en Timorezen. Onder hen zat een zekere Radèn Soekaton, een Madoerese jongen van adel. Hij was erg bedreven in pentjak silat en kon zowel voor- als achterwaarts over zijn tegenstanders heen springen. Later zou hij een van mijn grote vertrouwensmannen worden. Raakte ik in een gevecht gewikkeld en hij was in de buurt, dan sprong hij voor me in de bres. Maar hij was nogal snel *mata gelap**, kreeg dan een donkere waas van blinde drift voor de ogen, en het gebeurde dan weleens dat hij de verkeerde pakte.

Als ik thuiskwam van een verliespartij, dan werd ik door Karel en Jacob in elkaar geslagen en aan de bokszak gezet. Had ik gewonnen, dan kreeg ik van beiden een gulden. Mijn moeder gaf me dan ook een gulden en van Ella en Ina kreeg ik elk vijftig cent, dat was dus een gulden van de tweeling die zij vormden. Ondanks alle slaag en vernederingen was mijn jeugd in Nederlands-Indië geweldig. Totdat de oorlog begon.

II

SAMOERAI

Bommen op ons huis

Ik zat in klas 2D van de afdeling Bouwkunde toen de Amerikaanse marinebasis Pearl Harbor in Hawaï werd aangevallen door Japanse luchtstrijdkrachten. Het was december 1941. Amerika verklaarde Japan de oorlog en daarna volgde Nederland. De oorlogsverklaring werd op school door de directeur voorgelezen. Vanzelfsprekend kwam er van studeren niet veel meer terecht. Alle burgers van Duitse en Japanse origine, ook gemengde afstammelingen, werden gearresteerd en geïnterneerd. Zo verloor ik Duitse en Japanse vrienden uit mijn klas. Een Hollandse jongen werd opgeroepen voor dienst bij de Koninklijke Marine en kwam terecht op de hulpkruiser Soerabaja in de functie van kanonnier. Bij het bombardement van Japanse vliegtuigen op Soerabaja's havengebied Tandjoeng Perak zou hij komen te sneuvelen.

Ik meldde me via de schooldirectie aan bij de Luchtbeschermingsdienst (LBD) en moest regelmatig op post staan met zend- en ontvanginstallaties via radio en telefoon in het Dharmokwartier vlak bij het vliegveld. Door de boeken van Jacob was ik bedreven geraakt in vliegtuigherkenning. Van de LBD kreeg ik een verrekijker en een colt-kaliber-36-revolver. Ik liep in een groen kakiuniform en droeg een muts. Het KNIL blonk niet uit in gevechtskracht en kreeg hulp van Australische soldaten, die veel dapperder streden tegen de Japanse troepen.

In lokale bladen werd via advertenties van de Koninklijke Marine gezocht naar jongelui vanaf veertien jaar om opgeleid te worden tot vliegtuigmaker bij de Militaire Luchtvaart Dienst (MLD*). Mijn moeder en 'voogd' Jacob weigerden mij toestemming te verlenen. In die periode kwam mijn neef Willem Nolan, de naamgenoot van mijn vader, soms bij ons langs. Bij zijn laatste bezoek zei hij: 'Arend, ik ben in dienst van het KNIL en zal binnenkort moeten vechten tegen de Japanse soldaten. Wees maar blij dat je geen wettige Nolan bent en dat je de naam van je moeder draagt. Je kunt onderduiken bij je moeder. Ik denk dat ik deze oorlog niet zal overleven.' Hij omhelsde me en ik zou hem nooit meer terugzien. Hij zou het leven laten als dwangarbeider aan de Birmaspoorweg en in Thailand begraven worden.

Begin februari 1942 begonnen de sirenes op het schooldak te loeien. Door mijn verrekijker zag ik negen Navy Zerojagers laag over komen scheren. Boven de jagers vlogen vijftien Mitsubishi 'Betty'-bommenwerpers, die een *bombing run* maakten. Ik werd naar de smederij gestuurd, waar ik het ketelgebouwtje in moest om het gasventiel open te draaien, zodat alle carbidgas uit de ketel kon ontsnappen en de kogels van de jagers geen enorme explosie zouden veroorzaken. Er werd geschoten met machinegeweren, en brisantbommen van vijftig kilo werden afgeworpen. Ik was nog niet klaar met die *job* of het dak van het ketelgebouwtje vloog eraf. We zochten allemaal dekking en na het *all-clear*-signaal begonnen we met puinruimen. De leerlingen die bedolven lagen onder omgevallen bomen en in hun schuilplaatsen, moesten we uitgraven.

Het lesgeven werd gestaakt en toen ik op de fiets stapte om naar huis te gaan, werd ik buiten de poort geroepen door een Javaanse buurman. Hij vertelde me dat onze woning aan de Pasar Besar Wetan Gang IV, vlak bij de gebouwen van de elektriciteitsmaatschappij, getroffen was door vliegtuigbommen. Onze hele voorgevel lag aan puin. Er patrouilleerden agenten tegen plunderaars. Ze lieten me door. Onze antieke Chinese vazen van elk een meter hoog lagen aan scherven. Mijn kamer was een puinhoop, in de keuken was een vliegtuigbom geëxplodeerd. Het interieur van de eetkamer was volledig verwoest. De muren aan de achterkant van ons huis waren doorzeefd met mitrailleurkogels.

Ik schreeuwde om wraak, maar een politieagent kalmeerde

me en verwees me naar het Centraal Burger Ziekenhuis (CBZ) aan de Simpang. Door de chaos kon ik dat niet bereiken. Een Javaanse buurman, wiens woning ook aan puin lag, bood me onderdak aan bij zijn familie ergens aan de Baliwerti, een kilometer van ons huis. Ik werd er hartelijk ontvangen en kreeg een klein kamertje waar een *balèh-balèh* stond, een ligbed van bamboe. Baden kon ik bij de put op de binnenplaats.

Een dag later fietste ik naar het CBZ, op zoek naar mijn familie. Mijn moeder en Ella verkeerden in een lichte shock. Ina was gewond aan haar rechterarm en linkerbeen. Een van onze baboes had een hoofdwond. Ze mochten een paar dagen in het ziekenhuis blijven. Zus Ina betrok daarna met broer Karel een voorlopig onderkomen in Soerabaja. Jacob regelde de evacuatie van Mama, Ella, Poppy, kokkie Tas, baboe Tenie en mij naar Blitar, zo'n 130 kilometer zuidwaarts, waar ik ooit als baby was verzorgd door oom Soen. Ik pakte mijn rieten koffertje, nam afscheid van mijn Javaanse gastfamilie aan de Baliwerti en liet mijn fiets achter. Mijn moeder wachtte me op bij het ziekenhuis en van daar liepen we naar station Goebeng. De trein was overvol, het was heet en de reis duurde lang.

In Blitar werden we opgewacht door tante Mien en andere familieleden van Mama. Ik werd door al die Chinese vrouwen liefdevol omhelsd en begreep daar weinig van. Ik was slaag gewend, harde trainingen in de tuin, ruzies met mijn broers en zussen. Achter in de woning kreeg ik een kamertje met een balèh-balèh, een gammele stoel en dito tafeltje. Ik wandelde het kamponghuis van tante Mien uit en stond al gauw aan het einde van de straat oog in oog met een diep ravijn. Ik vroeg me af hoe het met Karel en Ina zou gaan. Soerabaja bleef immers gebombardeerd worden door de 'Betty'-bommenwerpers, die wij op school 'vliegende sigaren' noemden. Ik kon alleen maar denken aan vechten voor Vorstin en Vaderland.

De volgende ochtend besloot ik de omgeving verder te verkennen. Blitar werd overspoeld door Japanse invasietroepen.

Ze werden luid toegejuicht door de Indonesische bevolking. Indische mensen waren nergens te bekennen, zij bleven binnen. Oom Soen waarschuwde me om niemand in vertrouwen te nemen. De Indonesische bevolking zag de Japanners als bevrijders van de Nederlandse onderdrukkers, en Indonesische partijen begonnen al direct steun te zoeken bij de Japanners. Oom Soen vertelde me dat de Japanners bezig waren om overal Nederlandse burgers – mannen, vrouwen en kinderen – te arresteren en in gevangenkampen onder te brengen. Alleen Indo's mochten nog vrij rondlopen en werken. Blanke Nederlanders werden bespuugd door de bevolking wanneer zij van hun kamp naar hun werk en weer terug moesten marcheren. De Japanners stonden erbij te lachen.

Om de tijd te doden volgde ik via een kennis van tante Mien taalles bij een Chinees meisje. Het was het Tsjing Iemdialect met dito karaktertekens.

Op een morgen ging ik met Ella en Poppy naar de pasar, de markt. Ter hoogte van de aloen-aloen, het stadsplein, zag ik een menigte, bijeengedreven door Japanse soldaten met bajonetten op hun geweren. In het midden stond een mager tienjarig jongetje dat van de honger iets van een marktverkoopster gestolen had en daarvoor moest worden gestraft. Het jongetje moest de hand opsteken waarmee hij had gestolen. Iedereen werd gedwongen te kijken. Ik kreeg een beuk van een soldaat met zijn geweerkolf toen ik de andere kant op keek. Een Japanse officier trok zijn samoeraizwaard en hakte het jongetje de hand af op een houten blok. Javanen die het jongetje wilden helpen, werden met geweerkolven murw gebeukt. De officier gaf via zijn tolk te verstaan dat dit iedereen zou overkomen die zich schuldig maakte aan diefstal. Er ging een geroezemoes van minachting en verontwaardiging door de toeziende menigte. Waren ze nu nog altijd zo blij met die Japanners als hun bevrijders? Ik liep die avond naar het einde van de straat en staarde urenlang over het ravijn.

Staatsieportret

Begin mei kreeg Mama het bericht van Jacob dat hij een huurwoning in de wijk Oendahan Koelon in Soerabaja had gevonden. Dat was goed nieuws, want ik verveelde me dood in Blitar, al vond ik de Chinese taallessen wel aardig. We pakten onze koffers, namen afscheid van de familie en gingen richting station. De stoomtrein vertrok in de middag vanuit het bergachtige gebied naar de laagvlakte. Het was laat in de avond toen de trein station Goebeng binnenreed. Op alle perrons wemelde het van de Japanse soldaten. Bij de uitgang werden we allemaal gecontroleerd door leden van de beruchte Kem Pei Tai: de Japanse geheime staatspolitie. Ik toonde mijn Chinese identiteitsbewijs en na het horen van een kort geblaf kon ik verder lopen. We vonden een *kossong*: een rijtuig voor zes personen, voortgetrokken door een paard.

De straten in de wijk Oendahan Koelon droegen namen van Nederlandse zeehelden. Onze huurwoning lag aan de Van Heemskerkstraat nummer 5. Broer Karel woonde aan het Piet Heinplein. Mijn stiefzuster Non, uit het eerste huwelijk van mijn moeder, woonde met haar echtgenoot Ang Soen Bing aan de Trompstraat.

Jacob en Karel hadden met de hulp van Javaanse politieagenten en kennissen een groot deel van de inboedel uit onze gebombardeerde woning aan de Pasar Besar Wetan Gang IV weggehaald en tijdelijk elders opgeslagen, totdat er vergunning was tot het bewonen van het huis aan de Van Heemskerkstraat. Zo kreeg ik een deel van mijn studieboeken van de KES terug en kon ik zelfstandig verder studeren. Ik kreeg een kamer van drie bij drie meter voor mij alleen. Er stond een houten divanbed, met kapokmatras, hoofdkussen en klamboe. Verder niets meer dan een stoel en een tafeltje. Tussen mijn schamele bezittingen vond ik tot mijn verbazing een grote papieren rol terug. Ik haalde het pakpapier eraf en het staatsieportret van koningin

Wilhelmina kwam tevoorschijn, dat had ik eens van een leraar gekregen. Met punaises prikte ik de kleurenfoto boven mijn hoofdeinde.

'Arend, haal die foto van koningin Wilhelmina van de muur!' beval Mama mij.

Ik weigerde.

'Zo krijg je moeilijkheden met die jappen als zij hier in huis komen controleren!'

'Wilhelmina is onze koningin. Die krompoten hebben toch hun Tennō Heika*. Trouwens, wat weten zij van ons Oranjehuis in dat verre Holland? Ik heb maling aan die jappen. Ze hebben mij op school gemitrailleerd, onze woning aan de Pasar Besar Wetan gebombardeerd en ze hebben mij in Blitar geslagen toen ik weigerde te kijken naar dat jongetje van wie de hand werd afgehakt.'

Mama werd woedend: 'En wat wil je met zo'n vijandige houding bereiken? Wil je in je dooie eentje tegen die overmacht vechten? Doe wat je wilt, maar kom mij niet om hulp vragen!'

Fietsen, werken en schildpadden eten

Een paar dagen later kreeg ik van Karel een oude fiets. Ik knapte dat ding een beetje op, want ik moest werk gaan zoeken. Maar eerst bezocht ik oom Soen, die een klein huisje in een kampong bij Peneleh bewoonde. Hij gaf mij informatie over Japanse troepenbewegingen in en rond onze krokodillenstad en over hoe de samenleving veranderde onder de Japanse Laars. Hij vertelde mij veel over het schrikbewind van de Kem Pei Tai en hoe die Sakura-organisatie* zo ongeveer in elkaar zat. Oom Soen was lid van twee Chinese verzetsverenigingen: de Hwa Kiao Che Nan Hwe en de Tjiong Hwa Wen Kwan. Hij waarschuwde me om vooral niemand in vertrouwen te nemen. Nederlandse burgers zaten in gevangenkampen, maar Indo-

Europeanen mochten voorlopig nog vrij rondlopen en werken. Er waren Belanda's die hun gezicht insmeerden met schoensmeer, zodat ze op Indo's leken …

Ik fietste in die dagen doelloos rond. Vanuit Oendahan via Genteng, Toendjoengan, Kaliasin en de Tamarindelaan naar Dharmo en van daar noordelijk de stad uit richting Gresik en weer terug. Ter hoogte van Karang Pilang aan de Kali Brantas zag ik een paar Indische jongens aan de rivieroever met houten speren schildpadden vangen. Ik stapte van mijn fiets af, liep naar hen toe en maakte een praatje. Ze bleken werkzaam in een bakstenenfabriek aan de overkant van de weg en vroegen of ik werk zocht. Ze stelden me voor aan de hoofdopzichter, de heer Huitink, een Nederlander. Ik vond het vreemd dat het een Nederlander was, terwijl er zo veel in kampen zaten opgesloten. De heer Huitink nam mij mee naar zijn kantoortje, vroeg om mijn identiteitspapieren en noteerde mijn gegevens en schoolopleiding in een schrift. Hij keek verbaasd op toen ik hem vertelde dat ik eigenlijk een onwettige Nolan was. Want ook hij kende de familie Nolan. Die naam was bekend van Soerabaja en omstreken tot diep in de Oosthoek van Java.

Huitink nam mij mee naar het kantoor van de *hantjo*, een Japanse hoofdopzichter. Die man was gekleed in een wit uniform met op zijn linkerborstzak een Sakura-embleem met vijf bloemblaadjes. Ik moest diep buigen voor die man, wat ik ervoer als een vernedering. In gebroken Engels gaf hij mij te verstaan dat ik de volgende morgen moest beginnen met werken tegen een loon van twee cent per uur.

Thuis vertelde ik Mama dat ik vanaf de volgende morgen uit werken zou gaan. Dat vond zij prachtig, alleen de beloning vond zij aan de karige kant. Elke morgen om half zeven ging ik op de fiets naar die bakstenenfabriek in Karang Pilang, over een afstand van 25 kilometer. Eerst moest ik leren van klei bakstenen te maken door ze in vormen te persen. Daarna moest ik af en toe helpen in de werkplaats met smeden, bankwerken en lassen. Er werd 14 tot 15 uur per dag gewerkt. Wanneer de bakstenen in de oven moesten, kon ik overuren maken. Dan was ik 24 uur per dag in touw, met nu en dan een slaappauze. Het was zwaar. Maar ik verdiende tenminste wat geld, waarvan ik eten kocht voor Mama en mijn andere huisgenoten. Het was natuurlijk onvoldoende, maar Karel en Jacob brachten ook geld binnen.

Karel was getrouwd met zijn jeugdliefje Wiesje Muller. Zij hadden een paviljoenwoning gehuurd aan de Krangganstraat. Wiesjes zuster Erna leefde samen met een Chinees, om niet geïnterneerd te hoeven worden.

Wanneer ik nachtdienst had, ging ik met die Indische jongens naar de rivier om schildpadden en leguanen te vangen. We doodden die dieren met zelfgemaakte speren, sneden de buiken open, haalden de ingewanden eruit, en wreven het inwendige in met zout. Alleen bij schildpadden ging het wat moeilijker. Maar die Indische jongens wisten er wel raad mee. Als alle bakstenen opgestapeld in de oven lagen, vulden we de stookruimte eerst met brandhout en daarna met steenkool. De jongens legden de gedode dieren boven op de bakstenen, bij een controlegat. Met smeedtangen en stokken draaiden we de dieren telkens om totdat ze gaar waren. Dat was dan onze maaltijd voor de hele nacht. Het vlees smaakte vreemd, maar we hadden nu eenmaal honger en ziek werden we er niet van.

Ik moest dus dagelijks vijftig kilometer over slechte wegen fietsen. Op zekere dag begaven de banden van mijn fiets het. Van Karel kreeg ik toen een stel massieve crêperubber banden. Toen zat er bij het rijden helemaal geen vering meer in dat vehikel en moest ik nog vroeger van huis.

Intussen was er een band ontstaan tussen die Indische jongens, de heer Huitink en mij. We hielden elkaar op de hoogte van de strijd in de Pacific. Maar op zekere dag kwam er een andere Indische jongen, een zekere Fred Verhoef, bij ons werken, zonder bij Huitink te hebben gesolliciteerd. Hij werd opvallend vriendelijk door de hantjo bejegend. Ik liet me tegenover Huitink en de anderen ontvallen dat ik de zaak niet vertrouwde.

De heer Huitink nam de volgende dag vrij en ging op onderzoek uit. Hij kwam terug met de mededeling dat Fred Verhoef een informant was van de Kem Pei Tai. Wij verbleekten. Huitink gaf ons het advies om net te doen alsof we nergens van wisten.

In vertrouwen zei ik tegen mijn vrienden: 'Die vent moet hoe dan ook uit de weg. Wanneer dat niet gebeurt, dan vallen we een voor een in handen van de Kem Pei Tai. Je hoeft maar íéts te zeggen en je bent de klos.'

Mijn kompanen knikten. Maar niemand wist hoe en wanneer met die spion Fred Verhoef afgerekend diende te worden.

Men kende in die fabriek geen vrije dag op zondag: de kalendertelling was Japans. Pas als er voldoende geproduceerd was voor de bouw, konden wij af en toe wel een vrije dag nemen.

Op een morgen had ik vrij en ging ik voor Mama naar de Pasar Toerie om wat vis te kopen. Daar op de markt ontmoette ik mijn Javaanse vriend Soedjono van de KES. Toen ik de boodschappen had gedaan, ging ik met Soedjono mee naar zijn huis ergens in de beruchte wijk Krembangan. Krembangan was al ver voor de oorlog berucht omdat daar de gemeenste vechtersbazen rondhingen. Onderweg ontmoetten wij nog meer ex-KES'ers, zoals Soenarjo, Soetopo, Soemarsono, Soetjipto en Soemarno. Met de hele groep gingen wij naar Soedjono's woning. Er werd over de Japanse bezetting gesproken. Van Soedjono hoorde ik dat alle ex-leden van het Vernielingskorps van de Koningin Emma School door de Kem Pei Tai gezocht werden. Een Chinese jongen genaamd Lim Tan Ko-Ko had zich inmiddels ontpopt als een beruchte spion van de Kem Pei Tai. Hij had Indische ex-scholieren van de KES verraden, waardoor zij gearresteerd, verhoord en gemarteld waren. Onze leiders, de leraren Sonneville en de gebroeders Trestorff, waren al gearresteerd, gemarteld en onthoofd. Dus ook ik werd gezocht.

Tijdens deze samenkomst kwam bij mijn Javaanse vrienden de kwestie rond de onafhankelijkheid van Indonesië ter sprake. Soenarjo zei: 'Nolan, wij weten dat jij trouw bent aan Nederland en het Oranjehuis. Wij hebben ook gezien dat meneer Sonneville jou een staatsieportret van koningin Wilhelmina heeft gegeven, omdat jouw gevoelens van vaderlandsliefde door de schoolleiding gewaardeerd werden. Maar onze gevoelens gaan een andere richting uit. Wij streven naar een onafhankelijk Indonesië. Deze oorlog met Japan duurt niet eeuwig. Eens zal dit gele gevaar uit ons land verdreven worden. En daarna zullen wij verhinderen dat de Nederlandse koloniale regering terugkomt. Dat wordt straks dus een bloedige strijd. Maar ik wil hier niet te ver op vooruitlopen. Nu zitten wij hier te beraadslagen hoe wij verzet kunnen plegen tegen de jappen. Ben jij bereid met ons mee te doen, al ben jij slechts een peranakan*, een Chinees van gemengd bloed?'

Ik keek al die jongens stuk voor stuk lange tijd aan en stemde ten slotte toe. Soenarjo was een goede bekende van oom Soen en ook hij had vele relaties in Chinese verzetskringen.

'Ik vind het best dat wij van nu af aan gezamenlijk verzet plegen tegen de jappen, maar wanneer jullie na het einde van deze oorlog verder willen knokken voor jullie onafhankelijkheid, dan wil ik daar niet aan meewerken. Immers, Indonesië is niet mijn land. Al ben ik hier geboren, toch is dit land mijn *tanah air*, mijn vaderland niet.'

'Dat is niet waar, Nolan!' riep Soetjipto uit. 'Jij bent hier in dit land geboren en grootgebracht. Jouw moeder is een Chinese vrouw, maar ook zij is hier in dit land geboren en getogen. Dus ook jij behoort tot dit land en volk. Wij allen accepteren jou als de onze.'

Soetjipto bracht mij in een lastig parket. Ik bedacht hoe ik met de nek was aangekeken door vele Indische mensen omdat ik een onwettig kind was en hoe ik hier in deze inheemse kringen zonder meer als gelijke geaccepteerd werd. Ik kreeg het moeilijk met mijzelf en raakte in een gewetensconflict. Mijn haat jegens de jappen maakte dit er niet eenvoudiger op. Als ik verzet ging plegen met Indische jongens en zij werden gearresteerd en gefolterd door de Kem Pei Tai, dan zouden zij van de ondraaglijke pijnen doorslaan en iedereen verraden. Die kans was levensgroot. Ik had toen al niet veel achting voor de karakteristieke eigenschappen van Indischen en bovenal kenden Indischen totaal geen eendracht … want de ene Indische familie keek op de andere neer, of andersom: ertegenop. Er waren altijd meer ruzies tussen Indische families onderling dan tussen Indische en Hollandse of Javaanse families. Van kindsbeen af had ik veel moeten vechten tegen Indische jongens, vanwege mijn kale hoofd en mijn status van onwettig kind. Om zoiets sloten ze wél altijd een pact, die Indischen. Maar verder was het haat en nijd onderling. Anderzijds waren er Indische jongens die mij sterk het gevoel gaven dat ook ík tot de Indo-Europeanen behoorde …

Ik kreeg van Soedjono en de zijnen de opdracht om die Chinese verrader Lim Tan Ko-Ko in de gaten te houden, en ook diens meerdere bij de inlichtingendienst van de Kem Pei Tai, de Chinese rechercheur van de ex-PID (de vooroorlogse Politieke Inlichtingendienst): de heer Oei Boen Pong. Een zekere Rooie Roos, een roodharige Hollander, moest ik trachten te ontwijken. Rooie Roos was een uiterst gewiekst heerschap en een bekwaam spion en verrader in dienst van de Kem Pei Tai. Door deze Rooie Roos werden in die dagen talloze Nederlanders en Indische Nederlanders gearresteerd, gemarteld en onthoofd door de Kem Pei Tai.

Ik wenste een tegenprestatie voor die opdracht en vertelde mijn Javaanse vrienden over het verraderlijk gedrag van Fred Verhoef. Ik opperde het plan hem te doden, want die Indische groep onder de heer Huitink had het al moeilijk genoeg. Het was hij of de anderen. Soedjono gaf mij direct zijn medewerking.

Eerst ging ik de gangen van Fred Verhoef nauwkeurig na. Hij reisde meestal met de tram van de Oost Java Stoomtram Maatschappij (OJS) van halte Pasar Toerie naar Karang Pilang. Soedjono en ik spraken een bepaalde dag af om die verrader uit de weg te ruimen. Ik had alleen een zakmes bij me, Soedjono een kleine vlijmscherpe dolk. Al heel vroeg op die dag – de zon was nog niet op – reed ik op de fiets van mijn huis naar het adres van Soedjono. Van daar liepen wij naar het OJS-station dicht bij de Pasar Toerie. Daar zagen wij Fred Verhoef in de tram stappen. Het was als gewoonlijk erg druk. Met moeite konden wij een plaatsje krijgen in dezelfde coupé als die van Fred Verhoef. Wij groetten elkaar en maakten een onschuldig praatje. Toen de tram Karang Pilang naderde, zat er geen volk meer in onze coupé. Soedjono gaf mij een knipoogje en toen begon ik openlijk ruzie te zoeken met Fred Verhoef. Ik schold hem uit voor verrader en spion. Fred Verhoef werd witheet van woede en waarschuwde mij dat hij de Kem Pei Tai zou inlichten. Ik greep Verhoef bij zijn overhemd en trok hem overeind. Vervolgens begon ik hem met serieslagen te bewerken. Hij sloeg terug, maar werd van achteren aangevallen door Soedjono. Toen sleurde ik hem naar het balkon buiten de coupé en trapte hem in elkaar. Soedjono gooide de verbindingshekken van de balkons tussen de twee wagons open. Fred Verhoef probeerde overeind te komen maar kwam tussen beide wagons terecht. Toen gaf ik hem een genadetrap. Hij viel op de verbindingsschakel tussen de wagons, waardoor zijn benen werden afgerukt. Fred Verhoef gaf een afgrijselijke schreeuw van pijn. We waren Karang Pilang al voorbij en onderweg naar het volgende station. Soedjono greep me mee en beiden sprongen we uit de rijdende tram.

Soedjono en ik liepen een eindje van de trambaan terug tot aan de baksteenfabriek, waar ik me afmeldde bij de heer Huitink en zei dat ik met ontslag ging. Verbaasd vroeg hij mij waarom, en ik vertelde dat ik Fred Verhoef de dood in had gezonden. Ik waarschuwde de heer Huitink te zwijgen, keek hem doordringend aan, drukte hem de hand en ging met Soedjono weer terug naar Soerabaja.

Onderweg zei Soedjono: 'Allah, Nolan, toen ik zag hoe jij hem die genadetrap had gegeven, werd ik opeens beroerd. Ik krijg een schuldgevoel. Hoe voel jij je nu?'

'Man, sinds mijn prille jeugd ben ik tot bloedens toe geslagen door mijn vader en beide broers. Wanneer ik op straat of op school gevochten had en verloren, moest ik de volgende dag terug en het opnieuw uitvechten, net zo lang totdat ik gewonnen had. Zo ben ik opgevoed. En nu is het oorlog. Nu moet je écht voor je leven vechten. Als ik vecht word ik mata gelap. Daarom heb ik geen enkel gevoel van spijt.'

Oefeningen met de takeyari en Japanse taallessen

Een paar dagen later vond ik een baan als mandoer van een inpakafdeling in de suikerwerkfabriek Lie Sin aan de straat Oendahan Koelon, langs het kanaal vlak bij huis. Als zeventienjarige jongen stond ik aan het hoofd van dertig inheemse vrouwen. Ik was belast met de controle over hun productie. De directie bestond uit vijf Japanners, onder wie twee legerofficieren. Elke dag vóór het middageten moest iedereen militaire exercitieoefeningen doen. Iedereen kreeg een *takeyari*, een Japanse bamboespeer, in bruikleen, waarmee de mannelijke werkers vecht- en steekoefeningen deden. Het waren gemene speren: ze gingen er gemakkelijk in maar er moeilijk uit, zodat van je toekomstige slachtoffers de ingewanden meekwamen.

Ik trad daar op een gunstig moment in dienst. We volgden namelijk na werktijd gedwongen Japanse taalles. Voertaal was Maleis. De leraar was een legerofficier, gewapend met een rotanstok. Wie de moed had te slabakken, kreeg ervan langs. Het maakte voor die officier geen verschil of het om een man of vrouw ging. Ik had niet veel moeite om Japans te leren met wat ik in Blitar van dat Chinese meisje had opgestoken. De karakters waren anders en eenvoudiger, maar de systemen kwamen overeen. Na zes maanden studie slaagde ik voor het examen en kreeg ik met veel ceremonieel poeha een diploma Japans uitgereikt. Naast het katakana en het hiragana kende ik ruim 200 Japanse karaktertekens. Dat was genoeg om redelijk Japanse kranten te kunnen lezen.

Oom Soen was erg blij met deze prestatie, omdat ik voor spionageactiviteiten ingezet kon worden. Hij gaf me regelmatig Japanse kranten met berichten van militaire operaties in de Pacific en leerde me hoe ik die berichten moest interpreteren. Wanneer de Japanse pers schreef over zware verliezen aan geallieerde zijde, dan moest ik begrijpen dat die juist door de jappen werden geleden.

Op een dag kwam ik doodsbleek en bezweet van het harde fietsen thuis. Mama vroeg of ik weer gevochten had.

'Nee,' antwoordde ik, 'ik werd achtervolgd door een Indisch meisje. Ik weet niet wie het is, maar ik vind het wel erg griezelig.'

Mama wist niet hoe ze het had en schoot in de lach. Maar ik zag er de humor niet van in en was verontwaardigd. Mama besprak dit voorval met Karel, die op zijn beurt op onderzoek uitging. Hij ontdekte dat zijn schoonzusje Emmy mij achterna was gefietst. Mama adviseerde Karel om Emmy aan mij te koppelen, opdat ik wat ervaring met meisjes opdeed. In mijn vrije tijd werd ik af en toe door Karel meegetroond naar zijn woning en zo in de armen van Emmy gedreven. Emmy leerde me hoe ik met een meisje moest vrijen, maar ik durfde niet over te gaan tot seksuele daden. De adat gebood dat een meisje maagd bleef tot na de huwelijksvoltrekking.

De jappen hadden een verbod uitgevaardigd naar buitenlandse zenders te luisteren. Mijn Javaanse vrienden verstopten hun radio's goed en zo bleven we op de hoogte van het verloop van de oorlog. We hoorden dat de Japanse marine verliezen leed bij zeeslagen. Wanneer ik in de avonduren, nog lang voordat de avondklok inging, over de drukke winkelstraten van Toendjoengan naar de Pasar Besar wandelde, kon ik uit de gesprekken van Japanse militairen opmaken dat zij nogal bezorgd waren.

Behalve Javaanse had ik ook nog Madoerese, Makassaarse en Boeginese vrienden in het verzet. Deze laatsten waren veelal zeelui en vissers. Een Makassaarse jongen bezat een zeewaardige vissersboot met een dubbele bodem. Daarin verborg hij een kleine maar krachtige zend- en ontvanginstallatie. Van de hele bemanning van acht man was hij de enige die Engels verstond. Aan hem gaf ik berichten door via een zekere Jopie Reuben, die als koerier fungeerde met zijn betjak.

Verraad van mijn familie

Noodgedwongen gingen mijn zusters Ella en Ina als serveerster werken in een groot restaurant aan de Simpang. Maar naast het serveren van dranken en spijzen deden zij ook dienst als animeermeisje. Ik protesteerde bij Mama over dit schandelijke gedrag. Woedend diende Mama mij van repliek: 'Waar bemoei jij je mee? Jouw zusters zijn veel ouder dan jij. Jij hebt totaal niets over ze te zeggen! Zij moeten geld verdienen, want wij allemaal moeten leven, hoe dan ook.'

Ik sprak Ina apart op haar gedrag aan. Zij explodeerde zowat en gaf mij een klap in mijn gezicht. Ik werd toen zó woedend dat ik haar een kaakslag gaf, waardoor zij achterwaarts tegen een muur viel. Haar mond bloedde en wankelend zocht zij naar een stoel, ging zitten en barstte in tranen los.

'Hoe kun je mij zo hard slaan?' vroeg ze verbouwereerd.

Waarop ik antwoordde: 'Herinner jij je nog hoe jij, Ella, Jacob en Karel mij van kindsbeen af hebben geslagen, geschopt en vernederd? Dit nu is mijn wraak! Het moet maar eens afgelopen zijn met dat slaan, want ik ben geen kleine jongen meer. Als ik woedend word, dan verlies ik het onderscheid tussen man en vrouw en sla ik keihard terug. Jij en Ella heulen met de jappen. Dat zal ik jullie betaald zetten!'

Ik schaamde me voor het gedrag van mijn familie. Ik merkte dat ook Jacob en Karel moeite deden om vriendschap te sluiten met invloedrijke jappen. Een paar maanden later kwam Ella zelfs thuis met een officier van de Japanse luchtmacht. Hij heette Kamei. Ik had de grootste moeite mijn negatieve gevoelens in bedwang te houden. Maar ik dacht toen nog terug aan de oude wijze Chinese raadgevingen van mijn eigen moeder: 'Kom in sommige gevallen je vijand als vriend tegemoet. Geef hem het gevoel overwinnaar te zijn. Wacht op zijn zwakke momenten en sla dan toe.'

Ik speelde toneel met die jap en kon al gauw hele gesprekken met hem voeren over zijn functie en zogenaamde heldendaden als bommenwerperpiloot van een 'vliegende sigaar'. Intussen vroeg ik mij af hoe ik langs deze weg van 'vriendschap' die op mijn zuster verliefde spleetoog naar de hel kon zenden.

Op een avond fietste ik in de buurt van de pasar van Kembang Koening. Uit de richting van de Chinese begraafplaats van Simo Kwagean zag ik een grote colonne trucks komen, die afsloeg en de hoofdweg van de Kembang Koening opreed in de richting van het havengebied. Varkens werden gewoonlijk vervoerd in cilindrisch gevormde manden van gevlochten rotan. In de manden op de trucks zaten ditmaal geen varkens, maar krijgsgevangenen. Uit nieuwsgierigheid fietste ik tegen de colonne in naar de Chinese begraafplaats van Simo Kwagean en ik ontdekte daarachter een krijgsgevangenenkamp. Ik fietste naar de woning van tante Kiep en vroeg haar of ik de nacht bij haar mocht doorbrengen. Het was al elf uur en de avondklok ging in.

Tante Kiep vertelde me dat het in het kamp achter de Chinese begraafplaats om Australische soldaten ging, die bij de Japanse invasie gevochten hadden bij de Wonokromo-brug. Een deel van hen was al onthoofd met samoeraizwaarden en begraven in de omgeving van het kamp.

'Arend, als jij een colonne trucks met varkensmanden erop hebt gezien, weet dan dat die soldaten naar het havengebied worden getransporteerd. Als je meer wilt weten, dan moet je morgenvroeg maar naar oom Soen gaan. Hij zal jou adressen van zijn Chinese vrienden in het havengebied geven. Die lui kunnen jou inlichtingen geven over die arme Australische soldaten. Maar je tante vreest dat die soldaten met manden en al in zee worden gegooid en aan de haaien worden gevoerd.'

De volgende morgen fietste ik naar de woning van oom Soen. Hij verwees me naar een bevriende Chinese reder, die in de buurt van Oedjoeng woonde. Beiden waren lid van eenzelfde Chinese politieke organisatie. In Oedjoeng vertelde die reder mij: 'Wat jouw tante Kiep heeft verteld, is waar. In twee achtereenvolgende nachten heb ik colonnes trucks, hoog opgeladen met varkensmanden, gezien hier in Oedjoeng. Aan de kaden worden die manden geopend en de gevangenen worden in zee gegooid. Zoals je weet, wemelt het hier in de binnenzeeën van de tijgerhaaien. Om de plaatselijke bevolking zo veel mogelijk onwetend te laten, worden die wreedheden uitgevoerd na het ingaan van de avondklok. Toch weet de hele omgeving hier wat er met die gevangenen gebeurt. In de ochtend kleurt de zee bij die stortplaatsen nog rood van het bloed. Soms kan je opgezwollen lichaamsdelen aan de oppervlakte zien drijven, want het zijn er zó veel dat zelfs de haaien het niet allemaal aankunnen. In ieder geval zit de angst voor de jappen en de haat er goed in bij de bevolking hier. Bijna iedereen hier verlangt naar de terugkeer van de Belanda's en anders wel naar de komst van de geallieerde troepen.'

In diezelfde periode kwamen ook Nederlandse krijgsgevangenen aan hun eind door deze Japanse *bushido**. Er was een krijgsgevangenkamp gevestigd op het voormalige jaarmarktterrein aan het Cannaplein, vlak bij de wijk Tambaksarie. Op een dag werd een dozijn krijgsgevangenen – voor het merendeel matrozen van de Koninklijke Marine – wegens passief verzet veroordeeld tot de dood door onthoofding. Een volgend dozijn werd aan palen vastgebonden en daarna met de bajonet door Japanse soldaten doodgestoken. Onder hen was de matroos Hendrik Karssen. Hij stierf met de kreet 'Leve de koningin!' Te zijner nagedachtenis werd na de oorlog een mijnenveger naar deze dappere Indische jongen vernoemd.

In de nachten, ver na de avondklok, lukte het vele Indonesiërs die nog sympathiseerden met de Belanda's om tussen de wachten en patrouillerende Japanse militairen door te sluipen en pakjes met etenswaren over de prikkeldraadomheining van het krijgsgevangenkamp te gooien.

In die periode maakte ik kennis met mevrouw Thea Bürer. Haar man zat krijgsgevangen in Birma. Ze woonde aan de Trompstraat tegenover mijn stiefzuster Nonnie en haar gezin. Thea Bürer kon buiten het kamp blijven dankzij haar deels Duitse afkomst. Ze had de zorg over drie kinderen. In haar woning zaten Olga Wetzel en haar zuster ondergedoken. Deze dames leerden mij dansen. We dekten de ramen van de eetkamer geluiddicht af met vodden. Op een oude grammofoon draaiden we ebonieten grammofoonplaten met foxtrotmuziek.

Vrouwen die het 'geluk' hadden om buiten de kampen te blijven, konden moeilijk werk vinden. Velen voelden zich gedwongen om nu en dan hun lichaam te verhuren aan Japanse officieren. Thea Bürer werkte eerst als serveerster in een groot restaurant en als callgirl, net als mijn zusters. Mijn buurvrouw Mary Scheffer ging diezelfde weg. Zij had de zorg over twee dochtertjes, terwijl haar man in dienst bij de KNILM (Koninklijke Nederlands Indische Luchtvaart Maatschappij) was uitgeweken naar Australië.

Ik was zeventien jaar oud en smoorverliefd op Olga Wetzel,

die zes jaar ouder was dan ik. Ze speelde een beetje met me, tot grote ergernis van Thea Bürer en mijn familie. Ik moest Olga verwennen met alle mogelijke lekkernijen en de dingen die ik van Emmy had geleerd. Ik voelde me net een gigolo. Korte tijd later gaf ik er de brui aan. Ik wilde bijdragen aan het verzet.

Marteling

Karel waarschuwde me dat ik me rustig moest houden en niet zo veel door de stad moest fietsen. Hij vreesde dat Lim Tan Ko-Ko en zijn baas Oei Boen Pong mij al een poos hadden geschaduwd. Maar het was al te laat. Ik had van mijn inheemse vrienden de opdracht gekregen om dat tweetal in de gaten te houden, maar de zaak was door mijn onoplettendheid omgedraaid: zij hadden juist mij in de gaten gehouden. Op een avond ter hoogte van de Pasar Besar zag ik aan de overkant Oei Boen Pong staan, met zijn handen in zijn zakken. Hij keek strak in mijn richting en ik merkte niet dat ik door vier leden van de Kem Pei Tai werd omsingeld. Ze kwamen op me af, trapten me in elkaar en sleurden me mee naar hun hoofdkwartier, gevestigd in het voormalige Paleis van Justitie, tegenover het gouvernementskantoor aan de Pasar Besar. Daar werd ik in een geblindeerde ruimte met beide polsen vastgebonden aan een kabel en met een katrol opgetakeld, met mijn voeten een paar decimeter boven de vloer hangend. Een beul sloeg me met een baseballknuppel op mijn maag, ribben, rug en benen. Ik verloor snel mijn bewustzijn. Toen ik bijkwam, lag ik in een cel. Ik zag het gezicht van broer Karel voor me en hoorde hem weer zeggen: 'Schrap de woorden "bang" en "angst" uit je woordenboek. Al word je nog zo hard geslagen, dood ga je niet.'

Twee jappen legden me op een plank en bonden me erop vast met dikke touwen. Eén duwde een trechter in mijn mond, een ander goot met een emmer de trechter steeds vol water. Ik moest het water doorslikken, voelde mijn maag opzwellen en werd daarna hard op mijn maag getrapt, zodat het water door mijn oren, mond, neus en anus naar buiten werd geperst. Deze foltering werd viermaal herhaald, totdat er bloed uit mijn anus kwam. De touwen werden losgemaakt en ik werd in de hoek van de cel getrapt. De verhoorder trapte me bij elke vraag die hij me stelde, half in het Japans, half in het Maleis: 'Waar heb je je wapens verstopt? Wie zijn jouw vrienden? Voor wie heb je gespioneerd?'

Ik verging van de pijn, alles duizelde, maar ik bleef zwijgen.

Ik wist niet hoeveel dagen en nachten ik in die cel zat, het was er zo donker dat ik dag en nacht niet van elkaar kon onderscheiden. Op een gegeven moment kwam er een officier mijn cel binnen met eten. Hij maakte me duidelijk dat het mijn galgenmaal was en dat ik om half twee in de middag zou worden onthoofd. Ik kon niet eten, alleen maar kermen van de pijn. De deur ging weer dicht en later weer open. Twee jappen pakten me beet en gaven me ondersteuning op weg naar het bureau van de wachtcommandant. Tot mijn blijdschap zag ik daar oom Soen zitten.

'Arend, ik kom jou halen. Je bent vrijgekocht. Vraag me niet hoe', zei hij.

De wachtcommandant verontschuldigde zich voor het 'ongemak' dat mij was overkomen.

'*Bakeiro*', mompelde ik.

Hij werd zo kwaad dat ik hem 'idioot' had genoemd, dat hij onmiddellijk zijn samoeraizwaard trok. Oom Soen en een andere jap kwamen tussenbeide. Mopperend sleurde oom Soen me naar buiten. Op de Pasar Besar riep oom Soen een betjak, want ik kon nauwelijks lopen. Het leek hem beter om mij niet direct naar huis te brengen, bang dat Mama een zenuwinzinking zou krijgen. Ik zat onder de bloedvlekken en stonk naar urine en stront, als gevolg van die waterfoltering.

Oom Soen bracht me naar tante Kiep in Simo Kwagean.

Ze barstte in tranen uit. Ze ontdeed me voorzichtig van mijn kleren, waste me en wreef me in met kruidenolie, terwijl oom Soen schone kleding voor me haalde bij de buren. Tante Kiep liet me een poosje op de divan liggen en jammerend maakte ze een kruidendrank voor me. Ze vermoedde dat ik een maagbloeding had opgelopen. Die drank deed me vrijwel direct goed.

Oom Soen vertelde me dat hij was ingelicht door een kennis van hem, die had gezien dat ik gearresteerd werd. Oom Soen was allerlei invloedrijke Chinezen langsgegaan om geld in te zamelen waarmee hij enkele kopstukken van de Kem Pei Tai had kunnen omkopen. Volgens hem had ik vier dagen in dat gebouw vastgezeten.

Doop in de protestantse kerk

Na een week of zes was ik bijna hersteld van die foltering, maar af en toe kreeg ik nog hevige pijnen in mijn onderbuik. Ik speelde verstoppertje voor Mama, wendde van alles voor en ging nu en dan stiekem naar Pah Tjillih. Die man beschikte over magische krachten en haalde mijn pijn voor een poosje weg.

Op een dag zei Mama: 'Arend, ik heb besloten ons te laten dopen in de protestantse kerk aan de Boeboetan. Ik heb al een afspraak gemaakt met dominee Laloe, voor de aanstaande zondag. Jij, Ella, je halfzus Poppy en ik worden dan gedoopt. Ik hoop dat jij dan zal opgroeien tot een flinke, brave jongen, die bovendien gelovig is.'

Als in een teruggedraaide film zag ik mijn 'protestantse opvoeding' op de lagere school voor me. De protestantse onderwijzers die me sloegen met de rotanstok of paardenzweep wanneer ik stotterde bij het opdreunen van psalmen, gezangen en bijbelse teksten. Mijn broers die met me mee naar school gingen om eens een hartig woordje te spreken met die gewelddadige onderwijzers en meneer Claproth die door mijn broer Jacob in elkaar werd geslagen, waarop dat 'protestantse getreiter' eindelijk eens was opgehouden. Maar Mama's wil was wet en medio juni 1943 namen we plaats op de voorste rij in de protestantse kerk aan de Boeboetan. Tijdens de dienst moesten we een voor een naar het doopvat, om er in geknielde houding door dominee Laloe te worden gedoopt. Na de dienst hadden we in de consistoriekamer nog een lang onderhoud met deze fantastische geestelijke.

Dominee Laloe was afkomstig uit de Minahasa op Celebes. Merkwaardig genoeg voelde ik me een ander mens na de doopdienst. Het was net alsof God dichterbij was dan ooit tevoren. Mama drukte me op het hart om voortaan veel te bidden, want alleen van God kon ik wonderen verwachten. Zelf had zij altijd de leer van Confucius gevolgd, die van generatie op generatie was overgeleverd en die tot de adat van de Chinezen behoorde. Maar door haar omgang met christenen was ze zich gaan verdiepen in de Maleise Bijbel, die haar op andere gedachten had gebracht. Haar zuster tante Kiep en broer oom Soen respecteerden haar nieuw ingeslagen weg maar bleven zelf aanhangers van de leer van Confucius. Veel woorden aan geloofskwesties werden trouwens niet vuilgemaakt in onze familie.

Na afloop van de dienst en het onderhoud met dominee Laloe zwierf ik weer over straat en maakte praatjes met Chinezen en Indonesiërs over het laatste nieuws. De geallieerden schenen vorderingen te maken in de Salomons Archipel en in Birma. Met dat in mijn hoofd ging ik langs bij Karel aan de Jalan Kranggan, die zich in het geheel niet bezighield met de oorlogsontwikkelingen. Op die middag trof ik zijn vrouw Wiesje alleen aan, met een behuild gezicht. Ze maakte mijn broer uit voor een schoft en vertelde me dat hij een verhouding had met een zekere Marietje Mertz, een blanke Indische vrouw. Haar man was koopvaardijofficier en zat in gevangenschap.

'Waarom zit zij niet opgesloten in een vrouwenkamp, zoals andere blanke Indische vrouwen?' vroeg ik.

'Dat weet ik niet. Marietje zit in een *gang* bij de Pasar Besar. Haar kinderen worden er verzorgd door een kindermeisje. Ze is blond en van Duitse origine en heet Ciska Wagner en ze is ongeveer van jouw leeftijd ... Arend, probeer alsjeblieft je broer Karel te bepraten, zodat hij weer bij mij terugkomt.'

Via mijn Indonesische kennissen vond ik de verblijfplaats van Marietje Mertz. Ik klopte aan in een smalle zijstraat bij de Pasar Besar. Een lief blond meisje opende de deur. Ik vroeg naar mijn broer. Het meisje liet me binnen, nadat ze zich aan me had voorgesteld en me lang en veelbetekenend had aangekeken. Karel was verbaasd mij te zien. Ik zei hem dat hij terug moest naar Wiesje. Er ontstond een woordenwisseling en Karel snauwde me toe dat ik als zijn kleine broertje niet zo veel praatjes moest hebben.

Een paar avonden later slenterde ik weer over de Pasar Besar. Ik kreeg ruzie met twee Japanse soldaten. Ze waren stomdronken en waggelden lallend en brullend over straat. Een van hen botste tegen me op en schold mij uit. Ik schold terug, waarop ze begonnen te slaan. Ik trapte ze tegen de grond en voorbijgangers riepen me toe dat ik maar beter de benen kon nemen. Ik vluchtte naar de woning van Marietje, waar Ciska voor me opendeed. Ik vroeg haar of ik er de nacht kon doorbrengen, dan kon ik de volgende dag naar mijn Madoerese vrienden in de wijk Dapoehan. Maar opeens kwam Karel binnen en hij begon zonder iets te zeggen op me in te slaan. Ciska probeerde hem mijn situatie uit te leggen, maar Karel hield niet op. Toen raakte ik mata gelap en trapte en sloeg tot hij viel. Marietje kwam tussenbeide, maar ook haar trapte ik tegen de grond. Ciska riep dat ik haar nog dood zou slaan als ik zo door bleef gaan. Toen heb ik Karel toegesnauwd: 'De tijd dat je mij als jouw kleine broertje behandelde, is nu voorgoed voorbij. Ik laat mij niet langer door jou vernederen! *Sendjata makan toean**, ik sla terug!'

Een poosje later kreeg ik het ook aan de stok met Jacob. Hij was intussen getrouwd met Ietje en vroeg voor de logeerkamer in zijn woning een kapokmatras aan Mama, terwijl ik zat te kletsen met oom Soen. Mama had haar reservematras al aan mij gegeven, maar dat beviel Jacob niet.

'Geef mij dat matras van Arend dan maar. Hij heeft geen matras nodig, laat hem maar op die houten divan slapen, die is goed genoeg voor hem.'

Hij had die norse woorden nog niet uitgesproken of hij liep op me toe en sloeg me op mijn hoofd. Ik viel neer, met een diepe snee van zijn trouwring in mijn hoofdhuid. Ik stond halfversuft op en wilde hem aanvallen, maar Mama verhinderde dat. Ik smeet een theepot naar Jacobs hoofd, dat ik op een haar na miste. Toen liep ik naar mijn kamer en ik greep naar de oude degen van mijn vader. Oom Soen was me gevolgd, greep mijn rechterhand en klemde die met zijn mysterieuze kracht zodanig dat ik halfverlamd op een van mijn knieën kwam te zitten. Hij zei: 'Arend, doe niet zo. Bedenk dat je met mij rekening moet houden. Je hebt je leven aan mij te danken. Tot tweemaal toe. Vergeet dat niet. Doe je broer niets aan, anders zal God je straffen. Kom tot bedaren ...' En hij omhelsde me om me te kalmeren.

'Waarom slaan mijn broers mij steeds?' vroeg ik, maar iedereen zweeg.

Verzet

Later ontmoette ik tot mijn vreugde Ciska een paar keer aan de Pasar Besar, waar zij wandelde met de kinderen van Marietje, de maîtresse van Karel. Ook zij bleek in de wijk Dapoehan te wonen, samen met haar zuster. Beide meisjes leefden er onder erbarmelijke omstandigheden. Had zij vrij van dienst, dan vroeg ik haar mee naar huis, waar ze mocht logeren. Mama mocht haar erg graag en verwende haar met lekker eten en Chinese koekjes. Ciska was rooms-katholiek en liep altijd met een rozenkrans om haar hals. Ik had toen nog geen idee dat later die rozenkrans van Ciska mij het leven zou redden.

Tegen het einde van het jaar kwamen de geallieerden 's nachts bij luchtalarm overvliegen met hun Flying Fortress-bommenwerpers. Ze werden gevangen door zoeklichten maar vlogen zó hoog dat de Japanse luchtdoelgranaten ze niet konden raken. Ik liep verplicht wacht als lid van een *tonari-gumi*-groep in mijn woonwijk Oendahan Koelon, een soort wijkbewaking tegen dieven, plunderaars, spionnen enzovoort. Wie niet deelnam, werd door de Kem Pei Tai als spion aangemerkt. Bij het ingaan van de avondklok moest ik een witte mouwband met Japanse karakters omspelden en me wapenen met de take-yari. We waren met een groep Indonesische jongens, allemaal leeftijdgenoten. Deze jongens kwamen uit de kampong Oendahan, van achter de Heemskerkstraat en de Trompstraat. Uiteraard hadden deze jongens de mond vol van hun Merdeka*, hun gewenste onafhankelijkheid. Ze liepen over van haat jegens de Belanda's, dus ik bevond me eigenlijk in vijandig gezelschap. Al zagen de jongens mij als een van hen, heimelijk hoopte ik op de komst van de geallieerden.

Wat mij rond Kerst het meest hinderde, was de aanwezigheid van die spleetoog Kamei. Hij bracht soms zelfs de nacht door in ons huis in de kamer van Ella. Ik was het enige Oranjegezinde lid van de familie, de jongste bovendien. Ik had geen zin in politiek bekvechten met Jacob en Karel en zei tegen Mama dat ik bij tante Kiep ging logeren. Maar van daar fietste ik verder naar het Goebengkwartier, waar mijn vriend Ernst Motta woonde.

Hij leefde met zijn moeder aan de rand van het Goebengkwartier en vanuit hun woning had je een prachtig zicht op de spoorlijn naar het zuiden. Wanneer de avondklok inging en ik dus niet naar huis kon fietsen zonder door de jap overhoopgeschoten te worden, bleef ik bij de Motta's overnachten. Zijn moeder vermoedde wel dat Ernst en ik iets zaten uit te broeden, maar ze zei niets en stelde geen vragen, al kon ik zien dat ze vaak bang was. Beiden hadden Italiaanse identiteitsbewijzen en dus het geluk om buiten de gevangenenkampen te kunnen blijven, net als ik met mijn Chinese identiteitsbewijs en speldje met de Chinese vlag, zoals dat was geregeld door Jacob. De Motta's droegen een speldje met de Italiaanse vlag op hun kleding.

Het was iets na middernacht toen de sirenes begonnen te loeien. Er klonk een zwaar motorgeronk in de lucht. Mevrouw Motta trok zich terug in haar slaapkamer. Ernst en ik gingen de tuin in. We verstopten ons tussen de hoge struiken met een verrekijker. Toen zagen we drie Consolidated Vultee 'Liberator'-bommenwerpers gevangen worden in de bundels van zoeklichten. Er werd hevig op de vliegtuigen geschoten, maar ze vlogen te hoog voor het Japanse afweergeschut. Opeens zagen we vanuit verschillende richtingen gekleurde lichtspoorkogels omhoogschieten: rode, groene en gele vuurballetjes. We hadden geen idee wat dat betekende. Er vlogen meer bommenwerpers aan en we zagen duidelijk enkele een *bombing run* maken. Lichtflitsen verschenen aan de zuidelijke horizon en we hoorden zware explosies. Het was richting Wonokromo, waar olie-installaties van de BPM (Bataafse Petroleum Maatschappij) stonden.

Ik nam de takeyari van mijn fiets, spelde mijn tonari-gumimouwband om en met riempjes bond ik de schede van mijn vechtmes vast aan mijn rechterbeen. Ik zei tegen Ernst dat hij zijn muts op zijn blonde kop moest zetten, maar hij pruilde dat hij geen Japanse mouwband had en geen lid was van de tonari gumi. Toch rende hij naar binnen om een muts, mes en revolver te pakken. Zonder mouwband sloop hij langs de struiken aan de straten en zocht soms dekking in de voortuinen van de woningen. Ikzelf kon gewoon met mijn takeyari vrij over straat lopen.

Een paar straten verderop zagen we een blanke vrouw achter de bomen rode lichtkogels afvuren in de richting van Wonokromo en de industrieterreinen van Ngagel, juist toen weer een aantal viermotorige bommenwerpers naderden. Ernst liep door. Toen hoorde ik een hevig Japans gebrul. Een Kem Pei Tai-officier rende met getrokken samoeraizwaard op die blonde vrouw af. Hij stak op haar in en toen ze in elkaar zakte, hakte hij met een flitsende beweging haar hoofd van de romp.

Eerst bleef ik geschrokken staan. Toen liep ik langzaam op hem af. Ik weet niet meer goed wat ik op dat moment voelde. Die officier brulde me de uitgevaardigde wetten toe, die ik goed verstond: 'Zoiets gebeurt met iedereen die verzet of verraad pleegt tegen Nippon!'

Hij veegde zijn bebloede zwaard af aan de kleren van de gedode vrouw en juist toen hij, met dat typische Japanse samoeraigebaar van trots, dat wapen in zijn schede stak, sloeg ik toe: ik sprong op hem af en priemde mijn takeyari in zijn zij. Die speer was zo scherp, dat hij gemakkelijk zijn lichaam binnendrong. De officier omklemde het wapen met zijn handen, ik hoorde hem rochelen, zag hem trillen, in zijn ogen zag ik zijn verschrikkelijke doodsstrijd. Mijn maag ging als een idioot te keer. Ik liet mijn bamboespeer los en de Japanse officier viel langzaam achterover. Wat duurde dat lang, dat sterven van hem! Ik durfde die speer niet uit zijn lichaam te trekken en rende weg.

Ernst had niets gezien van wat ik had gedaan, hij had alleen maar mensen lichtkogels zien afvuren, terwijl hij zich ergens verdekt had opgesteld. Ik bedacht dat als hij gearresteerd zou zijn geweest en gemarteld, dat hij dan ongetwijfeld mijn naam had genoemd. Die jappen waren dan beslist op zoek naar mijn hoofd gegaan.

Ella's vriend naar de hel

Medio mei 1944 werd Soerabaja aangevallen door grote formaties Grumman 'Avenger'- en Douglas 'Dauntless'-duikbommenwerpers, geëscorteerd door Change Vought 'Corsair'- en Grumann 'Hellcat'-gevechtsvliegtuigen. Vitale delen en schepen van de Japanners in de haven van Tandjoeng Perak werden getroffen. De eerste luchtaanval was gericht op het havengebied, de tweede op de olie-installaties te Wonokromo. Ik bevond me ter hoogte van de Pasar Toerie en zag met genoegen hoe die vliegtuigen hun dodelijk werk deden. Er was nauwelijks tegenstand van de vijand, die zwaar aan kracht had ingeboet. Helaas landden in de daaropvolgende dagen vele Japanse vliegtuigen op het vliegveld van Morokrembangan, waaronder een flink aantal 'vliegende sigaren'. Een van die krengen werd bemand door Kamei ... die zogenaamde vriend van mijn zuster Ella.

Oom Soen vertelde me intussen dat sterke geallieerde vlooteenheden met vliegkampschepen op weg waren naar de wateren bij de Filippijnen.

Op een avond kwam Kamei bij ons thuis om afscheid van Ella te nemen. Daarna nam hij mij mee naar restaurant Shanghai aan de Palmenlaan. Daar zag ik onze Jopie Reuben met zijn betjak staan. Terwijl Kamei afrekende met onze betjakrijder, liep ik naar Jopie Reuben en fluisterde hem toe dat hij hier over een uur terug moest zijn om mij met zijn betjak naar het havengebied te rijden. Hij hoorde me zwijgend aan en knikte.

Kamei had met vijf piloten een *inkai*, een afscheidsdiner, georganiseerd. In een zijvertrek trokken we onze schoenen uit en we namen plaats op speciaal neergelegde tapijten. We kregen elk een animeermeisje. Er werden diverse Japanse gerechten geserveerd en grote hoeveelheden drank. Ik deed alsof ik dronk, maar kwam niet verder dan mijn eerste sakekruikje. De Japanse vliegeniers werden dronken en raakten loslippig. Ze spraken over de bewapening en bommenlast van hun toestellen en naar welke doelen ze moesten vliegen. Ze begonnen de animeermeisjes uit te kleden en ontdeden zichzelf ook gaandeweg van hun kleding. Mijn animeermeisje was beledigd omdat ik geen belangstelling toonde. Ik verontschuldigde me voor mijn gedrag, kuste haar op de wang en gaf voor dat ik eerst even naar de wc moest. Ik sloop het zijvertrek van het restaurant uit, trok mijn schoenen aan en haastte me naar buiten.

Jopie had zich aan de afspraak gehouden. Ik liet mij door hem naar Krembangan brengen, naar de woning van Soedjono. Die wist waar onze Makassaarse vriend met zijn bootje uithing. Samen reden we erheen. Daar vertelde ik alles wat ik van die dronken piloten had opgevangen. Die Makassaarse jongen seinde alles door naar zijn contacten. We bedankten elkaar en Jopie fietste ons naar huis.

Twee dagen later kwam een Japanse ordonnans bij ons thuis. Deels in het Japans, deels in het Engels vertelde hij dat Kamei was gesneuveld. Ella kreeg tranen in haar ogen. Ik ging naar mijn kamer om God te danken.

Ja, en ik, je oudste zoon, zou veertig jaar later tijdens een rootsreis naar Java met de kleinzoon van Kamei kennismaken in het huis van tante Ella. De dochter van Kamei, van wie zij na zijn dood bevallen was, woonde daar in. De kleinzoon heette Jongky en hij had een kalender met Japanse meisjes boven zijn bed hangen. Hij droomde ervan om eens met zo'n Japanse schone te trouwen, hij droomde van een reis naar Japan, van wandelen door de straten van Tokio, waar ooit zijn grootvader als jongeman had rondgewandeld. Ik begreep die hang naar dat Japanse wel van mijn neefje. Ik bewaarde jouw geheim voor die jongen, terwijl ik hoopte dat je het maar had verzonnen. Oorlog tussen landen is nog tot daaraantoe, maar oorlog binnen de familie … Wat moet een mens daar in hemelsnaam mee?

Een paar dagen later ontmoette ik op de Toendjoengan toevallig een van Kameis vrienden, ook een bommenwerperpiloot. In een Chinees restaurant, waar men Japanse gerechten serveerde, vertelde hij me hoe Kamei aan zijn einde was gekomen. Hij was op een missie naar Luzon, het grootste eiland van de Filippijnen, met een eskader bommenwerpers met begeleidende jagers toen ze werden aangevallen door Amerikaanse gevechtsvliegtuigen. Het hele eskader was uit de lucht geschoten. Uit beleefdheid veinsde ik medeleven, in het Japans. Maar innerlijk was ik tevreden. Bijna had ik mezelf nog verraden omdat ik met zo veel smaak verder at van de Japanse gerechten, af en toe doorspoelend met warme sake. De Japanse piloot dronk zijn sake veel sneller dan ik. Hij pochte over toekomstige acties en zijn ogen glommen van strijdlust. Na de maaltijd verlieten wij het restaurant en die piloot sloeg zijn arm om me heen. Zwaaiend van dronkenschap liepen wij verder. We kwamen meer piloten tegen, aan wie ik werd voorgesteld. Een stel Japanse verpleegsters voegde zich bij ons. Met zijn twaalven gingen we een volgend restaurant binnen.

Een van die verpleegsters bleek een oud schoolgenootje van mij. Ze had de kant van het Japanse kamp gekozen. Ze kwam bij me zitten en ik overlaadde haar met lieve woordjes om nieuwe informatie los te krijgen. Weer stroomde de sake overvloedig en weer werden mijn tafelgenoten loslippig. Met een smoes verliet ik het gezelschap. Ik nam een betjak en reed naar de woning van Soedjono in de wijk Krembangan. Samen gingen we weer naar onze Makassaarse vriend met zijn radiozendinstallatie.

Op zijn boot, tussen de kratten met stinkende vis, zaten wij gedrieën met potlood rond een kaart van de Indische archipel en de Filippijnen. Ik gaf alle informatie door die ik had onthouden over de eskaders van bommenwerpers, begeleidende jagers en de mogelijke tijden. Daarna ging ik weg, ik hoefde niet te weten hoe ze die berichten verzonden, ik had er geen zin in gearresteerd te worden en weer die martelingen te moeten ondergaan. Later vernam ik dat de piloten met wie ik had zitten eten, uit de lucht waren geschoten. Allemaal.

Mijn Indonesische vrienden

In deze jaren, onder de Japanse bezetting, heb ik veel goede Indische vrienden gekend. Maar Indische jongens pleegden veelal meer passief dan actief verzet, ze zaten feitelijk gevangen tussen alle kampen: de Hollanders, de jappen en de Indonesiërs. Voor het actieve verzet had ik mijn Javaanse en Madoerese vrienden van de Koningin Emma School, zoals Soedjono, Soenarjo, Soetopo, Semarsono, Soetjipto en Soemarno. Zij wisten het hele volk achter zich en konden zich meer gewelddaden veroorloven. Met hen trok ik vaak naar het havengebied, gewapend met boksbeugels en vechtmessen. Tegen het ingaan van de avondklok liepen we dan in groepjes van vier rond om Japanse soldaten uit te dagen, die op weg waren naar hun kazernes. Zodra ze woedend hun zwaard trokken, vielen we ze aan. De Madoerezen onder ons sneden die lui met hun kleine kromme messen de strot door. Was zo'n gevecht afgelopen, dan verspreidden we ons en kwamen we weer samen op een geheim adres in de wijk Krembangan of Dapoehan. Daar hadden we radio's verstopt om naar buitenlandse zenders te kunnen luisteren en zo op de hoogte te blijven van de oorlog in de Pacific. Als we hoorden dat de geallieerden overwinningen hadden behaald op de jappen, werden we baldadig en zochten we in de avond ruzie met alleenlopende Japanse soldaten.

Toen de Kem Pei Tai uit wraak razzia's in de buurten begon te ondernemen, werden we voorzichtiger. We sleepten de lijken van onze slachtoffers voortaan naar vuilstortplaatsen of we begroeven ze op plaatsen waar geen Kem Pei Tai-boef aan denken zou.

Sabotage in de fietsenfabriek

Het jaar 1944 liep ten einde en ik was tewerkgesteld in een grote rijwielfabriek aan de Pasar Besar. Het was de toenmalige handelsmaatschappij A. Vis van de bekende vooroorlogse Avis-rijwielen. Ik moest werken in de lasserij. De hoofdlasser was een zekere Liem, een onbetrouwbaar figuur en strooplikker. Hij was nogal goed bevriend met enkele Japanse voormannen en leden van de directie. Mijn taak was onder meer het lassen van buizen en koppelstukken tot frames volgens Japanse standaardafmetingen van rijwielen. In de opslagplaats achter de lasserij lagen talloze oude en halfverroeste rijwielframes van Europese afmetingen opgeslagen. Van al deze frames moest ik de buizen uit de koppelstukken branden en op een kleinere maat afzagen. Liem laste daarna de frames. Dat lassen ging met carbidbranders, koperen lasstaven en boraxlaspoeder met een petroleumbrander. Dat gigantische werk deden wij met ons beiden. Soms wisselden we van taak. Als team functioneerden we niet al te best, vanwege mijn gruwelijke hekel aan Liem.

Bij de montage werkten ook wat Indische jongens. Het overgrote deel van het werkplaatspersoneel bestond uit Indonesiërs, stuk voor stuk nationalistisch georiënteerd met een onblusbare haat jegens alles wat maar naar Nederland riekte. De Indische jongens werden dus gehaat, maar gedwongen getolereerd. Ik werd ook vaak wantrouwig aangekeken, omdat ik op een Indische jongen leek, maar rondliep met een Chinees identiteitsbewijs. Ik ging met dat Indonesische rapaille om met de nodige tact en diplomatie en vermeed zo veel mogelijk discussies over politieke zaken en oorlog.

Ik begon een eenmanssabotage door bij het lassen van de buizen in de koppelstukken het materiaal opzettelijk te lang te laten inbranden, zodat de lasverbinding broos werd. Een rijwielframe op een dergelijke wijze in elkaar gelast, hield het niet lang vol, en zeker niet op hobbelige wegen. De rijwielen waren bestemd voor Japanse infanteristen en *heiho's*, de Indonesische hulpsoldaten die naar Malakka en Birma werden gezonden om tegen de geallieerde strijdkrachten te worden ingezet. Van de lasafdeling gingen de frames naar de ververij. Dat verven werd met de hand gedaan en was dus tijdrovend. Om de andere dag werden tientallen van die gammele rijwielen afgeleverd, in trucks geladen en naar Tandjoeng Perak getransporteerd. Van daar gingen de rijwielen met vrachtschepen naar Maleisië en Birma. Het ging ruim een half jaar goed.

Zeg, Pa, ik heb een andere lezing van dit verhaal. Volgens mij was je gewoon een slechte lasser, opschepper die je bent.

Op een kwade dag werden Liem en ik bij de directie ontboden. In de directiekamer stonden een legerofficier en een kopstuk van de Kem Pei Tai. Achter hun bureau zaten beide fabrieksdirecteuren met het insigne van de sakura, de lentebloem, op hun blouse. Half in het Indonesisch, half in het Japans werd ons verteld dat er militairen door hun fietsen waren gezakt onderweg naar hun gevechtsposities in Birma. De legerofficier verweet ons dat de las bij de trapas en stuurinrichting niet deugde en hij begon ons meteen met de vlakke hand in het gezicht te slaan. Omdat Liem nogal bevriend was met de directie, bleef het bij hem slechts bij die klappen en wat gescheld. Maar die Kem Pei Tai-beul nam een knuppel en begon onbarmhartig hard op mij in te slaan. Hij trof mij keihard op mijn door eerdere martelingen inwendig gekneusde onderrug. Ik zakte van de pijn in elkaar. Ik moest opstaan en mijn beide handen op tafel leggen. Toen werd er met diezelfde knuppel op mijn handen geslagen. Het mocht een wonder heten, dat mijn botten niet waren gebroken. Mijn handen zwollen ernstig op en ik verging van de pijn.

Ik vraag me af wanneer je deze episode hebt geschreven. Was dat voor of na wat je mij ooit aandeed? Ik was zeven jaar en jij vond dat het eens tijd werd dat ik zelf mijn schoenveters strikte en dat ik dat niet door Ma of Phil moest laten doen. Het was op eerste paasdag. Een dag eerder was ik nog vrijwillig vlak voor sluitingstijd naar de winkel gerend om voor het gezin een fles zoete wijn te kopen om op het paasfeest te kunnen toosten. Je had me als dank zelfs een extra glaasje wijn beloofd. We zouden die ochtend op eerste paasdag uit gaan wandelen. Ik zat in de keuken te klungelen met mijn schoenveters en Ma en Phil stonden al gereed om me te helpen, terwijl jij ongedurig in de gang stond te wachten door dat getreuzel van me. Je kwam de keuken binnen en stuurde Ma en Phil weg. Toen gaf je mij het bevel mijn veters te strikken. Ik hanneste wat en toen haalde jij uit de gangkast een dunne bamboehengelstok, het uiteinde van een driedelige hengel waarmee je zo lekker kon zwiepen.

'Heb je je veters gestrikt?'

'Nog niet, Papa.'

'Sta op. Leg je handen op het aanrecht.'

Het aanrecht was van graniet. Ik krulde mijn vingertoppen om de rand tegen de striemende slagen. Het graniet was koel en verzachtte de stekende pijn. Je gaf me een tweede kans. Ik slaagde er nog minder in een behoorlijke strik te leggen.

'Sta op.'

Ik probeerde mijn vingers vaster om de rand van het aanrecht te krullen. Het graniet verloor zijn koelte, de pijn werd feller, de striemen werden zichtbaar. En weer kreeg ik een kans. Mijn vingers trilden en zwollen op en ik kon ternauwernood de uiteinden van de veter vasthouden. Hoe leg je een strik, hoe deed mijn broer dat toch? Ik kon mijn gezwollen vingers ook niet meer langer om de rand van het aanrecht klauwen. Ik klemde mijn kaken opeen, boog mijn hoofd en keek naar het stomme, hulpeloze keukenzeil. Het was geel, vuilgeel, met een oranje motief. Toen verliet je de keuken.

'Als ik terugkom, dan heb je je veters vastgemaakt. Begrepen?'

Je liet de keukendeur halfopen staan. Phil glipte de keuken binnen en strikte snel mijn veters. Minuten later knikte je goedkeurend. Je had mijn broer de kans gegeven mij te helpen, anders had je toch echt mijn vingers moeten afhakken, niet?

'Jij gaat niet mee wandelen. En vanavond géén wijn. Begrepen?'

Ik knikte, liet mijn hoofd zakken en keek naar die wonderlijke strikken van mijn schoenen.

Wie zag je voor je, die eerste paasdag in de keuken met je oudste zoon? Die Japanse beul?

Na die afstraffing moesten wij beiden terug naar de lasserij en het werk hervatten. Met mijn opgezwollen handen probeerde ik verder te gaan met lassen. Ik beet op mijn lippen zodat de tranen over mijn wangen rolden, maar er kwam geen enkele klacht over mijn lippen.

En bij mij ook niet. Dit even ter herinnering. Overigens, bij mij geen tranen. Die gunde ik je niet.

Liem keek mij wantrouwig aan en vroeg: 'Zeg, heb jij werkelijk geknoeid met die frames?'

Even zweeg ik en vervolgens snauwde ik hem toe: 'Hou je smoel, vuile verrader! Het zal niet lang meer duren of de jappen worden uit dit land verdreven. Tegen die tijd zal ik jou en je hele gezin uitmoorden. Heb jij mij begrepen, Liem?'

Die strooplikker werd bleek, maar zweeg.

Ik gooide er nog een schep bovenop: 'Liem, ik weet dat jij pro-Japan bent. Met zulke landverraders ken ik geen genade. Eén verkeerd woord van jou aan de directie of aan de Kem Pei Tai en ik steek jou hier overhoop.'

De hoofdmonteur en voorman Redjo had ons gadegeslagen. Hij was een beruchte *pendekar*, een pentjakvechter eersteklas. Verder was Redjo een vooraanstaande politieke groepsleider van de beruchte militante Indonesische politieke organisatie van Soetomo, een figuur ook bekend als Boeng Tomo, die later de Indonesische revolutie in Soerabaja op bloedige wijze zou gaan leiden. Nadat Liem was afgedropen, riep Redjo mij bij zich.

'Zeg, Si-Arto, ik weet dat jij in werkelijkheid Nolan heet en een Indo-Peranakan* bent. Maar ik houd dat geheim. Vele van mijn Javaanse vrienden die ook jouw vrienden zijn, hebben met jou in het verzet tegen de jappen gezeten. Daarom waarschuw ik jou voor die gespleten tong van hoofdlasser Liem. Wees voorzichtig en praat nooit met hem over politieke zaken. De directie heeft overal spionnen rondlopen, dus ook hier in de werkplaats.'

Ik keek Redjo aandachtig aan en zei: 'Alles goed en wel, Redjo, maar kan ik jou voor de volle honderd procent vertrouwen? Ik besef dat jij je nu beledigd voelt, maar ik zal eerst contact moeten zoeken met mijn Javaanse en Madoerese vrienden uit het verzet.'

'Doe maar, Si-Arto', antwoordde Redjo bits. 'Informeer maar naar mij. Je zult straks wel inzien dat ik gelijk heb. Jouw vrienden zijn onder andere Soedjono, Soetjipto, Soenarjo, Soetopo, Soemarsono, Soemarno en Soekaton. Zij wonen in de wijken Krembangan, Dapoehan, Patjarkeling, Boeboetan en Baliwerti. Klopt dat?'

Ik moest wel bevestigend knikken.

Nog een marteling

De volgende morgen ging Liem toch naar de directie om te vertellen dat ik opzettelijk had geknoeid met de rijwielframes. Ik werd gewaarschuwd door Soedjarwo, een persoonlijke vriend en assistent van Redjo. Ik liet niet blijken dat ik angstig en nerveus werd. Maar ik wist wat mij te wachten stond. Het weerhield me er niet van de buisuiteinden weer te lang in te laten branden.

Het was *high noon* en de koperen ploert scheen onbarmhartig fel op de krokodillenstad. Twee Kem Pei Tai-officieren kwamen de werkplaats binnen en sommeerden mij om met hen mee te gaan. Ik liet mijn laswerk liggen, keek met een schuin oog naar Soedjarwo en Redjo en volgde die twee beulen naar het kantoor van de directie. Soedjarwo en Redjo staken hun duim omhoog ten teken dat ik moed moest houden.

In het kantoor gekomen, vroeg de directeur mij: 'Heb jij werkelijk geknoeid met de lassen aan die frames?'

Ik keek die gluiperd van een Sakura-jap aan en schudde mijn hoofd. Toen ontstak hij in woede en blafte het een en ander in het Japans tegen beide Kem Pei Tai-officieren. Mij werd bevolen naar de binnenplaats van het kantorencomplex te gaan en mij helemaal uit te kleden op mijn onderbroek na. Een van die Kem Pei Tai-officieren gespte vervolgens zijn samoeraizwaard van zijn gordel, trok het zwaard eruit en legde dat op een tafel. Met de metalen schede begon hij toen op mij in te slaan. Overal kreeg ik klappen: op mijn hoofd, schouders, armen, benen, in mijn maagstreek en op mijn borstkas. Van de hevige pijn liepen de tranen langs mijn wangen. Ik beet op mijn lippen om het niet uit te schreeuwen. Die lol gunde ik mijn beulen niet. Op een gegeven moment zag ik zwart voor de ogen en ik verloor het bewustzijn. Ik kwam weer bij toen er een emmer water over mij leeg werd gegooid. Het kantoor- en keukenpersoneel werd gedwongen om toe te kijken. Wie dat niet deed, werd zelf hard geslagen. Hier en daar hoorde ik kreten van medelijden, vrouwen huilden en smeekten om genade voor mij. Ik moest weer gaan staan. Op mijn schouders werd een grote dikke balk gelegd. Mijn armen werden met touwen aan de balk vastgesnoerd. In mijn knieholtes werd een bezemsteel gebonden.

Ik werd doodmoe van het dragen van die zware balk op mijn schouders in de felle zon. Zo moe, dat ik door mijn knieën ging. Maar wilde ik gaan hurken, dan drukte die ronde stok pijnlijk op mijn spieren in mijn knieholten. Om van die pijn af te komen, moest ik dan weer gaan staan en die zware balk tillen. Maar als ik bewoog, werd ik hard met stokken tegen mijn ribbenkast, op mijn rug en in de maagstreek geslagen. Ik verloor mijn idee van tijd. Ik kon aan niets anders meer denken dan aan de dood als verlossing. Toen ging ik buiten westen.

Ik kwam bij in een kolenbak van ongeveer twee meter lang, een meter breed en een meter hoog. De bak was van houten planken gemaakt en voor een klein deel gevuld met houtskool. Boven op de bak lag een deksel van gegolfd plaatstaal. Daarbovenop scheen de zon. Het was bloedheet in die kolenbak en het werd er steeds heter. Het zweet gutste van mijn lichaam. Mijn mond was kurkdroog. Ik verloor opnieuw het bewustzijn. Later kwam ik rillend bij kennis en door de kieren van de planken zag ik dat het al avond was. Ik wilde opstaan maar stootte mijn hoofd tegen die stalen platen. Ik probeerde die platen omhoog te drukken, maar had daarvoor de kracht niet. Ik zakte weer terug en viel in slaap.

De volgende middag werd ik ruw uit die kist gehaald en weer afgeranseld. Daarna moesten twee Javaanse vrouwen van het keukenpersoneel mij wassen onder toezicht van de grijnzende Kem Pei Tai-beulen. Met tranen in de ogen reinigden de vrouwen mij van al het vuil en bloed. Daarna moest ik mij aankleden en kon ik terug naar de werkplaats om het werk voort te zetten. In al die tijd had ik niets gegeten en gedronken.

Chaos

Het was augustus 1945. Overal in de binnenstad van Soerabaja zag ik Japanse militairen met bedrukte en bezorgde gezichten rondlopen. Oom Soen vertelde me dat Nieuw-Guinea was heroverd op de jappen en dat bij Balikpapan geallieerde troepen waren geland. Ook de Filippijnen waren al bezet door Amerikaanse troepen. Oom Soen sprak over een veranderde houding van het Indonesische volk jegens de Belanda's en sympathisanten en gaf mij de ernstige waarschuwing om op mijn woorden te letten wanneer ik onder Indonesiërs verkeerde.

In de kampong achter onze woning in Oendahan Koelon raakte ik zo'n beetje bevriend met een zekere Soedarsono. Hij was een sympathieke jongeman van ongeveer twintig jaar oud. Ik kwam vrij regelmatig bij zijn familie op bezoek. Hij en zijn vader waren lid van de PNI, de Partai Nasional Indonesia. Soedarsono was eerlijk tegenover mij. Hij kende mijn pro-Nederlandse gevoelens en liefde voor het Oranjehuis. Maar net als oom Soen waarschuwde hij me om niet te openlijk deze gevoelens te tonen. Soedarsono vertelde me dat als Japan zou capituleren, het Indonesische volk niet opnieuw gekoloniseerd wenste te worden door Nederland, maar dat de Republiek Indonesia zou worden uitgeroepen door Soekarno. Ik kende die Soekarno niet, en Soedarsono vertelde mij het een en ander over deze man, want ik had geen flauw benul van politieke zaken.

In de werkplaatsen van die rijwielfabriek was de verstandhouding tussen Indische jongens en Indonesische arbeiders zeer slecht geworden. Explosief zelfs. Ik schaarde mij aan de zijde van de Indische jongens. Al gauw ontaardden heftige woordenwisselingen in vechtpartijen. Wij waren natuurlijk sterk in de minderheid.

Zo kreeg ik alsnog hevige ruzie met Redjo, de chef van de werkplaats. Deze pendekarvechter deed op een gegeven moment net alsof hij weg wilde wandelen, maar in werkelijkheid nam hij een aanloop voor een schaarsprong, om mijn nek met zijn voeten te breken. Ik had hem in de gaten, greep snel een grote basterdvijl in mijn linkerhand en een smeedhamer in mijn rechterhand. Door opzij te duiken, ontweek ik zijn sprong. Bliksemsnel draaide ik me een kwartslag en ik gaf hem een harde klap met die hamer op zijn rug, waardoor hij voorover klapte. Daarna sprong ik boven op zijn rug en trapte zijn gezicht tegen de grond. Ik hoorde botten kraken. Zijn vriend viel mij van achteren aan. Ik gaf hem een harde klap met die vijl en scheurde zijn gezicht zowat open. Toen de andere Javanen dat zagen, stoven zij weg.

De andere Indische jongens waren ook in gevecht geraakt. Ik riep naar ze dat we ervandoor moesten. We verzamelden ons snel, om ons heen slaand met alles wat we te pakken konden krijgen, en renden naar de grote weg. Daar verspreidden we ons, om naar huis te kunnen vluchten.

Toen de zestiende augustus aanbrak, liep ik gewapend met een gevechtsdolk door de Pasar Besar in de richting van het gouvernementsgebouw. Daar zag ik dat de Japanse vlag werd neergehaald. Even later werd het rood-wit-blauw gehesen. Uit veel woningen boven de winkels hoorde ik het Wilhelmus door de radio schallen. Ik schreeuwde het uit van blijdschap. Maar in korte tijd was ik omsingeld door kwaadwillende Javanen, die hun onafhankelijkheidskreet 'Merdeka!' schreeuwden. Ze kwamen dreigend op mij af, ik trok mijn dolk en gaf de eerste die mij naderde een haal over zijn gezicht. Toen de anderen het bloed zagen, deinsden ze terug en waarschuwden ze elkaar: 'Kijk uit voor die jongeman, hij is een gevaarlijk vechter!'

De volgende dag prikte ik mijn speldje met de Chinese vlag van Nationalistisch China op mijn blouse en weer gewapend met mijn vechtdolk liep ik van Oendahan Koelon naar Djagalan en van daar naar Aloen-Aloen Tjontong, waar ik een goed uitzicht had op het gouvernementsgebouw. Tot mijn verbazing zag ik dat het rood-wit-blauw werd gestreken en de rood-witte vlag van Indonesia werd gehesen. Het aanwezige Indonesische volk in de straten was buiten zichzelf van vreugde. Overal werd 'Merdeka!' geschreeuwd. De weinige Japanse soldaten die daar nog met het geweer over de schouder door de straten liepen, keken verslagen toe.

Tegenover de Luxorbioscoop aan de aloen-aloen begon die dag de terreur tegen de jappen. Ik zag een Javaanse jongen met een takeyari een nietsvermoedende Japanse soldaat van achteren aanvallen. Hij stak die speer dwars door het lichaam van die soldaat en riep: '*Sendjata makan toean*!'

Er ging een luid gebrul door de menigte en in een mum van tijd werden de aanwezige Japanse soldaten overhoopgestoken met speren. Zelfs als ze dood waren, werd met klewangs op hen ingehakt. Geweren en uitrustingen werden buitgemaakt. Die jappen werden door woedende Javanen totaal verminkt. Het was een verschrikkelijk gezicht, ik werd er beroerd van.

Ik werd omringd door een stel van die bloeddorstige Javanen en zij schreeuwden mij toe: 'Meer dan driehonderd jaar hebben de Belanda's ons gekoloniseerd en vertrapt. Toen hebben de jappen ons vertrapt. Nu zijn wij de baas! Wij willen onafhankelijkheid! Dat heeft president Soekarno ons beloofd. Wij hebben de proclamatie over de radio gehoord. Na de jappen zijn de Belanda's aan de beurt. Allen moeten sterven!'

Ik knikte en verwijderde me van het bloedbad. Ik liep in de richting van het viaduct Soeloeng, om te zien wat er gaande was rond het gouvernementsgebouw. Er heerste complete chaos. De inheemse politie had daar niets te vertellen. Rebellerende jongeren hadden zelfs agenten ontwapend. De rebellen ontnamen alle Japanse soldaten hardhandig de wapens en schoten hen koelbloedig neer. Ook enkele Indische mannen werden het slachtoffer van de losgeslagen bende. Toen werd het mij te benauwd en ik haastte me terug naar de Pasar Besar en van daar naar Baliwerti. Maar ook daar was ik getuige van moordpartijen. De menigte was dolgedraaid.

Plotseling werd ik vastgegrepen door een vijftal van die bloeddorstige rebellen. Ze vroegen mij of ik NICA-geld* bij me had. Ik wist nog niet wat dat was en ontkende bij hoog en bij laag. Ik haalde mijn identiteitsbewijs tevoorschijn en toen zij dat Chinese pasje zagen, lieten ze mij gaan. Onderweg van Baliwerti naar huis dacht ik bij mezelf: 'Ik ben een peranakan, gewapend met een dolk. Ik kan alle kanten op, me overal bij aansluiten. Maar er staat maar één weg voor mij open.'

Ik denk niet dat ik dit relaas aan Ma laat lezen. Laat haar maar naar die televisieseries van niks kijken. Te veel wreedheden die de beerput van haar herinneringen zouden kunnen openen. Ik heb haar nu ook wel genoeg getreiterd. Ik zou Phil om commentaar kunnen vragen. Hij heeft ooit met Pa gebroken en zelfs in een woede-uitbarsting nota bene op een Oudejaarsavond in Genève zijn Chinese vaas, afkomstig van grootmoeder Sie, aan diggelen geslagen. Maar dat is lang geleden.

III

SPEKKOEK

Sneeuw

Soerabaja Papa heeft een tweedehandse slee op de kop getikt, maar hij gaat niet met ons mee naar buiten, hij heeft het koud, hij komt uit een land waar het zo warm is dat het er niet kan sneeuwen. Ik deel de slee met mijn tweelingbroer, we moeten alles delen, tot en met het dagelijks verplichte flesje schoolmelk in de klas. We trekken elkaar om beurten voort, maken ruzie over wie aan de beurt is en turen de laan af die in de verte alsmaar witter wordt. Er moet een dik pak sneeuw liggen ginds bij het Zuiderpark.

Een man met een grijze hoed en een loden jas geeft ons in het voorbijgaan het advies mee onze ogen eens beter te wassen. We wrijven onze bruine ogen uit en staren de man verwonderd na.

'Ach, laat die lui toch kletsen', zegt Mama Helmond zonder van haar granieten aanrecht op te kijken.

We waren te jong om de kleinburgerlijke grap van zo'n pur sang Hagenaar en Mama's meewarige reactie daarop te kunnen begrijpen. Alles was ernst, zoals sneeuw die overgaat in stuifsneeuw. Onze slee die weer eens op kale stoeptegels stuit. Het traject dat weerbarstig wordt, saai en nat.

We zaten ruggelings tegen elkaar op de latten van de slee en spraken af om net zo lang te wachten tot het weer zou gaan sneeuwen. De dikste sneeuw lag altijd ginds, waar je nooit je slee over ruwe stoeptegels hoefde te tillen, waar je alsmaar kon blijven sleeën, dóór en dóór en dóór. Hoe zou het zijn om helemaal daar terecht te komen?

Op een dag zijn we met onze slee achter ons aan de lange Melis Stokelaan afgelopen, tot helemaal voorbij het Zuiderpark. We gingen zo ver tot we ons huizenblok niet meer konden zien.

Een andere man met een grijze hoed en een loden jas vroeg ons waar we naartoe wilden. We zeiden dat we waren verdwaald. Hij was vriendelijk en nam onze slee op zijn nek en liep met ons mee terug naar onze kleine portiekwoning aan de Melis Stokelaan. Daar woedde een oorlog, meestal in de nacht, met het schaduwspel van Soerabaja Papa en zijn dolk op onze slaapkamermuur wanneer hij vocht tegen iemand die wij niet konden zien.

'Hij ziet spoken, die vader van jullie', was Mama Helmonds dagelijkse refrein. 'Hij denkt dat die ploppers uit Indonesië hierheen zullen komen om hem en ons erbij uit te moorden.'

'Wat zijn dat, Mama, ploppers?'

'Dat zijn struikrovers. Die vechten in junglekleding, zodat je ze moeilijk kan zien tussen al die bomen in de rimboe. Ze hebben die vader van jullie uit Indonesië verjaagd. Ik mag geen Indonesië zeggen van je vader, want die kletst alleen over dat Indië van hem. Maar jullie vader komt van Java, en Java heet nog steeds Java. Ga naar jullie kamer en laat me met rust. Jullie zien toch dat ik hier in de keuken bezig ben?'

'Hé, we hadden tegen die aardige man met die grijze hoed moeten zeggen dat we geen huis meer hadden. Dat Papa door ploppers was ontvoerd, terug naar Java. Misschien had hij ons dan meegenomen naar de kerk. Daar komen aardige mensen die kinderen helpen. Wij hebben ook dekens van de kerk, dat zijn die warme prikdekens, die hebben we van de kerk gekregen.'

'Ja, en door de grote voetstappen van die aardige man met die grijze hoed zouden ze in de war raken. Want hij droeg de slee, dus die liet geen sporen na. Zo hadden ze ons nooit gevonden.'

'Maar Mama dan? En de anderen?'

Als het eens flink zou gaan sneeuwen, misschien kwam dan ook het wonder dat ons ver voorbij het einde van de laan zou brengen, weg van de oorlog op de slaapkamermuur, voor altijd, en nooit weerom.

Aquarium

Zwart-witfoto uit de late jaren vijftig. Kartelrandje, vergeeld, maar zonder nostalgische waas. Een klein aquarium op een gammel tafeltje met geruit kleedje. De cilindrische lichtkap ligt als een Duitse torpedo op de afdekruit in dit stilleven. Mama Helmond scheldt op het aquarium. Dat vieze ding stinkt met die vieze vissen, die vieze planten, die vieze slakken, die vieze algen en die vieze wormen die de bodem in kruipen. Tubifex, zo noemen ze die vieze wormen. Die gek duwt al zijn kinderen en zijn vrouw een pasgeopend jampotje onder de neus, zodat ze leren hoe tubifex moet ruiken. Staat de jampot te lang in de vensterbank, dan moet iedereen ook met die geur kennismaken. Dan slaan die wormen groen en bruin uit. Dood en verderf, noemt die gek dat. Zijn kinderen moeten leren dood en verderf te ruiken, nondedju!

'Zo zal het in Indië dan zeker ook wel altijd hebben gestonken!'

Mama Helmond moppert de ganse dag door. Ze wil haar rust, maar die krijgt ze niet. Wát een leven met zo'n Indisch gezin in zo'n ellendig huurwoninkje van zo'n socialewoningbouwvereniging in zo'n ellendige naoorlogse Haagse nieuwbouwwijk.

Op een dag worden de vissen door een onhandige manoeuvre van Soerabaja Papa door het verwarmingselement geëlektrocuteerd. Hij dankt de kleine bak af en laat op zijn vrije zaterdagmiddag twee Hollandse collega's een grotere bak onze portiekwoning binnensjouwen. Mama Helmond gaat in de keuken een half pakje Laurens zitten leegpaffen, maar wij, de kinderen, zijn geïmponeerd. Het gevaarte is halfverroest en verschillende lagen stopverf moeten de hier en daar bekraste ruiten stutten. Het ding staat op een stalen rek en er kan wel 250 liter water in. De volgende dag gaan we met de fiets van onze veel te kleine woning aan de Melis Stokelaan naar Kijkduin en brengen er een dagje aan het strand door met zoete koude thee in plastic thermosflessen en wittebrood met jam. We zijn een arm gezin met een bruine vader, een blanke moeder en vijf kinderen in kleur aflopend van donkerbruin naar lichtbruin. Ik ben de oudste en de donkerste, de kleine Nana is de lichtste. De verwatering van het 'Indische', een uit kolonialisme en losbandigheid ontstane cultuur, is als het ware aan de huidskleur van de kinderen af te lezen. We zitten op een gebloemd kleed in onze verstelde pendeks, afdankertjes van Soerabaja Papa. De Hollandse badgasten rond ons bekijken ons met dezelfde afgestreken smoelen als die van de huichelaars in de kerk.

Soerabaja Papa noemt ze zo: huichelaars.

Aan het einde van de dag keren we terug met fietstassen vol duinzand. Soerabaja Papa denkt dat het zeezout er wel uit weg zal spoelen. Hij neemt de grote metalen wasteil, waarin Mama Helmond anders de lakens wast en de kleinsten zich moeten baden, en kiepert de fietstassen erin leeg. Een tuinslang wordt in het zand geduwd en het water stroomt lustig, zoals vroeger in Indië, dáár had je watervallen, hier heb je niks van dat, het leven is eentonig en saai in Holland.

'Was er maar gebleven!' luidt de dagelijkse mantra van Mama Helmond.

Waarom houdt ze haar bek niet, straks slaat hij haar weer verrot.

Soerabaja Papa heeft de achterruit van het aquarium beschilderd in de kleuren van een guerrilla-uniform. Hij heeft de lekkende hoekjes gedicht met nog meer stopverf. In de bak heeft hij een laagje potaarde aangebracht, zodat de waterplanten goed kunnen groeien, en er toen het duinzand overheen gekwakt. Zeulend met emmers water vullen we het aquarium tot de rand. Uit de sloot langs het sportveld aan de overkant van onze portiekwoning halen we waterpest, die volgens Soerabaja Papa bijna zo snel groeit als bamboe. Bijna, want in Holland is alles bijna.

Soerabaja Papa is ongeduldig en geeft het prille paradijs geen kans om aan te slaan. Er zal en moet vis in zwemmen. We worden met schepnetten naar de sloot gestuurd en keren terug met een paar stekelbaarsjes. Die liggen de volgende dag op hun rug in het brakke water. Soerabaja Papa haalt onverschillig zijn schouders op. Maar wij begraven ze plechtig in de openbare achtertuin, terwijl Mama Helmond aan haar kapsel frunnikt achter haar pas gezeemde ramen.

Op een zondagmiddag moet ik met Soerabaja Papa mee naar een obscuur adres ergens aan de Hengelolaan, waar iemand in een portiekwoning op de bovenste etage illegaal in tropische aquariumvissen handelt. De woning staat vol met etagerekken, die aquaria met zingende luchtpompjes torsen. Tussen de klanten bevinden zich veel Indische jongens. Hollandse jongens dragen colberts, die ze jasjes noemen; Indische jongens dragen korte jacks en noemen ze *jackets*, op zijn Engels uitgesproken. Ze lopen ermee met één hand in hun broekzak. Mijn vader steekt alleen zijn handen in zijn zakken wanneer hij stilstaat. Zodra hij loopt, bewegen zijn armen behoedzaam langs zijn lichaam, elke seconde gereed om zich te verdedigen. Indische jongens met hun jackets mixen al vroeg Engelse termen door hun petjoh, zoals hun mengtaal van Nederlands en Maleis heet. Ze lopen daarmee twintig jaar voor op de stadshippies, die hetzelfde zullen gaan doen in de jaren zeventig en die op hun beurt de Nederlandse meute decennia voor zijn.

Soerabaja Papa kiest zijn vissen per paar. Er zitten zebravisjes bij: schoolvissen die paarsgewijs niet gedijen. Daarom moeten er later tien worden bijgekocht. Mama Helmond vraagt zich aldoor af hoe we de week door moeten komen als hij al het huishoudgeld er bij die aquariumvisboer doorheen jaagt.

'Wat moeten we met die stomme vissen als we verder niks te vreten hebben? Jij gaat bij die stinkvrienden van je die stinknasi en stinkbami zitten vreten, jij eet nieuwe Hollandse haring voor je thuiskomt, jij maakt in de lunchpauze je geld op aan saucijzenbroodjes en ik moet de kinderen met droog brood naar school sturen en ze 's avonds een half ei te vreten geven omdat jij zonodig dat stinkaquarium hier in huis moest halen, waar ik de godganse dag met mijn tengels tegenaan stoot.'

'Ach, gezellig toch, die visjes? Mooi, voor als het donker wordt.'

Wanneer het donker wordt, kijkt zij naar een besneeuwde film op de zwart-wittelevisie, die maar één zender heeft, terwijl wij naar het aquarium staren, waarin het leven mooi is en de dood op de loer ligt.

Joop Stokkermans, een Hollandse kennis uit het Westland, een ex-marinier die nooit met naam en toenaam opduikt in Soerabaja Papa's oorlogsverhalen, zegt: 'Ik denk dat het water is vergiftigd.' Hij steekt zijn arm in de bak en haalt wat zand weg van de bodem. 'Kijk, die vorige eigenaar heeft gewoon een laag verf over de verroeste bodem gesmeerd. Daardoor gaan die vissen dood.'

'Maar hoe kan het dan dat die goerami's blijven leven?' vraagt Soerabaja Papa zich af, en wij delen zijn verwondering.

Goerami's. Indonesische vissen. Indonesiërs waren ooit de tegenstanders van Soerabaja Papa en Joop Stokkermans. Dat Hollanders tegen Indonesiërs vochten was nog wel voorstelbaar, want als wij cowboytje speelden met onze Hollandse vriendjes, dan waren wij de Indianen. Maar dat Indische mensen tegen Indonesiërs vochten ... daarover piekerden mijn tweelingbroer en ik ons suf. De kop van Soekarno, de president van Indonesië op een postzegel, verschilde veel minder van die van onze vader dan van wie op straat dan ook. De Indonesiërs hadden de oorlog gewonnen. Soerabaja Papa en zijn mariniersmaten hadden die huisjes in de desa net zo goed niet in de fik hoeven steken.

Wanneer zijn oude mariniersmaat Stokkermans is vertrokken, kijkt Soerabaja Papa nog lang naar de goerami's. Sterven die guppen niet door het slechte water, dan worden ze wel opgevreten door die verdomde goerami's. Ze zijn met vijf stuks en ze zijn ook nog de grootste vissen in het aquarium. Het zijn net pelopors, die goerami's: extremisten, vijanden van Vorstin en Vaderland. De vissen komen Soerabaja Papa bezoeken in de nacht, groeien uit tot enorme monsters en doorzwemmen zijn bloederige dromen. Beelden van haat, angst en verderf verstillen tot batik goerami.

Tante Lieke

In gedachten schreef ik haar naam altijd met een q: Lique, want ze had iets deftigs over zich. Ze woonde ergens aan de Regentesselaan of de Valkenboslaan, ik haalde die Haagse lanen altijd door elkaar. Het was alsof ze er in een etalage woonde, met de matglazen raamdecoratie van een opgedoekte koloniale winkel in 'Indische uitrustingen'. Ik weet niet waarom we haar 'tante' noemden, ze was geen familielid. Ze had wél iets van doen met familieleden in de tweede graad van mijn vader, zaken waar geheimzinnig over werd gedaan in verband met gemiste erfenissen, kapitaalverlies en een heleboel onbegrijpelijks tussen Nederland en Indonesië. Tante Lique was blank maar kwam uit Indonesië, ik neem aan uit Soerabaja, zoals mijn vader.

Ze kwam bij ons op bezoek totdat ik een jaar of zeven, acht was, daarna bleef ze weg, ze werd oud, ze liep moeilijk. Ze had altijd lang nodig om zich te ontdoen van al die kledingstukken die haar in Holland tegen de kou moesten beschermen: een doorschijnend plastic kapje op haar hoofd, een regenjas met eronder een bontjas, een lange sjaal – haar entree was buitengewoon, majestueus, zelfs mijn moeder hielp haar bij de kapstok.

In haar etalagewoning stonden de hutkoffer van haar bootreis van Indonesië naar Nederland, een kledingkast, een divan, een dressoir en een etagère. Verder lagen er stapels boeken en stonden er veel onuitgepakte koffers. Volgens mijn vader omdat ze zo direct terug kon naar Indonesië, mocht die gelegenheid zich voordoen.

'En wanneer kan dat dan?' vroeg ik.

'Nooit, sufferd! Je weet toch wel dat die gladakker van een Soekarno de boel heeft ingepikt.'

Ik zweeg. Wist wel wie Soekarno, maar niet wat een gladakker was, want hij noemde mij en mijn broer Phil soms ook zo: 'stelletje gladakkers'. Verder wist ik dat er mensen waren die door oorlogsomstandigheden tegen hun zin in Holland zaten. Mijn moeder vertelde me dat mijn vader 'dingen in de oorlog had gedaan'. Maar wat kon tante Lique dan hebben gedaan?

Tante Lique waste zich aan een wasbak, altijd met koud water. Volgens mijn vader was dat geen probleem; in de tropen was men dat gewend. Wij, zijn kinderen, moesten ons ook met koud water wassen, al vroor het tien graden. Daar werden we hard van. Hijzelf brak met de traditie, waarover hij zo kon snoeven, door zich uitgebreid te baden onder een warme douche.

'Wat een mispunt, die vader van jullie', mopperde mijn moeder. 'Dat eigent zich maar allerlei rechten toe alsof het niks is. En hoe moet ik al die gaspenningen betalen van dat beetje geld dat hij me wekelijks geeft?'

In die tijd werd de douche via de keukengeiser nog gevoed met gaspenningen. Er zat een gleuf in de muur, waarin je geregeld een speciale munt met een vierkant gaatje moest stoppen. Mijn moeder klaagde altijd wanneer ze nog maar één munt over had en ze moest bezuinigen op haar sigaretten van Miss Blanche. Ze verdacht mijn vader ervan extra gaspenningen voor zichzelf in zijn kantoortas te stoppen, want soms vond hij er toevallig weer eentje, wanneer hij wilde gaan 'baaien'. Zo noemde hij dat: baaien. Hij baaide zich ook na de stoelgang. Hij baaide zich wat af, terwijl wij het konden doen met één teil water op de zaterdagochtend.

Ik moest soms met mijn vader mee achter op de fiets wanneer hij tante Lique ging bezoeken. Hij had een regelmatige maar krachtige pedaaltred, ik voelde het aan het trekken van de bagagedrager onder me. Hij fietste alsof-ie op een paard reed.

Ik wist nooit wat ik tegen tante Lique zeggen moest. Mijn vader leek dat al evenmin te weten, hij was tegenover haar veel minder spraakzaam dan thuis. Deelden ze misschien een geheim dat ik niet weten mocht?

Op een dag stuurde hij mijn moeder, die hevig tegensputterend en vol chagrijn op de fiets stapte, met mij achterop. Haar pedaaltred was onregelmatig en slaapverwekkend, maar haar niet-aflatende gemekker hield me wakker genoeg om niet van de bagagedrager af te vallen.

Het was een goede dag, tante Lique haalde een indrukwekkende stopfles uit haar etagère met heerlijke koekjes van een soort dat ik nog nooit had gezien. Ze hadden een wafelmotief, waren gevuld en bestrooid met fijne poedersuiker. En tante Liques limonade was de zoetste van alle limonades.

Anders dan mijn vader had mijn moeder wél veel te bespreken met tante Lique, die klaagde over wintertenen en aldoor in de weer was met aardewerken kruiken. Mijn moeder hield ervan om over ziekten te praten, over wat een mens allemaal overkomen kan. Spataderen en meer vreselijke ongesteldheden die aan vrouwen waren voorbehouden. Dat leek mij allemaal bijzonder erg, maar die koekjes trokken mijn aandacht toch meer. Tante Lique had mij aangemoedigd om vooral lekker te snoepen. Ik volgde het gesprek nauwelijks en boog me op gezette tijden naar de stopfles om er een koekje uit te nemen.

Bij thuiskomst bracht mijn moeder verslag uit van ons bezoek. Ze mopperde tegen mijn vader over 'die vieze Indische lucht' die bij tante Lique hing, en dat alles – de tafel, de stoelen, de asbak – er plakte en dat hij voortaan zelf maar weer moest gaan. Wat moest zij in godsnaam bij die oude Indische mensen over de vloer? Het was zíjn volk, zíjn soort, ziezo. Het enige positieve dat ze te melden had, was dat tante Lique haar bij het afscheid in het oor had gefluisterd dat ik zo'n lieve jongen was. Ik had namelijk niet alle koekjes opgegeten maar er welgeteld ééntje overgelaten. Helaas zag mijn vader niets vertederends in die boodschap. Hij mepte me naar de slaapkamer, die ik deelde met mijn broertjes, en liet mijn moeder de volgende dag precies dezelfde koekjes kopen. Ze waren duur.

Op een vrije zaterdagmiddag nam mijn vader me weer mee, achter op de fiets. In mijn handen had ik een doos verse koekjes, het was koud, het vroor, ik vroeg me af of tante Lique weer van die naargeestige lange bruine kousen zou dragen.

Mijn vader fietste niet tot aan haar voordeur, maar zette me af op de straathoek, waar hij bleef wachten. Ik liep alleen verder en belde aan bij tante Liques merkwaardige etalagewoning met de sombere gesloten gordijnen voor de ramen.

Ze deed open. Erg verguld met mijn onverwachte bezoek nodigde ze me uit om binnen te komen. Maar ik zei dat ik alleen maar die koekjes kwam afgeven. Ze nam de doos met koekjes aan met verbazing in haar oude grijze ogen. En toen ben ik hard weggerend.

Mijn vader had zich verdekt op de hoek van de zijstraat opgesteld. Hij gaf me een por in mijn zij en herhaalde wat hij me eerder had ingeprent: dat ik fatsoenlijkheidshalve maar één koekje mocht nemen. Dat dat zo ging in Nederland.

'Begrepen?'

'Ja.'

'Wat ja?'

'Ja, Papa.'

Het was niet zo koud toen tante Lique stierf. Het regende wel. Ik moest met mijn vader en twee broertjes mee naar de rouwkamer. Die lag achter een kolossale deur vol houtsnijwerk in een donker bakstenen gebouw ergens aan de Van Boetzelaerlaan dicht bij de haven van Scheveningen. Er stonden allemaal oude mensen in donkere lange jassen. Vrouwen met toegevouwen druipende paraplu's, mannen met klamme hoeden in de hand, opgesteld in een ruime kring rond de doodskist, zo ver mogelijk ervandaan. Niemand huilde. Ik wist niet wat de bedoeling was, behalve ernstig voor me uit kijken.

'Wil je een lijk zien?' fluisterde mijn vader. Hij had zich naar me toe gebogen, zijn stem klonk merkwaardig nerveus, zo kende ik hem niet.

Ik schudde snel mijn hoofd.

'Doe wat je broertjes doen en ga naar die kist. Je moet haar lijk zien.' Zijn ogen lichtten even op en hij werd nog vreemder voor me dan hij al was.

Ik zette me schrap, maar hij duwde me in de richting van de kist. Ik keek om me heen. De mensen in de kring tuurden strak voor zich uit, ze keken nergens naar, ook niet naar mij, ik was alleen. Ik was net groot genoeg om over de rand van de kist te kunnen gluren. Tante Lique lag er dood. Ze zag er niet angstaanjagend uit, maar ze was wél dood, hartstikke dood, lijkbleek. Ik heb maar heel even gekeken, zo kort mogelijk, maar toch lang genoeg om er nog jarenlang nachtmerries van te krijgen.

'Waarom moest die jongen dat zonodig van jou doen?' vroeg mijn moeder.

'Hij is een slappeling, zijn broertjes keken zonder blikken of blozen. Hij heeft de oorlog niet meegemaakt, hij heeft nooit hoeven vechten, hij moet weten hoe een lijk eruitziet.'

'Maar dat is zijn tante Lique!'

'Ja, nou en? Een lijk is een lijk.'

'O, dus als ik daar lig, dan ben ik ook maar een lijk?'

'Ja natuurlijk! Het leven is dan al uit je weggegaan.'

'En wat heeft zo'n jongen er dan aan?'

'De dood. Hij weet nu hoe de dood eruitziet.'

Mijn moeder vroeg me hoe de dood er volgens mij uitzag.

Ik zei dat de dood iets was met hoeden en paraplu's en mensen die nergens naar keken. Ze feliciteerde mijn vader met mijn antwoord en voegde er bits aan toe dat ik al bijna net zo gek was als hij.

Cavia's

Op een vrije zaterdagmiddag werden Philip, Arti en ik door onze grillige vader verrast met twee bruine cavia's. De dieren kwamen in een hok zo groot als het stapelbed in onze armoedige slaapkamer. Voor Mama Helmond, een nerveuze huisvrouw met vulkanische opruimwoedes, was het huis meer dan eens te klein. Ze verlangde terug naar haar ouderlijk huis in Brabant, waar haar vader zijn schoenmakerij zó proper hield dat ze er zelfs nooit last van muizen hadden en er geen huiskat nodig was.

'Vast en zeker weer zo'n Haagse collega die hem dat stinkhok met die stinkbeesten voor veel te veel stinkgeld heeft aangesmeerd', mopperde ze tegen haar gepoetste aanrechttegels.

Het caviahok was een dierenvilla, met een trapje naar een hoger gelegen etage met een afgesloten slaapgelegenheid. De cavia's waren aaibaar en communicatief, totaal tegenovergesteld aan de onbereikbare vissen in Soerabaja Papa's aquarium. De geluiden die de cavia's 's nachts maakten hielden nachtmerries weg uit de donkere slaapkamer, waar het erg kon spoken, vooral wanneer Soerabaja Papa weer eens had verhaald over de gruwelijkheden van de oorlog in Indonesië. Zijn fotoalbum toonde ons de foto's van de onafzienbare rijen witte kruizen van de graven van zijn gesneuvelde strijdmakkers.

Wij stroopten na schooltijd tot in de verre omtrek houtzagerijen af op zoek naar houtkrullen en zaagsel om het caviahok proper te kunnen houden. We hadden iets om voor te zorgen en vlogen elkaar nu minder snel in de haren tijdens het spelen.

Arti wees ons op een groeiende buik bij een van de cavia's.

'Ze gaan jonkies krijgen!'

Op een vroege ochtend kwamen ze: negen stuks. Ze lagen zachtjes rillend tegen elkaar aan. We waren er stil van en bezagen het tafereel met eerbied voor de natuur, zoals ons dat geleerd was op school, van waar we die middag harder dan ooit terugrenden naar huis om het wonder weer te kunnen aanschouwen.

Wonder? Niks wonder. Alleen de caviaouders scharrelden nog wat rond.

'Hè? Hebben we het dan gedroomd?'

'Nee joh! We hebben ze toch zelf zien liggen!'

Mama Helmond wilde niet praten, ze had geen tijd, ze had andere dingen aan haar hoofd: de was, strijken, poetsen, schrobben, stoffen, strijken, boodschappen, koken, afwassen en kwekken met de buurvrouwen vanaf het balkon. Wij moesten maar wachten op Soerabaja Papa, die om vijf uur thuis zou komen.

Ze hadden het begrepen. Wilden alleen nog maar weten waar Mama Helmond hun kroost had gelaten.

'Heb je ze begraven?'

'Begraven? Denken jullie soms dat ik gek ben? Daar heb ik de tijd toch niet voor!'

'Maar waar zijn ze dan? Liggen ze in de openbare achtertuin?'

Ze mompelde iets.

Geschrokken repten wij ons naar de wc en bleven heel lang in de wc-pot turen in de hoop dat er nog eentje boven kwam drijven.

'Die geven we dan mond-op-mondbeademing. Dan hebben we in elk geval één caviaatje gered.'

'En voor die ene zullen we altijd blijven zorgen.'

'Tot in den eeuwigheid. Amen.'

'In China doen ze zoiets niet', zei Soerabaja Papa met een grijns die avond aan tafel. 'Daar eten ze pasgeboren caviaatjes op. Een voor een dopen ze zo'n levend diertje in heet water.

Dan halen ze het door de ketjap en … hap! Hahaha!'

'Ach, doe niet zo vies', zei Mama Helmond. 'Hier eten we gestoofde andijvie.'

Na het eten trok Soerabaja Papa zich terug in de slaapkamer om er op zijn Remington te gaan zitten hameren. We vroegen ons nooit af wat hij zat te tikken. We dachten dat het hoorde bij zijn studie voor ingenieur. We hielden van het getik, want zolang hij achter zijn schrijfmachine zat, hield hij zich koest, hield hij zijn handen thuis en waren er geen ruzies in de woonkamer.

Broese

(1)

Broese. De naam … Mama Helmond kon met een hardvochtige stembuiging de oe-klank in de naam benadrukken, alsof ze een vies woord uitsprak. 'O god, daar komt die Broe-se weer aangereden. Broe. Se. En er komt juist vanavond een mooie musical op televisie! Moet ík weer die vervelende verhalen aanhoren! Want die vader van je, die zit weer eens op zijn kamer te tikken achter die schrijfmachine van hem. Ik wou dat-ie eens wat meer geld op tafel legde, dan hadden we meer brood en spek op de plank. Die denkt alleen maar aan die vervloekte oorlog van hem daar in dat stink-Indië. Net als die Broese met zijn Indië, Indië en nog eens Indië. Was ik maar nooit gaan corresponderen met die vader van je, wist ik veel dat die vent een tik van die oorlog heeft meegekregen. Zal ik jou eens wat zeggen: al die Indische mensen hebben een tik van de molen gekregen, weet je dat? Ze waren het gewend met bediendes te leven, die krópen voor ze, die deden álles voor ze, nou en nu zitten ze hier zónder hun bediendes én maar klagen, én maar klagen, ze zijn nog te beroerd om zelf de afwas fatsoenlijk te doen, die laten ze gewoon een dag staan tussen al dat stinketen van ze, en die kruidenlucht dat blijft allemaal tussen de kieren zitten, gut dat denkt dat ze nog daar in Indië zitten, nou waren ze er maar gebleven, zie jij dan soms het verschil tussen je vader en die kop van Soekarno op die stinkpostzegels op die stinkbrieven van die stinkfamilie van je vader uit dat stink-Indonesië? Nee? Nou dan! Ze hebben gewoon tegen hun eigen buurjongens gevochten, tegen hun eigen vlees en bloed, nou snap jíj dat? Het zijn gewoon verraders, die Indischen, met je vader erbij, jaa-haa, jouw vader was een verrader, dan weet je dat! Nou, doe jij maar open voor die Broese en laat die vent dat stinkmotorpak van hem metéén aan de kapstok hangen voor-ie binnenkomt, anders stinkt straks de hele huiskamer naar dat vieze leer en die stinkmotorolie, o daar gaat mijn rust ...'

Broese. Bijna een pioniersnaam voor een prototype motorfiets. Maar de man reed op een oude Jawa met een opvallend ei als benzinetank, zeg een Jawa type Broese. Wonderlijke man, met het mysterie van een versleten clown. Had Broese die Jawa-motorfiets omdat Jawa een andere spelling was van Java? Wilde Broese zijn heimwee naar Java tonen via het merk van zijn motorfiets? Java was zijn geboortegrond, maar ik denk niet dat Broese oosters bloed had. Zijn ouders zouden onderwijzers kunnen zijn geweest, die rond 1920 de oversteek naar Nederlands-Indië maakten, om er later te sterven in een Japans gevangenkamp.

Broese had een extreem hoge stem voor een man. Mama Helmond vond zijn humor flauw, maar toen hij ons als een kwajongen influisterde om onze vader 'de Arend' te noemen, vonden we Broese geweldig. Je mocht je vader immers niet bij zijn voornaam noemen, maar bijnamen waren toegestaan. Op onze verwondering over Broeses hoge piepstem verklaarde de Arend: 'De jappen hebben zijn ballen afgesneden. Hoe? Ja, met hun samoeraizwaarden natuurlijk!'

(2)

Broese, de jongen in het lichaam van een oude man, reed in zijn bruine verschoten leren motorjas en met dito helm op zijn Jawa en zette zijn leren helm pas af als hij binnen was. Wijnvlekken markeerden de kaalslag op zijn hoofd, tussen gekreukte plukken van dunne resten *alang-alang* die zich bogen in een treurzang.

Alang-alang was het hoge tijgergras waarin de Arend en Broese als kleine jongens hadden gespeeld. Broese had het graag over die tijd, de Arend niet. Broese wilde herinneringen ophalen aan hun jongensjaren van voor de oorlog, maar die jaren lagen gestold in de bloederige modder op het slagveld van de Arends herinnering.

Er dwalen tijgers door de alang-alang in Broeses herinnering. Giftige slangen doen hun middagdutje in de schaduw en je moet oppassen ze niet op de staart te trappen, anders ben je nog niet jarig, haha! Broeses verhalen zijn lichtvoetig, altijd, en als je er niet om lachen kunt, dan doet hij het zelf wel met zijn veel te hoge stem.

In de Arends herinnering zijn de alang-alangvelden donker. Nieuwe maan. Verderop hangt iets dat op een vuurvliegje lijkt. Dat denken de Hollandse mariniers, maar niet de Arend. Die sluipt er als een tijger op af, stoot zijn bajonet in de rug van de Javaanse vrijheidsstrijder, trekt hem eruit en snijdt met een flitsende beweging de strot open van de in elkaar gezakte jongen die zojuist zijn laatste strootje heeft gerookt. Hij laat hem achter voor de mieren.

Broese zong zijn refrein: 'Vergeet die dingen toch, wij zijn nu hier: in Holland.'

De Arend vergat niet. Als Broese niet wilde luisteren, dan moesten de toetsen van zijn schrijfmachine dat maar doen.

Mama Helmond hoort verveeld de verhalen aan van Broese, de oude jongen met de hoge lach. Ik lig in bed en volg het verbeten gehamer van de Arend op zijn Remington. Er zit ritme in zijn getik, soms lijkt het wel muziek. Hij verslijt één schrijfmachinelint per maand. En al weten we niet dat hij zijn oorlogsherinneringen op al die vellen papier zit te rammen, toch vullen mijn nachten zich met de geesten van hen die hij de dood in joeg. Ze komen me bezoeken, ze willen me wurgen want ik ben een zoon van de Arend, de man met de vele namen in Indië, volgens Mama Helmond. Als ik geluk heb is Broese nog op bezoek en jaagt zijn hoge jongenslach de spoken weg. Ik blijf wakker liggen totdat ik hem hoor wegrijden op zijn Jawa-motorfiets. Dan vult het huis zich weer met de schaduwen van die vervloekte oorlog, zoals Mama Helmond die noemt. Zong Broese weleens op zijn Jawa terwijl hij naar huis scheurde langs het Zuiderpark? Een oud krontjonglied misschien? Iemand met zo'n castratenstem kon toch moeilijk loeihard zijn eenzaamheid uitschreeuwen?

(3)

Broese was een oude wees. Toch noemden we hem oom Broese, zoals die andere eenzaat: tante Lique. Hij had niemand anders buiten zijn oude schoolkameraad de Arend. Maar die was niet zuinig op zijn oude vriend.

'Jij hebt de hbs doorlopen, maar je doet het werk van een koelie!'

'Ik heb het naar mijn zin, hoor! 's Nachts is het rustig. Dan kan ik goed nadenken.'

'Nádenken? Wáárover?'

'Ach, ik laat zo'n beetje mijn gedachten gaan, dat snap jij toch wel?'

'Zo, dus jij laat je gedachten gaan ... Jij moet je hérsens gebruiken, man! Ik werk bij Rijkswaterstaat. Maar jij? Wah, jij schopt het niet verder dan nachtwaker met je hbs!'

Broese waakte ook weleens overdag. In een wat moedeloos

gehurkte houding houdt hij een oogje in het zeil terwijl wij kinderen spelen aan de waterkant. Lozerlaan rond 1960, waar de stad verzandt in een hobbelig terrein met geraamtes van nieuwbouw. Ik sta dicht tegen Broese aan, zelfs ik als knaapje zie er nostalgisch uit op de foto, alsof ik Broeses herinnering deel aan de kali uit zijn jeugd ergens in Soerabaja. Als ik na zo'n dag niet slapen kan, zie ik hem in mijn gedachten zijn nachtelijke rondes maken langs de spookachtige bouwplaatsen. Hij draagt een zaklamp en om de tijd te doden zoekt hij naar ratten en praat tegen ze. Soms komt hij met een verhaal dat ik maar half begrijp, iets over een vrijend paartje dat hij heeft betrapt. Heeft hij het nooit betreurd als knaapje oud te moeten worden omdat de Japanners hem hadden gecastreerd?

Op een zondagmiddag nam de Arend mij mee achter op zijn bromfiets. De oude jongen met het dunne haar op zijn bevlekte ronde hoofd woonde ergens aan de Loosduinseweg in een parterrewoning met ramen zo vies dat je er nauwelijks doorheen kon kijken.

De bel werkte niet.

De Arend probeerde met zijn zakdoek een opening in een raam te wissen, maar het vuil zat aan de binnenkant. Hij klopte aan. Het duurde lang voor Broese opendeed. Misschien hadden we de nachtwaker uit zijn slaap gehaald. Hij liet ons wat onhandig binnen, onwennig met dat plotselinge bezoek. Zijn huis was bijna leeg. De hutkoffer van zijn overtocht uit Indië deed dienst als salontafel. Er stond één stoel. Die werd mij toegewezen.

De Arend zei: 'Zo, woon je hier dus ...'

Hij stapte onrustig door de lege kamers, de handen losjes in de zakken van zijn terlenka pantalon, mopperend, schertsend, schimpend. Broese gaf me met onhandige bewegingen limonade te drinken uit een vlekkerig glas waaraan haartjes kleefden. Hij verontschuldigde zich voortdurend tegenover de Arend, dat hij ons niets beters te bieden had. Maar het huis zou beslist worden opgeknapt, hij zou meubels kopen, fatsoenlijk servies en ja ... gordijnen.

Als je iemand bent die zich voortdurend voor zijn leven moet verontschuldigen, komt de dood je dan nog wel met genoegen halen?

Castrololie

De Arend had de onbedwingbare neiging veel te veel blikken Castrololie in huis te halen, alsof het om ketjap ging voor een Indische familie met een hele zwik neven, nichten, ooms en tantes. Hij leek wel verslaafd aan die vette motorolie in ronde groene blikken, waarop de naam Castrol in rode letters op een witte omcirkelde L-vormige baan prijkte. Mama Helmond haatte dat spul, ze haatte alles wat vlekken kon maken. Eén druppel Castrololie op haar Haagse geboende zeil en ze werd weer overvallen door die maniakale schoonmaakwoede van haar. Het liefst had ze ons ook nog opgeruimd. Haar moeder gaf eens het voorbeeld door Phil en mij en ons jongere broertje Arti elk in een kast op te sluiten op de zolder van het woonhuis boven de schoenmakerij van opa in het Helmondse, anno 1961.

De merknaam Castrololie verschilt maar met één letter van de beruchte soortnaam *castorolie*, die in vervlogen tijden in Nederlands-Indië werd gebruikt als middel tegen allerlei kwaaltjes. Ouders dreigden hun kinderen castorolie te laten slikken als deze niet wilden eten. Ik neem aan dat ook de Arend als jochie gekweld is geweest door dat schrikbeeld. Naar de traditie van zijn moeder diende hij ons in de herfst- en wintermaanden levertraan uit de fles toe als surrogaat voor de Indische drankjes die zij zelf in de tuin brouwde.

De Castrololie was voor zijn brommer, een Duitse Zündapp, kobaltblauw, de favoriete kleur onder Indo's van zijn generatie. Elke zaterdagmiddag was hij in de weer om zijn kostbaarste bezit draaiend te kunnen houden. De Arend spaarde de lege blikken op en vulde ze twee bij twee met gips, waarin hij een stok stak om er halters van te maken. Bij het opstaan en slapengaan moesten we met die dingen onze spierballen kweken. Toen ze te licht werden, maakte hij nieuwe en mixte hij ijzerschroot door het gips. Had hij een speelse bui, dan legde hij onze matrassen op de vloer en oefenden we elementaire judoworpen. Later werd dat jiujitsu en leerde hij ons aanvallen pareren met messen uit Mama Helmonds keukenlade. Had hij een rotbui, dan schreeuwde hij iedereen van zich af. Daar bestond uiteraard geen verweer tegen in de oosterse gevechtskunst.

Op een dag moest Mama Helmond weer eens zonodig zijn grenzen verkennen, terwijl wij die toch al lang en breed kenden. Ze ging te ver. De Arend, de beul, de gek, de gestoorde, de krankzinnige, de duivel bedreigde haar met een van de halters waarmee wij onze lijven kastijdden. Maar ze hield haar mond niet. Het gebeurde in de gang op de kokosloper onder het kale pitje aan het plafond waar hij een halter op haar bovenarm stuksloeg. Omdat ze wekenlang niet de in de wasteil gekookte lakens met de hand kon wringen, deed hij haar een tweedehands wringer cadeau en liet hij ons geloven dat ze aan trombose leed. Alleen Phil geloofde hem niet. Uit wanhoop sloeg Mama Helmond, wanneer we onder elkaar kibbelden, met haar gezonde arm de ene na de andere houten kleerhanger op onze schouders stuk. Totdat we aanstekelijk begonnen te lachen – het was niets vergeleken bij de slaag van die beul – en zij van lieverlede mee begon te lachen.

Spoken in de gang

Ze zeggen dat een mens niet kan besluiten een ander te gaan haten, zoals je ook niet kan besluiten een ander te gaan liefhebben. Maar volgens mijn moeder was mijn tweelingbroer geen mens, en ik trouwens ook niet, we waren van een andere planeet.

Ik heb het ogenblik gezien waarop mijn tweelingbroer besloot de Arend te gaan haten. Het gebeurde in de gang van nummer 1394 aan die eindeloze naoorlogse laan die naar onbekende maar gelukkige oorden moest lopen. Ik zag het gebeuren vanuit de jongensslaapkamer. De gang was een hel waar je steeds doorheen moest om elders te komen: de keuken, de woonkamer, de douche, een van de andere slaapkamers of de voordeur … Bij het vallen van de avond werd de gang vanuit de duistere hoeken beloerd door de Wielewiel. Niemand van ons had ooit de Wielewiel gezien, maar we wisten dat het spook zich voortbewoog op razendsnelle wielen terwijl het spook zelf ook een wiel was. Toch was de Wielewiel te ontwijken. Als je hard genoeg liep en sprongetjes maakte, kon je vanuit de slaapkamer de wc bereiken zonder door de Wielewiel gegrepen te worden.

Er lag dun geel zeil met een armzalig oranje bloemmotief onder een ruwe lange kokosloper in de gang. De kokosloper krulde om aan de uiteinden. Als je niet oppaste, struikelde je erover. De kokosloper deed pijn aan je knieën wanneer je overdag in de gang speelde. Dag en nacht was er iets mis met die gang. Alles gebeurde altijd maar in die gang.

Ik deelde met mijn tweelingbroer en ons twee jaar jongere broertje een kamer, waarin naast een enkel bed een stapelbed stond. We kibbelden over wie bovenin mocht liggen. En we joegen elkaar de stuipen op het lijf door om de Wielewiel te roepen wanneer een van ons naar de wc moest. Jonge broer zeek weleens in zijn broek, zo bang was hij voor de Wielewiel. We mopperden dan op hem, omdat we in zijn zeiklucht moesten slapen. Kwam Mama op ons gerucht af, dan zwegen we. Want had ze een slecht humeur, of was er een musical of film op de televisie, dan kon ze ons bij de Arend aangeven, zodat-ie ons kwam slaan en schoppen. Dan kon zij op haar beurt weer proberen hem daarvan te weerhouden, of ze speelde het zoals haar kwijnende filmheldinnen in hun slachtofferrollen. Ze kon erg dom zijn als zijzelf het mikpunt was: hoe agressiever hij tegen haar werd, hoe meer ze hem ging stangen, totdat de man helemaal mata gelap werd. Misschien wilde ze dat onbewust steeds weer zien, uit een fascinatie voor het onbegrijpelijke.

Toen ik acht was, voelde ik al uren tevoren wanneer het zou gaan spoken rond die immer door het huis sluipende paranoide ex-marinier met zijn zwarte fotoalbums vol oorlogsgraven en portretten van kameraden die waren gesneuveld of zelfmoord hadden gepleegd. Op een keer was er ruzie in de slaapkamer van mijn ouders. Mama vluchtte naar de gang. Zelfs de Wielewiel ging ervandoor. De Arend kwam achter haar aan en sloeg haar weer met een halter de beide schouders beurs. De volgende dag droeg hij ons, de tweeling, op om de was te gaan doen. Mama lag weer eens in bed vanwege trombose, zei hij.

We wasten de lakens met onze handen in de wasteil en trokken ze driemaal door de wringer voor we ze aan de waslijn hingen. Huisvrouwen bekeken ons nieuwsgierig van achter hun ramen. Waarom kwamen ze ons niet redden uit dat huis vol van slaag, spoken en oorlogsverhalen? Toen Mama na een week haar armen weer gebruiken kon, keerde ook de Wielewiel terug.

In zijn vrije tijd gebruikte de Arend de gang als werkplaats en hing hij er onze fietsen aan haken en katrollen. Dan maakte de Wielewiel plaats voor een spook dat nog griezeliger was dan de Wielewiel. Het was de Tultuh. Alleen mijn tweelingbroer en ik wisten van de Tultuh af, we lieten ons broertje Arti onwetend, anders zou hij nog meer in zijn bed gaan pissen. De Tultuh was onzichtbaar en kon in één keer de hele gang vullen, zodat je bevroor van angst. Hij hoefde zich niet voort te bewegen, zoals de Wielewiel. Je wist niet wanneer hij kwam, hij kon heel lang wegblijven en er opeens weer zijn. Zó was de Tultuh.

Op een zaterdagavond stond mijn tweelingbroer verlamd in

de gang, gegrepen door de Tultuh. De Arend kwam zijn slaapkamer uit en vroeg brommend wat er aan de hand was. Mijn tweelingbroer kwam niet verder dan wat gestamel, de aanwezigheid van de Tultuh viel niet uit te leggen, alleen wij kenden hem. De Arend ergerde zich aan het gestamel en werd wantrouwend omdat hij geen antwoord kreeg. Hij greep naar iets dat in de gang rondslingerde van die zaterdagmiddag van olie, vet, wasbenzine en poetsmiddelen. Het was een dikke staalkabel. Hij sloeg ermee naar mijn tweelingbroer, die zich kermend omdraaide en ineenkromp van de pijn. De Arend zag ik weet niet wie voor zich, een of andere vijand uit die oorlog in Indonesië, of een kopie van zijn eigen rug, die werd afgerost met rotanstok of zweep, afhankelijk van wie hem strafte, een Japanse soldaat of een van zijn ouders.

Zijn vader had op Java de rotanstok gehanteerd, zijn moeder de zweep. Zijn vader had nooit geteld, die sloeg zolang het hem behaagde. Zijn moeder was anders geweest. Ze sprak een vonnis uit en hield zich daaraan. Tien zweepslagen. Klaar. Je weet wanneer het ophoudt. De Arend zelf sloeg totdat hij nauwelijks meer kon ademhalen. Ik zag het pyjamajasje van mijn tweelingbroer openscheuren en striemen op zijn rug verschijnen. Het was op dat ogenblik dat mijn dappere tweelingbroer zich omdraaide en een intense blik vol haat in de richting van de beul wierp. Hij durfde plotseling haat voor de Arend op te vatten, én die te tonen. Dáárom was het een besluit, irrationeel, maar toch, hij durfde iets wat God ons verboden had via de dominee in de kerk en de lerares bijbelse geschiedenis op school. Ik had hem nooit zó zien kijken, naar wie dan ook, en zou dat ook nooit meer zien daarna. Het was een blik van een intense en onherroepelijke haat, die misschien wel zou duren tot over het graf van de man heen, hij die ons op de wereld had geschopt om aan een wettig Nederlands paspoort te komen.

De Arend haalde nog een-, twee-, driemaal met de staalkabel uit en hield toen op, bijna verbaasd, nu mijn tweelingbroer geen krimp meer gaf en hem alleen maar vol verachting bleef aankijken.

Mama had het over 'spoken in zijn kop'. Dat soms een geest bezit van hem nam, zodat hij niet meer wist wie hij was en ook niet meer zag wie wij waren. Dat hij dan niet als vader sloeg, maar als marinier in de oorlog. En dat niet wij werden geslagen, maar anderen: Indonesische vrijheidsstrijders die weigerden te praten wanneer ze werden verhoord door de Hollanders, terwijl hij als meertalige Indo tolkte en de verhoren op de schrijfmachine vastlegde. Althans, zo had hij het aan haar en aan ons verteld. Dat hij alleen maar had getolkt en getikt op die schrijfmachine, terwijl de Hollanders de Indonesiërs afrosten.

De zwijgende Hollander

Van alle namen uit het adressenboekje van mijn vader die tijdens mijn vroege jeugd in Den Haag voorbijkwamen, was die van Stokkermans het gewoonst. De naam zat hem gegoten. Veel van mijn vaders vrienden droegen Europese namen die detoneerden bij hun Indische uiterlijk. Er was er maar één wiens naam bijna op zijn gezicht stond geschreven: Matagora. Hij was dan ook geen Indo, maar een Ambonees met die typische a's in de naam: lange, open klanken, zo anders dan de potdichte naam van Stokkermans.

Het fenomeen 'de zwijgende Indische vader' is een mythe, of een literair motief dat niet deugt, een cliché dat terugvoert op het westerse romantische ideaal van de zwijgende, dan wel glimlachende dan wel bescheiden dan wel wijze oosterling. Maar jongens gaan de oorlog in en komen de oorlog weer uit, gesneuvelden daargelaten. De een komt er zwijgend uit, de ander verhalend. Mijn vader vertelde, verhaalde, schreeuwde en schreef over de oorlog. Maar Stokkermans, een blanke man uit het Westland, zweeg. Hij zag eruit alsof zijn mond was dichtgelast. Van die stille Hollanders waren er 100.000 als dienstplichtige naar 'Ons Indië' gestuurd. Onder de overige stille Hollanders zaten mariniers. Slechts eenmaal zou Stokkermans zijn mond hebben opengedaan over die oorlog op Java.

Ik herinner me niet dat Stokkermans ooit bij ons aan de deur kwam. Maar hij ontving. De Arend zocht hem vaak op, alleen. Eén keer ging ik mee. Stokkermans bewoonde te 's-Gravenzande een akelig nauwgezet onderhouden huis. De vloeren geboend, de Hollandse tafelkleedjes stofvrij, geen dor of ook maar verlept blaadje tussen de kamerplanten in de vensterbank achter de spierwitte vitrages, symmetrisch gedrapeerd achter de pijnlijk schoongepoetste ramen. Het moet voorjaar, begin zomer zijn geweest, want er werden asperges opgediend. Ik had die dingen nooit eerder gezien en deed mijn best mijn mond niet te vertrekken bij de bittere smaak. Stokkermans, de man met het strakke gezicht, de samengeknepen dunne lippen, de Zwijgende Hollandse Vader, bekeek me neutraal, terwijl mijn vader me aanspoorde die van boter druipende stelen op te eten omdat hij zag dat ik ze niet lustte. Er werd niet gesproken aan tafel bij de Zwijger en zijn vrouw. Wanneer je eet, praat je niet. Die cultuur was zo anders dan bij mijn vaders Indische kennissen, waar aldoor werd gesproken over wat je at: de rijsttafel als dubbelmotief voor het bewegen van de mond.

De Arend koesterde een groot respect voor Stokkermans. Want Stokkermans was een 'echte' marinier geweest, die zich naar Indonesië had laten sturen om er orde op zaken te stellen. Had hij er dorpen platgebrand in naam van de koningin? Hij sprak er niet over. Had hij Indonesische vrijheidsstrijders neergeknald?

De Hollander zweeg.

Vele jaren later ging ik me met mijn vaders oorlog bezighouden. Het was mijn moeder die toen tegen me zei dat 'die stijve Stokkermans' zich ooit één keer iets over de oorlog had laten ontvallen.

‘Nou? Wat zei-ie dan?’

‘Dat je vader een lafaard was.’

De Hollander had gesproken.

Niet bepaald iets wat een zoon graag over zijn vader wil horen. Maar, bij nader inzien, ook weer wel. Ging hij daarom zo vaak naar Stokkermans? Om de held te kunnen zien die de Arend zelf zo graag had willen zijn? Was hij op een keer midden in een gevecht hard weggerend en werd hij, door berouw gedreven, steeds weer naar die zwijgende Stokkermans geduwd? Ik zou Stokkermans niet tegenkomen later in het proza van mijn vader. Had hij hem er bewust uit gelaten?

Amerindo

Sundahl was geen oom maar een soort broertje van mijn vader: het gitzwarte haar druipend van brillantine in een golf naar achteren gekamd, de terlenka pantalon keurig in de plooi, glanzend zwarte schoenen, onberispelijk gestrikt. Net als mijn vader had Sundahl een hekel aan colberts. Ze droegen vaak een pullover van hetzelfde dessin: zwart met een brede gele V-hals. Later kreeg ik Sundahls exemplaar als afdankertje, door mijn moeder versteld aan de Singer-trapnaaimachine.

Ik neem aan dat Sundahl zijn achternaam was, die een Zweed of Noor als voorouder van vaderskant verried, een man die ooit zijn heil op Java was komen zoeken. Sundahl was net als mijn vader zonder familie na de oorlog in Indonesië in 1950 met de boot naar Nederland gekomen. Dat kwam weinig voor. De meeste Indische jongens kwamen met hun voltallige families naar Holland. Dat waren ex-KNIL-soldaten. Verder kwamen sommige Indonesiërs om duistere redenen als verstekeling mee op de schepen die tussen Nederland en Indonesië pendelden.

Indo’s zonder broers, zusters, vader, moeder, tantes, ooms,

opa's en niet te vergeten oma's, die de spil van de families vormden – zulke Indo's waren een soort wezen, desperado's soms, in het ergste geval paria's. Jeugdvrienden uit Soerabaja moeten ze zijn geweest, mijn vader en Sundahl. Misschien hadden ze dezelfde meisjes gedeeld.

Sundahl leek de eeuwige vrijgezel. Hij en mijn vader konden urenlang opgewonden praten over motorfietsen, vliegtuigen en horloges. Styling had hun grootste aandacht. De boel moest gestroomlijnd zijn en glanzen voor een Indo.

Ik weet niet of ook Sundahl als tolk bij de Nederlandse Mariniersbrigade had gediend en voor de Indonesiërs had moeten vluchten. Anders dan mijn vader sprak hij niet over de oorlog, althans niet met mij in zijn buurt. Toch had hij een nerveuze levendigheid over zich, ook hij keek snel op van een geluid of achterom over zijn schouder. Hij was het type van de waakzame Indo die in een oogwenk een situatie kon overzien en als het moest pijlsnel kon handelen. Een kleine tanige jongeman die stellig in een gevecht over je heen kon springen en met een schaartrap je nek kon breken.

Sundahl sprak altijd over emigreren naar Amerika. Altijd. Hij probeerde mijn vader over te halen om mee te gaan. Die had toch niet voor niets zijn kinderen Amerikaanse namen gegeven? Het was niks hier in Holland: te koud, te saai, te weinig mogelijkheden om van onder aan de ladder op te klimmen. Het toverwoord was 'sponsor'. Je had een sponsor nodig om Amerika als immigrant binnen te kunnen komen. Sundahl zocht een sponsor. Sundahl vond een sponsor. Sundahl ging. Begin jaren zestig. Ik weet niet waarom ik hem zo miste. Misschien omdat zijn levendigheid altijd even een glans bracht over onze armoedige huiskamer aan de eentonige naoorlogse laan langs het Zuiderpark.

Mijn vader wilde hem achterna, met vrouw en vijf kinderen. Maar mijn moeder en ik wilden niet. Mijn vader sprak van een leven onder de zon, van baantjes als krantenbezorger na schooltijd, je mocht er op de stoep fietsen en je hoefde de kranten niet in brievenbussen te stoppen, je gooide ze gewoon de zonovergoten tuinen in. Mijn broertjes hadden daar wel oren naar. Ik was bang voor het onbekende, zelfs op de grauwe school die ik dagelijks bezocht, tegen de achtergrond van het Zuiderpark, dat meestal in regen en mist was gehuld. Jaren later voelde ik mezelf een lafaard, omdat ik met mijn moeder dwars was gaan liggen. Maar hoe was ons dat gelukt? Vaders wil was wet. Had hij simpelweg geen immigratiepapieren kunnen krijgen? Was ik behoed voor een nog afschuwelijker leven in Amerika of was ik juist de kans van mijn leven misgelopen? Wat zou er van me geworden zijn, daar in Amerika? Een kok in een Indisch restaurant ergens in Los Angeles? Professor in de letteren aan een universiteit? Scenarioschrijver voor televisieseries? Of toch ook daar gewoon een gitaarleraar met nu en dan een schnabbel op het podium, zoals hier in Holland?

Er kwamen brieven van Sundahl uit Californië. Later kwamen er foto's bij van een breeduit lachende Sundahl achter het stuur van een Chevrolet Cabriolet. Een blondine naast hem, twee op de motorkap. Er lag een gitaar op de achterbank. Een Gibson, een échte Amerikaanse Gibson, het lievelingsmerk van Indo's van die generatie, de gitaar van mijn vader die sneuvelde bij het passeren van een pantserwagen. De meisjes die zijn *Chevy* versierden droegen strakke jeans met pijpen tot hoog boven de enkels. Ruitjesmotief in het stof. Smetteloze witte bloesjes met de boordkragen en het knoopje daaronder open. Sundahl zou ons later nog zulke jeans per post laten bezorgen. Maar de broeken zaten te krap. Voor Sundahl waren we nog altijd die kleine jongetjes van toen gebleven.

'Och, wat jammer, de jongens hadden er zo Amerikaans uit kunnen zien!' riep mijn moeder uit.

Gitaarindo #2

Den Haag-Zuidwest, eind jaren vijftig, begin jaren zestig. Lange lanen, eindeloze portiekwoningen, men plant rijtjes jonge bomen die zielig zijn vergeleken met de rimboe waarover mijn vader spreekt. Wij kinderen doorkruisen een baksteenjungle, we spelen tikkertje en verstoppertje in de zijstraten. Op de lanen kom je elkaar snel tegen. Hollandse jongens zijn groot en sterk maar niet gevaarlijk, ze kunnen me niet inhalen wanneer ze jacht op me maken. Indo's zijn vaak kleiner maar gevaarlijk, ze kunnen allemaal vechten. Nog erger is dat ze allemaal gitaar spelen. Er ligt altijd die ene vraag op de lippen:

'Hé, speel jij gitaar?'

De een of andere vreemde Indische jongen uit een zijstraat monstert me nadat hij mij de gevreesde vraag heeft gesteld.

'Tuurlijk', antwoord ik.

Hij kijkt onderzoekend naar mijn vingers. 'Hoeveel liedjes kun jij al spelen? Speel jij "Hello Mary Lou"?'

'Nee, nog niet.'

'Je moet spelen A D E. Weet je?'

'Ja.'

'Maar mijn oom, hij speelt C F G, dat is moeilijk, met barré. Hij zit in een band. Zeg, zit jouw vader in een band?'

'Nee, hij speelt alleen.'

'Waarom alleen? Saai toch? Zeg, ik woon in de Zwartsluisstraat, kom langs op woensdagmiddag en neem je gitaar mee, ja? Nummer 9.'

Hij wandelt rustig verder, ik kijk hem na, ik zie aan zijn houding dat hij echt gitaar kan spelen. Dát moet mijn lichaam ook gaan zeggen, zó moet ik voortaan over straat lopen.

Eerst snel naar huis rennen, waar mijn moeder opendoet en me toesnauwt dat ik buiten hoor te spelen met dat mooie weer. Ik verzin een smoes, wacht mijn kans af en sluip de verboden slaapkamer in. Ik onderzoek de toets met de positiestippen op de hals van de gitaar en vraag me af hoelang het zou duren voordat je die snaren ingedrukt kunt houden zonder pijn te krijgen aan je vingertoppen.

'Ga weg bij die gitaar! Die vader van je vermoordt je nog!'

De Zwartsluisstraat ... Die moet ik mijden. Straks roept die Indo me nog naar binnen. Ik moet elke Indo mijden totdat ik op zijn minst 'Hello Mary Lou' kan spelen.

Geen ontsnapping mogelijk. Op een zondagmiddag neemt mijn vader me mee naar de Van Mouriks, die grote gezellige Indische familie aan de Erasmusweg. Het huis ruikt naar gebakken tahoe en *ikan teri*, gezouten minivisjes, de speelkaarten op de salontafel zijn vet, de ramen beslagen van de kooklucht. Ik denk dat ik geluk heb wanneer mijn vader me naar de slaapkamer stuurt, naar de kinderen van de familie. Ze zitten er bijeengehokt op een stapelbed. Een van hen heeft een gitaar op schoot. Een lied komt driestemmig uit hun monden en ik kijk steels naar de vingers van het meisje dat de troep begeleidt.

Na het slotakkoord reikt het meisje mij haar gitaar aan: 'Nu jij.'

Ik grijns en maak een verontschuldigend, afwerend gebaar.

Iemand roept: 'Wah! Hij ken niet!'

'Hij ken wel,' zegt het meisje, 'elke Indo ken. *Itoe maloe*, hij is verlegen.'

Hé, Mam!

Hé, Mam ... Mam! Mâ-hâm!! Maaaaaaaaam!!! Mama, ik snap het nu, ik heb het gehoord, ik heb het gevoeld, eigenlijk heb ik het altijd al begrepen, Mam. Ze kwam voorbij, opeens, de zangeres met dat lied dat jij altijd zong bij de wastobbe of in de keuken. Jong en licht bekommerd danste ze op het koord van wanhoop en verwachting, net als jij wanneer je even alleen kon zijn in de keuken waar het rook naar dweilen, groene zeep en sigarettenrook. Maar een mooie granieten plek om te zingen, hè Mam? 'Stranger in paradise'. 1959. Ik kende het nog, vooral via jou, ik heb het altijd diep in mijn herinnering met me meegedragen. Laatst klonk onverwacht het origineel op een Belgische radiozender. Ouderwets eerbiedig werd het afgekondigd. Caterina Valente heet de zangeres, ja die naam herinner ik me nog als een van jouw favoriete artiesten. Ze zong het lied met een vaag Duits en Frans accent, haar achtergrond lag in het internationale variété. Zou ze zich *offstage* misschien ook een vreemdeling in een of ander paradijs hebben gevoeld? In hoeverre zou Caterina Valente zich hebben vereenzelvigd met het liefdesgebed waarmee zij de bakelieten buizenradio kwam verwarmen? Zal ze uiteindelijk in werkelijkheid ten prooi zijn gevallen aan die schier onbereikbare engel die zij bezong? Heb jij toentertijd de woorden wel begrepen die zij zong, of was de melodie genoeg voor je? Voor mij als jochie beloofde de muziek een toekomst die zo mooi was als de stem van jou en Caterina Valente. Misschien kan ik daarom ineens zo treurig worden wanneer ik zomaar ergens een oude vrouw verschrikkelijk hoor hoesten.

Gitaarindo #3

De radio zond op de zondagochtenden dixieland uit de polder uit. Het was moeilijk een buitenlandse zender te vinden waarop je de gitaar in haar volle glorie kon horen. Mijn vader klaagde erover. Hij sprak niet alleen van krontjong, maar bovenal van Hawaiianmuziek. Zijn broer Karel, onze oom Karel, die wij nooit hadden gezien en ook nooit te zien zouden krijgen, had volgens hem ooit de tweede prijs gewonnen op een Hawaiian-steelguitar-wedstrijd in Soerabaja. Ze schenen ook in Den Haag te zitten, een paar van die Hawaiianorkestjes, waarin vaak vrouwen een vooraanstaande rol opeisten, de gitaar plat op schoot, de snaren beroerend met een lipstickkoker als ze geen flessenhals of metalen *bar* hadden. Ik kreeg ze nooit live te zien, maar wanneer ik eens een Hawaiiannummer op de radio hoorde, viel mijn mond open om al het moois dat je met een gitaar kon doen. Ik had een speelgoedauto met een afgebroken wiel en droomde van een gitaar. Mijn vader had een gitaar die hij vrijwel nooit aanraakte en hij droomde nog altijd van Amerika. Of was het al Mexico geworden? Mijn vader was geen gitarist, mijn vader was een drummer, zijn muziek een ritmisch gehamer tegen de papierrol van zijn Remington.

Operasi Goerami

Ongetwijfeld hield de Arend een aquarium uit heimwee naar Indië. Hij sprak met veel nadruk van 'tropisch' aquarium. Een koudwaterbak was hem niet kleurrijk genoeg, zo'n stekelbaarsje viel toch helemaal in het niet bij een maanvis. En wat erger was: je kon geen Siamese kempvissen tegen elkaar laten vechten. We maakten geldstukken van karton en legden in op een rode of blauwe Siamese kempvis, waarvan er altijd een moest sneuvelen, een nogal wreed en afkeurenswaardig 'Indisch' tijdverdrijf in de ogen van Mama Helmond. En kostbaar bovendien, want die vissen kostten een gulden en vijfentwintig cent per paar.

Waar het hoofd der school heimwee naar had, zou ik niet weten. Hij was een rasechte Batavier en ook hij hield een tropisch aquarium in de hal van zijn verschrikkelijke school. Het was een mooie bak, een heel mooie bak, een bak van onovertroffen schoonheid. Hoe lelijk en vies daarbij vergeleken was die bak wel niet bij ons thuis! De ene na de andere vis zwom er de eeuwige tubifexvelden in. Alleen de goerami's wisten bij ons te overleven, vissen uit het land van de overwinnaars van de koloniale oorlog.

Gelukkig had het hoofd der school een hartgrondige hekel aan Indische kinderen. Eenmaal per week volgden we met een klein groepje Engelse les, die alleen door hem gegeven werd. Toen ik voor de zoveelste keer geen tien maar een acht voor een foutloos proefwerk Engels had gekregen, werd het tijd voor de Arend, die nog altijd droomde van Amerika, om eens wraak op die Indohater te nemen. Zijn aquarium was wel groot maar zou vast en zeker door onze Indonesische ploppers binnen een week worden leeggevreten.

Aldus werden vijf goerami's in een weckfles door ons onder veel vertoon van hoffelijkheid aan het hoofd der school overhandigd. Die was er zo blij mee dat ik een week later zowaar met een negen voor een foutloos Engels dictee werd beloond, wat weer een punt te weinig was in de ogen van de Arend.

Helaas deden onze goerami's hun werk bepaald slecht. Ze vielen ook wel wat klein uit in dat enorme schoolaquarium van die grijze dictator. Maar op een dag werden mijn tweelingbroer en ik bij het hoofd der school ontboden. Was onze doodsbrigade eindelijk in actie gekomen?

Nee, wij hadden het bestaan om onze favoriete stripfiguur Wilma Flintstone halfontkleed voor een stuiver per stuk aan de man te brengen. Avond aan avond maakten we onze tekeningetjes, tot hilariteit van onze vader en tot leedwezen van onze moeder, die zijn kwajongensachtige manier van seksuele voorlichting niet kon waarderen en niets begreep van zijn onvoorspelbare reacties op gebeurtenissen rond zijn kroost. Hele lessenaars lagen vol met onze softporno. En hoewel we onze kunstwerken niet hadden gesigneerd, had het hoofd der school er toch onze vakkundige hand van tekenen in vermoed. Wij, de tweeling, konden direct onze tassen pakken. Met het lood in de schoenen liepen we naar huis, waar de Arend ons vast alle hoeken van de huiskamer zou laten zien. Hij zou ons zo hard slaan dat we twee weken lang niet over straat naar school konden vanwege de builen op ons gezicht.

Mis! Integendeel. De Arend was toevallig vroeg van zijn werk thuisgekomen en gelastte ons om direct terug te gaan en zijn overige telgen van school te halen. Het hoofd der school deed geen enkele moeite om onze opdracht te dwarsbomen.

In de hal, waar we wachtten op Arti en Mil – Nana zat nog op de kleuterschool – zwommen de goerami's nog altijd lui in het schoolaquarium rond.

'Het zijn net Javanen', zei de Arend die avond. 'Niet te vertrouwen, je hebt er geen fluit aan.'

Dat wilden we als kind misschien nog wel geloven, maar begrijpen deden we het niet. Hij kwam toch zelf van Java? Dat Wilma Flintstone halfontkleed meer schade kon aanrichten bij het schoolhoofd dan een stel vissen, ja dat begrepen we wél.

We kwamen vervolgens terecht op drie verschillende scholen. De Arend zag er geen slecht voorteken in.

De kali van Dudok

Een kille man, die Willem Dudok, anders had hij nooit dat afzichtelijke Den Haag-Zuidwest kunnen bedenken. Hij begon zijn carrière bij het leger, kende het kazerneleven, dus dat deugde al niet. De Arend had ook 'iets bij het leger gedaan', om met Mama Helmond te spreken, dus ook hij deugde niet. Soms moest ik hem vergezellen op zijn wandelingen in Dudoks bakstenen jungle. Het enige aardige wat ik me daarvan herinner is haring leren eten bij een kraampje aan het begin van de Leyweg. Met uitjes. Ik doopte mijn haring na elke knauw weer in de voorraadschaal met uitjes, totdat de Hollandse haringboer me vriendelijk duidelijk maakte dat dat niet hygiënisch was voor de andere bezoekers aan zijn kraam. Hij gaf me een apart velletje vet papier met uitjes. Hij glimlachte erbij, wat de Arend nooit zou doen. Die zou me het liefst een lel hebben gegeven, maar hij hield zich in met die montere haringboer in zijn nabijheid. Heerlijk, die Hollanders. Elke les van een Indo die in de oorlog had gezeten, ging met een tik op je smoel gepaard. Er waren vele varianten:

1) een beuk: een harde stomp tegen schouder, borst of in de maag;
2) een flèr: een met de buitenkant van de hand van binnenuit draaiende klap tegen je wang;
3) een tik: uitgevoerd met een rotanstok, liniaal of iets dergelijks;
4) een mep: een met de binnenkant van de hand van buiten indraaiende klap tegen je hoofd;
5) een lel: een onverwachte klap die je niet aan ziet komen;
6) een trap: een voorwaartse trap in de maagstreek, of tegen je achterwerk, zo hard dat je de gang of de kamer door vliegt;
7) een aframmeling: je wordt aan je haren naar de beul toe getrokken, je ontvangt een kniestoot in je maag en je wordt vervolgens de hoek in geslagen, totdat je neergaat, waarna je een trap krijgt;
8) een pak ransel (van ranselen): je wordt met een riem, staalkabel of stuk touw afgerost;
9) een dreun: je wordt meestal met je kop tegen de muur geslagen, of, zoals beschreven in hoofdstuk 1: de koppen tegen elkaar;
10) een uitputtingsstraf: je moet jezelf opdrukken en hardop tot honderd tellen, gevolgd door honderd kniebuigingen. Haal je het niet, dan volgt punt 8.

De zweep van Oma Sie in Soerabaja was verboden in Holland, dat scheelde. Helaas droeg de Arend broekriemen met gespen die striemen op je rug achterlieten. Het Hollandse pak voor de broek bestond niet onder Indo's. Wij lachten erom wanneer we van een vriendje hoorden dat hij een pak voor zijn broek, of billenkoek, had gekregen. Dat was niets, helemaal niets.

Een gymnastiekleraar vraagt je hoe je aan die striemen op je rug komt.

Je zegt dat je op judo zit en dat niet elke leerling zijn nagels knipt.

De gymnastiekleraar knikt begrijpend.

Willem Dudok zal vast ook wel haring hebben leren eten, maar dan in Amsterdam, zijn geboortestad, waar ze haring in stukjes snijden en met prikkertjes eten. Een Amsterdammer loslaten op Haagse grond, dat kon nooit goed gaan. Dudok was een kind van muzikale ouders en kende op zijn dertiende alle symfonieën van Beethoven al uit zijn hoofd. Met die rotzooi van die componist in zijn kop trok hij op zijn tekentafel een rechte lijn van noord naar zuid en eenzelfde lijn van oost naar west, met een potlood die hij denkelijk dwangmatig bleef slijpen, als je de kaart van Den Haag-Zuidwest bekijkt.

Onafzienbare rijen gelijkvormige portiekwoningen, net zo vierkant als Beethovens symfonieën, moeten de Arend als ex-marinier het vertrouwde kazernegevoel terug hebben gegeven. Voor ons, kinderen, hadden de blokwoningen saaie trappenhuizen maar spannende kelders. Galerijflats, minder in aantal, hadden liften waarmee je kon spelen en je kon heel hard langs tientallen voordeuren rennen en dan van bedweilde huisvrouwen de afschuwelijkste verwensingen naar je hoofd geslingerd krijgen. Eengezinswoningen, nog dunner gezaaid, waren de villa's in Dudoks getto, met waakhonden en Indohaters achter de vitrages.

Mama Helmond droomde van zo'n eengezinswoning. Televisie in de woonkamer, de kinderen boven in hun slaapkamers en die tropengek naar zijn werk. Ze hield van musicals en kunstschaatsen. Documentaires vond ze 'zwaar'. Geschiedenis, dat was toen. Nu is het nu. Het verleden, dat moet je achter je laten.

'Ik weet niet wat het is met jullie, maar volgens mij komen jullie van een andere planeet.'

'Had ons daar dan laten zitten.'

'Ach, wat praten jullie achterlijk opeens, ik ben jullie moeder!'

'Dat kan niet, jij bent ondermaans.'

'Jullie waren vroeger al anders dan de anderen, maar nu weet ik het zeker.'

'Vroeger is nu, Mam.'

'Praat niet zo raar! Laat die dingen achter je! Nu is nu, hoor je?'

'Nee, Mam, nu is een optelsom van alle herinneringen die je met je meedraagt.'

Het liefst had ze die vent van haar terug zien gaan naar waar hij vandaan kwam. Maar dat was onmogelijk. Wat viel het haar tegen, samenleven met zo'n bruine jongen die zijn zonen rauwe gezouten voorntjes uit de Haagse sloten liet verorberen.

Die sloten lagen rond de recreatievelden van Dudok. Daar speelde ik met mijn broertjes. In het voorjaar vingen we kikkervisjes met onze schepnetten, in de zomer stekelbaarsjes. We vroegen om de voorntjes aan de Hollandse hengelaars die urenlang naar hun dobber konden staren. De meeste mannen schudden hun hoofd, ze gooiden de voorntjes na een paar uur van gevangenschap uit de leefnetten terug het water in. Maar soms bromde een hengelaar: 'Neem ze maar mee'.

'Maar wat gaan jullie ermee doen dan?' klonk het laat, wanneer we de slootkant al achter ons hadden gelaten en met de vissen huiswaarts renden.

De Arend, met zijn tropenmanieren, waste de vissen, sneed de buiken open en maakte ze schoon. Hij stalde ze uit op het pas door zijn mopperende huissloof geboende granieten aanrecht en wreef ze in met zout. In zijn geboorteplaats hielp de verzengende zon zulke visjes in snel tempo drogen, maar in Dudoks bakstenen jungle duurde dat veel langer, zelfs op de heetste dagen in de zomer.

De zomervakantie betekent de hel voor Mama Helmond. Ze

is blij als haar bruine man haar een middagje van haar bruine kroost verlost. En haar bruine man is blij dat de Hollandse kou een maandje is geweken, hij is zelfs vrolijk soms, dat kun je van 'die kankerpit', zoals hij onze moeder noemt, moeilijk zeggen.

Willem Dudok heeft met een scherpe potloodlijn Den Haag-Zuidwest afgebakend bij de Lozerlaan. Er staat een bouwkeet langs de ruige grasstroken aan de slootkanten waartussen het water naar Loosduinen stroomt. De stoomwals in de verte lijkt te zijn bezweken onder de brandende zon. Als er iets is dat een ronde vorm heeft gekregen onder de harige handen van de architect, dan zijn het de trappen die bij de Lozerlaan van de slootkant het water in lopen. Ze lijken op de terrassen van de sawa's op de schilderijtjes aan de muur van de Indische kennissen van de Arend. Een onhandig symbolisch gebaar van medeleven van Willem Dudok misschien? Weet hij dan niet dat Indische mensen bij hitte de schaduw opzoeken? Zelfs de Arend heeft het warm en hij rolt zijn broekspijpen op. Hij heeft zijn fototoestel bij zich. Hij stuurt graag foto's met lachende smoelen naar Java, waar zijn complete familie is achtergebleven. Zullen ze het daar geloven dat het leven hier in Holland zo vrolijk is? De kankerpit zit thuis, waar ze in alle rust een half pakje sigaretten in de keuken kan leegpaffen, mopperend op het leven, dat in de verste verte niet lijkt op de films die ze in haar jeugd zag. Die bruine man van haar heeft zich weer zonodig moeten verschonen, ze wordt er moedeloos van. Zodra hij thuiskomt, baadt hij zich weer uitgebreid en trekt hij een schone onderbroek aan. Soms wel driemaal op een dag, als hij ziek thuis zit van zijn werk. En zij maar wassen en wringen en wasknijpers verslijten. Hij noemt ze nog altijd pendeks, die onderbroeken van hem. Zodra hij ze afdankt, moet zij ze gaan verstellen voor de kinderen, want er is niet genoeg geld voor nieuw ondergoed.

'Die vader van je is een egoïst. Hij koopt voor zichzelf dure kleren en laat jullie in vodden en op plastic sandalen rondlopen. Zelfs in de winter lopen jullie nog op plastic sandalen. En hij vertikt het om een lunchpakket mee te nemen naar zijn werk, waar hij liever van die dure saucijzenbroodjes eet. Soms heeft hij er een paar over en die mogen jullie dan in stukjes onder elkaar verdelen met dat eeuwige flesje Maggi van hem.'

'Maggie.'

'Wát Maggie?'

'Papa noemt het "Maggie", op zijn Engels.'

'Ach, die vent is getikt met zijn Maggie. Wij zeggen "maggie".'

Toch heeft de Arend zich aangepast. Hij heeft geleerd dat je hier met mooi weer niet binnen blijft maar naar buiten gaat. Het is op een zondag, ik zie het aan de kleding van voorbijgangers. Er ligt bouwtroep rond de laatste blokkendozen van de grote architect. Ze zijn nog niet bewoond, de straatverlichting is nog niet gereed en oom Broese is er nachtwaker in een bouwkeet.

We zijn de hele weg naar de Lozerlaan afgelopen. Mijn broertjes met hengelstokken, ik met een emmertje om er de voorntjes in te laten zwemmen als we die kunnen vangen. De terrastrappen voelen heet aan onder mijn voeten, ik schep water met mijn emmertje uit de sloot en houd de treden nat. Mijn tweelingbroer staat tot aan zijn slobberige pendek in het water, een stok in de hand, alsof hij de diepte wil meten. Twee treden hoger staat ons jongere broertje. Hij lijkt op een jonge krijger met die bamboehengel die hij als een lans dwars voor zijn borst houdt. Nog een paar treden hoger spoeden zich een paar netjes geklede kinderen weg …

De Arend heeft de zwart-witfoto genomen. Niets wijst erop dat wij de netjes geklede kinderen hebben verjaagd. Wij verjagen niemand. Als het erop aankomt, dan zijn wij het die worden verjaagd. De moeder van die netjes geklede kinderen lijkt hen haastig bij zich te hebben geroepen om haar te helpen het picknickkleed op te vouwen. Riep ze haar kinderen weg vanwege zo'n liederlijke Indische familie, die van de kali van Dudok bezit kwam nemen? Of waren ze bang voor de bloedzuigers waar de Arend ons voor had gewaarschuwd? Die waren natuurlijk niets vergeleken met de krokodil, die in zijn jeugd nog in de échte kali zwom. In de échte hitte. In een échte grote stad vergeleken met deze plaats van niks en niemendal. Soerabaja een wereldstad, Den Haag een gehucht.

Maar ook in een gehucht als Den Haag kun je je verhuisdrift uitleven. Eerst naar de Parallelweg. Dan voor even in de kost bij een inhalige Indische hospita. Dan naar de Alexanderkazerne, levend van wat resterend soldij. Vervolgens met een kamerolifantje uit Helmond naar de Bilderdijkstraat. Dan met de eerstgeborenen naar de Schermerstraat, waar ik nauwelijks herinneringen aan bewaar.

Er zijn wel een paar foto's bewaard gebleven in de schoenendoos van mijn moeder. Op een foto zie ik mezelf bezig met mijn tweelingbroer, we leren fietsen op driewielers. Op een andere foto zit ik met mijn tweelingbroer op de fiets van mijn moeder. Hij in een zitje voorop, ik achterop met mijn voeten in de fietstas. Dát herinner ik me wél: de veilige dubbele fietstas, waarin ik mijn voeten kon begraven. Ik wilde de veiligheid van de dubbele fietstas. Mijn broertje wilde uitzicht op de weg en zou tien jaar eerder dan ik zijn rijbewijs halen. Op een derde foto zit oma van moeders kant met ons beiden op een picknickkleed ergens in het Zuiderpark. Zij komt weleens langs, opa komt nooit. Opa verafschuwt zijn schoonzoon en moet niks van bruine mensen hebben.

Twee jaar later verhuizen we naar die lange, vreugdeloze Melis Stokelaan, waar het jarenlang zo spookt dat ik ga zien wat de Arend ziet. Lijken zijn opgestaan uit de modder en veranderen in wanstaltige gedaanten die me bedreigen in mijn dromen. Als ik schreeuwend wakker word uit een droom, komt mijn vader binnen om me een slaaptik te geven. Wat moeten de buren wel niet denken van al dat geschreeuw bijna elke nacht? Tijd om te verhuizen. Wegwezen met die schaamte die in de openbare portiekruimte hangt.

'Waarom gaan de buren niet naar de politie om die vent aan te geven?' vraagt mijn moeder zich hardop af.

'Kan ze dat zelf niet doen?' vragen Phil en ik ons op onze beurt hardop af.

'Hebben jullie het over mij? Hebben jullie het over je moeder? Weten jullie godverdomme dan niet dat die godverdommese politie jullie moeder terugstuurt naar die godgodgodverdommerse vader van jullie?'

De volgende halte: de droom van het kamerolifantje. Een échte eengezinswoning aan het Hoogveen, het beste huis dat we ooit bewoonden, al was het van Dudok. Vriendjes alom. Nou ja, beetje een Bordewijkbuurt met die straatnamen. Gaardes en dreven en oorden tussen de lanen. Het Oord is berucht. Je kunt er niet doorheen zonder met iemand op de vuist te moeten. Een ommetje via de Hengelolaan biedt uitkomst, maar dan wordt het rennen naar school. In de zijdes wonen leuke meisjes. De gaardes zijn geheimzinnig met die enorme keldergangen.

Van Hoogveen ben je snel op de Meppelweg. Daar liggen 'de rotsen': een uitgestrekte rups van grote neergekwakte keien. Onze moeders verbieden ons er te spelen, we komen te vaak met verwondingen thuis.

Voorbij de rotsen liggen de weilanden, waar we een pact sluiten met de jongens uit Het Oord tegen de boerenkinkels uit Loosduinen. Over de greppels springend trekken we naar een brede sloot om er op een vlot te gaan varen. Het water ziet bijna zwart, zo donker is het, en het is beangstigend. Verderop wachten de boerenkinkels uit Loosduinen ons op in hun vieze overalls. Ze hebben hooivorken in hun handen. We keren maar om.

Op een dag komen we thuis met wilde rabarber, geplukt achter de rotsen. Onze moeders heffen het speelverbod onmiddellijk op en sturen ons met tassen uit op de wilde rabarber. Het hele woonblok smult mee. Maar dan komt een ploegje blauwkielen onder toezicht van de politie de illegale groente wegmaaien met de zeis.

Soerabaja

Een zangeres in een wapperend gewaad zong in een bekraste film *Soerabaja Johnny* tussen coulissen die gestut moesten worden tegen de windmachine. Ik wist niet of het over een echte jongen uit Soerabaja ging, en mijn aan musicals verknochte moeder denkelijk ook niet. Sigarettenvretend bij de zwartwittelevisie liet ze haar pantoffel op haar grote teen dansen. Zwijmelen was lastig met een merkwaardige man in huis, die eensklaps de slaapkamer uit kon komen om schreeuwend om stilte te verzoeken. Voor het liedje 'Soerabaja Johnny' kwam hij de slaapkamer niet uit, waarin hij zich avond na avond terugtrok om zijn oorlogsmemoires op schrift te stellen. Maar later zou hij wél de slaapkamer uit komen toen op een dag 'Soerabaja' zónder Johnny uit de televisie kwam walsen. We riepen de Arend naar beneden, van zijn schrijfbureau weg. Uniek moment, we zouden hem anders nooit naar beneden hebben durven roepen. Hij kwam in zijn streepjespyjama de trap af en bleef op de drempel van de huiskamer staan luisteren naar het walsende 'Soerabaja' met de rollende r'en van de Indische zangeres Anneke Grönloh. Hij luisterde het slotrefrein niet af, draaide zich om en we hoorden hem mompelen op de trap: 'God ja, dat is mijn geboortegrond.'

Hij begon het genre van het populaire lied te ontdekken als troost voor zijn overbevolkte herinneringen. Maar hij was nog niet zover dat hij een grammofoonplatenspeler kon aanschaffen: daarvoor had hij te veel monden in huis die hij te eten moest geven.

Aan Hoogveen nummer 168 heb ik voor het eerst een eigen kamer waarin ik braaf mijn huiswerk kan doen. Totdat ik er in een voor mijn doen zeldzame staat van mata gelap een ruit inschop, kwaad op mijn broertjes. Ik loop de hele zomervakantie in het gips, maar die ene en enige aanval ooit van mata gelap zal mijn leven redden. Of dat van een ander. Nooit zal ik me zo weer laten gaan, ik blijf me beheersen, hoe woedend ik ook ben.

Helaas houdt de opgejaagde ex-marinier met het eeuwige bloed aan zijn handen het daar maar een jaar uit en komt ons gezin weer bij het Zuiderpark uit, ditmaal aan de Loevesteinlaan, in een veel te kleine flat van waaruit je het publiek kunt horen juichen wanneer ADO speelt en een doelpunt maakt. Mooi is hoe de stadionverlichting in de avond het park verlicht. De Arend heeft in twaalf jaar tijd een rondje gemaakt door de asfaltjungle van Dudok. En daar, aan het Zuiderpark zal de tolk van Java zijn Waterloo vinden.

Hoe haalt die man het in zijn hoofd om die ruime eengezinswoning te verruilen voor een krap vierkamerportiekwoninkje aan het Zuiderpark? De kankerpit uit Helmond krijgt de kriebels van een vogelnestje op het kleine voorbalkonnetje tegenover het geweldige Zuiderpark en veegt de hele boel weg: mama mus, papa mus en alle baby mussen, inclusief het nest dat wij kinderen hebben zien ontstaan onder de ijverige snaveltjes. Een dierenbeul is die moeder van ons. Kille vader, kille familie, kille provincie dat Brabant.

Een binnenlopertje, een cyperse poes, brengt ons warmte bij het slapengaan. Maar op een avond wordt het dier weggehaald. Geen plaats voor cavia's, geen plaats voor vogels, geen plaats voor katten. We komen er niet achter wie verantwoordelijk is voor de deportatie van onze knuffel. Voor het eerst zien we onze ouders als een paar, een echtpaar achter afgestreken, schijnheilige smoelen. Zij staart door het voorraam naar de boomtoppen boven het Zuiderpark, hij door het zijraam naar de afgrijselijke bakstenen flatgebouwen in de omtrek.

'Waar ben ik in hemelsnaam terechtgekomen?' moet de Arend zich hebben afgevraagd. Maar ik heb het hem nooit hardop horen zeggen. Wél peperde de eenzame gek ons dagelijks in dat onze jeugd niets was vergeleken met de zijne, helemaal niets. En met die vrouw van hem viel ook al niet te praten, die had nergens de ballen verstand van, die keek alleen maar naar blijspelen en series van niks op de televisie en jammerde aldoor dat ze actrice en geen huissloof had willen worden. Het journaal interesseert haar niet. Zelfs Kennedy's dood laat haar koud, terwijl de hele wereld om deze eerste televisiegenieke president rouwt. En koken kan ze ook al niet. Dat kunnen ze geen van allen, die meiden hier in Holland. Haring schoonmaken, dát kunnen ze wel. En uitjes snijden. Maar ze gooien melk door de koffie en kijken je ongelovig en verwonderd aan als je zegt dat koffie uit Indonesië komt. En ze kijken je na als je met je blanke vrouw en vijf kinderen uit gaat wandelen in het Zuiderpark.

'Had ze hier dan ook niet neergezet, die kinderen van je', beet de kankerpit hem in haar slechtste buien toe: 'Ik heb niet om ze gevraagd.'

'Hahaha!'

'Moet je die vader van jullie eens horen lachen. Snappen jullie dat nou? Ik ga naar de keuken, dan heb ik mijn rust.'

'Hahaha!'

De koplamp

De Arend moet in een van die onrustige buien van hem zijn geweest. Hij nam zelden iemand anders dan mij mee, de oudste. Hij pakte die dag de fiets en liet me naast zich fietsen, aan de binnenkant van het fietspad, terwijl hij mij aldoor aanwijzingen gaf. We fietsten naar het einde van het Zuiderpark en van daar langs allerlei straten, die me deden duizelen, naar het centrum.

Daar, in de drukte, liepen we met onze fietsen aan de hand naar het Achterom. We stalden er onze fietsen en liepen terug naar de Grote Marktstraat. Het was een vreemd gezicht allemaal mannen op het trottoir stil te zien staan, shag rokend met de kinnen omhoog om het laatste nieuws op de lichtkrant naast warenhuis de Bijenkorf te volgen. De Arend wierp alleen een vluchtige blik omhoog om de temperatuur te lezen, die tussen de korte berichten werd getoond en die voor hem altijd te laag was. Zelfs de nachten in Soerabaja waren volgens hem bijna altijd warmer dan de warmste dagen in Den Haag.

Bij het deftige warenhuis, waar hij nooit binnenging, lag de eenvoudiger Hema, waar het gewone volk kwam. De Arend liet me er de bekende rookworst eten, die dampte in een lekkend, vet puntzakje. Met mosterd. Als mijn moeder dat hoorde, zou ze boos uitroepen dat mosterd niet goed was voor mijn zenuwen. Ik was een nerveus kind, overgevoelig voor duistere films, bang in het donker, huiverig voor het verkeer, altijd verlangend naar de radio. Mijn vader zocht graag de drukte op, omdat hij het straatleven van Soerabaja miste.

Het was op een vrije zaterdagmiddag; in die dagen werkte men nog op de zaterdagochtend. We liepen terug naar het Achterom, het oude straatje uit de eeuwenoude binnenstad. Niemand scheen zich te wagen op de kinderhoofden tussen de blinde muren van gebouwen zo oud dat er elk ogenblik bakstenen uit konden vallen. De Arend had net zijn fietssleuteltje in het ringslot gestoken, toen hij omkeek en iemand zag staan. Het was een man ongeveer zo oud als hij, hetzelfde postuur, zwart haar bijna druipend van de brillantine. Die man had familie kunnen zijn, of tenminste een oude vriend uit Nederlands-Indië.

Hij keek de Arend stomverbaasd aan.

'Goddómme!' riep de Arend uit. 'Jíj hier, klootzak!'

De man maakte zich uit de voeten.

'Let op mijn fiets', beval hij me. 'Jij blijft hier staan.'

De Arend griste zijn mariniersdolk uit zijn fietstas, stak hem bij zich en ging achter de man aan. Liepen er vijanden uit Indonesië hier in Den Haag rond, of was het er maar één? Te moeten oppassen op een fiets terwijl de Arend misschien iemand overhoop zou steken in een van de straatjes rond de Passage gaf me een akelig gevoel. Met bibberende knieën hoopte ik dat die 'klootzak' zou ontsnappen uit een van die ongure achterstraatjes. Maar misschien zou de Arend zelf wel niet terugkomen. Dan zou die 'klootzak' als overwinnaar opduiken om ook mij te grazen te nemen. Ik spiedde alvast om me heen naar een vluchtroute. Was een mensenleven minder waard dan die fiets? Het was een Raleigh, Engels fabricaat, met Sturmey Archer-versnelling en -trommelremmen. Het rijwiel was als bouwpakket afgeleverd en door de Arend eigenhandig in elkaar gezet, zonder laswerk. De kelder in onze woning aan het Zuiderpark was zijn werkplaats, met haken in het plafond, en touwen en katrollen. We kenden zijn verhaal over zijn sabotage in de rijwielfabriek van Avis in de bloedhete krokodillenstad. Hij had ons de littekens op zijn rug laten zien.

Was de Arend zestien jaar later in de veel koudere hofstad soms achter zijn vermeende verrader aan gegaan? Misschien ging het nu weer ergens anders om? De Arend vertelde zo veel verhalen over de oorlog dat het me duizelde als ik aan zijn belevenissen dacht.

'Ik krijg hem nog wel te pakken, goddomme, die Javaanse gladakker', mopperde de Arend toen hij terugkwam, en hij liet zijn mariniersdolk weer terug in de fietstas glijden.

Wat een geluk dat hij hem niet te pakken had gekregen! Maar wat bedoelde hij met 'die Javaanse gladakker'? De Arend kwam zelf van Java, ik begreep er niets van.

De Arend had een werkplaats in de kelder, maar handig was hij niet. Ik ben bijna dertien jaar en heb een eigen fiets. Op een avond word ik eropuit gestuurd om bij kennissen een brief af te geven. Het is windstil, de avond kleurt blauwzwart. Op de terugweg zie ik een reuzenmeteoriet boven het Zuiderpark omlaagsuizen. Hij is diamantvormig, heeft een drakenstaart en dooft hoog boven de boomtoppen. Ik trap op mijn rem en blijf staan, nagenietend van dit kosmisch wonder.

Ik wil verder fietsen, maar mijn koplamp is uitgevallen. Ik stop, kijk mijn dynamo na en inspecteer het achterlicht. Dat werkt. Daarna begin ik aan mijn koplamp te rommelen. Maar dan breekt de lamp van de houder.

De Arend is woest de volgende dag, wanneer hij mijn kapotte fietslamp ontdekt in de kelder. Hij ontdekt altijd alles, hij inspecteert de hele dag de godganse wereld om zich heen, er is niets dat hem ontgaat.

Het is weer op een zaterdag, veel gebeurt op een zaterdag, weinig doordeweeks, dan komt hij moe terug van zijn werk en klaagt hij over de pijnen in zijn rug. Die heeft hij de ene keer overgehouden aan de martelingen van de Japanners, een andere keer aan de zweepslagen van zijn moeder, en dan weer aan een landmijn die hem ooit uit een pantserwagen een ravijn in deed slingeren. Misschien voelen al die pijnen anders, zoals het voor mij anders voelt wanneer ik met mijn kop tegen de muur word geslagen, tegen de kop van mijn broer of gewoon met de riem word afgetuigd.

Een riem over je rug veroorzaakt striemen, dat is alles. Je kop tegen de muur maakt je zo suf dat je een paar dagen de lessen op school niet goed kan volgen. Je kop tegen de kop van je broer doet je vreemd genoeg geloven dat er een vijand in je eigen broer huist. We maken altijd maar ruzie met elkaar, Phil en ik. Of ik ben het zelf tegen Phil en Arti. En anders wel Arti met Mil. Nana is te klein om ruzie te maken.

Ik moet mee naar de kelder, waar de fietsen staan. De Arend hanteert een soldeerbout en soldeertin, Phil houdt het stuur vast, terwijl ik met mijn blote handen het lampenkapje recht op zijn plaats moet houden, waar het is afgebroken. Ik verwacht een korte operatie. Solderen is een kwestie van seconden, mag niet lang duren. Maar de Arend krijgt het niet voor elkaar en begint te vloeken. De koplamp wordt zó heet onder mijn vingers, dat ik haar los moet laten.

'Je moet die godverdommese lamp vasthouden, slappe lul die je bent!'

Hij doet nog een poging, terwijl mijn vingertoppen verschroeien op het kapje van de koplamp. Ik bijt mijn tanden op elkaar. Mijn broer weet dat je een stuk blik niet aan een stalen houder kunt solderen, dat zoiets met een lasbrander moet. En die saboterende lasser van toen behoort dat te weten. Phil kijkt machteloos toe, hij mag niets zeggen, hij moet zijn smoel houden, net als dat keukenpersoneel op de binnenplaats van die fietsenfabriek toen de Arend als een jonge Indo van negentien door een paar Japanse officieren werd afgetuigd.

De dolk

De Arend nam zijn koele, bloeddorstige vriend overal mee naartoe, behalve naar zijn werk. Het was een zware zwarte dolk met een bloedgleuf die op een tijger berekend leek. Er stond de naam NOLAN in gekerfd, zonder de D van onze naam Noland. Hij deed altijd geheimzinnig over onze achternaam.

Hij had de Amerikaanse dolk in Indonesië gekregen van een marinier in ruil voor twee Japanse samoeraizwaarden. Dat vonden Phil en ik een nogal domme ruil, maar veel later las ik in een boek dat de Japanse soldaten waren uitgerust met eenvoudige fabriekszwaarden en niet met die roemruchte zwaarden van in Japan beroemde smeden. Die fabriekszwaarden waren zwaar en roestig en misten de schoonheid, de buitengewone scherpte en de cultus van de katana, het klassieke samoeraizwaard. Hoe de Arend aan die samoeraizwaarden gekomen was, bleef onduidelijk. Philip en ik hielden het erop dat twee Japanse soldaten bij nacht en ontij door Britse Ghurkasoldaten waren beslopen. Die hadden ze met krommessen de strot afgesneden en beroofd van hun massafabricagezwaarden. De Ghurka's hadden die dingen als souvenir aan de Arend gegeven, die ze op zijn beurt ruilde met een marinier, omdat hij dweepte met alles wat Amerikaans was.

'Zeg, Mam, heeft Pa die mariniersdolk nog, dat jij weet?'

'Die vervloekte mariniersdolk? Nee, die heeft hij weggegooid, dat heeft-ie me zelf een keer geschreven.'

'Weggegooid? Waarom dan?'

'Uit wroeging. Dat ding ligt ergens in een Haagse gracht of sloot, weet ik veel waar.'

Was die dolk hem misschien gaan achtervolgen? Je hoorde soms verhalen over Indische mensen die werden geplaagd door een kletterende kris aan de muur. Of door een koperen hagedis, die bij volle maan de muur af kroop naar het midden van het kamertapijt. Zeker was dat álle Indische mensen werden achtervolgd door herinneringen aan de oorlog.

Van alle Indische Nederlanders die ik in mijn leven sprak, was er niet één die beweerde ooit op Indonesiërs te hebben geschoten. Op de Arend na. Realistisch was een verhaal waarin hij op een treinstation met zijn karabijn een serie kogels dwars door een moeder met een kindje in haar armen schoot, die door een Indonesische vrijheidsstrijder als levend schild werden gebruikt.

'Echt waar?'

'Ja, wat moet ik dán? Me overhoop laten schieten door zo'n pelopor?'

'Gingen de kogels dan door het kindje heen?'

'Ja natuurlijk! Anders kan ik die klootzak daarachter toch niet raken, stomme vent die je bent! Ga afwassen! Ga je moeder helpen! Trek een schort aan! En ga morgen in een jurk naar school! Je praat als een zenuwzieke *nona** uit de kampong jij!'

De dolk lag altijd binnen handbereik naast zijn bed. Soms zag ik het silhouet van het moordwapen in de hand van de Arend op mijn slaapkamermuur verschijnen, in het licht van een kaal peertje op de gang. Ik dook dan in elkaar en riep vanuit mijn bed wie ik was, zodat hij mij niet voor een oude vijand aanzag. Er schenen Indonesiërs te zijn die mee waren gevaren als verstekeling op een van die talloze schepen, die vrachten vol mensen naar Nederland brachten. Maar je kon die Indonesiers toch moeilijk anti-Hollands noemen. Ik zag, net als mijn blanke moeder en de doorsnee-Hollander, heel lang het verschil niet tussen een Indo en een Indonesiër. Dat gold ook voor het verschil tussen een Ambonees en een Indo.

'Dit is de eerste en de laatste keer dat jij jouw vader een Indonesiër noemt, is dat begrepen?'

Hij wijst dreigend met zijn mariniersdolk in mijn richting. Hij heeft hem niet uit de schede getrokken, dat doet hij alleen als hij mijn moeder bedreigt of in een toestand van paranoia verkeert.

Op een dag ben ik alleen thuis met mijn jongste zusje. Mijn moeder is boodschappen doen, mijn zusje slaapt, ze is erg jong, bijna een nakomertje, ze is de vreugde in huis, er is niemand die ruzie met haar maakt. Als de Arend met zijn eeuwige oorlogsverhalen een agressieve bui heeft, houden wij haar zo ver mogelijk van hem vandaan.

Zou dat kind, dat met haar moeder en die Indonesische guerrillastrijder door mijn vader met kogels werd doorzeefd, even jong zijn geweest als mijn zusje, dat zo vredig lag te slapen?

Er viel een zacht middaglicht naar binnen, het was zeldzaam stil in huis, ik sloop naar de slaapkamer en pakte de mariniersdolk. Hij zat nog in de schede, ik werd bevangen door een onrustig gevoel. Wat als mijn moeder zou binnenkomen en me zou betrappen? Ik wilde proberen te voelen wat er door iemand heen gaat als hij iemand vermoordt.

Het zweet brak me uit toen ik naast mijn zusjes bed stond. Ik aaide met een vinger over haar zachte wangetje. Ze verroerde zich niet, lag in diepe slaap.

En toen heb ik het gedaan. Ik heb de dolk uit de schede getrokken en het mes op haar keel gezet. Niet dwars op haar strottenhoofd, maar er rechtstandig boven. Heel voorzichtig bracht ik de punt omlaag. Hij raakte een ogenblik haar zachte huid. Ik begreep het niet. Hoe je zo'n kindje kon doden. Ik stak de dolk terug in de schede en haastte me zwetend terug naar de slaapkamer, waar ik hem teruglegde, precies zoals hij er had gelegen, want mijn vader ontging vrijwel niets.

Ik was twaalf, ik geloofde nog in God. Ik ben bij het bed van mijn zusje neergeknield en gaan bidden. Toen mijn moeder thuiskwam, vroeg ze wat ik allemaal uitspookte binnen en ze stuurde me naar buiten.

Ik liep naar het Zuiderpark, maar kon mijn broertjes niet vinden. Er stond een bankje bij een sloot. Ik ben er gaan zitten en beeldde me in dat ik een oude man was die oorlogsmisdaden had begaan. Toen ik besefte dat zo'n man misschien wel nooit gepakt zou worden, vroeg ik me af of hij zichzelf dan niet straffen moest. Mijn blik gleed omhoog, naar de bomen, ik spiedde de takken af, op zoek naar iemand die zich had verhangen.

Haring in tomatensaus

Cultureel gekibbel rond het granieten aanrecht in een Haagse keuken. De gek wil rijst, de kankerpit wil aardappelen. Ze vinden elkaar in liefde voor haring in tomatensaus. Doorweekte haringen geconserveerd in een slijmerig bloedbad worden, gebroken van het lange wachten, uit het halfverroeste ovale rode blik omhooggelepeld. Ook ik weet ervan te smullen met mijn broertjes en zusjes. Lekker op wittebrood met veel vette margarine. Met de feestdagen serveert de gek er rode vruchtenwijn bij in plakkerige glaasjes, die hem ooit zijn nagelaten door onze oude Indische tante Lique.

De haring in tomatensaus verdween uit mijn leven toen de kankerpit een samenzwering tegen de gek op touw zette met een huisarts, tante Fien en nog wat handlangers. De Arends paranoia had zulke groteske vormen aangenomen dat er niet langer met hem viel te leven. De situatie was zelfs levensbedreigend voor hem of een ander geworden, want sinds hij me een keer zo hard sloeg dat ik bijna stikte van ademnood, was mijn dappere tweelingbroer Phil woest tegen hem tekeergegaan, hem naroepend: 'De volgende keer steek ik je overhoop!'

Ik weet niet of de Arend hem had gehoord, of deed alsof hij het niet had gehoord. Hij liep onze kamer uit, misschien met tóch het vage besef dat hij ditmaal te ver was gegaan. Een paar dagen later kwam tante Riek uit Helmond voor een paar dagen te logeren. Op een avond troffen zij en mijn moeder mij overstuur aan in de keuken. Ik was mijn bed uit gerend, op de vlucht voor een nachtmerrie. Ze reikten me een glas water aan, maar van de zenuwen beet ik het glas stuk. Later hoorde ik dat elke keer dat de Arend zijn neus om de hoek van de keukendeur stak, ik hysterisch was gaan gillen. Tante Riek alarmeerde de huisarts en er werd besloten mij te laten logeren bij een lieve Indische vrouw die om de hoek woonde, de hele dag heel zachtjes de radio aanhad, op balkon een sambalplant had groeien, in de huiskamer een klein aapje in een kooi hield en dolblij om de nek van haar man hing toen hij thuiskwam van de grote vaart. Haar man was ook een Indo, een rustig type met een snor, en hij nam me mee naar een wedstrijd van ADO, waar de schavuit me onder een hek door liet kruipen zodat hij mijn kaartje niet hoefde te betalen.

Eenmaal terug thuis hield de Arend zich tegenover mij gedeisd. Ik wist niet dat mijn broer met een mes onder zijn hoofdkussen sliep. Mijn vader ook niet. Mijn moeder vond het mes bij het opmaken van de bedden en toen wist ze dat ze al veel te lang had gewacht.

De 26ste november van 1964

Het was een zachte herfstdag. Ik fietste die ochtend naar school, een klein noodgebouw dat ik nu niet meer terug zou kunnen vinden. Het zal wel afgebroken zijn. Ik weet niet precies waarom ik me zo gelukkig voelde op dat schooltje. Mijn vorige school was groter geweest, de leraren waren strenger, en mijn klasseleraar beschikte over een beangstigende opmerkingsgave. Hij had het vreemd genoeg niet zo op broer Phil, maar mij vond hij 'nogal gaan voor een Indische jongen'. Nu en dan nam hij me apart in de gang, wanneer mijn klasgenoten hun plaatsen al hadden ingenomen in de schoolbanken. Dan keek hij me aan met zijn priemende blauwe ogen en vroeg hij hoe ik aan die builen op mijn hoofd kwam. Of aan die schrammen op mijn gezicht. Of aan dat blauwe oog, met gezwollen paarse en groene randen. Ik stamelde dan dat ik had gevochten ergens op straat. Ik zag aan hem dat hij mij niet geloofde, dat hij geen vechtjas in mij zag, en ik voelde dat hij de schim van mijn vader achter me zag staan. Hij had met mijn moeder gesproken op een ouderavond en moest ongetwijfeld hebben gehoord dat mijn vader me vaak hard sloeg. Ik schaamde me voor de slaag die hij me gaf. Ik schaamde me voor de schaamte die hij had moeten dragen. Ik schaamde me voor dingen die ik als twaalfjarige niet kon benoemen.

De portiekwoning tegenover het Zuiderpark was te klein voor een gezin met zeven leden en mijn vader had speciaal voor mij een huiswerktafeltje aan het einde van de gang gezet. Telkens als hij door de gang kwam, boog hij zich over mijn schouder en stelde me vragen over de lesstof. Elk fout antwoord werd gevolgd door een Indische sardonische sneer: 'Ga je schoolgeld terughalen!'

Broer Phil was slimmer, hij had geen moeite met algebra, mijn vaders lievelingsvak, waar hijzelf, naar later zou blijken, eigenlijk helemaal niets van snapte met die talenknobbel van hem. Ik begreep niets van wiskundige formules, ik zag er niets in, helemaal niets, ook geen poëzie of spelletjes. Hoe kon ik me in godsnaam concentreren met die loerende gestalte van hem in mijn rug?

Phil en ik bleven allebei zitten, door al dat geschreeuw en die ruzies tussen onze ouders. Phil was, anders dan ik, slecht in talen en de alomtegenwoordigheid van die slavendrijver sloopte ook zijn zenuwen.

Na het mislukte schooljaar op de mulo verklaarde mijn vader mij voor dom en stuurde hij me naar de driejarige handelsmulo, waar ik kon gaan leren voor kantoorklerk. Ik was er niet ongelukkig onder. Zalig zijn de dommen! Wat een weldaad, die school! Phil en ik waren als tweeling eindelijk gescheiden, dus we hoefden geen vergelijkingen met elkaar meer te doorstaan. Dat scheelde al heel wat onderlinge ruzies. Nu haalde ik louter hoge cijfers en ik zou op mijn zestiende al gaan werken, in een mooi pak met stropdas naar een deftig kantoor, ik zou me op mijn achttiende met een aardig meisje gaan verloven en op mijn eenentwintigste gaan trouwen en het huis uit gaan en een fijn gezin stichten en dan eindelijk de terreur van mijn vader achter me laten. Ik hield van het houten noodgebouwtje van de handelsmulo met het kleine aantal lokalen. Het was er veilig genoeg om van een mooie toekomst te dromen. Het was een school waar je vrijwel al je huiswerk ter plekke maakte. Mijn leraar Engels en boekhouden was een aardige Indo met een hoornen brilletje, die ik wel als vader had willen hebben. Meneer Van Engelenburg heette die leraar. Een engel, dat was hij.

De ochtend van de 26ste november 1964 was schitterend: een lage zachte zon, herfstbladeren langs de stoepranden en een serene windstilte. Ik ademde de frisse lucht in en voelde me als het ware groeien. Mijn klasgenoten waren rustig, we waren brave leerlingen, nou ja goed: één keer heb ik me laten opjutten tot een vechtpartijtje. Ik miste mijn tegenstander gelukkig op een haar na, hij liet zich tijdig achterovervallen en daar lag hij op zijn rug en bleef hij liggen ten teken van dat het afgelopen was. Zo ging dat toen: als je eenmaal lag en bleef liggen, dan was het afgelopen. Nu schoppen ze elkaar bijkans dood. Geen idee waarom we zonodig moesten vechten. Iets tussen Hollanders en Indo's waarschijnlijk. Rivaliteit tussen kaaskoppen en bruintjes. Geen racisme. Rivaliteit stoelt op gelijkwaardigheid, racisme op het tegenovergestelde.

Op school deelde iedereen een ouderwetse houten lessenaar met een andere leerling. Mijn lesmaatje was een zachtaardige Indische jongen, met wie ik al direct vriendschap had gesloten. Hij heette Ricky. Zijn magere gezicht met de bezorgde ogen staat in mijn geheugen gegrift. Het liep tegen tienen. Om tien over tien zou de schoolbel klinken voor een pauze van twintig minuten op het schoolplein. Er werd plotseling aangeklopt, de deur van het klaslokaal ging op een kier en meneer Van Engelenburg werd van achter zijn lerarentafel weggefluisterd. Even keken we verwonderd op van onze schoolschriften en toen gingen we weer aan het werk. Nog geen minuut later kwam meneer Van Engelenburg weer binnen. Hij liep direct op mijn lessenaar af. Hij boog zich voorover en fluisterde me toe dat ik mijn schooltas maar moest inpakken en me melden moest bij het hoofd.

Ik keek niet op of om en sloop met mijn schooltas het klaslokaal uit. In de gang werd ik opgewacht door het hoofd der school, die me zei dat ik kleine zus Nana moest gaan ophalen van school en haar moest brengen naar de school van Arti. Ik verliet het gebouwtje, liep naar de fietsenstalling en legde nauwgezet de snelbinders over mijn schooltas op de bagagedrager. Op het moment dat ik het schoolplein verliet, luidde de schoolbel. Ik stapte op mijn fiets, keek om en zag mijn naar buiten gestormde vriendje Ricky ontsteld boven aan de schooltrap staan. Hij reikte met zijn arm in mijn richting, al was de afstand groot, en stond er als verlamd. Hij wilde iets roepen, maar wist niet wat. Ik wilde ook iets roepen, maar wist niet wat. Klasgenoten omringden hem nu en het was vreemd: niemand liep die paar trappen af om mij achterna te komen. Ze keken alleen maar zwijgend in mijn richting. Ik wist niets anders te doen dan weg te fietsen. Ik zwaaide naar Ricky en hij zwaaide aarzelend terug. En ofschoon ik nooit van iemand afscheid voor het leven had genomen, voelde ik dat ik hem, en de anderen, en dat veilige schoolgebouw, nooit meer terug zou zien.

Toen ik Nana's school bereikte, stond zij er al gereed aan de hand van een onderwijzeres. Ik kon haar niet achter op de fiets nemen, want mijn schooltas was te zwaar voor haar. Ze was pas zes. Maar de herfstdag was aangenaam en ik nam mijn fiets aan de hand en liet haar naast me lopen. Ze keek steeds verlegen naar me op en vroeg me waar we naartoe gingen. Ik zei dat het een verrassing was.

Maar achter ons reed een politiewagen, stapvoets, hier en daar stoppend om de omgeving in de gaten te houden.

De slavendrijver had me eens gestraft door me elke dag van huis naar school te laten rennen, viermaal daags, drie weken lang: 's morgens van Hoogveen naar de Genemuidenstraat, in de middagpauze heen en weer om bij mijn moeder thuis snel een boterham naar binnen te proppen en dan na schooltijd op een drafje weer naar huis. Soms kwam hij op zijn bromfiets langsrijden om te controleren of broer Phil me niet stiekem achter op de fiets had genomen. Hij reed me tergend langzaam voorbij, keek niet eens in mijn richting, liet alleen weten dat hij overal kon opduiken, en dat deed hij: hij stelde zich verdekt op in zijstraten, alsof het oorlog was. De politie moet er weet van hebben gehad, via mijn moeder, dat hij zomaar ineens ergens kon opduiken. Nu had ik geen tijd om bang te zijn met dat kleine zusje van zes naast me, ik gedroeg me monter en zij voelde zich veilig, terwijl ik aldoor om me heen spiedde en steeds achteromkeek naar die politieauto.

Bij de ingang van de school van Arti werden we opgewacht door een lerares en door tante Fien, die van meet af aan tegen het huwelijk van mijn ouders was geweest en nooit bij ons op bezoek kwam, waarschijnlijk omdat mijn vader haar niet kon velen. We kwamen terecht in een kleine vergaderkamer, waar het rook naar leraren, leraren en leraren. Iemand van de school wachtte er ons op, er zaten ook twee politieagenten. Hun petten lagen op tafel. Mijn moeder, Phil en Arti waren al aanwezig. Mijn moeder riep in paniek dat Mil er nog niet was. Phil kreeg de opdracht haar te gaan halen. Toen we eindelijk met ons vijven waren, werd besloten om de rest van de dag bij tante Fien te schuilen in afwachting van wat komen zou.

Ik herinner me niet meer hoe we bij tante Fien terechtgekomen zijn. Alleen nog de schoonheid van tante Fien. Het was bij haar in de huiskamer. Ze boog zich even voorover om iets uit haar handtas op de vloer te pakken en deed dat met gestrekte benen, zo lenig was ze. Ik zag door haar lange blonde haren haar borsten bungelen en kreeg een merkwaardig gevoel van opwinding over me. Tante Fien sprak met mijn moeder over allerlei vrouwenzaken en samen paften de vrouwen de ene na de andere sigaret weg. Ma had ons verteld dat we voor drie weken naar een opvanghuis zouden gaan. Daarna konden we weer naar huis. De Arend zou uit huis worden gezet, werd ons verteld. Ik weet niet of een van ons medelijden met hem had. Ik denk van niet. Misschien dat zijn lieveling Mil heimelijk met spijt – nee, niet met liefde – aan hem dacht, want ze kreeg altijd alles van hem gedaan. We waren stil, we spraken nauwelijks met elkaar, er was geen telefoon in huis, in die tijd zond de televisie overdag niets uit. Ik was het liefst met mijn oor bij de radio gaan zitten luisteren, maar durfde niet aan tante Fien te vragen of de radio aan mocht. Tante Fien hield ons koest met limonade en gebakjes. Toen de avond viel, kwam er een taxi voorrijden. Ik had nog nooit in een taxi gezeten en genoot van de rit naar een dorp buiten Den Haag waar ik nog van had gehoord:

Voorschoten

Mijn moeder had de meisjes op schoot, wij drieën zaten achterin. Toen ik de contouren van een kerk begon waar te nemen, zei de chauffeur dat dat de hervormde kerk van Voorschoten was. Ik had het gevoel een enorm eind van Den Haag vandaan te zijn en een oud-Hollands prentenboek binnen te rijden. Het dorp was stil en donker. We sloegen de Leidseweg af en reden een hek door van een enorm landhuis met een oprijlaan, een voetbalveld en bosjes. Het grind kraakte onder de banden van de zwarte Mercedes. We stapten uit voor een bordes, waar we werden verwelkomd door de directeur van een internaat, met een juf aan zijn zijde.

De meisjes raakten even overstuur toen bleek dat mijn moeder direct met de taxi terugging naar tante Fien om bij haar onder te duiken. De meisjes werden gesust door de juf. Wij hielden ons goed, ook toen bleek dat de jongens van de meisjes zouden worden gescheiden.

In de jongensvleugel kwamen Phil en ik in de eerste zaal terecht bij de oudste jongens, Arti werd helemaal alleen in de derde zaal, bij jongens van onze leeftijd, achterin geplaatst. De indeling was ongelukkig, vanwege plaatsgebrek. Of men wilde geen drie broers in één zaal hebben. De jongens in de groep van Phil en mij waren allemaal ouder dan wij. Sommigen rookten al sigaretten. De oudsten bekeken ons met wantrouwen en afkeer. Het was na achten en er werd koffie geschonken. Ik had nog nooit koffie gedronken maar durfde die plastic beker niet af te slaan.

De groepsleider, een man van een jaar of veertig, vroeg ons of we al hadden gegeten.

Phil en ik keken elkaar aan.

De groepsleider had het begrepen en liet boterhammen komen uit de keuken in de meisjesvleugel. Ze waren wit en smakelijk. De jongens protesteerden omdat zij die ochtend bruinbrood hadden moeten eten en ze riepen ons toe dat vanaf morgen alles anders zou zijn. Phil en ik keken schuchter om ons heen in de zaal, die twaalf jongens herbergde. Om negen uur werden er commando's door de zaal geroepen, er werd gemord onder de jongens van zeventien en achttien jaar, voor wie het te vroeg was om naar bed te gaan. De schoenen gingen uit en werden netjes op een rij tegen de muur gezet. Op kousenvoeten gingen we naar boven in het granieten trappenhuis, langs de zalen waar de jongeren al sliepen.

Phil en ik kregen een handdoek, een voetendoek, een washandje, een tandenborstel, een tube tandpasta en een stuk toiletzeep uitgereikt. De groepsleider wees ons onze bedden, waarop pyjama's klaarlagen. Phil had wasnummer 99, ik 173. Zoiets stoms als een wasnummer vergeet je nooit meer. Tijdens het uitkleden draaiden wij ons zedig om, maar we werden bespot door de jongens, die zich niet schaamden voor hun naaktheid.

We hadden nog veel te leren, dat was wat we hoorden. Het licht ging uit en er heerste stilte. De groepsleider verdween in zijn dienstkamertje, waarvan de deur een hoek van 45 graden op de zaal maakte. Zacht rustgevend licht scheen achter een rood gordijntje door het bovenlicht. Ik bleef nog lang wakker liggen en vroeg me af of Phil, op een breedte van twee stoelen naast me, ook nog wakker lag. En of hij net als ik stilletjes lag te huilen.

Aangenaam met je kennis te maken

In de ochtend gaat om vijf voor zeven het kleine plafondpeertje aan dat de slaapzaal in schemer hult. Om klokslag zeven uur volgen de beide grote plafondlampen en dienen we direct naast ons bed te staan. Wie blijft liggen, krijgt een taakstraf. Je haalt je bed af, wast je aan een van het dozijn kranen in de twee troggen in de wasgelegenheid, je kleedt je aan en je zit niet eerder maar ook niet later dan tien voor half acht aan tafel. De meeste jongens zijn stil, maar de oudsten zijn uitgesproken humeurig bij het ontbijt: ze mopperen op de zware bruine boterhammen, op de eeuwige rozenbotteljam, op de karige plakjes zweetkaas en op de lauwe melk die we uit dezelfde bruin beslagen bekers drinken waarin 's middags thee en 's avonds koffie wordt geschonken. De mopperaars mompelen dat ze blij zullen zijn wanneer ze 'deze gevangenis' zullen gaan verlaten. Phil en ik verbazen ons over hun vrijpostigheid. Onze vader zou ze de zaal door hebben geslagen. Maar hier wordt helemaal niemand geslagen. Hier wordt anders gestraft.

Vier van het dozijn jongens op onze zaal bezoeken de mulo in het dorp. We wandelen er in twintig minuten naartoe. De rest bezoekt de ambachtsschool in Leiden en gaat met de fiets. We worden spottend mulobiggen genoemd. De school mist de warmte van mijn geliefde eenvoudige handelsmulo in Den Haag, maar de leerlingen zijn aardig en nieuwsgierig. Het zijn dorpsmensen, geen stadsmensen. Phil en ik komen in verschillende klassen terecht. In mijn klas zit een meisje dat op de Franse zangeres Françoise Hardy lijkt. Ze schrijft wiskundige formules op haar bovenbeen en bedekt die met haar minirok. Er is geen leraar die haar durft te vragen ter inspectie haar rok op de trekken. Ze bezoekt ons allen in onze dromen.

Op een vrijdagavond gaan we met de hoofdleider van het internaat met de auto naar Leiden, waar volgens afspraak de eigenaar van een herenmodewinkel de deur speciaal voor ons opent en achter ons weer op slot doet, om zo de sluitingstijd te omzeilen en flinke kortingen te kunnen geven. We krijgen zondagse kostuums aangemeten. Een dag later neemt een leidster ons mee naar het dorp om een paar doordeweekse en een paar zondagse schoenen te kopen. We zijn er erg blij mee, maar de oudste jongens halen hun neus ervoor op. Ze vinden de schoenen ouderwets en ze zeggen ons dat we de volgende keer andere schoenen moeten eisen. Puntschoenen dus, die de popsterren dragen. We begrijpen weinig van hun opstandigheid en trots als een pauw gaan we in onze zondagse kleding de straat op om de kerkdienst van tien uur bij te wonen. Iedereen krijgt twee stuivers mee voor de collectezakjes. Ik zie de twee Ambonese broers van onze school papieren rijksdaalders in de collectezakjes stoppen. Ze kijken om zich heen om te zien of de Hollandse goegemeente wel ziet hoeveel geld zij naar de kerk brengen.

In de kerk zitten de meisjes uit ons internaat op de banken in de linkerrij en de jongens op de banken in de rechterrij. De meisjes mogen geen minirokken dragen, zoals de meisjes uit mijn schoolklas, die de kerk mijden en lekker uitslapen. We zitten twee aan twee, net zoals we twee aan twee over straat lopen, want de tijd is voorbij dat hele horden weeskinderen in zwarte kleding met een embleem op de borst over straat gingen. Het ochtend- en avondgebed aan tafel zijn na lang gesoebat van de oudste jongens korter gemaakt en op vloeken staat alleen nog uitsluiting naar de slaapzaal of, als die al bezet is, naar de douchegelegenheid. Er was een tijd waarin je voor vloeken naar een tuchthuis werd gestuurd. Die inrichting heet Valkenheide en de naam boezemt iedereen angst in zodra een leider of leidster met de waarschuwende vinger een dreigement in die richting uitspreekt. Er vliegt een valk boven de heide, die je doorgaans in de gaten houdt – vandaar de naam, zo maakt iemand ons wijs.

Er heersen geschreven en ongeschreven wetten in het internaat. De meeste ongeschreven wetten komen van de jongens zelf. Vraag nooit aan een ander naar de reden van zijn verblijf in het internaat. Je krijgt standaard als antwoord: 'Dat vraag ik jou toch ook niet.' Verraad nooit een ander bij de leiding, zelfs al ben jij het slachtoffer. Op een dag zullen ze je te pakken nemen. Maak geen opmerkingen over de muziekkeuze van oudere jongens. Neem tegenover de eenvoudige jongens uit de arbeidersmilieus geen moeilijke woorden in de mond. Ligt iemand zich in bed hijgend af te trekken, doe dan alsof je slaapt. Sluipt iemand naar de deur van de leidingkamer om er door het sleutelgat een leidster te bespioneren, houd dan je smoel. Moet je door de meisjesvleugel voor een boodschap bij de keuken en je krijgt van iemand een briefje mee voor een van de meisjes, kom dan niet terug met de boodschap dat je als postillon d'amour hebt gefaald. Je zult niet worden geloofd, erger: ze zullen denken dat jij het liefdesbriefje hebt gelezen, en je in de verdachtenhoek plaatsen. Bekijk je iemands piemel onder de douche, doe dat dan onopvallend, anders ben je 'van de verkeerde kant', et cetera, et cetera.

In de granieten douchegelegenheid is het wennen tussen de naakte jongens in de acht open nissen en het is achteraf gezien nogal koddig dat leidsters van 23, 24 of 25 jaar oud met de shampoofles rondgaan en dat spul gedoseerd over je hoofd uitgieten. Er zijn jongens die vloeken als er weer zo'n leidster binnenkomt, tenzij het een mooie vrouw is ... Dan zijn er van die gasten die het zelfs wagen om haar met een volle erectie te begroeten en haar zo dwingen hen te commanderen zich om te draaien.

Onze zenuwziek geworden moeder had gezegd dat we drie weken op dat rustieke landgoed zouden blijven. Wanneer ze na die drie weken op het zondagse bezoekuur komt, wachten Phil en ik haar op in de vestibule, die de jongensvleugel van de meisjesvleugel scheidt en als enige openbare ruimte dienstdoet. We zien er netjes gekleed uit, perfect naar de richtlijnen van het internaat: in pak, smetteloos wit gesteven overhemd, stropdas en zondagse sokken en schoenen. We zijn die ochtend naar de kerk gegaan, het is verplicht je das de hele zondag te blijven dragen.

Bij haar binnenkomst steekt onze moeder haar hand uit om ons te begroeten.

'Dag, hoe gaat het ermee?'

Vreemd, ik heb mijn moeder nog nooit in mijn leven een hand hoeven geven. Het lijkt wel alsof ze zich aan ons voorstelt. Ze zegt dat we er mooi uitzien in onze zondagse pakken en ze vraagt ons of we zelf die strop in onze dassen hebben gelegd. En nog voordat Arti en de meisjes zich bij ons in onze dagzaal hebben kunnen aansluiten, heeft ze ons al gevraagd of we het niet erg vinden om nog wat langer in het internaat te blijven. Drie maanden, hooguit.

Phil en ik schudden ons hoofd, we zijn blij verlost te zijn van die beul en ikzelf gruw van het idee dat huis tegenover het Zuiderpark terug te zien. Maar Arti en Mil beginnen later te jammeren, Nana is stil, onze moeder paft een sigaret en kijkt eens in het rond. Ze begint een praatje met de dienstdoende leidster, zoals ze thuis altijd een praatje maakte met de buurvrouwen vanaf haar balkon, veel heeft ze ons niet te zeggen.

Wat we nog niet weten is dat die waanzinnige vader van ons elke avond op zijn bromfiets langs haar huis rijdt. Hij is op die 26ste november in de vroege avond door rechercheurs uit huis gehaald, waar hij de hele boel kort en klein had geslagen. Hij verliest elk recht op zijn spullen, maar hij eist de hutkoffer op van zijn overtocht van Java naar Nederland.

De van zenuwen verzwakte sigaretten vretende vrouw staart naar de kale boomtoppen in de donkerste dagen van het jaar. Dan ziet ze hem weer rijden aan de overkant, langzaam langs de Doornenbosheuvel van het Zuiderpark, en ze duikt weg achter de vensterbank. Even later hoort ze hem terugkomen aan de straatkant. Hij houdt stil, maar belt niet aan. De volgende morgen ligt er een envelop in de brievenbus met een pentekening, die hij met Oost-Indische inkt op zijn werk heeft gemaakt. Een grafheuvel, waarop zes kruizen met onze namen en die van hem. Degene die naamloos onder het grafzand ligt bedolven moet onze moeder zijn, al dan niet in een doodskist. Die gek is zo creatief dat hij elke dag weer met een variant op die tekening komt. Onze moeder verzamelt de tekeningen en overhandigt die aan haar maatschappelijk werker, die ze in een dossier stopt. De idioot weet niet dat hij met die tekeningen zijn eigen graf graaft, terwijl hij in gevecht is met de Kinderbescherming en de ene na de andere rechtszaak tegen zijn gewezen kamerolifantje voert. Of het kan hem eenvoudigweg niet schelen. Of ... in Soerabaja zouden ze het hebben begrepen: een onhandige vorm van goenagoena – zoiets. Volgens de kankerpit probeerde de gek haar krankzinnig te maken en haar te doen geloven dat zij niet bij 'ons' hoorde.

Het verhaal van de raaf

Niemand uit de buurt of op onze scholen wist waar wij zaten. Er werd hooguit gefluisterd dat wij vijven voorlopig op een geheim adres waren ondergebracht, buiten het gezichtsveld van de Arend, die geen aanspraak op die woning tegenover het Zuiderpark kon maken en voor wie een zwerftocht langs groezelige kosthuizen was begonnen.

Er was een hypnotische stilte gevallen over de portiekwoning aan het Zuiderpark. Zwermen vogels kondigden een nieuwe eenzame winter aan voor Mama Helmond, die dagen-, weken-, maanden-, seizoenenlang in een stoel voor het raam de ene na de andere sigaret wegpafte en verder niets deed dan haar dagelijkse boodschappen. Moest zij de langdurige echtscheidingsprocedure afronden of alsnog tot een verzoening proberen te komen? Ze vond nog altijd tekeningen in de brievenbus van zes kruisen op een grafhelling, door de Arend aldoor bekwamer in

Oost-Indische inkt op papier gezet. Het deed haar denken aan die vreemde wereld van hocus pocus en aan die vreemde Maleise brieven en raadselachtige pakjes met kruiden uit Java, die inmiddels haar adres niet meer bereikten.

Het portret van haar Chinese schoonmoeder van overzee hing niet langer boven het voeteneinde van het bed, maar was op verzoek meegenomen door een vriend die door de Arend was gestuurd om naar de hutkoffer te informeren en een paar van zijn persoonlijkste bezittingen mee te nemen.

Was dat Matagora geweest?

De contouren van de fotolijst waren nog duidelijk zichtbaar op het verschoten behang, en de vrouw met de priemende ogen leek er nog altijd doorheen te schijnen. Totdat op een nacht Mama Helmond door een zuchtje wind uit haar slaap werd gewekt en zij een raaf door de slaapkamer zag vliegen. De raaf. Ze richtte zich op, knipte het licht aan, staarde naar de lege plek aan de muur en begreep toen instinctief dat die aan haar ziekbed gekluisterde Chinese tovenares op dat verre Java het leven had gelaten.

Toen ik Ma dit verhaal in herinnering bracht, zei ze eerst dat ze er niets meer van wist, Pa. Toen dacht ze even na en zei ze dat het anders was gegaan. Een paar weken voordat zij het ontsnappingsplan op touw zette met de huisarts en tante Fien, had ze deze droom van jou gehoord. Dus niet zij maar jij had de raaf door jullie slaapkamer zien vliegen. Maar dan … jouw moeder zou pas een jaar later sterven, van verdriet vanwege het uiteenvallen van ons gezin volgens zus Nana, die dat op haar beurt van Ma heeft. De raaf kwam dus niet de dood van jouw moeder maar jullie echtscheiding aankondigen. Of … de vogel bracht het bericht dat jouw moeder ziek was geworden. Ma, die net zo bijgelovig is als jij, moet hebben gedacht dat door jouw moeders zwakte zij niet langer als betoverd met jou getrouwd hoefde te blijven. Want dat had zij altijd geloofd: dat de een of andere magische kracht van jouw moeder het haar steeds verhinderde zich van jou te laten scheiden. Nu wil ik toch weleens weten wie van jullie nou eigenlijk die raaf door jullie slaapkamer heeft zien vliegen. Ma's geheugen is van wisselende kwaliteit. Ik vrees zelfs dat ze vrij gemakkelijk liegt. Dat was een klacht die regelmatig over jouw lippen kwam:

Ze liegt!

Dat zal wel, maar in jouw universum liegt iedereen. Ik stel voor om je nu eens eindelijk op te komen zoeken en over die raaf te praten. Wil je dat niet, dan is een gesprek over racisme, jouw stokpaardje, ook goed. Wil je dat ook niet, dan luisteren we wel naar die oude grammofoonplaten die je mee naar Spanje hebt genomen. Maar ik bericht je niet over mijn komst, ik verras je wel aan je deur. Misschien zal je dan net zo blij zijn als die allerlaatste keer in Haarlem, toen je mij opeens met open armen ontving.

Bevrijd van raaf en tovenares komt op een zondagmiddag in de lente onze moeder in een Volkswagenbusje aangereden. Het busje stopt voor het hek van het internaat. Monter stapt ze het terrein op, slaat rechts af en loopt parmantig over het trottoir op ons terrein langs de slootkant naar de vestibule. Ik blijf in de dagzaal wachten. Phil gaat haar tegemoet. Door het matglazen raam zie ik hun gestalten naar de meisjesvleugel verdwijnen. Het duurt wel een kwartier eer Phil de dagzaal binnenkomt en me toefluistert dat ze een vriend heeft en dat zij van de hoofdleider toestemming hebben gekregen voor een ritje met ons in de Volkswagenbus door het Zuid-Hollandse landschap. Uitgelaten haasten we ons naar het Volkswagenbusje bij het hek. Rondritjes zijn een luxe. Het busje heeft een bed achterin, een gasstelletje en een waterfles. De man achter het stuur heeft zich joviaal voorgesteld als 'Willem' en onze moeder zegt ze we hem gerust 'ome Willem' kunnen noemen.

Komt een rare Chinees binnengestapt

Het was alsof ik hem voor het eerst zag. Ik zag hem waarschijnlijk zoals de gemiddelde Nederlander hem zag: een Indische meneer met een typische tred, de benen licht naar buiten gebogen, de armen dito. Hij liep niet kaarsrecht maar wat voorovergebogen, met zowel de verslagenheid van een treurend mens als het bewustzijn van een vechtjas die in een seconde in de gevechtshouding staat en snel en doeltreffend uithaalt. Het had drie maanden geduurd eer hij van Justitie toestemming kreeg om zijn kinderen te bezoeken. Wij waren een paar keer ernstig gepolst door de zwaarwichtig doende hoofdleider van het internaat – een man die een mateloze bewondering voor psychologen aan de dag legde en hen trachtte te imiteren. Met al die mensen in de buurt en het politiebureau aan de overkant van het voetbalveld voelden we ons veilig genoeg voor een weerzien.

Mijn vader werd eerst door de hoofdleider in diens kantoor ontvangen. Daarna werden wij uit onze respectievelijke dagzalen geroepen en vond het weerzien plaats in de schemerige lange gang van de meisjesvleugel. Hij wist niet of hij ons de hand moest schudden of ons moest omhelzen en klopte ons dan maar wat onhandig op de schouder, onafgemaakte zinnen stamelend, net niet huilend. De beul bleek ons verschrikkelijk te hebben gemist, anders dan zijn slachtoffer, toen ze ons zo formeel de hand schudde.

De beul is iets verloren, kwijtgeraakt, hij is een aangeslagen bokser in de ring. Hij hoeft zich aan helemaal niemand voor te stellen in het internaat: iedereen kan aan hem zien dat hij onze vader is. En iedereen knikt hem opvallend beleefd toe. Is dat omdat de jongens denken dat Indo's van die generatie onverslaanbare vechtjassen zijn? Of zien ze gewoonweg niets verknipts achter zijn charmante verschijning, zoals vrijwel niemand dat ziet die voor het eerst met hem in aanraking komt?

Hij is zo'n charmante man.

Een knappe man, die vader van je.

Wat een aardige vader heb je!

Onze dagzaal, die van Phil en mij, wordt aangewezen voor wat mijn vader 'de hereniging' zal noemen. Een echte hereniging is het niet en zal er ook nooit komen, hij zal jarenlang de ene na de andere rechtszaak voeren om zijn kinderen terug te krijgen en evenzoveel rechtszaken verliezen. De dag, die dag, dat wij hem weer zagen is een dag zonder angst, we voelen ons beschermd door een peloton van maatschappelijk werkers op de achtergrond, met op de voorgrond de mensen die het internaat draaiende houden en die groepsleiders of -leidsters worden genoemd, al zijn wij voor hen feitelijk niet meer dan werkgelegenheid, het zijn mannen en vrouwen met wie je nauwelijks een hechte band kunt opbouwen omdat ze van de ene op de andere maand kunnen vertrekken, nooit langer dan vijf dagen achtereen of een weekend diensten draaien en aan wie je later, wanneer je op zoek gaat naar jezelf, nooit meer kunt vragen hoe je nou eigenlijk was in die tijd.

Het moet op een zaterdag zijn geweest. Ik lees het af aan een van de spaarzame foto's die aan de wraak van mijn vaders latere tweede vrouw, Eva, is ontsnapt. We dragen onze doordeweekse kleding. Mijn vader heeft toestemming gekregen om ons buiten het traditionele zondagse bezoekuur te komen zien, zodat hij en onze moeder elkaar kunnen ontlopen. Veel kinderen brengen de weekenden bij een van hun ouders door. Het is dus rustig in de zaal. Iemand hanteert mijn vaders fototoestel, want we staan met ons zessen op de foto's. Wie zal dat zijn geweest? Een van de andere overgebleven jongens, met talent voor fotograferen?

In de hoek van onze dagzaal is een bak met een horizontale klep getimmerd, waar wij bij thuiskomst onze schooltassen in smijten. Dwars op die tassenbak staan twee zitbanken, ertegenaan getimmerd, onder een hoek van negentig graden ten opzichte van elkaar. De langwerpige zittingen zijn van schuimrubber, bekleed met grijs plastic. Als het rustig is in de zaal, zet ik de radio op de tassenbak, trek mijn benen op, nestel me in het hoekje en luister van twee tot vier de zaterdagse top-40 af. Ik heb nauwelijks concurrentie, er is niemand die twee uur lang achtereen naar de radio kan luisteren. De jongens biljarten, kaarten, sjoelen of spelen tafeltennis.

Mijn spelbreker is mijn vader bij zijn eerste bezoek. De radio blijft uit. Arti zit dwars op de tassenbak, op de plek waar ik anders de radio zou hebben neergezet. Hij heeft een been opgetrokken, zijn handen rond zijn knie gevouwen, laat zijn linkervoet naast mij op de zitting rusten en zit kaarsrecht. Ik zit wat voorover met mijn ellebogen op mijn benen en laat mijn kin op mijn handen rusten. Op de andere bank zit mijn vader, iets ineengedoken onder de last van Mil, die op de tassenbak zit en haar benen over zijn schouders laat hangen. De kleine Nana zit op de vloer, tussen de benen van de man die alleen háár nooit enig kwaad heeft gedaan. Naast mijn vader, helemaal rechts, zit Phil.

Ik kijk recht in de lens met een blik die ontgoocheling, verbazing en dromerigheid uitdrukt. Arti's blik is droevig en detoneert met de prinselijke pose die hij heeft aangenomen. Mil heeft haar armen over elkaar geslagen, ze laat een brutaal spottend lachje zien. Nana's blik is niet te peilen. Phil houdt, tegen de huisregels in, een sigaret in zijn linkerhand en blaast de rook uit zijn neusgaten terwijl hij met stoer opgetrokken wenkbrauwen de fotograaf zijn branie toont. De enige die de lens ontwijkt is onze vader, die peinzend over het zwarte zeil naar een onduidelijke toekomst of spookachtig verleden tuurt. Van ons allen bezit hij ongetwijfeld het meeste gevoel voor drama.

Ik draag een spijkerbroek uit het kledingmagazijn van het internaat en een slonzig overhemd, waarvan ik de manchetten open heb gelaten, zodat mijn mouwen halfopen hangen. Arti draagt een trui over een overhemd op zijn spijkerbroek, Mil een Noorse trui op haar strakke meisjesbroek, Nana een witte haarband en Phil een sweater over zijn blouse. Onze vader heeft zich netjes gekleed, in een wit overhemd, stropdas en colbert. Zo hebben wij hem nooit eerder gezien.

Achter Arti en Mil zie je door het hoekraam sneeuw op straat liggen. Het is ongeveer drie maanden gerekend vanaf de 26ste november van het jaar 1964. Het zal dus diep in februari 1965 zijn, het jaar waarin onze vader veertig zal worden. We hebben onze plaatsen in het internaat gevonden, we hebben er vrienden gemaakt en geleerd om in een boog om onze vijanden in een en dezelfde ruimte heen te lopen. Er is waarschijnlijk weinig gezegd die middag. Wat moet je zeggen na zo'n breuk?

Verblijfplaats onbekend

Zeg, Pa, in die tijd hebben we geen idee waar je woont. We vergeten het jou te vragen, of we denken er gewoon niet over na. Wat we wel weten is dat je ergens op een kamer terecht bent gekomen. Je stuurde ons een brief, die door de hoofdleider gecensureerd werd voorgelezen en daarna in snippers in zijn prullenmand verdween. In de brief zaten twee exemplaren van een kleurenfoto van je: een voor de meisjes en een voor de jongens. De foto is met een zelfontspanner gemaakt. Je zit in die typische Indische of Indonesische hurkzit in een rommelige kamer, uiteraard in je pyjama want dat is de huisstijl van Indo's van jouw generatie, onbegrepen door die tuttige Hollanders, vooral de dames. Links op de voorgrond van jouw foto is een deel zichtbaar van het paneel van een metalen ziekenhuisbed. Ik haat dat soort bedden. Ze doen me aan de dood denken. Op de achtergrond, in de vensterbank, een doos van een vliegtuigbouwpakket. Achter jouw verslagen, lijdzame gestalte een stapel koffers waarop een soepkom staat, die jij een 'mok' noemt. In een Tomado-rek hangend aan muurnagels wat boeken. Erbovenop een radio. Op de radio een fotolijstje, weggedraaid van de lens, waarop wellicht je moeders portret te zien is. Ze heeft nog geen half jaar meer te leven, ze zal sterven in oktober, van verdriet naar jouw zeggen. Nana zal het me op een dag komen zeggen, ergens in de gang in de jongensvleugel, en ik zal haar doodsbericht met onverschilligheid aanhoren ... Rechts op de foto de contouren van een houten rek. Verder staat er nog een stoel. Meer niet. Met dat streepjesmotief in je pyjama zie je eruit als een gevangene. Ik weet niet of ik jou toen beklagenswaardig vond. Die indruk moest die foto ons wel geven, achteraf bezien. De hoofdleider had ons haar met zichtbare tegenzin overhandigd uit de envelop met de brief die ongeschikt voor ons werd bevonden. Ik heb de foto nog altijd, en nee ... ik kan nog altijd geen medelijden met je krijgen.

De dagen, de weken, de maanden

Gesteggel tussen mijn ouders via advocaten heeft ertoe geleid dat mijn vader voortaan eens in de drie weken op de zaterdagmiddag op bezoek mag blijven komen en mijn moeder elke zondagmiddag. Zo blijft mijn vader als hoofdschuldige de tweede plaats innemen en kunnen de twee elkaar niet treffen. Op de zaterdagmiddagen wanneer de Arend niet op bezoek is, vermaak ik me met de weinige achterblijvers in het knutselhok, dat grenst aan de zaal en de spoelruimte voor de afwas. In 'het hok' is het minder akelig schoon dan in de dagzaal. Het is bedoeld om er te knutselen – er staat een werkbank, een bakschroef, er ligt gereedschap – maar er worden vrijwel alleen grammofoonplaten gedraaid. Soms beukt Phil met zijn voorhoofd een stapeltje dakpannen doormidden die we uit de schuur van de timmerman hebben gehaald. Phil wint er weddenschappen mee met aldoor dikkere stapels en boezemt de oudere jongens ontzag in.

De koffergrammofoon heeft twee snelheden en een versleten snaaraandrijving, waardoor onze 45-toerensingles langzamer draaien en de stemmen van onze襲 pophelden lager en jengelig gaan klinken. Met een elastiekje krijg ik het voor elkaar dat de grammofoon ongeveer het juiste aantal toeren bereikt. Als een van de oudere jongens niet met weekendverlof gaat, hebben we pech. Dan maakt hij uit welke platen er wel en welke er niet gedraaid worden. Phil bemoeit zich helaas niet met de muziekkeuze, het interesseert hem niet. De oudere jongen, de laatste van zijn generatie, is lang en sterk, duldt geen tegenspraak en bezit twee drumstokken waarmee hij urenlang op de werkbank meetikt met stompzinnige nummers van The Spotnicks, René and his Alligators en meer van die gitaarbands die op The Shadows lijken. Zijn favoriete nummer is 'Wipe Out' van The Ventures, een slechte imitatie van The Tielman Brothers. Zijn drumgeroffel jaagt ons het hok uit, naar de dagzaal, waar boeken liggen van Simenon, Ian Fleming en een zekere Franz Kafka, van wie ik weinig begrijp maar die mij fascineert omdat zijn verhalen zo goed bij het zwarte zeil passen, de sleutelbossen van de leiding en de vele deuren die je niet zonder toestemming mag openen.

Mijn favoriete deur is de wc-deur op de eerste etage, waar de slaapzalen van de twee jongere groepen liggen. Dat toilet is bestemd voor de leiding en is altijd schoon. Soms vergeet een leider of leidster die deur weer op slot te doen en kan ik er rustig gaan zitten op de houten wc-bril. Het is niet zo dat ik de tijd heb om er te gaan zitten lezen. Ben je langer dan een minuut of tien afwezig, dan word je bijkans op de vermistenlijst gezet. Er zijn jongens die me pesten omdat ik boeken lees. Jongens die de *Donald Duck* of de *Panorama* lezen, worden met rust gelaten. De pestkoppen kennen allemaal wel een vriendje van buiten het internaat dat stiekem door *De Lach* bladert. Wanneer ik toegeef dat ik niet weet wat voor tijdschrift dat is, lachen ze me uit. Een jongen fluistert me toe dat het een blad is voor autoliefhebbers met in elke aflevering een uitvouwbare middenpagina waarop in kleur een halfnaakte vrouw staat. 'De lezers doen alsof ze van auto's houden, maar halen de middenpagina uit de nietjes. Ze hangen er hun muren vol mee en trekken zich op die dames af. De perfecte maten zijn volgens *De Lach* in centimeters: 90 – 60 – 90. Dat zijn borstomvang, taille en heupen. Maar jij bent nog te jong voor die dingen.'

En de hoofdleiding is van mening dat ik ook nog jong genoeg ben voor de traditionele jaarlijkse 'Drenthetijd'. Die is in aantocht en duurt drie weken. De zomervakantie is aanstaande. Ik zal pas aan het einde van de hondsdagen veertien worden, dus men besluit om mij, met een stuk of honderd kinderen op de trein naar Drenthe te zetten. Phil hoeft om onduidelijke redenen niet mee (hij voert elke week een gesprek met de psycholoog in de achthoekige kamer van de meisjesvleugel, waarschijnlijk over zijn driftbuien). Arti gaat wel mee, net als de meisjes.

Met elk een kleine reiskoffer stappen we in Den Haag op de groene trein die speciaal voor ons gereedstaat. De meeste kinderen en meisjes zijn uitgelaten, ze delen de voorste coupés. Wij, de jongens, zijn minder enthousiast en zitten in de achterste coupés. Arti en ik kijken dromerig naar het Hollandse landschap dat voorbijraast. We zwijgen grotendeels. Een enkele keer polsen we elkaars nieuwsgierigheid naar onze gastgezinnen. De trein rijdt zonder te stoppen naar Drenthe, waar elk station wordt aangedaan, kinderen uitstappen en afgehaald worden door hun gastgezinnen. Arti stapt uit in Meppel, verderop zwaai ik mijn zusjes uit door het opgeschoven coupéraampje, ik reis verder, helemaal naar Assen. Daar haalt een echtpaar met een zoon van mijn leeftijd me af. De jongen heet Jochem. Dat is een vreemde naam voor me, er is niemand in Den Haag of Voorschoten die zo heet. Het is een boerennaam. Ik stel me netjes voor en neem plaats naast Jochem op de achterbank. Ik beantwoord de plichtmatige vragen van zijn ouders met enkelvoudige zinnen en kijk door de portierraampjes naar buiten, waar het landschap bosvormig wordt en heuvelachtig. Mijn gastheer heeft de autoradio aan, wat me bijzonder tevreden stemt, maar juist wanneer The Rolling Stones hun nummer-1-hit 'I can't get no satisfaction' door de krakende speaker laten schallen, draait de man de radio uit. Wat een teleurstelling!

We zijn in Gieten aangekomen, bij een keurig onderhouden woning met een keurige voor- en achtertuin. Mijn koffer wordt keurig voor me uit de keurige achterbak gehaald. Binnen ruikt het naar boenwas. De kamerplanten glanzen. Mijn keurige slaapkamer op de eerste verdieping is zo groot als de huiskamer in de portiekwoning tegenover het Zuiderpark, waar mijn moeder alleen is achtergebleven en waar, naar later zal blijken, haar minnaar Willem regelmatig langskomt en dan weer vertrekt, naar zijn vrouw, die schizofreen is, haar huis niet uitkomt en aldoor denkt dat de Duitse bezetters weer terug zullen komen.

Het is wennen aan het eten bij de Drentse familie, aan de doodse stilte aan tafel en aan de geboende radio, die mooi klinkt maar alleen speelt bij de nieuwsberichten en dan weer wordt uitgezet. Jochem doet zijn best om mij te vermaken, we spelen badminton in de achtertuin, gaan wat wandelen door het dorp, waar hij me voorstelt aan vriendjes, die me vreemd aankijken. Als ze overgaan op hun plaatselijke accent, versta ik ze niet. Op een avond neemt de heer des huizes Jochem en mij mee voor een ritje langs de Hondsrug. Hier en daar wordt gestopt en genieten we van het uitzicht. De avond valt en ergens keren we om. De koplampen van de auto schijnen de verlaten asfaltweg af. Ik zou zo wel uren, dagen, weken, maanden willen doorrijden, zonder doel, zomaar rijden, en zó lang onderweg zijn tot je niet meer weet waar je vandaan komt en waar je naartoe gaat.

Plotseling duikt een reusachtige vogel uit de boomtoppen in de lichtbaan van de koplampen. Hij vliegt recht op ons af. Voor hij in een boog weer omhoogschiet, kijkt hij mij met opengesperde ogen doordringend aan.

Jochem en zijn vader zeggen droogjes dat het een uil was. Voor mij staat het ogenblik gelijk aan dat moment waarop ik een meteoriet boven het Zuiderpark omlaag zag suizen en toen zag verdwijnen in het niet.

Bij thuiskomst ligt er nieuw, schoon ondergoed op mijn bed. Het is gaatjesondergoed, duur en modieus. De volgende dag trek ik het aan. Het voelt heerlijk aan, dat ondergoed. Jochem heeft er een kast van vol. Maar zijn leven is saai. Hij heeft niet veel te zeggen. Ik heb veel te vertellen maar het zijn dingen die je niemand vertelt. Je kunt vertellen over een uil die bijna de auto schampte en jou recht in de ogen keek, je kunt vertellen over een enorme witgloeiende meteoriet boven het Zuiderpark, maar niet over een vader die jou aftuigde. Jochem is ook geen type om mee over meisjes te praten, hij is een jaar jonger dan ik en ook voor hem gloort de vakantie. Hij zal op kamp gaan in zijn eigen provincie en ik mag met hem mee voor een vakantie in een vakantie.

Het is een jongens- en meisjeskamp, we slapen in een herberg, maken lange wandelingen, gaan picknicken in de weide, maken stokbrood aan boomtakken boven een kampvuur en doen stompzinnige spelletjes. Maar de jeugdleiders en -leidsters trekken me meer aan. Ik zoek hun gezelschap, zodat ik kan praten over het leven. Wanneer ik plotseling aan een man vraag of hij soms verliefd is op die ene leidster, antwoordt hij verbaasd van ja. Hij roept haar bij zich, ze omarmen elkaar en zeggen me dat ze zich gaan verloven. Ze vragen me uit over het leven in Voorschoten.

Een dag later gebeurt er iets opmerkelijks. Tijdens een wandeling zetten de jongens en meisjes er opeens een flinke gang in, zodat ze met zijn allen voor mij uit komen te lopen. Een voor een draaien ze zich naar me om, kijken me neerbuigend aan en lopen dan weer verder, lachend en smoezend. Jochem zit erbij, hij voegt zich niet bij me. Het leukste meisje van het stel lijkt de troep aan de voeren en dat doet pijn. Op een gegeven moment draaien ze zich alle dertig om en kijken ze me aan, het leukste meisje – blond, fier en knap – vooraan. Ik houd stil en weet me met mijn houding geen raad. Ik weet alleen dat ik uit de groep ben verbannen.

Ik word gered door de aanstaande verloofden, die het hele gezelschap op kameraadschap wijst, ook met 'vreemden' onder hen. De jongens en meisjes slaan beschaamd de ogen neer en nemen me gaandeweg de wandeling weer op in hun midden. Het leuke blonde meisje komt zelfs naast me lopen, maar ze zegt niets. Is het uit plichtmatigheid? Of is het omdat ik te vriendschappelijk met de jeugdleiders en -leidsters omging? Is het omdat ik uit de grote stad kwam? Het is toch niet omdat ik als enige zwart haar en bruine ogen heb? Dit is een cultuur die ik niet ken. Thuis zeiden we elkaar altijd onomwonden de waarheid, of dat nu leidde tot ruzie of niet. In het internaat gaat het er nog harder aan toe. Het achterste van je tong laten zien is niet kwetsend. Hooguit vervelend voor de ander. Iemand zwijgend de groep uit kijken zonder ook maar een woord te zeggen, dat is een ander het recht niet gunnen zich te verdedigen.

Terug in Gieten is er weer het monotone ritme van opstaan, ontbijten, de lunch, het avondeten en tussendoor wat gehang op straat met jongens die ik bijna niet versta. Ik begin te snakken naar het einde van de Drenthetijd.

Op de laatste dag krijg ik nog een nieuwe set ondergoed

mee. En een uitnodiging voor het volgende jaar. Maar ik zal niet terugkomen, al moeten ze me de trein in sleuren, ik zal de treinwagondeuren openen en eruit springen. Dan ben ik geen zielige internaatsjongen meer, maar een held.

Gitaarindo #4

De Arend heeft plannen, schrijft avond na avond brieven naar instanties. Hij vindt het maar niks dat onze moeder ons langer in Voorschoten laat blijven. Phil en ik zijn blij dat we niet naar huis terug hoeven. We houden dit geheim. Eigenlijk hebben wij ons onbewust al van onze beide ouders losgemaakt. De andere drie zijn te jong voor zo'n innerlijke stap.

Op een dag komt mijn vader met een spiksplinternieuwe gitaar voor mijn aanstaande verjaardag aanzetten. Het instrument is rood gespoten met een zwarte rand en trots hang ik het boven mijn bed. Op mijn verjaardag zit ik voor straf boven, ik ben vergeten waarom, ik zal wel iets kritisch over de gang van zaken, de zogenaamde 'richtlijnen', hebben gezegd. Een van de oudste jongens neemt het voor mij op en moppert aldoor op de leidster die haar machtswoord heeft laten horen, hij roept dat het een schande is om een jarige voor straf op de slaapzaal te zetten. Ik mag zelfs niet op mijn gitaar spelen, voor zover ik dat al kan. De jongen heeft met me te doen en sluipt naar boven om stiekem foto's van me te nemen. We duwen de brandtrapdeur open, het is stralend zomerweer en ik ga met mijn gitaar tussen mijn benen op de bovenste aluminium trede zitten, met mijn handen rond de kop van mijn eerste gitaar. Ik zie er werkelijk jarig uit, ik draag een witte broek, een overhemd en een hesje, maar ik lach niet in de camera. Lachen is voor aanstellers. Mijn favoriete popsterren lachen niet in de camera, ze kijken alsof de wereld hun helemaal niks kan verrotten. Ik doe alsof die hele verjaardag me niks kan verrotten. Die kon me ook helemaal niks verrotten. Ik had mijn gitaar. Eindelijk.

Ik moest mijn gitaar aan de muur boven mijn bed in de slaapzaal hangen, wilde het instrument niet steeds door de barbaarse tengels van mijn groepsgenoten gaan. Maar gitaren horen niet aan de muur, ze verwelken, ze drogen uit, ze gaan steeds meer lijken op een castraat van wie ook nog de tong is uitgerukt. Verder waren de regels zó streng met huiswerk maken en huishoudelijke taken verrichten dat ik nauwelijks tijd had om elke dag op mijn jeugddroom te spelen. Bovendien moest ik voor elke oefensessie van een half uur op de slaapzaal een verzoek indienen bij de hoofdleider, via de dienstdoende leider of leidster, die niet altijd de dagzaal onbeheerd kon laten en vaak geen toestemming voor me kon gaan vragen op het kantoor van de hoofdleider in de meisjesvleugel.

Op zekere avond kregen wij bezoek van Danny, een jongen uit het dorp, een Indo met lange haren, een gerafelde spijkerbroek en een spijkerjack waarop een Engelse vlag was genaaid. Zijn bezoek was bijzonder. Er kwamen nauwelijks jongens of meisjes uit het dorp naar ons internaat, omdat veel ouders dachten dat wij er zaten omdat we niet deugden. Maar Danny was beleefd en speelde buitengewoon goed gitaar, zo goed dat zelfs de leiding van het internaat naar zijn gitaarspel kwam luisteren.

Danny zong ook. Hij kende complete teksten van Bob Dylan van buiten, speelde de liedjes van The Beatles beter dan zijzelf en haalde zelfs muziek uit mijn gitaar als er twee snaren waren gesprongen. Was hij langs geweest, dan klonk mijn gitaar als een harp. Danny was mijn held, hij was groter dan welke popster ter wereld dan ook.

Toen ik hem vroeg hoe hij op vier snaren kon spelen, zei hij dat het een kwestie van stemmen was. Hij draaide wat aan de stemmechanieken en zette de gitaar in een krontjong- of Hawaiianstemming.

'Je weet toch wel wat krontjong is, hè?' vroeg hij me met een lachje, guitig, omdat die muziek allang uit de mode was.

Ik ontweek zijn vraag en vroeg hem of hij indorock kon spelen.

'Ja,' zei hij, 'die oude Indo's spelen zó ... Maar wij, wij spelen tegenwoordig zó ...'

Danny communiceerde bij voorkeur via de gitaar. Hij was pas vijftien toen zijn band al een plaat opnam en hij de plaatselijke kranten haalde. Maar hij wist zijn band, met twee Indo's en twee Hollanders, niet bijeen te houden, ook niet de bands die hij daarna oprichtte. Ze begrepen hem niet, zijn muzikaliteit was grenzeloos, hij werd steeds moeilijker te volgen en werd uiteindelijk onnavolgbaar.

Internaatsjongen

Tussen de jongens in Voorschoten heb ik inmiddels net als ieder ander mijn eigen plek gevonden. Ik ben een internaatsjongen geworden, voorgoed ongeschikt voor een leven in een gezin. We worden opgevoed door leiders en leidsters van wie de meesten er na een jaar vandoor gaan. We ontmoeten. We nemen afscheid. Onze opvoeders zijn niet te tellen. En jongens komen. En jongens gaan. Meisjes verschijnen. Meisjes verdwijnen. Er zijn pupillen, zoals wij worden genoemd, die al na een week door worden gestuurd naar elders. Die niet passen in onze internaatscultuur. Ze zijn agressief, hoogbegaafd, idioot, Amsterdams of homoseksueel en wij hebben er geen idee van waar ze dan wél thuishoren en naartoe worden gestuurd.

Elke vrijdagavond gaan we met drie stuivers naar de avondmarkt in het dorp en kopen er wafelkruimels. Op een avond krijgen de oudste jongens ruzie en gaan ze op de vuist met dorpelingen, die hen uitschelden voor 'geteisem uit dat internaat'. Ik houd me afzijdig en zwijg bij het verhoor wanneer we terug zijn.

In de dagzaal staan we bij het licht van een enkele plafondlamp opgesteld in een rij van twaalf. De hoofdleider beent in zijn eeuwig blauwe kostuum heen en weer en herhaalt aldoor de vraag wie van ons ruzie hebben getrapt en hebben gevochten op de markt in het dorp. De ondervraging duurt een half uur. Dan wordt de straf uitgesproken. Er is niemand die met weekendverlof naar huis mag.

De volgende dag worden we met harken de bosjes in gestuurd, met bezems het plein op, met dweilen de gangen in. De televisie blijft uit die avond. We worden op het doordeweekse tijdstip van negen uur naar bed gestuurd. En dan begint het gedonder. Iemand vervloekt een ander, die zijn poten niet thuis had kunnen houden op de markt. De vechtjas roept dat-ie zijn smoel moet houden. Er ontstaat een vechtpartij in de wasgelegenheid. Iedereen rent weg, de slaapzaal op, want de jongens zijn te groot en te sterk om in bedwang te kunnen worden gehouden. Zelfs de te hulp geroepen hoofdleider kan het niet. Wanneer alle inderhaast opgetrommelde mannelijke leiders binnenkomen, ziet de wasgelegenheid rood van het bloed. De kemphanen worden overmeesterd en gekneveld afgevoerd. De een naar de isoleerkamer, de ander naar de douchegelegenheid.

Vreemd genoeg zijn ze twee dagen later verdwenen. Geruisloos. Het is griezelig zo snel als jongens onder ons kunnen verdwijnen zonder dat wij dat in de gaten hebben. Pas weken later krijgen we te horen dat ze beiden naar het gevreesde Valkenheide zijn gestuurd. Dan is het een week lang stil aan tafel. Orde en tucht heersen als voorheen.

Maar we leren snel vergeten. Op 3 oktober viert Leiden het Leidens Ontzet en fietsen we er zonder een duit op zak heen om toe te kijken hoe de mensen vieren wat wij niet mee kunnen vieren. De herfstvakantie is saai, afspraken met meisjes uit de meisjesvleugel mislukken, er patrouilleren leiders en leidsters bij toerbeurt in de bosjes, ik krijg pijn aan mijn vingers van mijn eerste gitaarakkoorden, de snaren liggen veel te hoog boven de toets. Ik weet dan nog niet dat andere, duurdere gitaren veel lichter bespeelbaar zijn.

School is de beste plek om te vertoeven, in het dorp buiten de hekken van het internaat. Ik wissel er met dorpsjongens gitaarakkoorden uit van pophits. De kerstvakantie is eenzaam. Gelukkig is het rustig in het hok en kan ik mijn eerste langspeelplaat, een verjaardagscadeau van het internaat, grijsdraaien. Het zijn The Kinks met hun holle gitaargeluiden. In de meisjesvleugel draaien ze Gene Pitney en Roy Orbison.

Met Oud en Nieuw zijn Phil, Arti en ik met nog een paar achtergebleven jongens getuige van een karig vuurwerkje boven de door ons gehate kerktorens van Voorschoten. Het zijn er drie: die van de hervormde, van de gereformeerde en van de katholieke kerk. Als de sloot bevriest, wordt de ijsbaan langs de Vliet geopend en kunnen we 's avonds gaan schaatsen op onze Friese doorlopers: houten onderbinders die steeds onder je schoenen vandaan slippen, terwijl de mooiste meisjes uit het dorp pirouettes maken op hun smetteloos witte kunstschaatsen. Stoere jongens rijden op hockeyschaatsen. Nu regent het. Er is geen wijn, we schudden elkaar de hand – 'gelukkig nieuwjaar' – en we gaan naar boven, stappen in bed. Ik blijf wakker liggen totdat de kerkklok twee uur slaat en de dienstdoende leidster, een blondine van 23, terugkomt van 'De Club', een gezellig zaaltje voor leidinggevenden in het meisjeshuis. Ik sluip over het koude zeil naar de dienstkamer en bespied haar door het sleutelgat. Vluchtig zijn de ogenblikken waarop ik haar borsten zie, maar ik neem de beelden mee – als ik eraan denk, wordt mijn bed warm en is er geen moeder op de hele wereld die ik mis. Alleen maar een mooie vrouw naast me. Er schijnen internaten te bestaan waar iedereen een eigen kamertje heeft en het zelfs kan afsluiten. Waar je overdag na schooltijd even op je bed kan gaan liggen.

Weekend in Den Haag

Tijdens een weekend mogen wij, de jongens, met ons drieën op bezoek bij onze moeder, die ons bij elk weerzien maar blíjft begroeten met die uitgestoken hand van haar.

'Zo, jongens, hoe gaat het?'

Zal ze ons straks weer zo'n hand geven? Wat voor reden heeft ze om zich opeens zo als een dame te gaan gedragen?

'Hé, jongens, hoe staat het leven, hahaha!'

Die vraag komt van onze jofele ome Willem. Hij kent het leven, mijn moeder kent alleen haar schone aanrecht. En de mishandelingen, die ook.

Met lood in de schoenen stap ik met Phil en Arti in de streekbus, richting Den Haag. Dan de rit met tram 9 naar de zuidkant van het Zuiderpark. Die duurt lang, het is alsof we naar een ellendig verleden terugreizen. Onze moeder stelt zich ditmaal niet aan ons voor, maar verwelkomt ons met de mededeling dat ze net het huis heeft schoongemaakt en dat we geen troep mogen maken. We herkennen onze kamer niet, waaruit een groot deel van onze spullen is verdwenen. De schoorsteenmantel is witgeschilderd, alsof je herinneringen kan verstoppen onder een dikke verflaag. Onze moeder maant ons om snel naar buiten te gaan, zodat we onze oude vriendjes uit de buurt terug kunnen zien. Phil en Arti aarzelen geen moment, maar ik blijf zitten op een rotan stoeltje bij het raam met uitzicht op het Zuiderpark. Ik ben veertien maar voel me oud. Ze roept wanhopig uit dat ik mensenschuw ben geworden, ze blijft het aldoor roepen – waarom laat ze me niet gewoon met rust?

'Waar is mijn radio, Mam?'

'Die radio is verkocht, want ik had geld nodig.'

Maar al mijn schooltekeningen zijn ook verdwenen. Ik zie ook geen spullen van Phil en Arti.

'Wat moet ik ermee, met die troep van jullie', zegt ze geërgerd.

Ze heeft alles voor een prikkie verkocht, zelfs mijn postzegelverzameling met kostbare zegels met opdruk uit de oorlogsjaren, de enige hobby die ik met mijn vader deelde. Het lijkt wel alsof ze ons ook heeft opgeruimd. In koken heeft ze geen zin, maar we mogen patat gaan halen tegen etenstijd.

Ik kijk mijn moeder in de ogen en word vreemd genoeg opeens bang voor haar. Ik herken haar niet, ik zie iemand anders. Het is een ander soort angst dan die die mijn vader mij inboezemde. Ik zie iets van een ándere gekte in die blik, of van een jarenlang afgrijzen dat eindelijk aan de oppervlakte komt, misschien zie ik wel het slechtste wat er in mijn eigen moeder kan huizen: een hartgrondige afkeer van haar eigen Indische kinderen. In paniek ren ik naar de deur, de portiektrappen af, de weg over naar de overkant, het Zuiderpark in, ik weet bij god niet waar ik naartoe moet, alles is goed, zolang ik maar weg kan uit die vervloekte flat vandaan, waar Phil met een mes onder zijn hoofdkussen sliep, daags voor we werden weggehaald.

Ik word door mijn broertjes gevonden op een houten bruggetje in het Zuiderpark, waar we ooit vaak speelden, en ik zeg ze dat ik niet mee terug naar binnen ga, en dat ze het internaat moeten bellen. Ze krijgen een kwartje van onze moeder en we zoeken een telefooncel. Phil voert het woord. Aan het einde van de middag komt de hoofdleider me hoogstpersoonlijk halen in zijn burgerauto. Phil en Arti zwaaien me uit, terwijl mijn moeder me vertwijfeld vanaf het kleine balkon nakijkt, waar ze eens ons geliefkoosde vogelnestje vernielde en naar beneden gooide.

De hoofdleider is een stroeve man, rechtlijnig en wars van persoonlijke vragen. Het enige wat hij achter zijn stuur terug naar Voorschoten zegt is dat het geen plicht is je ouders op te zoeken. En andersom ook niet.

Bij het aanbreken van de zomervakantie roept de hoofdleider in zijn blauwe kostuum, met rode stropdas en zwarte schoenen, me bij zich in zijn kantoor. Hij pakt de bakelieten telefoon en belt wat in het rond om werk voor me te zoeken. Bollen pellen aan de rand van Voorschoten. Nee. Iets bij de verffabriek voorbij de spoorweg langs Voorschoten. Nee. De lange man gaat verbeten verder en krijgt dan een ja te horen. Ik kom in Valkenburg in een hondenbroodfabriek te werken en moet al om zes uur mijn bed uit. Met een groepsgenoot fiets ik naar de fabriek om er allerlei klusjes te doen. Het fietsen is het leukst. Althans op de heenweg, wanneer de wereld nog slaapt. Op de terugweg zijn we moe, auto's scheuren ons voorbij en we zijn steeds zo laat thuis dat we de kliekjes moeten opeten.

Op de inpakafdeling van de hondenbroodfabriek zit een Indisch meisje van bijna zestien. Ik ben bijna vijftien. Ze is mooi. Ze is aardig. Beschouwt ze me als een 'broertje' of vindt ze me een leuke jongen? Er loopt ook een knaap rond die op de hbs zit. Hij is groot, intelligent en belezen en heeft een peper-en-zoutkrullenkop en een zware stem en maakt veel indruk op me. Zat hij maar bij ons in het internaat. Dan had ik iemand om mee te praten over boeken en muziek. Nadat ik een dagje ziek ben geweest, zegt de hbs'er tegen me: 'Ik heb gisteren je dynamische aanwezigheid gemist ...'

Dat klinkt mooi. Maar ik heb er geen idee van hoe ik bij anderen overkom, ik weet alleen dat de wereld buiten het internaat en buiten Voorschoten er totaal anders uitziet. Helaas heb ik moeite met vroeg opstaan. Na twee weken werken houd ik het voor gezien. De enige die ik mis is dat Indische meisje, die mij met haar mooie mond in slaap zoent, totdat ze een avond wegblijft, twee avonden, drie avonden ... een week ... Hoe heet ze eigenlijk ook weer? Waar woont ze? Wat heeft het voor zin daarover te piekeren. Het is ondenkbaar een vriendinnetje te hebben buiten het internaat en zeker buiten Voorschoten.

Ik heb nu wel genoeg geld gespaard voor een week in een jeugdherberg op Ameland, die voor mij is uitgezocht door de hoofdleider. Ik reis per trein en bus naar Holwerd en stap daar op een schip met een stel leeftijdgenoten uit het hele land. Ik word zeeziek van de korte overtocht en voel me een slappeling. Het eiland is een week lang zonloos, verlaten, winderig, koud en regenachtig. Ons enige vertier is wandelen, wandelen en wandelen. Je rondt het eiland wandelend en je ziet zand, duinen, helm en vogels die je helemaal niets interesseren. De bewoners van het eiland zijn vriendelijk maar niet nieuwsgierig, het lijkt wel of ze in een reservaat wonen. 's Avonds zitten we in de jeugdherberg met ons allen rond een blonde jongen met een nogal christelijke snoet die erg goed gitaar kan spelen en de hele top-40 paraat heeft. We zingen liedjes, met die jongen mis je geen radio, geen grammofoon. Het is moeilijk om met hem in contact te komen, hij krijgt zo veel aandacht van de meisjes dat ik hem niet om gitaartips kan vragen. De avondwandelingen bevallen me beter dan de ochtend- en middagwandelingen. We lopen dan met zaklampen en bewegen ons voort als in een schimmenspel. Een blond meisje uit Haarlem komt op een gegeven moment naast me lopen, ze stelt zich voor als Kristel, en is nogal scherp en snedig in haar opmerkingen. Ze draagt een bril, een modern jarenzestigkapsel, met symmetrische haarlokken die naar haar mondhoeken wijzen, en heeft iets weg van de juffen in ons internaat in Voorschoten. Het is in de zomer van 1966, maar we dragen truien en windjacks. Op een nacht word ik met een paar kornuiten door de herbergier tegengehouden bij de ingang van de herberg, na een heilloze zoektocht naar een aardig café. We zijn pas na twaalven teruggekomen en worden met een hooivork een schuur in gejaagd, waar we voor straf slapen in het hooi tussen de ratten. Kristel hoort de volgende dag mijn verhaal aan en stelt me juffige vragen over mijn gedrag. Ze heeft zich tijdens een avondwandeling weer helemaal terug laten zakken naar de staart van de groep, waar ik haar slenterend heb opgewacht. Ze zegt dat ze niet van tongzoenen houdt. Dan weet ik dat alvast. Haar eerste zoen is gelijk aan mijn eerste zoen in de bosjes van het internaat met een opgeschoten meisje van een jaar ouder. Kristel is twee keer zo intelligent als dat internaatsmeisje en zal ongetwijfeld louter achten en negens halen op het gymnasium dat ze bezoekt. Haar brieven, later, komen zonder spelfouten en vragen soms om woordenboeken, waarvoor ik bij de directeurswoning, die ligt aan de tuinvijver, moet aankloppen. De man loopt mank naar zijn boekenkast, klopt me op de schouder en loopt mank achter me aan om me uit te laten. Ook zijn hond loopt mank. Men zegt dat de man kinderverlamming heeft gehad. En dat hij bij de politie heeft gewerkt.

Jaren later, tijdens een reünie, vertelt hij me dat hij als immigratieambtenaar was belast met de opvang van Indische repatrianten. Dat hij ergens in Den Haag aan een loket zat en stempels zette op formulieren. Dat er soms iemand bij zat zonder paspoort of enig ander bewijs van herkomst, een hoogst enkele keer zelfs iemand die helemaal geen Nederlands sprak.

'Wat deed u met die mensen dan?'

'Die gaven we gewoon een verblijfsvergunning en daarna een paspoort, daar deden we niet zo moeilijk over, daar hadden we helemaal geen tijd voor. Er werden geen mensen naar dat land teruggestuurd, dat gebeurde gewoon niet.'

Dat betekende dus dat mijn vader inderdaad Indonesische tegenstanders had kunnen zien lopen in het Achterom. Dat hij niet alleen maar spoken zag …

In mijn brieven aan Kristel omzeil ik lastige vragen naar mijn woonadres vanwege de dubbele huisnummers 96-98 aan de

Leidseweg, totdat ik er niet meer onderuit kan en haar moet schrijven dat ik tot mijn schande in een internaat zit. Ze schrijft terug dat haar vader dat helemaal geen probleem vindt, dat het niet mijn schande is maar die van mijn ouders, en dat ik welkom ben om een weekend over te komen. Ik durf het de hoofdleider niet te vragen, bang voor nee, maar maak tóch een afspraak, al weet ik dat ik niet zal kunnen komen en dat ik mezelf flink in de nesten werk. Een week later krijg ik een brief waarin Kristel opsomt wat haar ouders allemaal hebben voorbereid om het mij naar de zin te maken. Ik durf haar niet meer terug te schrijven, scheur al haar brieven en zelfs haar foto door, bang dat anderen die zullen ontdekken. Ik kruip weg bij de radio of trap tegen een bal op het voetbalveld, help de tuinman, en als er verder niets te doen is, krijg ik toestemming om op de slaapzaal gitaar te spelen. Ik mag niet op gitaarles, want de hoofdleider weet met zekerheid te zeggen dat er toch helemaal niets van terechtkomt. Hij houdt niet van muziek, hij houdt wel van dansen. Dansers hebben een maat nodig, wat getrommel, de melodie doet er weinig toe.

Tijdens de hele zomervakantie worden twee groepen tot een samengevoegd, zodat nu ook Arti bij ons is. Ook hij krijgt een gitaar van onze vader, die trouw op bezoek blijft komen, terwijl Ma en ome Willem naar Duitsland zijn, waar de stoere, opgeruimde Scheveninger schijnt te werken bij de bouw van het Olympisch stadion van München en waar zij, mijn moeder, koffiezet voor de Nederlandse bouwvakkers. De zomer verdwijnt snel en we gaan voor het eerst naar onze vader in Delft.

Weekend in Delft

Zeg, Pa, ik weet niet hoe jij je dit herinnert, maar volgens mij ging het zo … Na de komst van een flinke Duitse matrone in jouw leven – de eerste de beste uit het boekje met Duitse contactadvertenties – mochten wij, de jongens, op een treurige herfstdag, naar die duizelingwekkende zelfmoordflat van je komen aan het Bosboom-Toussaintplein in Delft. In de namiddag nemen we de bus, de trein en weer een bus en ten slotte de lift naar de huiveringwekkende twaalfde verdieping. In je flat is het ongekend gezellig en jij bent verbazingwekkend voorkomend en gemakkelijk in de omgang. Je moet ook wel, want als je met je tengels aan ons komt, dan zie je ons misschien wel helemaal nooit meer terug. Frau Eva heeft twee kleine kinderen uit een eerder huwelijk en heeft helaas de gewoonte haar kinderen nu en dan een flinke mep te geven. Maar ze kan goed koken. Ze serveert ons direct na aankomst sandwiches van drie witte boterhammen waartussen ham, kaas, tomaten, sla, gekookt ei, tomatenketchup en mayonaise zit. Dat is ongekend vergeleken met die droge bruine internaatboterhammen. Jij zegt dat ze in Duitsland allemaal zo eten en dat Duitsers daarom zo vet zijn. Frau Eva heeft jou verstaan en moppert dat je niet zo over haar volk moet praten. Grinnikend breng je haar de Hitlergroet en je zegt: 'Jawohl!' Wij kennen die galgenhumor nog wel van je en weten dat Ma er niet van gediend was. Ik betwijfel of jullie wel bij elkaar passen. Maar wij drietjes zijn wel blij met die matrone, die onophoudelijk in half Duits en half Nederlands op van alles moppert. Wat dat betreft lijkt ze Ma wel. Maar alleen in dat opzicht. Ma kan niet koken. Ma wil eigenlijk helemaal niet koken. Ma haat koken, ze bakt eieren met een vaatdoekje in haar hand, om de spetters weg te poetsen. Frau Eva duwt ons haar heerlijke Duitse kost door onze strot. Haar avondeten bestaat uit gebakken aardappelen, gebraden vlees, vele soorten groenten en soep. Mayonaise en ketchup, verboden in het internaat, staan bij haar altijd op tafel. Haar toetjes liggen bedolven onder de slagroom. Het avondeten neemt zeker twee uur in beslag, terwijl in de huiskamer de televisie onophoudelijk speelt. In het internaat staat de televisie alleen aan op de woensdagmiddag voor de jongeren en op de woensdag- en zaterdagavond voor ons. Om tien uur wordt hij door de rigide hoofdleider uitgezet, die er speciaal voor uit de meisjesvleugel komt marcheren, waar hij kantoor houdt, ook als de woensdagavondfilm – meestal een detective – nog maar tien minuten heeft te gaan. Zo komen wij er nooit achter welke schurk nou eigenlijk de moord heeft gepleegd. Dat moeten we de volgende dag dan van onze klasgenoten vernemen. Maar bij jou in Delft staat dat ding aan totdat na de laatste uitzending het testbeeld met die hinderlijke fluittoon verschijnt. Ook de grammofoon maakt overuren. Niemand stoort zich eraan dat televisie en grammofoon tegelijk spelen, zelfs jij niet. Maar er klinkt geen geratel van je schrijfmachine in de avond en de nacht. Een collectie grammofoonplaten zit in speciale koffers en er zit muziek tussen waar ik ook naar luister. Manfred Mann. The Bee Gees. The Shadows. In die flat van jou is voor ons geen bedtijd vastgesteld. Wanneer jij ligt te slapen, zit ik met mijn voeten op de verwarming naar muziek te luisteren en kijk ik naar buiten. In de diepte koersen de treinen naar de lichtjes van Rotterdam en ik stel me voor om in zo'n trein te zitten en tot helemaal voorbij de horizon te rijden naar een land dat ik niet ken maar waar ik net zo kan blijven zitten dromen als hier, ergens aan dat raam, met de grammofoonplaten die ik keer op keer beluister. Ik slaap op de bank. De volgende dag staar ik weer uit het raam naar de treinen terwijl ik luister naar de melancholieke gitaarpartijen van The Shadows. Frau Eva is alweer bezig met het eten en propt ons zó vol dat we er onderling om moeten lachen. De zondag vliegt voorbij en je brengt ons naar de bushalte, onderwijl pratend over jouw gevecht tegen de Kinderbescherming, jouw gevecht tegen Ma, jouw gevecht tegen Justitie, jouw gevecht tegen de hoofdleiding van het internaat, jouw gevecht tegen je alimentatieplicht, jouw gevecht tegen racisme op je werk en nog meer van die dingen die ons weinig zeggen. Je vecht gelukkig niet met die dolk, die we nooit meer in je hand zullen zien, maar met je onafscheidelijke schrijfmachine, die we nooit meer zullen horen.

Het is al donker wanneer we in Leiden aankomen. Dan gaat het mis. Beleefd laten wij een oude dame voor ons instappen in de bus. Phil stapt vlak achter haar in en staat nog op de trede wanneer hij alvast een paar gulden voor onze reis naar Voorschoten op het geldbakje legt. Maar de buschauffeur geeft ons geld als wisselgeld aan de oude dame terug en Phil begint luid te protesteren. De oude dame beweert dat het haar geld is en neemt doodleuk plaats. De discussie tussen de buschauffeur en Phil eindigt als in een slapstick: de buschauffeur staat op en duwt Phil, met mij en Arti erachter de bus uit, zodat we over het trottoir komen te rollen. Phil vloekt de vertrekkende bus na. Sip staan we een half uur op de volgende bus te wachten. De extra centjes die Frau Eva ons heeft toegestopt, zijn we kwijt. Wanneer we eenmaal het hek van het internaat door gaan, staat de hoofdleider ons in de vestibule op te wachten, want we zijn veel te laat.

Ons verhaal wordt niet geloofd. De hoofdleider zegt dat het wel even zal duren eer ons een volgend weekend in Delft wordt toegestaan.

Jij bent een soldaat achter een schrijfmachine geworden, je brieven worden aan mij, als oudste van de kinderen, door de hoofdleider in zijn kantoor gecensureerd voorgelezen. Ik hoor de hoofdleider maar half aan, het voelt alsof ik in de beklaagdenbank zit – waarom houd je niet eens op met die brieven vol van gif, sarcasme en verhuld zelfmedelijden? En je weet die Eva met haar hoge laklaarzen, bontjas en met haarlak stijfgespoten suikerspinkapsel ook nog zo gek te krijgen dat ze nota bene op een zondagmiddag met jou op de hoek van de Leidseweg Ma opwacht en haar met haar lange nagels te lijf gaat. Eva is woest op Ma omdat zij haar een slechte moeder vindt: wie laat haar kinderen nou creperen in zo'n kil hervormd internaat? Maar welke ex-marinier laat zijn tweede vrouw nou met zijn eerste vrouw vechten?

Ma blijft wat vaker weg, totdat ome Willem ons weer eens mee uit rijden neemt. Sigaretten paffend op de voorbank draait Ma zich nu en dan naar ons om voor de plichtmatige vraagjes: hoe het op school gaat, of we nog straf hebben gehad en of we nog altijd naar de kerk moeten. Phil, Arti en Mil geven antwoord, ik zeg niets, ik speel gitaar, zittend op een omgekeerde aardappelkist, meer hoef ik niet. Ma is alleen gezellig wanneer ome Willem bij haar is, of ze lijkt het dan te zijn. Hoe dat met jou zit, weten we nog niet. De spaarzame weekends in jouw Delftse torenflat blijven een vreetfestijn met Duitse sandwiches, rode brandewijn, gebak, televisie, langspeelplaten en dat verslavende uitzicht op de lichtjes van Rotterdam en de treinen, plus het volslagen gebrek aan regels. Ik ben altijd de laatste die gaat slapen, zodat ik in mijn eentje naar buiten kan staren zonder dat ik door iemand word gestoord in mijn dromen over de voorbijkruipende tijd, zonder dat er iets gebeurt of er iemand is die je zegt wat je doen moet, wat je denken moet, wat er van je verwacht wordt, of te moeten horen wie jij volgens een ander bent, hoe je volgens een ander doet, wat je volgens een ander voorstelt.

Ik kom niet voor jou naar Delft, ik kom voor Eva's sandwiches met kaas, ham en mayonaise, voor haar gebakken aardappelen met mayonaise en braadworst, voor de koffergrammofoon en het uitzicht op de spoorrails. En ik mag zowaar op je gitaar spelen. Had me dat acht jaar eerder laten doen, man! Je vraagt nooit hoe het met ons gaat, je vertelt ons alleen maar dat je brief numero 125 of 133 hebt gepost naar advocaat numero zoveel en dat je zult blijven strijden om ons terug thuis te krijgen. Maar de tijd gaat voorbij, net als die treinen in de diepte achter de ramen van jouw torenflat, die heel zachtjes wiegt als het stormt, en er is niemand van ons drietjes die jou recht in je gezicht durft te zeggen dat je er nu maar eens mee op moet houden, met die rechtszaken van je, omdat wij toch geen van allen weer bij jou terug willen komen. Nou ja, geluisterd had je toch niet.

Het park

Aan de vijver in het park van Voorschoten staat een enorme bank, opgetrokken uit steen. De stenen bank is het trefpunt voor jongens en meisjes na schooltijd. De afspraakjes op die plek gaan aan ons voorbij, want wij, mulobiggen blijven na de reguliere schooltijd nog twee lesuren zitten in de huiswerkgroep. Omdat wij op dinsdagmiddag en vrijdagmiddag een douchebeurt hebben in het internaat zijn er leraren die uit lolligheid of onnadenkendheid halverwege het huiswerkuur roepen dat wij van het internaat 'kunnen gaan douchen'. Dan klinkt er gegniffel in de klas en verlaten wij met onze schaamte in onze schooltassen het lokaal. Het park ligt op onze route en we komen altijd voorbij de stenen bank. Die is meestal verlaten, maar een enkele keer zie je er oudere jongens en meisjes rondhangen, die een leventje leiden waar wij jaloers op zijn: een eigen kamer thuis, met een eigen klerenkast en de vrijheid om boven hun bed te hangen wat ze maar willen, ouders die netjes op hun kamerdeur kloppen en niet zomaar binnen komen stuiven. Ze kunnen op hun bed gaan liggen wanneer ze zin hebben: een voor ons ongekende vrijheid. Soms zitten ze te vrijen, ze kijken even op en gaan dan weer verder, terwijl wij blozend voorbijlopen. Ik ben vijftien, ik rook nog niet en doe braaf mijn huiswerk. Bij binnenkomst in de dagzaal zitten de jongens van de ambachtsschool al rond de salontafel aan de thee met de 'kapjes'. Kapjes zijn de uiteinden van de vele broden die dagelijks in alle vroegte door de bakker uit het dorp in kratten bij de gaarkeuken worden gedeponeerd. Die kapjes worden voor ons gereserveerd en besmeerd met boter en suiker, als surrogaat voor gebakjes, beschuit of crackers. Om vijf uur worden we naar boven gedelegeerd, waar we ons moeten opknappen in de granieten wasgelegenheid met de rijen kranen boven de twee langwerpige troggen, tenzij we een douchebeurt hebben. Tussen half zes en zes is het hangen en vervelen geblazen en dan ontstaan ook de meeste ruzies. Na het eten moet je, als je pech hebt, je huishoudelijke taken verrichten. Je bent ervan vrijgesteld wanneer je op de zaterdag de gang moet dweilen, het plein moet vegen, de fietsenstalling moet schoonmaken of de achterplaats moet aanharken. De leukste karweitjes zijn bestemd voor de tuinman en de timmerman. De tuinman houdt de vijver bij, waaraan het Mariahuis ligt: een apart gebouw voor vondelingen. Er zijn vondelingen die het hele traject doorlopen: alle drie de zalen van de meisjesvleugel door, dan de twee zalen in de jongensvleugel, totdat ze bij ons, in de laatste zaal aankomen. Je ziet aan hun gezichten dat ze tientallen verzorgers hebben gekend. Er is er een bij die ik jaren later ga bezoeken met een gewezen juf en die ons verbitterd het verhaal vertelt van zijn vader, die bij hem op zijn eenentwintigste verjaardag – op die leeftijd was je 'volwassen' – op de stoep stond en naar zijn spaarrekening kwam informeren.

Nee, dan toch liever de Arend, die tam, trouw en stipt op tijd aan het hek verschijnt. Hij heeft toestemming nu zelfs om de andere week op de zaterdagmiddag te komen. Een van de jongens zonder ouders, Rico, mag met ons mee. In het dorp kopen we bier, cola, snacks en sigaretten en we gaan het park in. We kiezen niet de stenen bank. Op de bult met uitzicht op de vijver staan drie houten bankjes, waar we met onze vader de zaterdagmiddagen zoekbrengen. Frau Eva is er niet bij, we zien haar niet meer verschijnen. Op een dag krijgen we te horen dat zij er met alle spullen vandoor is gegaan. De Arend komt thuis van zijn werk en treft een kale flat aan, zelfs de vloerbedekking is meegenomen, en ja, in de geblakerde wc-pot liggen die verbrande foto's van hem onder haar stront waarin ze de Duitse vlag heeft gestoken. Zo'n vlaggetje uit een souvenirwinkel. Dergelijke verhalen zijn we van hem wel gewend. Ik kan niet zeggen dat mijn vader een raar leven leidt. Er is niemand in het internaat die zoiets over zijn vader of moeder zou zeggen. Wij leiden een raar leven.

Buiten het hek van het internaat is echtscheiding taboe. Vrouwen die werken, worden met medelijden nagekeken, omdat hun mannen ze niet genoeg te eten kunnen geven. De hoofdleider, die ons eenmaal per week met een praatje komt vervelen, vertelt ons hoe het 'gewone leven' in elkaar steekt, wat wel en wat niet goed is en hoe het allemaal hoort volgens de etiquette. Hij bedoelt dat wij het later beter moeten gaan doen dan onze ouders. Hij haalt zijn wijsheid uit de Nederlandse edities van *Reader's Digest* en laat ons *Het Parool* lezen, een Amsterdamse krant die helemaal niets te melden heeft over wat er in Den Haag gebeurt. Wij willen lezen over de vechtpartijen daar tussen de blanke Kikkers en de Indische Plu, de nozems met hun meisjes in petticoats achter op de opgevoerde bromfietsen. Wat kunnen ons die verhaaltjes van Simon Carmiggelt op de voorpagina van Het Parool nou schelen, al is hij Hagenaar en is zijn Nederlands voorbeeldig, hij is een verrader want hij is in Amsterdam gaan wonen, de stad waar onze hoofdleider vandaan komt, met zijn humor zonder zelfspot en met altijd een ander als mikpunt.

Op een dag roept hij ons bij zich, alle vijf. Hij brengt ons het nieuws als een misdaad: onze vader heeft het bestaan een flat te huren op slechts een kwartier lopen van ons vandaan. We nemen de mededeling voor kennisgeving aan, nog niet wetend dat het de grootste fout is die hij had kunnen maken. In de ogen van de Kinderbescherming was een rare Chinees met een dubieus verleden in het Voorschotense neergestreken, die de orde en rust in het internaat zou kunnen gaan verstoren en waar iets tegen gedaan moest worden.

De band

Het heeft me een paar jaar gekost eer ik alle hoeken en gaten van het internaat kende en precies wist waar en wanneer je kon ontsnappen aan het oog van de leiding om stiekem een sigaret te roken of even met een meisje te kunnen zijn. De meisjes zaten in een omgebouwd achttiende-eeuws landhuis met een onder een voetbalveld begraven oprijlaan naar de Leidseweg. In plaats daarvan was er nu het smeedijzeren groene hek met een oprijlaantje van grind, dat doodliep bij een verborgen plein dat grensde aan een bosschage waarachter de door de hoofdleider verfoeide katholieke dorpskerk verrees. In de jaren dertig was onze jongensvleugel er dwars op gebouwd. Beide vleugels werden verbonden door een asymmetrische vestibule, die dienstdeed als hoofdingang voor zowel de meisjes (linksaf) als de jongens (rechtsaf). De oude hoofdingang met bordes en marmeren ontvangsthal in de meisjesvleugel deed alleen nog dienst voor 'hoog bezoek'. Ik behoorde eenmaal tot dat hoge bezoek. Dat was bij mijn aankomst op de 26ste november in het jaar des Heeren 1964.

De deftige hoofdingang leidde naar een armzalige, enorm lange granieten gang, waaraan de gaarkeuken, het aardappelhok, de achthoekige ontvangstkamer en de drie zalen lagen waarin de meisjes huisden, samen met jongens tot tien jaar. De gang mondde achter uit op het plein. Aan het andere einde lag de garderobe met de kapstokken voor de meisjes. Van daar maakte de gang een knik naar links met een granieten trapje omlaag naar de tussendeur, die om negen uur 's avonds werd afgesloten. Achter de deur lag de vestibule, met de kapstokken voor de jongens, de sporen van fietsbanden op de granieten vloer en de matglazen ramen waarachter direct mijn dagzaal lag. Een korte gang voerde langs een raam met uitzicht op de fietsenstalling links, dan rechts de ingang van mijn dagzaal, daarna het granieten trappenhuis naar de slaapzalen, vervolgens links de ingang naar het magazijn, rechts de tweede dagzaal en aan het einde van de gang de dagzaal waar Arti was ondergebracht. Vanuit het magazijn liep een smalle gang naar de serre van de directeurswoning, met haar eigen oprijlaantje aan de voorkant en de visrijke vijver aan de achterkant. In de wintermaanden brandde er een open haard.

Wanneer de oudere jongens van het eerste uur het woord 'magazijn' in de mond namen, trokken ze er een afkeurend gezicht bij. Het rook er inderdaad muf, het lag er vol met kleding en beddengoed. Een dag na onze aankomst waren Phil, Arti en ik naar het magazijn gestuurd om er voorlopige kleding te halen bij twee dames die over het naaiwerk en de was gingen. Wij vonden de kleding niet slecht, maar de oudere jongens haalden er de neus voor op en noemden het 'magazijnkleding'. Ze weigerden met je over straat te lopen wanneer je in magazijnkleding liep.

Een jaar later werd het magazijn verplaatst naar de meisjesvleugel, omdat men het kledingmagazijn in de oude staat wilde herstellen: de kerkzaal. De kerkzaal stamde uit de tijd dat er een ochtendwijding werd gehouden voordat de kinderen naar school gingen. De directeur vond de naam 'kerkzaal' ouderwets en doopte haar 'de Ark', een naam zo oud als het Oude Testament. Wij konden er niet aan wennen en bleven het de kerkzaal noemen.

Er werd een podium gebouwd, met coulissen en een geluidsinstallatie. We wijdden de zaal in met toneelstukjes en daarna was de zaal dood en kon je er alleen nog de voetstappen horen van de directeursvrouw, die het dagelijkse menu vaststelde en heen en weer liep tussen haar werkkamer in de directeurswoning en de keuken achter in de meisjesvleugel. De directeur hoorde je nooit, hij liep mank op sloffen en leek zich aldoor te vervelen. We wilden een band oprichten en we vroegen hem of we de geluidsinstallatie mochten gebruiken. Dat mocht niet, die was voor het heilige woord. Maar daarvoor gingen we toch al elke zondag naar de kerk? Dat deed er niet toe: die geluidsinstallatie was voor het heilige woord. We voelden ons verraden toen op een zaterdagmiddag een dorpsband kwam repeteren. Ze brachten hun eigen spullen mee, speelden veel beter dan wij en joegen ons de kerkzaal uit. Na een klacht van ons bij de directeur werd het de dorpsband verboden ons weg te jagen, tenzij wij hun het repeteren onmogelijk probeerden te maken. De band raakte aan ons gewend en de bandleden, die minstens vijf jaar ouder waren dan wij, stelden ons soms vragen uit nieuwsgierigheid naar de redenen van ons verblijf in het internaat. Ze draaiden elke zaterdagmiddag hun repertoire af, dat ouderwetser was dan het onze, al was dat van ons beperkt. Ik keek gitaarakkoorden af, terwijl de anderen zich verlekkerden aan de mooie instrumenten en versterkers. Na een lange strijd kregen ook wij de gelegenheid in de kerkzaal te repeteren, met instrumenten en spullen van niks. De bassist moest noot voor noot de nummers worden bijgebracht, de tweede gitarist faalde aldoor bij breaks, en omdat niemand kon zingen, moest ik dat maar doen. Bij onze spaarzame optredens leenden we spullen van jongens op school en kregen we assistentie van een drummer uit het dorp.

De teksten van de nummers die we zongen waren opstandig en dus werd ik opstandig, want je behoort je te gedragen naar wat je zingt, vond ik. Ik mekkerde op de kerk, op de kinderachtige bedtijden, op de bemoeienissen met ons kledinggeld, en ik kreeg bijval van vrijwel iedereen in de groep, met mijn broers voorop.

Ja, Arti had de leeftijd bereikt waarop hij ons was komen vergezellen in de laatste zaal die leidde naar zoiets als de vrijheid. De leiding had het moeilijk met drie van die Nolands bij elkaar in een zaal en er ging geen dag voorbij of een van ons zat wel voor straf boven op de slaapzaal. Phil zat graag voor straf boven op de slaapzaal, terwijl Arti een voorkeur had voor de douchegelegenheid.

Het was al lang niet meer gebeurd dat iemand in de isoleerkamer werd opgesloten. Toen ze mij erheen brachten, kreeg ik te horen dat ik er met mijn opruiende en provocerende teksten om had gevraagd.

Welkom

Ik zat maar twee dagen in de isoleercel. De eerste dag ter afkoeling. De tweede dag om mijn vonnis aan te horen. Op de 1ste mei van 1968 werd ik uit de isoleercel gehaald en in de auto van mijn maatschappelijk werker geduwd. Ik zou voor twee weken ter tuchtiging naar een 'gesloten internaat' gaan. Ik herinnerde me al mijn autoritten nog, zo weinig waren het er geweest: de taxi naar Voorschoten, de auto van de familie in Drenthe en de burgerauto van de hoofdleider die me terughaalde van mijn moeder, weg van die afschuwelijke woning tegenover het Zuiderpark. Deze rit was de langste die ik zou maken, naar een stad die ik voor de rest van mijn leven tot in het diepste van mijn ziel zou blijven haten. De stad lag aan een rivier en in een van de donkere smalle straatjes erachter, geplaveid met kinderhoofdjes, lag een somber gebouw uit 1900, genaamd Welkom, dat ooit een werkplaats was voor armelui, daarna een weeshuis en toen ik er kwam een zogenoemd 'doorgangshuis' voor criminele jongeren. Mijn maatschappelijk werker, die zich hooguit tweemaal per jaar liet zien en wiens rol ik nooit begreep of ook maar zou begrijpen, verontschuldigde zich er onderweg voor dat hij mij wegens plaatsgebrek niet voor twee weken had kunnen plaatsen op Valkenheide. Valkenheide was al een schrikbeeld, dus moest volgens mij Huize Welkom in Arnhem nog verschrikkelijker zijn.

De ingang was zo groot dat er een vrachtwagen doorheen kon. De zware poortdeuren vielen achter me in het slot. Ik herkende de geluiden uit politiefilms. Een tweede poort wachtte. Toen die werd geopend, zag ik een rij jongens in korte broek en met opgeschoren koppen in de rij staan. Ze zagen eruit als padvinders van voor mijn geboortejaar. Een sportleraar inspecteerde de rij zoals een sergeant dat zou doen met dienstplichtigen. Mijn maatschappelijk werker leverde me af bij het kantoor en maakte zich snel uit de voeten.

Ik stond oog in oog met een ex-KNIL militair, die me argwanend van top tot teen bekeek. Hij gelastte me mijn zakken leeg te maken. Meewarig bekeek hij mijn lege portemonnee, agenda en pen – meer had ik niet bij me – en stopte die in een bruine papieren zak. Voor de zekerheid liet hij me door een tweede sportleraar van top tot teen fouilleren.

Toen ik mijn naam op de papieren zak had gezet, bekeek hij mijn handschrift en zei: ‘Ben je schoolgaand?’

‘Ja.’

‘Wat ja?’

‘Ja, meneer.’

‘En wat voor school mag dat dan wel niet zijn?’

‘De mulo.’

‘Hm. We hebben hier geen jongens die zo hoog zitten. Sommigen kunnen niet eens hun naam schrijven. Wat heb jij uitgespookt om hier terecht te komen?’

‘Dat staat in het rapport van mijn maatschappelijk werker. Ik was wat dwars in de groep, dat is alles. En ik hoef hier maar twee weken te zitten.’

‘Rapport? Wij weten hier helemaal niets van een rapport. Twee weken?’ bracht de man uit. ‘Dat maken wij wel uit. Je valt vanaf nu onder onze tucht. Ingerukt!’

Ze sloten me op in een cel met kijkgat, een geboende houten vloer, een bed waar je overdag niet op mocht liggen en een houten stoel aan een houten schrijftafel zonder sousmain, papier, pen en inkt. Ik las de tien huisregels bestemd voor verblijf in de cel en begon toen te schreeuwen en te huilen. Ik bonkte op de deur, maar er kwam niemand. Na een poosje bedaarde ik. Boven de schrijftafel hing een klein prikbord dat volgekrabbeld was met namen. Ik vroeg me af hoe al die jongens aan hun pennen waren gekomen. Of stamden die namen uit een tijd waarin het nog was toegestaan om op je kamer te schrijven?

Tegen de avond ging de deur van het slot en kwam een jongen met stijf samengeknepen lippen mijn maaltijd brengen, terwijl een sportleraar op de drempel erop toezag dat ik geen woord met de jongen wisselde. Het eten was een stamppot in een groene plastic schaal, waarin een lepel recht overeind stond. De melk zat in een plastic beker, maar dat was ik wel gewend. Met plastic of een lepel kon je jezelf of een ander niet zo snel verwonden als met porselein of glas. Wat voor jongens zaten hier achter de muren van dit sombere gesticht?

Om acht uur hoorde ik de jongens op kousenvoeten naar boven komen. Ik werd uit mijn cel geroepen om me op te frissen voor de nacht. Maar ik had geen tandenborstel, tandpasta of zeep, ik kreeg alleen een handdoek aangereikt. Een jongen leende me een likje tandpasta en fluisterde me toe dat wij voor onze toiletspullen moesten werken. Een sportleraar sloeg op de drempel van de wasgelegenheid zijn armen over elkaar en keek strak in onze richting. Ik waste me zwijgend zonder zeep met ijskoud water en keerde terug naar mijn cel. Daar kreeg ik instructies over hoe ik mijn kleren over de stoel moest hangen. Nauwgezet, zonder plooien. Eenmaal in pyjama – een gestreept uniform katoenen geval dat iedereen droeg – moest ik de stoel op de overloop buiten de cel zetten, met mijn schoenen, waarin mijn opgevouwen sokken, eronder. Ook stoffer en blik, die bij de toerusting van de cel hoorden, moesten onder de stoel worden geschoven. Later begreep ik dat dat uit voorzorg was, zodat je niet met de stoffer de ramen in kon slaan, als dat al mogelijk was, want de ramen waren van dik matglas en erachter grijnsden tralies. En nog later hoorde ik het verhaal over vier jongens die twee sportleraren te lijf waren gegaan met hun stoffers: ze sloegen ze er bewusteloos mee, graaiden hun sleutels weg en gingen ervandoor. Toen ze de poort openden, stonden twee politiewagens de vluchters op te wachten.

Het schuifraam liet een kier open, maar was vastgezet, het raamtouw verlijmd aan de sponning – hoe zou je ooit uit zo'n cel kunnen ontsnappen? En dan: waar moest je heen in deze naargeestige stad aan een rivier? Iemand was eens na een spectaculaire ontsnapping via de luchtkokers het water overgezwommen en aan de overkant in de schijnwerpers van de politie gevangen.

Dat waren van die verhalen die er jarenlang bleven rondzingen.

De nachten waren stil. Voor het eerst in mijn leven was ik helemaal alleen. Ik miste het gesnurk van de jongens om me heen, hun baldadige gefluister en gegrinnik, het zachte licht dat door de rode gordijntjes uit de dienstkamer kwam schijnen, waar de dienstdoende leider of leidster het dagrapport schreef, of werkte aan de individuele rapporten waartegen wij aldoor protesteerden omdat wijzelf die niet mochten lezen. Het duurde uren eer ik in slaap viel. Ik hoorde nu en dan een deur dichtslaan van wat waarschijnlijk een café was, en de voetstappen van een solitair wegsterven.

Vrijheid is een deur kunnen openen en hem achter je kunnen dichttrekken. Simpel.

Om zes uur in de ochtend gaat de sleutel in het slot, wordt de extra vergrendeling ontsloten en zwaait de deur open. De sportleraar op de drempel is lang, gespierd en blaakt van gezondheid. Wie niet binnen een minuut naast zijn bed staat, riskeert eenzame opsluiting in een ondergrondse cel bij het sportterrein. Ik sta naast mijn bed en wacht de bevelen van de sportleraar af. Bed afhalen. Stoffer en blik pakken en de vloer aanvegen. Wachten, diep in de cel bij het raam, niet bij de drempel. Dit gaan ze niet geloven, mijn makkers in het internaat.

Dan krijgen we sportkleding en worden we naar de sportzaal op de bovenste verdieping gedirigeerd. Rondjes rennen, opdrukken, kniebuigingen, oefeningen aan het wandrek, bokje springen, bek houden jullie vullis, vuil smerig tuig, jullie zitten hier niet voor niks, er komt van jullie niets maar dan ook helemaal niets meer terecht! Wees blij dat er voor jullie wordt gezorgd, stelletje honden.

Een sportleraar grijnst bij het horen van de tekst van zijn collega.

Na een uur naar beneden, snel wassen aan de kraan. Snel! Sneller! De jongens vertrekken naar de begane grond, ik moet terug in de cel. Bij goed gedrag mag ik 'op zaal'.

Ik gedraag me goed, op de derde dag word ik verlost van mijn eenzame opsluiting en direct naar de kapper gestuurd, waar mijn haar wordt gemillimeterd. Mijn kleding moet ik inleveren bij het magazijn. Ik krijg een korte broek, een shirt met korte mouwen en zie er net zo vooroorlogs uit als die jongens die me zo raar aankeken toen ik in mijn hippe kleding door de poort kwam aangelopen.

Aan de ontbijttafel wordt niet gesproken. Na het ontbijt worden we teruggestuurd naar onze kamers of cellen om onze bedden op te maken. Dan wordt ook de vloer geïnspecteerd. De sportleraren halen hun vingers langs de plinten, tonen je restjes stof op hun vingertoppen en dragen je op je kamer opnieuw met stoffer en blik schoon te maken. Ik heb mijn bed niet goed opgemaakt, terwijl ik kampioen ben in bedden opmaken in het internaat in Voorschoten. Het teruggeslagen bovenlaken moet hier in Arnhem precies tussen de aangebrachte verfstrepen op de horizontale stang van het bedframe vallen en geen halve centimeter daarbuiten. Door de rigide opvoeding van mijn vader kan ik dit soort waanzin wel aan. Ik ben niet zo dom om hier opstandig te gaan doen. Ik kan niet zeggen dat ik dom was in Voorschoten, ik kan wel zeggen dat ze me verraden hebben, die leiders en leidsters met hun rapporten die gelezen worden door mensen die je nooit te zien krijgt op hun kantoren in Den Haag. Ik schik me in de rij op de binnenplaats tussen de hoge muren. Prikkeldraad slingert zich rond de regenpijpen. Ik moet denken aan oorlogsfilms die je nachtrust verzieken, ik kijk een overvliegende duif na. Waar komt hij vandaan, die duif? En waar vliegt hij naartoe? Is hij geringd, die duif? Heeft hij een thuis? Is hij daar welkom? Op een commando van een van de sportleraren marcheren we naar de werkplaats, waar een autoritaire voorman ons aan het werk zet.

Ik leer honderd stuks vierkante inktpotjes op een houten blad leggen en die handmatig met een vultrechter vullen met ecoline. Je moet regelmatig je vuller volgieten bij de grote flessen in de hoek, waar een jongen de wacht houdt. Iemand fluistert in mijn oor dat die jongen al een half jaar in Huize Welkom te Arnhem verblijft, voorwaar een record, en dat hij als hulpje mag optreden van de voorman. Zijn knokkels vormen één laag eelt. Andere jongens fluisteren dat hij een karateka is die oefent tegen muren. Dat hij iedere nieuwkomer uitdaagt. Raak je in gevecht met hem, dan krijg je, onverschillig winst of verlies, een maand bij je straf opgeteld. Dus kijk uit en hou je gedeisd.

De jongen monstert me, giet inkt in mijn vuller en zegt tegen me dat ik moet oppassen voor de voorman. Roept de voorman om karmozijn en jij levert honderd potjes ecoline in karmozijn af, dan kan het zijn dan hij zegt dat het ultramarijn had moeten zijn. En dat je dus niet zal worden betaald voor die honderd potjes waar jij een uur mee bezig bent geweest: de flesjes verzamelen, de deksels eraf schroeven, de potjes vullen, de deksels er weer op schroeven en ten slotte de etiketten erop plakken. Begrijp je dat, nieuweling? Je krijgt twaalf cent per blad en als je hard werkt, verdien je zesennegentig cent per dag.

Begrijp je dat, nieuweling? Aan het eind van de week kan je dan een tandenborstel kopen, tandpasta, zeep en een pak shag met vloeitjes. Begrijp je dat, nieuweling?

Om tien uur is het pauze. We drinken koffie op de binnenplaats. De pakjes shag, waarop iedereen zijn naam heeft geschreven, zijn uit de kast gehaald. We mogen roken en met elkaar praten tot tien voor half elf, maar niet over de reden van je verblijf hier. De sportleraren slaan ons aldoor van achter hun tafeltje gade, maar soms ontsnappen we aan hun blikken en vertellen we elkaar verhalen. Het zijn vervolgverhalen met cliffhangers.

'Iemand hing zich eens op in zijn ondergrondse cel, daarzo, zie je die tralies achter dat matglas? Er was een maatschappelijk werker op bezoek, die was helderziend, ja echt, echt waar. Hij wilde naar huis gaan maar bedacht zich tussen de twee toegangspoorten. Hij rende terug naar de cel en vond de jongen. Die had zich aan zijn kleding verhangen.'

'Leefde hij nog?'

'...'

'Hé, ik vraag je of hij nog leefde, verdomme.'

'Geen gevloek hier!'

Een sportleider monstert me, ik wend mijn blik af, naar links, naar rechts, naar omlaag – sta daar godverdomme niet de kampbeul uit te hangen, klootzak, als ik jou later nog eens tegenkom, dan laat ik je verrot schoppen door mijn broer, ja nee inderdaad meneer ik kan dat zelf niet, ik speel gitaar verdomme, wat moet ik hier, ik mis mijn gitaar.

De middagpauze duurt een uur. In die tijd is er lunch, op de binnenplaats wordt gerookt en zachtjes gesproken. De werkzaamheden duren tot vijf uur. Daarna marcheren we als soldaten af naar de gebouwen – er zijn twee groepen – waar we ons opfrissen voor het avondeten. Na het avondeten is er vreemd genoeg geen corvee. We mogen dan allemaal naar de grote zaal in het gebouw recht tegenover de grote poort en boven de ondergrondse cellen met de knooppunten van de verwarmingsbuizen. Er wordt gekaart. Ik kan niet kaarten, ik hou niet van kaarten, kaartspelen is voor idioten, ik wil gitaar spelen.

Het duurt tot de zondag eer we brieven mogen schrijven. Onze brieven worden gelezen en na censurering, herschrijving en goedkeuring mogen we een envelop en postzegel kopen. Ik beschrijf de omstandigheden op een zakelijke toon en mijn brief komt direct door de ballotage. Kosten voor envelop en postzegel gaan van mijn dwangarbeidsloon af.

Een brief van mijn vader wordt me onthouden. In het kantoor van de voormalige KNIL-commandant krijg ik alleen de adressering te zien:

Mijn Zoon Alan Noland
Interneringskamp "Willkommen"
Weerdjesstraat numero 26-29
Arnheim
Belanda

'Heeft jouw vader soms in de oorlog gezeten, daar in Indië?' vraagt de voormalige KNIL-commandant mij.

'Ja, meneer', antwoord ik.

'Wij kunnen jou deze brief niet laten lezen. De inhoud is niet geschikt voor jonge mensen, en hier en daar zelfs niet voor mensen van mijn leeftijd.'

De man kijkt me strak aan terwijl hij mijn vaders brief in stukken scheurt. Maar ik weet toch wel wat er in zijn brieven staat. Dat hij zal blijven vechten totdat hij zijn kinderen uit de klauwen van die 'smerige racistische Kinderbescherming' heeft bevrijd, en wij met hem zullen worden herenigd, opdat wij samen aan een nieuw leven kunnen gaan beginnen zonder die 'Brabantse moer van jullie'.

Wanneer mijn twee weken erop zitten en ik mijn spullen terugkrijg uit de bruine papieren zak, zegt de ex-KNIL-commandant en passant tegen een sportleraar: 'Het is vreemd, maar je haalt ze er zó uit, die kinderen van die ex-mariniers daar in Indië. Die van ons, ex-KNIL'ers, zinken niet zo laag.'

Yesterday don't matter if it's gone

Het is lang geleden dat ik in de auto van mijn maatschappelijk werker stap, zo lijkt het wel. Verbaasd kijk ik om me heen naar de vrije mensen in hun auto's op de snelwegen, naar de bomen, de weilanden, de koeien, de luchten. Ik ben weer vrij. Maar wanneer ik het internaat weer zie opdoemen en wij het hek doorrijden, is het alsof ik er voor het eerst ben. Ik kom niet terug, nee ik ben nieuw, ik kom uit een andere wereld. De jongens lachen om mijn gemillimeterde haar, ze vragen hoe het er was, hoe het eten was, hoe laat je er naar bed moest, enzovoort. Maar er is niemand die ik antwoord. Leiders en leidsters kijken me bezorgd aan, maar ik ontwijk hun blikken.

Wanneer de jongens op een mooie dag na het avondeten naar het plein gaan om volleybal te spelen met de meisjes, blijf ik zitten op een stoel bij het raam. Ik steek een sigaret op en kijk naar buiten.

'Moet je niet mee met de jongens, even naar het plein?' vraagt juffrouw Martha.

Ik schud mijn hoofd.

Juffrouw Martha is ingevallen voor een zieke, ze komt van de groep waar de jongsten zitten. Ze draagt een rond brilletje, een spijkerbroek en een slobbertrui en leest een boek in de Engelse taal. Ze is bij me blijven zitten met het boek in haar hand. Het omslag toont pillen in verschillende kleuren en de titel is raadselachtig. Ik sta op en kom schuin achter haar staan om een paar zinnen mee te lezen. Ik wijs haar woorden aan die ik niet ken en als ik haar naar de vertaling vraag, geeft ze me die met een glimlach. Na drie woorden weet ik wel genoeg en weet ik me ook geen houding meer te geven. Ik besef niet eens dat zij de eerste is tegen wie ik wat zeg. Ik hoop dat ze gedachten kan lezen. Hoe hebben ze me ooit kunnen laten gaan naar dat afschuwelijk gesticht daar in Arnhem? Een van die gasten had zijn moeder tot vijf keer toe op bed vastgebonden en verkracht, er zat een jongen wegens poging tot moord, er zaten twee jongens wegens ernstige mishandeling en verminking van meisjes in de Arnhemse bossen, ik heb een jongen zijn naam leren schrijven, ja dat was die jongen die iemand had geprobeerd te vermoorden, mijn hemel. De jongens daar in Welkom zeiden me dat Valkenheide een paradijs is vergeleken met dat Arnhemse gesticht. Dat alleen Het Poortje in Groningen nog erger was. Dat er helemaal niemand uit Arnhem naar een 'open internaat' ging. Dat kon niet, dat was onmogelijk, 'je lult maar wat, jij gaat gewoon naar de jeugdgevangenis, doe maar niet net alsof je niks hebt gedaan, uitslover, jij komt helemaal niet uit een open internaat en naar school ga je al helemaal niet, dat kán niet.'

Meisjes uit mijn klas kwamen naar me toe en aaiden me troostend over mijn bol, als ze me konden vinden, want ik bracht de pauzes door in de fietsenstalling. Wanneer een leraar me iets vroeg over de lesstof, gaf ik geen antwoord en ik werd daar niet om gestraft. Ik onttrok me aan het 'huiswerkuur' en zat in het park op een bankje te wachten tot de jongens voorbijkwamen. Dan sloot ik me bij ze aan en liep met ze mee terug naar het internaat. Na het eten begon ik direct mijn huiswerk te maken en men liet me met rust. Een paar weken later riep de hoofdleider me bij zich om me te vragen of ik niet vond dat ik het internaat was ontgroeid.

Ik zweeg.

Weer een paar weken later werd ik bij thuiskomst opgewacht door een hysterische zus die uitschreeuwde dat ze Nana die dag hadden weggehaald terwijl wij op school zaten. Ze was met een tas kleren in een auto gezet en naar een pleeggezin in Ede gebracht. Mil bleef maar schreeuwen en ze vervloekte de leiding van het internaat en de maatschappelijk werkers. Ik troostte haar niet, zei niets, hoorde haar onbewogen aan en verstopte me tijdens de bezoekuren van mijn vader op zaterdag en van mijn moeder op zondag. In de bosjes waren altijd wel plekken te vinden waar je moeilijk gevonden werd, mits je het presteerde om ongezien de bosjes te bereiken. Ik trof er meisjes aan die er stiekem rookten, volksmeisjes uit Den Haag met een ruw taalgebruik maar met een lieve inborst. Ze vervloekten 'dat vullis' dat mij naar 'dat vuile gesticht' had gestuurd en ze zeiden dat als zij zouden worden gedreigd met dat Welkom in Arnhem, dat ze dan zouden weglopen, gewoon naar Den Haag, daar kenden ze jongens met stiletto's en pistolen, die zouden hen wel beschermen, en ze reden rond in Amerikaanse auto's en bij hen konden zij gerust onderduiken en wachten tot ze 21 waren.

Dat was de leeftijd waarop je meerderjarig werd.

Op een dag aan het avondeten zei een groepsgenoot naast me aan tafel: 'Jongens, vinden jullie het onderhand niet eens tijd dat die pinda hier naast me zijn bek eens opentrekt?'

Het gebeurde in een, twee seconden. Ik schoot van mijn stoel en sloeg hem met mijn linkerelleboog tegen zijn slaap. De jongen viel van zijn stoel en bleef bewusteloos liggen. De andere jongens, de groepsleider en de groepsleidster, waren allemaal geschrokken van hun stoelen opgeveerd. Ik liep naar het raam, posteerde me tegen de vensterbank en stak een sigaret op.

De gealarmeerde hoofdleider kwam binnen, wenkte me, bracht me naar boven en sloot me op in de isoleercel. Daar voelde ik me direct prettig. Je zat er net zo gevangen als in Huize Welkom in Arnhem, maar dan zonder tralies voor de ramen en met uitzicht op de meisjesvleugel. Een enkele baldadige meid kleedde zich 's avonds uit voor haar raam en zwaaide naar me. Ik zwaaide terug. Phil kwam nu en dan aan de deur om er sigaretten, lucifers en afgeplatte lucifersdoosjes onderdoor te schuiven. Mijn eten werd gebracht door een jongen uit een lagere groep. Niemand van mijn groep mocht contact met mij hebben.

Na een week van opsluiting lieten ze me weer naar school gaan, waar ik zei dat ik ziek was geweest. Terug van school wachtte de isoleerkamer. In het holst van de nacht hoorde ik iemand een sleutel in het slot steken. De deur ging open, er verscheen een vrouwengedaante. Ze draaide zich om en sloot de deur weer af. Het was juffrouw Martha, met het ronde brilletje en haar slobbertrui over haar spijkerbroek. Ze kwam naast me op bed zitten en bracht haar vinger naar haar lippen. Toen kwam ze naast me liggen. We rookten samen een sigaret. De volgende nacht kwam ze weer, gekleed in alleen haar kamerjas. We rookten. Ze pakte mijn hand en leidde die langs haar lichaam onder haar kamerjas. Een nacht later lagen we naakt in bed en ze leerde me haar lichaam verkennen. In die tweede week leerde ik voorzichtig de liefde bedrijven en in die derde week was ik een man. Ze legde een kussen op haar hoofd, zodat haar gekreun niet hoorbaar was buiten de isoleerkamer.

Toen ik uit de isoleercel werd gehaald, kreeg ik op het kantoor van de hoofdleider te horen dat ik wekelijks een uur met de psychologe moest gaan praten en eens per maand met de psychiater. De jongen die ik had neergeslagen was intussen voorgoed naar huis ergens in Twente. Dat was mijn geluk, anders was ik naar Valkenheide gestuurd. De andere jongens liepen nog in een boog om me heen, wat me weinig schelen kon, want ik had juffrouw Martha.

Er waren drie kamers voor interne werknemers. Ze lagen aan een kleine gang in een uitbouw voorbij de wasgelegenheid, na een knik op de overloop bij de isoleerkamer. Ik lag wakker totdat de dienstdoende leider of leidster van de Club terugkwam en naar bed ging. Dat was meestal rond een uur of elf, twaalf, maar in het weekend kon het wel half twee worden. Als ik niet in slaap was gevallen, sloop ik uit bed, de zaal uit, de overloop over, en tikte met mijn nagels tegen de deur van juffrouw Martha. Ze hield ervan mij te berijden terwijl ik sigaretten rookte. Ik kwam slaap tekort en sukkelde soms weg tijdens de lessen op school. Met louter zessen op mijn rapport ging ik over naar het laatste jaar van de mulo.

Op een nacht was de deur van juffrouw Martha afgesloten. De nacht daarop weer. Ik kon niemand naar haar vragen, wilde ik niet in de gaten lopen. Ik hoorde smoezen dat juffrouw Martha op vakantie was en dat ze benieuwd waren naar haar vervangster. Er werd ook beweerd dat ze ontslag had genomen. We hadden weinig gesproken en ze had me alleen geleerd hoe je de liefde in stilte kon bedrijven, na die drie woorden die ze glimlachend voor me had vertaald uit dat boek met die gekleurde pillen op het omslag: *geil, tepels, klaarkomen*.

Tijdens de zomervakantie mocht ik op instigatie van mijn psychologe muziek makende vrienden in een oefenruimte in het dorp bezoeken en meespelen in hun band. Ik zong ook tweede of derde stem en begon in het internaat stilaan spraakzamer te worden. Er hingen meisjes rond in de oefenruimte, jonger en mooier maar niet zo geheimzinnig als juffrouw Martha. Waar was ze gebleven? Waar kwam ze vandaan? Waar woonde ze inmiddels? Hoe oud was ze precies? Zou ze in een internaat elders in het land een andere jongen ontmoeten? Zagen de jongens van de dorpsband iets aan me? Ze lieten me bij de repetitie 'Ruby Tuesday' van The Rolling Stones zingen:

She would never say where she came from
Yesterday don't matter if it's gone
While the sun is bright
Or in the darkest night
No one knows
She comes and goes

De verspreiding

Hoewel mijn vader een flat bewoonde op loopafstand, kon men hem niet betrappen op onverwachte bezoeken of heimelijke wandelingen rond het terrein. Toch bleef hij in de ogen van de Kinderbescherming een dubieuze oosterling met een ellendig oorlogsverleden dat hem, wie weet, ineens mata gelap kon maken – ja, die uitdrukking kenden ze. Nana was als eerste naar een pleeggezin in Ede gestuurd, Mil ging een jaar later naar een internaat in een afgelegen gebied dicht bij de Duitse grens. Phil en ik vertrokken na ons eindexamen naar een Indisch kosthuis in Den Haag en Arti verkaste naar een jongenstehuis in Delft. We werden over het land verspreid, zoals dat was gebeurd met Indische mensen die Indonesië uit waren geschopt.

Nu zat onze vader in dat internaatsdorp en waren wij het die hem daar moesten komen opzoeken.

Ik hield het niet lang uit in dat kosthuis bij die Indische familie, die er nare vooroorlogse koloniale gewoonten op na hield. Wij en een andere Indische kostganger werden als bedienden behandeld en mochten de koude restjes opeten wanneer de familie van tafel was gegaan. Hun oudste dochter was zo verwend dat ze heibel schopte wanneer een van ons per ongeluk aan haar roomboter had gezeten. Ik begon te spijbelen van onze nieuwe school, de hbs, fietste naar de boulevard en keek urenlang naar de zee, zeer tot ongenoegen van mijn broer, die zich steeds meer aan mijn futloze gedrag begon te ergeren. Vijf jaar nadat ik door de politie uit de schoolbanken was gehaald, stond ik met mijn ziel onder mijn arm en een gitaar op mijn rug voor de deur van een solitaire Indo in een rommelige vierkamerflat aan de rand van Voorschoten. Hij opende de deur met de houding van een vechtjas die verwachtte elk ogenblik aangevallen te kunnen worden. Het was toen dat hij me begroette met de woorden:

'Zo, en waarom heb jij mij verlaten?'

Ik heb die vraag zo serieus genomen dat ik haar jarenlang als een terechte aanklacht heb opgevat.

In het begin legde de solitaire Indo dagelijks vijf gulden op het aanrecht voor hij naar zijn werk in Den Haag ging als technisch tekenaar bij een Amerikaanse oliemaatschappij. Ik deed boodschappen en leerde bamisoep maken. Was de pan na drie dagen leeg, dan maakte ik weer bamisoep. Verder aten we Zweedse crackers met kaas en pinda's als snacks bij de koffie toebroek*. Op een avond nam hij me mee naar een oorlogsfilm in een Haagse bioscoop. Het was vreemd om na de voorstelling met hem de bus terug te nemen naar Voorschoten. Ik vond dat ik daar meer thuishoorde dan hij. In zijn huiskamer hingen miniaturen van bommenwerpers en straaljagers aan het plafond, stonden modellen van gevechtstanks in de vensterbanken en puilde de boekenkast uit van de oorlogsboeken. Ik vroeg me af waar hij zijn mariniersdolk had liggen. Aan de muur hing ingelijst een officiële brief van de Amerikaanse overheid, waarin hij werd bedankt voor zijn aanmelding bij het leger om te vechten in Vietnam.

'Kijk ...' zei hij met een diabolische glans in zijn ogen. '... Jouw vader is afgekeurd vanwege zijn leeftijd, maar ik voel me nog jong genoeg om te vechten tegen die vuile communisten!'

Toen hij erachter kwam dat ik ook shag van het huishoudgeld kocht, halveerde hij het bedrag. Ik kwam niet langer uit met het geld voor de bamisoep, die nu minder gevuld was, maar hij geloofde me niet en verdacht me van het kopen van marihuana. De tijd kwam dat hij nog maar een gulden op het aluminium aanrecht achterliet.

Op een dag ging ik zijn slaapkamer binnen. In zijn kledingkast vond ik een voorraad voedsel, waaronder een blik haring in tomatensaus. Ik at het op met crackers in de logeerkamer. Ik sloop terug naar zijn slaapkamer en onderzocht omzichtig zijn bed. Onder zijn matras lag zijn mariniersdolk.

Die nacht kon ik niet slapen. Toen ik naar de wc moest, merkte ik dat zijn slaapkamerdeur halfopen stond. In het flauwe schijnsel van het wc-licht zag ik hem slapen. Voor het eerst in mijn leven zag ik mijn vader slapen. Tot mijn ontzetting met zijn ogen halfopen. Ik wist dat hij niet wakker was, anders zou hij me dreigend hebben gevraagd: 'Wat moet jij daar?'

Ik besefte dat ex-mariniers die met halfopen ogen slapen in vredestijd net zo kwetsbaar zijn als ieder ander mens. Maar een dag later vond ik zijn slaapkamerdeur op slot. Er lag geen geld meer op het aanrecht. Ik maakte een avondmaaltijd van restjes eten uit de koelkast. Mijn vader at het zwijgend op. Toen ik de volgende dag opstond, was ook de huiskamerdeur afgesloten. De koelkast en keukenkastjes waren volledig ontruimd. Ik werd angstig, heb de huissleutel op het aanrecht gelegd en ja, toen heb ik hem echt verlaten.

Na omzwervingen langs gewezen schoolvrienden en -vriendinnen bij hun ouders in Voorschoten en in kraakpanden in Leiden wist ik niet meer waar ik heen moest en nam ik op een winterdag zonder kaartje de trein naar Den Haag. Ik liep van station Staatsspoor naar Scheveningen. Bij het Circustheater liep ik de straat in van ome Willem. Ik zag zijn blauw-witte Volkswagenbusje staan, daalde de trap af naar zijn souterrain en klopte aan.

Ik kan me niet herinneren ooit door iemand zo hartelijk te zijn ontvangen als door ome Willem. De Scheveninger trok me vrolijk zijn armoedige woning in en gaf me eerst verse haring te eten. Daarna propte hij me vol met soep en boterhammen met gebakken eieren. Die hele maaltijd noemde hij 'een eitje' en hij stak zo Frau Eva naar de kroon. Hij liet me slapen op een extra bed in zijn slaapkamer. Ik voelde me veilig bij het diepe gesnurk van die zware shag rokende man. Toen mijn moeder de volgende dag langskwam, nam ze een blik haring in tomatensaus mee. Ze stak haar hand niet uit om me te vragen hoe het ermee ging. Ik bleef heel lang naar dat blik turen. De ovale vorm symboliseerde de oneindigheid der herinneringen. De geslotenheid de vijandigheid van mijn vader. Mijn moeder was het etiket: ik kon het niet lezen.

Willem

Na de inval van de Duitsers in 1940 was Willem als jongeman op een aak aan de Brouwersgracht gezet en van daar met lotgenoten naar Duitsland verscheept. Willem kwam er te werken aan een draaibank voor de vervaardiging van raketten, die in Hitlers dromen Londen platlegden. In ruil kreeg hij te eten en te drinken. Maar er was geen haring. Hij vluchtte terug naar Nederland, werd opgepakt en opgesloten in een dodencel in Scheveningen. Zijn jeugdliefde Corrie heeft hem vrij gekregen, misschien door haar lichaam aan de een of andere officier ter beschikking te stellen. Dat kon zij niet navertellen, als ze dat al zou hebben gewild. Corrie zat de hele dag in een stoel in de Bijbel te lezen onder het juk van Jehova's getuigen, die wekelijks langskwamen en het begrip 'lachen' niet schenen te kennen. Corrie slikte medicijnen tegen depressies en angstaanvallen en was bij tijd en wijle incontinent, zodat de hele woonkamer naar urine rook. Een jeugdfoto op de schoorsteen toonde een mooie, jonge Scheveningse meid. Zonder haar zou Willem ter fusillade de duinen in zijn gesleept. Na zijn vrijlating als terdoodveroordeelde in het beruchte Oranjehotel had hij ergens in de duinen ook nog iemand om een stuk brood de hersens ingeslagen.

'Het was hij of ik', zei hij met een verontschuldigend grinnikje.

Willem was een goedgeluimde, wat onrustige man die niet stil kon zitten, geboren onder het sterrenbeeld Gemini. Hij had een klassieke Hollandse neus met een rood puntje, die in de volksmond een 'gok' werd genoemd. De rasechte Scheveninger droeg de voor ons grappige achternaam Toet. Ook zijn vrouw Corrie was een Toet. Zou een van hen de ander verliezen aan de dood, dan droeg de achterblijver de naam Toet-Toet. Ik heb eens zo'n naambordje ergens op een deur zien prijken in Scheveningen.

Na de oorlog had Willem nog een jaar vastgezeten in het huis van bewaring. Hij vertelde niet waarom. Hij had er de Bijbel tweemaal volledig gelezen, God tot een verzinsel bestempeld en had een kloostertafel gemaakt met een tafelblad van luciferhoutjes met afgebrande koppen, die nu in de huiskamer stond.

Lang voor de oorlog had Willem zelf in ons internaat in Voorschoten gezeten, dat toen een weeshuis heette. In zijn tijd ging hij in een zwart uniform met een geel embleem over straat naar kerk of school, terwijl de meisjes binnenbleven om er te leren voor het beroep van huisvrouw. De zomervakantie duurde één dag ... pierewaaien aan de kust van Scheveningen. Willem had nog nooit een diploma gehaald, zelfs geen zwemdiploma, maar hij zwaaide trots met zijn rijbewijs.

'Kijk, jongen, dit stukje roze linnen is je rijbewijs! En je rijbewijs is de weg naar de vrijheid!'

Willem maakte nooit plannen voor de volgende dag. Na zijn ontbijt ijsbeerde hij heen en weer, zuigend aan zijn sjekkie van zware tabak en stelde zich dan aldoor weer hardop de vraag wat hij vandaag weer eens zou gaan doen. Een van zijn bezigheden was van hotel naar hotel rijden om er afgedankte badlakens op te kopen voor de handel op de markt. Voordat hij vertrok, vroeg hij me steeds: 'Pas jij even op Corrie? Dan ga ik kijken of ik nog wat handelswaar kan vinden. Ja, jongen, een mens moet toch wát om aan de kost te komen?'

Soms was hij dagenlang weg. Als hij terugkwam, zei hij dat hij in de haven van Rotterdam had gewerkt. Of hij had geslapen in een caravan op een autosloperij van een vriend in Leidschendam, om er te waken tegen een vergoeding. Volgens mijn moeder was hij eerst getrouwd geweest met zijn redster Corrie, toen van haar gescheiden en daarna weer met haar getrouwd, waarschijnlijk omdat ze toen verschijnselen van schizofrenie begon te vertonen, met de Duitse bezetter als eeuwige dreiging, de troepen die elk moment de Dirk Hoogenraadstraat binnen konden komen marcheren. Verder luidde mijn moeders verhaal dat toen Nederland in onze internaatstijd massaal op aardgas overstapte Willem als gasfitter langs de huizen ging om de gasgeisers aan te passen. Toen hij bij mijn moeder aan de deur kwam, in dat huis tegenover het Zuiderpark, waar mijn vader door de recherche was weggehaald, trof hij haar als een geestelijk wrak aan. In de avonduren is hij teruggekomen om eens te kijken hoe het met die eenzame vrouw gesteld was. De avond erop kwam hij weer, met haring en soep, en hij zou blijven langskomen, mits hij Corrie even alleen kon laten.

Nu ik bij Willem, die inmiddels 56 jaar was, voorlopig onderdak had gekregen, kon hij Corrie vaker alleen laten en zijn minnares, die mijn moeder was, bezoeken. Ik hield Corrie dan gezelschap, stelde haar nu en dan gerust en speelde, als ze erom vroeg, gitaar voor haar.

Maar volgens mijn vader ontmoetten Willem en mijn moeder elkaar al toen zij in de avonduren een baantje had als schoonmaakster. We woonden toen nog in die vervloekte krappe portiekflat tegenover het Zuiderpark. Mijn moeder maakte de boel schoon tussen zeven en negen bij warenhuis V&D aan de Leyweg. En daar zouden de twee zich aan elkaar in de wc hebben vergrepen. Wanneer Phil, Arti en ik ons afvroegen wie de waarheid vertelde, gaven we Willem bij voorbaat verschoning in het verhaal. We waren zo op hem gesteld dat Arti hem zelfs als zijn stiefvader was gaan beschouwen.

Vreemd is dat vele jaren nadien tijdens een reünie in Voorschoten onze voormalige hulpverleners zich helemaal niets van mijn moeder en Willem konden herinneren. Sommigen wisten niet eens dat ik een moeder had. Mijn vader kenden ze allemaal, al beschikte hij maar over een half bezoekrecht. Zijn verschijning had een onuitwisbare indruk achtergelaten. Pas toen herinnerde ik me dat onze moeder nogal eens een bezoekuur oversloeg. Mijn moeder biechtte me later op dat zij veel met Willem door Europa toerde. Maar alleen wanneer Corrie 'goed' was en de lakens voor de gastarbeiders kon wassen en hun bedden kon opmaken. Ze reden niet alleen naar Duitsland, maar ook naar Frankrijk en dan was zij niet tijdig terug in Holland om ons te bezoeken. Die bekentenis viel me nogal tegen. Mijn vader sloeg nooit maar dan ook nooit een bezoekuur over. Volgens mijn maatschappelijk werker om aan onze hulpverleners te tonen hoe trouw hij ons wel niet was.

De hutkoffer in het souterrain

Vanaf de straatkant kwam je via een witgekalkt stenen trapje in het lagergelegen voortuintje, met wat halfdode boompjes, rondslingerende tegels en autobanden. In de woonkeuken schreef ik songteksten aan een tafeltje in kleurige notitieboekjes, las boeken van de Russische meesters of speelde gitaar. Door het raam keek je schuin uit op de gebladderde houten gevel, waarachter de woonkamer lag. Daar las Corrie in haar Bijbel, als ze niet werd geplaagd door elektriciteit in haar armen en benen, wat volgens haar door de Duitsers kwam. Willem legde elke dag een schoon stuk zeil onder haar zitting, zodat haar stoel niet zou verrotten van de urine. Soms had ze een goede week en deed ze het huishouden en waste ze de lakens van de gastarbeiders, die via de keuken binnenkwamen en van daar via de lange gang naar hun kamer liepen, die ze achterin met zijn zessen deelden. Er stonden drie stapelbedden. De gastarbeiders kwamen uit Tunesië, Algerije en Marokko. Ze droegen

Corrie op handen omdat ze zo goed voor hen zorgde. Ze baden voor haar als ze ziek was en haar huishoudelijke taken niet voor hen kon doen. Ik ging dan voor ze naar de wasserij en kreeg van elk van hen een gulden.

Ik sliep bij Willem op de kamer, naast de kamer van de gastarbeiders. We hoorden ze nooit in alle vroegte vertrekken, want Willem was een langslaper en de heer des huizes mocht niet worden gestoord. 's Avonds zag ik ze vermoeid thuiskomen. Ze baadden zich onder een koude douche en verschenen in wit- en grijsgestreepte kaftans in de keuken. Ze kookten om beurten in een enorm grote pan: meestal schapenvlees met aardappelen, tomaten en groenten. Ik mocht soms mee-eten bij ze op de kamer. Ze aten met hun handen, zonder bestek. Ze leerden me hoe ik het brood moest breken en er de aardappelen en stukken vlees mee uit de pan moest halen. Ze spraken nauwelijks met elkaar, al wat ze deden was werken, koken, slapen en weer werken en elke week geld naar huis sturen, naar hun vrouwen en kinderen. Maar kwamen ze bij mij aan de keukentafel zitten, dan waren ze spraakzamer. Een van hen had een boekje bij zich, waarin hij bijhield hoe vaak hij de liefde had bedreven met zijn vrouw wanneer hij een paar weken in zijn thuisland was geweest. Een ander leerde me mijn naam in het Arabisch schrijven. Weer een ander leerde me een mohammedaans gebed. Ze vertelden me dat ze in Duitsland hadden gewerkt en dat het er allemaal 'Schweinerei' was. Dat het in Zwitserland goed was, maar dat je er niet lang kon blijven. Geen van hen had een verblijfsvergunning en hun levens leken me treurig.

Mijn lievelingsgastarbeider was een zeer zwijgzame man, over wie gefluisterd werd dat hij al zijn geld naar zijn familie stuurde en zichzelf niets permitteerde. Hij luisterde graag naar mijn gitaarspel en bedankte me dan wanneer hij om negen uur naar bed ging. Wanneer Corrie een uur later ging slapen, wachtte ik nog een half uur en verliet dan het souterrain om op de boulevard op een bankje te gaan zitten en te kijken en te luisteren naar de zee. Scheveningen was oud, stil en verlaten in die tijd.

Op een dag zei Willem tegen me: 'Zeg, weet jij dat jouw vader eigenlijk helemaal geen Noland heet? Hij heet Sie, naar zijn moeder. Jouw vader is eigenlijk een Chinees. Hij heeft zijn leven met een schrijfmachine opgetekend en in een dikke ordner weggestopt.'

Ik keek hem verbaasd aan. Had mijn vader al die jaren dááraan zitten werken?

Willem nam me mee naar de bijkeuken, waar hij balen rijst had liggen en dozen vol blikvoedsel had opgestapeld voor als de Derde Wereldoorlog uit zou breken. Ik moest hem helpen die zware balen rijst weg te halen. Erachter lag de scheepskist van mijn vaders overtocht naar Nederland.

'Waarom staat die kist hier?'

'Je moeder is bang voor die kist en heeft me gevraagd dat ding hier te bewaren. Ik zou hem eigenlijk naar je vader moeten brengen, maar ja, dat zouden wij dan een keertje samen moeten doen, snap je?'

'Nou, doe dat maar niet, mijn vader is nogal agressief.'

'Dat weet ik, het zal er allemaal ook wel een keer terechtkomen. Maak hem maar open ...'

Ik opende de kist en zag er alleen papierwerk in: boeken, paperassen, brieven, foto's en ordners. Willem wees me de ordner in kwestie en vroeg me of ik die wilde lezen. Ik aarzelde en knikte toen.

'Heb jij die helemaal gelezen?' vroeg ik.

'Ja, van begin tot eind, net als de Bijbel, haha! Je moet wel over stalen zenuwen beschikken, jongen, haha! Dus als je er niet meer tegen kan, dan geef je die ordner maar weer terug. Bewaar die maar hier in de bijkeuken tussen de balen rijst. En laat die gastarbeiders niets zien. Ze kunnen het dan wel niet lezen, maar ja ... het is toch een zeldzaam document.'

'Heeft mijn vader er nooit naar gevraagd dan?'

'Jazeker! Maar je moeder heeft hem doodleuk geschreven dat ze er de fik in heeft gestoken. Ik zou dat anders hebben gedaan, maar goed, wat jouw moeder doet, dat is haar zaak. Zeg, pas jij vanavond op Corrie? Dan ga ik je moeder eens bezoeken, ze is zo alleen, hè?'

Ik las in één week het eerste deel over zijn jeugd en het tweede deel over de Japanse bezetting en legde het daarna steeds vaker weg, maakte avond na avond doelloze wandelingen over de boulevard en vroeg me af of ik het wel helemaal uit zou kunnen lezen, zo angstaanjagend waren sommige stukken. Ik nam het besluit om het papier uit de ordner te halen en verdeelde het in drie gelijke delen, er zorg voor dragend dat de ingeplakte foto's en officiële documenten niet beschadigd zouden raken. Ik bond er snijtouw omheen en legde de delen tussen de balen rijst.

Op een avond nam ik de bus naar Voorschoten, met het manuscript in een boodschappentas. Ik liep de straat van mijn vader in en keek omhoog naar zijn flat. Er brandde licht. Op het plafond kon je de schaduwen zien van zijn miniatuurgevechtsvliegtuigen. Ik had niet het gevoel dat ik thuiskwam en aan kon bellen. Maar dat manuscript moest er althans zijn thuis kunnen vinden. Ik schoof de drie delen door de klep van zijn brievenbus, wierp de boodschappentas in de bosjes en liep terug naar de bushalte richting Den Haag. Het was zijn oorlog, niet de mijne. Nog niet.

IV

DE TOLK VAN SOERABAJA

Merdeka

Toen op 17 augustus 1945 Soekarno de Republiek Indonesia had uitgeroepen, schreeuwde men meteen om wraak op de Belanda's. In de avonduren werd feestgevierd en gemoord. Ik stond alleen in de familie. Geen enkel lid had trouw gezworen aan Nederland. Na de Japanse bezetting walgde ik ook nu in deze pas aangebroken Bersiapperiode van die slappe houding, terwijl Jacob en Karel mij bespotten omdat ik die Nederlandse koningin nog nooit had gezien. Ik liet ze maar en verliet de volgende dag gewapend met mijn vechtdolk het huis. Bij de Gentengbrug zag ik Harry Tjong. Hij liet mij zijn boksbeugels zien en riep me mee naar het Rode Kruisgebouw tegenover het Oranje Hotel, waar gevochten werd tussen Indischen en Hollanders aan de ene, en pelopors aan de andere kant. We haastten ons naar Toendjoengan. Het autoverkeer was ontwricht. Politieagenten en Japanse soldaten renden in de richting van het Oranje Hotel. Een Indische jongen had de moed gehad op het dak van het hotel te klimmen en de Nederlandse vlag aan de vlaggenstok te binden. Enkele pemoeda's waren ook op het dak geklommen met hun rood-witte vlag en spietsten hem en een Nederlander die hem wilde verdedigen aan hun takeyari's. We kwamen in een bloedige strijd tussen Indischen en verhitte pemoeda's en pelopors terecht. De Indonesiërs waren in de meerderheid, gewapend met van de Japanners afgepakte geweren, samoeraizwaarden, revolvers, klewangs en allerlei slag- en steekwapens. Ik trok mijn vechtmes en stak er de eerste de beste pemoeda die ik tegenkwam mee door zijn strot. Ik werd geraakt door een steen en rende weg naar een winkelgalerij aan de Embong Malang en van daar over de Simpang naar Ketabang. Daar dacht ik een beetje te kunnen uitpuffen, maar overal zag ik vechtende, moordende en plunderende Javanen. Zelfs vrouwen en kinderen waren niet veilig. Auto's met inzittenden werden onder vuur genomen en in brand gestoken. Terwijl ik daar liep te wankelen – mijn hoofd deed enorm pijn – kwamen een paar pemoeda's naar mij toe. Toen zij zagen dat ik een Chinees speldje droeg, boden ze mij hun hulp aan. Een nam zijn zakdoek en veegde het bloed van mijn gezicht. Mijn kleren zaten onder het bloed. Ze vroegen me waar ik gevochten had. Ik loog hun wat voor en liep verder. Ze schreeuwden mij nog 'Merdeka!' na en liepen een andere richting op. Ik nam de kleine zijstraatjes om gevechten te vermijden en bereikte zo ons huis aan de Oendahan Koelon.

Mama schrok toen zij mij met bloed op mijn hoofd en kleren binnen zag komen. Ik nam schoon ondergoed en sloffen en ging naar de badkamer voor een koel bad. Onze baboe en kokkie keken mij met grote angstige ogen aan en begonnen te jammeren. Na het bad ging ik naar mijn kamer en ik zakte neer op bed. Ik beefde over mijn hele lichaam. Mama vroeg mij uit. Ik vertelde haar vaag over die vechtpartijen. Toen zakte ze zowat in elkaar van de zenuwen.

De volgende dag kwam mijn gewezen liefje Ciska Wagner overstuur bij ons thuis. Ik nam haar in mijn armen en troostte haar. Ze wilde naar huis maar was bang voor die rebellerende pemoeda's. Ze woonde in de wijk Dapoehan, niet ver van de beruchte Werfstraatgevangenis. Het was al laat in de middag. Ik gespte mijn vechtdolk aan mijn broekriem. We doken de kampong achter de Oendahan Koelon in en gingen naar Soetardjo. Die had veel Javaanse vrienden. Ik vroeg Soetardjo om Ciska naar Dapoehan te rijden met een of andere gerampokte auto. Soetardjo trommelde zijn kameraden op en gewapend met takeyari's, geweren en pistolen gingen we met een man of twaalf richting Peneleh.

Bij een politieposthuis stond een truck, door pemoeda's geplunderd, van de een of andere Chinese handelaar. Soetardjo smoesde zo'n beetje met een paar pemoeda's die op die truck zaten en toen klommen we er allemaal op. Ciska zag bleek van angst, maar hield zich goed. Die rotzakken aanvaardden mij als hun vriend, dankzij Soetardjo.

Van Peneleh reden we over Djagalan naar Aloen-Aloen Tjontong en vervolgens over de Pasar Besar via Soeloeng naar de benedenstad. Overal liepen gewapende Indonesische vrijheidsstrijders rond. Soetardjo zei onder het rijden tegen mij: 'Ruim 350 jaar lang zijn wij, Indonesiërs, uitgebuit, vertrapt en vernederd door de Belanda's. Nu is dat afgelopen. Wij willen geen nieuwe Nederlandse regering na deze capitulatie van Japan. Onder Soekarno gaan wij nu voor onze onafhankelijkheid vechten. Wanneer ik kom te sneuvelen, dan neemt een strijdmakker mijn wapen over. Wij haten de Belanda's en wij haten de rijke Indo's van het soort dat denkt dat ze meer zijn dan wij en ons minacht. Die groep gaan wij uitmoorden. Zorg dat jij daar niet per ongeluk tussen staat. Ik ken jou, maar velen onder mijn kameraden kennen jou niet.'

Na een half uur langs verbrande autowrakken en lijken te hebben gereden, kwamen we in Dapoehan aan. Ik bedankte Soetardjo en zijn kameraden voor de hulp en groette hen huichelachtig met het wachtwoord: Merdeka!

Ik omarmde de sidderende Ciska op weg door de nauwe zijstraatjes naar haar woning, waar haar bezorgde zuster al in de deuropening wachtte. Beide meisjes vielen elkaar in de armen en begonnen te huilen. Ik kon dat tafereel niet aanzien en wilde weer weggaan, maar Ciska hield mij tegen. Ze klemde zich aan mij vast, doodsbang dat ik op de terugweg vermoord zou worden. De avond was gevallen en ik besloot de nacht bij haar door te brengen. De volgende morgen keerde ik terug naar huis. Ciska gaf mij haar rozenkrans mee en bad tot Maria om mij te beschermen. Oom Soen was bij ons thuis en vertelde me over die Merdeka-strijdtroepen in Soerabaja en omgeving: de TRI (*Tentera Republik Indonesia*, het geregelde en wettige Indonesische leger), de BKR (*Badan Keamanan Rakyat*, de Volksveiligheidsorganisatie, het volksleger bestaande uit bewapende burgers), de gevechtstroepen van de fanatieke *Hizbullah* (de Partij van God) en de *Masjoemi* (de Partij voor de Nationale Islamieten, een machtige politieke organisatie).

Gevangen door pemoeda's

Op een dag wilde ik tante Kiep bezoeken. Maar ter hoogte van Kedongdoro werd ik op de fiets tegengehouden door een stel heethoofden. Ik moest afstappen en voor hen allen een diepe buiging maken. Zij waren gewapend met geweren en slag- en steekwapens. Ik maakte een diepe buiging voor een ongeveer tienjarig jochie met een Japans geweer in zijn hand en gaf hem toen een klap in zijn gezicht. Toen kreeg ik er van alle kanten van langs met geweerkolven. Ik raakte mata gelap en zwaaide met mijn fiets om me heen. Tegenstanders vielen tegen de grond. Ik bleef om mij heen rammen met die fiets, totdat ik doodmoe was en ik die fiets tegen een met geweer en bajonet bewapende aanstormende pemoeda wierp. Meer rebellen kwamen op mij af. Ik ging tegen de grond, er werd met stokken op mij ingeslagen en ik verloor het bewustzijn.

Toen ik weer bijkwam, rook ik stront en urine. Ik zat opgesloten in een wc. Het was overdag, de deur werd geopend en een pemoeda kwam mij een kommetje tapiocapap brengen. Ik vroeg hem, hoelang ik opgesloten had gezeten. Hij zei ruim twee dagen, en dat ik de volgende dag om twaalf uur in de middag door een vuurpeloton zou worden doodgeschoten.

Diezelfde avond bad ik met Ciska's rozenkrans tot God, het angstzweet brak mij uit, maar na het gebed kreeg ik opeens veel moed, hoop en kracht. Boven het closet zat een raam met verroeste tralies. De waterbak was afgebroken. Ik zette de waterbak omgekeerd op het closet, klom erop en bereikte zo de tralies. Een voor een trok ik die verrotte tralies kapot. Ik hees me op, stak mijn hoofd door de opening en stelde vast dat ik er met mijn schouders doorheen kon. Beneden liep een brandgang. Ik zag er een schildwacht heen en weer lopen. Ik wachtte totdat hij helemaal aan het einde van de brandgang was en hees mij toen weer op aan de gebroken tralies en wrong mijn lichaam door het raam. Ik liet mij op de grond vallen. De maan scheen in de brandgang, maar ik bevond me in de schaduw. Ik drukte me dicht tegen de muur en wachtte op die schildwacht. Toen hij tot op een paar meter van mij was genaderd, kwam ik van de muur, ik schoot op hem af en trapte hem in zijn maag. Hij liet zijn geweer los. Ik greep het wapen bij de loop en met de kolf ramde ik zijn hersenpan. Ik trok de grendel uit het geweer en wierp het in de afwateringsgoot.

De brandgang kwam uit op een nauw zijstraatje van de Kedongdoro. Omzichtig liep ik naar de hoofdweg en bleef steeds in de schaduw lopen. Er was niet veel volk op de been, het liep tegen middernacht. Mijn kleren zaten onder het bloed en hingen in flarden om mijn lichaam. Sluipend bereikte ik de afslag naar Kembang Koening en ik ging richting Simo. Zo kwam ik bij de woning van tante Kiep. Ze was nog wakker en schrok zich wild toen ze mij zag. Ze barstte in tranen uit en nam mij mee naar de badkamer. Ik moest mij helemaal uitkleden en zij begon mij voorzichtig te wassen. Geduldig droogde zij mij daarna af, want mijn hele lichaam deed enorm pijn. Ik zat onder de builen, schrammen en wonden. Ik rilde van de spanningen, pijn en emoties. Tante Kiep gaf me een sarong en liet me op de divan liggen. Ze waste mijn onderbroek, het enige kledingstuk dat nog heel was, en hing die te drogen dicht bij een houtskoolvuurtje in de keuken. Daarna maakte ze van geneeskrachtige kruiden een papje, sneed pisangbladeren in stukjes, deed wat van dat papje erop en bedekte er mijn wonden mee. Ze bond er repen stof over. Het kruidenpapje voelde koel aan en langzaam voelde ik alle pijn wegebben. Toen viel ik in een diepe slaap. De volgende morgen stond ik toch nog kermend van de pijn in mijn spieren in armen en benen op. Ik strompelde naar de keuken en kreeg van tante Kiep een bord met *katjang idjoe*-pap* en bruine suiker. Ik bleef nog een paar dagen bij haar, totdat mijn wonden een beetje genezen waren.

Tante Kiep kreeg bezoek van Pah Tjillih. Hij wenkte me naar de slaapkamer van tante Kiep en sloot de deur achter zich, zodat wij alleen waren. Vervolgens ging Pah Tjillih in gebed. Ik moest in zijn handen spuwen. Daarna maakte hij al het verband om mijn wonden op armen en benen los, en begon al prevelend met zijn handen over mijn armen en benen te strijken. Toen voltrok zich een wonder. Alle wonden waren genezen. Alle pijn was verdwenen uit mijn armen en benen. Ik voelde de kracht in mijn spieren terugkomen. Ik greep beide handen van Pah Tjillih en dankte hem innig.

'O mijn jongen, dat is niet nodig', zei Pah Tjillih. 'Ik help je graag, want ik hou erg veel van jou. Jouw strijd zal een heel lange en harde worden. Maar jij zal het overleven.'

Tante Kiep had voor andere kleren gezorgd. Ik vroeg Pah Tjillih om een vechtmes en smeekte daarvoor zijn zegen af in knielende houding uit diep respect voor deze welhaast heilige man. Hij nam mij mee naar zijn woning. Daar moest ik eerst in alle rust samen met hem koffiedrinken. Toen ging hij in zijn slaapkamer in gebed, om terug te komen met een flinke dolk: 'Deze dolk heb ik magische kracht meegegeven. Waar je ook gaat, de vijand zal jou ontwijken. Ik zie in een visioen dat jij weer teruggaat langs de Kedongdoro en daar zal je tegen een hek je verloren fiets terugvinden.'

Ik dankte Pah Tjillih en volgde de route die hij voor mij had uitgestippeld. Ik vond mijn fiets terug op de plaats die hij had voorspeld. Wonderbaarlijk genoeg was het rijwiel nog heel. Thuis gekomen vroeg Mama mij, waar ik in al die dagen gebleven was. Ik vertelde haar dat ik bij tante Kiep had gelogeerd. Ze haalde opgelucht adem.

Ik had geen werk, dus geen geld. In Soerabaja heerste een gevoel van angst voor de terreur. De Indonesische revolutie werd met de dag heviger. De haat jegens de Belanda's en Indischen groeide. Op de muren van openbare gebouwen, zelfs op bussen en trams, werden slogans en leuzen gekalkt.

DUTCH GO HOME!

Op een morgen kwam oom Soen mij opzoeken. Met een bezorgd gezicht zei hij: 'Arto, ik weet wat jou in de laatste paar dagen is overkomen. Wees voorzichtig! Ik heb jou als kind het leven gered. Ik heb jou steeds behandeld als mijn eigen kind. Ik voel sterk aan wanneer jou iets overkomt. Ik ben mismaakt, dus ik kan jou lichamelijk niet beschermen. Ik kan jou alleen beschermen langs geestelijke en magische weg. Ik heb van vrienden vernomen dat gisteren drie vrachtwagens beladen met Hollandse en Indische vrouwen en kinderen, die op weg waren naar Tandjoeng Perak, zijn aangehouden door grote groepen pemoeda's. Alle vrouwen en kinderen zijn ter plekke afgeslacht en onherkenbaar verminkt. Die trucks zijn in brand gestoken. Men mag het kolonialisme van de Belanda's haten, maar deze moorden hebben niets te maken met de revolutie die Soekarno heeft uitgeroepen. Arto, als je weer gaat zwerven, vergeet dan in hemelsnaam niet je Chinese speldje op je blouse te prikken!'

Een paar dagen later fietste ik over Ngemplak en ik wilde naar de Ketabangbuurt, toen ik iemand mijn naam hoorde roepen. Aan de overkant van de straat zag ik vier zwaarbewapende pemoeda's. Ze wenkten me. Ik fietste langzaam op hen af, tastend naar mijn gordel, waarin mijn vechtdolk zat. Toen herkende ik Radèn Soemarno onder hen, mijn klasgenoot van de Koningin Emma School.

'Hé, Nolan, ken je mij nog?' riep hij.

'Ja, ik ken jou nog heel goed. Hoe gaat het?'

'Goed, zoals je ziet', antwoordde Radèn Soemarno. 'Mag ik

jou even mijn strijdmakkers voorstellen? Wij zijn van de TRI.'

Ik drukte de drie andere pemoeda's de hand en keek hen onderzoekend aan.

Radèn Soemarno vervolgde: 'Ik begrijp niet dat jij aan de zijde van de Belanda's staat. Jij hebt een Chinese moeder. Jouw Europese vader wilde jou niet erkennen, dus je bent net als jouw moeder een Peranakan-Chinees. Vecht daarom met ons mee tegen de Belanda's! Jij bent hier geboren, deze grond is ook jouw grond. Jij hoort hier thuis. Hoe goed ken jij Nederland? Wat weet jij van dat land? Je kent het alleen uit boeken, net als wij. Jij moet met óns meevechten, Nolan.'

'Ik respecteer jouw patriottistische gevoelens, Soemarno. Maar waarom moeten onschuldige vrouwen en kinderen geofferd worden?'

Radèn Soemarno glimlachte, maar ik zag de haat op zijn gezicht, en hij antwoordde: 'Nolan, jij bent een onwettig kind. Eigenlijk ben jij geen Nolan, jouw naam is Sie, je draagt de naam van je moeder. Vele jaren zijn wij als vrienden samen geweest. Wij hebben samen kattekwaad uitgehaald, wij hebben samen gevochten, wij hebben samen lief en leed gedeeld. Jij bent voor mij meer dan een vriend, jij bent mijn broeder. Ik heb gezien hoe vele Indische mensen jou hebben vernederd en veracht, louter omdat jij een onwettig kind bent. In de Japanse tijd waren wij vaak samen, wij hebben samen verzet gepleegd met nog meer Indonesische jongeren. Jij voelt je een Indo, maar waar waren al die Indo's toen jij ze nodig had?'

Radèn Soemarno raakte mij diep in mijn ziel. Ik moest hem gelijk geven. Het dilemma deed mij wankelen. Hij doorzag mij, en zo ook zijn wapenbroeders. Allen omhelsden mij stuk voor stuk en uitten hun begrip voor mijn levensproblemen. Toch, ergens heel diep in mijn ziel voelde ik mij niet thuis in hun wereld. Al sinds mijn prille jeugd had ik vaak het gevoel dat ik niet thuishoorde in Indië.

Na dat gesprek stapten wij op de fiets en reden we naar Simpang, waar een grote toeloop was van pemoeda's en andere zwaarbewapende vrijheidsstrijders. Overal hoorden wij daar geweerschoten en Merdeka-geschreeuw. Een vriend van Radèn Soemarno schreeuwde door het tumult heen: 'Laten we naar die Hollandse Sociëteit gaan! Daar gebeuren vreselijke dingen!'

Onderweg zag ik lijken liggen, van Hollanders en Indo's. Aangekomen bij de Hollandse Sociëteit, de vroegere Simpang Sociëteit, moesten wij van de fiets afstappen. Er was geen doorkomen aan. Ik liep naar de overkant en dook met fiets en al in de voortuin van een tandarts. Radèn Soemarno en zijn vrienden volgden mij. Staatsieportretten van koningin Wilhelmina, prinses Juliana en prins Bernhard werden op straat vertrapt en verbrand. Ook de rood-wit-blauwe vlag werd onder luid gejuich en Merdeka-geroep in de fik gestoken. Wat wij vervolgens zagen zal ik nooit vergeten. Een hoogzwangere vrouw die genadeloos met een takeyari werd doorstoken. Het ongeboren kind kwam spartelend naar buiten en werd door een andere speer getroffen. Een paar meter verder werd een klein meisje met een samoeraizwaard onthoofd. Radèn Soemarno en zijn vrienden moesten ervan braken. Daar bij de sociëteit besloot ik wraak te gaan nemen.

Met minachting keek ik naar Radèn Soemarno en zijn vrienden, die bleek zagen, en vroeg hun: 'Willen jullie zo jullie Merdeka krijgen? Zie die mensen eens tekeergaan!'

Radèn Soemarno riep jammerend: 'Nolan, dit had ik nooit verwacht!'

Ik bleef halfversuft staren naar de bloedige taferelen, tot ik in het schemerdonker afscheid nam van mijn Merdeka-vrienden. Ik fietste huiswaarts en koos de Toendjoengan en Genteng. Ook in deze straten zag ik lijken. Sommige waren al in staat van ontbinding, andere lagen er verkoold bij omdat ze in brand waren gestoken. Toen ik de Trompstraat in reed, kwam ik Soetardjo tegen. Hij wenkte mij en ik stapte van mijn fiets. Samen liepen wij in de richting van zijn kampong.

'Waar ben je geweest?' vroeg Soetardjo.

'Ik kom van de Simpang. Ik was er met Radèn Soemarno, een oud-klasgenoot van de KES. Hij is nu lid van de TRI. Wij hebben lynchpartijen op Simpang gezien. Zijn die nodig voor jullie revolutie?'

Soetardjo greep mij bij mijn schouder en zei: 'Nolan, die uitbarstingen van haatgevoelens jegens de Belanda's zijn totaal uit de hand gelopen. Ik ben lid van de BKR, maar wij kunnen er niets tegen doen. Die fanatiekelingen behoren tot die organisatie van Boeng Tomo en de Hizbullah. Ik weet dat het barbaars is, maar die Belanda's hebben het uiteindelijk verdiend.'

'Ik begrijp de woede, Soetardjo, maar jullie kunnen toch onderhandelen met de Belanda's?' wierp ik tegen.

'Nolan, jij bent door je moeder opgevoed en je moeder is van dit land, al is zij een Peranakan-Chinese. Jij bent op deze grond geboren en grootgebracht. Dit is jouw thuis. Hoe hebben die Belanda's jou hier behandeld? Zij hebben altijd op jou getrapt. Wij Indonesiërs zijn jouw vrienden. Daarom moet je met ons meevechten, ook wanneer de Engelse troepenmachten landen in de haven van Tandjoeng Perak. Ik heb namelijk gehoord dat een Britse landingsvloot vanuit Singapore onderweg is naar onze haven. Die Engelsen willen hier het hele gebied bezetten om de weg vrij te maken voor herstel van het Nederlands gezag. Maar het Indonesische volk wil dat niet. Dus krijgen wij hier oorlog. Al onze militaire en politieke organisaties zijn in de hoogste staat van paraatheid gebracht. Wij hebben voorraden wapens en munitie, van de Japanse strijdkrachten en deels via smokkel. Ik kan zorgen dat je goed bewapend wordt. Trouwens, je moet hier toch al de wijk bewaken met zo'n takeyari. Als je dat niet wilt, dan wordt dat beschouwd als verraad en je kent de straf voor verraad wel, neem ik aan. En voor ik het vergeet, Sie-Nolan: neem nooit de naam koningin Wilhelmina in je mond waar andere pemoeda's bij zijn. Dat kan je dood betekenen.'

Geallieerde troepen in Soerabaja

Mijn twintigste verjaardag op 28 september 1945 werd niet gevierd, daarvoor leefden we te veel in spanning. Ik zat aldoor aan de radio gekluisterd. In die periode deed ik gedwongen mee aan de zogenoemde *gotong-rojong*-werkzaamheden* in onze wijk Oendahan Koelon. Vooral 's nachts moest ik wachtlopen met mijn bamboespeer, net als alle andere mannelijke wijkbewoners.

De volgende dag ging ik naar de woning van oom Soen in de kampong Peneleh, vlak achter onze weg Oendahan Koelon. Hij vertelde dat Engelse en Indiase troepen waren geland in de haven van Tandjoeng Priok. Die moesten de Japanse militairen ontwapenen en krijgsgevangenen en geïnterneerden bevrijden. Oom Soen kende mijn patriottistische gevoelens voor Nederland en vond dat ik eigenlijk niet thuishoorde in deze oosterse omgeving. Ook voor Pah Tjillih was dit geen geheim. Deze heilige man had weleens profetische dromen over mij gehad en die aan oom Soen verteld.

Een paar weken later stond ik weer voor de woning van oom Soen. Binnen ontvouwde hij een krant en zei: 'Wanneer straks de geallieerden komen, dan moet het hele volk meevechten met elk wapen dat men heeft, desnoods met slag- en steekwapens.'

'Maar dat is toch waanzin, oom Soen, je kan toch niet met messen in mitrailleurvuur lopen!'

'Arto, voor Merdeka heeft men alles over, ook zijn eigen leven. De haat voor de Belanda's zit er bij het volk heel diep in. Maar ik heb voor jou een ontsnappingsplan, als je het tenminste aandurft. Ik heb mijn contactpersonen en zij zijn bereid om jou te helpen. Velen kennen jou en hebben zelfs begrip voor jouw westerse opvattingen in deze oosterse wereld. Wat denk je ervan?'

'Oom Soen, als ik kan overlopen naar de Engelse linies,

dan keer ik mij tegen die pemoeda's.'

Tegen het einde van oktober hoorde ik vroeg in de morgen kanonvuur van de *Royal Navy* uit de haven Tandjoeng Perak komen. Dat klonk mij als muziek in de oren. Overal in het centrum van Soerabaja braken branden uit. Ik had geen zin meer in ontbijten en ging het huis uit, tot grote verontwaardiging van Mama. Achter onze woning dook ik de kampong in om naar het huis van oom Soen te gaan. Maar onderweg zag ik Soetardjo weer. De jongen was zwaarbewapend. Hij droeg een groen uniform van de TRI, een Lee Enfieldgeweer met bajonet en twee patroontassen. Om zijn nek hingen vier handgranaten. Hij kwam naar mij toe en zei: 'Nolan, geliefde broeder en kameraad, ik neem afscheid van jou. Ik trek ten strijde tegen Engelse invasietroepen. Mocht ik komen te sneuvelen, bedenk dan dat ik altijd een beste vriend van jou ben geweest, ondanks dat wij politiek lijnrecht tegenover elkaar zijn komen te staan.'

Ik zag tranen in zijn ogen, omhelsde hem en bedacht dat ik Soetardjo wellicht voor de laatste maal zag.

In de volgende nachten liep ik de wacht in de wijk, gewapend met mijn takeyari. Aan mijn gordel droeg ik de vechtdolk van Pah Tjillih. Ik had meer vertrouwen in die dolk dan in die speer. Op het Piet Heinplein klom ik in een boom en ik keek in de richting van het havengebied. In de verte zag ik de lichtflitsen van granaatinslagen en sporen van lichtspoorkogels. Ik hoorde kanongebulder.

Van oom Soen hoorde ik dat de Engelse troepen het hele havengebied hadden bezet en afgegrendeld. De voorhoede rukte op in de richting van de stad. Het kanongebulder kwam dichterbij.

Toen ik een dag later over de Oendahan Koelon wandelde, zag ik aan de overzijde van het kanaal pantserwagens en jeeps rijden. Ik rende over de voetgangersbrug naar de Oendahan Wetan om de militaire voertuigen van dichtbij te zien. Inderdaad, het waren Engelse voertuigen. Een van de trucks met Indiase soldaten stopte vlak bij mij. Een Punjabiofficier stapte uit en wenkte mij.

'Are you Indonesian?' vroeg hij.

'No sir, I am Chinese, half-caste Chinese', antwoordde ik. Vervolgens legde ik hem in het Engels uit, waar hij tegenstand van pemoeda's kon verwachten. Hij nam een notitieboek uit zijn schoudertas en noteerde mijn inlichtingen. Hij leek me bijzonder dankbaar. Ik vroeg die Punjabiluitenant of ik als gids mee mocht gaan, maar dat weigerde hij. Hij vond dat de tegenstand veel te groot was.

Gedesillusioneerd keerde ik terug naar mijn wijk. Boven Ngemplak zag ik zware rookpluimen hangen. De volgende morgen liep ik over de Gentengbrug naar Ngemplak. In het water dreven onthoofde lijken van Engelse en Indiase soldaten. De straten waren bezaaid met lijken, ook van Indonesiërs. Er hing een vreselijke stank in de tropische hitte.

Een paar dagen later luwden de gevechten in de stad. Volgens oom Soen had de *Fighting Cock Brigade* enorme verliezen geleden. Soekarno moest zelfs in hoogsteigen persoon naar Soerabaja komen om een korte wapenstilstand tussen de strijdende partijen af te dwingen.

Begin november liep ik via Djagalan over de Pasar Besar en de Aloen-Aloen langs kapotgeschoten gebouwen, woningen en omgevallen lantaarnpalen. Mensen zochten vertwijfeld naar slachtoffers en bezittingen. Ik gebruikte veelvuldig het wachtwoord Merdeka om tussen de pemoeda's door te kunnen laveren. Op de Aloen-Aloen Tjontong aangekomen, ontmoette ik enkele wapenbroeders van Soedjono. Ze vertelden me dat de avond tevoren een Engelse brigadegeneraal was vermoord door de BKR en dat zijn verminkte lijf als voer in de Kali Mas bij de Rode Brug was geworpen. In alle wateren die door onze stad stroomden, leefden talloze vraatzuchtige kleine krokodillen en leguanen en grote rivierschildpadden.

Op een vroege morgen wierp een ronkende Mitchellbommenwerper pamfletten uit over de stad. Nieuwsgierig raapten de mensen de pamfletten op. De inhoud was deels in het Engels en deels in het Maleis gesteld. Alle Indonesische strijdkrachten kregen 48 uur de tijd om de wapens neer te leggen en in te leveren op aangewezen verzamelpunten in het centrum van Soerabaja en in de havenkwartieren van Tandjoeng Perak en Oedjoeng. Werd niet aan die eis van de geallieerden voldaan, dan zou er opnieuw een bloedbad in Soerabaja komen.

De eis werd genegeerd, men was bereid om tot de laatste adem door te vechten. De pemoeda's begonnen hun stellingen te versterken en nieuwe gevechtsposities met allerlei gesmokkeld oorlogstuig aan te leggen.

Wanneer ik naar oom Soen ging, ontmoette ik vaak tot de tanden toe bewapende strijdmakkers van Soetardjo. Als ik naar hem vroeg, kreeg ik als antwoord dat hij zich in de stellingen in de omgeving van de Westerbuitenweg bevond. Ik kreeg medelijden met hem. Hij maakte volgens mij geen schijn van kans met zijn samenraapsel van fanatieke schooljochies. De *5th Indian Division*, zijn volgende tegenstander, was in de haven van Tandjoeng Perak aangekomen en bestond uit Britse koloniale legereenheden van Ghurka's, Dogra's, Punjabi's en sikhs, die een enorme gevechtservaring hadden.

Oom Soen waarschuwde mij: 'Arto, wees voorzichtig en houd je schuil tijdens de komende gevechten. Als je nog steeds wilt uitbreken, wacht dan totdat ik jou het sein daartoe heb gegeven en houd je mond tegenover je moeder, broers en zusters.'

Hij gaf mij een rood-wit insigne in plaats van het Chinese speldje dat ik tot dan toe had gedragen. Met dat Indonesische insigne op mijn blouse kon ik makkelijker langs de linies van de pemoeda's komen. Oom Soen gaf me het wachtwoord 'Soedara – Merdeka', dat de pemoeda's gebruikten.

Op een morgen werd ik al heel vroeg wakker. Ik kon niet meer goed slapen. Echt rustig slapen was ik trouwens al sinds de Japanse bezetting ontwend. Ik voelde aan bepaalde trillingen in de atmosfeer wanneer de strijd weer zou losbarsten. Rond tienen hoorde ik de eerste kanonschoten vanuit het havengebied. Allengs werd het kanonvuur heviger. Na een half uur verminderde het kanonvuur en verschenen er Mosquito- en Thunderbolt-jachtbommenwerpers van de Royal Navy boven de stad. Ik zag ze duiken en vuren. Die Mosquito-jachtbommenwerpers hadden van die vrijwel geruisloze motoren. Je hoorde ze haast niet aankomen en als je ze hoorde, dan vlogen ze al boven je met die vuurspuwende boordwapens in de neus. De stellingen van de pemoeda's werden totaal aan puin geschoten.

Laat op de middag ging ik weer op bezoek bij oom Soen. Bij hem thuis zaten een paar pemoeda's, die net waren afgelost bij de gevechten in het havenkwartier. Naar Javaans gebruik kwam ik bij hen op de grond zitten. Uit hun verwarde verhalen kon ik opmaken dat zij wanhopig gestreden hadden tegen Indiase infanterie-eenheden. Zij hadden een heilig respect voor die soldaten met gedeeltelijk kale hoofden met paardenstaarten. Zij bedoelden de Ghurka- en Dograsoldaten, die niet alleen een grote gevechtservaring aan het Birma-front hadden, maar ook in Zuid- en West-Europa. Die lui droegen aan hun gordel achter zich hun beruchte *tjoekri*-vechtmessen*, waarmee zij de keel van de tegenstander doorsneden. De pemoeda's vertelden dat de tegenstand in het havenkwartier veel te groot was en dat zij zich moesten terugtrekken tot het begin van het lange Soeloengviaduct ter hoogte van Pasar Toeri.

Zoals gewoonlijk moest ik met enkele buren in de avond en de nacht wachtlopen in de Oendahanwijk. Het was om twee uur op en om vier uur af. De hele nacht werd er onafgebroken geschoten met lichte en zware wapens.

De volgende morgen, onderweg naar oom Soen, ontmoette ik de moeder van Soetardjo. Snikkend zei ze dat Soetardjo gesneuveld was. Ik had te doen met Soetardjo, maar was tegelijk innerlijk blij dat de pemoeda's aan de verliezende hand waren. Met een pokerface richtte ik enkele troostende woorden tot die arme vrouw en ik liep verder naar de woning van oom Soen. Ik vroeg hem wanneer ik mocht uitbreken. Hij zei dat ik moest wachten tot de Engelse troepen het hele viaduct van Soeloeng hadden bezet.

Ik liet hem de vechtdolk zien die ik van Pah Tjillih had gekregen en vroeg hem of hij die met vergif wilde behandelen. Na enige aarzeling ging hij in zijn keukentje aan het werk. Oom Soen maakte van bepaalde giftige kruiden het dodelijke arsenicum, dat hij vermengde met een sterke oplossing van blauwzuur. Dat papje smeerde hij op het lemmet van mijn dolk en hij liet dat spul op het metaal inwerken. Na een uur was het hele lemmet roestig geworden.

Hij gaf mij mijn dolk terug en zei: 'Je hoeft je vijand nu slechts een schrammetje te geven en hij zal binnen enkele minuten sterven. Wees voorzichtig en snijd niet in je eigen handen. Ik heb tijdens het insmeren een vreselijke vloek uitgesproken, die jou zal beschermen en je vijand zal doden.'

Met vochtige ogen vervolgde oom Soen: 'Arto, ik moet onder ogen zien dat jij uitgegroeid bent tot een koelbloedige moordenaar. Ik heb aangevoeld dat je tijdens de Japanse bezetting Japanse soldaten hebt gedood bij Gentengkali. Je hebt in je prille jeugd nooit liefde gehad van je ouders, broers en zusters. Nu ben je twintig jaar oud en dus volwassen. Door jouw lieve ogen en haast meisjesachtige gezicht zal iedere tegenstander jou onderschatten en er zwaar voor boeten. Arto, beloof mij één ding ... Dood nooit je broers en zusters in geval van ruzie! Het is jouw bloed! Met veel wroeging heb ik van jouw vechtdolk een zeer giftig wapen gemaakt. Bedenk dat niet alle Indonesiërs jouw vijanden zijn. Slechts weinigen hebben jou kwaad gedaan. Maar jouw hart is verduisterd door wraak en haat, terwijl je heen en weer geslingerd wordt tussen twee werelden.'

Ik omhelsde oom Soen en ging weg. Die nacht had ik mijn dolk bij me en natuurlijk ook die verdomde takeyari, die ik met mijn riem op mijn rug droeg. Ik haatte dat ding. Ik haatte alles wat naar Japanse wreedheden riekte. Via het voetgangersbruggetje over het smalle kanaal liep ik van Oendahan Koelon naar Oendahan Wetan. Na de nodige wachtwoorden en groeten te hebben gewisseld met de in stelling gelegen pemoeda's dook ik bij hen de kampong in. Opzettelijk liep ik door de smalle steegjes en over doodlopende voetpaden. Ik zag een eenzame pemoeda tegen een muur urineren. Ik trok mijn dolk en stak die in zijn zij. Met een onderdrukte kreet van pijn zakte hij in elkaar. Ik pakte zijn Mannlichergeweer af, trok de grendel eruit en smeet het wapen ver weg over de muur. Het bloed op het lemmet van mijn dolk veegde ik af aan de kleren van die pemoeda en ik stak mijn steun en toeverlaat weer in de schede. Geruisloos sloop ik verder. Een paar zijpaadjes verder zag ik een pemoeda zittend slapen, met zijn geweer achteloos naast zich op de grond. Ik sloop op hem af en stootte mijn dolk diep in zijn nek. Het gif deed z'n werk snel en grondig. Ik veegde het bloed van mijn dolk af aan zijn uniform.

In flitsen zag ik de lijken van onschuldige vrouwen en kinderen op het erf van de Simpang Sociëteit. Ik voelde weerzin, maar ik dwong mijzelf om door te gaan. Ik kreeg het koud, dan weer warm. Hoe meer ik er zou doden, des te minder tegenstand er was voor de Britse troepen. Een paar meter verder zag ik een derde pemoeda zitten snurken. Mijn dolk drong diep in zijn hals.

Behoedzaam keerde ik terug naar Oendahan Koelon en voegde me met mijn takeyari bij de wachtlopers. Uit het geluid van de artilleriebarrage kon ik opmaken dat het strijdtoneel het centrum van de stad naderde.

Om vier uur in de morgen – het was nog donker – liep mijn wacht af. In plaats van huiswaarts te gaan, liep ik naar Djagalan om er de situatie op te nemen. Ik zag er groepen van pemoeda's en *pemoedi's** oprukken via Pasar Besar naar het Soeloengkwartier in de richting van Pasar Toeri, die door de voorste eenheden van het Engelse leger bijna was bereikt. Daar werd zwaar gevochten.

De oever van de Kali Peneleh

Vanuit Djagalan liep ik langs de Kali Peneleh weer terug naar Oendahan. Langs de hele oever van de Kali Peneleh zag ik ten dode opgeschreven melaatsen. Sommigen gedroegen zich als kannibalen tussen de leguanen en de dwergkrokodillen. Ze aten het vlees van overledenen, omdat er geen voedsel meer te vinden was. Er hing een ondraaglijke stank. Dergelijke toestanden kwamen voor bij elke rivier die door de stad naar de zee stroomde. Mijn route om later door te breken naar de Britse linies zou langs en door deze rivieren moeten gaan. Ik werd er beroerd van. Waarom hadden die arme stakkers hun laatste rustplaats langs die rivieren gezocht? Ik vermoedde dat er gevluchte *romusha's* tussen zaten, dwangarbeiders die na de capitulatie van Japan totaal berooid naar Soerabaja terug waren gekeerd, geen familie meer hadden en in deze geteisterde stad geen voedsel of werk of onderdak meer konden vinden, en zelfs geen aansluiting bij de vechtende pemoeda's en pelopors. Geplaagd door honger, ziekte en nog meer ontberingen nestelden zij zich in wanhoop en berusting uiteindelijk langs de oevers van de rivieren, wachtend op de dood.

Gids

Toen omstreeks de 20ste november de 5th Indian Division het hele gebied ten noorden van het Soeloengviaduct had bezet, trof ik in de avond thuis mijn voorbereidingen achter de gesloten deur van mijn kamer. Ik knielde voor het staatsieportret van koningin Wilhelmina, dat boven mijn divanbed hing. Lang en eerbiedig keek ik naar haar en prevelde: 'Majesteit, ik zal voor U vechten, en mocht ik sneuvelen, weet dan dat ik voor U heb gestreden.'

Toen knielde ik voor mijn bed en bad tot God en vroeg Hem om bescherming en zegen. Daarna kroop ik in bed. Om twee uur in de nacht werd ik wakker, ik kleedde mij aan, pakte die vervloekte takeyari en ging de wijk in voor het verplichte wachtlopen. Het oorlogsgeweld kwam naderbij, ik zag de lichtspoorgranaten en hoorde het vuren van lichte wapens. Voorzichtigheidshalve ging ik die nacht niet naar de straat Oendahan Koelon. Het lag er vol met stellingen van zwaarbewapende pemoeda's.

Eindelijk brak de nacht aan waarin ik kon uitbreken naar de Engelse linies. Vroeg in de avond had ik tegen Mama gezegd dat ik weer moest wachtlopen maar een paar dagen lang niet thuis zou komen en dat zij zich dus niet ongerust over mij hoefde te maken. Ik ging naar de woning van oom Soen. Volgens afspraak overhandigde ik hem mijn takeyari, mijn zwaarvergiftigde vechtdolk en zakmes. Ik was slechts gekleed in een wit overhemd met korte mouwen en een versleten kakishort. Opzettelijk droeg ik geen insignes. Wel droeg ik mijn portefeuille met de foto's van mijn ouders en de akte van gelijkstelling aan Europeanen bij me.

Oom Soen vertelde me dat het gouvernementsgebouw onder vuur lag, dat het gebouw van de Kem Pei Tai (het voormalige Paleis van Justitie) aan puin was geschoten, dat de Werfstraatgevangenis was ontzet door Punjabi- en Ghurkagevechtsgroepen en dat daar de meeste Nederlandse en Indische gevangenen tijdig waren bevrijd: hun voedselvoorraden waren vergiftigd door Indonesische cipiers. Die cipiers werden gedood. Ook de hele Chinese wijk vanaf de Rode Brug was heroverd door Engelse troepen.

'Nu zal ik jou de juiste ontsnappingsroute geven. Volg die nauwgezet! Je loopt van hier naar de Kali Peneleh, langs de oever en dan onder de Djagalanbrug door rechtstreeks naar de spoorwegovergang van het viaduct Soeloeng. Je moet onder het viaduct door naar de rangeerplaats en daar zul je de wacht van een Engelse voorpost tegenkomen. Steek je handen omhoog en spreek hem aan in de Engelse taal. Vraag hem om jou voor te geleiden bij zijn commandant en vertel hem alles over jezelf. Dan kun je hun je diensten als gids aanbieden. Als je straks weg bent, dan zal ik wierook branden en Allah hulp afsmeken voor jou. Ik krijg nu al het gunstige voorgevoel dat je er veilig doorheen komt. De zegen van Allah zij met jou, mijn jongen. Ook Pah Tjillih zal voor jou bidden. Via een koerier onderhoud ik contact met hem.'

Oom Soen greep mij bij mijn schouders en drukte mij tegen de borst. Het liep al tegen middernacht. Ik liep dwars door de kampong Oendahan naar de Penelehrivier. Onderweg kwam ik veel pemoeda's tegen. Ze waren nerveus, keken bedrukt, of waren verdrietig. Gelukkig sloegen ze geen acht op me. Ik zag ook gewondentransporten en trucks met opgestapelde lijken van gesneuvelde pemoeda's. Dat stemde me tevreden. Bij de Kali Peneleh daalde ik af naar de oever, die bezaaid was met lijken van romusha's en melaatsen. Talloze leguanen en dwergkrokodillen scharrelden er rond. Het rivierwater stonk verschrikkelijk. Ik vond een lange stok en sloeg ermee op de reptielen die mij in de weg liepen. Hier en daar moest ik tot aan mijn knieën door dat stinkende water waden. Ik strompelde onder de Djagalanbrug door, richting viaduct. Het was een heldere nacht, maanloos maar met talloze sterren. Gelukkig kon ik in het donker uitstekend en vooral vér zien. Terwijl over en weer werd geschoten, liep ik dwars door die hel naar de spoorweg-rangeerplaats en ik zag daar een Ghurkaschildwacht staan. Niet ver van hem zag ik groepjes soldaten met mortieren schieten. Ik liep recht op die schildwacht af. Hij zag mij al van ver aankomen en nam zijn stengun in de aanslag. Ik hief mijn handen op en riep hem toe: 'I am a dutchman! A friend!'

'Come over here!' riep hij terug, terwijl hij de loop van zijn stengun op mij gericht hield.

Ik deed wat hij vroeg. Twee soldaten kwamen geruisloos op mij af en fouilleerden mij. Ik toonde hun de foto's van mijn ouders en vroeg of ik de commandant mocht spreken. Verbaasd keken ze mij aan en ze zeiden: 'We thought you're an Indonesian.'

Beide soldaten liepen op flinke afstand van mij, want ik stonk vreselijk van de modder uit die rivier. Bij een klein gebouwtje aangekomen, lieten ze mij niet binnen. Even later kwam een Engelsc officier naar buiten en begroette mij. Ik toonde hem de foto's van mijn ouders en vertelde hem het een en ander omtrent mijzelf. Toen gaf hij beide soldaten de opdracht mij na een bad volledig te ontsmetten. Ik trok mijn kleren uit, die onmiddellijk door beide soldaten werden weggeworpen.

Aan de rand van het rangeerterrein lag een geïmproviseerde badgelegenheid. Ik kreeg een stuk zeep en een handdoek. Na een verfrissend bad moest ik naakt in een koelwagon staan. Een soldaat bespoot mij met DDT. Daarna kreeg ik militair ondergoed, een Engels uniform met baret, een paar wollen sokken en een paar zwarte laarzen met enkelstukken. Alles paste precies. Ik voelde me opeens een heel ander mens. Ik stak mijn portefeuille in een van de vele zakken van mijn uniform en liep mee met een paar Punjabisoldaten naar het gebouwtje waar ik was aangekomen.

Nu mocht ik binnenkomen. De officier bood mij een mok sterke koffie en een sigaret aan. Hij gaf mij een stoel en hoorde mij uit. Ik vroeg hem om een kaart van Soerabaja. Met twee onderofficieren ontvouwde hij een reusachtige stafkaart van de stad. Hij toonde mij de grenzen van de linies die bezet waren door de 5th Indian Division. Ik wees vrijwel alle belangrijke dislocaties van pemoeda's aan tot aan het Dharmokwartier, vertrouwend op de inlichtingen van oom Soen. Toen bood ik die officier aan om als gids mee te gaan. De officier bracht mij naar de kwartieren van zijn commandanten en stelde mij daar voor aan zijn directe superieur.

Diezelfde nacht trok ik mee als gids dwars door de stad naar Dharmo en Wonokromo. Op de door mij aangewezen plekken legden Ghurkasoldaten een dozijn pemoeda's neer.

Nadat ik in Wonokromo afscheid had genomen van die Ghurkasoldaten, kreeg ik van een legerkapitein een lift tot Toendjoengan, de drukste en voornaamste winkelstraat van Soerabaja, waar van de winkels en andere gebouwen niet meer dan wat puinhopen over was. Over de straat lagen elektriciteitskabels van de trams. Er scharrelden plunderaars rond. Bij het kruispunt naar Genteng dicht bij de resten van het beroemde Whiteaway Laidlaw-warenhuis sprong ik uit de jeep, salueerde en dankte de kapitein. Op zijn beurt dankte hij mij voor mijn hulp als gids.

Tevreden liep ik naar huis, gekleed in een bruingroen uniform zonder distinctieven, met riem. Mijn moeder vroeg boos waar ik al die tijd was gebleven. Ik vertelde haar dat ik bij vrienden in het Dharmokwartier had gelogeerd. Ze vroeg me hoe ik aan dat uniform kwam. Ik haalde mijn schouders op en ging naar mijn slaapkamer. Ik kleedde mij uit en ging op mijn divan liggen. Ik lag een hele poos te bibberen van de zenuwen, emoties en spanningen voor ik in slaap viel.

In dienst bij de AMA Police Forces

Begin december nam ik vroeg weer afscheid van mijn moeder. Ik zei tegen haar dat ik mij aan ging melden bij de politie. Dat stelde haar gerust. Gekleed in een overhemd met witte pantalon met mijn portefeuille in mijn achterzak wandelde ik over

Oendahan Koelon langs Gentengkali naar Toendjoengan en verder naar Embong Malang, waar het hoofdkwartier van de AMA Police Forces* was gevestigd. Ik meldde me bij de wacht. Een agent ontving mij en begeleidde mij naar het kantoor van de inspecteur. Die stond op van achter zijn bureau en drukte mij de hand. Hij liet mij plaatsnemen en stelde mij allerlei vragen. Natuurlijk moest ik hem vertellen dat ik een onwettige Nolan was. Dat kon hij mij natuurlijk niet kwalijk nemen, maar hij vond het wel tragisch.

Na afhandeling van de administratie kreeg ik mijn uniform en verdere politie-uitrusting. Mijn bewapening bestond louter uit een gummiknuppel. Ik vond dat een lachertje, maar onthield me van commentaar. Ik liep van het hoofdkwartier aan de Embong Malang naar Kaliasin, waar ik in het vermaarde Hotel Brunet een kamer kreeg samen met agent Albert Toorop, een blonde Indische jongen, nogal forsgebouwd en introvert van aard.

De volgende morgen was het aantreden geblazen voor het hotel en afmarcheren naar een veldje bij het telefoonkantoor aan de achterzijde van het hoofdkwartier. Daar kregen wij, 'agenten van het land', lessen in exerceren. Na afloop van die oefeningen werden wij in het Engels toegesproken door de majoor en hoofdcommissaris van het Britse expeditieleger. Na een week van oefeningen in diverse politietaken en -diensten werden we ingedeeld in groepen. Op patrouilles werden we begeleid door soldaten bewapend met Lee Enfieldgeweren met bajonet. Maar ik als *agent 1st class* bij de AMA Police Forces was slechts bewapend met die bespottelijke gummiknuppel. Tijdens patrouilrediensten voelde ik me dan ook niet op mijn gemak.

Onze patrouillegroep kreeg het zuidelijke deel van Soerabaja en omstreken toegewezen. We moesten dat grote gebied op korte termijn zuiveren van slechte elementen. Dat betekende vooral patrouilleren in de nachtelijke uren. In de eerste weken waren er 's nachts vuurgevechten tussen ons en extremistische groeperingen, die koppig weerstand boden tegen de enorme vuurkracht van de 5th Indian Division. Soms kwam het voor dat wij 'agenten van het land' mee moesten met Indiase troepen. De ene keer ging ik mee met een peloton Ghurka's, de andere keer met een peloton Punjabi's en sikhs. Het fascinerends vond ik de Ghurka's. Dat waren prachtkerels. Ze waren meesters in het besluipen van hun vijand, die ze afmaakten met hun tjoekri's.

Aan de rand van de Chinese begraafplaats aan de Kembang Koening, waar stellingen en wachtposten lagen van het Punjabiregiment, moest ik wachtlopen. Het eten van die Punjabi's vond ik vreemd. Ik kreeg onder meer van die eigenaardige pannenkoeken met geitenvlees erin en hete kerriesaus. Het was wennen, maar geleidelijk aan begon ik het wel lekker te vinden. Het wachtlopen was saai en begon mij snel de keel uit te hangen.

Wanneer ik in de avonduren niet op wacht hoefde, wandelde ik rond in het kampement en gaf ik mijn ogen en oren goed de kost. Ik zag Punjabisoldaten heimelijk hun Lee Enfieldgeweren, brenguns en handgranaten ruilen met de lokale bevolking voor seksuele diensten van lokale vrouwen. Ik rapporteerde dit aan enkele inspecteurs, die op hun beurt hun beklag deden bij Major Tanner, onze hoogste commandant. Dat was vergeefs, ik begreep er niets van.

Op een nacht liep ik met drie Punjabi's patrouille in de bushbush. De hemel bij nieuwe maan was wolkeloos met glinsterende sterren. In het schaarse licht zagen die Punjabi's zelfs op meer dan 300 meter afstand pelopors lopen. Zij gaven mij hun geweren in bewaring, trokken hun tjoekri's van bijna een halve meter lang en beslopen de vijand. Ik spande mijn ogen in maar kon op die grote afstand in de duisternis weinig zien. Na enkele minuten kwamen zij terug en fluisterden: 'It's done!'

Hotel Brunet

De straatkant van de voortuin van de politiekazerne in Hotel Brunet, waar ik een kamer deelde met de zwijgzame Albert Toorop, was betegeld. Tussen enkele grote bomen waren zitjes aangebracht voor de personeelsleden en hun gezinnen. Op zekere dag kwamen enkele politie-inspecteurs bij ons hun intrek nemen met hun gezinnen. Ze waren pas bevrijd door Engelse troepen uit Indonesische concentratiekampen, die ironisch genoeg bewaakt werden door Japanners die op hun repatriëring wachtten. Allen droegen kleding gegeven door het Rode Kruis. Op hun gezichten stonden de doorstane ontberingen en emoties nog scherp getekend. Die avond was ik vrij van dienst en hing ik wat rond bij de bar in de prachtige salon van het hotel. Ik nam een pilsje, toen een politie-inspecteur naast mij kwam staan.

'Goedenavond. Ik ben Van Meeuwen. Hoe is het leven hier?'

Ik drukte hem zijn toegestoken hand en antwoordde: 'Ik ben Nolan, een gewoon agentje 1ste klas. Ik zit hier al sinds 7 december 1945. Hier kunt u met uw gezin veilig leven. De hele omgeving tot aan de zuidgrens van Soerabaja is gezuiverd van pelopors en plunderaars. In dit hotel is het prettig leven en wonen. Het eten is uitstekend. De bediening is prima. Meer kan een normaal mens niet wensen in deze rommelige tijd.'

'Nolan heet je toch, hè? Ik betaal je volgende glas.'

Net had ik mijn glas geleegd of er kwamen twee meisjes naar inspecteur Van Meeuwen en kusten hem op de wangen. Het waren zijn dochters Truusje en Lotje. Hun moeder was in het kamp overleden.

Ik maakte kennis met de meisjes en condoleerde Van Meeuwen met het verlies van zijn vrouw.

'Dank je wel, Nolan. Zeg, jongelui, laten we ergens gaan zitten waar we rustig kunnen praten. Dat lijkt me gezelliger.'

We vonden een aardig zitje in de hoek van de salon met

uitzicht op de tuin. Net zaten we daar of er voegde zich een jongeman bij ons. Van Meeuwen stelde hem aan mij voor als de verloofde van zijn jongste dochter Lotje. Ik drukte hem de hand en ging weer zitten.

Er werd uitvoerig verteld over het kampleven en alle ontberingen. Truusje zat praktisch ononderbroken naar mij te kijken met haar mooie ogen. Ik werd er nerveus van. Wanneer ik een pilsje wilde halen, hield zij even mijn hand vast en zei dan dat zij het wel voor me deed. Over betalen wilde zij niets weten. Op het overdrevene af werd ik door haar bediend. Toen raakte ik helemaal van de kaart. En die vader maar schaapachtig lachen, want hij had die avances van zijn dochter wel in de gaten.

Het was voor mij een opluchting toen het al laat was en zij naar hun kamers gingen om te slapen. Ik wenste hun welterusten en gaf hun een hand. Maar Truusje hield mijn hand lang vast en keek me diep in de ogen. Ik kreeg last van koud zweet.

De volgende morgen ging ik weer met een aantal agenten in een Dodge-truck op patrouille, gewapend met een knuppel. Ik had een vechtmes aan mijn gordel hangen. Met elke patrouille ging een soldaat mee, bewapend met een Lee Enfieldgeweer met bajonet. Wij gidsen vonden het waanzin om ongewapend op patrouille te gaan, terwijl de vijand zwaarbewapend was.

Maar de inspecteurs van politie begrepen ons wel en we kregen toestemming om te zoeken naar vuurwapens en munitie. Bij het doorzoeken van halfuitgebrande kamponghuizen had ik het geluk om in een riool een Smith and Wesson-revolver kaliber 38 met zes schoten in de cilinder te vinden. In een andere woning van de kampong Kedonganjar stuitte ik op een halfverbrand lijk, dat aan een dik touw aan een dwarsbalk hing. Het wemelde er van de vliegen en er hing een vreselijke stank. Het was er niet om uit te houden. Maar ik vond er een Mannlichergeweer in een afvoergoot. Dat ding was halfverroest maar nog intact.

Alle 'agenten van het land' vonden wapens. Die mochten

wij in onze vrije tijd reinigen van vuil en roest. We hadden in Hotel Brunet een wapenkamer met grote hoeveelheden munitie. Van een inspecteur kreeg ik patronen en ik mocht het Mannlichergeweer inschieten op het exercitieterrein bij het telefoonkantoor-zuid. Omdat ik al in mijn prille jeugd veel met de jachtgeweren van mijn vader had geoefend, leerde ik snel omgaan met dat geweer.

Ik zat voor mijn kamer op een kruk in alleen mijn short gekleed mijn gevonden wapens te reinigen. Van Meeuwen kwam aanlopen en bleef bij mij staan kijken.

Plotseling zei hij: ‘Zeg, Nolan, zie je niet dat mijn dochter Truusje steeds naar jou kijkt? Waarom schenk je niet wat meer aandacht aan haar? Zij heeft geen moeder meer en is al op een leeftijd gekomen om serieus over haar toekomst te denken. Zij ziet haar zusje Lotje zo gelukkig met Lothar omgaan. Dus Nolan … Probeer haar te begrijpen …’

Stomverbaasd staakte ik mijn reinigingswerk. Ik kon geen woord uitbrengen. Toen begon Truusje te informeren naar mijn dienstregeling. Zodoende kon ik haar niet ontlopen. Iedere keer wanneer ik terugkwam van patrouille, zocht zij mij op en nam ze mij mee naar de veranda van het hotel. Maar telkens wanneer ik naar haar benen keek, trok zij haar rok helemaal omlaag of ze bedekte mijn gezicht met haar handen. Toen vroeg ik haar waarom ik niet naar haar benen mocht kijken. Daar kreeg ik geen antwoord op. Ten slotte legde ik de vraag voor aan Lotje. Die liet mij haar benen zien: ze zaten onder de etterpuistjes.

‘Wat jij op mijn benen ziet, heeft Truusje ook. Wij hebben in de kampen aan ondervoeding geleden. Daaraan is onze moeder gestorven, net als zo veel vrouwen van haar leeftijd’, verduidelijkte Lotje.

Ik keek beide zusjes aan, dacht na en zei toen: ‘Misschien kan mijn moeder jullie genezen van die soesa. Ik zal het haar vragen. Willen jullie met mij meekomen?'

Vader Van Meeuwen stemde toe. Hij vroeg mij of ik weleens een jeep had bestuurd. Ik schudde van nee. Op het erf van het hotel leerde hij me met die auto omgaan en in de middag sprongen Lotje en Lothar achterin, terwijl Truusje rechts van mij kwam zitten.

Thuisgekomen stelde ik het trio aan Mama voor. Mama bekeek de benen van die meisjes, dacht even na en zocht toen in haar kruidenmagazijn naar de juiste geneesmiddelen. In haar potpourri van gebroken Hollands, Maleis, Javaans en Chinees zei ze: 'Arto, ik zal jou een hoeveelheid van deze kruiden meegeven en ook wat korrels blauwzuur. Dat laatste is zwaar giftig. Pas dus goed op. Je neemt een emmer met kokend water, doet een weinig van die kruiden erin met enige korrels blauwzuur. Wanneer het water lauw geworden is, dan moeten die meisjes hun benen een voor een in dat water doen. Jij gaat dan hun benen afwassen. Die behandeling doe je elke morgen en elke avond. Binnen een week zullen hun benen genezen zijn. Was na elke behandeling je handen grondig met zeep. Zorg dat je niet één druppel van dat water in je mond krijgt, want dan ben je in enkele minuten dood.'

Vader Van Meeuwen had een woning toegewezen gekregen aan de Ardjoeno Boulevard, een van de straten uit mijn prille jeugd. Toen de familie eenmaal in die dienstwoning gesetteld was, werd ik na mijn diensttijd persoonlijk door hem afgehaald. Naast zijn jeep bezat hij een Harley Davidson-motor. Ik kreeg die HD in bruikleen, zodat ik de familie gemakkelijk kon opzoeken. Benzine ontving ik gratis van de dienst. Wanneer ik geen nachtdienst had, moest ik bij hen verblijven. Met geduld behandelde ik de benen van de gezusters. De huid van mijn handen raakte schraal en begon pijnlijk aan te voelen. Na een week waren al die etterpuistjes inderdaad verdwenen. Op advies van mijn moeder smeerde ik hun benen in met zachte

Purol-zalf. Na ongeveer drie weken was elk litteken nagenoeg weg. De meisjes konden voortaan zonder enige schroom hun benen tonen.

Intussen namen de liefdesgevoelens bij Truusje ernstige vormen aan. Wanneer ik geen nachtdienst had, moest ik de nacht bij haar doorbrengen. Zij sliep dan in bed onder de klamboe en ik moest op een rieten mat op de grond voor haar bed slapen. Anders kon Truusje de slaap niet vatten. Dus voldeed ik maar aan haar wensen.

Een poosje later nam hun neef ook zijn intrek. We konden aardig met elkaar overweg. Om nou elke vrije avond de batterijwacht voor Truusje te houden, ging mij toch wel erg ver. Dus verliet ik op een avond de woning op mijn geleende HD. Op de Palmenlaan ontmoette ik een oude sobat* en samen gingen we een café binnen. Ook hij bereed een HD. Toen we beiden half dronken waren, stapten we op onze zware motoren en reden we over de Simpang naar Toendjoengan en zo verder naar Pasar Besar. Onderweg liet ik mijn beide benen rusten op de valbeugels van de motor, liet het stuur los en sloeg mijn armen over elkaar. In die houding reed ik met een snelheid van ongeveer vijftig kilometer per uur. Achter mij reed mijn sobat ook in diezelfde houding. We hadden de grootste lol. Het werd laat in de avond. In kalme vaart reden we naar Waroe en daar bleven we wat in de kampong hangen. Mijn sobat bracht er een langdurig bezoek aan een prostituee. Ik hield de wacht bij beide motoren. Pas in de vroege morgenuurtjes reden we weer terug naar Soerabaja. Mijn sobat ging naar zijn woning in de benedenstad en ik reed naar Hotel Brunet terug. Eindelijk kon ik weer in mijn eigen bed slapen in plaats van als een bediende uit de vorige eeuw op een matje voor het bed van Truusje te liggen. Wat ik toen niet wist was dat Truusje die hele nacht wakker had gelegen en zich enorme zorgen om mij had gemaakt.

De volgende dag deed ik extra patrouilledienst in de kampongs. Hier en daar was de stank niet te harden en vonden we lijken van burgers in verre staat van ontbinding. Soms troffen we halfverbrande lijken aan. Ik was inmiddels gewapend met het gevonden Mannlichergeweer, wat oogluikend werd toegestaan. Ik schoot in de lucht wanneer ik plunderaars zag, want er zaten vrouwen en kinderen tussen. In de avond moest ik met tien agenten naar een ander gebied om daar de kampongs schoon te *sweepen*. In de Chinese wijk over de Rode Brug wemelde het van plunderaars en restanten eenheden van fanatieke pemoeda's. Dat werd uit de truck springen, rennen en op de vijand schieten.

Op een dag kwam inspecteur Van Meeuwen bij mij op de kamer en hij riep nogal boos uit: 'Zeg, Nolan, je hebt dagenlang niets van je laten horen en Truusje is niet te genieten. Zij blijft zich maar zorgen maken om jou. Zo gauw je vrij bent, ga je op de motor naar haar toe en je blijft bij haar totdat je weer dienst hebt. Is dat begrepen?'

'Meneer Van Meeuwen,' antwoordde ik, 'ik heb al die tijd extra diensten moeten verrichten.'

Met een gezicht rood van kwaadheid beende Van Meeuwen mijn kamer uit.

Mijn kamergenoot Albert Toorop had het gehoord en zei: 'Verdomme, wat verbeeldt die kerel zich wel? Hij doet net alsof jij zijn schoonzoon bent. Als ik jou was, zou ik maar een beetje uitkijken met dat meisje. Voor je het weet, zit je finaal onder de plak van die hele familie en dan ben je nergens meer. Trouwens ... zou hij ook zo tegen jou hebben gesproken als je een Belanda was geweest en geen Indische jongen? Ik ben zelf blank, maar een Indische jongen, dus ik weet hoe ze over ons denken en praten. Die koloniale maniertjes tegenover ons, die krijg je er niet uit, die kreeg je er niet uit en die zal je er ook nooit uit krijgen. Die Belanda's blijven uiteindelijk toch nazaten van die Jan Pieterszoon Coen. Ik begrijp er ook steeds minder van wat ik hier allemaal zit te doen.'

'Je moet gaan … neuken!'

Onder de agenten van de AMA Police Forces bevonden zich intellectuelen, planters van ondernemingen in de Oosthoek, ambtenaren van gouvernementele diensten, beambten van de Indische spoorwegen en vooraanstaande lieden uit het bedrijfsleven. Al deze mannen hadden de interneringskampen overleefd en liepen rond met gevoelens van haat jegens alles wat maar zweemde naar Japan en Merdeka. Maar kort voor april 1946 stabiliseerde de algemene leeftoestand in Soerabaja en omgeving zich enigszins en veel van deze agenten gingen terug naar huis en, als dat kon, naar hun oude betrekkingen. Het politiekorps kwam nu personeel tekort, moest worden gereorganiseerd en nam nota bene Indonesiërs in dienst. Ze werden dan wel ingedeeld bij de verkeerspolitie, maar ik bekeek ze uiteraard met wantrouwen.

Toen de AMA Police Forces ook nog eens overging in de Algemene Stadspolitie onder strikt Nederlands commando, was het uit met de jofele sfeer en moest er dienst gedaan worden volgens het boekje. Elke kogel moest worden verantwoord. Voor elk wissewasje werden lijvige processen-verbaal opgemaakt. Dat hing me danig de strot uit. De ene dag moest ik patrouillediensten doen, de andere dag bewakingsdiensten en ertussendoor moest ik ook nog het verkeer regelen met die koperen ploert boven mijn kruin.

Het ging vrij goed met de verkering, maar zonder seks, waardoor ik gefrustreerd raakte. Zo kreeg ik maandenlang last van rechtszijdige hoofdpijn. Ik meldde me ziek bij de hoofdinspecteur en hij zond mij door naar de politiearts, die zijn praktijk had in een vleugel van Hotel Sarkies aan de Embong Malang.

Die politiearts onderzocht mij en vroeg: 'Aan wat voor sporten doe je?'

'Ik doe een beetje aan gewichtheffen, turnen aan de rekstok, boksen en hardlopen.'

'Weet je wat jij ook nog moet doen, Nolan?'

'En ... wat is het, dokter?'

'Je moet gaan trouwen!' zei die man met een droog gezicht.

'Wat? Moet ik trouwen? Daar ben ik veel te groen voor. In september word ik pas 21. Ik krijg nooit toestemming van mijn moeder om te trouwen. Ik heb geen flauw benul hoe ik meisjes en vrouwen moet behandelen.'

'Nee, dat soort trouwen bedoel ik niet, jongen. Ik bedoel dat je naar de vrouwen moet gaan. Je moet met vrouwen naar bed gaan. Je moet gaan ... neuken! En als je dat gedaan hebt, en wel met grote regelmaat, dan raak je vanzelf die hoofdpijn kwijt.'

Ik keek hem onbegrijpend aan en toen vroeg hij: 'Heb jij op dit moment geen verkering?'

'Ach ja, dokter, ik ben verliefd op een dochter van inspecteur Van Meeuwen. Kent u die?'

'Dan ben jij zeker verliefd op de oudste dochter. Truusje, niet? Ze heeft veel weg van haar overleden moeder.'

Ik knikte.

'Nolan, ik zou maar niet te lang wachten met trouwen. Zij past heel goed bij jou. Enfin, denk er maar over na.'

Met gemengde gevoelens verliet ik de praktijkruimte van de politiedokter. Maar ik bleef met een zeker fanatisme dienstdoen, waardoor ik weinig vrije tijd had om naar mijn meisje toe te gaan.

Het was al laat in dat jaar toen ik hoorde dat mariniers de bezetting van Soerabaja en omstreken kwamen overnemen. Ik zag die jongens al in de stad passagieren. Ik bewonderde hun moderne bewapening en vatte het plan op bij ze in dienst te treden. Tijdens mijn intieme gesprekken met Truusje bracht ik mijn plannen naar voren, maar die schoten bij haar in het verkeerde keelgat. Ik kreeg golven van protesten over me heen, vergezeld van de nodige tranen. Ook Lotje en haar vriend Lothar gaven duidelijk blijk van hun afkeuring. Maar het commentaar van de vader deed voor mij de deur dicht. In presentie van zijn dochters beschuldigde hij mij nota bene van goenagoena jegens zijn dochters. Dat ik die zwarte magie zou hebben gebruikt om zijn dochters te genezen van hun huidkwalen vond hij wel in orde. Maar hij nam het mij kwalijk dat ik gezorgd had dat Truusje niet van mij was weg te slaan.

Die beschuldiging zette bij mij kwaad bloed. Ten eerste vond ik een meisje met goenagoena bewerken de lafhartigste daad die een man kon plegen. Ten tweede had ik er totaal geen benul van hoe ik zoiets zou moeten doen. Ten derde was niet zij door mij maar ik door haar vader gepaaid. Nu sloop er een bekoeling in mijn relatie tot de familie. Ik zat in mijn kamer te tobben en te piekeren. Ik hield veel van Truusje, maar wist niet wat ik met haar aan moest.

Omtrent mijn herkomst

Het was september 1946, mijn 21ste verjaardag. Thuis werd een bescheiden feestje gegeven. Alleen familieleden waren aanwezig. Mijn beide broers Jacob en Karel, stiefzuster Non met haar man Ang Soen Bing en kinderen, oom Soen en tante Kiep wensten mij veel geluk en gaven kleine geschenken. Ella en Ina zaten opgesloten in vrouwenkampen ergens in de omgeving van Malang. Mama, baboe Tenie en kokkie Tas hadden mijn lievelingsgerechten bereid: Kantonese nasi goreng en macaroni met kaas.

Voordat de feestelijkheden begonnen, kwamen alle familieleden naar de eetkamer. De tafel was slechts deels gedekt. Aan het hoofd ervan zat Jacob, als oudste zoon en rechterhand van Mama, met voor zich een grote map met documenten. Rechts van hem nam Mama plaats en naast haar Karel. Links van Jacob zaten oom Soen en tante Kiep. Ik kreeg een plek aan het andere einde van de tafel, recht tegenover Jacob.

Jacob begon toen zijn speech: 'Arto, vandaag ben je 21 geworden en dus ben je nu volwassen. Sinds de dood van neef George in een Japans gevangenenkamp bij Bandoeng in 1943 heb ik de voogdij over jou van hem overgenomen. Nu houdt mijn voogdij over jou op. Zoals je weet, was Papa in werkelijkheid niet met Mama getrouwd. Wij vijven zijn door hem verwekt maar niet erkend. Daarom dragen wij de naam "Sie" met tussen aanhalingstekens "Nolan" of officieel uitgedrukt "Sie, zich noemende Nolan". Maar wij vijven zijn wel zodanig erkend dat wij ressorteren onder de aan Europeanen gelijkgestelden. Hier in deze map heb ik een uittreksel van de desbetreffende Staatscourant. Je herinnert je vast nog wel die veelvuldige ruzies die ik met Papa heb gehad. Daarom heb ik al vóór het uitbreken van de oorlog mijn naam laten veranderen in "Nolans". Het is daarom dat mijn naam niet op de lijst in het Staatcourant voorkomt. Het is natuurlijk rot en ellendig, dat zoiets ons vijven is aangedaan door Papa. Wij zijn als paria's in de Indische samenleving. Maar Papa heeft nog meer op zijn kerfstok. Voordat hij een verhouding kreeg met Mama, had hij een andere Chinese vrouw zwanger gemaakt. Maar die had een machtige en invloedrijke familie en die heeft Papa gedreigd met allerlei harde maatregelen, indien hij niet wilde opdraaien voor dat door hem verwekte kind. Zoals je weet, was Papa toen advocaat en procureur en hij kon dus geen schandaal gebruiken. Toen die Chinese vrouw een zoon ter wereld bracht, kreeg hij de naam van Jonas Chen. Op kosten van Papa kreeg die Jonas Chen een zeer goede schoolopleiding. Hij ging na het behalen van zijn einddiploma naar de universiteit van Leiden om daar af te studeren als doctorandus in de economie. Daarna heeft Jonas Chen zich in Djember gevestigd en hij is daar benoemd tot hoofdadministrateur van de Nolan-landen onder supervisie van neef Alfred Nolan en diens vader David Nolan. Hij genoot ook het vertrouwen van onder meer neef George Nolan, jouw ex-voogd. Voordat Papa stierf, heeft hij neef George laten benoemen als voogd over jou en in zijn testament heeft Papa een grote som geld voor jouw verdere opleiding beschikbaar gesteld. Papa wilde dat jij later kon afstuderen als ingenieur of als meester in de rechten. Helaas heeft de oorlog veel verpest en nu weet ik niet waar dat testament is. Ik vermoed dat Jonas Chen dat document in zijn bezit heeft. Dat wil ik gaan zoeken, want jij moet weer gaan studeren. Ik ben natuurlijk in eerste instantie op zoek naar de verblijfplaats van Jonas Chen.'

'Bedankt, Jacob,' zei ik, 'dat je mij wilt helpen met het opsporen van Papa's testament. Aan een opleiding valt nu trouwens niet te denken, ik moet geld verdienen, want niemand zorgt voor Mama.'

Jacob overhandigde mij de map met alle documenten over mijn herkomst. Met verslagenheid nam ik die in ontvangst. Vervolgens kreeg ik het woord: 'Mama, nu ik dit allemaal te horen krijg, wil ik net als Jacob ook een eigen geslachtsnaam, zodat ik later een eigen stamboom begin en bovenal een eigen leven kan gaan leiden. Ik besef dat ik de naam "Nolan" nooit wettig mag dragen en daarom wil ik de naam "Noland" met een d kopen en als zodanig verder door het leven gaan. Wilt u mij het geld geven voor de kosten van die naamsverandering?'

Mama antwoordde in tranen: 'Arto, ik begrijp jouw beweegredenen. Jij bent nog steeds mijn anak mas. Ik zal morgen op pad gaan om een paar van mijn juwelen te verkopen. Arto, kom hier bij mij en kniel voor je moeder. Ik ga voor jou in gebed en jij ontvangt mijn moederlijke zegen!'

Ik knielde voor haar neer. Toen ging zij in gebed met haar gevouwen handen boven mijn hoofd, dat ik op haar schoot liet rusten. Iedereen stond op en bad mee. Hier en daar hoorde ik zachtjes snikken, zelf weende ik ook van teleurstelling. Hoe kon mijn vader als advocaat zo rechteloos hebben gehandeld? Waarom had hij dat gedaan?

Daarna kon het feest beginnen, maar ik kon niet anders dan wezenloos voor mij uit staren. Een paar dagen later gaf Mama voor mijn 21ste verjaardag de 250 gulden voor mijn naamsverandering. Vanwege de oorlog diende ik te wachten. Mama hield het geld in bewaring totdat ik de gelegenheid zou krijgen een verzoekschrift op te stellen. Dat zou ik sturen aan de hoge vertegenwoordiger van de Kroon te Batavia om mijn persoonsgegevens veranderd te krijgen. Met mijn naamsverandering naar Noland wilde ik mij symbolisch distantiëren van kolonialistisch getinte Indo-Europeanen en dito blanke Indische Nederlanders. Deze naam moest van mij een nieuw mens maken, zodat ik louter een uit eigen wil Oranjegezinde Indische Nederlander zou zijn.

Als tolk in dienst bij de Mariniersbrigade

Het was december 1946. Ik was nog altijd agent der 1ste klasse bij de Algemene Stadspolitie, ingedeeld bij de 2de Sectie aan de Kaliasin. Het werk verveelde me en hoewel het contact tussen mij en Truusje was bekoeld, mocht ik nog altijd de politiemotorfiets van inspecteur van Meeuwen gebruiken: de Harley Davidson met een tweecilindermotor van 1500 cc.

Op een dag was ik vrij van dienst en toerde ik op de Ardjoeno Boulevard, toen ik mijn oude sobat Nono Sloesen ontmoette. Hij was gekleed in het kakiuniform van de mariniers. Hij vertelde me uitvoerig over de Veiligheidsdienst Mariniersbrigade, waar hij diende. Ik vroeg hem of ik ook in dienst bij de mariniers kon komen. Hij gaf mij het advies me te melden bij de kapitein der mariniers Mulder, eveneens een Indische jongen.

De volgende morgen reed ik op mijn HD in politie-uniform naar de Vuurvliegkazerne aan de Porrongstraat in de wijk Wonokromo. Bij de slagboom vroeg ik de dienstdoende marinier of ik de kapitein mocht spreken over eventuele indiensttreding. Dat werd mij toegestaan en ik parkeerde mijn motor naast het commandogebouw. Een marinier leidde mij voor aan de kapitein. Ik salueerde en de officier bood mij een stoel aan. Hij stelde mij enkele vragen over mijn dienst bij de politie en hij bevond me al snel te licht voor de dienst. Mijn uiterlijk was zijns inziens te vrouwelijk en paste niet in het korps van vechtjassen. Ik salueerde en verliet zijn bureau.

Diep teleurgesteld stapte ik op mijn HD en reed naar de woning van Nono Sloesen aan de Ardjoeno Boulevard. Nono stelde mij gerust door te vertellen dat binnenkort een commandowisseling plaats zou vinden. Ik moest in de loop van januari 1947 maar terugkomen en me melden bij de nieuwe commandant.

Tegen het einde van die maand kwam ik in de vroege morgenuren thuis van nachtdienst. Ik nam een verfrissend koud bad en kleedde me om. Intussen maakte baboe Tenie mijn ontbijt klaar. Mama was wakker geworden en vroeg mij wat ik allemaal uitspookte. Toen ik haar zei dat ik van plan was dienst te gaan nemen bij de mariniers, stribbelde zij tegen: 'Ik wil dat niet hebben! Ga je technische opleiding maar afmaken, de school is weer open. Jij moet aan je toekomst denken.'

Ik liet Mama maar praten. Opnieuw meldde ik me bij de wacht van de Vuurvliegkazerne, waar ik door een marinier werd voorgeleid bij de nieuwe commandant, kapitein der mariniers Rob Groeneveld. Stram stond ik voor hem in de houding en salueerde. De officier stak mij de hand toe en stelde zich aan mij voor. Hij leek mij sympathiek en hij bood mij een stoel aan en stelde allerlei vragen over mijn verleden onder de Japanse bezetting en de Bersiapperiode: het begin van de Indonesische revolutie. Tijdens het verhoor werd hij bijgestaan door de eerste luitenant der mariniers. Het onderhoud duurde een uur. Toen werd ik voorgesteld aan de hoofdtolken Piet Dikotta en Bert Hermelijn. Piet Dikotta kende ik al van de AMA Police Forces onder de Engelsen. Kapitein Groeneveld besliste dat ik per direct in dienst kon treden. Hij riep de chef d'equipage, sergeant-majoor der mariniers Vestdijk, bij zich voor de dienstcontracten. Trots als een pauw salueerde ik voor de heren van de staf. Ik stapte op mijn HD en reed terug naar huis.

De volgende morgen diende ik bij de Hoofdcommissaris van de Algemene Stadspolitie mijn ontslag in. Na veel gesputter stemde hij in. Vervolgens nam ik afscheid van alle superieuren en collega-agenten. Nog diezelfde avond reed ik op die zware HD naar de Ardjoeno Boulevard om hem onder dankzegging terug te geven aan de inspecteur Van Meeuwen. Verbaasd vroeg hij mij wat dat allemaal te betekenen had. Intussen kwamen zijn beide dochters Truusje en Lotje ook in de voorgalerij. Truusje vloog mij in de armen en kuste mij. Triomfantelijk keek ik het drietal aan en zei: 'Ik heb mij gemeld bij de Mariniersbrigade en ga keihard verder met vechten tegen die barbaarse pelopors. Ik ga wraak nemen voor wat zij mij en zovele anderen hebben aangedaan. Ik ga mij opofferen voor Vorstin en Vaderland! Mocht ik sneuvelen, dan interesseert dat mij geen donder. En u, meneer Van Meeuwen, u heeft mij vals beschuldigd van goenagoenapraktijken. Een zwaardere beschuldiging is nauwelijks denkbaar en daarom ga ik jullie verlaten.'

Inspecteur Van Meeuwen verstarde. Truusje barstte in tranen uit en wilde zich in mijn armen werpen, maar ik ontweek haar en ik liep weg zonder te groeten.

Halverwege de Boulevard riep ik een betjak aan, ik sprong erin en liet mij naar huis rijden. Allerlei nare, verdrietige en blijde gedachten dwarrelden door mijn hoofd. Ik hield erg veel van Truusje, maar ik voelde mij nog veel te jong en te onstuimig om met haar te trouwen. Hoe dichter ik Oendahan Koelon naderde, des te opgeluchter ik mij voelde. Ik wilde vrij zijn, geen liefde voor meisjes voelen, ik moest hard blijven. Per slot van rekening was het oorlogstijd. Thuis gekomen greep ik Mama bij de schouders en zei vol trots: 'Mama, vanaf morgen ben ik marinier, dan ga ik nog harder vechten tegen de vijand. Ik krijg veel meer salaris en dan kan ik u beter financieel bijstaan.'

Mama jammerde: 'Ik wil niet hebben dat jij soldaat wordt! Je kan gedood worden! Kijk maar wat er met jouw neef Willem is gebeurd. Ben jij helemaal gek geworden?'

'Mama, ik heb de plicht om voor u te zorgen. Jacob en Karel willen u financieel niet ondersteunen, dus ik ben de enige die nog iets voor u kan doen. Bij de politie verdien ik te weinig voor die zware diensten, en dat werk is óók gevaarlijk.'

Vroeg in de morgen nam ik afscheid van Mama en ik liep naar Oendahan Koelon, waar ik een betjak aanriep en wegreed naar Wonokromo. Bij de slagboom van de Vuurvliegkazerne aan de Porrongstraat meldde ik mij bij de wachtcommandant. Hij stuurde mij door naar de chef d'equipage, de sergeant-majoor der mariniers Vestdijk. Deze onderofficier bracht mij naar de foerier, waar ik mijn complete mariniersuitrusting in ontvangst nam. Vestdijk riep vervolgens het hoofd van de huishoudelijke dienst bij zich om mij naar de slaapzaal van de tolken te begeleiden. Daar ontmoette ik enkele van mijn oude jeugdvrienden, onder wie Nono Sloesen en Harry Tjong. Twee op elkaar gestapelde munitiekisten deden dienst als nachtkastje. Mijn MI Garand rifle hing ik aan riemen vast aan mijn vouwbed. Koppel met bajonet plaatste ik aan het voeteneind.

Na een mok koffie te hebben gedronken, liep ik naar het bureau van Piet Dikotta. Hij was hoofd van de afdeling Spionage en Documentatie. Ik maakte er nader kennis met Bert Hermelijn, die hoofdtolk van de Verhoorafdeling was. Beide kopstukken moesten mij opleiden. Het verhoren van politieke gevangenen en krijgsgevangenen moest mijn voornaamste werk worden. De opleiding zou twee weken duren. Tussendoor kreeg ik met veel andere tolken een militaire opleiding. Dagelijks moesten we in gevechtsbepakking marcheren naar de golflinks van Wonokromo, waar ik me op de schietbaan kon uitleven.

Terug in de kazerne kregen we instructies in het onderhoud van diverse infanteriewapens. Alle tolken liepen rond met gevoelens van haat en wrok jegens barbaarse Indonesische vrijheidsstrijders. Er waren Indische jongens, Chinezen, Javanen, Ambonezen en Menadonezen bij. Met een grimmig fanatisme werd er getraind. Er waren Indische jongens wier gezinsleden voor hun ogen waren vermoord na te zijn verkracht of gefolterd. Vooral zij stonden van ongeduld te trappelen om naar de frontlinies te mogen worden gestuurd. Ik wachtte mijn beurt af om te worden uitgezonden naar een vooruitgeschoven post. Ik moest eerst nog verder opgeleid worden in het verhoren van gevangenen, het opstellen van verhoorrapporten, het waarderen en doorzenden van gegevens van militaire aard en het verzorgen van de hele gevangenenadministratie tot aan voorgeleiding voor de rechter. Mijn taak was omvangrijk en belangrijk.

Op een morgen kreeg ik de opdracht om met nog vier andere tolken vijf gevangen pemoeda's te verhoren. Zij waren leden van de BPRI*, een zeer fanatieke guerrillagroepering. Een van de beschuldigingen was dat zij deel uitmaakten van een groep van acht die niemand minder dan dominee Laloe had vermoord op het dorpsplein te Porrong. Drie van hen waren nog voortvluchtig. Uit de bekentenissen van het vijftal kwam naar voren hoe deze protestantse geestelijke aan zijn einde was gekomen. Ik vertelde mijn maten dat ik die sympathieke Menadonese dominee Laloe goed had gekend. Dat hij mijn moeder, zuster, nichtje en mij had gedoopt in de protestantse kerk aan de Boeboetan in de Japanse bezettingstijd. Die vijf moordenaars zaten geduldig op de grond en keken onverschillig voor zich uit. Ik gelastte hun om snel op te staan. Ik heb ze toen met mijn maten tegen de grond getrapt. Ze kronkelden van de pijn. Toen vroeg ik ze wie dominee Laloe met touwen aan de trekhaak van de truck had vastgebonden. Twee pemoeda's bekenden. Die heb ik bewusteloos getrapt. Toen ze bijkwamen, vroeg ik ze wie de truck had bestuurd waarmee ze dominee Laloe over het plein de dood in had gesleurd. Ze zwegen. Toen heb ik hun ribben kapotgetrapt. De andere tolken zetten zich achter de schrijfmachines en typten de verhoorrapporten uit.

Dag in dag uit, naast de militaire exercities, moest ik met andere tolken gevangenen verhoren. Het ging er zeer hardhandig aan toe. Telkens zag ik de folteringen voor me die ik voorheen had moeten ondergaan.

Toen ik een weekend naar huis mocht, overhandigde Mama mij een brief van de afdeling Dienstplichtzaken van de generale staf van het KNIL. Terug in de Vuurvliegkazerne vervoegde ik me bij kapitein Groeneveld met die brief. Die gaf mij een begeleidend schrijven waarin stond dat ik al in actieve dienst bij de mariniers was. Ik kreeg permissie om naar het bureau Dienstplichtzaken van het KNIL te gaan, niet ver van de Rode Brug. Ik was gekleed in *dungaree*-uniform* en de wacht stuurde mij door naar een luitenant. Ik probeerde die officier duidelijk te maken dat ik mijn dienstplicht bij het KNIL niet kon vervullen omdat ik al in actieve dienst was bij de mariniers. Daar nam hij geen genoegen mee en hij stuurde me door naar de generaal. De man explodeerde zowat.

'Ik neem dit niet, Nolan!' schreeuwde hij mij toe. 'En ik garandeer jou dat jij een zure pijp zult roken!'

'Die zure pijp zal ik als marinier wel roken, zodra ik naar het front word gestuurd.'

'Verdwijn! Ingerukt! Ik wil jou nooit meer zien!' blafte hij.

Ik sprong in de houding, salueerde, maakte rechtsomkeert en verliet zijn bureau met een opgelucht gevoel. Ik had toch al weinig achting voor de gevechtskracht van het KNIL. Ik had ze zien wegvluchten toen de jappen naar Soerabaja oprukten. Teruggekeerd in de Vuurvliegkazerne meldde ik dat de zaak was opgelost. Ik kon mijn opleiding vervolgen.

Ik kreeg te maken met drie categorieën mariniers. De eerste categorie bestond uit 1665'ers. Dat waren beroepsmariniers. Zij hadden een zesjarig dienstverband dat telkens stilzwijgend verlengd kon worden tot aan hun pensioengerechtigde leeftijd. De term '1665'ers' kwam van het jaar 1665, toen het Korps Mariniers was opgericht. Deze beroepsmariniers waren meestal van het slag waar ik ernstig rekening mee moest houden. Ze waren veelal kleinzielig, stonden gauw klaar met een buitengewoon grote mond en waren bedreven in het naar boven likken en naar beneden trappen.

De tweede categorie bestond uit ovw'ers, oorlogsvrijwilligers, die in de USA hun opleiding hadden gehad. Dat waren over het algemeen joviale jongens, meestal erg vechtlustig en agressief. Zij hadden een driejarig dienstverband, het zogenaamd 'over-en-weer-dienstverband'. Pro forma behoorde ik tot deze categorie, maar slechts met een eenjarig 'lokaal' dienstverband, dat telkens stilzwijgend werd verlengd. Vanzelfsprekend had ik onder deze categorie mariniers de meeste goede vrienden.

Voor ons, tolken, waren totaal geen voorzieningen getroffen. Je kreeg alleen je soldij en voor de rest niets. Daar stonden wij toen niet bij stil. Was je getrouwd en had je een gezin en kwam je te sneuvelen, dan kregen je nabestaanden slechts één maand soldij om de traantjes te drogen. Zo zouden vele gezinnen van tolken aan de bedelstaf raken.

De derde categorie zeemiliciens waren de dienstplichtigen. Zij hadden in Nederland een korte, op een totale oorlog gebaseerde opleiding genoten en waren daarna op de boot gezet met bestemming Indië, waar hun een guerrillaoorlog wachtte. Onder deze slecht voorbereide jongens zouden later bij gevechten de meeste gesneuvelden vallen.

Als VDMB'er op pad

Toen ik mijn intelligenceopleiding had voltooid, kreeg ik de opdracht om naar Kremboeng te gaan ter aanvulling van de personeelsbezetting bij de Veiligheidsdienst Mariniersbrigade, kortweg de VDMB*, van Detachement III. Van de foerier kreeg ik een veldbed, twee dekens, een poncho, vier handgranaten en vier soorten patronen voor mijn MI-geweer. Vroeg in de morgen, direct na het ontbijt, reed ik met mijn complete uitrusting mee in een voedseltruck richting Kremboeng. De laadbak zat vol met containers met etenswaren. Mijn maten uit dezelfde opleiding waren elders ingedeeld.

Na een stoffige rit over slechte wegen van Wonokromo naar Kremboeng meldde ik me bij het Detachement III van de VDMB. Het was gelegerd in een administrateurswoning vlak bij de suikerfabriek Kremboeng, zo'n veertig kilometer ten zuiden van Soerabaja, in het gebied van de Porrong-delta. De commandant was sergeant der mariniers Cornelissen, een blanke Indische jongen, geboren en getogen in Holland. Hij wees me een kamer, die ik deelde met de Ambonese Ben de Lima. Ik klapte mijn veldbed uit en bevestigde mijn klamboe aan de vier stokken op de hoeken van het veldbed. Daarna ging ik naar de badkamer en nam een verfrissend bad.

We hadden een paar baboes en een djongos* die de hele huishouding voor ons deden. In de nachtelijke uren waren die baboes voor de Hollandse mariniers. Dat hoorde er zo'n beetje bij. Ben de Lima en ik begeerden de lichamen van die baboes niet.

De toegangsweg naar de suikerfabriek was afgesloten met een versperring van prikkeldraad en een slagboom, waar enkele infanteristen van Compagnie A de wacht hielden. Elke dag tegen etenstijd kwam een deel van de kampongbevolking naar de slagboom en bedelde er om restanten eten. Uit de magazijnen van de suikerfabriek haalden wij af en toe balen suiker en daarmee dreven we een levendige handel met de bevolking. Voor een kopje met suiker kregen we een ei, voor een kookpan vol suiker kregen we een kip.

Er gold een *cease-fire*, maar dat werd door beide zijden overtreden. Wij hadden het geluk dat die pemoeda's slechte schutters waren. Daardoor leden wij geen verliezen, we hadden zelfs geen gewonden. Wel kregen veel Hollandse jongens last van de bekende tropische ziekten, zoals malaria, dysenterie, diarree, ringwormen en kwalijke soorten van huiduitslag. We patrouilleerden zowel overdag als 's nachts. In de nacht kwamen wij vaak langs de demarcatielijn. Af en toe stuitten wij op infiltrerende TNI-groepjes*. Na korte vuurgevechten doodden wij enkele pelopors en namen we de rest gevangen. Voor elke gedode pelopor kerfde ik een streepje op mijn MI-geweerkolf.

De gevangengenomen pelopors onderwierpen wij aan een streng verhoor. Zij maakten zich schuldig aan het uitmoorden van eenvoudige dorpelingen en Chinese handelaren en hun families. Maar het bleef vaak niet bij moorden alleen. Zij sneden die lijken ook nog in stukken: een nogal bizarre liefhebberij. Van sommige Chinese vrouwen en kinderen werden eerst de ledematen afgehakt en daarna werden zij levend begraven. Op aanwijzingen van die barbaren hebben wij die graven bezocht en door hen met spades laten openen. Met zulke barbaren had ik weinig geduld. Ben de Lima en ik dreigden onze gevangenen als zij weigerden een bekentenis af te leggen, papier te laten eten en hun eigen urine op te laten drinken. Deze dreigementen misten hun effect niet. Na het verhoor en het opstellen van rapporten werden de gevangenen afgevoerd via het Algemeen Hoofdkwartier, kortweg het AHK*, van de VDMB in de Vuurvliegkazerne naar de beruchte Werfstraatgevangenis in Soerabaja.

Medio maart werd de hele Compagnie A in het gebied van Kremboeng in staat van paraatheid gebracht. Tientonners volgeladen met munitie en uitrustingsstukken reden af en aan. Ik moest afscheid nemen van Ben de Lima, want ik was als enige tolk van Detachement III ingedeeld bij het eerste peloton, dat met het stootpeloton via Modjosarie naar Modjokerto, iets landinwaarts, moest trekken. Ben de Lima en ik hadden in die paar weken in Kremboeng een goede tijd gehad.

Het was heel vroeg in de morgen toen ik mijn rugzak vulde met munitie, handgranaten en *K-rations**. Mijn overige uitrusting stopte ik in mijn plunjezak, inclusief het muskietennet van mijn opgevouwen veldbed. Mijn bagage was voorzien van mijn naam, stamboeknummer en onderdeel. Om mijn dungareeblouse hing ik twee *slings* met elk zes clips .30-patronen. Mijn *fighting-knife* voor man-tegen-mangevechten bond ik vast aan mijn rechteronderbeen, met de schede in mijn rechterlegging. Ik sleep mijn vechtmes op een slijpsteen met wat water. Het werd zo scherp, dat ik er zelfs haartjes van mijn been mee kon afscheren.

Ik nam met de jongens van het stootpeloton en de Demolition Group plaats in de voorste truck. Sergeant Cornelissen drukte mij de hand en wenste mij geluk. Beide groepen reden eerst naar Porrong en via de Porrongbrug het vijandelijk gebied in. Er was weinig weerstand. Kort voor Modjosarie stopten de tanks en pantserwagen voor een rivier. Volgens plan stonden er *amtracs** klaar. We sprongen uit de trucks en stapten over in die wachtende vehikels. Omdat die tractors moesten kunnen drijven en varen, waren de uitlaatpijpen vanuit de motoren eerst binnenwaarts gericht en pas achter het voertuig naar boven omgebogen. Dus toen die achterklep achter ons dichtsloeg, kregen we de hitte van die uitlaatpijpen te verduren. We baadden in ons zweet en vloekten erop los.

De amtracs dreven langzaam en log naar de overkant van de rivier. De achterkleppen kwamen langzaam omlaag en wij moesten te voet verder naar Modjosarie, soms dwars door de bushbush. Bij het lopen vermeden wij zo veel mogelijk de straten, omdat er mijnen lagen. Over de straten lagen omgehakte bomen, bij wijze van *roadblocks*. Aan sommige versperringen zaten boobytraps, gevaarlijk werk voor de Demolition Group.

De opmars verliep vlot. Af en toe werd er op ons geschoten met lichte wapens. Maar ze hadden geen kans tegen onze moderne wapens. Intussen waren andere mariniers druk bezig die hele *area* schoon te sweepen. Hier en daar zag ik pemoeda's dood liggen. We naderden een rijstpellerij van waaruit hevig op ons werd geschoten. In de buurt van die fabriek stonden twee *pillboxen** van het toenmalige KNIL. In die betonnen bunkertjes waren machinegeweren opgesteld, elk bemand door drie pemoeda's. Er werd naar achteren geschreeuwd om bazooka's. BAR-schutters* gaven dekkingsvuur met hun mitrailleurs en zo werden de pillboxen met de pemoeda's aan flarden geschoten. Er was geen tijd om hoera te roepen, want we moesten ons concentreren op die rijstpellerij. Daar werd de hoofdpoort door een bazookagranaat getroffen. Ik rende met enkele jongens van het stootpeloton schietend de fabriek binnen. Snel moest ik mijn MI herladen. Eén reserve-sling van me was al leeg. Ik zag in de machinekamers pelopors rondsluipen. Met nog een paar mariniers rende ik die machinekamers binnen, waar we ons verspreidden. We sloten die pelopors in en schoten ze dood. We hadden geluk, zij waren bezig geweest springladingen onder die machines te plaatsen. Buiten de fabriek gingen mariniers achter vluchtende pelopors aan. Geen van die lui bleef in leven.

Toen we Modjosarie binnenmarcheerden leek het hele dorp uitgestorven. Bijna de hele bevolking was gevlucht. Goed voor een rustpauze. Hier en daar liepen wat oude vrouwen en mannen rond met wat kippen en honden. Met een paar jongens van de Demolition Group gingen we aan een droge greppel zitten. Ik haalde de rugzak van mijn schouder en nam er twee blikjes K-rations uit. Mijn veldfles trok ik uit mijn koppel. Er zat nog thee in van de vroege morgen bij het ontbijt.

Na de rustpauze trok de hele colonne verder in de richting van Modjokerto voor aansluiting bij de hoofdmacht. Boven ons vlogen enkele Fairey Firefly-jachtbommenwerpers van de MLD, de Militaire Luchtvaart Dienst. Af en toe doken die toestellen in de richting van Modjokerto om met raketten te vuren. We voegden ons bij de hoofdmacht en reden snel verder naar de stad Modjokerto. In het centrum aangekomen moesten we allemaal uit de trucks springen en te voet oprukken naar de Aloen-Aloen. Daar zag ik drie van onze Shermantanks. Eén ervan schoot met zijn 10-cm-kanon op de moskee, waar een broeinest van fanatieke Hizbullaheenheden werd vermoed.

Op de Aloen-Aloen was op die dag een pasar. Met het stootpeloton rende ik schietend over het marktplein. Marktverkopers en publiek renden in alle richtingen weg. Ik zocht tussen die burgers naar militairen en schoot ze neer. Naast mij liep een korporaal van het stootpeloton, een sympathieke jongen uit Limburg. Op een gegeven moment zag hij een jap op de grond liggen. Er waren nogal wat jappen die na de capitulatie van Japan niet op tijd terug naar hun vaderland konden en toen maar aan de kant van de Indonesiërs waren gaan vechten. Hij bloedde hevig en lag op zijn buik. Hij had zijn rechterhand gedeeltelijk onder zijn buik, een nogal ongewone houding voor een gesneuvelde soldaat. De korporaal zei tegen me dat hij de rangonderscheidingstekens van die jap voor zijn verzameling wilde en hij liep op hem af. Ik schreeuwde hem toe: 'Eerst jouw bajonet in zijn donder steken. Die bastaard leeft nog en hij heeft een wapen onder zijn buik!'

Maar die korporaal was eigenwijs. Plotseling draaide die jap zich om, trok zijn Nambu-pistool en vuurde snel twee schoten op mijn maat. Dodelijk getroffen zakte hij in elkaar. Zijn laatste woorden waren: 'O, moeder, wat heb ik gedaan?'

Ik werd zo kwaad dat ik mijn hele clip van acht schoten op die vervloekte jap leegschoot.

Er was geen tijd om verder stil te staan bij de dood van de Limburger. Overal in de stad werd hevig gevochten. Met een paar jongens van het stootpeloton dook ik een zijstraat in en ik zag tot mijn verbazing agenten van de Polisi Negara* het chaotische verkeer regelen. Ze wilden voorrang aan een paar grote tanks verlenen. Het waren Japanse tanks, maar nu met het rood-wit van Soekarno's Indonesië op hun geschutkoepels geverfd. Ik herinnerde me deze tanks uit de bezettingstijd. Ik gebaarde naar een korporaal-geweerschutter dat hij pantserpatronen in zijn MI moest stoppen. Ik gaf het voorbeeld en vuurde vier schoten af op de koepel, die direct stopte met draaien. Ik had de kanonnier geraakt. De anderen namen de tweede en derde tank voor hun rekening.

Toen mariniers alle agenten van de Polisi Negara overhoop hadden geschoten, kwamen horden Hizbullahfanatiekelingen aangerend met bamboesperen en alle mogelijke soorten kapmessen. Ik schoot de ene houder na de andere leeg en verbruikte zo al mijn reserve-slings. Ik rende met een troepje mariniers naar een veranda van een kapotgeschoten woning. Daar haalden we snel onze rugzakken van de schouders, trokken onze handgranaten eruit en wierpen die tussen de aanstormende horden. We kregen assistentie van BAR- en tommygunschutters. Eindelijk sloegen ze op de vlucht. We wisten nog niet dat het later veel erger zou worden met deze fanatiekelingen.

De avond was gevallen. Mijn *fighting-pack* was al behoorlijk leeg. Maar ik had nog clips aan mijn koppel met fosforpatronen. Wanneer ik vermoedde dat er pelopors ergens in een kamponghuisje zaten, schoot ik een of twee van die lichtspoorkogels in het dak. In een mum van tijd begon het dak van atap* en daarna de wanden van gedèk* te branden. Dan vluchtten die rotzakken het huis uit en konden we ze een voor een neerknallen.

Hoofd van de afdeling Verhoor van Gevangenen SHK-II

Toen Modjokerto volledig in onze handen was, werd ik naar Modjosarie gestuurd, waar het Soerabaja Hoofdkwartier II, ofwel het SHK-II*, van de VDMB was gevestigd. Daar werd ik aangesteld als hoofd van de afdeling Verhoor van Gevangenen onder de 1ste luitenant der mariniers Lichtenberg. Mijn voornaamste opdracht luidde zo veel mogelijk inlichtingen verzamelen omtrent de hele militaire situatie van de vijand in de gebieden rondom Patjet en Trawas. Vóór de oorlog waren dat twee populaire vakantieoorden van koloniale families.

Met harde hand verhoorde ik dagelijks met de vijf onder mij gestelde tolken tientallen gevangenen. Na een week keihard werken aan talrijke verhoorrapporten op het gebied van counter- en combatintelligence kreeg ik ernstig te kampen met slaapgebrek. Luitenant Lichtenberg stuurde mij voor enkele dagen op vakantie naar Soerabaja. Ik kreeg een lift op een voedseltruck naar Soerabaja. Daar nam ik een betjak dwars door het centrum naar mijn woning in Oendahan Koelon.

Thuis nam ik een verkwikkend bad. Daarna verwende Mama mij met een heerlijke maaltijd. Onder het eten vroeg Mama mij haar alles te vertellen over wat ik had meegemaakt. Nieuwsgierig kwamen baboe Tenie en kokkie Tas erbij staan, maar ik beval ze om eveneens aan tafel plaats te nemen. Verbaasd gehoorzaamden deze bedienden. Het was ongehoord dat bedienden ook aan tafel plaatsnamen. Baboe Tenie en kokkie Tas wisten zich geen raad met hun houding, maar ik stelde ze gerust en liet ze met mij en Mama mee-eten. Mama lachte erom en vond het best. Natuurlijk vertelde ik alleen het hoognodige. Na de maaltijd trok ik mij terug in mijn kamer, ik plofte op de divan en viel in diepe slaap.

Het was al zes uur 's avonds – in de tropen is het rond die tijd al binnen tien minuten donker – toen ik door baboe Tenie werd gewekt. Ik nam een bad, trok mijn kakiuitgaansuniform aan en wandelde in een half uurtje naar de Marinierskantine aan de Toendjoengan. Daar bestelde ik wat borrels, verzamelde de glaasjes op een presenteerblad en zocht naar een rustig plaatsje achter in de danszaal. Er hing een gezellige sfeer. Er werden grammofoonplaten met muziek van Glenn Miller en Bennie Goodman gedraaid. Rustig dronk ik het ene na het andere glaasje leeg.

Na die paar vakantiedagen meldde ik me bij de Vuurvliegkazerne. Van daar werd ik weer doorgestuurd naar Modjosarie. Luitenant Lichtenberg zag mij aankomen en zei: 'Heb je een fijn verlof gehad, Nolan? Je ziet er tenminste uitgerust uit. We zijn bezig met voorbereidingen voor de doorstoot naar Patjet en Trawas. Zorg dat je voldoende munitie en granaten hebt en help de anderen met inpakken en transport klaarmaken van de intelligenceadministratie.'

De dag brak aan dat alle mariniersenheden, dus ook de VDMB, paraat waren voor de doorstoot naar de vakantieoorden Patjet en Trawas. Ik moest weer mee in de voorste gelederen van de colonne en ik klom in de voorste truck, die vol zat met jongens van het stootpeloton. 'Welkom VDMB!' klonk het uit alle monden en ze hieven het beroemde strijdlied, 'The Marines Hymn', van het Amerikaanse Korps Mariniers aan.

Vooraan reden drie Greyhound-pantserwagens en twee Sherman-MK5-tanks van de Zwarewapencompagnie: de Zwaco. Daarachter de eerste truck, waarop ik zat. Volgde het tweede infanteriebataljon van de Mariniersbrigade. Het was vroeg in de morgen toen we de omgeving van Modjosarie achter ons lieten en zuidwaarts trokken. Allengs ging het bergopwaarts. Het landschap was magnifiek, maar we moesten oppassen voor *snipers**. We passeerden diepe ravijnen en steile bergwanden. Aan boord van de voertuigen werd niet veel gepraat. Sommigen rookten zenuwachtig sigaretten. Ik bleef ijzig kalm en spiedde aldoor in alle richtingen. Mijn M1-geweer stond op scherp, met alleen pantserpatronen, waarmee ik dwars door muren en kleine boomstammen kon schieten.

We werden geëscorteerd door enkele Fairey Firefly-jachtbommenwerpers in de richting van onze doelen Patjet en Trawas. Hier en daar bestookten zij met hun *rockets* vijandelijke stellingen en dan moest onze Demolition Group in actie komen om ze onschadelijk te maken. Dat kostte veel tijd. Meestal werden die jongens bij hun gevaarlijke werk getergd door sniper-vuur. Dan sprongen wij uit de truck en verspreidden ons links en rechts van de weg om hun vuurdekking te geven. Bij toeval zag ik op ongeveer 200 yards afstand, verdekt opgesteld in een boom aan de rand van een ravijn, een sniper. Hij richtte zijn karabijn op een van onze mijnopruimers. Ik aarzelde geen seconde en haalde met mijn M1 driemaal de trekker over. Eerst viel die karabijn en daarna die pemoeda uit de boom.

'Goed schot!' hoorde ik achter mij roepen.

Toen brak de hel los. Van overal op de bergrotsen werd er op ons gevuurd met lichte wapens en kleine mortieren. Bijna iedereen sprong uit de trucks, ging in dekking en schoot terug. Op elke truck bleef een schutter achter met een Browning-machinegeweer. Overal op die berghellingen en tegen de rotsen zag ik pemoeda's aan flarden worden geschoten. Met de jongens van het stootpeloton liep ik mee naar voren, op verkenning verder het vijandelijke gebied in, voor de colonne uit. We stuitten op een weerstandsnest van vijf pemoeda's, waarvan er een bewapend was met een Japans Taisho-machinegeweer. We verspreidden ons snel en legden dat gevaarlijke vijftal neer.

Na een paar kilometer lopen en schieten, kwamen we bij een gammele brug over een diep ravijn. De brugleuningen waren weggeslagen. Aan de overkant van het ravijn zag ik het dorp Patjet liggen.

'Daar ligt ons eerste doel', zei ik tegen enkele jongens van het peloton.

De sergeant kwam naast mij staan en zei: 'Verdomme, wat is die brug gammel. Blijven jullie hier. Dan ga ik alleen terug naar de colonne en leg dit voor aan onze colonnecommandant.'

Een half uur later arriveerde de colonne. De commandant bekeek de constructie en conditie van de brug, bijgestaan door jongens van de genie. Na veel wikken en wegen werd besloten om eerst een Shermantank over de brug te laten rijden. Nadat die over de brug was, volgden de andere twee tanks. Ik sprong op de achterste. Onderweg voelde ik de brug slingeren onder het zware gewicht. Toen volgde de rest van de colonne. De trucks waren alleen bemand door de chauffeurs, de rest moest lopen.

In het dorp Patjet lagen tegen de berghellingen prachtige bungalows, ooit eigendommen van rijke kolonialen en de Indische jetset. De bungalows waren verlaten en kapotgeschoten. Ik onderzocht elke bungalow op militaire documenten. De weinige die ik vond, vertaalde ik voor de colonnecommandant. Zodoende wisten we iets van de weerstandsnesten van daaruit tot het dorp Trawas.

Een grote bungalow werd in allerijl ingericht als ziekenboeg voor gewonde mariniers. Een detachement mariniers bleef achter in het dorp en bezette de bungalows die het best intact waren. De hoofdmacht reed verder in de richting van Trawas, een paar kilometer verderop, dat onder vernietigend vuur lag van onze Fairey Firefly-jachtbommenwerpers. Toen we bijna in Trawas waren, kregen we vanuit de sawa's hevig spervuur te verduren van machinegeweeropstellingen, goed gecamoufleerd tussen pisangbomen, en kniemortieren van Japanse makelij. In onze gelederen liepen enkele mensen van de Commissie van Goede Diensten en journalisten mee.

Met tientallen mariniers sprongen we van de weg af naar de lagergelegen sawa's en we namen de vijand onder vuur. Niet ver van mij liep een sympathieke Friese jongen. Op ongeveer 200 yards afstand van mij zag ik een schutter, verborgen achter een paar pisangbomen. In een reflex legde ik mijn M1 aan en ik schoot hem dwars door zijn hoofd. Maar te laat. Ik zag mijn Friese maat zonder een kik te geven voorovervallen. Hij viel met zijn gezicht in de modder en ik zag behalve bloed ook stukjes hersens. Ik trok hem uit de modder en legde hem op zijn rug. Met mijn zakdoek veegde ik de modder van zijn gezicht. Hij was in zijn voorhoofd geraakt door een dumdumkogel. Zijn schedel was gebarsten en plakte tegen zijn binnenhelm.

Enkele leden van de Commissie van Goede Diensten kwamen kijken en een journalist maakte foto's van die ongelukkige Friese jongen. Vloekend liep ik verder, dwars door de sawa's, op zoek naar meer extremisten. Een paar wilden zich aan mij overgeven, maar ik schoot ze overhoop omdat ik ze niet vertrouwde. Even verderop zag ik weer een mitrailleurschutter in de weer met zijn helper, verborgen achter een paar pisangbomen en hoog riet. Hij vuurde slecht. Snel schakelde ik hem uit. Nog voordat zijn helper die mitrailleur kon pakken werd hij door een maat van me aan flarden geschoten met zijn Thompsonmachinegeweer. De Friese jongen was de enige gesneuvelde op die dag, verder waren er enkele licht- en zwaargewonden.

Aan het eind van de dorpsstraat stond een groot luxe hotel met een mooi zwembad. Het bleek een hoofdkwartier van de pemoeda's te zijn. Met tien mariniers bestormden we het. De tegenstand was zwak. In een mum van tijd hadden we het hele complex veroverd. Meteen werd het geschikt gemaakt voor de staf van het tweede infanteriebataljon.

In de gewezen vakantieoorden Patjet en Trawas zocht iedereen een goed onderkomen in al die leegstaande bungalows. Er werden wachten uitgezet. Met een stel VDMB'ers had ik een onderkomen in een bungalow naast een waterval. Ik kleedde me uit en waste me onder die heerlijke koele waterval. De Hollandse jongens volgden mijn voorbeeld.

Het bleek helaas dat wij mariniers in die dagen veel te ver in het vijandelijke gebied waren doorgestoten. Op politiek gebied had dat nare gevolgen voor onze regering. Van bovenaf werd beslist dat wij ons moesten terugtrekken uit de pasveroverde gebieden van Patjet en Trawas. We moesten helemaal terug tot de grens tussen Modjosarie en Modjokerto. Het leek er erg op dat wij voor niets hadden gevochten en de meesten van ons weigerden gehoor aan dat bevel te geven. Dat noodzaakte onze hoogste commandant, kolonel Roelofs, om helemaal vanuit de staf in Soerabaja naar het front te reizen om er toespraken te houden. Hij betreurde het ook, maar het getuigde niet van lafheid om je terug te trekken. Je had als marinier gewoon bevelen op te volgen. Morrend maakte iedereen zich gereed voor de terugtocht. Uit wraak en frustratie legden we boobytraps aan in de gebouwen en woningen en zelfs in piano's. We legden mijnen op invalswegen en op de dag van vertrek vernielden we de sluizen van alle zwembaden met dynamiet, waardoor al het water wegstroomde.

Zwaar ontmoedigd keerden we terug naar Modjosarie. Op het SHK-II aldaar hervatte ik mijn werk als hoofd afdeling Verhoor van Gevangenen, Afdeling III. In overleg met het hoofd van Afdeling IV stelden wij enkele informanten aan, die wij selecteerden uit de gevangenen. Zij moesten spionagewerk verrichten in het pas door ons achtergelaten gebied van Patjet en Trawas. Na een week kwamen zij terug met berichten dat TRI-eenheden er inmiddels waren teruggekeerd.

Vanuit Modjosarie werd ik met een andere tolk overgeplaatst naar het VDMB-detachement van Poerwokerto, zo'n honderd kilometer zuidwaarts. Daar moest het hele gebied gezuiverd worden van extremisten. Elke dag liepen we langdurige, afmattende patrouilles. Af en toe vonden er korte schermutselingen plaats. Indonesische strijdkrachten voerden een guerrillaoorlog. Hoewel de mariniers van de USA getraind waren op een totale oorlog, kregen ze al gauw diverse guerrillatechnieken onder de knie. Wij, tolken, die in het land waren geboren en getogen en dus de mentaliteit van de Indonesiërs door en door kenden, de talen spraken en hun gewoontes kenden, waren de troeven in de handen van de Mariniersbrigade. Wanneer ik bij de grenscontrolepost stond met nog wat mariniers en ik zag al vroeg in de morgen al die pasargangers aankomen, dan wist ik vrij nauwkeurig de verdachte personen uit dat nijverige volkje te halen. Een bepaalde blik in hun ogen, verdachte bewegingen van hun armen, en ik wist meteen wat voor vlees ik in de kuip had. Vaak stond ik met mijn Hollandse maten op zo'n controlepost en dan verbaasde ik hen bij het controleren van al die pasargangers. Ik ontdekte listig verborgen handgranaten en landmijnen onder hun pikolan-ladingen* van rijsthalmen. Soms vond ik stenguns en revolvers tussen de etenswaren die vrouwen in manden op hun hoofden droegen. Na harde ondervraging volgde meestal arrestatie en afvoer naar Soerabaja voor berechting. In sommige zeer ernstige gevallen heb ik pelopors ter plaatse doodgeschoten of laten doodschieten. Het ging om mannen met hun sarong een beetje opgerold ter hoogte van de gordel. Daartussen staken zij een vechtmes, revolver of handgranaat om ons mariniers onverhoeds te kunnen doden. Binnen een week hadden we het hele gebied van Poerwokerto gezuiverd van extremisten en andere subversieve elementen. Ik kon weer even met verlof naar Soerabaja voor drank, onbetrouwbare Indische meisjes en een bezorgde moeder.

Op boerenkool naar Bali

Medio juni 1947 kreeg ik een telefonische oproep dat ik mij moest melden op het SHK-II te Modjosarie. Daar zei mijn commandant, adjudant der mariniers Mulder, dat ik de volgende dag moest afreizen naar Soerabaja met mijn hele transportbepakking en me moest melden bij de kapitein der mariniers Groeneveld.

Ik reed mee met een voedselcolonne en liet me droppen in de buurt van de Porrongstraat. Van daar liep ik naar de slagboom van de Vuurvliegkazerne, waar ik me meldde bij de wachtcommandant. Even later klopte ik aan bij het bureau van kapitein Groeneveld.

'Binnen!'

Ik trad binnen en stond stram in de houding, salueerde en

wachtte verdere bevelen af. Maar kapitein Groeneveld kwam naar mij toe en gaf mij een hand. Vervolgens bood hij mij een stoel aan, gaf mij een sigaret en informeerde naar de laatste frontberichten. Toen zei hij: 'Nolan, wij moeten ons voorbereiden op een grote militaire actie. Binnen niet al te lange tijd moeten we het hele gebied van Oost-Java op de pelopors veroveren en bezetten. Maar voor het zover is, zend ik jou met een detachement VDMB'ers voor drie weken verlof naar Bali. Jullie vertrekken over drie dagen. Intussen ga je hier op kantoor verder met je intelligencewerk en het vertalen van buitgemaakte militaire documenten. Tot op heden heb je aan het front bijzonder goed werk verricht. Ik ben hoogst tevreden over jou. En voor straks wens ik jou een plezierige vakantie toe.'

'Ik dank U zeer, kapitein Groeneveld.' Ik stond op, salueerde en ging heen.

Ik stelde mijn transportbepakking samen. Gelukkig hoefde ik geen vouwbed en matras mee te nemen. Alle overbodige spullen stopte ik in mijn plunjezak en ik deponeerde die in het magazijn van de foerier. Intussen had ik van de geestelijke verzorging enkele adressen van Hollandse meisjes gekregen om mee te corresponderen. Dat leek mij een fijne bezigheid, vooral tijdens de rustpauzes aan het front. Er woedde sowieso een levendige ruilhandel met foto's van correspondentiemeisjes uit Holland. Natuurlijk waren er in Indië ook Hollandse meisjes, dochters van kolonialen en uitgezonden ambtenaren. Maar deze meisjes mochten niet omgaan met Indische jongens, laat staan met zo'n niet-erkende jongen als ik.

De dag brak aan waarop dat ik met een detachement VDMB'ers en Compagnie F van het tweede infanteriebataljon van de Mariniersbrigade naar de haven afreisde in trucks van de Lintwormexpres*. Vanuit de kazernes van Vuurvlieg en Willemsoord werden we met Vera Lynns immens populaire lied 'We'll meet again' uitgewuifd. De koperen ploert hing loodrecht boven onze vermoeide hoofden toen we in de marinehaven Oedjoeng van Tandjoeng Perak aankwamen. Daar lag een groot transportschip van de gouvernementsmarine in de hitte op ons te wachten. Op de kade was het een drukte van jewelste. Ik klom met mijn zware transportbepakking over de loopplank aan boord. Mijn dungaree-uniform was nat van het zweet. Gauw dook ik in een van de slaapruimen, ik zocht een geschikte kooi uit, wierp mijn bepakking en bewapening erop en trok mijn bovenkleren uit. Met ontbloot bovenlijf klom ik weer aan dek en ik liep wat heen en weer. Er woei een zacht, warm briesje. Ik ademde diep de warme zeelucht in.

Een half uur later stonden we in de rij voor de kombuis om eten te halen. Iedereen kreeg een conservenblik van een liter gevuld met boerenkool met worst, een mok limonade en wat pisang. In die hitte smaakte die boerenkool natuurlijk helemaal niet. Er werd dan ook flink gekankerd, gevloekt en gescholden. Dat was traditie bij de mariniers. Met een paar jongens zaten we in een reddingsboot, in de schaduw van de schoorsteen. Met mijn bajonet prikte ik dat conservenblik open, ik nam het stuk worst eruit en at het op. Na een paar happen boerenkool gooide ik die met blik en al overboord. Het wemelde van de tijgerhaaien rond het schip. In een fractie van een seconde zag ik die bus boerenkool verdwijnen in de getande bek van een gulzige tijgerhaai. Mijn Hollandse maten deden hetzelfde en keken met ontzag naar die boerenkool-in-blikvretende dieren.

De scheepshoorn klonk driemaal en onze schuit vertrok langzaam uit de haven. We werden uitgewuifd en uitgefloten door achterblijvers en overige aanwezigen. Uit de speakers aan boord hoorden we opgewekte muziek van Glenn Miller klinken.

De avond viel toen wij door de Straat Madoera voeren. Er stak een stevige bries op en de schuit begon te stampen en te slingeren. Ik kreeg een raar gevoel in mijn maag. Het was de eerste keer in mijn leven dat ik last kreeg van zeeziekte. Veel mariniers hingen over de reling. Ik ben ertussen gaan staan kotsen.

Toen de morgen aanbrak was de zee weer kalm en mijn zeeziekte over. We voeren door de Straat Bali en aan stuurboord in de verte zag ik de stad Banjoewangi liggen. Aan bakboord zag ik de flauwe contouren van het eiland Bali. Ik genoot van het prachtige uitzicht. Vroeg in de middag kwamen we aan in de haven van Denpasar. Iedereen pakte zijn transportbepakking en bewapening en in ordelijke pas gingen we van boord. Overal zag ik KNIL-militairen van de Rode Olifantbrigade. Deze militairen waren voorheen geïnterneerd geweest in krijgsgevangenkampen in Birma en hadden het eiland Bali intussen gezuiverd van extremistische en subversieve elementen. Ik zag ook KNIL-militairen met het embleem van de Witte Olifant op hun mouw.

Bij het debarkement werd ik aangesproken door een korporaal van de Witte-Olifantbrigade.

'Hartelijk welkom, bruine marinier', groette hij mij lachend.

Ik groette terug, waarop hij vervolgde: 'Zeg, jij bent net als ik een Indische jongen en ik verwacht van jou dat jij niet zo eigenwijs bent als die Hollandse jongens wat vrouwen betreft. Ik wil jou waarschuwen voor die Balinese vrouwen van lichte zeden. De meeste van hen zijn "zuur", als je begrijpt wat ik daarmee bedoel. Wees voorzichtig! Ontwijk ze! Als je per se met vrouwen naar bed wil, neem dan vrouwen uit afgelegen kampongs in de bergen, desnoods jonge meisjes van vijftien. Je gaat dan zogenaamd een schijnhuwelijk aan, maar alleen voor de seks. Die vrouwen zijn nog rein. Alleen, bij vrouwen van goeden huize moet je wel met serieuze trouwbeloften komen, anders krijg je ze niet in bed. Overigens zijn deze vrouwen gek op Indische jongens. Enfin, jullie worden straks ondergebracht in de KNIL-kazerne te Kloengkoeng. Maar voor passagieren en *fun* moet je hier in Denpasar en andere grote plaatsen zijn. Vermijd de bordelen! Het beruchtst is het Leeuwenkuilbordeel hier in

Denpasar. Het Witte Huis is ook een berucht bordeel. Er is op dit eiland een groot gebrek aan artsen en medicamenten voor al die mensen. Dus nogmaals, ik wens jou veel plezier gedurende je vakantie hier. Maar wees voorzichtig! Tot ziens, marinier!'

Ik bedankte hem voor zijn waarschuwingen. We sprongen in de gereedstaande trucks van het KNIL en voorwaarts ging het richting Kloengkoeng. Tijdens die rit kon ik eindelijk met een gerust hart genieten van de prachtige omgeving en de mooie landschappen. In de kazerne van de Witte Olifantbrigade werden wij hartelijk verwelkomd. Iedereen wenste ons een aangenaam verlof toe. Deze jongens wisten al af van de voorbereidingen voor de Eerste Politionele Actie.

Vrijwel dagelijks maakten we excursies, begeleid door enkele KNIL-jongens. We genoten van de natuur en de mooie, welgevormde vrouwen. Naar gewoonte liepen Balinese vrouwen met ontbloot bovenlijf over straat. Voor ons mariniers was dat iets ongewoons. Met hongerige ogen keken we om ons heen.

Op een avond passagierde ik met een paar Hollandse maten over het drukke marktplein in het centrum van Denpasar. Ik voelde aan dat je je handen thuis moest houden, anders kon je op bloedige wijze kennismaken met zo'n scherpe parang*. Ik waarschuwde mijn maten daarvoor. Maar natuurlijk moest er weer eentje eigenwijs en stoer doen. Die jongen naderde meesmuilend zo'n fraaigevormde Balinese vrouw en betastte haar borsten. Prompt kwam daarop haar beschermer met zijn geheven parang. Ik trapte bliksemsnel dat mes uit zijn hand en sloeg en trapte hem zo hard dat hij meer dood dan levend bleef liggen. Meer Balinese mannen kwamen in dreigende vechthouding aanlopen. De Hollandse jongens sprongen me bij. We vormden een cirkel, zodat we niet van achteren aangevallen konden worden. Ik trok mijn vechtmes uit mijn rechterbeenlegging. De tweede Balinees die op mij inliep, gaf ik een jaap over zijn buik en borst. Een derde kwam met geheven parang.

Ik pareerde en stak hem overhoop. Twee van mijn maten liepen steekwonden op.

Even later werden we ontzet door de militaire politie van het KNIL. Die KNIL-jongens spraken de menigte toe in het Balinees en trachtten de mensen te kalmeren. Toen kwam de inheemse politie opdraven om ons te arresteren. Maar onze getrokken bajonetten deden die agenten terugdeinzen. Ze hadden nog nooit eerder met mariniers kennisgemaakt, maar kennelijk hadden ze wel over ze gehoord. Een geluk was dat wij niet met vuurwapens mochten passagieren, anders waren er doden gevallen.

Na die vechtpartij gingen mijn twee lichtgewonde maten mee met de MP voor behandeling in een ziekenhuis. De rest vervolgde zijn weg, alsof er niets gebeurd was. We werden aangegaapt door vele marktgangers, vooral omdat ik de enige bruine marinier was en behalve een bajonet ook een vechtmes droeg. Verder kreeg ik veel bewonderende blikken van mooigevormde Balinese vrouwen, maar ik schonk daar wijselijk geen aandacht meer aan. Even verderop ging ik met twee maten op een houten bank zitten bij een satéverkoper. Ik vroeg hem in het Maleis wat voor vlees hij aan het roosteren was.

'Het is hondenvlees, toean*, en het smaakt heel lekker!'

Het rook inderdaad goed. Ieder van ons bestelde een stuk of dertig van die stokjes met saus en sambal erbij. Dat hele zaakje spoelden we weg met bier. Dat hondenvlees smaakte heerlijk. Maar een kraampje verderop was een verkoper bezig met het roosteren van complete hondenkoppen, die hij herhaaldelijk in ketjap dipte. Die koppen waren uitgerust met grijnzende tanden en uitgestoken tongen. Aan zijn kraampje zaten wat Balinezen te kluiven en te smikkelen. Mijn maag draaide ervan om. Ik stootte mijn maten aan. Ook zij werden er beroerd van en we gingen met onze saté en ons bier een eindje verderop zitten.

De volgende morgen ging ik mee op excursie naar Sanoer. Er lag een prachtig strand. Niet ver daarvandaan woonde een Belgische schilder. Hij heette Adrien-Jean Le Mayeur en was getrouwd met een Balinese schone. Nog diezelfde middag nodigde hij ons mariniers uit om bij hem thuis te komen. Eerst toonde hij ons zijn collectie schilderijen. Ik had enorme bewondering voor zijn schilderstalent. Tegen zonsondergang kwamen enkele gamelanspelers voor een recital. De vrouw van de schilder trok zich terug om zich te verkleden als danseres. Toen kwam zij op sierlijke wijze aanlopen in een prachtige sarong en met ontbloot bovenlijf. Sprakeloos zaten wij daar te staren naar haar fraaigevormde borsten en heupen. Mijn maten en ik keken elkaar aan en we kregen een rood hoofd van verlegenheid en opwinding. De echtgenote van die Belgische schilder danste voor ons de *legong** op de klanken van de gamelan. Het was prachtig en indrukwekkend.

De volgende dag kwamen we weer terug op het strand van Sanoer voor een frisse duik in zee. Daar op het strand kreeg ik ruzie met sergeant Bitter. Hij bleef mij zo lang kleineren vanwege mijn bruine huid en minderwaardige herkomst tot ik mij niet meer beheersen kon en hem in elkaar sloeg. Sergeant Cornelissen – nogmaals zelf een Indische jongen maar blank en grootgebracht in Nederland – kwam tussenbeide en koos duidelijk partij voor sergeant Bitter. Beide onderofficieren liepen toch al met gevoelens van superioriteit rond en haatten kleurlingen. Toen keerde ik mij ook tegen sergeant Cornelissen. Andere jongens scheidden ons van elkaar. Mij werd aangeraden dat voorval maar te vergeten en die twee onderofficieren vriendschappelijk de hand te drukken. In plaats daarvan spuwde ik ze in het gezicht. Dat was mijn antwoord op die Hollandse vorm van rassenhaat en superioriteitswaanzin. Geen wonder dat deze categorie Hollanders zo gehaat werd door de bevolking.

Er volgde bijna elke dag een excursie met de KNIL-jongens. We kregen de mooiste delen van het eiland zien. Ik genoot intens tijdens die drie weken vakantie op Bali met die prachtige en exotische natuur en beleefde tóch enkele avontuurtjes met Balinese schoonheden.

Toen onze vakantie ten einde liep, moesten wij ons weer inschepen in een gereedliggende transportschuit van de gouvernementsmarine. Langzaam voer onze schuit bij het vallen van de avond vanuit de haven van Denpasar terug langs de Straat Bali naar de Straat Madoera met de haven van Tandjong Perak als eindbestemming.

Vroeg in de morgen werd er aan boord 'baksgewijs' geblazen voor de gebruikelijke 'grendelinspectie'. Alle mariniers die met vakantie op Bali waren geweest, moesten aan dek aantreden, slechts gekleed in een groen binnenhemd en groene onderbroek. Daarna kwam de officier van gezondheid, uitgerust met gummihandschoenen, met in zijn kielzog een viertal ziekenverplegers met grote schalen met '606'-injectiespuiten* tegen venerische ziekten. Achter hen liep de sergeant-majoor van administratie met een registratieboek en vulpen. Alle manschappen moesten hun geslachtsdeel tonen aan de controlerende arts. Zodra de arts het woord 'positief' uitsprak, moest de sergeant-majoor van de administratie de naam, de rang, het stamboeknummer en het onderdeel van de pechvogel registreren. Die kreeg dan zo'n pijnlijke '606'-injectie in zijn bil toegediend. Bij elk marineonderdeel gold al dat men zich binnen 24 uur na het plegen van de geslachtsdaad met vrouwen van lichte zeden diende te laten ontsmetten door verplegend personeel van de medische afdeling. 'Een grootje halen' – was de algemene uitdrukking. Van een dergelijk feit werd nauwkeurig aantekening gemaakt, voor de kosten, die van de soldij werden ingehouden.

Laat in de middag kwam het schip in de thuishaven aan. Het werd vastgemeerd aan de kade van de marinehaven te Oedjoeng. Even later konden we debarkeren. Op de kade moesten we volgens het boekje aantreden. De transportcommandant gaf het bevel dat allen die op de bon waren geslingerd door de medici een pas voorwaarts moesten maken. Dat was veertig procent. Ze konden inrukken en plaatsnemen in de voor hen gereedstaande Lintwormexpres voor een bezoek aan het marinehospitaal van de Karangmendjangan te Soerabaja. Alle kosten van medische behandeling werden op hun soldij ingehouden. De rest van ons werd afgevoerd naar de respectievelijke kazernes. Wij VDMB'ers gingen naar de Vuurvliegkazerne aan de Porrongstraat en de Compagnieën E en F naar de Willemsoordkazerne aan de Djabistraat. En zo eindigde de vakantie, als opmaat tot een zware klus.

Eerste Politionele Actie

Het was 17 juli 1947. Om zes uur in de morgen werd er door alle slaapzalen van de Vuurvliegkazerne 'Overal! Trek eruit!' geblazen en gefloten door de dienstdoende korporaals. Slaperig kroop ik uit mijn vouwbed, ik klapte de klamboe erbovenop, pakte mijn toiletspullen en badhanddoek bij elkaar en liep slaapdronken naar de wasplaatsen. Het koude waswater deed mij goed. Ik kleedde me in dungaree-uniform en liep naar de eetzaal. Gedurende het ontbijt klonk er veel geroezemoes in de eetzaal. Om zeven uur werd er 'Aantreden!' geblazen.

Zowat de hele kazernebezetting stond in het gelid. Kapitein Groeneveld en luitenant Brink kwamen beurtelings de dagorders voorlezen. Ten slotte sprak kapitein Groeneveld ons toe: 'Mannen, over een paar dagen start de grote actie. Velen onder jullie hebben de vuurdoop al ondergaan, dus dat zal weinig problemen opleveren, maar onder jullie zijn er ook die kersvers uit Holland zijn gekomen. Voor die jongens zal het wel goed aflopen, mits zij luisteren naar de raadgevingen van hun ervaren maten. Vandaag hebben jullie allen vrij van dienst en stel ik jullie in de gelegenheid om afscheid te nemen van jullie familieleden en vrienden. Morgen om twaalf uur dienen jullie allen hier terug te zijn. Jullie hebben dan nog voldoende tijd om je uitrusting en wapens na te kijken. Vraag om extra munitie en granaten aan de foerier. Jullie kunnen morgen op de verschillende publicatieborden jullie namen aflezen en zien in welk onderdeel jullie worden ondergebracht. Geniet nu van je korte verlof. Ingerukt mars!'

Onze brigade zou worden verdeeld in vier colonnes met als taak de ruige Oosthoek van Java te bezetten en te zuiveren van elke vorm van terrorisme. Wij, intelligence-men, kortweg tolken genoemd, werden toegevoegd aan diverse bataljons, compagnieën en pelotons. Ik was voorlopig ingedeeld bij het 3de infanteriebataljon: het 3-INBAT*. Dat moest doorstoten naar Malang en omstreken ... Op de slaapzaal dacht ik aan mijn beide zusters Ella en Ina, die in de omgeving van Malang in vrouwenkampen opgesloten zaten. Ik maakte mijn veldbed netjes op, vouwde de klamboe op en onderzocht mijn hele uitrusting. Ik pakte mijn lege rugzak en meldde mij af bij de onderofficier van de wacht. Ik dook onder de slagboom door en wandelde naar de Dharmo Boulevard. Daar riep ik een betjak aan en liet me naar huis rijden.

Mijn moeder keek mij bezorgd aan en zei: 'Als ik jou zo zie, dan voel ik dat jouw leven ernstig gevaar loopt.'

'Ma,' antwoordde ik, 'over een paar dagen moet ik mee op een grote actie. Ik weet niet of ik nog levend terugkom. Maar misschien kan ik Ina en Ella bevrijden uit Malang.'

Mijn moeder nam me mee naar haar slaapkamer. Ze nam plaats op een stoel. Ik knielde voor haar en legde mijn hoofd op haar schoot. Toen ging Mama in gebed en ze smeekte God mij in alles bij te staan. Ik voelde haar tranen op mijn hoofd druppelen. Ik bad mee. Toen stond Mama op en zei: 'Arto, God zal jou zegenen. Mijn zegen en beden zullen met jou zijn.'

Met een opgelucht gevoel ging ik naar mijn slaapkamer en ik vulde mijn rugzak met reservekleding, ondergoed en sokken. Het was half negen in de avond en zowat etenstijd. Baboe Tenie diende het avondeten op en wij gingen aan tafel. Oom Soen en Karel waren er ook.

Na het eten maakte ik de volgende afspraak met Karel: 'Wanneer ik twee maanden na nu nog geen bericht hierheen heb gestuurd, dan ben ik gesneuveld.'

Karel werd een beetje bleek, knikte en zweeg verder.

Rond tien uur nam ik afscheid van Mama, oom Soen, Karel, Poppy, baboe Tenie en kokkie Tas. Bij Oendahan Koelon stapte ik in een betjak en ik reed terug naar de kazerne.

De volgende morgen moest ik mij melden bij kapitein Groeneveld in de *operation room*. Ik trad binnen, sprong in de houding, salueerde en meldde mij met mijn naam en rang. Er waren daar nog meer officieren.

Kapitein Groeneveld zei: 'Nolan, er is een wijziging in de indeling van mijn mensen. Omdat jij iemand bent die graag op eigen initiatief handelt en doortastend optreedt, heb ik gemeend om jou toe te moeten voegen aan overste Aberson. Jij gaat mee met Colonne Blauw en rukt tezamen op met kapitein Willems. Zijn Compagnie E heeft tot nu toe de zwaarste verliezen geleden en zijn jongens hebben dus ervaren mensen nodig. Verdere instructies en bevelen krijg je van hem en van luitenant Havik van het stootpeloton. Morgen na mijn officiele toespraak maak jij je gereed voor inscheping op de LST-4 'Pelikaan'*. Je wordt om tien uur afgehaald met een jeep van kapitein Willems. Nolan, ik wens jou veel succes!'

Buiten de deur van de operation room begon ik hevig te vloeken. Het was een bittere teleurstelling voor me, want mijn droom om Ina en Ella te bevrijden uit die vrouwenkampen in Malang lag aan diggelen.

De ochtend daarop werd vroeg 'baksgewijs' geblazen. Iedereen van de VDMB kwam aangetreden. Kapitein Groeneveld, geflankeerd door luitenant Brink en nog wat andere officieren, stak een donderspeech af: 'Mannen, zoals jullie weten, staan wij voor een grote actie. Ik neem aan dat jullie allemaal afscheid hebben genomen van familie en geliefden. De hele Oosthoek van Oost-Java moet heroverd worden op de TNI en de ALRI*. Jullie moeten rekenen op enorme tegenstand, zó sterk dat minstens de helft van jullie hier waarschijnlijk niet terugkomt. Geef ze op hun donder! Schiet op alles wat een wapen draagt, het kan niet verdommen of het een schietwapen of een slag- of steekwapen is, maar schiet godverdomme en schiet raak! Bedenk dat die rotlui geen krijgsgevangenen maken onder gecapituleerde mariniers, met andere woorden, laat je nooit krijgsgevangen maken! De laatste kogel is voor jezelf! Verlaat nooit je gesneuvelde maten! Blijf standhouden totdat er hulp komt! Verzamel zo veel mogelijk documentatiemateriaal en geef dat door aan de respectievelijke hoofden van de afdelingen III en IV. Neem zo veel mogelijk munitie en handgranaten mee. Maak je gereed voor transport naar je onderdeel. Jullie namen staan op de lijsten op de publicatieborden. Wie nog vragen heeft, dient zich te melden bij de chef d'equipage sergeant-majoor Vestdijk. Ik wens jullie veel succes!'

Na het commando 'ingerukt mars' liep ik naar de slaapzaal en controleerde ik voor het laatst mijn bewapening en uitrusting. Ik vouwde mijn veldbed en klamboe op, sloot mijn plunjezak af en droeg de spullen naar buiten. Ik maakte mijn gevechtsbepakking in orde en bond een dubbele dekenrol om mijn rugzak, waarin mijn reservesokken, zakdoeken, een riem en K-rations zaten. Om mijn nek hingen zes slings met elk acht clips patronen van acht patronen per clip voor mijn MI Garand rifle. Mijn munitievoorraad bestond uit alle soorten patronen en vier handgranaten. Mijn gevechtsbepakking was loodzwaar. Mijn grote vriend het fighting-knife zat als altijd in mijn rechterlegging. Er heerste een gedisciplineerde drukte en bedrijvigheid in de kazerne. Ik zag zorgelijke gezichten onder de jongens. De gedachte dat minstens de helft van ons misschien nooit zou terugkeren, gaf ons een bedrukt gevoel.

Ik sleepte mijn hele hebben en houden naar de poort en wachtte totdat ik werd afgehaald. Er kwam een jeep van de staf onder de opgehaalde slagboom aangesjeesd. De *driver* stapte uit, kwam naar mij toe en vroeg: 'Ben jij die VDMB'er Nolan, die ik op last van overste Aberson moet ophalen?'

'Ja', antwoordde ik en ik sprong in de jeep.

'Ik ben Smid, driver, rang puppus 1*', zo stelde die chauffeur zich aan mij voor. Ik drukte hem de hand en onder het rijden vertelde hij: 'Zeg, ik heb daar bij de *Big Shit** een hele hoop over jou gehoord. Je staat goed aangeschreven bij kolonel Roelofs, dat is nogal wat. Iedereen doet het zowat in zijn broek voor die man. Weet je dat hij vroeger bekendstond als de "tijger van de Goebengkazerne"?'

We reden naar de Coen Boulevard, waar kapitein Willems in zijn eigen jeep sprong. We reden achter hem aan naar de Willemsoordkazerne achter de Dharmo Boulevard. Overal langs de wegen stonden tanks, pantserwagens en mobiele kanonnen opgesteld.

In de Willemsoordkazerne aangekomen deelde kapitein Willems mij in bij het stootpeloton onder commando van luitenant Havik. Ik liep langs de colonne trucks en laadde mijn spullen in op de achterste truck, die later vooraan zou komen te staan. De colonne zette zich in beweging richting havengebied van Soerabaja, naar Oedjoeng, de marinehaven.

Aan de kade lagen de landingsschepen. We passeerden de LST Woendi en kwamen bij de LST-4 Pelikaan. We stapten allemaal uit met onze fighting-packs op de rug en in linie marcheerden wij het schip in. De rest van onze bagage bleef in de trucks. Het was high noon en bloedheet. Aan dek stond ik in de schaduw van een pantserplaat en een kanon. Ik deponeerde mijn loodzware fighting-pack op het dek en trok mijn dungaree-blouse uit. Onze lunch bestond uit een literblik boerenkool met worst, een blikje Pabstbier en een paar boterhammen met kaas en jam. De boerenkool met blik ging weer naar de tijgerhaaien, alleen de worst at ik op.

Het was al laat in de middag toen de Pelikaan eindelijk was volgestouwd met oorlogsmaterieel en manschappen. Het schip vertrok traag na het geven van de gebruikelijke stoomstoten. Even later zag ik ook de Woendi zich losmaken van de kade. De koele zeewind deed mij goed.

Op de Pelikaan zaten de jongens van de Colonne Blauw, op de Woendi de jongens van de Colonne Rood. Na de landing moest Colonne Blauw in oostelijke richting doorstoten naar Djember en de hele Oosthoek. Colonne Rood moest in westelijke richting naar Probolinggo en Pasoeroean.

Op de 20ste juli voer onze Pelikaan traag door de Straat Madoera. De zee was woelig en ik begon weer last van zeeziekte te krijgen. Aan boord heerste een gespannen sfeer. Sommige jongens schreven brieven naar hun dierbaren in Holland. Een vlootaalmoezenier voor de katholieken en een predikant voor de protestanten maakten overal bemoedigende babbeltjes met de jongens. De predikant noteerde mijn persoonlijke gegevens in zijn register en vroeg mij wat er gedaan moest worden als ik zou komen te sneuvelen. Ik antwoordde dat dan al mijn eigendommen gegeven moesten worden aan mijn moeder Sie Swan Nio. De marinierskapel moest bij mijn begrafenis 'Moonlight Serenade' van Glenn Miller spelen.

Die nacht kon ik niet slapen in het ruim. Ik klauterde uit mijn kooi en ging aan dek op zoek naar een rustig plekje. Ik klom op de motorkap van een vastgesjorde jeep, zette mijn schoenhakken tegen de kettingen van de reling van het schip en leunde met mijn rug tegen het opgeklapte windscherm van de jeep. In flashbacks zag ik mijn vroege leven aan mij voorbijtrekken. Beelden van de slaag waarmee ik was grootgebracht. De gruwelen tijdens de Japanse bezetting. Het geweld aan het begin van de Indonesische revolutie. Het kon mij weinig meer schelen of ik zou sneuvelen of niet.

Ik stak een sigaret op en staarde naar de wolkeloze hemel met zijn talloze sterren. Even later kwam een marinier van de Zwaco mij gezelschap houden. Hij was bezorgd over wat ons te wachten stond. Hij vertelde mij over zijn meisje en zijn familie en het leven in Holland. Alles boeide mij, want ik kende Holland alleen uit schoolboeken en enkele films. Corresponderen met Nederlandse meisjes deed ik nog niet, maar ik was het wel van plan. Hij vertelde mij dat bruine jongens zoals ik in Holland werden geaccepteerd als gelijken en gewild waren onder de meisjes. Dat verbaasde mij en ik werd nu wel erg nieuwsgierig naar die Hollandse meisjes daar. Mama had mij altijd gewaarschuwd om nooit een Indisch meisje te trouwen, omdat die lui en ontrouw waren: 'Als je het ooit waagt een Indisch meisje te trouwen, dan zal ik jou tot op je botten vervloeken. Jij verdient later een betere vrouw!'

De nacht gleed voorbij. In het oosten begon het te dagen en ik zag de contouren verschijnen van de Woendi, de torpedojager Piet Hein en andere marinevaartuigen. Loom verliet ik mijn slaapplaats op de jeep en ik ging de trappen af naar de wasruimten voor een verfrissend bad, misschien het laatste in mijn korte leven.

Ik ging naar mijn kooi, trok mijn dungaree-uniform aan en gespte mijn gordel aan. Mijn gevechtsbepakking bracht ik in gereedheid. De rest van mijn spullen deed ik in mijn transportbepakking. Mijn maten wreven hun slaperige ogen verbaasd uit, omdat ik al zo vroeg op was. Ik ging de trappen op naar het dek en wandelde naar het dekgedeelte bij de brug. Daar trof ik de luitenant-kolonel der mariniers Aberson en ik salueerde voor deze commandant van 2-INBAT en tevens van Colonne Blauw, waartoe ik nu ook behoorde. Direct na de landing moest ik mee met het stootpeloton van 2-INBAT.

Tussen zes en half zeven was het 'baksgewijs' en daarna ontbijt. In de kombuis kreeg ik een mok koffie en wat sneetjes brood met ham en kaas. Ik zocht een rustig plekje uit op de treeplank van een truck en nuttigde dat karige Hollandse ontbijt. Als Indische jongen was ik gewend aan nasi goreng als ontbijt. In de wasruimten spoelde ik mijn mok om en ik stopte haar in mijn foedraal, waarop ik nauwgezet mijn veldfles plaatste. Vervolgens gespte ik het geheel vast aan mijn gevechtskoppel. In de kombuis vroeg ik de kok koffie in mijn veldfles te schenken.

Tussen negen en tien uur in de morgen kwam een watervliegtuig Convair PBY 'Catalina' van de MLD overvliegen. Hij vloog in zuidelijke richting naar het beroemde strand van Pasir Poetih, waar wij moesten landen. Niet lang daarna kwamen een paar Fairey 'Firefly'-jachtbommenwerpers aanvliegen, ook richting Pasir Poetih. Even later zag ik die jachtbommenwerpers hun dodelijke rockets afvuren op stellingen van de TNI en ALRI. Ik hoorde marineschepen met hun kanonnen het strand bestoken.

Na die barrage begonnen de jongens van het stootpeloton van 2-INBAT zich gereed te maken om in de landingsboten te gaan. Midscheeps werden er touwladders uitgerold, die terechtkwamen in de gereedliggende landingsboten. De mariniers klauterden langs de touwladders omlaag naar de landingsboten.

Ik wilde met ze mee, maar luitenant Havik greep mij bij mijn schouders en zei: 'Nolan, jij gaat naar het benedendek en neemt alleen plaats op de voorste truck, direct achter de Shermantank. Zodra jouw truck het strand op rijdt, moet je goed naar vijandelijk mondingsvuur uitkijken en de jongens van het stootpeloton die geland zijn waarschuwen.'

In werkelijkheid fungeerde ik dus als *sitting duck*. Ik moest vijandelijk vuur aantrekken door mijn positie prijs te geven. Dat was een weinig benijdenswaardige opdracht.

Ik repte me naar mijn kooi, gespte mijn gevechtsbepakking vast, greep mijn MI en transportbepakking en liep naar het bloedhete benedendek, waar het rijdend materieel warm stond te draaien. Ik wierp een blik in de richting van de landingsplaats en zag de Pelikaan er snel loodrecht op afstevenen. Ik klom op de voorste truck vlak achter de Shermantank. De driver van die truck baadde in het zweet. Ook mijn dungaree-uniform was al drijfnat.

Even later hoorde ik een schurend geluid. De Pelikaan schoof met haar boeg over het glooiende zandstrand. Toen gingen de boegdeuren open en er kwam een frisse wind binnenwaaien. De Shermantank voor mij reed de zware loopplank af, het strand op en reed meteen tegen een flauwe helling omhoog naar de verkeersweg richting Panaroekan. Daarna volgde de truck waar ik op zat. Ik ging rechtop staan en keek uit naar mondingsvuur. Er stonden veel bomen langs de kustweg, die vele meters hoger lag dan het strand. Toen hoorde ik van links een marinier mij toeschreeuwen: 'Kijk uit, vlak boven je! Een pelopor in de bomen!'

Ik zag iets zwarts in het dichte gebladerte en schoot tweemaal. Het was geen sniper maar een grote zwarte aap die uit de boom kwam vallen. Ik keek beteuterd, terwijl de jongens die dat gezien hadden, zich rot lachten. Zo vergaten ze even al het gevaar.

Nadat al het rijdende materieel de Pelikaan was uitgespuwd, werd er op de verkeersweg naar Panaroekan een colonne gevormd. Snel werden alle trucks bemand. Met Shermantanks en pantserwagens zette de colonne zich in beweging. Er was weinig tegenstand. Bij de landing viel maar één gewonde. Een marinier kreeg een kogel en moest teruggedragen worden naar de Pelikaan. Hij had geluk. De kogel was van voren zijn borstkas in en er van achter weer uit gekomen.

Vlak voordat we Panaroekan binnenreden begonnen de voorste Shermantanks te schieten met hun 9-cm-kanonnen. Op elke truck vlak achter de *drivers cabin* was een pivotstang gelast met daarop een .50-mitrailleur gemonteerd. Ik schreeuwde naar achteren: 'Kijk schuin rechts! Een ALRI-kazerne met militairen!'

Van dit Indonesische korps mariniers waren, bleek later, velen nog slechts bewapend met houten geweren. Meteen werd uit onze rijdende trucks het vuur op ze geopend. De trucks gingen langzamer rijden om ons de kans te geven eruit te springen. Ik rende naar de poort van de kazerne. Alle jongens van het stootpeloton verspreidden zich om aan *turkey shooting* te doen, ofwel schieten op alles wat beweegt. Een van onze pantserwagens schoot met zijn boordkanon de poort aan flarden, zodat wij naar binnen konden rennen. Ik rende vurend over het exercitieterrein, recht naar het hoofdgebouw van de kazerne. Een paar jongens gaven mij dekkingsvuur, terwijl ik alle bureaus langs ging op zoek naar militaire documenten. Alle bureauladen en -kasten trok, trapte of schoot ik open. De oogst was groot. Met een paar mariniersmaten sleepte ik stapels militaire stafkaarten en andere waardevolle politieke documenten uit die kazerne. Overste Aberson begon onmiddellijk met de andere commandanten zijn verdere strategie uit te stippelen. Alles ging zo snel dat ik geen enkele krijgsgevangene kon verhoren. Alle strijders van de ALRI waren gedood.

We sprongen weer in onze langzaam rijdende trucks en reden richting Sitoebondo op het meest oostelijke deel van Oost-Java. De tegenstand werd feller. Aan weerszijden van de weg werd vanuit gebouwen hevig op onze colonne geschoten. Onze tanks en pantserwagens schoten terug. Wij moesten weer uit de trucks en bestormden de gebouwen. De tegenstand was soms zo groot dat er bazookaschutters en bedieners van vlammenwerpers naar voren moesten komen, die wij vuurdekking gaven. De verdedigers van die zwaarbewaakte gebouwen waren van de fanatieke BPRI- en Hizbullaheenheden. Velen waren slechts bewapend met bamboesperen, enkelen hadden handgranaten, geweren of alleen maar kapmessen. Onder luid Merdeka-geroep vielen zij onze tanks en pantserwagens aan. Het waren waanzinnigen, totaal mata gelap, die gewoon hun dood tegemoet reden. Niemand gaf zich over. Al die kerels werden door ons aan flarden geschoten.

Na deze slachting stuitten wij op loopgraven en bunkers, bezet door de TNI. Stuk voor stuk werden de bunkers met bazooka's en vlammenwerpers gesloopt. We wierpen handgranaten in loopgraven en dan was alles opeens stil. Ik sloop erheen om poolshoogte te nemen, zoals ik dat van die Ghurkasoldaten had geleerd. Maar verderop werd de tegenstand weer groter en onze colonne kon alleen nog stapvoets vooruit.

Na nog meer hevige gevechten bereikten we Sitoebondo. Aan onze zijde waren er geen doden te betreuren. Gewonden hadden we wel. Zowat de hele Compagnie E kwam snel naar voren ter versterking van het stootpeloton. Iedere woning in Sitoebondo werd doorzocht op militaire documenten voor onze commandanten. Hier en daar zagen we bejaarde mensen en kinderen langs de weg staan. Van een van die bejaarden kreeg ik te horen dat tussen Sitoebondo en Pradjekan een interneringskamp voor vrouwen en kinderen lag. Ik meldde het bij luitenant Havik en hij riep twintig jongens van het stootpeloton op om samen met mij in een truck te springen en naar dat kamp te rijden.

Inderdaad, op een paar kilometer voorbij Sitoebondo zagen wij het kamp liggen, omgeven met prikkeldraad. Ervoor liepen wachten, met bamboesperen en kapmessen. Wij sprongen uit de truck en renden in linie naar het kamp. Ik schoot twee bewakers neer. Ook een derde bewaker bij de poort met een bos sleutels schoot ik overhoop. Ik graaide die sleutels weg en opende de poort. We liepen langs barakken en zagen talloze Indische, Hollandse, Ambonese en Menadonese vrouwen en kinderen. Ze lagen op de grond van angst en staarden ons verschrikt aan.

'Wij zijn Nederlandse mariniers, jullie vrienden! Kom, pak

je spullen bij elkaar en loop naar de hoofdweg. Eruit jullie! Jullie hebben niets te vrezen!' schreeuwde ik hun in het Maleis toe.

Vrijwel alle vrouwen en kinderen kwamen overeind en huilden van blijdschap; ze wisten zich geen raad. De tranen sprongen mij in de ogen. Er klonk een zwak gejuich onder hen op. Langzaam liepen die ellendigen naar de hoofdweg naar Pradjekan. Intussen kwamen meer trucks met mariniers aan, die K-rations uitdeelden. Luitenant Havik arriveerde ook met zijn jeep en gelastte dat die mensen naar de achterhoede moesten worden afgevoerd. Wij moesten snel verder in de richting van Pradjekan, iets landinwaarts.

Het was laat in de middag toen we in Pradjekan aankwamen. Na een kort maar hevig vuurgevecht veroverden we de beoogde suikerfabriek. We moesten in de fabriek halt houden en er de nacht doorbrengen.

In het schemerdonker liep ik doodmoe naar mijn truck en ik haalde mijn transportbepakking eruit. Met die zware last op mijn nek liep ik naar het kantoorgedeelte van de suikerfabriek en ik zocht met de jongens van het stootpeloton in het halfdonker naar een slaapplaats in een van de kantoren. Maar enkele kasten in de kantoren zaten propvol mijnen. We voelden ons niet op ons gemak en riepen de hulp in van jongens van de Demolition Group, maar het bleek onbegonnen werk. Ten einde raad hebben we die mijnen voorzichtig naar buiten gedragen en in een hoek van de grote kantoortuin gedeponeerd. Daarna konden we onze slaapplaatsen op de vloer in gereedheid brengen. Voor verlichting werden blikjes met spiritusvet en kleine spiritusbranders ontstoken. Achter in de fabriekshallen, waar de machinerieën en generatoren stonden, werkten lui van de technische dienst. Na een paar uur slaagden ze erin om de elektriciteitsvoorziening voor een klein deel op gang te krijgen. Zodoende kregen we hier en daar enig elektrisch licht. De mobiele gaarkeukens draaiden op volle toeren, want alle manschappen hadden behoefte aan wat warme koffie en thee. Verder aten we van armoe maar K-rations.

Bij de poort werden twee .50-machinegeweren in stelling gebracht en wachtposten uitgezet. Ik spreidde mijn poncho uit op de vloer. Daarop legde ik een enkel gevouwen deken. Als hoofdkussen fungeerde mijn rugzak, die gevuld was met geweerpatronen en handgranaten. Ik hield mijn dungaree-uniform en laarzen aan en trok mijn tweede deken over mij heen.

Om twee uur in de nacht werd ik wakker gepord door mijn maat, die ik moest aflossen. Direct stond ik op. Ik vouwde mijn dekens en poncho op en sjorde het geheel met rugzak en al aan mijn transportbepakking. Ik greep mijn M1, stak mijn vechtmes bij me, gespte de schede vast om mijn kuit en liep naar de voor mij bestemde machinegeweeropstelling. Dat wapen kon een groot deel van de verkeersweg bestrijken.

Het was een heldere maanloze nacht met talloze sterren aan de hemel. Naast mij zat een zeemilicien van Compagnie E. Hij had de wacht van een tot drie uur. De jongen was erg gespannen. Toen hij zag dat ik een Indische jongen was, begon hij zich wat meer op zijn gemak te voelen. Hij vroeg honderduit over het leven hier en over de zeden en gewoonten van de diverse bevolkingsgroepen. Fluisterend spraken we met elkaar. Toen mijn wacht bijna voorbij was, ging ik een andere zeemilicien wakker porren. Daarna probeerde ik weer wat te slapen in zittende houding, want ik had geen zin meer om mijn bedje te spreiden. Toen werd ik opgeschrikt door het vrijwel gelijktijdig vuren van beide .50'ers. Ik greep mijn M1 en rende terug naar de wachtpost.

'Ik heb die lui te pakken! Het zijn er twee!' riep die zeemilicien opgewonden uit.

'Geef mij je flashlight. Ik ga op onderzoek uit', riep ik hem toe.

Er kwamen meer mariniers aanrennen. Met de zaklamp in

mijn linker- en mijn MI in mijn rechterhand liep ik de weg op. In plaats van dode pelopors zag ik een dode karbouw liggen.

'Hé, je hebt een karbouw neergeknald. Hij is morsdood!' riep ik terug. Anderen kwamen erbij en we sloegen dubbel van het lachen. Beide schutters voelden zich wat ongemakkelijk.

'Nou ja, ik had al eerder een aap te pakken', zei ik grinnikend.

Even later kwamen enkele koks en hun zeuntjes* aan, gewapend met slagersmessen en grote pannen, en ze begonnen dat arme dier in stukken te snijden. 'Daar kunnen we lekkere soep van trekken. Voor de hele colonne! Eindelijk weer wat vers vlees!' riepen ze verheugd uit.

De volgende morgen kregen we bij ons ontbijt een mok heerlijke warme soep van die arme buffel. Ik knapte er helemaal van op.

Kort na het ontbijt moesten we ons gereedmaken voor de doorstoot naar Bondowoso en Djember, waar mijn grootvader in de vorige eeuw enorme stukken land in cultuur had gebracht. Mijn transportbepakking en aangevulde munitievoorraad deponeerde ik op de truck. Aan de andere kant van de weg liep een sloot. Het water was niet helder, maar goed genoeg om mijn gezicht mee te wassen en mijn mond mee te spoelen.

Onze tocht werd vertraagd door wegversperringen van omgekapte bomen met landmijnen eronder. Uiteindelijk naderden we een belangrijke brug met daarachter een kampong. Daar brak de hel weer los. Alle machinegeweren op onze tanks en pantserwagens spuwden hun moordende vuur uit op de vijandelijke stellingen, die gecamoufleerd in het struikgewas en de bossen rond die kampong lagen.

Toen de tegenstand te groot leek te worden, werd om luchtsteun gevraagd. Niet lang daarna kwamen Fairey 'Firefly'-jachtbommenwerpers aanvliegen om de stellingen en bunkers van de vijand met hun raketten en boordmachinegeweren te bestoken. Veel hielp het niet. Sommige mariniers droegen oranjekleurige doeken op hun rug voor onze jachtbommenwerpers, om te voorkomen dat er op eigen troepen geschoten werd vanuit de lucht.

Alle infanteristen sprongen uit de trucks. We liepen de vijand tegemoet. Er braken hevige vuurgevechten los. Vlammenwerpers en bazooka's kwamen ook in actie.

Met enkele mariniers van het stootpeloton dook ik in de bosjes aan de zijkanten van de weg in de richting van de brug, op zoek naar de locatie van dat machinegeweergeratel. We maakten een omtrekkende beweging om te proberen de vijand in de rug aan te vallen. Op een gegeven moment zag ik op ongeveer vijftig meter voor me enkele extremisten een tweelingmachinegeweer bedienen op een dubbelaffuit – zoals gebruikelijk bij vooroorlogse marinepatrouillevaartuigen. Ik besloop ze van achteren en wierp een handgranaat. Ik dook weg in de bosjes en liet me plat op de grond vallen. Een hevige knal en die hele machinegeweerstelling zweeg voorgoed. Ernaast lagen vijf dode extremisten. Andere machinegeweeropstellingen werden vernietigd door jongens van het stootpeloton.

Maar de tegenstand was nog lang niet gebroken. Van verschillende kanten werd er onophoudelijk op ons geschoten. Af en toe zag ik onze jachtbommenwerpers aan *ground strafing** doen. Kort daarop werd een belangrijke verkeersbrug door onze jongens veroverd. Direct kwamen de jongens van de Demolition Group om alle mijnen onder die brug onschadelijk te maken. Daarna stormden we over die brug in de richting van de kampong.

Met mijn MI schoot ik met lichtspoormunitie de kamponghuisjes in brand. Pelopors vluchtten uit die woningen en werden door andere mariniers neergemaaid. De colonne bleef bij de brug steken. Op de weg lagen veel omgekapte bomen en 'Friese ruiters'*. Tussen die verplaatsbare versperringen zag ik boobytraps liggen. Heel voorzichtig moesten die explosieven onschadelijk worden gemaakt. Sommige mariniers, uitgerust met lichte *jungle carbines*, schoten uit ongeduld die boobytraps kapot. Dat gaf een hels kabaal en je kon geraakt worden door granaatscherven.

Nadat alle versperringen waren ontdaan van mijnen en boobytraps, kwam onze tankbulldozer de troep wegschuiven en kon de colonne door. Alle infanteristen gingen lopend verder. Je moest aldoor om je heen kijken, tot hoog in de bomen. Af en toe zag ik mariniers snipers uit bomen schieten. We hadden al enkele lichtgewonden, maar nog geen doden.

Langs de weg moest je oppassen voor eventuele draden die naar boobytraps leidden. Hier en daar zag ik lijken van vrouwen en kinderen in het struikgewas liggen. Wanneer lijken van vrouwen boven op mannen lagen, beschoten we die, omdat dode vrouwen en kinderen door pelopors vaak als dekschild werden gebruikt.

Toen ik via een kleine omweg weer op de grote verkeersweg naar Bondowoso kwam, zag ik wat kleine jochies en meisjes angstig op de grond zitten. Ik vroeg hun waar ik nog meer op tegenstand van pelopors kon rekenen. Zonder aarzelen vertelden ze mij de locaties van vijandelijke stellingen en van een concentratiekamp voor vrouwen en kinderen een paar kilometer verderop. Ik gaf de inlichtingen door aan jongens van het stootpeloton en verzocht luitenant Havik om assistentie van mariniers met *Browning Automatic Rifles* en Thompson-submachineguns. Op last van luitenant Havik kwam een truck naar voren rijden met een geweergroep* van standaard acht man mariniers. Ik sprong op de truck en dook weg om de opstaande kanten van de laadbak als dekschild te gebruiken. Een korporaal bleef staan en bediende dat grote .50-machinegeweer. Hij schoot dan weer naar links en dan weer naar rechts, overal waar hij schietende pelopors zag, terwijl die truck zo snel reed dat wij niets konden doen.

Eindelijk zag ik aan stuurboord een aantal barakken met

prikkeldraadomheiningen. Onze driver reed regelrecht tot voor de ingang van dat kamp. We sprongen uit de truck en liepen naar de poort met onze wapens in de aanslag. Het hekwerk was afgesloten met een zwaar kettingslot. Naast de poort was een klein gebouwtje. Toen zag ik door die vensters een paar hoofden. Zonder aarzelen schoot ik. De anderen schoten met hun automatische wapens dwars door alle vensteropeningen.

'*Kloear!*'* schreeuwde ik en even later kwamen enkele mannen naar buiten met de handen boven het hoofd. Een van hen had een kapmes bij zich. Ik schoot hem neer. Tegen de anderen schreeuwde ik: '*Boeka pintoe lekas! Kalau tidak lekas, kamoe saja boenoeh!*'*

Razendsnel werd toen de poort van het kamp geopend. We schoten de bewakers van de poort dood en trapten alle deuren van de barakken open. Huilende vrouwen en kinderen kwamen naar buiten lopen. Sommige vrouwen vielen neer voor mijn voeten en wilden ze kussen. Verschrikt sprong ik achteruit om hun dat te beletten. De ellendigen leden aan ernstige ondervoeding. We lieten ze hun schamele bezittingen pakken en naar de verkeersweg lopen. Overgebleven bewakers die probeerden te vluchten, werden neergeknald.

Twee lege trucks arriveerden bij het kamp om die zwaarondervoede vrouwen en kinderen op te halen. Gearresteerde pelopors gebruikten we als pakezels. We zetten ze helmen op hun kop, en omhangen met onze zware wapens lieten we ze voor ons uit lopen als gids en lokaas. Tegen de tijd dat ze ons in de weg gingen lopen, knalden we ze neer.

Een paar kilometer verder kwamen we aan in Tenggaran. Daar lag weer een suikerfabriek. Opnieuw stuitten we op zware tegenstand. We kregen assistentie van twee pantserwagens en een Shermantank. Alle stellingen van de vijand werden bestookt met kanonvuur en .50-machinegeweren. Na de barrage gingen we tot de aanval over. Die pelopors hadden hun stellingen goed gecamoufleerd in het struikgewas. Er waren pillboxen van het vooroorlogse KNIL bij en die waren van beton. We moesten heel goed kijken om die te kunnen ontdekken. Vlammenwerpers en bazooka's moesten er aan te pas komen. Langzaam maar zeker braken we de zware tegenstand van de vijand en toen renden we in linieformatie naar die suikerfabriek om het hele gebouwencomplex zo veel mogelijk onbeschadigd in handen te krijgen. Met vijftien tot twintig man stormden we de grote fabriekshallen binnen. Die pelopors waren nog bezig om het hele machinepark van mijnen te voorzien. Na een kort vuurgevecht schakelden we ze uit. In de hallen waar jutezakken lagen opgestapeld ontdekte ik twee pelopors die net bezig waren de brand erin te steken. Snel schoot ik ze overhoop. Ik vond een brandblusapparaat en bluste de brand in die stapels jutezakken. Met een stok trok ik de nog smeulende jutezakken uit elkaar en ik bespoot ze met de vulling van het blusapparaat. Intussen werd er hevig geschoten in de machinekamers. Toen ik daar binnenkwam, zag ik zes lijken, waaronder een van een jap.

Jongens van de Demolition Group gingen over tot het onschadelijk maken van de tijdbommen en boobytraps tussen de machines. In deze fabriek lieten we een detachement mariniers achter om de plek te laten bewaken tot de hoofdmacht arriveerde.

We naderden de belangrijke stad Bondowoso. Colonne Blauw werd opgesplitst in twee delen, om de stad in een tangformatie aan te vallen. Ik ging mee met het stootpeloton. In trucks reden we dwars door de woonwijken. Iedere keer wanneer er op ons werd geschoten, stopten de trucks en sprongen we er snel af en renden we terugvurend naar de woningen aan weerszijden van de weg.

Alle woningen en kantoorgebouwen werden stuk voor stuk doorzocht op militaire documenten. Ik trapte de deur van een woning in van een Chinese tandarts en ontdekte een vijftal blonde vrouwen van Indische afkomst.

‘Wat doen jullie hier bij deze Chinees? Zijn jullie gevangen?’ vroeg ik aan die angstig kijkende vrouwen.

Ze knikten, waarop ik die tandarts vroeg: ‘Waarom heeft u deze vrouwen gevangengenomen? Wat hebben zij misdaan?’

Hij keek mij nogal verdwaasd aan, maar zei niets terug. Toen gaf ik hem een klap met de kolf van mijn geweer.

‘Antwoord op mijn vraag!’

Kermend van de pijn zei hij: ‘Ik heb deze vrouwen hier gevangengezet om ze te beschermen tegen pemoeda’s, tegen hun gewelddadige verkrachtingen. U begrijpt het wel.’

Vervolgens zei een van die vrouwen op fluisterende toon: ‘Maar wij moeten hem ervoor betalen. Wij hebben totaal geen geld meer. Hij misbruikt ons, omdat wij hem niet meer kunnen betalen.’

Toen barstten de vrouwen in snikken uit. Andere mariniers kwamen de woning binnen. Snel doorzochten zij alles en ze lieten mij toen een Coltrevolver en een Stengun zien.

‘Wat moet jij met deze wapens?’ vroeg ik die tandarts.

‘Ik moet mijn bezittingen bewaken’, antwoordde hij.

Maar opeens riep een van die ongelukkige vrouwen: ‘Nee meneer, hij liegt. Hij is officier bij de TNI.’

Een marinier zei tegen mij in het Nederlands: ‘We zullen hem maar meenemen naar buiten en kapotschieten. Wie weet wat hij nog meer op zijn kerfstok heeft.’

‘Je gaat je gang maar’, zei ik.

Terwijl ik verder sprak met die vrouwen en hun de gelegenheid gaf hun spullen te pakken om met onze colonne mee te gaan, klonken buiten enige schoten.

Woning voor woning doorzocht ik met andere mariniers op wapens en documenten. Sommige woningen waren nog bezet door gewapende pemoeda’s, met wie snel werd afgerekend. Een gering aantal gevangenen werd naar de achterhoede afgevoerd. Hoe verder wij kwamen, hoe meer wapens we vonden. Zowat een lege truck werd volgestouwd met veroverde revolvers, geweren, munitie, granaten, kleine verrijdbare kanonnen en mortieren. De explosieven lieten we over aan de jongens van de Demolition Group, die ze ter plaatse tot ontploffing brachten. Zo kwam het dat pas laat in de middag Bondosowo kon worden veroverd.

Het voorlopige einddoel was Djember, de geboortestad van mijn vader. Onze colonne rukte via de dorpen Groedjoegan, Tamanan en Soekowono op naar Kalisat. In Kalisat was een spoorwegstation. In een mum van tijd was het emplacement in onze handen. En voorwaarts ging het weer.

In het dorp Ardjasa werd even halt gehouden. We waren doodmoe. Ik vroeg een paar tani's* mij naar de woning van hun dorpshoofd te brengen. Het dorpshoofd nodigde mij uit op de veranda van zijn woning. Ik werd verwend met koekjes, limonade en nog meer van die lekkernijen. De man was dolblij om weer Belanda's te zien, want de hele bevolking had enorm te lijden onder alle mogelijke pressiemiddelen van guerrilla-eenheden. Van het dorpshoofd kreeg ik allerlei inlichtingen over troepenbewegingen van de TNI in de omgeving. Kalisat was niet het enige dorp dat gebukt ging onder de terreur van de TNI. De colonnecommandant zette alles op zijn stafkaart.

Na een uurtje rust gingen we weer voorwaarts. Hoe dichter we Djember naderden, des te groter de tegenstand werd. Onze commandant besloot het korte traject van Ardjasa naar Djember maar te voet af te leggen. Voorop liepen de *mine sweepers*. Infanteristen en ik liepen aan weerszijden van de weg, nu weer over gras en door droge greppels, dan weer dwars door struikgewas. We hadden veel last van snipers, die in het dichte gebladerte van bomen zaten. Sommige zaten vastgebonden in kruinen van klapperbomen. Ook uit kamponghuisjes werd hevig op ons geschoten. De ene keer was het plat op de grond liggen, de andere keer was het opstaan en zigzag rennen. Mijn buitenhelm zat vol met krassen van ketsende kogels. Je hoorde dan zo'n akelig gefluit langs je oren. Toch kreeg ik enkele snipers te pakken. Ze bleven hoog boven ons dood in de bomen hangen.

De gemeente Djember was niet meer ver weg toen we opdracht kregen om op te rukken naar een klein station. Daar stond een trein op het punt van vertrekken. We herlaadden onze geweren met pantserpatronen. Snel werden de machinist en de stoker uitgeschakeld. De trein kon niet meer in beweging komen.

Ik rende het perron op en zag nog net hoe een pemoeda dekking zocht achter een vrouw met haar baby op de arm. Hij richtte zijn geweer op mij en had zijn linkerarm om de nek van die vrouw. Het kind huilde hartverscheurend. Ik nam een snoekduik en tijdens die sprong schoot ik op die onschuldige vrouw. Mijn kogel ging dwars door dat kind, de moeder en de pemoeda heen. Ik kon niet anders dan zo handelen. Het was *to kill or to be killed.* Ik zag de drie doden liggen en werd er beroerd van. Die moeder en baby hadden er niets mee te maken. Ik had een wrede beslissing genomen, maar ik kon niet anders. Ik zal dit bloedige moment nooit meer vergeten voor de rest van mijn leven. Soms schrik ik er wakker van en rol ik uit bed en sta ik weer in die houding, totdat de contouren van de slaapkamer zichtbaar worden, waar ik ook ben.

Op een paar kilometer voor de stad Djember reden we door een buitenwijk met majestueuze woningen van welgestelden. We sprongen uit de trucks om de woningen te doorzoeken. Bij een woning met een goudomrand naambord van de een of andere voorname Indonesiër opende ik het hek en ik liep regelrecht naar de voordeur bij de veranda. Plotseling zag ik uit de ramen van die woning geweerlopen steken. In een reflex liet ik mij al schietende op de grond vallen. Mijn maten, die achter mij liepen, hadden die geweerlopen ook gezien en deden hetzelfde.. In liggende houding schoot ik het slot van de voordeur kapot. Toen sprong ik op en ik stormde die woning binnen, op de voet gevolgd door drie mariniers. In de eetkamer zag ik een geüniformeerde man door het raam naar buiten klauteren. Nog voordat hij kon springen, loste ik twee schoten. Met een onderdrukte kreet klapte hij voorover en hij viel in de tuin. Ik schopte alle deuren van de aangrenzende kamers open. Mijn maten doorzochten het achtergedeelte van de woning. Er vielen schoten en ik hoorde een hoop gevloek van mariniers.

In een van die kamers zag ik een mooie Indonesische vrouw met tranen in de ogen zitten sidderen van angst. Ik prikte mijn geweer tegen haar borst en snauwde: 'Waar zijn de wapens van je man? Geef mij alle militaire en politieke documenten die je in huis hebt. Verberg niets voor mij, anders schiet ik jou aan flarden. Is dat begrepen?'

Bibberend van angst haalde ze uit een klerenkast een parabellum* met munitie, een samoeraizwaard en een dikke aktentas.

'Wie zijn die mannen die wij zojuist hebben neergeschoten?' vroeg ik haar.

'Degene die u in de eetkamer heeft neergeschoten is mijn man. Hij is kapitein van de TNI. De andere vier in het achtergedeelte van het huis zijn collega's van hem', antwoordde zij snikkend.

Ik had geen tijd voor sentimentele zaken, riep mijn maten en we vertrokken.

Weinig later stuitten we op een TNI-kazerne, waar we werden onthaald op hevig mitrailleur- en geweervuur. Om ieder blok van de kazerne werd hevig gevochten. Ik plantte mijn bajonet op mijn geweer voor eventuele man-tegen-mangevechten. Maar de mariniers hadden haast en gebruikten handgranaten en geweergranaten om de machinegeweerstellingen te vernietigen, zodat we over konden gaan tot *sweeping* van de hele kazerne. Nadat dat was gebeurd, liep ik langzaam terug naar de truck. Ik voelde me ineens moe en misselijk van al dat doden. Voorheen had ik voor elke dode een streepje gekrast op de kolf van mijn geweer, maar nu was ik de tel kwijtgeraakt. Misschien was ik de honderd al gepasseerd. Maar ik had geen wroeging, op die vrouw en dat kind na. Ik nam eenvoudigweg wraak voor alles wat die Indonesiërs mij en mijn lotgenoten hadden aangedaan. Dat het doden bij mij nog ernstiger vormen zou aannemen, kon ik toen niet bevroeden.

De hoofdmacht van Colonne Blauw stootte door naar het centrum van de stad Djember. Ook jongens van het SHK-II VDMB gingen mee met de hoofdmacht. Ik bleef bij het stootpeloton en Compagnie E en F. We maakten een omtrekkende beweging rond de stad. Toen de avond viel, hielden we halt in een buitenwijk van Djember, nadat we de omgeving van onze bivak hadden schoongeveegd van extremisten.

We zetten wachtposten uit. Langs wegen en in droge greppels werd uitgerust en een beetje geslapen. Ik gebruikte mijn helm als kussen. Maar van slapen kwam niets terecht. Midden in de nacht werden wij eerst van korte en later van lange afstand beschoten. Iedereen was weer alert. Niemand kon die nacht ook maar een uurtje rusten. Toen de morgen aanbrak, voelden we ons miserabel. Er was geen koffie. We hadden alleen nog wat gezuiverd slootwater in onze veldflessen, en onze K-rations. Bij wijze van ontbijt opende ik een blikje K-ration met chili con carne. Het smaakte vrij pittig en het deed mij goed.

We gingen verder in de trucks, richting Mangli. Daar bestormden we een fabriekscomplex van een grote rijstpellerij. Met een paar mariniers rende ik naar de machinekamers, waar pemoeda's juist bezig waren met het tot ontploffing brengen van hun mijnen. Het werd een dubbeltje op zijn kant. In de opslagplaatsen van jutezakken waren branden gesticht. Ik rende die opslagplaatsen binnen en zag nog net twee pelopors over de stalen dwarsbalken van het dak rennen. Op het moment dat ze boven de brandhaarden waren, schoot ik ze dood. Hun lijken bleven over die dwarsbalken hangen en terwijl het vuur hoe langer hoe meer oplaaide, begon ik die weeïge zoete geur van verbrand mensenvlees te ruiken. Ik rende terug naar de machinekamers, waar jongens van de Demolition Group tussen de lijken van pemoeda's druk bezig waren met het onschadelijk maken van de geplaatste explosieven. Dat was een levensgevaarlijk karwei. We hadden veel respect voor die jongens.

De rijstpellerij was veroverd. Een kleine bezetting mariniers bleef er achter.

Op de weg van Mangli naar Rambipoedji kregen we weer te maken met wegversperringen en landmijnen. Veel tegenstand hadden we niet en in Baloeng, twaalf kilometer voorbij Djember, werd voor een korte tijd halt gehouden. We hadden een paar gewonden en een gesneuvelde. Over de walkietalkie werd er om ambulances en versterking gevraagd. Uit inlichtingen was gebleken dat er sterke troepenconcentraties waren in de gebieden rondom het dorp Kentjong. Bij het naderen van dat dorp gingen onze pantserwagens vooruit en ze schoten met hun boordwapens. Onze trucks reden parallel aan de spoordijk toen we hevig vuur van grote afstand kregen te verduren. De trucks hielden halt en we sprongen eruit. In linie lagen we langs de hele spoordijk. Toen kregen we te maken met fanatieke Hizbullaheenheden, die ons vanuit drie richtingen bestormden. Meteen werd het bevel 'Zuinig met munitie! Eén kogel één man! De laatste kogel is voor jezelf!' van mond tot mond doorgegeven.

Ik had nog twee handgranaten en drie slings met patronen om mijn nek. Mijn koppel zat vol met clips patronen. Ik haalde de slings van mijn nek en legde ze voor me op het talud. Die Hizbullahfanatiekelingen kwamen luid Merdeka-kreten schreeuwend naderbij. De meesten van hen hadden niet eens geweren, slechts slag- en steekwapens. We lieten ze steeds naderen tot ongeveer 100 à 150 yards en openden dan het vuur. Bij bosjes vielen die kerels dood ter aarde. Het was een slachting, zo erg dat we door onze munitie heen raakten en er over de hele linie talloze stapels lijken lagen van die fanatiekelingen, terwijl er van achter hen steeds weer anderen aan kwamen stormen. Ik was bezig met het verschieten van mijn laatste patronen toen het bevel klonk: 'Gereedmaken voor bestorming met de bajonet!'

Ik plantte mijn bajonet op mijn geweer. Toen hoorden we kanonschoten. Onze pantserwagens waren teruggekeerd en schoten met hun boordwapens op die aanstormende waanzinnige fanatiekelingen. Van de andere kant kwam Compagnie F ons te hulp. Zij rekenden af met de laatste restanten van de Hizbullah. Overal klonken zuchten van verlichting. Het was verbijsterend hoe al die Hizbullahleden in ons vuur liepen. Niet één bleef in leven. Hun lijken lagen als zandzakken opgestapeld. Het was een verschrikkelijk gezicht. Maar we kregen niet de gelegenheid om hierover te peinzen. In allerijl werden we van nieuwe munitie en handgranaten voorzien. Ook hier in Kentjong bleef een detachement mariniers achter. En zo gingen we verder met het plan om de hele Oosthoek van Java te bezetten.

Van Kentjong uit rukten we verder op in de richting van Amboeloe, ook zo'n berucht bolwerk van fanatieke Hizbullah- en Masjoemigroeperingen, die ook al slechts bewapend werden met slag- en steekwapens. Een gering aantal had vuurwapens van Japanse makelij. Al die strijdende groepen werden aangevoerd door bloeddorstige *kijai's**, die louter bewapend waren met zeer giftige heilige krissen. Die krissen waren ingesmeerd met een mengsel van blauwzuur en arsenicum. Je hoefde maar een klein krasje te krijgen en binnen het uur stierf je een buitengewoon pijnlijke dood, onder hevige koortsen en zware hartkloppingen. De kleur van het lemmet was roodbruin tot donkerbruin. Verder droegen die kijai's vele amuletten om hun nek, ten teken van hun 'onsterfelijkheid' en 'heiligheid'. Het was voor hen een heilige oorlog. Zij maakten nooit krijgsgevangenen, maar sneden hun gevallen vijanden altijd in stukken.

Rond het dorp was het opvallend stil. Hier en daar zag ik een paar bejaarde dorpelingen rondlopen. Ik nam scherp hun gedragingen op. Uit hun lichaamsbewegingen en de manier waarop zij de omgeving bekeken, begreep ik dat zij signalen doorgaven aan strijders in het dichte struikgewas tussen de vele kamponghuisjes. Als een soort *pathfinder* liep ik voorop en aan de dichtst achter mij aan lopende marinier gaf ik de waarschuwing: 'Doorseinen naar achteren dat wij helemaal omringd zijn door de vijand. Verspreid doorlopen. Niet te dicht op elkaar. Bajonet op je geweer. Laatste kogel voor jezelf!'

Toen brak de hel los. Van alle kanten kwamen die rotzakken op ons af met een luid Merdeka-gehuil dat zo doordringend klonk dat je er kippenvel van kreeg. Spoedig vielen die kerels bij bosjes neer door ons automatische vuur.

Ik kwam oog in oog te staan met een fanatieke kijai. Hij spuwde alle mogelijke verwensingen uit in mijn richting en zwaaide vervaarlijk met zijn giftige poesaka-kris*. Ik had geen oog meer voor de rest, stak de tromp van mijn geweer in het zand en prevelde in de Hoogjavaanse taal de tegenspreuk: 'Van stof zijt gij gemaakt en tot stof zult gij wederkeren!'

Mijn geweer was geladen met gemene fosfor- en lichtspoormunitie. Toen liep ik vloekend die kijai tegemoet en vuurde snel tweemaal. Die fanatiekeling klapte kermend achterover. Ik had hem in de borst en maagstreek getroffen. In het Javaans vroeg ik hem op sarcastische toon: 'Voel jij je nog steeds onsterfelijk?' Ik stak mijn bajonet in zijn maagstreek, draaide hem een kwartslag en trok hem eruit, zodat de darmen van die kijai mee naar buiten kwamen. Ik zag die fosforkogel zijn brandende werk verder in die bloederige massa doen. Intussen werd ik door nog vijf anderen belaagd, maar de achter mij aan lopende mariniers maakten korte metten met hen.

Ik dankte mijn maten en met een lichtspoor schoot ik een pasanggrahan* in brand. Iedereen die eruit kwam rennen, zonden we naar de hel. En alweer werd het een gevecht tegen een aanstormende massa. Van alle trucks werden de .50-machinegeweren bediend. Liggend op mijn buik zag ik lichaamsdelen in de rondte vliegen. Veel mariniers moesten ervan kotsen. Er was geen tijd voor medelijden of zelfmedelijden. Er werd verbeten en met haat gevochten. Ondanks dat ik doodmoe was, voelde ik niets. Elke spier, elke zenuw in mijn lijf was gespannen. Van alle kanten dreigde de dood: vanuit het gebladerte, de bomen, van onder snel oplichtende dakpannen.

Menig marinier liep schotwonden op. Enkelen sneuvelden. De ziekenpikken renden met brandcards af en aan. Er kon geen luchtsteun aangevraagd worden, omdat de vechtende partijen te dicht op elkaar zaten. Dus werden de zware wapens van achteren naar voren gestuurd. Shermantanks lieten hun 10-cm-kanonnenvuur spuwen. Uiteindelijk sloegen zelfs de grootste fanatiekelingen goddank op de vlucht.

We lieten een detachement mariniers achter in Amboeloe om de boel bezet te houden. De hoofdmacht trok verder naar Bangsalsarie, terug ter hoogte van Djember, weer zo'n haard van fanatieke Hizbullah- en Masjoemi-eenheden. De avond viel, maar aan de gevechten kwam geen einde.

Mariniers waren opgeleid voor een totale oorlogvoering. Maar dit was een guerrillaoorlog. Dus waren de Indonesiërs in het voordeel. Dit was hun land. Zij kenden hun gebieden door en door.

Met mij lieten de infanteristen hun bajonet op hun geweer zitten. We sliepen beurtelings leunend tegen de wielen van trucks, met de ogen halfopen en het geweer in de hand, geplaagd door legers muskieten. Soms kwam het tot man-tegen-mangevechten en moest ik mijn vechtmes gebruiken. Mijn dungaree-uniform kwam onder bloedvlekken te zitten. Pas bij de ochtendschemer luwden de gevechten. We gunden ons geen tijd om te ontbijten en maakten ons gereed om verder op te rukken. Voor de zekerheid lieten we een groter detachement mariniers achter. Door de compagniecommandant werd per walkietalkie om versterkingen gevraagd vanuit Djember en Bondowoso. Na een korte tijd kregen we het bericht door dat Compagnie F onderweg was. Toen konden we de opmars voortzetten, in de richting van Soembersarie, waar veel plantages met koffie, thee, rubber en tabak lagen, onder meer van de familie Nolan van wijlen mijn onwettige vader.

De weg erheen ging bergopwaarts. Er hing een lichte nevel over het land en het was heerlijk koel in de vroege morgen. Ik zat in de voorste truck met jongens van het stootpeloton van 2-INBAT. Onder het rijden deden we ons te goed aan blikjes K-rations en Pabstbier. Bij gebrek aan koffie moesten we er onze mond mee spoelen. We kregen er een suf gevoel van.

Op enkele kilometers van het dorp Soembersarie liep onze truck op een landmijn en kantelde die. Wij werden eruit geslingerd. De truck achter ons ontweek ons en reed de sawa in. Van grote afstand werd op ons geschoten. Aan het geluid herkende ik de Nambumitrailleurs van Japanse makelij en de vooroorlogse Browningmachinegeweren van het KNIL. Ik krabbelde overeind en controleerde mijn geweer. Het zat vol met modder. Met wat water uit de sawa maakte ik het schoon. Andere mariniers schreeuwden mij toe dekking te zoeken, maar ik schreeuwde terug dat ze maar op de vijand moesten schieten en zich niet om mij moesten bekommeren.

We namen zo veel mogelijk reservemunitie uit de gehavende truck mee en gingen te voet verder. Mijn hele lichaam deed pijn, ik voelde me geradbraakt en had barstende koppijn. We liepen dwars door de plantages van Soembersarie heen. Op grote afstand klonken er een paar geweerschoten, dat was alles. We naderden woningen van plantagepersoneel. Die lagen er verlaten, beschadigd en leeggeplunderd bij. Hier en daar smeulden brandjes. We zagen halfverkoolde lijken liggen van vrouwen en kinderen.

Toen we Soembersarie achter ons lieten, werd er eindelijk een poosje halt gehouden. Ik vond een zitplaatsje aan de kant van een helder beekje. Mijn veldfles spoelde ik schoon met het water en ik liet hem vervolgens vollopen. Ter ontsmetting stopte ik een paar chloortabletten in mijn veldfles. Na een paar minuten kon ik het water, vrij van alle schadelijke bacteriën, drinken. De blikjes met K-rations leken steeds smakelijker te worden, zelfs de boerenkool at ik op. Het nadeel was dat je er hardlijvig van werd. En slaperig.

Ik had geen flauw idee hoelang ik zittend aan dat heldere beekje had geslapen, toen ik ruw wakker werd gepord om verder te trekken. De colonne reed verder oostwaarts, in de richting van Rogodjampi, helemaal bij de Straat Bali. Daar moesten wij in contact komen met de mariniers die in Banjoewangi waren geland en waren doorgestoten in westelijke richting. Precies op de geplande plaats ontmoetten wij laat in de middag de jongens van Colonne Oranje. We kregen een lange rustperiode. We werden getrakteerd op blikjes Pabstbier, alsof we al niet suf genoeg waren.

Weg van het front

Na het zuiveren van deze gebieden in de Oosthoek konden veel Nederlandse planters en eigenaars van de ondernemingen terugkeren voor de wederopbouw van hun plantages. Toch moesten we intensief blijven patrouilleren. De Oosthoek van de provincie Oost-Java was ruig en bergachtig met talrijke bossen en ernstig verwaarloosde plantages van gevluchte Europese ondernemers, onder wie de Nolans. Door de Indonesische guerrillaoorlog was het bezetten van dat immense gebied een groot probleem. Gelukkig hadden wij assistentie van landmacht- en

KNIL-onderdelen. Tijdens sweepacties maakten wij veel gevangenen. Extremisten die zich schuldig hadden gemaakt aan moordpartijen heb ik in Rogodjampi bij Banjoewangi hardhandig aan een verhoor onderworpen en daarna op transport gesteld naar het SHK-II van de VDMB te Djember. Van de overige gevangenen peuterde ik met keihard verhoor alle nodige militaire informatie los. Zo konden onze commandanten op stafkaarten de guerrilla-activiteiten lokaliseren. Onbelangrijke gevangenen werden direct vrijgelaten. Verdachten namen we als gids mee op patrouille. Ze moesten ons naar de stellingen van hun kameraden brengen. In geval van hinderlagen of valse informatie werden die gidsen door ons uit de weg geruimd.

Toen er een VDMB-detachement in Rogodjampi werd gevestigd, kreeg ik opdracht om terug te gaan naar Djember, naar het SHK-II, om uit te rusten van die spannende weken. Ik voelde me ellendig vanwege slaapgebrek en met mij alle jongens van het stootpeloton van 2-INBAT. Het was aan het eind van die eerste week in augustus 1947. De Eerste Politionele Actie, de zogenaamde actie 'Product', was beëindigd.

Ik nam afscheid van de jongens van het stootpeloton. De 2de luitenant der mariniers Havik bedankte mij voor de verleende intelligenceassistentie, al had ik meer gedaan dan mensen verhoren ... Ik hees me in een lege truck van een kleine colonne van een jeep en vijf lege trucks, die in Djember voedsel en munitie moesten ophalen.

Laat in de middag kwam ik aan op het SHK-II, waar ik door de adjudant der mariniers Mulder verwelkomd werd.

'Zo, Nolan, ben je er eindelijk? Je bent zeker al helemaal van ons vervreemd. Maar in ieder geval zie ik dat je heel wat kisten met documenten en militaire spullen hebt meegebracht. Bravo, Nolan!' zei Mulder. 'Enfin, je hebt achter in dit gebouw een kamer voor jou alleen. Je kunt nu wat uitrusten van die spannende weken.'

Vermoeid nam ik mijn plunjezak en andere bepakking op mijn nek en ik sjouwde die handel naar mijn kamertje. Ik richtte het in en wandelde daarna door het gebouw om het personeel te monsteren. Tot mijn verbazing zag ik allerlei ex-gevangenen in onze dienst. Zij verzorgden de huishouding en administratie van de afdelingen Verhoor, Spionage en Documentatie.

Ik nam Bert Hermelijn apart en vroeg: 'Zeg, Hermelijn, wat ben jij eigenlijk aan het doen met al die pelopors? Je gaat die rotzakken toch niet inwijden in onze militaire geheimen?'

'Nee, Nolan,' antwoordde Hermelijn, 'dat doe ik niet. Ik laat ze alleen zo'n beetje voor mij werken onder het motto "met dieven vangt men dieven". Deze lui hebben zich niet schuldig gemaakt aan het uitmoorden van onschuldige burgers. Alleen voor die Wim Rompas moet je oppassen. Hij is in de jappentijd lid geweest van de Kem Pei Tai hier in de Oosthoek.'

Hermelijn leidde mij door het gebouw langs alle afdelingen. Alleen al op de verhoorafdeling werkten veertig van die overlopers. Verder liepen er ook een paar Indische meisjes rond. Een van hen was zijn sletje. Hermelijn zei tegen me dat ik haar zusje wel in bed kon nemen. Zij zou me vast wel aardig vinden. Volgens hem was zij al ontsmet, dus ik hoefde niet bang te zijn voor de een of andere venerische ziekte. Ik dankte ervoor.

Hoerenklus

Op een morgen na het ontbijt zei Mulder: 'Nolan, ik heb een bijzondere klus voor je. Je bent voor vandaag patrouillecommandant. Je krijgt tien man en drie lege trucks mee. Je rijdt met driver Groeneboer in een jeep. De opdracht is dat je alle hoeren in Djember en naaste omgeving moet arresteren en op die trucks moet laden. Je brengt ze hiernaartoe voor een routineverhoor en van hier gaan ze allemaal naar het centrale stadsziekenhuis, waar ze ontsmet moeten worden. Ik zal intussen met de directie van dat ziekenhuis spreken. Die wijven zijn nodig voor onze jongens. Maar laat je niet verleiden door die hoeren en kijk vooral uit naar eventuele guerrillabenden.'

Ik salueerde stram en ging snel terug naar mijn kamer. Ik gespte mijn koppel om, stak mijn fighting-knife in mijn rechterlegging, hing een paar slings munitie om mijn nek en greep mijn trouwe MI. In de voorgalerij van ons subhoofdkwartier stonden de drie trucks al gereed. Ook Groeneboer was er al met zijn jeep.

Met Harry Tjong nam ik een krijgsgevangen gemaakte ex-TNI-officier bij mij in de jeep. De andere jongens klommen in de trucks. En zo gingen we op pad. Die ex-TNI-officier wist de weg en dirigeerde ons naar de rosse buurten van Djember. Daar stopte de colonne en we kamden de woningen uit. De oogst was enorm. Binnen een uur waren alle trucks volgeladen. Allemachtig, wat konden die meiden stinken! Ik werd beroerd van al die parfums die die vrouwen gebruikten. Hun woningen werden door ons doorzocht op eventuele aanwijzingen van contacten met guerrillabenden. Toen alle trucks vol zaten met 'geurige' vrouwen, reden we terug naar ons subhoofdkwartier, waar de andere tolken zich over hen ontfermden. Daarna reden we weer weg voor een tweede zoektocht naar lichte vrouwtjes.

Toen we terugkeerden bij het SHK was het een drukte van jewelste op de verhoorafdeling. Het halve gebouw stonk naar hoer. De verhoren van die vrouwen verliepen vlot, althans vergeleken met die van guerrilla's. Ze pasten alle mogelijke verleidingskunstjes toe, onder meer door hun onderbroekjes op provocerende wijze uit te trekken. De jongens wier taak het was om al die verhoorrapporten keurig uit te typen, voelden zich er onbehaaglijk bij. Ik bekeek het schouwspel en lachte me rot.

Ik meldde me af bij Mulder en ging naar mijn kamer, gespte mijn bewapening los, ging op bed liggen en viel in een diepe slaap. Het was al donker toen Jan Kraai mij kwam wekken voor wat eten. Alle zwaarbesmette vrouwen waren naar het ziekenhuis getransporteerd. De lichte gevallen hadden injecties en tabletten gekregen en waren naar huis gestuurd. Een enkeling bleef, als minnaresje voor de Hollandse mariniers.

Landmijn nummer 2

De volgende dag moest ik met een stel stafkaarten en gewijzigde opdrachten naar het detachement te Bangsalsarie. Ik liftte mee met een voedselcolonne. Andere tolken gingen naar andere plaatsen op patrouille, gesteund door infanteristen.

Op een paar kilometer voor Bangsalsarie moest onze voedselcolonne door een bergpas en dan over een paar heuvels met bebossing. De jeep met de colonnecommandant moest plotseling uitwijken voor een omlaagstortende boom over de weg. Het voertuig reed op een landmijn en vloog in brand. De luitenant en zijn driver werden eruit geslingerd en bleven zwaargewond liggen. De uitgeweken truck vlak achter de jeep raakte een andere zware landmijn. Onze truck erachter vloog mee de lucht in. Met mij werden alle jongens er ook uit geslingerd. De andere twee trucks konden tijdig afremmen. Maar vanaf de heuvel kregen we kruisvuur van machinegeweren te verduren. Drie jongens van mijn truck vielen dood neer. Een paar mariniers sprongen achter de .50-mitrailleurs en begonnen om zich heen te vuren. Ik lag versuft op de grond. Ik had het gevoel alsof mijn maag in mijn keel terecht was gekomen. Mijn rug deed erg veel pijn. Om mij heen ketsten de kogels in de grond en de modder. Mijn geweer lag een paar meter van mij vandaan. Ik kroop ernaartoe, greep het en veegde de modder en het vuil weg onder het gefluit van kogels. Tussen het struikgewas op de heuvel vlak voor me zag ik een tweelingmitrailleur op een affuit vuurspuwen op de jongens die enkele meters van mij vandaan op de grond lagen te kermen. Ik schoot de schutter en diens helper dood.

'Lig daar niet zo te kermen om je moeder! Schiet terug goddomme! Schiet ze naar de hel!' schreeuwde ik.

Hoewel ze zwaargewond waren, raapten ze alle moed bij elkaar, grepen hun wapens en schoten zo goed ze konden. Het vuurgevecht duurde gelukkig niet lang. De vijand sloeg op de vlucht onder achterlating van hun zware wapens en dode kameraden.

Nu zakte ik zowat in elkaar van de pijn. De niet-gewonde mariniers hielpen hun gewonde maten zo goed en zo kwaad als het ging. Een gewonde truckdriver had nog de kracht gehad om per walkietalkie om hulp te vragen. Na een uur kwam een colonne met *half-track*-ambulances en twee trucks met zo'n twintig mariniers. De doden en zwaargewonden werden in de ambulances en de trucks geladen.

Ik grabbelde alle spullen bestemd voor het detachement van Bangsalsarie bijeen en voort gingen we naar onze bestemming. Bij het detachement van Bangsalsarie aangekomen, gaf ik de commandant de gevraagde spullen plus de post, en ik zocht meteen naar een stoel. De officier zei tegen me dat ik mij de volgende dag maar moest melden bij de ziekenboeg te Djember.

Er werd een snelle planning gemaakt. Het detachement werd meteen opgeheven en verplaatst naar Kentjong, ter versterking van het daar gevestigde VDMB-detachement. De volgende dagen zouden strafexpedities uitgevoerd worden in het gebied van Bangsalsarie.

Nog voor het donker keerde ik met dezelfde colonne terug naar Djember. Ik had nog steeds enorme rug- en maagpijn. Zonder gegeten te hebben ging ik vroeg naar bed. De volgende morgen voelde ik me iets beter en ik meldde me bij de adjudant der mariniers Mulder. Ik wilde mee met zo'n strafexpeditie naar Bangsalsarie. Dat werd meteen goedgekeurd, omdat ik de plek kon wijzen waar mijn colonne in een hinderlaag was gereden.

Op de plaats des onheils aangekomen stopte de hele colonne. Uitgezonderd de drivers en de .50-schutters sprong iedereen uit de voertuigen. In groepen van tien man kamden we het hele gebied uit. Alles wat een wapen droeg, werd neergeknald.

Met een geweergroep naderde ik de eigenlijke kampong Bangsalsarie. We werden begroet met salvo's uit automatische wapens en kniemortieren en beantwoordden dat warme welkom op gepaste wijze. In eerste instantie spiedde ik de bomen af en ik lette op eventueel bewegende dakpannen van de huisjes. Ik beschoot een pelopor die vanuit een boom op ons zat te schieten. Hij liet zijn sniperkarabijn met telescoopvizier vallen en bleef dood in de boom hangen waaraan hij zich had vastgebonden. Toen ik van achter een deur van een kamponghuis mondingsvuur zag, maakte ik een omtrekkende beweging, wierp een handgranaat en liet me plat op de grond vallen. Een verschrikkelijke knal en het vuren hield op. Met twee mariniers stormde ik de woning binnen en ik zag gewonde pelopors liggen. Mijn maten gaven elk een genadeschot. We namen hun wapens mee naar buiten en gooiden ze op een hoop voor de anderen die ons volgden. Snel renden we van de ene woning naar de andere.

Ik naderde een grote woning, waar vermoedelijk geestelijken woonden. Ik trapte de voordeur in en stond inderdaad oog in oog met een kijai. Die fanatiekeling zwaaide dreigend met zijn giftige poesaka-kris. Snel pompte ik twee schoten in zijn borst en ik stak mijn bajonet door zijn strot. Toen kwam van rechts een andere kijai op mij aanstormen. Ik had geen tijd om mijn geweer en bajonet uit dat lijk te trekken en trok mijn dolk. Toen die kijai op mij inliep met zijn kris, trapte ik die uit zijn hand. Mijn dolk ging bij die ellendeling dwars door zijn strot.

Snel trok ik mijn mes er weer uit en ik stak het in zijn borst. Ik hoorde een zacht gekraak van botten. Langzaam zakte hij al rochelend in elkaar. Achter en links opzij van mij waren mijn maten ook in gevecht gewikkeld met die fanatiekelingen, die plotseling overal uit het donker waren opgedoken. Schieten was onmogelijk, want dan hadden we elkaar kunnen raken. Niemand van mijn maten liep een schrammetje op van die giftige krissen.

Intussen kreeg ik hoe langer hoe meer last van mijn onderrug. Ik probeerde de pijnen te onderdrukken door er niet aan te denken, maar dat lukte niet erg. Het duurde nu wel heel lang voordat het hele gebied van Bangsalsarie en omgeving was gezuiverd. Gelukkig sneuvelden er geen mariniers, maar we hadden veel zwaargewonden. Ter plekke werden enkele gevangenen aan mij voorgeleid, die ik onderwierp aan een hardhandig verhoor. Uit hun bekentenissen bleek dat hun groep landmijnen hadden ingegraven. Ze waren gemaakt van vliegtuigbommen van vijftig kilogram. Ik ontstak in woede en trapte tegen hun grijnzende smoelen. Later hebben mijn maten ze maar overhoopgeschoten.

Toen ik in het SHK te Djember terugkwam, liep ik linea recta naar mijn kamer en wierp mijn gevechtsbepakking af. Vervolgens ging ik naar de stafkamer en bracht verslag uit over de sweepactie. De volgende morgen na het ontbijt meldde ik mij bij de ziekenboeg. De officier van gezondheid der 2de klasse dr. Jacobus onderzocht me en constateerde een soort van ischias. Dat klonk me nogal vreemd in de oren, want ischias komt praktisch niet voor in de tropen. In ieder geval moest ik voor drie weken plat in die ziekenboeg.

Ik kwam te liggen in een grote kamer met nog zeven man, allen lichtgewond. In de kamer ernaast lagen acht zwaargewonden. Dagelijks bezochten we onze ongelukkige maten om ze moed en hoop in te pompen. Het viel niet mee voor die Hollandse jongens. Sommigen huilden in de nacht en riepen om hun moeder en andere geliefden in Holland.

Het platliggen maakte me onrustig. Ik piekerde over mijn vrienden, mijn jeugd en het geweld waarin ik moest opgroeien. Bijna elke dag werden er gewonde en gesneuvelde mariniers binnengebracht. Artsen en ziekenverplegers liepen af en aan. De operatiekamers bleven continu bezet. Met een paar maten ging ik af en toe stiekem in de lijkenkamers kijken naar wie er gesneuveld waren. Ik herkende maten met wie ik tijdens weekendverloven had gezopen. Het was verschrikkelijk om ze halfverminkt of doorzeefd met machinegeweerkogels te zien liggen. Ik zwoer wraak, maar kreeg geen toestemming me als genezen af te melden.

Terugkeer van een dood gewaande zoon

Het liep tegen het einde van augustus 1947 toen ik, na een maand platliggen, uit de ziekenboeg te Djember werd ontslagen en toestemming kreeg om met vier dagen verlof naar Soerabaja te gaan. Sinds de landing bij Pasir Poetih voor de Eerste Politionele Actie had ik nog geen dag verlof genoten. Ik voelde me redelijk, maar nog wat slap en mijn rug deed nu en dan nog zeer. Wat ik niet wist, was dat op een avond na zijn diensttijd Karel bij Mama thuis was gekomen. Ook Ella en Poppy waren er. Karel vroeg allen, inclusief baboe Tenie en kokkie Tas naar de eetkamer te gaan omdat hij hun iets droevigs moest mededelen.

Aan de etenstafel begon Karel: 'Ma, Ella, Poppy en baboes, toen Arto hier was om afscheid te nemen van jullie, heeft hij mij apart genomen en gezegd dat als ik na twee maanden niets meer van hem zou hebben vernomen, ik jullie moest gaan vertellen dat hij van ons heen is gegaan. Nu is het zover. Ik heb niets meer van hem vernomen. Ik neem aan dat hij dood is. De weinige mariniers die ik ken, heb ik naar Arto gevraagd, maar niemand wist iets over hem. Er zijn veel mariniers gesneuveld in de Oosthoek.'

Iedereen, zelfs Poppy, barstte in tranen uit. De baboes waren niet te troosten.

Af en toe kwam de marinier der 2de klasse Jan van der Burgt van de mariniersbakkerij op bezoek bij Ella, die buiten mijn weten was bevrijd uit het vrouwenkamp. Hij scharrelde met de buurvrouw, Mary Scheffer, wier man nog niet terug was uit krijgsgevangenschap. Toen een paar avonden na Karels bericht Jan van der Burgt langskwam, vroegen Mama en Ella hem om uit te zoeken of ik werkelijk gesneuveld was. Jan moest de volgende dag met de trein een lading brood en andere voedingsmiddelen naar Bondowoso en Djember brengen. In Bondowoso werd hij bij het VDMB-detachement doorverwezen naar het SHK-II te Djember. Daar ging Jan niet naar het SHK-II, maar op advies van een ziekenverpleger direct door naar de ziekenboeg. Die morgen ging een aantal gesneuvelde mariniers op dodentransport naar Soerabaja om ter aarde te worden besteld op het ereveld te Kembang Koening. Jan van der Burgt informeerde naar mij bij de dienstdoende sergeant-ziekenverpleger. Die man dook in zijn administratie en vond inderdaad mijn naam, die abusievelijk was genoteerd bij een andere tolk. Geschokt droop Jan af en hij bracht het bericht over bij mij thuis, waar hij iedereen ontroostbaar achter moest laten.

Intussen zat ik in de trein naar station Goebeng te Soerabaja. Daar aangekomen nam ik mijn transportbepakking op mijn nek en ik wandelde loom het stationsgebouw uit. Het was laat in de middag maar nog altijd bloedheet. Ik riep een betjak aan en plofte erin. Rustig fietsend bracht de betjakrijder mij naar Oendahan Koelon en reed van daar de Heemskerkstraat in, waar hij stopte voor nummer 5. Ik betaalde en stapte uit, nam mijn trouwe MI over de rechterschouder en sleepte mijn bagage naar de voorgalerij. Mama zat daar en dacht dat ze een geestverschijning zag. Ze had mijn matras al opgerold en wierook in mijn kamer gebrand. Ik moest haar door elkaar schudden om haar ervan te overtuigen dat ik het werkelijk was. Toen begon ze te huilen.

Ik deponeerde mijn bagage in mijn kamer, waar een zware wierooklucht hing, maar in mijn verstrooidheid had ik mijn geweer nog steeds in de hand. De baboes traden mij met tranen van blijdschap tegemoet. Toen ontwaarde ik door het venster van de eetkamer in de achtertuin een kindje van ongeveer twee jaar oud. Het had spleetogen.

'Van wie is dat Japanse kindje?' riep ik en ik richtte mijn geweer op dat meisje. Toen de baboes dat zagen, vlogen ze mij aan. Mijn geweer ging af en de kogel miste dat jappenkind.

*'Djangan sinjo Arto! Djangan sinjo Arto! Mintah ampoen, itoe anak tidak salah!'** smeekten ze.

Beide vrouwen hadden mij zodanig vast dat ik mijn geweer niet meer kon hanteren. Mama riep mij verwijtend toe: 'Arto, dat kind heeft geen schuld! Dat kind is geboren uit je zuster Ella en Joshida. Dat is die Sakura-Japanner, die na Kamei met Ella omging. Arto, ik gebied jou, dood dat kind niet!'

'Waar is Ella?' riep ik woedend terug.

'Ella is naar de pasar!'

Mama vertelde dat Ella en Ina gedurende de Politionele Actie bevrijd waren door Nederlandse troepen. En dat Ina met haar man en kinderen intussen in Batavia zat.

'Adoe, jij bent nu nog wreder dan toen jij bij de politie was. Ik ben diep geschokt door jouw gedrag. Hoe kun jij zo wreed zijn? Hoeveel mensen heb jij al gedood? Oom Soen en Pah Tjillih maken zich zorgen om jou. Pah Tjillih heeft naar jou gevraagd. Bezoek hem! En laat dat kind Josta met rust!'

Het was na zessen in de avond en al donker toen ik gewekt werd door baboe Tenie. Loom stond ik op en ik ging naar de badkamer voor een verfrissend bad. Ik trok mijn kaki-uitgaansuniform aan en verliet het huis om naar de Marinierskantine aan de Toendjoengan te gaan. In de kantine aangekomen liep ik regelrecht naar de bar en bestelde tien glaasjes brandy. Maar het dienstdoende Indische barmeisje zei: 'Ik bedien uitsluitend blonde Hollandse jongens met blauwe ogen.'

Woedend zocht ik de barchef op en ik deed mijn beklag over het wangedrag van zijn personeel. Ook hij werd kwaad en hij riep dat meisje ter verantwoording. 'Zeg, wil jij deze marinier niet bedienen omdat hij niet blond is en geen blauwe ogen heeft? Wat is dat voor onzin! Als jij hem nu niet bedient, dan kun je gaan, is dat begrepen?'

Dat Indische meisje werd rood van schaamte. Zij schonk mij de borrels in, ik betaalde en liep met een vol dienblad naar een hoek van de danszaal en nam plaats aan een tafel dicht bij een *loudspeaker*. Zo kon ik genieten van de borrels en van de muziek van Glenn Miller, Harry James, Artie Shaw, the Andrew Sisters, Bing Crosby en Judy Garland, en *last but not least* Vera Lynn.

Door dit akkefietje met dat Indische meisje kreeg ik nog meer het gevoel dat ik niet thuishoorde in die koloniale racistische samenleving. Sinds mijn prille jeugd had ik veel Amerikaanse films gezien en in journaals zag ik talrijke flitsen van het leven in Nederland. Uit gesprekken met Hollandse jongens en uit brieven met Nederlandse correspondentievriendinnen kreeg ik een indruk van hoe men in Holland leefde en hoe men dacht over mensen met een andere dan een blanke huidskleur. Daar moest mijn toekomst liggen.

Levend begraven

Na een paar aardige dagen moest ik weer terug naar het front. Ik meldde mij af bij de chef d'equipage in de Vuurvliegkazerne en kreeg post mee voor de jongens van SHK-II. Met een jeep werd ik naar station Goebeng gereden, van waar ik met de trein terugreisde naar Djember.

Terug op het subhoofdkwartier las ik eerst alle combat- en counterintelligencerapporten door. De guerrillabenden van de TNI waren weer behoorlijk tekeergegaan. Het beroerde was dat zij hun slachtoffers ook uitzochten onder hun rasgenoten. De lokale politiekorpsen hadden hun handen vol aan de hulpverlening. Door mariniers werd overal dag en nacht druk gepatrouilleerd.

Ik zat in de voorgalerij met een paar jongens wat te roken en te babbelen. Het was al laat in de middag toen een gewonde Chinees ons subhoofdkwartier binnen kwam strompelen. Direct werd hij door een paar jongens geholpen. Zijn wonden werden gereinigd met boorwater, daarna bestrooid met sulfa, een desinfecteringsmiddel, en van een verband voorzien. Gedurende de behandeling beantwoordde hij mijn vragen.

Hij woonde een paar kilometer van Mangli. In de loop van de ochtend waren ongeveer negen guerrilla's verschenen. Die begonnen hem te mishandelen. Terwijl hij op de grond lag te kermen, werden zijn vrouw en dochter door die mannen verkracht en daarna met messen en bajonetten bewerkt. Zijn vrouw overleed, maar zijn dochter, een meisje van achttien jaar, leefde nog. Die barbaren hebben dat kind toen maar levend begraven. Daarna zijn ze verder getrokken. Die arme vader strompelde naar de verkeersweg van Mangli naar Djember en had het geluk mee te kunnen liften met een paar mensen in een dokar*. Zo was hij bij ons terechtgekomen.

Meteen formeerden wij een overvalgroep van acht man. Die Chinees ging mee. Bij zijn woning aangekomen sprong ik uit de overvalauto en hielp die Chinees met uitstappen. Hij wees ons de plaats aan waar ze zijn dochter begraven hadden en prompt begonnen we voorzichtig dat kind uit te graven. In de consternatie had niemand gedacht om een schop mee te nemen, dus moesten we graven met onze bajonetten en buitenhelmen.

Inderdaad vonden we dat arme kind. En … zij leefde nog! Er stak een Japanse bajonet dwars door haar schaamdeel. Ik wilde dat wapen voorzichtig uit haar lichaam trekken, maar een marinier hield mij tegen en zei: 'Niet doen, Nolan, dat is werk voor een ziekenpik. Er is al hulp van een ambulance aangevraagd door de walkietalkie.'

Nadat we zowat een uur hadden gewacht, arriveerde eindelijk de ambulance. Intussen hadden jongens met water of thee uit hun veldflessen dat meisje gereinigd van al het zand en modder. Het halfontklede lijk van haar moeder lag open en bloot in de voortuin. Van een pisangboom sneed ik een aantal bladeren af en ik bedekte dat lijk ermee. Die arme Chinees was ontroostbaar en bleef onafgebroken huilen. Ik zocht naar voetsporen en vermoedde dat het TNI'ers waren geweest. Ze waren in de richting van Rambipoedji gelopen.

De TNI probeerde met dit soort intimidatie de bevolking eronder te krijgen. Ook brandstichtingen waren aan de orde van de dag. De tani's moesten minstens tachtig procent van hun oogst afstaan aan de TNI. Dat was veel meer dan onder de Hollanders. Bleven ze in gebreke, dan werden ze afgeslacht.

De reus

Een paar dagen later kregen we een melding binnen dat rond Genteng een grote guerrillagroep van de TNI opereerde, die de bevolking terroriseerde. Snel stelde onze staf een aanvalsplan op. De *raid* zou plaatsvinden in de nacht. Met twintig man rukten we uit. Op twee kilometer afstand van de bewuste kampong stopte onze overvalcolonne en we gingen te voet verder om de vijand zo geruisloos mogelijk te benaderen. Op enkele tientallen meters van de kampong verspreidden we ons in tangformatie om door het dorpje heen te sweepen. Voordeuren van woningen werden ingetrapt. Iedere gewapende man en elke wegrennende pemoeda werd neergeschoten. Vrouwen en kinderen werden gespaard.

Toen gebeurde iets wat ik nooit zal vergeten.

In het centrum van de kampong zag ik een reus van een man doodstil staan naast een tongtong*. Hij had alleen een kapmes bij zich en beefde van angst. Ik liep naar hem toe om hem te ondervragen. Maar voordat ik hem kon bereiken, rende een sergeant langs me heen en schoot het hele magazijn van zijn jungle carbine op hem leeg. Als door een wonder bleef die reus van een man staan.

In het maanlicht telde ik vijftien kogelgaten in zijn lichaam. Woedend richtte ik mij tot die sergeant en snauwde: 'Godverdomme, wat heb je gedaan? Die vent is onschuldig! Ik wilde hem verhoren, maar jij moet zonodig die vent overhoopschieten. En het resultaat is dat je hem nog niet gedood hebt.'

De reus bleef alsmaar 'ik ben onschuldig, ik ben onschuldig' prevelen.

'De opdracht luidt dat eenieder die gewapend is, moet worden gedood,' schreeuwde die sergeant mij toe, 'en bemoei jij je voortaan niet met mijn zaken!'

'Als jij nog een keer zo'n stomme fout maakt, dan laat ik jou op rapport slingeren!' schreeuwde ik terug.

Toen kwam een korporaal aanlopen om de zaak wat te sussen. Ik verzocht die korporaal om die ongelukkige man in godsnaam een genadeschot te geven. Die korporaal richtte toen zijn Thompson-submachinegun op het voorhoofd van die man en loste slechts één schot. Dodelijk getroffen sloeg die man achterover. Hij was uit zijn lijden verlost.

Noodlottig gevangenentransport

Op de 22ste november 1947 kreeg ik van adjudant Mulder toestemming om enige dagen met verlof te gaan, maar ik moest wél een transport gevangenen per trein meevoeren en op het station te Wonokromo overdragen aan de marechaussee. Ik verzamelde de verhoorrapporten van 29 gevangenen: massamoordenaars, verkrachters, brandstichters en saboteurs. Uit ervaring wisten we dat deze categorie misdadigers van de rechter maximaal zes maanden gevangenisstraf zouden krijgen. Rechter mr. De la Parra van het landgerecht te Soerabaja had thuis al heel wat dreigbrieven ontvangen – ook dat wisten wij. Zijn gezin en zijn verdere familieleden overal in de Archipel dreigden te worden uitgemoord indien hij geen milde straffen aan al die zware criminelen zou uitdelen. Niet zelden werden veelvoudige moordenaars wegens gebrek aan bewijs vrijgesproken. Dergelijke vonnissen schoten ons bij de inlichtingendiensten in het verkeerde keelgat.

Met veel tegenzin nam ik deze ondankbare taak van adjudant Mulder op mij. Ik kreeg assistentie van drie tolken: de gebroeders Harry en Paul Madjoe en Ong Thwan Hien. De gebroeders Madjoe waren Menadonezen en waren lid van de TNI geweest. Ong Thwan Hien was een Chinese handelaar wiens familie was uitgemoord door pemoeda's. Met wantrouwen heb ik de gebroeders Madjoe geaccepteerd. Ze wisten heel goed dat ik bij de geringste sabotagepoging niet zou aarzelen ze overhoop te schieten. Ik gaf hun het bevel om direct op vluchtende gevangenen te schieten. Bij aarzeling konden ze van mij de kogel krijgen.

Driver Groeneboer bracht ons vieren met zijn jeep naar de stadsgevangenis van Djember. Met onze bagage en bewapening meldden we ons bij de wacht. In het bureau van de wachtcommandant haalde ik de 29 rapporten uit mijn rugzak en ik overhandigde die aan hem. De commandant registreerde alle namen van de gevangenen, beval een paar soldaten om de gevangenen reisklaar te laten maken en controleerde die gevangenen vervolgens persoonlijk. Daarna zei hij tegen mij: 'Marinier, hier heb je die 29 schoften. Douw ze in Soerabaja maar voor lange tijd in de gevangenis en als dat niet lukt, schiet ze dan maar voor hun donder. Ik wens jou en je helpers veel sterkte en een prettig verlof toe.'

Ik bedankte hem en liet de gevangenen in rijen van vier naar het stationsemplacement afmarcheren. Met onze op scherp gestelde geweren flankeerden wij tolken die misdadige stoet. Bij het stationsemplacement beval ik mijn assistenten de gevangenen te bewaken, terwijl ik voor de nodige wagons zou zorgen.

Ik wendde me tot de gebroeders Van Gelder, die ik nog kende van de AMA Forces. Ik vroeg om een open veewagon. Zij wendden zich tot hun chef Van Tilburg, maar die kon mij geen open veewagen geven, alleen een gesloten vrieswagon. Ik protesteerde, want op het rangeerterrein zag ik voldoende veewagons staan.

'Die veewagons zijn voor andere doeleinden', stribbelde Van Tilburg tegen.

Ik wees hem erop dat ik mensen moest transporteren en dat zoiets onmogelijk in een gesloten vrieswagon voor vleesvervoer kon.

Resoluut zei Van Tilburg: 'Nolan, ik ben hier de baas en ik bepaal wat voor wagons ik toewijs voor gevangenentransporten. Op dit moment heb ik alleen nog die ene vrieswagon. Ik zal direct opdracht geven om die wagon te koppelen aan de trein met bestemming Soerabaja.'

Ik had geen keus en beval mijn assistenten om de gevangenen in die vrieswagon te stoppen. Natuurlijk sloot ik de schuifdeur niet hermetisch af. Ik liet een opening van 25 á 30 centimeter vrij en bond staaldraad om de grendelinrichting. Zodoende kon tijdens het rijden voldoende frisse lucht naar binnen waaien. Wij vieren namen aan weerszijden plaats op het platform van de wagon, met onze geweren in de aanslag.

Het was op die 22ste november 1947 verschrikkelijk warm. Het liep al tegen elven toen de trein vertrok. Het eerstvolgende station was Bondowoso. Daarna Probolinggo. Zelfs tijdens de rit was het snikheet. In Probolinggo moest er voor de locomotief gebunkerd worden. Het oponthoud duurder langer dan normaal. Ik sprong van de wagon en liep naar enige verkopers van etens- en drinkwaren om wat versnaperingen te kopen. Toen ik terugliep naar de wagon, kwam Ong Thwan Hien mij verschrikt tegemoet. Hij riep: 'Nolan, onraad! Het gaat fout in die wagon!'

Ik holde naar de wagon, trok het staaldraad los en schoof de deur open. Er sprong een gevangene uit, die op de vlucht sloeg. Bliksemsnel greep ik mijn MI en schoot hem neer. Mijn drie helpers hielden de rest onder schot. Toen zag ik een stuk of vijf gevangenen bewusteloos op de vloer van de wagon liggen. Ik rende naar de machinist en vroeg hem om een emmer met koelwater. Die gaf hij me en zelf nam hij twee emmers mee. Ik goot die emmers water over alle gevangenen. Dat deed ze gelukkig goed. Ik beval mijn assistenten om de gevangenen scherp in de gaten te houden. Intussen was er een enorme consternatie ontstaan. Talloze nieuwsgierigen verdrongen zich rond die wagon en keken toe. Enkelen bogen zich over de neergeschoten vluchter. Een mariniersluitenant van de tanks, eveneens met verlof, kwam zich ermee bemoeien. Door een onoplettendheid van mijn helpers kon nog een gevangene ontsnappen. Toen ik hem wilde neerknallen, sloeg de mariniersluitenant mijn MI omhoog, waardoor het schot in de lucht knalde.

'Waarom doet u dat?' snauwde ik tegen die officier.

'Laat die vent maar lopen. Hij is toch al waanzinnig. Kijk maar wat hij doet!'

Toen zag ik die gevangene tegen de prikkeldraadomheining van het emplacement omhoogklauteren. Net toen hij eroverheen wilde springen, mist hij de kracht daartoe en bleef hij in het prikkeldraad hangen. Hoe meer hij tegenspartelde, des te dieper drongen die ijzeren stekels in zijn lichaam. De officier verbood mij die onfortuinlijke gevangene als *coup de grâce* neer te schieten. Zo ging hij een ontzettend pijnlijke dood tegemoet op die prikkeldraadomheining.

Ik liet een paar verkopers van etenswaren komen en beval hun om al hun fruit, gekookte rijst met diverse gerechten en koekjes aan die gevangenen te geven. Ik betaalde alle verkopers en verkoopsters ruimschoots van mijn soldij. Ik hoorde ze nog tegen elkaar zeggen dat zij nog nooit zo snel van hun koopwaar af waren geweest.

Bij het controleren van die gevangenen bleken drie er zeer slecht aan toe te zijn. Pas na een uur oponthoud reed de trein verder naar Pasoeroean. Onderweg, toen die trein over een brug over een diep ravijn reed, probeerde weer een gevangene uit de trein te springen. Ong schoot, maar miste. Toen legde ik aan en de voortvluchtige stortte in het ravijn.

In Pasoeroean controleerde ik de 26 overgebleven gevangenen. Drie bleken door de hitte te zijn bezweken. De zon scheen onbarmhartig fel op onze helmen. Weer trommelde ik een paar verkoopsters op en ik beval hun om al hun etenswaar aan de resterende gevangenen te geven, waarvoor ik die vrouwen ruimschoots schadeloosstelde.

Aangekomen bij het station te Bangil zorgde ik op dezelfde manier voor de gevangenen. Vanwege die enorme hitte hield ik gedurende de verdere reis die schuifdeur halfopen, al bood dat natuurlijk een ideale uitbreekmogelijkheid. Zo probeerden onderweg van Bangil naar Sidoardjo weer twee gevangenen om uit de wagon te springen. Ze moesten hun hopeloze vlucht met de dood bekopen.

In Sidoardjo aangekomen bleken er nog twee gevangenen door de hitte te zijn overleden. Dus waren er al vijf door de hitte gestorven. Weer probeerde een gevangene te ontkomen. Ik gaf een waarschuwingsschot en toen dat niet hielp, schoot ik hem dood op dat ellendige gevangenentransport dat ik moest begeleiden terwijl ik nota bene met verlof naar huis ging.

Laat in de middag kwam de trein eindelijk op het station Wonokromo in Soerabaja aan, waar de marechaussee op ons wachtte. Ik droeg de resterende achttien gevangenen en de vijf overledenen met de rapporten over aan de marechaussee. Vervolgens liep ik naar het stationskantoortje en telefoneerde met mijn hoogste commandant, kapitein der mariniers Groeneveld. Ik vertelde hem snel over het verloop van het transport, de zes vluchters en de vijf overledenen, waarop hij antwoordde: 'Nolan, je hebt altijd initiatieven getoond, aldus, handel verder op eigen initiatief en naar je beste geweten. Bij verdere moeilijkheden zal ik jou helpen. Schakel onze MP in! Good luck, jongen!'

Daarna telefoneerde ik met het Rode Kruisbureau te Soerabaja met het verzoek dat er zorg zou worden gedragen voor de vijf lijken uit de vrieswagon. Intussen waren mijn helpers bang geworden voor de consequenties van dit hoogst ongelukkige gevangenentransport. Maar ik stelde hen gerust. Ik telefoneerde verder, nu met de wachtcommandant van onze militaire politie te Soerabaja, en ik vertelde hem over het voorval. Omdat het al donker was en om de zaak niet nog gecompliceerder te maken, stelde hij mij voor dat ik eerst een dagje verlof zou nemen en me daarna zou melden bij de kazerne om me daar beschikbaar te houden.

We kregen een lift van een paar militairen van de marechaussee naar het centrum van Soerabaja. Onderweg praatten we na over het voorval. Die jongens van de marechaussee zeiden dat het eigenlijk beter was geweest indien ze allemaal waren gedood. Dan hadden we heel wat minder soesa gehad. Vlak voor de Marinierskantine aan de Toendjoengan sprongen we met onze bagage en bewapening uit de halftruck en we bedankten die jongens van de marechaussee voor de lift.

De gebroeders Madjoe en Ong Thwan Hien namen afscheid van me en gingen naar hun families. Ik grabbelde mijn bepakking en bewapening bij elkaar en stapte de Marinierskantine binnen. Eerst zocht ik een rustig plaatsje dicht bij de bar en deponeerde mijn bagage op een stoel en mijn staalhelm op tafel. Vervolgens ging ik naar de bar en bestelde bij een verbaasde bardame een dozijn borrels.

'Kom jij rechtstreeks van de frontlinie hierheen? Wat zie jij eruit! Vreselijk!' zei die vrouw.

Ik keek haar een beetje verdwaasd aan en nam het dienblad met de borrels mee naar mijn plaatsje. Met lange tussenpozen dronk ik mijn bestelling op, terwijl mijn gedachten teruggingen naar de gebeurtenissen van die dag.

Tegen tienen vertrok ik, halfdronken. Ik riep een betjak, stapte in en beval de bestuurder mij naar huis te brengen. Ik had geluk dat Mama al lag te slapen. Baboe Tenie schrok van me en maakte een bad voor me klaar. Ze waste mijn kleren en hing die te drogen.

Ik sliep een gat in de dag en bleef op bed liggen staren. Kokkie Tas bracht me nu en dan eten. Toen Mama kwam vragen wat er met mij aan de hand was, zei ik dat ik alleen maar moe was. Tegen de avond liet ik een betjak komen en liet mij weer naar de Marinierskantine brengen. Ditmaal goot ik me vol met whisky. Vreemd genoeg zag ik die avond geen kameraden in de kantine en ik begon me onbehaaglijk te voelen. Ik ging naar buiten, riep een betjak aan en liet me bij de kazerne aan de Porrongstraat afzetten. Ik wankelde naar de slagboom en meldde me bij de wachtcommandant.

'Zo, Nolan, wat heb ik gehoord? Heb jij zo'n pech gehad met dat gevangenentransport? Man, je bent straalbezopen. Waar is dat nou goed voor?'

'Ach ja, pech. Ik heb gisteren nog getelefoneerd met kapitein Groeneveld', zei ik. 'Mijn hele verlof is naar de maan.'

'Nou, troost je, jongen, je hebt gezelschap van nog meer jongens van een ander gevangenentransport', vervolgde die wachtcommandant.

'Wat?!' riep ik stomverbaasd uit, vrijwel ontwaakt uit mijn dronkenschap. 'Was er nog een ánder gevangenentransport?'

De wachtcommandant stelde mij gerust, bood mij een stoel aan en een sigaret. Die stoel had ik hard nodig. Een korporaal kwam erbij zitten en gaf mij een mok sterke koffie en een blikje K-ration met macaroni met ham en kaas. Tijdens het eten vertelde de wachtcommandant me dat er na mijn transport vanuit

Bondowoso een tweede transport was vertrokken. Dat bestond uit liefst honderd gevangenen. Ook die waren vervoerd in vrieswagons, zonder ventilatieopeningen, waardoor ongeveer de helft de moord was gestikt.

Na dat onzalige verhaal te hebben aangehoord liep ik slingerend naar mijn slaapzaal en tampatje. Ik zette mijn bepakking neer naast mijn vouwbed, hing mijn geweer aan riempjes langs mijn bed en zonder mijn schoenen uit te trekken en mij uit te kleden ging ik op mijn bed liggen en ik viel meteen in een diepe slaap.

De volgende morgen werd ik met een kater wakker, ik kleedde mij uit en ging in mijn pendekje naar de wasruimten. Ik nam een flinke koude douche en raakte zo mijn kater kwijt. In de eetzaal ontmoette ik de andere jongens van het tweede gevangenentransport, onder anderen een luitenant, een sergeant-majoor en een marinier 1ste klas. Na het ontbijt bespraken we bedrukt de situatie met elkaar.

Om half tien reden we in een halftruck naar het hoofdbureau van onze MP. Daar werd over elk van ons een uitvoerig proces-verbaal opgemaakt. We hadden er geen flauw idee van dat deze gebeurtenissen heel wat politieke deining zouden gaan veroorzaken en zelfs de internationale pers zouden halen. Hangende het vooronderzoek mochten we de stad niet uit.

Na het verhoor door de MP kreeg ik als advocaat de majoor der mariniers mr. Versteeg toegewezen. De commandant van de MP overhandigde alle rapporten en het proces-verbaal over mij aan deze verdediger. Hoopvol was het dat naast deze verdediger ook mijn hoogste baas stond, de kolonel der mariniers Roelofs, die ter zitting bij de zeekrijgsraad aanwezig zou zijn om zijn jongens te verdedigen.

Het liep al tegen december in mijn 22ste levensjaar. Majoor der mariniers Versteeg stond bekend als een briljant advocaat. Verder werd ik naast commandant de kolonel der mariniers

Roelofs bijgestaan door mijn bataljonscommandant, de luitenant-kolonel der mariniers Aberson. Dat was voor mij een geruststellende gedachte. Ook de jongens van het tweede gevangenentransport konden rekenen op de steun van deze opperofficieren. Iedereen in de kazerne was verontwaardigd dat er zo veel tamtam gemaakt werd over die transporten van gevangenen. Politici en bestuursambtenaren maakten zich kennelijk minder druk over de talloze door Indonesische vrijheidsstrijders vermoorde Nederlandse vrouwen en kinderen. Dat zat ons niet lekker. Er werd overal gemopperd, gekankerd en gevloekt.

Terwijl ik stadsarrest had hangende het onderzoek en de berechting, hield ik mij bezig met het intelligencewerk op het AHK. Op een middag in de slaapzaal van de kazerne kwam adjudant Mulder binnenwandelen en zei: 'Nolan, vanavond moet je met die andere jongens van het tweede transport verschijnen voor een stel hoge pieten in het Residentiepaleis. Er zullen jullie vragen gesteld worden. Je moet wel gekleed zijn in je beste kakiuniform met een das.'

Ik sprong in de houding: 'Jawel adjudant!'

'Je weet waar mijn kamer is. Kom je melden om omstreeks half zeven vanavond en dan gaan we samen weg. Ik breng je daarheen met de jeep. Ik zal jou één ding maar vast verklappen. De gouverneur Van der Plas wil per se een gesprek met jou hebben. Hij kent jouw familie heel goed. Oké, Nolan, tot straks.'

Even na zessen die avond liep ik vanuit mijn barak naar de kwartieren van de onderofficieren en ik zag de jongens van het tweede transport al staan wachten op vervoer. Ik kwam bij adjudant Mulder op de kamer en vroeg hem mij te helpen met het strikken van mijn das, aangezien ik nog nooit zo'n das had gedragen. Hij schoot in de lach, maar hielp mij. Verbaasd keek ik op toen ik de kapitein der mariniers Groeneveld zag aankomen. Ik sprong in de houding en salueerde.

Kapitein Groeneveld zei: 'Ja, Nolan, ik moet ook van de partij zijn. Maar ik heb je hele zaak goed gelezen. Het wordt inderdaad een krijgsraadbakje, je hoeft nergens bang voor te zijn, gelet op wat jij tot op heden aan het front gepresteerd hebt. Je hebt gehandeld volgens het boekje. Alle kopstukken van de brigadestaf staan achter jou en de anderen van het tweede transport.'

Kapitein Groeneveld en adjudant Mulder stapten in de jeep en ik sprong achterin. Bij het Residentiepaleis aangekomen zag ik in de ontvangsthal vele stafofficieren van diverse krijgsmachtonderdelen. Er heerste een bedrukte stemming. Even later kwam de truck met de jongens van het tweede transport. Ook zij waren in gala gestoken. Onwennig keken we elkaar aan. Een landmachtofficier begeleidde ons naar een grote zaal. Daar liet hij ons op prachtige stoelen plaatsnemen. Vanuit die zaal konden we af en toe een blik werpen op de grote vergaderzaal, waar alle kopstukken druk over onze noodlottige transporten van gevangenen discussieerden. Ik zag daar onder meer generaal Spoor, gouverneur Van de Plas en kolonel Roelofs. Niemand van ons voelde zich op zijn gemak.

Na lang wachten werden we met zijn allen toegelaten tot de vergaderzaal. We kwamen oog in oog te staan met alle militaire en politieke kopstukken. Generaal Spoor en kolonel Roelofs verdedigden ons, de verantwoordelijken voor beide noodlottige transporten, op felle en hartstochtelijke wijze. Het beroerde was dat wij helemaal niets mochten zeggen.

Maar na afloop van die vertoning werd ik apart geroepen door gouverneur Van de Plas. In de bibliotheek had ik een fijn en langdurig onderhoud met deze grootse man. Hij zei onder meer: 'Zeg, Nolan, ik ken jouw familie uit het Djemberse heel goed. Voor de oorlog kwam ik nogal vaak bij hen over de vloer. Van welke Nolan ben jij een zoon?'

'Van advocaat meester Willem Nolan', antwoordde ik. 'Ik ben de jongste zoon. Heeft u hem nog gekend? Vele kopstukken hier in Soerabaja kenden wijlen mijn vader.'

'Jazeker, hij was niet een van die planters, maar ja nu weet ik het weer', antwoordde de gouverneur.

Daarna vroeg hij mij om hem nog eens het hele voorval van mijn gevangenentransport te vertellen. Uitvoerig heb ik alles opgerakeld. Af en toe kwam een militaire ober ons van koele dranken en sigaretten voorzien. Toen probeerde de gouverneur mij duidelijk te maken hoe de politieke zaken er in werkelijkheid voor stonden. Hij gaf mij de raad om niet alles te bezien vanuit zuiver militair standpunt.

Als militair ben je slechts een instrument van politici, kreeg ik zo zoetjes aan in de gaten. Mijn bloed kookte eerst van woede. Toen volgden verbittering en desillusie. Ik had nog zo gehoopt op een terugkeer naar het leven van voor de oorlog, maar na dit gesprek kon ik alle hoop en illusies wel laten varen. Ik kreeg het gevoel dat we politiek het spel zouden verliezen en alleen militair konden winnen. Aan het eind van het onderhoud sprong ik in de houding en ik dankte de gouverneur, salueerde en verliet met een totaal verslagen gevoel het Residentiepaleis. Van daaruit liep ik linea recta naar Toendjoengan, naar de Marinierskantine om daar alle ellende te vergeten.

'Waarvoor vechten wij eigenlijk?' dwarrelde het steeds door mijn hoofd. Maar veel tijd om na te denken over al deze nare gebeurtenissen had ik niet. Ik werd toegevoegd aan het hoofd van Afdeling IV Piet Dikotta. Hij was mijn directe chef maar hij gedroeg zich meer als een grote broer voor mij. Wanneer ik geestelijk in de knoop zat of andere problemen had, dan vond ik bij hem altijd een gewillig oor.

Berechting

De dag brak aan waarop ik berecht zou worden en met mij de jongens van het tweede gevangenentransport. We sprongen in een gereedstaande truck en vertrokken met bestemming zeekrijgsraad in het Goebengkwartier, vlak bij het viaduct over de spoorlijn. Daar was het een drukte van belang. Journalisten gewapend met camera's liepen af en aan, maakten foto's en notities. Wij werden het gebouw binnengeleid en naar een grote wachtkamer gebracht. Tot mijn blijdschap en geruststelling zag ik de kolonel der mariniers Roelofs, onze hoogste baas, bijgenaamd 'de tijger van de Goebengmarinekazerne', de luitenant-kolonel der mariniers Aberson, commandant van het tweede infanteriebataljon en tevens commandant van de Colonne Blauw, de kapitein der mariniers Groeneveld, mijn hoogste baas van de VDMB, diens rechterhand de eerste luitenant der mariniers Brink en natuurlijk de commandant van SHK-II de adjudant der mariniers Mulder. Er waren nog meer stafofficieren van de brigade aanwezig. Ook ving ik een glimp op van generaal Spoor, de hoogste baas van alle landstrijdkrachten in Indië.

Ik hoefde gelukkig niet lang te wachten. De majoor der mariniers mr. Versteeg kwam de wachtkamer binnen, pikte mij eruit en begeleidde me naar de rechtszaal. Daar zat ook nog onze admiraal Hellfrich. Ik kwam voor de beklaagdenbank, salueerde en bleef stram in de houding staan, totdat de rechter mij toestond om te gaan zitten. De aanklager – zelf een marineofficier – had er zichtbaar moeite mee om hier onder zware politieke druk zijn mensen te laten hangen. Zijn aanklacht jegens mij was maar kort. Hij eiste pro forma tien jaar gevangenisstraf. Toen was het woord aan de verdediger. Als verzachtende omstandigheden werden aangevoerd dat ik gedurende het transport de gevangenen had voorzien van eten en drinken en dit zelf had bekostigd. Verder dat ik de heren Van Tilburg en Van Gelder om een open veewagon had gevraagd en dat mij dat was geweigerd. Dat ik een vrieswagon toegewezen had gekregen, waartegen ik tevergeefs had geprotesteerd omdat er geen ventilatieopeningen in zaten. Ik had ventilatieopeningen geïmproviseerd, maar had tijdens de lange reis onder extreem hoge temperaturen niet kunnen voorkomen dat er toch enkele gevangenen waren bezweken als gevolg van ventilatiegebrek en hitte.

Na de verdediger namen kolonel Roelofs en overste Aberson het woord en zij verdedigden mij in krachtige bewoording. De rechter was overtuigd van mijn goede bedoelingen en sprak mij vrij. Ik kon wel juichen van blijdschap. De rechter sprak het 'ingerukt mars' uit en toen kon ik de rechtszaal verlaten.

Uit solidariteit met de anderen liep ik terug naar de wachtkamer om de berechting af te wachten van de jongens van het tweede gevangenentransport.

Na die berechting kreeg ik van de jongens te horen dat er flinke straffen waren uitgedeeld. De eerste luitenant der mariniers kreeg anderhalf jaar gevangenisstraf, de luitenant van de tanks een jaar, de sergeant-majoor der mariniers negen maanden, de marinier der eerste klasse een half jaar en een andere marinier dito. Onder ons werd er gevloekt en we praatten nog lang na met alle stafofficieren, ook met de stafofficieren van de Big Shit.

Na afloop gingen de gestrafte mariniers en ik in betjaks, jeeps en dokars naar de Marinierskantine. Het was er enorm druk. Er werd veel gezopen, gevloekt en met guldens gestrooid. Er gingen stemmen op om represailles te nemen. Er werd 'dood aan de Merdeka' geschreeuwd. Voor mij stond het al bij voorbaat vast dat ik wraak wilde nemen en nog harder tegen die pelopors wilde optreden. Ik had combatintelligencerapporten gelezen over onze eigen verliezen waarin stond hoe lijken van mariniers onteerd waren en vervolgens in stukken waren gehakt.

Lijfwacht

Mij werd opgedragen om terug te keren naar SHK-II in Djember, waar ik nog altijd hoofd was van de Afdeling III Verhoor van Gevangenen. Als gewoonlijk ging ik eerst naar de foerier voor aanvulling van uitrustingsstukken en munitie. Vervolgens liep ik naar het kantoor van Piet Dikotta voor verdere instructies op het gebied van counterintelligence. Ik kreeg een grote som geld in Indonesische valuta mee voor de spionagekas. Daarna meldde ik mij af bij de chef d'equipage, de sergeant-majoor der mariniers Vestdijk, en de *despatcher* zorgde voor het transport. Op de valreep kreeg ik nog een flinke zak met post mee voor de jongens in Djember en omstreken.

Veel te zwaar bepakt en beladen hees ik me in de gereedstaande M2-overvalwagen, die zich ter hoogte van Wonokromo aansloot bij een colonne met ravitaillering voor de fronttroepen met onder meer bestemming Djember. Het was vroeg in de ochtend, dus nog niet zo warm. Op dergelijke lange tochten had ik meestal een grote zakdoek om mijn nek gebonden, waarmee ik mijn mond en neus afdekte tegen het vele stof. Ook droeg ik dan een zonnebril onder mijn dubbele helm.

Laat in de middag reden we Djember binnen. Ik was duf en zat dik onder het stof. Onze wagen maakte eerst een korte stop bij het gebouw van de bataljonsstaf zodat we daar de zakken post aan de despatcher konden afgeven. Daarna ging het verder naar het mij vertrouwde gebouw van SHK-II.

Harry Tjong, de gebroeders Madjoe en andere tolken hielpen mij met het uitladen van de enorme hoeveelheid bagage, inclusief kisten met munitie en handgranaten.

Ik meldde me bij de commandant, adjudant Mulder. Ik werd door iedereen hartelijk begroet en gelukgewenst met mijn vrijspraak in de zaak van mijn fatale gevangenentransport. De aanwezige baboes en meisjes van de jongens hadden een flinke maaltijd voor mij klaargemaakt. Onder het eten werd ik omringd door mijn maten en ik moest uitgebreid verhalen over het verloop van die strafrechtelijke procedure.

De volgende morgen kreeg ik van veel jongens te horen dat er Indonesische massamoordenaars op transport waren gesteld voor berechting in Soerabaja en dat zij na een straf van slechts een maand of anderhalf weer de vrijheid hadden verkregen. Dat schoot bij ons in het verkeerde keelgat. Sommigen vertelden mij dat zij het recht in eigen handen hadden genomen. Ze hadden een paar van die schurken opgewacht op het station van Djember en ze meegenomen naar hun verblijfplaatsen en ze er terechtgesteld om zo te voorkomen dat die ellendelingen nog meer mensen zouden vermoorden.

Een paar dagen later kwam de kolonel der mariniers Roelofs met zijn staf op bezoek in ons subhoofdkwartier. De kolonel had een dardanel* nodig omdat hij alle posten in het gebied van het tweede bataljon wilde inspecteren, dus ook die van de VDMB. Ik werd voor die klus door adjudant Mulder opgeroepen. Ik maakte mijn gevechtsbepakking in orde en meldde mij bij kolonel Roelofs. Ik sprong in de houding en salueerde, geheel volgens het boekje. Maar kolonel Roelofs was de vriendelijkheid zelve en zei: 'Ga maar gewoon staan, Nolan. Het is goed jou hier weer te zien. Ik ben blij dat jij bent vrijgesproken. Enfin, we zijn bij de staf bezig met een reorganisatie en jij moet helpen als dardanel. Ik vertrouw op je. Zelfs kapitein Groeneveld is goed over jou te spreken. Helaas gaat hij jullie verlaten, weet je dat?'

'Nee, kolonel,' antwoordde ik, 'en als het zo is, dan zal ik hem als commandant en als mens heel erg missen.'

Kolonel Roelofs pakte mij bij beide schouders en zei op vaderlijke toon: 'Kom, Nolan, laten we ons gereedmaken voor de postencontrole.'

Die kolonel Roelofs was een prachtkerel. Hij kon verdomd streng zijn, maar was rechtvaardig. Bij de schepelingen, gestationeerd in Soerabaja, stond hij bekend als de 'tijger van de Goebengkazerne'. Als een tijger had hij mij verdedigd bij de zeekrijgsraad. Ik was trots op zo'n commandant. Met deze grote baas ging ook een geweergroep van acht infanteristen mee. De meesten van hen waren zeemiliciens, kersvers uit het moederland gekomen, zonder enige gevechtservaring. Ik had medelijden met hen. Tijdens de Eerste Politionele Actie waren heel wat van die onervaren jongens gesneuveld. Sommigen vonden we totaal onherkenbaar verminkt of in mootjes gehakt terug.

De kolonel inspecteerde zijn gevolg, liet mij achter in zijn jeep plaats nemen en gaf toen het signaal tot vertrek.

Vanuit Djember liep de route langs meer dan 25 plaatsen. De hele controle duurde enkele dagen en overal werden uitvoerige besprekingen gehouden met de gedetacheerde commandanten van de onderdelen. Er was sprake van een verheviging van guerrilla-activiteiten van de TNI en andere strijdgroepen. Toen onze colonne vanuit Rambipoedji de beruchte plaats Bangsalsarie naderde, kregen we vuurcontact. Natuurlijk reed onze kolonel met zijn jeep helemaal vooraan. Fier wapperde zijn stafvlag in de rijwind.

Midden in het dorp Bangsalsarie gaf de kolonel het stopteken en hij stapte uit. Het vuren werd heviger. Overal in de colonne werden commando's tot tegenvuur gegeven. Kolonel Roelofs liep met mij en enkele infanteristen dwars door de kampong en liet zich door mij leiden naar de richtingen van waaruit gevuurd werd. Met zijn staf in de hand gaf hij aan zijn adjudant zijn bevelen door. De kolonel vertrouwde mij blindelings. Terwijl ik naast hem liep, zag ik plotseling een loop van een vuurwapen uit een deurpost steken. Ik rende schietend op die woning af, trapte de voordeur in en schoot om me heen. Snel herlaadde ik mijn M1 en schoot verder, door alle vertrekken heen. Uiteindelijk trapte ik de achterdeur uit zijn scharnieren, op zoek naar meer guerrilla's. Ik zag niemand, liep terug en nam de schade op. Er lagen drie lichamen, maar één bewoog nog. Ik trok mijn vechtmes en stak de man dwars door zijn strot, draaide mijn mes een kwartslag en trok het eruit. Ik veegde het bloed van mijn mes af aan zijn uniform, spuwde in zijn gezicht, stond op en liep terug naar de plaats waar de kolonel stond.

'Drie vijanden minder, kolonel,' zei ik, 'we kunnen weer verder.'

'Goed zo, Nolan,' antwoordde de kolonel, 'ik weet wel op wie ik vertrouwen kan.'

Intussen hadden de andere infanteristen het vuur beantwoord en de vijand op de vlucht gejaagd. Meteen gaf ik de in mijn buurt lopende *baroes** de bekende waarschuwingen voor snipers in bomen, landmijnen en boobytraps. Ik zag die jongens verbleken, maar uiteindelijk moesten ze het leren.

Bij Oemboelsarie kregen we weer vuurcontact, hoewel minder hevig dan in Bangsalsarie. Aan deze plaatsen Oemboelsarie en Bangsalsarie had ik pijnlijke herinneringen overgehouden, ik was er immers op landmijnen gereden, dus was ik extra op mijn qui-vive. Bij het doorzoeken van woningen doodde ik weer enkele pelopors. In de directe omgeving van Kentjong kreeg de colonne een welkomstgroet van fluitende kogels. Maar toen de colonne de vijand naderde, sloeg die op de vlucht.

Bij de VDMB-post werd gestopt voor het middageten en een bespreking. Als dardanel diende ik steeds in de directe omgeving van kolonel Roelofs te blijven. Vele VDMB'ers bekeken mij met afgunstige blikken, maar dat deerde mij niet. Ik deed slechts mijn plicht.

Bij Poeger aan de zuidkant van Oost-Java werd er 's nachts gebivakkeerd. Na het avondeten kreeg ik van de kolonel toestemming om met een stel mariniers een strandwandeling te maken.

De volgende morgen gingen we verder naar Baloeng, Woeloehan en Amboeloe. In Amboeloe kregen we vuurcontact, zodat de achter ons rijdende M2-overvalwagen ons voorbij moest om alle wegvluchtende pelopors neer te maaien.

Daarna ging het naar Djenggawah en Mangli. Ook bij Mangli kregen we vuurcontact. Weer werd er door onze overvalgroep hevig teruggeschoten. En nog verder ging het via Zuid-Djember naar Wirolegi en van daar naar Majan, waar gestopt werd bij ons VDMB-detachement. Daar werd de lunch gebruikt en werd de plaatselijke situatie uitvoerig besproken met de commandanten.

Verbaasd vroegen mijn maten van dat detachement: 'Zeg, Nolan, ga jij soms een bruine arm halen bij kolonel Roelofs? Je hebt het zo wel erg ver geschopt.'

Ik antwoordde verontwaardigd: 'Ik ga geen bruine arm halen, bij geen enkele commandant. Integendeel! Ik ben nu de dardanel van de kolonel. Nou, je weet wat dat betekent.'

Een puppus kwam zich mengen in het gesprek: 'Je kan direct merken wie ze eruit pikken voor zo'n vervloekte rotjob. Ik zou ervoor bedanken om de dardanel uit te hangen voor een of ander kopstuk. Ik wil graag heelhuids thuisvaren en heb maling aan die hele rotzooi.'

Ik zweeg, zocht een rustig plekje op om te eten en te drinken. In de namiddag werd de terugtocht naar Soerabaja ondernomen. Iedereen was moe. Laat in de avond hield de hele hap stil voor de poorten van de brigadestaf aan de Coen Boulevard in Soerabaja. De kolonel bedankte mij en ik kon terug naar mijn hoofdkwartier van de VDMB.

Daar had intussen de commandowisseling plaatsgevonden. Onze kapitein Groeneveld was naar de sectie Inlichtingen van de A-Divisie gegaan en was vervangen door de kapitein der mariniers Galliër. We waren er niet blij mee, want kapitein Groeneveld was onder ons bijzonder geliefd, vooral onder de oorlogsvrijwilligers. Er werd dan ook stevig gekankerd en gevloekt. De brief van de kapitein aan ons, mannen van 'de Vuurvlieg', zal ik nooit vergeten.

"Vuurvlieg", Januari 1948

AFSCHEID EN HERINNERING

Aan allen die "de Vuurvlieg" als hun symbool beschouwen.

Moge deze korte brief een aanleiding zijn om later bij herlezing terug te kunnen denken aan al je kameraden die onder de naam "Vuurvlieg" al het lief en leed met je hebben gedeeld. Vergeet dan zeker niet diegenen die het hoogste geofferd hebben wat een mens kan offeren en die dit hebben gedaan, zowel voor jou als voor de zaak waarvoor wij toen streden. Zij zullen diegenen zijn waarnaar onze gedachten uitgaan, omdat zij bewezen hebben de consequenties van hun idealen te dragen.

Als ik denk aan de tijd die wij allen tezamen hebben doorgebracht, dan kom ik in mijn innerlijk tot de stellige overtuiging dat wij geloofd en gewerkt hebben naar ons beste weten. Plicht, kameraadschap en eer, alle in harmonie met elkander, zijn onze richtlijnen geweest. Natuurlijk hebben wij allen fouten gemaakt, meestal voortvloeiend uit het feit, dat menselijk werk nu eenmaal niet foutloos is, maar die daarom ook vergeven kunnen worden. Was ons ideaal niet, het volmaakte te bereiken? Wij allen weten voor onszelf in hoeverre dit gelukt is. In de eerste herinnering ligt onze kleine gemeenschap in de States, daarna in Malakka en dan in het beoogde Indië. Indië dat ons zo veel teleurstellingen heeft bezorgd, doch ook ons heeft gemaakt tot mensen die verantwoordelijkheid hebben leren en kunnen dragen, onder de meest moeilijke omstandigheden, zonder dat je terug kon vallen op anderen.

In de States werd "de Vuurvlieg" geboren, op Malakka gedoopt, en in Indië bracht zij zichzelf tot leven en wees ons de weg van het duister naar het licht.

Dat zijn de herinneringen en het zouden geen herinneringen zijn als aan de oude "Vuurvlieg" geen einde was gekomen.

Het is nu zover, dat wij allen uit elkaar gaan; eenieder zoekt zijn toekomst en probeert zijn levensweg te bepalen. Over de gehele wereld zullen wij verspreid worden, opgelost in millioenen, doch allen met één herinnering. Probeer dan in deze nieuwe omstandigheden, datgene weer te geven, waardoor de band van "de Vuurvlieg" eens sterk is geworden.

Probeer, waar je ook moge zijn en onder welke moeilijke omstandigheden ook, mens te blijven.

Allen die deze brief als een aan hen gerichte willen beschouwen, dank ik voor de ondervonden kameraadschap en wens ik uit de grond van mijn hart een goede toekomst.

GROENEVELD

Het is de baboe die je nooit vergeet ...

Halverwege 1948 hadden veel ovw-mariniers hun diensttijd in de tropen erop zitten. Ze werden van hun frontposten teruggeplaatst naar Soerabaja, in afwachting van hun thuisvaart. Hun opengevallen plaatsen werden opgevuld met dienstplichtige mariniers, kersvers uit Holland. Deze zeemiliciens moesten *in no time* ingevoerd worden in een guerrillaoorlog in de jungle. Ik zat nog bij SHK-II te Djember toen vrijwel alle onderdelen van de mariniers werden teruggetrokken naar Soerabaja. De plaatsen werden daar opgevuld door onderdelen van het KNIL en de Koninklijke Landmacht. Deze reorganisatie had te maken met de voorbereidingen voor een tweede politionele actie.

Ik kreeg het bevel terug te gaan naar het AHK te Soerabaja. Als gewoonlijk meldde ik mij daar na aankomst bij mijn superieur Piet Dikotta. In het hoofdkwartier draaide alles op volle toeren. Spionnen en informanten waren al uitgezonden naar diverse locaties van TNI-onderdelen en andere fanatieke strijdkrachten. Met de regelmaat van de klok kwamen er berichten binnen. Ik moest assisteren bij het evalueren van deze berichten. Op stafkaarten werden notities gemaakt.

Op een dag werd ik door Piet Dikotta op zijn kantoor ontboden en hij zei: 'Zeg, Nolan, laat je functie als hoofd van de verhoorafdeling even rusten. Ga voor een klein half jaar terug naar de buitenposten. Ik zal jou eerst naar SHK-III in Loemadjang zenden, waar jij je moet melden bij Flip Lichtenberg. Hij is 1ste luitenant der mariniers en commandant van SHK-III. Hij zal jou van daaruit doorsturen naar VDMB-detachementen in zijn gebied. Je moet goed letten op verplaatsingen van TNI-onderdelen. Stuur mij regelmatig je volledige counterintelligencerapporten. Ik heb luitenant Lichtenberg al ingelicht over je komst. Enfin, je weet zelf wel hoe je te werk moet gaan.'

Een dag later laadde ik mijn spullen op een truck met bestemming Loemadjang. Laat in de middag kwam ik bestoft aan op het subhoofdkwartier, waar ik hartelijk werd begroet door luitenant Lichtenberg.

Ik bleef er een paar dagen voor het doornemen van intelligencerapporten en het ontvangen van instructies. Daarna werd ik voor korte tijd geplaatst in het detachement van korporaal Zijlstra te Tempeh.

Het VDMB-detachement te Tempeh had een kleine bezetting. Het gebied was ook klein. Naast korporaal Zijlstra zaten daar drie tolken. Ik was de vierde tolk, maar had een bijzondere opdracht. De andere drie tolken hielden zich bezig met het op poten zetten van het binnenlands bestuur in de regio en met de distributie van textiel, voedsel en medicamenten voor de verpauperde bevolking.

Ik ging vrijwel iedere dag mee op patrouille in het hele gebied. Hier en daar sprak ik met dorpsbewoners over eventuele bewegingen van TNI-guerrilla-eenheden. Om de andere dag verzond ik counterintelligencerapporten naar het AHK te Soerabaja. In ons kleine detachement kregen wij vaak nachtelijk bezoek van de baboes. Die vrouwen kenden geen directoires of onderbroekjes, vandaar ook het alom bekende liedje van de mariniers:

Het is de baboe die je nooit vergeet
Til op d'r saroe
Dan zie je d'r blote reet

Flash Gordon en de Prinses van de Jungle

Ik kreeg de opdracht om naar Sendoero te vertrekken, in het gebied van de grote vulkanen: de Goenoeng Bromo en de Goenoeng Semeroe. Bij het VDMB-detachement aldaar meldde ik me bij de sergeant der mariniers sergeant Gio Montagne, een Indische jongen met een hoop kapsones en behorende tot de beruchte 1665'ers. Hij werd geassisteerd door een korporaal der mariniers en een puppus I. Onder de tolken bij wie ik werd gevoegd, zaten onder anderen Freddie Onsoe, mijn buddy Ben de Lima en mijn latere vijand Jan Abas.

Anders dan in het gebied van Tempeh was het rond Sendoero erg onrustig. Er zwierven veel guerrilla-eenheden rond. Vlak bij de VDMB-post lag de pasgereorganiseerde Compagnie W. De 1ste luitenant der mariniers, bijgenaamd 'Flash Gordon', was 1,90 meter lang, zwaargebouwd en blond. Zijn hobby was veelvuldig patrouillelopen, zowel overdag als 's nachts.

Het gebied rond Sendoero reikte tot de zuidflank van de Goenoeng Semeroe, de hoogste berg van Java. Het terrein zat vol diepe dalen en ravijnen en er leefde veel wild, zoals dwergherten, giftige slangen, wilde buffels en zwarte panters. Voorwaar een ideaal oord voor jagers, maar wij vermeden dat wild liever.

Op een dag kwam Flash Gordon bij onze post. Hij vroeg aan sergeant Gio Montagne assistentie van ten minste twee tolken voor een driedaagse patrouille naar de Goenoeng Semeroe. Flash Gordon was nieuwsgierig naar infiltranten en troepenverplaatsingen van de TNI. Freddie Onsoe, Jan Abas en ik werden uitgekozen om mee te gaan.

De volgende morgen stonden we voor dag en dauw klaar met onze gevechtsbepakking met dubbele dekenrol, extra munitie en handgranaten. Ik had voor ongeveer 35 kilo bepakking op mijn rug. Zwaarbepakt liepen wij naar de compagniespost, waar Flash Gordon ons opwachtte met zijn vijftig infanteristen. We gingen te voet naar de zuidflank van de Goenoeng Semeroe met als gids een Javaans jochie van tien. Ik liep vooraan met Flash Gordon, met het jochie naast me. De weg omhoog was steil. Al gauw baadden we in het zweet.

Het pad liep dood. Voor ons lag een dichte rimboe. Drie infanteristen met grote kapmessen kwamen naar voren om een weg te kappen dwars door talloze lianen. Ik trok mijn vechtmes, maar die stengels waren te taai. Onze kleine gids liep tegen een liaan, die een vier meter lange python bleek te zijn. De slang liet zich op die arme jongen vallen en kronkelde zich bliksemsnel om zijn magere lijfje. Een paar mariniers en ik sprongen op dat monster. Een stoere korporaal met kolenschoppen van handen had de tegenwoordigheid van geest om die slang bij de kop vast te pakken. Flash Gordon beval om niet te schieten – de vijand zou het kunnen horen – maar de bajonet te gebruiken. We gingen met bajonetten en messen die slang te lijf. Ik zocht naar zijn staart, boog het uiteinde zo ver mogelijk om de centrale zenuwstreng te ontspannen, maar uit nervositeit heb ik die hele staart maar afgesneden.

Eindelijk liet de slang zijn prooi los, levenloos door de vele bajonetsteken. Onze kleine gids was bewusteloos. Toen hij na enkele minuten weer bijkwam, gaf ik hem een flinke slok koffie uit mijn veldfles. Nadat hij zich wat beter voelde en kon opstaan, vervolgden we de reis omhoog.

De jongen keek mij met verdwaasde ogen aan en zei: 'Toean, die slang heeft ons pad gekruist. Dat betekent veel ongeluk voor ons. Ik ben de eerste die getroffen is door het ongeluk.'

Ik keek hem aan en knikte begrijpend, want dit soort van bijgeloof kende ik van oom Soen en Pah Tjillih.

Ondanks het niet-aflatend kappen van lianen waren wij na een paar uur niet verder gekomen dan een meter of honderd. Ik vroeg aan dat jochie of hij misschien een sluipweg naar de zuidelijke bergrug wist. Die wist hij. We moesten eerst een paar honderd meter terug en dan over een glibberig pad, waarlangs veel water omlaagstroomde. Aldoor slippend kropen we omhoog. Er werd flink gevloekt en gekankerd. Eindelijk kwamen we laat in de middag bij een open terrein, waar een korte pauze werd gehouden. Onze ziekenverpleger ontfermde zich over onze onfortuinlijke jonge gids, die in zijn gevecht met de python twee ribben had gebroken.

Nadat we het jochie een half uurtje hadden laten slapen, braken we op en gingen we verder langs dat glibberige pad omhoog. We kwamen bij een vlak gedeelte, dat bij nader onderzoek een vergane autoweg bleek te zijn. Na een kleine honderd meter loste de weg op in het zeer dichte gebladerte van de jungle. De begroeiing was er zo dicht, dat geen enkel kapmes meer hielp.

Verdere pogingen via andere sluipwegen mislukten. Moedeloos en teleurgesteld werd van lieverlede de terugreis aanvaard. Het was al avond toen wij terugkwamen op onze VDMB-post.

Sergeant Gio Montagne had van zijn informanten en spionnen vernomen dat er een guerrillagroep in een kampong zat ongeveer vijf kilometer van ons vandaan die opereerde onder het commando van een tot luitenant opgeklommen vrouwelijke pemoeda, dus genoemd pemoedi, bij de TNI. Het hele dorp werd door die groep geterroriseerd. We gaven die vrouwelijke luitenant de bijnaam van de Jungleprinses, omdat zij een schoonheid scheen te zijn met heel mooi lang haar dat tot aan haar heupen golfde. Maar achter die façade school een kil en bloeddorstig karakter.

Na een lange ochtendbespreking ging sergeant Gio Montagne naar de compagniespost voor assistentie van een geweergroep mariniers. Ik legde mijn fosforpatronen klaar voor in het duister.

We gingen laat in de avond op patrouille, aangezien de sergeant de vijand in de slaap wilde verrassen. Een van zijn informanten ging met ons mee. Wij gaven hem een oud Mannlichergeweer met munitie en een bajonet.

Het beroerde was dat het die nacht volle maan was. De hemel was wolkeloos en er krioelden miljoenen sterren. Na een klein uurtje lopen bereikten we de kampong. Onze informant liep met sergeant Gio Montagne vooraan en wees op een pasanggrahan. In die grote woning, van hout opgetrokken met een rieten dak, zouden de ongeveer vijftien leden van die terreurgroep zich bevinden. We ontdekten geen wachten, maar we vergisten ons. Onze informant gaf ons met gebaren te kennen dat zowel aan de voor- als de achterkant van de pasanggrahan een wacht zat. De rest bevond zich opzij van de woning. Snel en geruisloos namen wij onze positie in. Ik besloop de wacht aan de achterkant en stak mijn vechtmes diep in zijn nek, draaide het een kwartslag, sneed zijn halsslagader door en trok het mes eruit. Hij rochelde wat en zakte ineen. Een andere marinier deed hetzelfde met de wacht aan de voorkant.

Kennelijk hadden de overige leden van die groep het rochelen van de stervende wachten gehoord, want we hoorden een gestommel binnen in het gebouw. Ik sloop naar mijn schietpositie achter een paar pisangbomen. De anderen doken weg achter de vele struiken rond het gebouw.

Toen hoorde ik de scherpe knallen van de jungle carbine van sergeant Gio Montagne. De aanval was begonnen. Ik hield de achterdeur van die pasanggrahan scherp in de gaten. Plotseling zwaaide die deur open en ik zag twee schimmen naar buiten rennen. Ik mikte loerend door mijn met fosfor ingesmeerd vizier en vuurde. Een voor een zag ik die schimmen in elkaar zakken. Er volgden meer vluchtende pemoeda's. Die werden stuk voor stuk door andere mariniers neergeknald. Toen zag ik de Jungleprinses met haar lange haren naar buiten komen en wegvluchten. Ik mikte en schoot. Tweemaal. Mis. Vijf mariniers schoten in de woning op alles wat maar bewoog. Na die schietpartij liep ik de pasanggrahan binnen en ik telde zes lijken.

'Verdomme,' riep sergeant Gio Montagne uit, 'we hebben die Jungleprinses niet te pakken!'

'Ik heb haar gemist', bekende ik.

Teleurgesteld liepen we terug naar onze post. Onderweg vroeg tolk Freddie Onsoe me met een grijns op zijn gezicht of ik haar misschien opzettelijk had gemist …

De daaropvolgende dag zei Sergeant Gio Montagne: 'Weet je wat we gaan doen, Nolan ...? We gaan een gevaarlijk gokje wagen. Ik zal een groep van vijf informanten, onder wie een broer van die Jungleprinses, eropuit sturen om de resten van die bende op te sporen. Maar we zullen ze moeten uitrusten met vuurwapens. Daarom knijp ik 'm. Stel je eens voor dat die kerels straks weglopen en zich met die wapens tegen ons keren.'

Ik dacht lang na en zei: 'We zullen het risico moeten nemen. Maar eerst moeten we weten langs welke route die kerels gaan. In geval van woordbreuk moeten ze boeten.'

De sergeant liet de vijf informanten komen, gaf hun instructies en wapens met de opdracht de plaats van de resterende guerrillagroep te lokaliseren, hen gevangen te nemen of te doden. De groep kreeg maximaal 48 uur de tijd om terug te keren.

Nog diezelfde avond vertrokken mannen van de eenheid, goed bewapend met een redelijke hoeveelheid munitie voor hun geweren van het type Mannlicher. Maar de broer van die Jungleprinses kreeg van sergeant Gio Montagne een Schmeisser-machinepistool met twee reservehouders in bruikleen.

Kort nadat die vijf informanten waren vertrokken, gaf sergeant Gio Montagne een paar andere informanten de opdracht ze te schaduwen. Anderhalve dag later keek ik met een bezorgde blik naar de sergeant. 'Heb jij nog enig levensteken gehad van die vijf? Ik vertrouw ze voor geen cent. Ze hebben nog een halve dag de tijd om terug te keren.'

Hij knikte geruststellend.

Intussen veranderde mijn vriendschappelijke houding jegens de tolken Jan Abas en Freddie Onsoe. Ik begon aan hun loyaliteit jegens Nederland en het Oranjehuis te twijfelen vanwege hun kritische opmerkingen over de Nederlandse regering en het hele militaire beleid in Indië.

De 48 uren verliepen traag en van de vijf informanten ontvingen we taal noch teken. Intussen was het al avond. De maan was helder, de hemel onbewolkt. Met een bezorgd gevoel ging ik naar mijn kamertje, ik gespte mijn koppel vast, stak mijn dolk in mijn rechterlegging, greep mijn MI en ging naar buiten. In de verte verschenen vijf gedaanten met een draagbaar tussen hen in. Ik liep de stoet tegemoet. Ze droegen niet één maar twee draagbaren, provisorisch van takken en palmbladeren gemaakt. Voor onze post legde het vijftal de twee draagbaren op de grond. De leider wees op beide lijken en zei: 'Toean, hier ligt mijn zuster, die u de Jungleprinses noemt. Op die andere draagbaar ligt haar minnaar, de ondercommandant van mijn zuster.'

Prijzend drukte ik ze de hand. De andere tolken kwamen erbij staan. Sergeant Gio Montagne was zichtbaar opgelucht en nam de uitgeleende wapens van de vijf weer in ontvangst. Hij ging naar binnen, haalde een stapel bankbiljetten met de kop van Soekarno erop tevoorschijn en betaalde het vijftal grof uit. Ze uitten hun enorme dankbaarheid en drukten ons allen de hand.

Ik keek heimelijk in de richting van Freddie Onsoe en Jan Abas en zag in hun ogen blikken van diepe verachting en haat jegens ons, mariniers. Vooral Jan Abas kon mij wel schieten …

Het ravijn

Op een nacht kon ik niet goed slapen. Ik ging op de veranda van onze post met een paar kampongbewoners wat babbelen en koffiedrinken. Ben de Lima kwam erbij. Ik moest aan een van die geheimzinnige, bijna ongelooflijke verhalen van Pah Tjillih denken en vroeg aan die kampongbewoners wat het volgens de Mohammedaanse kalendertelling voor een nacht was. Het was *djoemahat legi* – letterlijk: zoete vrijdag. Dat was de nacht van donderdag op vrijdag. Toen kwam ik op het duivelse idee om wat Pah Tjillih eens verteld had, uit te proberen. Ik ging naar de keuken en zocht naar een citroen. Ik kwam ermee terug en vroeg aan het gezelschap: 'Willen jullie die twee overledenen die een paar avonden geleden hier aan de straatkant op draagbaren werden neergezet, horen kermen van de pijn?'

De dorpelingen begrepen mij meteen en knikten instemmend, maar onze jongens keken mij nogal ongelovig aan.

Op de plaats waar die draagbaren hadden gestaan lagen nog wat opgedroogde bloedplassen. Ik sneed die citroen in schijfjes en kneep het vocht uit op die bloedplassen. Kort daarop hoorden we een gekreun van hevige pijn op diezelfde plaatsen. Het was een griezelige gebeurtenis. Bij onze jongens gingen de nekharen recht overeind staan, ook bij mij en Ben. Ik had zoiets nog nooit gedaan, maar had het van Pah Tjillih wel altijd geloofd, en ik kreeg er kippenvel van. De dorpelingen hoorden dat gekreun ook en prevelden alle mogelijke gebeden voor de zieleheil van die twee neergeschoten terroristen.

Ik weet niet of het door de haat van Jan Abas kwam, of door mijn geintje op djoemahat legi, of door het overdreven en vermoeiende patrouillelopen onder Flash Gordon, maar tijdens een van die vele nachtpatrouilles viel ik in een ravijn van tachtig meter diep. Ik herinner me niet door hoeveel infanteristen ik uit mijn benarde positie ben gered en weer omhoog ben gebracht.

Ik was zo ongelukkig terechtgekomen dat ik weer enorme last van mijn gekwetste onderrug kreeg. Sergeant Gio Montagne stuurde me met de post- en voorraadtruck naar Loemadjang, waar ik mij afmeldde bij het subhoofdkwartier bij de 1ste luitenant der mariniers Lichtenberg. Na de nodige administratieve rompslomp werd ik per jeep naar de plaatselijke ziekenboeg gebracht. Daar kon ik mijn tampatje opslaan in een zaal met nog vijf andere lichtgewonde mariniers. De behandelende officier van gezondheid dr. Verbeek werd bijgestaan door een hoofdziekenverpleger in de rang van sergeant.

Een zaal naast de onze was bezet door zes Madoerese soldaten van de Tjakra Brigade* van het KNIL. Zij lagen er niet vanwege verwondingen door gevechten, maar vanwege venerische ziekten veroorzaakt door gesnoep met lichte vrouwen in en rond Loemadjang. Madoerese soldaten waren zeer berucht, het waren buitengewoon gevaarlijke vechtjassen met wie niet te spotten viel. Maar spoedig kon ik toch enigszins vriendschappelijke betrekkingen met hen onderhouden. Over en weer trakteerden wij elkaar op allerlei inheemse lekkernijen. De Hollandse jongens gaven die Madoerezen kaas en nog meer van die typisch Hollandse etenswaren.

De ziekenboeg kende onvoldoende medische faciliteiten, zoals röntgenapparatuur of infrarode straallampen. Dr. Verbeek gaf mij om de andere dag koortsinjecties. Het was een verdomd rotte therapie. 's Morgens vroeg na het ontbijt kreeg ik zo'n spuit. Dan lag ik hevig te rillen van de koorts. Mijn maten stapelden al hun dekens boven op me. Na zowat twee uur zakte de koorts weer en dan voelde ik me totaal afgemat. Mijn mond was kurkdroog, ik kreeg enorme dorst maar had totaal geen honger. Bij het vallen van de avond brak negatieve koorts uit: ik kreeg het enorm warm. Mijn lichaam kookte zowat van de hitte. Alsof ik de tropenkolder had, zo lag ik te ijlen. Tussendoor kreeg ik van de ziekenpik telkens twee vitaminetabletten. Dat ging zo de hele week door. Ik moest zo veel mogelijk plat blijven liggen op mijn tampatje.

Op een nacht kreeg ik weer last van negatieve koorts. Ik kon de slaap niet vatten en ging op een muurtje op de galerij liggen. Opeens hoorde ik een hevig rumoer uit die venerische slaapzaal met die Madoerese soldaten komen. Een soldaat, bezeten van de koorts en pijn, stormde met zijn Lee Enfieldgeweer de slaapzaal binnen en begon om zich heen te schieten. Ondanks die ellendige koorts bezat ik de tegenwoordigheid van geest om overeind te komen, terug naar de zaal te rennen en die schietende dwaas te bespringen. Ik trapte hem tegen de grond en schopte zijn geweer van hem af. Ik greep mijn MI van de stang van mijn tampatje, trok mijn bajonet en plantte dat ding op de tromp. Toen richtte ik mij weer op die krankzinnig geworden soldaat, die inmiddels zijn Lee Enfield had opgeraapt. Zo raakten we in gevecht met elkaar. Al mijn slapies lieten zich intussen uit hun tampatjes rollen, grepen hun wapens en renden naar de deur van de slaapzaal. Vanaf dat moment liet mijn geheugen me in de steek.

De volgende morgen zag ik overal in de klamboes en muren schietgaten zitten. Toen werd mij de rest verteld door de ziekenpikken en mijn slapies.

'Weet je wat jij afgelopen nacht hebt gedaan met die Madoerees?' vroeg een ziekenpik mij.

'Nou, wat?'

'We zagen eerst die Madoerees al schietend onze zaal binnenkomen', zei de ziekenpik. 'Ik was juist bezig een maat te verzorgen. Jan, die daar in de hoek sliep, kon zijn tampatje niet uit, want de kogels gingen dwars door zijn klamboe, op een paar centimeter van zijn buik. Die jongen schrok zich rot en durfde zich niet te verroeren. Kort daarna kwam jij de zaal binnenstormen en je hebt die Madoerees van achteren besprongen en tegen de grond getrapt. Zijn geweer heb je een eind weg geschopt en toen heb je je eigen MI gegrepen. Daarna begonnen jullie beiden op elkaar in te hakken. O ja, je hebt ook nog eerst je bajonet op je geweer geplant. Gelukkig hebben jullie elkaar niet overhoopgeschoten, maar met jouw bajonet heb je een flinke winkelhaak in zijn buik gesneden, zijn darmen kwamen eruit kronkelen. Toen heeft een andere maat die Madoerees een klap met zijn geweerkolf gegeven. Jij bent daarna in elkaar gezakt en door je maten op bed gelegd. Die Madoerees werd meteen naar de operatietafel gedragen. Dr. Verbeek was die nacht toevallig aanwezig. Door direct te opereren kon hij zijn leven redden. Zijn toestand is nu oké. Ga hem maar eens bezoeken in de zaal hiernaast.'

Ik keek de anderen ongelovig aan, maar ze knikten bevestigend. Nog diezelfde ochtend bezocht ik mijn slachtoffer. Zowat zijn hele romp was bedekt met verband. Ik schrok me rot en in gebrekkig Madoerees bood ik hem mijn verontschuldigingen aan. Die arme man kon dagenlang geen voedsel tot zich nemen, zo erg had ik hem toegetakeld in mijn toestand van koorts en tropenkolder.

Eindelijk brak de dag aan waarop ik genezen werd verklaard. Opgelucht liep ik terug naar mijn ziekenzaal en pakte er mijn spullen in. Intussen belde de dienstdoende ziekenverpleger naar het VDMB-subhoofdkwartier en vroeg om een jeep. Na een hartelijk en roerend afscheid van mijn zieke maten en die Madoerese soldaten laadde ik mijn spullen op de jeep en reed naar ons subhoofdkwartier. Daar kreeg ik een lift op een ravitailleringstruck terug naar de VDMB-post in Sendoero.

Na een paar dagen verblijf in dat detachement riep sergeant Gio Montagne mij bij zich en hij zei: 'Nolan, het is hier in de hele streek nu rustig en veilig. De hele bevolking kan weer normaal leven. Er is in de hele omtrek geen enkele pelopor meer te bespeuren. Morgen word je overgeplaatst naar het AHK te Soerabaja. Piet Dikotta heeft jou daar erg hard nodig. Je hebt daar belangrijker werk te doen. Er worden namelijk voorbereidingen getroffen voor een tweede politionele actie. Dus Nolan, hartelijk dank voor alles namens ons allemaal.'

De volgende morgen kwam een truck voorrijden. Ik liftte mee naar Soerabaja. Intussen was het AHK van de VDMB aan de Porrongstraat verhuisd naar de Karangmendjangan, niet ver van het marinehospitaal.

Laat in de middag kwam ik er aan en ik werd begroet door de kapitein der mariniers Galliër, de opvolger van Rob Groeneveld. Ik stond stram in de houding en salueerde. Kapitein Galliër was nogal klein van postuur en had weinig gevoel voor humor. Na de nodige meldingen van de gebeurtenissen in Loemadjang salueerde ik de kapitein en liep ik naar het kantoor van Piet Dikotta. Hij was blij mij terug te zien en zei: 'Zo, Arto, je ziet er magertjes en pips uit. Hoelang heb je daar in de ziekenboeg gelegen?'

'Ruim drie en een halve week, Piet', antwoordde ik vermoeid.

Dikotta bood mij een stoel aan, schonk mij een whisky in en vervolgde: 'Zoals je misschien al van sergeant Gio Montagne hebt gehoord, heb ik naar jou gevraagd en hem opgedragen jou van het front terug te trekken. Kijk eens, Arto, je hebt lang genoeg gevochten. Ik heb jou hier hard nodig als hoofd Afdeling III Verhoor van Gevangenen. Maar daarnaast moet je voor mij, als hoofd Afdeling IV Spionage en Documentatie, counterintelligencewerk gaan verrichten. Jouw operatieterrein omvat de hele stad Soerabaja en omliggende streken tot aan Sidoardjo en Porrong. Ga regelmatig mee met overvalpatrouilles. Je weet wat je doen moet. Jouw kantoor is naast het mijne. Je kunt daarin ook je tampatje opslaan. Voor de rest mag je ook thuis slapen in tijden van slapte, maar je kan ook daar uit je bed worden opgetrommeld. Zoals gewoonlijk kun je hier op mijn kantoor regelmatig alle counterintelligencerapporten doornemen, want je moet up-to-date blijven voor het verhoren van de verschillende categorieën gevangenen.'

Ik keek Piet wantrouwig aan en vroeg hem: 'Er moeten andere redenen zijn waarom jij mij hebt teruggetrokken van alle frontdiensten, Piet. Vertel op!'

'Oké, Arto,' antwoordde Piet, 'maar wind je niet op, oké? Toen jij in de ziekenboeg lag, heeft sergeant Gio Montagne een rapport over jouw te harde optreden in het Sendoerogebied opgesteld en hij heeft zich bij mij beklaagd. Toen heb ik maar beslist om jou terug te trekken. Anderzijds is sergeant Gio

Montagne voorgedragen voor de Militaire Willemsorde der 4de klasse, voornamelijk omdat het hele gebied van Sendoero is gezuiverd van alle extremistische elementen.'

'Godverdomme, wat een smeerlap!' brulde ik uit. 'Ik heb het vuile werk gedaan en die Gio gaat nu met de eer strijken!

'Kalm, Arto, rustig', suste Piet mij. 'Bedenk altijd dat goede wijn geen krans behoeft.'

'Je kan mij nog meer vertellen, Piet. Ik ga over mijn nek van die vuiligheid!' riep ik uit.

Ik sprong op van mijn zitplaats en liep woedend weg.

Ik nam mijn transportbepakking op mijn nek en liep naar mijn nieuwe kantoor, waar metalen dossierkasten stonden. Ik zette mijn tampatje in elkaar, compleet met bamboespijlen en camouflageklamboe. Vervolgens richtte ik mijn kantoor in met in de ene hoek mijn slaapplaats en in de andere hoek de werkhoek met verhoorruimte.

Counterintelligence

Verjaardagen van leden van het Koninklijk Huis werden in Nederlands-Indië veelal op uitbundige wijze gevierd. Daarom zorgde ik er meestal voor dat ik tijdens die feestdagen frontdienst had, want het was geen lolletje om dan in Soerabaja te zijn. Maar op de 31ste augustus 1948 kon ik er niet aan ontsnappen.

Piet Dikotta had me de avond tevoren bij zich geroepen: 'Arto, morgen is koningin Wilhelmina jarig en overal in de stad worden festiviteiten gehouden. Er is ook een militaire parade en de route gaat onder meer langs de Palmenlaan, de Simpang, over Toendjoengan naar de Pasar Besar en verder. Jij gaat morgen in burger en zonder vuurwapen op pad. Je begeeft je tussen het publiek, vooral langs de route van die militaire parade, en luistert alle gesprekken af. Jij weet wel bij welke personen jij gesprekken moet afluisteren en jij weet ook wel infiltranten te onderscheiden tussen de inheemse bevolking. Begeef je onder hen en denk erom: géén geweld! Dat mag alleen als zij jou slaan of bedreigen met de dood. En verder géén contact met meisjes! Breng mij die avond laat verslag uit van jouw bevindingen. Succes, Arto.'

Waarom ik? Andere tolken, en vooral de getrouwden, hadden meestal vrij van dienst op feestdagen. Altijd was ik de klos als er iets bijzonders moest gebeuren. Ging de brigadecommandant op inspectie langs vrijwel alle frontposten en had hij een dardanel nodig, dan werd ik uitgekozen. Al zat ik ver verwijderd op een frontpost, ze wisten mij altijd wel te vinden. En nu kreeg ik dan weer zo'n counterintelligenceklusje op die feestdag. Dat was geen ongevaarlijk karwei. Het enige wapen dat ik had, was mijn onafscheidelijke vechtmes.

Ik ging al vroeg in de morgen, direct na het ontbijt, in burgerkleding op pad. Mijn dolk had ik aan mijn broekriem bevestigd, met mijn blouse er los overheen. In een betjak reed ik alle pasars langs. Daar liep ik in mijn witte lange pantalon en felgekleurd overhemd tussen het publiek door. Ik merkte talloze infiltranten en spionnen op. Quasi-nonchalant begaf ik mij onder het Indonesische publiek en ik luisterde hun gesprekken af. Met sommige Indonesiërs van wie ik dacht dat zij spionnen waren, maakte ik een praatje. Tijdens die gesprekken kwam ik tot de weinig verbazingwekkende conclusie dat bij de meesten de haat jegens de Hollanders erg diep zat. Zij wilden hun Merdeka ten koste van alles en ik kreeg een onbehaaglijk gevoel over me. Van enkelen hoorde ik het een en ander omtrent sabotageplannen. Steeds wanneer ik voldoende informatie had vergaard, ging ik op zoek naar een radiowagen van onze MP. Kon ik zo'n omroepwagen niet vinden, dan stapte ik een winkel of apotheek binnen en vroeg daar of ik van de telefoon gebruik kon maken. Ik belde dan naar het AHK en maakte een afspraak met Piet Dikotta. Ruim een half uur later ontmoette ik dan een of twee kopstukken op een afgesproken plaats en deelde mijn bevindingen mee. En zo duurde die feestdag voor mij langer dan mij lief was, tot diep in de nacht.

Met het naderen van de Tweede Politionele Actie kreeg elk onderdeel het razend druk. Op het publicatiebord werden lange lijsten met namen, onderdeel en bestemming geplakt, zodat iedereen wist wat zijn taken waren. Nieuwsgierig zocht ik mijn naam op de lijsten van jongens die mee mochten naar die landing bij Glondong, maar ik vond die niet. Zwaar teleurgesteld liep ik het kantoor van Piet Dikotta binnen en ik vroeg: 'Zeg, Piet, waarom staat mijn naam niet op de lijst? Ik wil mee naar die landing bij Glondong. Kun jij je beslissing niet herzien?'

'Nee, Arto', klonk het resoluut. 'Nogmaals: ik heb jou hier hard nodig. Jongen, ben je nog niet gevechtsmoe? Jij hebt al genoeg gevochten. Jouw onderrug is al half kapot. Wil je straks helemaal invalide worden? Vooruit, ga mij helpen met administratieve zaken en met de distributie van instructies voor de jongens die binnenkort mee moeten. Jij krijgt een aantal tolken onder jou. Zij moeten alle gevangenen verhoren en naar de Werfstraatgevangenis sturen. Jij instrueert de tolken en begeleidt ze bij het counterintelligencewerk. Want jullie moeten straks ook de overvalgroepen voor acties in de stad gaan vormen. Arto, het valt niet mee om Soerabaja schoon te houden van subversieve elementen. Ook hier in de stad schuilt enorm veel gevaar. Dus ga aan de slag.'

In het hoofdkwartier zag ik geen enkel vrolijk gezicht. Zelfs mijn beste vrienden onder de tolken keken zorgelijk. Aan de bewapening werd de grootste zorg besteed. In de tijd tussen de Eerste en de Tweede Politionele Actie waren veel ovw-mariniers met enorme gevechtservaring thuisgevaren. Hun opengevallen plaatsen werden ingenomen door totaal onervaren dienstplichtigen. Je herkende ze aan hun uniform. Op hun badges stond

Nederland geborduurd, op onze badges *Netherlands*. Onze uitgaansuniformen waren van Amerikaanse, die van de nieuwelingen van Engelse snit.

Ook in de gelederen van de VDMB zaten veel baroes. Al deze nieuwelingen moesten wij – Indische jongens met gevechtservaring in de rimboe – instrueren over diverse gevechtstactieken en we moesten ze veel bijbrengen omtrent de zeden en gewoonten van de inheemse bevolking. Het omschakelen van Hollands naar Indonesisch eten ging gepaard met buikloop, maar erger waren de huidziekten. De baroes waren gewend aan die uiterst ver doorgevoerde hygiënische toestanden in Nederland. In Nederlands-Indië kende men die helaas niet. Ook kwamen veel gevallen van tyfus en malaria voor. Ikzelf kreeg af en toe last van die vervelende malaria, ondanks het veelvuldig slikken van atabrinetabletten.

Ik maakte kennis met een Limburgse marinier, die op wacht stond bij de brigadestaf. De jongen heette Piet, was broodmager en was gedeeltelijk opgegeven door doktoren van het marinehospitaal, omdat hij doorlopend problemen had met de beruchte malaria tropica. Hij mocht thuisvaren, maar dat weigerde hij, omdat hij het land en volk begon lief te hebben.

'Zeg, VDMB'er,' zo begon hij het gesprek, 'jij bent van dit land, hè? Ik lijd al een tijd aan malaria tropica, tenminste, dat beweren die doktoren van het marinehospitaal. Ze douwen mij vol met atabrinetabletten, en wisselen die af met kinine, maar dat helpt allemaal niet. Ik krijg zelfs lichte diensten, zoals dat vervelende wachtlopen hier. Weet jij soms een of andere kwakzalver of hocus-pocusvent die mij misschien kan genezen?'

'Ik denk wel dat ik jou kan helpen, maar je moet niet eigenwijs zijn', zei ik. 'Laten we eerst naar jouw behandelend arts gaan om toestemming te vragen, anders krijg je zo'n krijgsraadbakje aan je reet.'

'Nou, ik heb schijt aan die klootzak', was zijn volmondige commentaar.

'Wanneer ben je vrij van dienst?'

'Vanmiddag om vier uur.'

'Oké Piet, dan kom ik je halen en breng ik je naar mijn moeder. Zij heeft mij al zo vaak genezen van die verdomde malaria, dus dat moet bij jou ook lukken.'

Op de afgesproken tijd kwam ik die Limburgse Piet ophalen bij de Big Shit en in een betjak reden we naar mijn huis. Mama keek wel een beetje verbaasd toen zij mij daar zag aankomen met een blonde jongen. Ik stelde Piet aan haar voor en legde haar het probleem uit, deels in het Nederlands, deels in haar potpourri van Maleis, Javaans en Chinees. Onmiddellijk liet zij baboe Tenie bladeren van de papajaboom afsnijden en tot pap stampen in een gietstalen kom. Daarna perste baboe Tenie die gestampte bladeren in een glas en deed ze er wat zout bij. Ze roerde in de donkergroene substantie en gaf het glas aan Mama. Mama overhandigde die donkergroene vloeistof aan Piet en liet hem die opdrinken. Met de nodige bravoure nam Piet dat glas van Mama aan en hij dronk dat helemaal leeg. Toen trok hij een enorm vies gezicht.

'Godverdomme, Nolan,' was zijn commentaar, 'ik word totaal vergiftigd door je moeder.'

Ik lachte me rot en zei: 'Dit grapje moet je ten minste twee- tot driemaal per dag hier bij mij thuis herhalen. Binnen een paar dagen ben je totaal genezen van die malaria, dat garandeer ik jou. Ik weet, het smaakt verdomde vies, ikzelf heb er niet altijd zin in, maar dat spul is beter dan al die rottabletten.'

Piet deed wat ik hem adviseerde. Hij kwam twee- tot driemaal per dag bij Mama thuis om zo'n glas donkergroen sap te drinken. Na vier dagen slikken voelde hij zich al wat beter. Voor alle zekerheid ging liet hij in de ziekenboeg wat bloed aftappen voor controle. Het aantal malariabacillen in zijn bloed was aanzienlijk gedaald. Hij kreeg meer eetlust. Als herboren kwam hij na die behandeling bij Mama thuis en hij dankte haar uitbundig. Hij was zijn bleke gelaatskleur helemaal kwijt.

'Godverdomme Nolan. Jouw moeder heeft mij totaal genezen van die rotmalaria. Ik ben godverdomme weer helemaal de oude. Ik mag godverdomme weer normale diensten draaien. De dokter begreep er niets van en mompelde godverdomme zoiets van: "Soms zijn Indische kruiden beter dan al die chemische geneesmiddelen." Godverdomme jongen, Nolan, ik ben godverdomme zo blij en jou en je moeder godverdomme zo dankbaar. Kom, laten we godverdomme naar die godverdommese Marinierskantine gaan en godverdomme eens flink gaan zuipen godverdomme.'

'Nee, ik neem jou wel mee naar de beste chinees in de stad.'

Op de 18de december 1948 zwaaide ik Piet en de anderen op het voorplein van ons VMDB-hoofdkwartier uit. Ze waren met hun transportbepakking op de trucks geklommen en lieten me achter met een rotgevoel. Ik haatte al die kopstukken, nu ik niet mee mocht.

Opeens voelde ik een hand op mijn linkerschouder. Ik draaide me om en keek Piet Dikotta recht in de ogen.

'Kom op, Arto,' zei hij, 'aan het werk.'

Nog diezelfde avond moest ik met een overvalgroep de stad in. Tot laat in de nacht arresteerden wij tientallen personen. Van slapen kwam weinig. Ik moest met mijn team alle verdachte elementen aan verhoren onderwerpen. Enkelen werden door mij weer in vrijheid gesteld volgens het principe 'met dieven vangt men dieven'. De dagen erop werden zeer vermoeiend. Ik kreeg een enorm tekort aan slaap. Overal werd door de tolken gekankerd omdat we vierentwintig uur per dag en zeven dagen per week dienst hadden. Dagelijks nam ik ook nog de combatintelligencerapporten door. Ik zag dat wij op alle fronten gevoelige verliezen leden. Uiteraard lag tussen de Eerste en deze Tweede Politionele Actie een veel te lange periode, die door de Indonesische strijdkrachten was uitgebuit. Ten eerste hadden ze hun wapenarsenalen enorm aangevuld met gesmokkeld oorlogstuig. Ten tweede hadden ze veel van onze strijdtechnieken van ons afgekeken. Ten derde hadden overige Indonesische eenheden alle gelegenheid gehad om wegversperringen en landmijnen op de invalswegen naar hun gebieden te plaatsen. Ten vierde kon de vijand overal hinderlagen aanleggen. Ten vijfde streden wij met te veel onervaren jongens uit Holland.

Eenmansoorlog

Ik voerde intussen allerlei gevaarlijke opdrachten uit op het gebied van counterintelligence. Ik kon de kazerne in- en uitgaan wanneer ik maar wilde en mocht soms zelfs thuis bij Mama de nacht doorbrengen. De ene keer was ik in gevechtsuniform, de andere keer in burger, maar altijd was ik goed bewapend. Juist in die periode was er sprake van een toename van infiltranten in Soerabaja. Deze TNI'ers hadden de opdracht om guerrilla-activiteiten in de stad te ontplooien. Ook sabotageactiviteiten stonden op hun programma. Mijn taak was primair om deze infiltranten op te sporen, te schaduwen en secundair om onze standby-overvalgroepen te waarschuwen en naar de vijand te dirigeren, zodat ze die gevangen kon nemen of uitschakelen. Persoonlijk vond ik deze methode te omslachtig, maar ik moest nu eenmaal de dienstbevelen opvolgen.

Op een avond was ik gekleed in burger op patrouille op de avondmarkt in de beruchte wijk Patjarkeling. Mijn bewapening bestond uit slechts een klein plat F.N.-pistool, een ding van niks. Ik zat in een kraampje soto madoera* te eten toen aan mijn tafel drie TNI'ers plaatsnamen. We groetten elkaar en ook zij bestelden soto. Een van dat trio herkende ik onmiddellijk van een montagefoto. Het was luitenant-kolonel Djarot Soebiantoro, commandant van het beruchte TNI-bataljon 113. Wij, mariniers, hadden een zware dobber aan de soldaten van dat bataljon. Al etende raakten we in gesprek. Mijn handen jeukten en ik wilde dat drietal het liefst meteen neerknallen, maar ik had de order om alleen in de hoogste nood bloed te vergieten. Dus zat ik daar machteloos tegenover mijn grote tegenstanders, die al zovele levens van mariniers op hun geweten hadden. Mijn bloed kookte van woede en haat, maar ik moest mijn rol van spion goed spelen en zo veel mogelijk informatie uit dat trio los zien te krijgen, wat mij gedeeltelijk lukte.

Nog diezelfde nacht rapporteerde ik dit voorval aan Piet. Hij was in de stafkamer aan het werk. Direct werd de overvalgroep gealarmeerd en men rukte uit naar die beruchte wijk Patjarkeling. Ik fungeerde als gids. Een van dat trio TNI'ers was toen zo onverstandig geweest om op bezoek te gaan bij een prostituee. Het was voor mij niet moeilijk om die man op te sporen en te laten arresteren. Uit de verhoren kwam naar voren dat de TNI sabotage en guerrilla-aanvallen op kazernes van militairen en politie in de zin had.

De avond daarop patrouilleerde ik in de Kapasanwijk. Ik was in dungaree en was bewapend met een Colt .45-pistool en mijn dolk in mijn rechterlegging. Onderweg ontmoette ik mijn broer Karel … Hij moest als hoofdagent van politie in Kapasan de *law-and-order* handhaven. Ik ging met hem in een Chinees kraampje wat zitten eten. Opeens zei hij: 'Do, je moet eens in die hoek daar kijken. Daar zitten een paar mooie Javaanse vrouwen al een poosje naar ons te kijken.'

'Nou, én. Laat ze maar kijken. Als ze wat van mij nodig hebben, dan moeten ze maar hier komen. Ik heb wel wat anders aan mijn hoofd en militaire geheimen mag ik jou niet verklappen.'

Het was of de duivel ermee speelde. Een van die schoonheden stond op en liep tot mijn verbazing naar ons toe. Lief lachend en uitermate beleefd nodigde zij ons beiden uit aan hun tafel te komen zitten. Ik kreeg een raar voorgevoel. Ik keek Karel aan, maar die jongen was al helemaal hoteldebotel van de schoonheid van die drie vrouwen. Voor ik er erg in had, liep Karel al als een mak lammetje met die vrouw mee. Ik stond toen ook maar op en liep naar hun tafel. Al gauw ontpopte Karel zich als een ware don juan. Hij begon te flirten met twee van die Javaanse schonen. Karel was al sinds zijn jeugd een charmeur en vrouwengek.

De derde schoonheid troonde mij mee naar haar riante woning, niet ver van de pasar van Kapasan. Bij haar thuis werd ik eerst verwend met heerlijke koele palmwijn en allerlei inheemse koekjes. Na een korte flirt trok zij mij mee naar haar slaapkamer. De olielampjes in haar slaapkamer had zij laaggedraaid, maar het olielampje aan de raamkant blies zij uit. Een stem in mijn binnenste waarschuwde mij om mijn pistool binnen handbereik te houden, toen wij naakt op haar bed kropen. Tijdens het liefdesspel zag ik opeens twee zwarte puntmutsen langs haar openstaande venster voorbijkomen. Even later hoorde ik gerommel aan haar voordeur. Mijn schoonheid omstrengelde mij stevig en joeg het liefdesvuur in me op. Toch voelde ik mij niet helemaal op mijn gemak. Opeens zwaaide de deur van haar slaapkamer open en zag ik een man met een stengun naar binnen gluren. Bliksemsnel greep ik mijn Coltpistool en ik schoot. Hij klapte voorover en viel dood neer. Ik drukte mijn pistool op de keel van die schoonheid en siste: 'Jij smerig rotwijf!'

'Nee, niet schieten. Ik ken hem niet!' riep ze angstig uit.

'Waarom heb je dat lampje aan de raamkant uitgeblazen?' vroeg ik haar woedend.

Ik sprong gehaast uit bed en trok mijn onderbroek aan. Toen kwam nog iemand de woning binnen. Nog voordat hij zijn tommygun op mij kon richten, knalde ik hem neer. Toen richtte ik mijn pistool op die vrouw en ik schoot haar tussen de ogen. Ze sloeg achterover op bed, rochelde wat en stierf. Snel kleedde ik mij verder aan. Met het pistool in mijn linkerhand en mijn dolk in mijn rechterhand liep ik langzaam naar buiten. Ik spiedde om mij heen, maar zag geen enkele pemoeda, slechts wat nieuwsgierige Javanen. Ik liep terug de woning in en nam die stengun en tommygun weg van die lijken. Ik hing beide wapens over mijn schouders en wandelde weg naar de hoofdweg. Daar riep ik een betjak, stapte in en liet me naar de kazerne rijden.

Bij de slagboom van de Vuurvliegkazerne keek de wacht mij verbaasd aan. De wachtcommandant kwam aangelopen en vroeg argwanend: 'Zeg, VDMB, ben jij soms een eenmansoorlog aan het voeren?'

Hadji

Op een morgen kreeg ik op het hoofdkwartier een belangrijke politieke gevangene te verhoren. Evenals Soekarno was hij een gediplomeerd ingenieur. Beiden hadden gedurende de Nederlands-Indische koloniale periode in hetzelfde verbanningsoord gezeten. Piet Dikotta gelastte mij om deze politieke gevangene met de nodige egards te behandelen en hem niet af te ranselen. Maar om deze gevangene met succes te kunnen verhoren, moest ik me goed voorbereiden en dus liet ik een lading met alle mogelijke politieke boekwerken in de Indonesische, Hoogjavaanse, Maleise, Engelse en Nederlandse taal bij mij in de kamer deponeren. Mijn werkkamer annex slaapkamer veranderde in een bibliotheek en er kwam een muffe lucht te hangen. Het kostte mij een maand om al die boekwerken diagonaal door te lezen. Die vriend van Soekarno was een hadji en ik noemde hem Hadji. Hij kreeg een kamertje achter in het gebouw van ons hoofdkwartier, maar wel met de ernstige waarschuwing dat hij bij de minste vluchtpoging onmiddellijk zou worden neergeschoten. Ik gaf hem tien schriften en een vulpen met de opdracht de hele politieke situatie van die periode op te schrijven. Af en toe las ik zijn verslagen door en als ik leugens ontdekte, strafte ik hem door hem een paar dagen geen maaltijden te geven. Ik liet een van mijn informanten regelmatig naar Chinese restaurants gaan om heerlijke gerechten voor mij te halen. Opzettelijk kwelde ik Hadji door voor zijn neus mijn maaltijden te verorberen. Op een gegeven moment kon hij dat niet langer verdragen en smeekte hij mij hem wat te eten te geven.

'Hadji, je krijgt heerlijk eten van mij, maar eerst zul je opschrijven wat je weet over de politieke doelstellingen en militante doelen van de Masjoemi*, de PKI* en de PNI. Ik check alles meer dan nauwkeurig. Als je liegt, dan krijg je geen korreltje rijst van me. Is dat duidelijk?'

Ik dwong die man zelfs in de nacht door te gaan met schrijven, totdat hij boven zijn schrijfgerei in slaap viel. Uiteindelijk kreeg ik de waarheid boven water over alle politieke zaken die belangrijk voor ons waren. Het werden uitgebreide en gecompliceerde verslagen, die via Piet Dikotta aan de hoogste marineautoriteiten werden doorgespeeld.

Krokodillenvoer

De berichten die intussen dagelijks bij het hoofdkwartier binnenkwamen, waren niet bijster bemoedigend. Mariniers van een colonne werden neergemaaid door TNI-eenheden. Bij sweepacties liepen mariniers in een hinderlaag van een compagnie onder commando van de beruchte majoor Djarot Soebiantoro. Van alle negen jongens werden de armen en benen afgehakt, hun schaamdelen werden afgesneden en in de mond gestoken. Vastgebonden aan pisangboomstammen werden ze in de Kali Solo te water gelaten, waar het wemelde van krokodillen en leguanen. Weer een andere verkenningspatrouille kwam tegenover een overmacht te staan en werd totaal in de pan gehakt. Slechts één marinier, een Indische jongen genaamd Kling Logeman, ontsnapte aan de dood. Hij was gestoken met een bajonet, waardoor zijn darmen naar buiten kwamen. Hij drukte met een hand zijn darmen terug en liep zo hard als hij kon weg om hulp te halen. Op zijn vluchtweg passeerde hij enkele kampongs, maar hij werd door de bevolking gestenigd. Ontredderd bleef hij alsmaar doorlopen en hij vond de weg terug naar de hoofdmacht. Hij rapporteerde het voorval en zakte toen in elkaar. Een mobiele ziekenboeg is zijn redding geworden.

In Soerabaja moest ik met overvalgroepen razzia's houden in de beruchtste kampongs rond de stad. Zo werden er door ons hele groepen infiltranten en dubbelspionnen gearresteerd en gevangengezet. In mijn verhoorafdeling verliep het ondervragen van de gevangenen moeizaam, want zij verkeerden in een overwinningsroes. Ze wisten dat de hele wereld zich tegen Nederland keerde en dat het dekolonisatieproces niet meer te stoppen was. Wij konden slecht tegen ons verlies en dus pakten we die gevangenen extra hardhandig aan. En zo vulde ik mijn Kerstdagen met razzia's, extremisten arresteren, verhoren en in de gevangenis laten werpen.

Oud en Nieuw van 1948 op 1949 naderde. De activiteiten luwden wat. Van de fronten kregen we weinig goed nieuws binnen. De Indonesische strijdkrachten verhoogden hun guerrillaoorlog en de hoge heren van de Big Shit moesten nieuwe tactieken bedenken. Op Oudejaarsavond kreeg ik even vrij van dienst om thuis met Mama, Ella en de andere familieleden feest te vieren. Ik kwam binnen in gevechtstenue met geweer, bajonet en fighting-knife. Mama zag een doffe glans in mijn ogen en vroeg: 'Wat is er aan de hand, Arto? Je gedachten zijn niet hier, maar heel ver weg.'

'Ach Mama, ik weet het niet meer. Altijd maar mensen opjagen en doden, altijd maar vechten. Wanneer houdt het eens op? Ik heb veel vrienden onder de mariniers. Zij hebben mij veel verteld over het leven in Holland. Daar wordt niet getrapt op mensen met een bruine huid en op mensen die niet erkend zijn door hun ouders. Het leven daar in Holland is zo heel anders dan hier. Mama, ik begin te voelen dat ik niet langer hier thuishoor. Dit land, dit volk, al die oorlogen hier, ik voel me hier niet langer senang. Elke dag, elk uur, elke minuut moet ik hier vechten om in leven te kunnen blijven. Overal zijn vijanden. Nou ja, Mama, het is nu Oudjaar, laten we maar een beetje feestvieren onder elkaar.'

Mama zweeg, haar ogen werden vochtig. Die lieve vrouw voelde hoe we uit elkaar dreven.

In die tijd was er geen vuurwerk te koop. Dat was streng verboden. De enige knallen die men mocht horen, waren geweer- en mitrailleurschoten, zowel van vriend als vijand. Ondanks die grimmigheid werd overal in de stad door burgers feestgevierd. De sfeer was spontaan noch uitbundig. Ik heb klokslag twaalf uur niet eens afgewacht. Het was even over elven toen ik afscheid nam van Mama en de andere familieleden. Onderweg riep ik een betjak aan en ik liet mij via een grote omweg rijden naar het hoofdkwartier aan de Karangmendjangan. Er was niet veel verkeer. De meeste winkels waren al gesloten. Alleen restaurants, bars en andere eet- en drinkgelegenheden waren nog open. Hier en daar zag ik dronken mariniers en soldaten van het KNIL over straat slingeren. Er was veel politie op de been. Af en toe zag ik mensen wegrennen, achtervolgd door schietende agenten.

Ik liet de betjak stoppen voorbij de Marinierskantine en gaf de rijder een flinke fooi met de opdracht op mij te wachten. Ik nam mijn MI in de aanslag, stak de straat over en liep langzaam de schietende agenten achterna. Een marinier kwam naar mij toe en schreeuwde: 'Kijk uit! Pelopors! In die donkere zijstraat naast de Aurora-winkel wordt geschoten!'

Samen renden we die Gang Butteweg in en ik vroeg aan een van die dekking zoekende agenten waar de vijand zat. Hij wees in de richting van Pasar Blaoeran. Ik zei tegen die marinier dat het beter was om terug te gaan naar Toendjoengan, want het was onbegonnen werk om met z'n tweeën te gaan zoeken naar infiltranten onder de bevolking van die pasar en winkelstraat. Ik liep terug naar de plaats waar mijn betjak stond, maar de bestuurder was met zijn voertuig verdwenen.

Toen liep ik maar naar de Marinierskantine en goot mezelf vol met alcohol. Iedereen wenste iedereen veel geluk met het nieuwe jaar. Toch hing er een bedrukte stemming. Ik voelde me ellendig, ik was als een schip dat van zijn ankers was losgeslagen. In die stemming keerde ik laat in de nacht terug naar mijn hoofdkwartier. Iedereen was daar nog klaarwakker. Niemand had behoefte om zelfs maar even te slapen. Iedereen wenste elkaar een voorspoedig 1949 en vooral heel veel sterkte in de strijd. Veel mariniers dachten aan hun gevallen en gewonde kameraden.

Veel tijd om te mijmeren had ik niet. Er werd weer 'standby' geroepen. Even later zaten we in de overvalwagens. Het was weer tijd voor razzia's in de obscure wijken van de stad. Op aanwijzingen van informanten, dubbelspionnen en nog meer van dat gespuis werden er arrestaties verricht. Alle tolken die mee waren, moesten de arrestanten ter plaatse verhoren. Dat ging er zeer hardhandig aan toe.

Kuil

Op de eerste dag van januari werden alweer gevangenen van het front naar het hoofdkwartier overgebracht. Op mijn verhoorafdeling kreeg ik een Japanner, genaamd Toshiba. In zijn glorietijd behoorde hij tot de Sakura-organisatie en bij de TNI was hij nu als opzichter belast met het bouwen van bunkers en andere soorten van fortificaties. Daarnaast was hij daar instructeur van de Demolition Group. Ik kreeg de opdracht hem persoonlijk aan te pakken.

Toshiba was een arrogante kerel met een cynisch voorkomen. Toen ik hem vragen stelde, bleef hij mij dom aankijken en hij zweeg in alle toonaarden. Op een gegeven moment verloor ik mijn geduld, ik trok hem van zijn stoel en schreeuwde hem toe dat hij voor mij in de houding moest gaan staan. Dat deed hij. Toen sloeg ik hem zo vaak in zijn gezicht dat hij achterover viel. In zijn val trapte ik hem tegen zijn borst. Hij rochelde van de pijn. Zijn gezicht was een bloederige massa. Ik kreeg een gevoel van voldoening. Ik zag mijzelf weer aan het schavot hangen terwijl Sato, de beul van de Kem Pei Tai, onbarmhartig hard met zijn baseballstick op mijn rug sloeg. Ik kon die beestachtige grijns van Sato maar niet uit mijn herinnering bannen.

De volgende morgen werd Toshiba toeschietelijker. Met horten en stoten kwamen de inlichtingen over zijn lippen. Na het verhoor nam ik hem mee naar de achtertuin. Ergens tegen de bijgebouwen had ik een spade zien staan. Ik gaf die aan Toshiba en gebaarde hem mij te volgen naar een plaats vlak bij de tennisbaan van de tuin. Ik trok mijn fighting-knife en kraste in het zand een rechthoek van ongeveer een bij twee meter. Toen beval ik Toshiba om een gat te graven van een meter diepte. Ik maakte hem duidelijk dat hij zijn eigen graf zou gaan graven. Verschrikt keek hij mij aan maar hij zei niets en begon te spitten. Toen de kuil groot genoeg was, gelastte ik Toshiba om erin te gaan liggen, zodat ik kon zien of hij er wel in zou passen. Hij beefde over zijn hele lichaam maar deed wat ik hem bevolen had. Ik keurde zijn werk goed en liet hem uit de kuil klauteren.

Toen voelde ik een hand op mijn schouder. Ik keek achterom en zag kapitein Galliër achter me staan.

'Zeg, Nolan,' zei hij kalm, 'wil jij voor twintig jaar de bak in voor moord?'

'Moord?' vroeg ik verontwaardigd. 'Die smerige spleetoog is een oorlogsmisdadiger. Hij heeft pemoeda's opgeleid om ons, mariniers, systematisch uit te moorden. Er zijn jongens van ons aan de krokodillen gevoerd. Geef mij de lol om die vent zijn strot door te snijden en zijn vervloekte lichaam in die kuil te trappen.'

'Nee, Nolan, laat dat', beval kapitein Galliër mij. 'Er is een cease-fire afgekondigd. Die rotvent moet afgevoerd worden naar Batavia en van daar gaat hij op transport naar Japan. Daar zal hij worden berecht. Er is een geallieerd tribunaal opgericht.'

Schoorvoetend gaf ik gehoor aan het bevel. Ik blafte Toshiba toe naar zijn cel terug te keren.

Met broer Karel op pad

Op een avond zei ik tegen Piet Dikotta dat ik op counterintelligencepatrouille ging in de Chinese buurt van de benedenstad. Ik trok mijn dungareepak aan, leende een Colt-.45-pistool van de foerier en gespte mijn fighting-knife vast aan mijn rechterbeen met de schede in de legging. Ik meldde me af bij de wacht en liep vanuit Karangmendjangan in de richting van het Goebeng Viaduct. Onderweg pikte ik een betjak op en ik liet me rijden naar de beruchte Kapasanbuurt. Bij de 5de sectie van de politie stapte ik uit de betjak en ik wandelde het gebouw binnen waar mijn broer Karel werkte. Die avond had Karel dienst tot vroeg in de morgen. We babbelden wat op zijn bureau onder het genot van enkele koppen sterke koffie en Javaanse koekjes, zoals *peroet ajam* en *koewee lapis*. Hij stelde voor om samen op patrouille te gaan in en rondom de pasar van Kapasan. Daar wemelde het van de zware criminelen, opiumsmokkelaars, infiltranten van de TNI, spionnen en hoeren.

Nadat Karel zijn bureauwerk had voltooid, gespte hij zijn gordel met Coltdienstrevolver om en liet drie Javaanse agenten, bewapend met ouderwetse Mannlichergeweren, meegaan op patrouille. Gemoedelijk pratend liepen we in de richting van de pasar, waar in die late uurtjes nog een gezellige drukte heerste. Langzaam liepen we tussen al die kraampjes door en we gaven onze ogen goed de kost. Ik herkende infiltranten van de TNI ondanks het feit dat zij niet in uniform waren. Ze gedroegen zich onopvallend, maar als ik ze doordringend aankeek, werden ze nerveus. Zij herkenden de uniformen van de mariniers maar al te goed.

Opeens zei Karel: 'Verdomme, Arto, door dat werk op kantoor vergat ik jou te vragen waarom je geen geweer draagt. Je hebt alleen je gevechtsmes aan je rechterbeen hangen.'

'Ik heb van de foerier een Colt Caliber .45 geleend met vier reservemagazijnen. Die zit in mijn rechterbroekzak. Ik ben geen officier, dus ik mag geen pistoolkoppel dragen.'

Aan ons gebabbel kwam snel een eind, want Karel werd door zijn agenten geattendeerd op een bloedige vechtpartij tussen een paar marktkraampjes verderop. Karel en ik liepen er snel heen. Een man die op de grond lag te kronkelen en wiens ogen uit de kassen waren gestoken, was een van mijn beste informanten, Achmat. Een paar passen van ons vandaan stond de dader, een Chinees. Aan zijn rechterhand kleefde bloed.

Karel vroeg hem deels in het Chinees en deels in het Maleis wat er gebeurd was. Op woeste toon vertelde die man dat hij ruzie had gekregen met Achmat, omdat die buiten zijn medeweten zijn prostituee had gebruikt. Voorzichtigheidshalve trok ik mijn pistool en ontgrendelde het, zodat het op scherp stond. Karel werd bleek en riep mij in het Nederlands toe: 'Voorzichtig Arto! Die vent is een beruchte Khoen Thau-fighter.'

De Chinees maakte zich inderdaad gereed om mij te bespringen, terwijl hij in zijn taal op de mariniers schold. Snel liep hij in mijn richting met half opgeheven rechterhand, gereed om mij de ogen uit te steken. Nog voordat Karel – een eersteklas pentjakvechter – kon ingrijpen joeg ik de Chinees een kogel tussen zijn ogen. Met een korte kreet klapte die man achterover. Hij kon Achmat gaan vergezellen naar het Walhalla. Uit blinde woede pompte ik mijn hele magazijn van acht schoten in zijn sidderende lichaam. Ik haalde een gevuld magazijn tevoorschijn en herlaadde mijn pistool. Karel werd lijkbleek toen hij dat bloedbad zag en begon over te geven. Zijn agenten, die het hele schouwspel hadden gezien, stonden daar met knikkende knieën en konden geen woord uitbrengen. Ik voegde Karel sarcastisch toe: 'Ik begrijp niet dat je zo moet kotsen van al dat bloed. Vroeger heb je mij zo hard geslagen dat ik bloedde uit mijn mond en neus. Toen heb je nooit gekotst. Dat verwondert mij, broer.'

'Hou je bek, idioot!' beet Karel mij toe. Toen greep ik hem bij de schouders en zei: 'Kom op, Karel, nu je uitgekotst bent, gaan we verderop een biertje drinken. Dat zal jou goeddoen.'

Op 'non-actief'

In januari 1949 werd een bestand gesloten en liep de Tweede Politionele Actie ten einde. De politieke geschillen werden op conferenties besproken. Elke militair kreeg het gevoel dat er voor niets verder was gevochten. Alle bevelen, dagorders en marsorders werden versoepeld. Alle inlichtingendiensten van onze VDMB en het KNIL gingen over tot het verzamelen van louter politieke in plaats van militaire inlichtingen, terwijl de tegenpartij voortdurend het bestand schond en de guerrilla-oorlog opvoerde. Soerabaja kreeg meer dan ooit een toevloed van infiltranten van de TNI en andere militante organisaties te verwerken. We verloren steeds meer tolken en mariniers. Die droegen we ten grave op het marine-ereveld. We kregen een verslagen gevoel over ons.

Niet ver van het ereveld lag mijn vader begraven. Regelmatig bezocht ik zijn graf. Ik maakte het schoon, bad en zette verse bloemen in de marmeren vazen voor de grafsteen.

Ik deed nu voornamelijk kantoorwerk: het verhoren van gevangenen en het vertalen van politieke brochures en documenten. In de avond deed ik contraspionagewerk. Soms moest ik mee met overvalpatrouilles.

Een half jaar later werden alle tolken en mariniers van de frontposten teruggetrokken naar het AHK. Iedereen moest zijn wapens, gevechts- en transportuitrusting inleveren. Zowel de tolken als de informanten werden per 1 juli 1949 op non-actief gesteld. Wij tolken kregen onze getuigschriften plus drie maanden extra soldij. De informanten kregen een soort bonus in bankbiljetten van roepia's met de kop van Soekarno erop. Zij mochten terugkeren naar hun kampongs in de stad of desa's daarbuiten. Die lui liepen natuurlijk gevaar te worden geliquideerd en sommigen verkozen het, uiteraard met toestemming, in de kazerne huishoudelijk werk te doen.

Kapitein Galliër reikte mij tijdens een korte plechtigheid het getuigschrift uit met de nodige dank voor de bewezen diensten. Velen van ons kregen het te kwaad met zichzelf. Toen ik mijn wapenuitrusting bij de foerier inleverde, rolden ook bij mij de tranen over de wangen. Dat ontging de dienstdoende korporaal-foerier niet en vol medeleven zei hij: 'Ach ja, Nolan, ik kan me jouw gevoelens heel goed voorstellen. Je bent in al die jaren één met je wapen, je hebt dat ding steeds goed onderhouden en veelvuldig gebruikt. Zonder je M1 lag je allang onder de graszoden weg te rotten. Het afscheid van je wapen valt jou erg zwaar. Maar ja, we moeten er allemaal aan geloven. Die pelopors krijgen binnenkort toch wel hun Merdeka en daar helpt geen donder tegen. Godverdomme, kerel, ik vind dat ook zo rot. Straks moet ik thuisvaren en dan wat?'

'Jullie Hollandse jongens kunnen straks veilig en wel thuisvaren, maar waar moeten wij Indische Nederlanders heen? Wij, die zo hard en lang gevochten hebben voor Koningin en Vaderland? Ik heb al vanaf de Japanse bezettingstijd gevochten en wat is de dank? Dat ik hier moet blijven leven totdat ik doodgeschoten word zonder enige rugdekking van mariniers? Politiek is maar een smerig spelletje. De soldaat moet sinds mensenheugenis de kastanjes uit het vuur halen voor de hoge heren, die zelf geen kogel horen fluiten.'

Verbitterd en moedeloos liep ik naar het bureau van Piet Dikotta. Hij zag mij door de open deuren aankomen en trad mij als een ware broer in nood tegemoet.

'Arto, ga even zitten,' zei hij, 'wacht, ik zal jou eerst een borreltje geven.'

Daar had ik helemaal geen trek in, maar nam ik het uit beleefdheid aan. Dikotta vervolgde: 'Zeg, Arto, ik ga over naar de sectie Inlichtingen onder commando van kapitein Groeneveld. Hij heeft mij gevraagd om bij hem te komen werken. Ik heb een betrouwbare persoon nodig voor de buitendienst, dus een soort van informant. Ik dacht meteen aan jou. Het is een gevaarlijke job, want je moet duistere figuren gaan schaduwen. Je bent niet bewapend, hoogstens heb je je gevechtsmes. Na jouw meldingen word je pas geassisteerd door overvalpatrouilles van het KNIL. Je wordt betaald naar de waarde van je inlichtingen. Nou, Arto, wat denk je ervan? Ik zeg jou met nadruk, niet iedereen is geschikt voor dit werk.'

Ik dacht een poosje na en accepteerde het baantje van informant na eerst hevig gekankerd te hebben over het opereren zonder vuurwapens. Natuurlijk was dit soort werk niet voor iedereen geschikt. Het was alleen geschikt voor mannen die net zo levensmoe waren als ik.

Intussen werd mijn langgekoesterde wens tot naamsverandering een feit. Het had lang geduurd vanwege de oorlog. Op de gemeentesecretarie werden al mijn persoonsgegevens veranderd, met een kanttekening op mijn geboorteakte. Ik heette voortaan Noland en geen 'Nolan' tussen aanhalingstekens. Zo distantieerde ik me innerlijk van kolonialistisch getinte Indo-Europeanen en dito blanke Indische Nederlanders. Deze naam maakte als het ware een nieuw mens van mij. Voortaan was ik een Oranjegezinde Indische Nederlander. Wat ik niet besefte was de betekenis van de naam, zoiets als de naam Zonderland. Ik vond de naam goed klinken en had er verder niet over nagedacht.

Op het AHK vroeg ik kapitein Galliër of ik op eigen kosten mee mocht met de transporten mariniers naar Nederland. Kapitein Galliër informeerde voor mij bij de staf, maar het resultaat was negatief. Ontmoedigd keerde ik huiswaarts. Tot mijn verbazing waren er in de gelederen van de VDMB Hollandse jongens met grote tegenzin om thuis te varen. Enkelen zochten goede baantjes in de burgermaatschappij, anderen kregen jobs aangeboden op de ondernemingen in de Oosthoek van Java. Ik werkte verder als informant van de inlichtingendienst van de A-Divisie onder leiding van Piet Dikotta en kapitein Groeneveld. Het was geduldig speurwerk.

Mijn eerste grote vis was de 1ste luitenant der mariniers Hoenholtz. Ofschoon ik al uit dienst was, mocht ik nog altijd in de Marinierskantine komen. Door het personeel werd ik nog steeds behandeld als een marinier en dat deed mij goed. Op een avond maakte ik aan de bar kennis met die luitenant Hoenholtz. Hij was van origine een Indische jongen, net zo bruin als ik, zelfs nog veel donkerder. Ook hij sprak Nederlands met het bekende typische Indische accent. Onder het drinken begon hij stevig te kankeren en te schelden op de marine en de achterstelling van kleurlingen, die duidelijk merkbaar was in alle geledingen. Ik kon hem helaas geen ongelijk geven omtrent zijn gevoelens van haat jegens een dergelijke discriminatie. Maar tijdens dat gesprek lokte ik hem uit de tent. Hij schold op het Koninklijk Huis, de Nederlandse regering en het hele Nederlandse volk. Ik viel hem geen moment in de rede en liet hem maar uitrazen. Maar alles ging in mijn achterhoofd: een mooi verhaal voor mijn counterintelligencereport. Ik bestelde extra drank en liet Hoenholtz zuipen. Toen sloeg hij door. Hij gaf mij een waslijst van namen van mariniers die overgelopen waren naar de ALRI. De naam van Freddie Onsoe kwam mij natuurlijk bekend voor. Het verbaasde me niets dat hij was overgelopen. Toen Hoenholtz laveloos was, excuseerde hij zich en ging weg. Hij salueerde voor mij met de uitroep: 'Tetep!'

Dat was een herkenningswoord dat alleen gebruikt werd door leden van APRA-eenheden*. Ik koesterde ergens wel bepaalde sympathieën voor deze strijdgroepering. Ze was immers fel gekant tegen het dictatoriale bewind van president Soekarno en stond een federalistische onafhankelijkheidspolitiek voor.

Ik stelde thuis een lijvig rapport op en overhandigde dat aan Piet Dikotta. Hij was niet verbaasd over die ommezwaai van Hoenholtz en gaf mij de opdracht hem verder te schaduwen.

Op een avond stond ik op de hoek van Simpang en keek in de richting van Ketabang. Vanuit de Palmenlaan zag ik een militaire colonne komen. Voorop zes Indonesische MP's op Harley Davidsonmotorrijwielen en daarachter twee luxe Amerikaanse cabriolets. In de voorste auto zag ik zowaar Hoenholtz in een smetteloos kakiuniform van de ALRI zitten. Aan zijn onderscheidingsteken kon ik zien dat hij de rang had van commodore. Snel lopend volgde ik de stoet en ik zag dat die stilhield in de grote tuin van de voormalige woning van schout-bij-nacht Koenraad. In de voorgalerij wemelde het van de officieren van Indonesische strijdmachtonderdelen. Allen waren kwartiermakers. Terwijl de Nederlandse strijdkrachten zich langzamerhand terugtrokken en zich gereedmaakten om dit mooie land te verlaten, werden al hun opengevallen plaatsen bezet door eenheden van de Indonesische strijdkrachten.

Mijn oude schoolkameraden

Ik zal die 31ste augustus nooit vergeten. Nog altijd werd de verjaardag van koningin Wilhelmina gevierd. Op de Simpang werd door de gouverneur en andere hoogwaardigheidsbekleders een militaire parade afgenomen. Behalve eenheden van de

Nederlandse strijdkrachten namen ook enkele eenheden van de TNI aan de parade deel, als teken van verzoening tussen beide strijdmachten. Zo kon ik met geen mogelijkheid in een feeststemming komen. Het was al bijna middag toen de troepen voorbij de eretribune paradeerden. Eerst kwamen de mariniers, direct gevolgd door de marine en daarna de vele onderdelen van de landmacht. Vervolgens kwamen de diverse onderdelen van het KNIL met daarachter verschillende eenheden van de TNI en de ALRI. Toen de vijandelijke strijdkrachten voorbijmarcheerden, keek ik met verbijstering naar hun moderne bewapening, die ze via smokkel hadden verkregen. Ik kreeg een verbitterd gevoel, mijn bloed begon te koken toen ik al die pelopors voorbij zag marcheren. Velen hadden zelfs geen schoenen aan. Het was een belachelijk gezicht. Maar ik zag ook dat die TNI-onderdelen betere typen bazooka's hadden, betere typen mortieren dan wij bij de mariniers. Ik vloekte.

Na die parade reed ik in een betjak door de meest obscure achterbuurten in de benedenstad. Daar ontmoette ik mijn oude Indonesische vrienden uit onze KES-schooltijd: Soekaton, Soedjono, Soetjipto en Soemarsono. Allen droegen hun TNI- en ALRI-uniformen. Ik werd door hen omhelsd en gezamenlijk gingen we in een Javaanse cafetaria zitten eten, drinken en babbelen.

Radèn Soekaton zei tegen me: 'Arto, nu zijn wij vrij om onze uniformen en wapens te dragen. Binnenkort krijgen we onze Merdeka en dan is het definitief afgelopen met het kolonialisme. Wij voelen ons erg gelukkig, maar wij zien grote droefheid in jouw ogen. Waarom, Arto? Jij bent toch ook een kind van dit land. Wij zijn sinds de KES-tijd gezworen kameraden. Ooit hebben wij samen kattekwaad uitgehaald. In de jappentijd hebben we samen verzet gepleegd. Alleen met onze revolutie heb jij aan Nederlandse zijde gevochten en dat vinden wij niet juist. Toch hoor jij bij ons. Jij bent voor altijd onze vriend, ja zelfs onze broeder. Arto, je bent nu uit dienst.

Wat let jou om aan onze kant te komen?'

Meewarig keek ik Soekaton aan en ik verzuchtte: 'Sorry Soekaton, ik haat jullie strijdkrachten, vooral vanwege hun onmenselijke wrede optreden tegen onschuldige burgers en het in stukken snijden van lichamen van soldaten. Daarbij moeten jullie niet vergeten dat kort na de proclamatie van jullie Merdeka door president Soekarno talloze vrijheidsstrijders zich schuldig hebben gemaakt aan gruwelijke massamoorden. Ik heb dat met eigen ogen gezien.'

Nadat ik dat gezegd had, zweeg iedereen en ik zag dat mijn Indonesische vrienden het moeilijk kregen met zichzelf.

'Maar Nolan, Arto,' probeerde Soetjipto zich te verontschuldigen, 'bij elke revolutie en elke oorlog worden onschuldigen geofferd. Dat is door de hele geschiedenis van de mensheid al zo, dat weet je.'

'Oké, dat ben ik met jou eens. Maar de manier waarop die onschuldigen aan hun eind komen is te veroordelen. Wanneer je iemand tegen de muur plaatst en hem neerknalt, nou ja, daar kan ik inkomen. Maar zo'n persoon eerst verkrachten, dan langzaam doden, daarna in stukken snijden en aan de krokodillen voeren, wat is dat voor manier van doen? Of iemand levend begraven? Dat kan er bij mij niet in. Begrijpen jullie dat?'

'Nou jongens, broeders, laten we maar over prettiger onderwerpen praten. De oorlog is nu voorbij. We moeten alle wreedheden zo snel mogelijk vergeten', besloot Soemarsono.

Ik had ook geen behoefte meer om verder over die gruweldaden te discussiëren. En wéér begon ik innerlijk die verscheurdheid te voelen terwijl ik tussen mijn oude sobats zat.

Blacklisted

Intussen verliepen de politieke besprekingen in regeringskringen zowel in Indië als in Nederland stroef, maar alles wees erop dat Nederland snel zou moeten capituleren, vooral onder Amerikaanse druk. Binnen niet al te lange tijd zou Indië ophouden te bestaan en overgaan in de Republiek Indonesië. Onze strijdkrachten moesten alle veroverde gebieden prijsgeven en overdragen aan het Indonesische leger, zich dan terugtrekken naar alle belangrijke havens van de Archipel en … thuisvaren.

Op een middag zat ik thuis bij Mama en kreeg ik een telegram van Piet Dikotta:

`Vanavond bij mij thuis. Borrel.`
`Oude vriend wil jou spreken.`

Ik wist wat een dergelijk telegram betekende. Althans, dat dacht ik. Nog diezelfde avond ging ik op bezoek bij Piet Dikotta. Ik werd begroet door zijn vrouw. Zij begeleidde mij naar het privékantoor van haar man. En wie zag ik daar zitten? De kapitein der mariniers Veenhuizen.

Kapitein Veenhuizen stond op en begroette mij: 'Hallo, Nolan, het doet mij goed jou weer te zien. Je bent me toch een taaie strijdmakker. Hoe gaat het met jou?'

Ik drukte hem de hand. 'Het gaat vrij goed met mij. Alleen, ik heb heimwee naar mijn diensttijd. Ik verlang ernaar weer marinier te zijn om verder te vechten.'

'Nou, Nolan,' antwoordde kapitein Veenhuizen, 'je wordt spoedig weer marinier. Maar niet om verder te vechten …'

Toen vervolgde Piet Dikotta: 'Daarover straks meer. Arto, hier heb je je whisky. Laten we samen eerst eens gezellig gaan drinken.'

Zijn vrouw schonk ons de glazen in.

'En nu ter zake', zei kapitein Veenhuizen.

Piet Dikotta stond op, liep naar zijn brandkast, opende die en haalde er een document uit.

'Hier, Arto, lees dit goed', zei Piet.

Het was een dagorder met een lijst van namen eraan vastgeclipt, van de beruchte Staf Satoe* van de TNI, met een stempel en handtekening van president Soekarno himself. In dat document stond, onder meer, dat alle personen voorkomende op de lijst werden gezocht en moesten worden gedood. De namen van Piet Dikotta en van mij prijkten op de eerste en tweede plaats, in die volgorde.

Ik zei: 'Laat die doodseskaders van de Staf Satoe maar komen, geef mij wapens en ik zal ze neerschieten. Het wordt de hoogste tijd dat ik weer marinier word, kapitein Veenhuizen.'

Vervolgens wendde ik mij tot Piet Dikotta: 'Hoe ben jij eigenlijk aan die "blacklist" gekomen?'

'Die heb ik van een betrouwbare Indonesische informant gekregen met de ernstige waarschuwing dat er dodelijk gevaar dreigt voor iedereen die op de lijst staat. Je moet ook weten dat je Timorese vriend Jan Abas is overgelopen naar de TNI. Arto, wees voorzichtig voor die verrader, want ik heb zo'n voorgevoel dat hij jouw kop wil.'

'Dat verwondert mij niets.'

Kapitein Veenhuizen vervolgde: 'Zeg, Nolan, je hebt als VDMB'er een voortreffelijke staat van dienst. Je hebt je vrijwillig gegeven en opgeofferd voor Vorstin en Vaderland. Daarom is het nu de taak van de Koninklijke Marine om jou veilig te stellen. Ik geef jou tweemaal 24 uur de tijd om alles met je moeder en verdere familie te bespreken en dan te beslissen waarheen je wilt gaan en waar je je wilt vestigen, want je móét weg uit dit land, tegelijk met alle Nederlandse strijdkrachten. Je kan naar Nederland of naar Nieuw-Guinea gaan. Vanaf vandaag heb ik de bevoegdheid om jou weer onder de krijgstucht te stellen en je bent van nu af aan weer marinier. Het is nu al laat in de avond, maar morgen kun je je hele uitrusting bij de foerier van de Willemsoordkazerne ophalen. Ik zal intussen in de kazerne een goed en rustig plekje voor je opzoeken. Indien mogelijk geef mij morgen bericht omtrent je beslissing. Oké?'

'Kapitein Veenhuizen, ik heb de plicht om samen met mijn

zuster Ella en nichtje Poppy voor mijn oude moeder te zorgen. Het zal mij erg zwaar vallen om mijn moeder in de steek te laten. Maar uw waarschuwing en die van Piet neem ik zeer ter harte. U krijgt morgen mijn beslissing te horen.'

Huiswaarts in een betjak was ik ongewapend en ik voelde me erg onzeker. Thuisgekomen besprak ik de kwestie met Mama, Ella en Poppy. Alle vrouwen in huis, inclusief de baboes, huilden. Toen pas voelde ik hun liefde voor mij. Helaas te laat. Mama vermande zich en zei tegen mij: 'Ga liever naar Holland. In dat verre land kun je verder studeren en een goede toekomst opbouwen. In de rimboe van Nieuw-Guinea kan je niets goeds leren.'

'Maar Mama,' stribbelde ik nog tegen, 'ik kan mij hier aansluiten bij de APRA en verder vechten tegen de TNI. Ik heb veel vrienden met wie ik het samen kan opnemen tegen die beesten van Soekarno. Hoofdzaak is dat ik dicht bij u ben en u verder kan helpen met geld en voedsel.'

'Arto,' zei Mama, 'ik ben overtuigd van je grote liefde voor mij en de anderen. Natuurlijk zal ik jou missen, maar bedenk wel dat ik het beter vind dat jij ver van mij vandaan leeft en in veiligheid bent, dat je dan hier vlak bij mij bent met elke minuut de kans doodgeschoten te worden. Ik weet dat enkele van jouw vrienden jou verraden hebben en dat zij jou willen doden. Dus Arto, luister naar mij. Pak vannacht nog je spullen en vertrek morgenvroeg met een dokar naar je kazerne. God zal jou zegenen en beschermen.'

Nog diezelfde nacht pakte ik wat spullen in. Van mijn kleine bibliotheek nam ik alleen mijn studieboeken mee. Mijn oorlogsbuit, bestaande uit twee samoeraizwaarden, een kris en een Smith & Wesson-revolver kaliber .38 stopte ik zorgvuldig in mijn plunjekist. Die nacht sliep ik nauwelijks. Ik maakte me zorgen om mijn moeder; ik besefte dat ik haar nooit meer zou terugzien. Mijn hart bloedde, ik kreeg tranen in mijn ogen. Ik bad tot God maar kreeg geen gehoor. Mijn hele jeugd ging als een film aan mij voorbij. Het was afgelopen met dat mooie maar keiharde leven onder de tropenzon.

De volgende morgen haalde baboe Tenie voor mij een dokar. Met een bezwaard hart laadde ik mijn karige bezittingen erop. Ik kuste mijn moeder op beide wangen en zei haar moedig te blijven. In die dokar reed ik weg naar de Willemsoordkazerne.

De Willemsoordkazerne was feitelijk een uitgebreid complex van in beslag genomen woningen. Bij de slagboom aangekomen laadde ik mijn bagage uit de dokar en betaalde de koetsier. Een paar bereidwillige mariniers hielpen mij met het sjouwen van mijn bagage naar de derde woning in het complex.

Mijn verblijf was een lege keuken met een metalen stapelbed en een paar stoelen. Het aanrecht kon ik gebruiken als schrijftafel. Ik kon er blijven totdat ik mij kon inschepen met bestemming Nederland.

Nadat ik mij er had geïnstalleerd, meldde ik me bij het bureau van de kapitein der mariniers Veenhuizen: 'Kapitein, ik heb de afgelopen nacht mijn zaak uitvoerig besproken met mijn moeder, zuster en verdere familieleden, zonder militaire geheimen prijs te geven. Mijn moeder heeft mij sterk aangeraden om naar Nederland te gaan, omdat daar voor mij gunstige studiemogelijkheden zijn en dus ook een gunstige toekomst.'

'Goed, Nolan,' antwoordde kapitein Veenhuizen, 'ik zal alle nodige papieren en documenten voor je klaarmaken. Je bent nu weer marinier en je staat onder de krijgstucht. We hebben dus je counterintelligencerapporten weer nodig en je gaat weer als vroeger nauw samenwerken met Piet Dikotta. Ga naar de foerier en haal je complete uitrusting op. Verder loop je hier weer normaal mee in de menage. Na je werktijd blijf je hier standby voor eventuele orders. Ingerukt!'

Buiten mijn kantoor raakte ik geestelijk helemaal in de knoop. Diep in mijn ziel had ik enorm verdriet omdat ik voor altijd gescheiden zou worden van mijn dierbaren, anderzijds leefde in mij de hoop op een nieuw leven in het vredige land waarvoor ik mij had opgeofferd. Ik was doodmoe van al dat bloedvergieten en de pijnen van doorstane ellende, martelingen, het rijden op landmijnen, het vallen in een ravijn, verraad en ga zo maar door. Ik zocht rust.

Ik had op de zwarte markt een eenvoudige fiets gekocht, zonder verlichting, en fietste regelmatig naar het havengebied om de thuisvaarders gade te slaan. Wanneer ik daar op de kade stond en toekeek hoe Hollandse militairen onder muzikale begeleiding van een fanfare al wuivend naar de menigte langzaam de trap op liepen naar hun troepentransportschip, dan werd ik beurtelings kwaad en verdrietig. En dan zag ik ook zwangere Indische meisjes staan, huilend en wuivend en vragend roepen naar de militairen: 'Wanneer kom je weer terug? Wanneer gaan we trouwen?'

Nadat ik een paar dagen in de Willemsoordkazerne had vertoefd, fietste ik op een avond naar mijn ouderlijke woning. Mama stond er in de voorgalerij met tranen in de ogen mij op te wachten. Ze beefde over haar hele lichaam en vertelde: 'Een paar dagen geleden kwamen Jan Abas en vier van zijn kameraden hier met hun machinepistolen in de aanslag. Zij zoeken jou. Zij willen jou doden! Ik heb Jan Abas gezegd dat jij allang op weg bent naar Holland en dat ik hem een lafaard vond om de loop van zijn wapen op een oude vrouw te richten. Ik heb hem bevolen om mij maar direct neer te schieten, maar daarvoor schaamde hij zich en toen ging hij weg met zijn vier vrienden. Wat ben je van plan nu je dit weet over Jan Abas?'

'Nou, doodsimpel, Mama,' antwoordde ik, 'ik ga hem en zijn vrienden opsporen.'

'Arto, Arto,' verzuchtte Mama, 'wanneer houd je eindelijk eens op met het doden van mensen? Ik ben gewoon bang voor je geworden.'

Evacuatie

Een paar dagen later werd ik op kantoor weer opgebeld door Piet Dikotta. Nog diezelfde avond kwam ik bij hem thuis en hij stuurde me direct door naar de woning van de 1ste luitenant der mariniers Knegtmans, een paar straten verder van de Willemsoordkazerne. Ik meldde mij daar en hij gaf mij een moeilijke en zeer gevaarlijke opdracht.

'Nolan, ik heb jou hier laten komen omdat jij als geboren Soerabajaan hier heel goed de weg kent. Jij moet zo veel mogelijk ex-tolken en hun families redden en hen onderbrengen in de Willemsoordkazerne. Ik zal jou een vrijwel complete lijst met namen geven van alle ex-tolken die in Soerabaja en omgeving wonen. Hun levens lopen gevaar. Zij moeten zo snel mogelijk in veiligheid worden gebracht. De reddingsactie mag niet grootscheeps gebeuren, anders wordt de bevolking onrustig. Maar het moet wél snel gebeuren. Ik zal jou geld geven voor het huren van de transportmiddelen en de rest. Handel naar eigen initiatief.'

'Oké, luitenant,' antwoordde ik, 'maar ik moet wel over een MI met voldoende munitie en handgranaten kunnen beschikken.'

'Ik zal morgenvroeg de foerier van de kazerne opdragen jou alles te geven wat je nodig denkt te hebben', besloot luitenant Knegtmans.

Overal in de drukke binnenstad van Soerabaja heerste een anti-Belandastemming. Op het kazernecomplex werden alle mogelijke opvangvoorzieningen ingericht. Hier en daar werden zelfs grote legertenen opgezet. Enkele ex-tolken waren er intussen al in geslaagd hun huizen te verlaten en bewoonden met hun familieleden al enkele tenten. Na hun vertrek waren hun woningen geplunderd. Er was sprake van een zogenaamd gezagsvacuüm, beter gezegd: een totaal ontbreken van gezag. Er liepen wel politieagenten rond, maar naast het regelen van het verkeer deden ze praktisch niets. Sommige agenten flirtten openlijk op straat met vrouwen van lichte zeden. Ik werd kotsmisselijk van het gedrag van deze inheemse agenten.

Het was oktober. Ik verbleef voornamelijk in de kazerne en at uit de gaarkeuken. In de late middag stapte ik op de fiets, gekleed in dungaree, compleet bewapend. Na afmelding bij de wacht bij de slagboom fietste ik richting centrum. Alle jongens van de wacht en de interne diensten wisten van mijn missie. Ze zeiden: 'Als je hulp nodig hebt, geef maar een seintje. We staan te trappelen.'

Het eerste gezin dat ik wilde helpen met evacueren, was dat van mijn maat Jan Kraai. Die jongen woonde aan de rand van de stad in de richting van de Oedjoengwijk. Vlak bij hem in de buurt waren allerlei mij bekende sluipwegen van Indonesische infiltranten. Het was hemelsbreed een afstand van zo'n tien kilometer. Ik fietste op mijn dooie gemak, omdat ik pas na het invallen van de duisternis bij Jan wilde komen. Dus stapte ik onderweg hier en daar even af om een lekker glaasje ijs met geraspte kokos te drinken, want ik transpireerde behoorlijk.

Omstreeks half zeven in de avond – het was al donker – kwam ik puffend van de hitte bij Jan aan de deur. Hij zag mij aankomen en liep mij tegemoet. Ik stapte af en zei meteen: 'Hallo, Jan, ik heb rot nieuws voor je. Jij en je hele familie moeten direct weg van hier. Ik heb opdracht gekregen om jullie te helpen met evacueren. Hier heb ik een lijst met namen die heb ik meegekregen van luitenant Knegtmans. Lees zelf maar. Jij staat erop.'

Jan las die lijst snel door en werd bleek.

'Maar Arto,' riep hij ontzet uit, 'hoe moet dat met mijn oude moeder en die oude tante van mijn vrouw? Man, die vrouwen zijn al veel te oud. Je kan ze toch niet zomaar meeslepen? En waar moeten wij later naartoe?'

'Kom op, Jan, niet treuzelen, laten we naar binnen gaan en dan zal ik wel met je familie spreken.'

Binnen in de eetkamer riep Jan de hele familie bijeen en hij gaf mij het woord.

'Dames, kinderen, ik heb het er met Jan al over gehad: ik ben hier om jullie nú te helpen met evacueren. Jullie moeten nú direct beginnen met je koffers pakken. Jullie gaan in dokars met mij mee naar het Willemsoordkazerne in Dharmo. In het kazernecomplex worden jullie voorlopig ondergebracht in een grote legertent. Neem een beperkt aantal potten en pannen mee. Meubels en grote eigendommen moeten jullie achterlaten. Jullie levens lopen hier gevaar. Een paar ex-tolken en hun families zijn al vermoord teruggevonden en hun bezittingen zijn geplunderd of verbrand. Dus haast jullie met inpakken. Jan en ik gaan even weg om een paar dokars te huren.'

Vrouwen en kinderen konden hun tranen niet bedwingen maar begonnen toen toch snel met inpakken. Ik wendde mij tot Jan: 'Weet je dat die Jan Abas en die Freddie Onsoe zijn overgelopen naar de TNI en ALRI? Jan Abas heeft het hele VDMB-intelligencesysteem verraden aan de Staf Satoe van de TNI en is nu commandant van een doodseskader. Jan Abas is al bij mijn moeder geweest om mij te zoeken. Die schurken wil ik straks te grazen nemen, want ik weet zeker dat ze terug zullen komen. Ik heb trouwens vrienden bij de APRA.'

Ontzet keek Jan mij aan: 'Verdomme, dat had ik nooit achter Jan Abas en Freddie Onsoe gezocht. Kan ik met jou mee?'

'Nee, Jan,' antwoordde ik resoluut, 'dat kan je niet doen. Denk aan je vrouw en kinderen, man. Eergisternacht is Ong Thwan Hien met zijn hele gezin uitgemoord en zijn woning is in brand gestoken. Ook Wim Rompas en zijn gezin zijn uitgemoord, maar die Rompas was in de jappentijd informant van de Kem Pei Tai, dus met hem heb ik geen medelijden.'

Jan en ik wisten maar zes dokars te huren. De karren werden volgestouwd met mensen en goederen. Ik stapte op de fiets en leidde de karavaan door de stille en schaars verlichte straten naar de Willemsoordkazerne. Bij de slagboom nam ik snel afscheid en ik fietste weg naar de kampong van Dinojo, naar de woning van Wim Sumajow. Het liep al tegen elven. Bij de woning van Wim Sumajow aangekomen, zag ik dat alles donker was. Ik klopte op de voordeur en Wim deed met een slaperig gezicht open.

'Verrek, Nolan!'

'Wim,' zei ik resoluut, 'ik kom jou en je familie halen. Nú diréct! Jullie leven loopt gevaar! Er zijn ex-tolken met hun families vermoord. Hun woningen zijn geplunderd en in brand gestoken. Ik moet jou evacueren en onderbrengen in de Willemsoordkazerne.'

Wim Sumajow was meteen klaarwakker.

'Mijn god, Arto!' riep hij uit. 'Ik woon hier alleen met mijn vrouw. Ze slaapt al. We hebben geen kinderen.'

'Nou, dan wek je haar. Jij laat haar jullie koffers inpakken en wij gaan intussen een paar dokars zoeken.'

Terwijl zijn vrouw de belangrijkste spullen bijeenzocht, gingen Wim en ik op zoek naar dokars. We konden er drie huren. Net waren we bezig met het laden of we hoorden revolverschoten op korte afstand. Ik greep mijn MI, beval Wim en zijn vrouw voort te maken en sloop weg naar de achterkant van Wims woning. Ik zag er drie schimmen rondsluipen. Ik richtte mijn geweer en vuurde. Ik zag er twee neervallen en de derde hoorde ik luidkeels kermen. Even daarna hoorde ik nog meer stemmen en toen zag ik toch zeker een tiental puntmutsen.

'TNI'ers!' flitste het door me heen. Ik greep een handgranaat, beet op de detonatorring en trok de pin eruit. Ik wiep de handgranaat midden tussen die puntmutsen. Een daverende knal en een gekerm was het resultaat. Even verderop zag ik een kampongwoning in vlammen opgaan. Snel trok ik mij terug in de woning van Wim Sumajow.

'Weet jij misschien wiens woning daarachter in brand staat?' vroeg ik.

‘Dat is de woning van een NEFIS-informant*. Maar die man is allang weg, denk ik.’

‘Verdomme, Wim!’ riep ik uit, ‘Het wemelt hier van de infiltranten. Jij en je vrouw moeten opschieten. Waar wonen die gebroeders Madjoe en Bolang?’

‘In de kampong Kepoetran, vlak bij Dinoja. Waarom? Moet je die ook nog ophalen?’

‘Ja, natuurlijk man! Weet je wat ik doe, Wim? Ik begeleid jullie eerst tot aan de Dharmo Boulevard en van daar weet je de weg wel naar de kazerne. Dan ga ik snel naar kampong Kepoetran en haal die gebroeders en hun families op.’

Net hadden we Wims woning verlaten, of we hoorden weer revolverschoten. Kort daarop zag ik vlammen uit zijn woning lekken. Wim en zijn vrouw kregen tranen in de ogen toen zij hun eigendom in vlammen zagen opgaan. Terwijl ze doorreden, zette ik mijn fiets even tegen een lantaarnpaal, ik haalde het geweer van mijn schouder en nam weer een handgranaat in de hand. Voor hun woning stond een meute van elkaar ophitsende pelopors. Ik wierp de granaat naar dat gepeupel. Daarna greep ik mijn MI en schoot de mensen neer die op mij af kwamen. Ik rende weg, greep mijn fiets, hing mijn geweer om mijn nek en reed snel achter die kleine colonne dokars van Wim aan.

Bij de viersprong van de Dharmo Boulevard en de Coen Boulevard riep ik Wim en zijn vrouw toe dat ze verder naar de kazerne moesten rijden. Ik sloeg af in de richting van kampong Kepoetran en ging op zoek naar de woning van de gebroeders Madjoe en Bolang. Ook deze mensen moest ik uit de slaap trommelen en bevelen snel al hun eigendommen in te pakken, dokars te huren, om ze vervolgens naar de Willemsoordkazerne te leiden. Het liep al tegen drie uur in de morgen toen ik met de derde colonne dokars aankwam bij de slagboom. Die werd door de mariniers naar een onderkomen geholpen.

En zo ging ik elke avond op pad, steeds weer ex-tolken met hun gezinnen en families uit hun woningen halen en naar de kazerne leiden. Ik slaagde er uiteindelijk in om het grootste deel van het tolkenbestand van de VDMB bij elkaar te zoeken en onder te laten brengen in de Willemsoordkazerne.

Maar op een avond besloot ik om die verrader Jan Abas en zijn kornuiten te gaan zoeken. Ik ging naar de foerier en vroeg een Colt .45-pistool in bruikleen. Prompt kreeg ik zo'n fraai en zwaar in de hand liggend pistool mee, met vier reservehouders, acht kogels per houder, dus veertig schoten in totaal. Ditmaal ging ik niet op de fiets maar in een betjak naar het centrum van de stad. In de drukke winkelstraat Toendjoengan aangekomen, stapte ik uit en ik mengde me tussen de menigte. Ik zag dronken Nederlandse militairen over straat waggelen en uitroepen dat alles een verloren zaak was en dat ze moesten thuisvaren. Ook zag ik TNI-militairen rondlopen, gelukkig ongewapend.

Ik liep de Toendjoengan helemaal af in zuidelijke richting, naar de Simpang. Ik gluurde in praktisch elke winkel, elk café of restaurant, maar nergens vond ik een spoor van die verrader Jan Abas.

Wel ontmoette ik een ander lid van zijn doodseskader. Ik vroeg hem of hij Abas kende. Zijn gezicht klaarde helemaal op en vol trots vertelde hij mij dat hij informanten van de mariniers had geëxecuteerd, in opdracht van Abas. Lachend keek ik hem aan en ik gaf hem groot gelijk. Ik nodigde hem uit om samen een wandelingetje te maken, want ik wilde nog meer weten over zijn wraakacties.

Het was ongeveer ter hoogte van de Marinierskantine. Daartegenover, langs de winkel Aurora, was een brede doorgang, die bekendstond als Gang Butteweg en die leidde naar de winkelstraat van Blaoeran. We liepen die donkere gang in en ik liet die jongeman voorgaan, terwijl hij bleef opscheppen over hoe hij pro-Belanda-elementen ging vermoorden. Ik trok mijn Coltpistool. Hij keek om en toonde me zijn verbaasde gezicht.

Ik schoot tussen zijn ogen en hij sloeg als een blok achterover. Ik keek op mijn horloge. Het was bijna middernacht.

Ik liep terug naar de Toendjoengan, riep een betjak aan en ging terug naar de kazerne, teleurgesteld dat ik die vervloekte verrader Abas maar niet kon vinden. De volgende avond ging ik op de fiets helemaal naar Sawahan, de wijk waar ik als kind had gewoond. Bij toeval zag ik de twee gebroeders Lodz op straat lopen. Bert en André Lodz bleken contact te onderhouden met de APRA. Dat was een ondergrondse guerrillastrijdgroep, die meestal opereerde onder het mom van de DI, ofwel de Daroel Islam*, die zowel tegen het Nederlandse als het Indonesische leger streed. Ik gaf de gebroeders Lodz de gegevens en antecedenten van Jan Abas en zijn doodseskader, met het verzoek al die kerels bij eventuele ontmoetingen te doden.

Bert Lodz vertelde mij uitvoerig hoe bepaalde APRA-groepen gewapende overvallen pleegden op TNI-bevoorradingstransporten en -munitiedepots. Hij vroeg mij of ik af en toe mee wilde doen met die gewapende overvallen. Ik zou dan zo'n zwart DI-uniform met puntmuts over mijn mariniersuniform moeten aantrekken. Men was kennelijk geïnspireerd door dat harde optreden van het Korps Speciale Troepen van de beruchte KNIL-kapitein Westerling. Ik zei geen ja en ook geen nee. Ik moest eerst alles goed overdenken, want ik stond onder de maritieme krijgstucht. De APRA vocht tegen de TNI en was voor een federalistische Republiek Indonesië, terwijl de TNI het militaire apparaat was van dictator Soekarno. Al met al werd het een moeilijk dilemma. Immers, ik was voor Vorstin en Vaderland.

Het was zowat half december en in regeringskringen in Den Haag werd druk geconfereerd over de definitieve soevereiniteitsoverdracht en de consequenties daarvan. Er kwamen nog altijd ex-tolken en ex-informanten van de VDMB compleet met hun gezinnen het tentenkamp van de Willemsoordkazerne binnen. Maar ook kwamen er berichten over vermoorde ex-VDMB'ers. Inmiddels bleven onze kopstukken bezig met het uitdokteren van reddingsacties. Ik werd ingezet, samen met anderen. In veel gevallen waren we te laat en dan stonden we voor totaal uitgebrande woningen met daarin verkoolde lichamen. De doodseskaders van de Staf Satoe van de TNI voerden hun wraakacties grondig uit. Ze spaarden niemand en niets, zelfs geen huisdieren of gekooide vogels. Alles werd in stukken gehakt en in de fik gestoken.

Afscheid van mijn broers

Cor Matagora, een vriend die bij het KNIL diende, had mij eens kennis laten maken met zijn moeder, broers en zusjes. Ze woonden aan de Simpang Doekoeh nr. 96. Om in hun woning te komen moest je vanuit de grote weg Simpang door een smal paadje achterom lopen. Hun woning vormde voor mij een goede schuilplaats. Moeder Matagora had mij haar hulp aangeboden. Zij begreep waarom ik veel voor mijn moeder verzweeg. Soms mocht ik bij haar thuis overnachten na gevaarlijke omzwervingen in de binnenstad op zoek naar overlopers en spionnen van de Staf Satoe.

Op een avond organiseerde mevrouw Matagora een ontmoeting tussen mij en mijn broers in haar woning. Mijn broers werden begeleid door Marie, de zuster van Cor Matagora. We zaten aan een lege eettafel. Mevrouw Matagora kwam erbij zitten.

Ik keek mijn broers Jacob en Karel in de ogen en begon: 'Jacob en Karel, ik heb jullie gevraagd om hier te komen, omdat dit de laatste keer is dat ik jullie kan zien. Zoals jullie weten ga ik binnenkort weg van hier. Ik ga naar Holland, waar mij een ongewisse toekomst wacht. Maar bovenal weten jullie dat ik tot nu toe Mama steeds financieel heb geholpen zoals het hoort volgens de Indische adat. Maar als ik straks weg ben, dan kan ik dat niet meer. Mama is evengoed jullie moeder, dus doe iets terug uit liefde!'

De ogen van Jacob en Karel werden vochtig. Na enige aarzeling zei eerst Jacob: 'Arto, het is jammer dat je binnenkort voorgoed wegmoet. Maar ik beloof je dat ik Mama zal helpen. Ik heb jou in je jeugd rot behandeld, maar daardoor ben je nu een dappere man geworden. God zegene jou, Arto.'

Daarna zei Karel: 'Arto, ik zal je erg missen. Ook ik heb jou vroeger vaak rot behandeld. Maar nu ben je in ieder geval een flinke kerel geworden. Je bent een dappere marinier en daar kan ik erg trots op zijn. Ook ik zal proberen Mama af en toe te helpen.'

Na wat koekjes gegeten en koffie gedronken te hebben, nam ik afscheid van mijn broers. We omhelsden elkaar. Veel konden we als afscheid niet zeggen. Er was in elk geval geen haat en wrok meer tussen ons. Ze verlieten de woning. Ik liep met ze mee naar de grote weg Simpang en nam daar nogmaals afscheid van ze. Alles deed pijn van binnen. Ik wist me met mijn houding geen raad. Met hangend hoofd ging ik de woning van de familie Matagora weer binnen en ik viel moeder Matagora snikkend in de armen.

Kiezen

Het liep tegen Kerstmis. Als gewoonlijk ging ik vanuit de Willemsoordkazerne elke avond op pad. Vaak ging Ben de Lima met mij mee. Op een avond nam de tolk Preijers mij mee naar de woning van zijn zusters, naast het gebouw van het telefoondistrict-zuid aan de Kaliasin. Hij stelde mij aan zijn zusters voor. De oudste had al verkering met een landmachter en was zwanger. Zijn jongste zusje Evelyn was nog vrij. Het was een mooi meisje met een lief gezicht en een zachtaardig karakter. Met Evelyn was het liefde op het eerste gezicht en zij nam in vrijwel alles het initiatief. Maar ik zat te twijfelen, te wikken en te wegen. Ik leefde als een opgejaagd dier en in afwachting van mijn repatriëring naar Holland bleef ik maar rondzwerven, in de hoop af te kunnen rekenen met overlopers en verraders. Mijn liefde voor haar zou mij weekhartig en zwak kunnen maken. Maar toen ik eenmaal in haar armen lag, kon ik mij daar moeilijk uit losmaken, zo heerlijk was het met haar.

Ben de Lima kreeg ook verkering. Een vriendin van Evelyn, een zekere Joke Petten, wist hem in te palmen. Door al deze liefdesperikelen en escapades verloor ik de realiteit uit het oog. Van een dubbelspion kreeg ik te horen dat een korporaal der mariniers was overgelopen naar de ALRI. Dit wilde ik rapporteren aan Piet Dikotta. De volgende morgen zocht ik hem in de kazerne, maar ik kon hem niet vinden. Zijn kamers in de kazerne waren leeg.

Ik liep majoor Veenhuizen tegen het lijf en vroeg hem naar Piet Dikotta.

Verbaasd zei de majoor: 'Maar Nolan, weet je dan niet dat Piet Dikotta met zijn gezin al vertrokken is? Ze zijn gisteren met een Amerikaans transportschip vertrokken naar Nederland. Ze hebben nog naar jou gezocht. Zeg Nolan, ik weet dat je elke avond gaat passagieren. Wees voorzichtig.'

'Dank u wel voor uw bezorgdheid, majoor Veenhuizen', zei ik met een gevoel van opluchting, omdat Piet Dikotta niets meer kon gebeuren in Soerabaja.

De exodus van het grootste deel van het gewezen VDMB-personeel met hun gezinnen die Nieuw-Guinea als bestemming hadden, begon op de dag voor Kerst in 1949. In het doorgangskamp van ex-VDMB-personeel en hun families heerste een en al bedrijvigheid. Iedereen was bezig met inpakken en zich reisklaar te maken. Het vertrek uit de Willemsoordkazerne was bepaald in de avonduren. Onder dekking van de duisternis en met vele trucks, zelfs met de beroemde Lintwormexpres van de Mariniersbrigade, vond alles plaats. Iedereen nam afscheid van elkaar met een 'hopelijk tot ziens in de duistere verre toekomst'. Het voelde onwezenlijk om afscheid van al mijn kameraden van de VDMB te nemen.

De hele colonne, begeleid door talrijke MP'ers, zowel in jeeps als op motoren, ging naar de marinehaven in Oedjoeng. Daar lagen een paar schepen om de evacués naar West-Nieuw-Guinea te brengen, waar ze vanuit Hollandia over het eiland zouden worden verspreid. Ik voelde een diep medelijden met die jongens en hun families, die hun onbekende bestemming tegemoet gingen.

De vier laatste achterblijvers van de VDMB waren Ben de Lima, Harry Rijckaerdt, Jonker Laperia en ik. Geen van ons vieren wist met welk transportschip hij naar Nederland moest repatriëren.

Nieuwjaarsdag 1950 was nog maar net achter de rug of ik werd ontboden op het bureau van de majoor der mariniers Veenhuizen. Ik kwam zijn bureau binnen, salueerde stram en meldde mij aanwezig. De majoor groette terug en bood mij een stoel aan.

'Zeg, Nolan,' zo begon de majoor, 'ik heb hier een soort van bevel voor jou om te verschijnen voor het landgerecht. Het gaat namelijk om je optie voor het Indonesische staatsburgerschap. Ik begrijp het niet helemaal. Ik vermoed dat het afkomstig is van onze regering in Den Haag. Maar nogmaals, ik begrijp het niet helemaal. Immers, jij bent in dienst van de Koninklijke Marine en dus ben jij Nederlands staatsburger. Ik zie niet in, waarom jij zonodig zou moeten opteren voor de Indonesische nationaliteit. Jij hebt in al die jaren steeds gevochten tegen alles wat Indonesia heet. Maar enfin, hier heb je het bevel om voor de rechter te verschijnen. Ga er maar heen, natuurlijk in je uniform, en vecht de zaak maar uit. Ik vind het een rare situatie. Nolan, ik wens jou alle sterkte toe en mocht je juridisch zwak staan, vraag uitstel en kom dan terug. Ik zal dan een advocaat van de marine met jou meesturen, want hier zit iets niet goed.'

Op die bewuste dag, de 20ste januari 1950, verscheen ik voor de landrechter mr. Hampel. Het was een vriendelijke man, van het bedaarde, tevreden Indische type.

'Meneer Nolan,' zo begon hij, 'ik heb hier van de Nederlandse regering in Den Haag een schrijven ontvangen om u te vragen of u de Indonesische nationaliteit wenst te accepteren of niet. Immers, u bent in dit land geboren en getogen, geboren uit ouders die hier zijn geworteld. U heeft een goede schoolopleiding genoten en dienst gedaan. Zulke krachten als u kunnen wij straks, als de Republiek Indonesia een feit is, heel goed gebruiken, niet alleen maatschappelijk maar ook politiek. U kunt straks op alle mogelijke steun rekenen van onze politieke leiders. Wat is uw antwoord?'

'Edelachtbare heer, ik heb gevochten tegen uw volk, ik ben gemarteld en uitgehongerd, vernederd en vertrapt. Ik kan en wens niet te opteren voor het Indonesische staatsburgerschap. Mijn antwoord is dus nee, Edelachtbare. Ik wens geen Indonesiër te worden. Ik ben marinier, zoals u ziet, en ik ben geen verrader. Sinds mijn prille jeugd heb ik trouw gezworen aan het Koninklijk Huis van Nederland, dus ik ben Oranjegezind en daar blijf ik bij. Ik heb gevochten voor Vorstin en Vaderland en vertrek binnenkort naar mijn vaderland, en dat is Nederland. Al ben ik hier geboren en getogen, toch voel ik mij hier niet thuis, hoe vreemd dat ook mag klinken. Wanneer Nederland later van mij verlangt dat ik weer de wapens opneem, dan zal ik dat doen.'

'Uw verklaring is duidelijk. De griffier heeft alles wat u gezegd heeft opgetekend. Ik zal bij deze vonnis wijzen. U kunt gaan, meneer Nolan.'

Opgelucht verliet ik het gerechtsgebouw, ik riep een betjak aan en ging terug naar de Willemsoordkazerne in het Dharmokwartier.

Achteraf bleek dat dergelijke gerechtelijke procedures gevoerd dienden te worden bij vrijwel alle Indische Nederlanders, in opdracht van de regering in Den Haag. De regering wilde hiermee bereiken dat zo veel mogelijk Indische Nederlanders zouden assimileren in de Indonesische bevolking. Voor mij zou dit hoogverraad hebben betekend.

Met de vijand

Het liep al tegen eind januari 1950. Bijna al mijn kameraden waren in Nieuw-Guinea en ik vroeg me af hoe zij het zouden maken. Wanneer wij geen dienst hadden, gingen Ben de Lima en ik passagieren. Wij gingen dan eerst naar het gebouw van telefoondistrict-zuid. In het paviljoen daarnaast woonden Evelyn Preyers, haar zuster en verloofde. Evelyn en ik waren erg verliefd, maar ik kon haar onmogelijk ten huwelijk vragen. Evelyn wist dat ik binnenkort dit mooie land zou moeten verlaten. Ben de Lima had haar te veel naar mijn zin ingelicht over de rol die ik in de VDMB had gespeeld en had haar zelfs verteld dat ik op de zwarte lijst van Soekarno stond. Vaak met tranen in de ogen smeekte Evelyn mij om bij haar te blijven om samen een nieuw leven op te bouwen. Het was moeilijk haar tranen te weerstaan. Dan drukte ik haar tegen mij aan en ik beloofde haar gouden bergen. Maar ik wist dat ik haar uiteindelijk toch in de steek zou moeten laten. Ik dacht ook aan de waarschuwende woorden van mijn moeder omtrent omgang met Indische meisjes.

Maar bovenal was mijn hart nog vol haat en wraak jegens de pelopors van de TNI. Ik wilde verder vechten, desnoods met een splintergroepering, want daar wemelde het van in Soerabaja. Daarover liet ik vanzelfsprekend niets los tegenover Ben de Lima, Harry Tjong of Jonker Laperia. Sinds ik Soedjono en mijn andere oude vrienden weer terug had gezien en met hen in een Javaanse cafetaria had zitten babbelen, wilde ik in elk geval weten wat zij intussen in hun schild voerden.

Op zekere middag zei ik tegen Ben dat ik die avond niet met hem kon gaan passagieren en dat hij mijn groeten moest overbrengen aan Evelyn. De goedige Ben deed wat ik hem zei. Evelyn stak haar teleurstelling niet onder stoelen of banken. Ze keek Ben doordringend aan en vroeg: 'Waarom komt Arto niet? Ik maak me zorgen om hem. Hij is onrustig, hij verzwijgt zijn gedachten voor mij. Is hij mij aan het bedonderen of tart hij het gevaar weer?'

'Ik zou het echt niet weten, Evelyn. Hij doet de laatste tijd inderdaad erg geheimzinnig. Voor zover ik weet heeft Arto niets met een ander. Arto houdt erg veel van jou, maar ik denk dat iets hem erg dwarszit. Ik heb vaak geprobeerd hem uit te horen, maar hij ontweek mijn vragen.'

Ik was die namiddag gekleed in kaki en ongewapend, en liet me rijden naar de Javaanse cafetaria waar mijn vrienden Soedjono, Soekaton, Soemarsono en Soetjipto elkaar op vaste tijden ontmoetten. Daar werd ik door Soedjono voorgesteld aan een Javaan in zwart uniform met puntmuts, een zekere Djojohadikoesoemo, kortweg Djojo. Ik bekeek hem wantrouwig, maar Soedjono zei dat ik me geen zorgen hoefde te maken.

Soedjono zei: 'Hij is lid van de Daroel Islam. Hij heeft ons net uitgenodigd om mee te doen aan overvalraids op aanvoercolonnes van de TNI. Zij hebben wapens, munitie en voedselvoorraden nodig voor onze strijdgroepen. De Daroel Islam is één met de APRA.'

'Hoe zit dat?' vroeg ik aan Soedjono. 'Ik begrijp jou niet. Jij bent, zoals jullie allen dat zijn, voor de Merdeka. Dat weet ik al sinds de Japanse bezetting. Dus is het logisch dat jij nu lid bent van de TNI. Maar dat jij jouw eigen TNI laat ondermijnen door eenheden van de APRA, zou vreemd zijn.'

'Arto, diep in mijn hart ben ik tegen het politieke beleid van president Soekarno', verklaarde Soedjono. 'Ik hang meer aan het beleid van Mohammed Hatta. Ik wil wel meedoen met de Daroel Islam aan overvalraids. En waarom? Uit politieke wraak. Soekaton, Soetjipto, Soemarsono en Soekaton steunen mij. We zijn tenslotte allemaal van de KES. Als jij ook mee wilt doen, krijg je een zwart uniform. Dat trek je gemakkelijk over je marinierspak aan. Je krijgt een tommygun en een Coltpistool. Wat denk je ervan?'

Na wat gegeten en gedronken te hebben, wandelde ik met hen mee de ongure buurt in, waar twee donkerblauwe Amerikaanse sleeën met inzittenden op ons zaten te wachten. In een van de auto's zaten nog twee Javanen. Ik werd aan hen voorgesteld. Ze droegen het embleem van de Daroel Islam, een buffelkop op een rode ronde cirkel.

Snel reden we in de richting van de Dapoehan, dwars door het centrum van de stad. We stopten ergens voor een krot, waarin enkele Chinezen en Indonesiërs opium snoven. Daarbinnen trokken we zwarte uniformen aan. Uit een opening in de plankenvloer haalde Djojo de wapens en munitie. De bedoeling was om alleen de manschappen van de bevoorradingscolonne uit te schakelen en ons meester te maken van de voertuigen met inhoud. Ik maakte kennis met nog meer Indonesiërs. We vormden een groep van ongeveer vijftien man.

In drie grote Amerikaanse sleeën gingen we na het invallen van de duisternis op weg naar Grissee en van daar naar Lamongan. Op vaste tijdstippen trokken bevoorradingscolonnes van de TNI van Lamongan naar Grissee. Het doel was een hinderlaag te leggen tussen Lamongan en Deket. Langs de weg tussen beide plaatsen groeiden veel bomen en struiken, ideaal voor zo'n overval.

Op een bepaald punt werden onze auto's de berm in gereden en afgedekt met takken en bladeren. We zochten dekking achter bomen en struiken en wachtten tot we het zachte geronk van automotoren hoorden. Snel smeerde een van die Daroel Islam-leden zijn gezicht en onderarmen in met kippenbloed dat hij had meegenomen in een gevouwen pisangblad, gewikkeld in oliepapier, zodat het leek alsof hij zwaargewond was door geweervuur. Hier en daar werden bloedspetters op het wegdek aangebracht. Toen ging hij midden op de weg liggen.

De colonne bestond uit een jeep met vier man van de TNI erin en daarachter vier Chevrolettrucks. In elke cabine zaten twee man. Op de laadbak van elke truck zaten drie à vier bewapende mannen. Ons lokaas werd gevangen in de lichtbundels van de jeep. Hij kreunde om hulp. De colonne stopte en iedereen stapte uit of sprong van de laadbak om te kijken. Toen openden wij het vuur. Binnen enkele seconden was er geen enkele levende meer te bespeuren. Iedereen lag dood op of langs de weg. Snel werden alle voertuigen bemand door de mannen van onze groep. Toen verspreidden we ons. Djojo ging met mij, Soedjono en zijn chauffeur in een Amerikaanse slee terug naar Soerabaja.

Een paar dagen later troffen we elkaar op een contactadres ergens in de wijk Dapoehan. Tot mijn verbazing trof ik in dat gezelschap ook overgelopen KNIL-militairen aan. De wapens die we uitgereikt kregen, waren afkomstig van overvallen TNI-wapendepots. We pasten die avond dezelfde eenvoudige tactiek toe op de weg tussen Djombang en Ngimbang. Een colonne van drie Dodgetrucks en een Masterjeep viel in onze handen. Alle inzittenden werden gedood.

Weer een paar dagen later nog zo'n overval op een colonne tussen Modjokerto en Krian.

En zo vocht ik met muitende officieren van de door mij gehate TNI, die sympathiseerden met de APRA en de DI. Vreemd genoeg voelde ik me lekker tussen mijn oude kameraden van de KES. Het was alsof we weer tegen de jappen vochten. Maar toen mij werd gevraagd mee te doen aan acties in de buurt van de Westerbuitenweg en Oedjoeng, weigerde ik, omdat onze marine zich daar nog bevond. En ik vroeg mijn wapenbroeders ervan af te zien.

Op een avond ging ik mee met een overvalgroep van twaalf man, verdeeld over twee grote vrachtwagens, richting Grissee, om een munitiedepot van de TNI te overvallen. Die raid was kinderspel. We reden met beide trucks tot vlak voor de ingang van het depot en begonnen meteen onze automatische wapens leeg te schieten op de TNI-bezetting. Dat hele vuurgevecht duurde slechts enkele minuten. Al die lui werden doorzeefd met kogels. Ik was weer in mijn element en ik hoopte dat die schurk van Jan Abas tussen de lijken lag, want die wilde ik te pakken nemen. We laadden vrijwel alle wapens, munitie en granaten in de trucks. Snelvuurkanonnen moesten we laten staan, die waren te zwaar. Moe en tevreden keerden we weer terug naar Dapoehan. Op het contactadres in die wijk trok ik mijn zwarte Daroel Islam-uniform uit en daarna ging ik samen met Soekaton en Soedjono naar een restaurant. Rond middernacht bereikte ik de Willemsoordkazerne pas weer, schijnheilig in mijn kakiuitgaansuniform.

De volgende dag verliet ik vroeg in de ochtend de kazerne, zonder dat Ben of mijn andere maten het wisten. Aan het eind van de Djamoistraat nam ik een betjak en ik liet mij naar Dapoehan rijden. Daar ergens woonde Soekaton. Tot mijn verbazing werd ik ontvangen door zijn zusje Kartini. Ze was ongeveer twee jaar jonger dan ik. Soekaton was net even weg. Ze zag er beeldschoon uit. Voor ik het wist trok ze mij in een stil hoekje van de voorgalerij en kuste ze mij op mijn mond.

'Hé, waarom doe je dat?' vroeg ik haar zachtjes. 'Waar zijn je ouders? Straks zien ze dat en wat dan?'

'Ik hou van je, Nolan', antwoordde Kartini zachtjes en ze bleef mij tegen zich aan drukken. Toen trok ze mij mee naar een rotan bank en ze bleef zowat tegen mij aan plakken. Ik kreeg het weer eens moeilijk met mijzelf. Ik wist me met mijn houding geen raad. Zoals dit Indonesische meisje zich toen gedroeg in de liefde, had ik nog nooit meegemaakt en ik vergat Evelyn zelfs even. Niet lang daarna kwam Soekaton thuis en hij glunderde helemaal toen hij zijn zusje Kartini zo verliefd tegen mij aan zag zitten.

'Hallo, Nolan, Arto!' riep Soekaton uit. 'Het doet me erg goed te zien hoeveel Kartini van jou houdt. Ja, Arto, ik heb al jarenlang veel over jou verteld aan haar en mijn ouders. Jij bent zo anders dan de meeste Indo's. De meeste Indo's zijn hooghartig en voelen zich de meerdere van ons, Indonesiërs. Maar jij hebt ons altijd als je gelijke behandeld. Jij bent zelfs als een broeder voor mij, en niet alleen voor mij, maar ook voor Soedjono, Soetjipto en de anderen. Wij allen houden van jou. Achter die uiterlijke hardheid in jouw gevechten schuilt een zachtaardig karakter. Helaas kunnen velen jou niet doorgronden. Maar mijn zusje is dat gelukt. Zij toont jou haar echte liefde en dus vraag ik jou om haar niet teleur te stellen.'

Zijn woorden waren voor mij een beetje te veel van het goede. Alsof het nog niet genoeg was, ging Soekaton verder met mij te bewieroken. Met trots en ontzag vertelde hij zijn zusje hoe ik die afgelopen nacht in gevecht was gegaan bij het munitiedepot van de TNI in Grissee. Terwijl iedereen in dekking vuurde op de bezetting van het depot, was ik al vurend met mijn tommygun voorwaarts gelopen. Een dergelijke doodsverachting kenden de anderen niet.

Soekaton probeerde mij ervan te overtuigen dat ik de Indonesische nationaliteit zou accepteren en zijn zusje zou huwen. Maar ik liet hem in onzekerheid, omdat ik hem niet wilde krenken. Zolang ik bij hem of bij zijn familie was, hield ik veel van zijn zusje. Maar zodra ik weer weg was, probeerde ik Kartini te vergeten. Ik had Evelyn nog, maar moest ook door blijven vechten, hoe dan ook trouw blijven aan het Oranjehuis, al moest ik zelf ten onder gaan. Eens marinier, altijd marinier.

Ik bleef contact onderhouden met mijn Indonesische vrienden. Wij hadden zij aan zij gevochten in de Japanse bezettingstijd. Dat woog zwaar. Wij wisten wat wij aan elkaar hadden. Innerlijk voerde ik dagelijks een hevige tweestrijd. Ik had talloze Indonesische vrijheidsstrijders naar het Walhalla gezonden, terwijl ik ook veel vrienden onder diezelfde vrijheidsstrijders kende. Ik kreeg het erg moeilijk met mijzelf. Overgaan naar de TNI betekende voor mij hoogverraad jegens Nederland. Dat kon ik niet doen. Als ik sterven moest, dan als een marinier maar nooit als een verrader. Mijn deelname aan de acties van de Daroel Islam deed ik in de hoop om verraders en overgelopen ex-VDMB'ers te kunnen neerknallen.

Mijn moeders laatste woord

Op een middag, toen ik mij bij de wacht meldde om te gaan passagieren, werd ik door twee MP'ers aangehouden en gesommeerd met hen mee te gaan. Ik begreep er niets van. Eerst werd ik voorgeleid aan de commandant van de MP. Die verwees me door naar majoor Veenhuizen. Hij begroette mij vriendelijk en zei: 'Zo, Nolan, ik heb een bedonderde mededeling voor je. Je moet met mij meegaan op audiëntie bij de commandant zeemacht. De admiraal heeft namelijk een appeltje met jou te schillen.'

Verbijsterd ging ik mee met majoor Veenhuizen naar het bureau van de CZM*. Met hem betrad ik het bureau van de admiraal. Toen verbleekte ik ... Daar zat Mama en ze keek mij strenger aan dan ooit tevoren.

Ik sprong stram in de houding. De admiraal sprak mij toe op zeer strenge toon: 'Zo, Nolan, zoals je ziet, zit hier voor mij jouw moeder. Jouw moeder heeft zich persoonlijk over jou beklaagd en verklaard dat jij hebt deelgenomen aan overvallen op transporten en depots van de TNI, zulks in opdracht van de APRA en de Daroel Islam. Is dat waar? Je staat hier voor je hoogste commandant, dus ga niet staan liegen!'

Daarop vulde Mama aan: 'Een van jouw Ambonese vrienden is bij mij thuis geweest en heeft mij verteld dat jij hebt meegedaan aan overvallen en gevechten tegen de TNI, terwijl de vrede al is getekend. Arto, je weet dat ik dat niet wil hebben.

Jij zult naar mij luisteren! Ik wil hebben dat jij spoedig naar Holland gaat voor een goede toekomst. Ik ben altijd al tegen dat vele vechten van jou geweest. Het moet daarmee voorgoed afgelopen zijn.'

De admiraal vervolgde: 'Zeg, Nolan, wil jij voor twintig jaar de bak in, of wegens desertie de kogel krijgen? Wat is daarop je antwoord?'

'Admiraal,' antwoordde ik, 'inderdaad heb ik deelgenomen aan raids op TNI-transporten bij Modjokerto, Djombang en Ngimbang en ik heb meegedaan aan overvallen op depots in Grissee en Lamongan. Ik heb gehandeld uit onvrede. We moesten ons op alle fronten terugtrekken. Ik voelde me een lafaard. We hebben veel kameraden verloren en dat allemaal voor niets. Ik kan die gedachte niet verdragen. Daar komt bij dat veel ex-VDMB'ers zijn overgelopen naar de vijand. Die hebben de hele boel verraden en verkocht. Dat is toch niet goed te praten?'

'Met dat laatste heb je gelijk. Maar je bent nog steeds marinier en je staat nog steeds onder de krijgstucht. Wanneer jou bevolen wordt om de vlag te strijken, dan dien je dat bevel op te volgen. Ik begrijp jou wel. Jullie bruintjes zijn verdomd goede vechtjassen, maar bevelen zijn er om opgevolgd te worden. Oké Nolan, ik zal deze zaak nu maar afhandelen met deze mondelinge berisping. Voortaan ga jij alleen nog passagieren als er ten minste twee, drie of meer maten met je zijn. Jij onthoudt je van elke onnodige gevechtshandeling, tenzij uit zelfverdediging. Zeg, Veenhuizen, houd jij dit heerschap Nolan scherp in de gaten. Geef dit door aan alle commandanten die wat met hem te maken hebben. Ik praat nog even verder met zijn moeder. En nu Nolan, ingerukt!'

Nederlands onderdaan

Kort nadat ik het rechtbankvonnis omtrent mijn weigering te opteren voor de Indonesische nationaliteit had ontvangen, ging ik naar het gouvernementskantoor aan de Pasar Besar. Daar vroeg ik een paspoort aan. Aan de balie werd ik te woord gestaan door een lieftallig Indisch meisje.

'U heeft een paspoort nodig voor Holland, meneer Nolan?' vroeg zij met een lieflijk stemmetje.

'Ja, juffrouw. Hier heeft u mijn rechtbankvonnis omtrent die nationaliteitskwestie.'

'O, meneer Nolan,' vervolgde dat meisje, 'u heeft de Indonesische nationaliteit afgewezen, lees ik hier. Waarom meneer? Ik heb het *warga negara*-schap* wel geaccepteerd. Mij wacht hier een rooskleurige toekomst, weet u? Ik heb een Indische vader en hij is van het Indo Europees Verbond. Hij heeft mij erg veel lelijke dingen verteld over de Nederlandse regering en het Indische gouvernement.'

Ik had er geen zin om met dergelijke overlopers in discussie te treden. Ik vroeg dat meisje om mij spoedig te helpen aan een paspoort voor Nederland. Enkele dagen later kwam het bericht van de burgerlijke stand dat ik mijn paspoort kon afhalen. Tegelijkertijd kreeg ik met Ben de Lima, Harry Rijckaerdt en Jonker Laperia het verzoek van de chef d'equipage ons te melden in het Rode Kruisgebouw aan de Toendjoengan voor het in ontvangst nemen van de nodige winterkleding.

We gingen eerst naar het gouvernementsgebouw aan de Pasar Besar. Ik meldde mij bij een van de loketten en een ambtenares overhandigde mij mijn paspoort. Het document had een groen omslag. Binnenin stond vermeld 'Nederlands onderdaan'. Dus was ik nog steeds geen officiële Nederlander. Onverschillig haalde ik de schouders op.

Gedrieën gingen we verder naar het gebouw van het Rode Kruis voor onze winterkleding. Het was daar een gezellige drukte. Enkele hulpvaardige dames taxeerden ons eerst van top tot teen voor de maten van de kledingstukken die wij zouden moeten hebben. Elk van ons kreeg eerst twee hemden met lange mouwen, twee onderbroeken met lange pijpen, drie overhemden en een zwarte dikke wollen pantalon. We bekeken dat ondergoed en schoten in de lach. Ook andere Indischen begonnen te lachen om die komische hemden met lange mouwen en onderbroeken met lange pijpen. We noemden dat 'spookpakken'. Kostuums en overjassen kregen we niet, omdat die kledingstukken voor ons niet voorradig waren. Ten slotte kregen we elk nog twee dassen. Lachend en grappend liepen we het gebouw uit en we gingen naar de Marinierskantine om wat te drinken.

Terug in de kazerne ontmoette ik de chef d'equipage en ik liet hem mijn paspoort zien. Hij verslikte zich zowat en tierend riep hij uit: 'Godverdomme, hoe halen die ellendelingen het in hun hoofd om jou niet de Nederlandse nationaliteit te geven? Jij bent in dienst van de Koninklijke Marine, jij staat onder de maritieme krijgstucht. Je bent een Nederlander, godverdomme, voor de hele marine ben jij Nederlander, godverdomme, zijn die lui nou helemaal de-god-gloeiende-godverdomd, godverdomme!'

Lente in Holland

Het was de 21ste maart van het jaar 1950. Iemand zei tegen me dat de lente aanbrak in Holland. Ik had er geen flauw idee van wat die lente betekende. Vroeg in de morgen gingen Ben de Lima en ik naar de eetzaal van de kazerne. Daar zagen we ook Harry Rijckaerdt en Jonker Laperia. Wij waren de laatste 'stoffelijke resten' van de VDMB die naar Nederland moesten repatriëren. Meewarig keken we elkaar aan en we zeiden niet veel meer dan 'goedemorgen'. Elk van ons was druk met zijn eigen gedachten. Het was de laatste dag waarop we mochten passagieren en waarop we afscheid konden nemen van onze dierbaren. Het definitieve vertrek uit ons geboorteland was vastgesteld op de volgende dag. Onze plunjekisten waren afgevoerd naar Tandjoeng Perak en lagen al in de ruimen van het troepenschip Groote Beer.

Ben de Lima en ik gingen na het ontbijt op weg voor onze afscheidswals. Na afmelding bij de wacht liepen we de Djambistraat uit, we pikten een betjak op en lieten ons eerst rijden naar een woning aan de Dharmo Boulevard, waar de zusters van Ben de Lima woonden. Over en weer werden allerlei adviezen en boodschappen meegegeven. Bij het afscheid werden veel tranen geplengd. Ik werd er beroerd van. Ik omhelsde Bens zusters en liep met natte ogen de straat weer op, op zoek naar een betjak. Het was al laat in de ochtend en de hete zon scheen heerlijk op mijn kruin.

Vervolgens gingen Ben de Lima en ik voor de laatste maal naar het ereveld te Kembang Koening. Geëmotioneerd liepen we alle graven van onze maten af. Bij elk graf stonden we even stil voor een kort gebed. Daarna liet ik Ben even wachten bij de poort van het ereveld. Ik liep snel naar het graf van mijn vader, een kleine honderd meter daarvandaan, en prevelde een kort gebed als afscheid.

Zwijgend liepen Ben de Lima en ik weer terug over de oprijlaan van het kerkhof naar de ingang en van daar naar de Dharmo Boulevard. We hielden een betjak aan, stapten erin en onze afscheidstocht ging verder naar de Heemskerkstraat in de wijk Oendahan Koelon. Mama was thuis, Ella en Poppy waren helaas uit werken.

Snikkend zei Mama: 'Arto, mijn lievelingszoon, beiden hebben wij deze dramatische beslissing moeten nemen, maar mijn wil heeft de doorslag gegeven. Het is beter dat jij heel ver van mij vandaan woont en in leven blijft dan dat je hier bij mij bent en elk moment gedood kan worden. Jij hebt je opgeofferd voor Nederland, een land jou volkomen onbekend, en nu zal Nederland jou opnemen in zijn samenleving. Arto, als je daar bent, werk dan hard aan je toekomst. Jij hebt vele jaren in de oorlog gezeten en niet kunnen studeren. Jij hebt daardoor een grote achterstand, dus laat de familie Nolan zien dat jij als onwettige Nolan met recht een andere naam draagt en in Nederland in de maatschappij kan slagen. Met mijn gebeden en met mijn ziel zal ik bij jou zijn.'

Met tranen in de ogen nam ik Mama in mijn armen en ik kon niets anders zeggen dan: 'Ach Mama, ik blijf niet voor altijd weg. Ik kom terug. Ik wil bij u zijn, Mama, en verder voor u zorgen. De rest interesseert mij niet.'

Maar ik wist dat ik mijn belofte niet waar kon maken.

'Mama, houd goede moed. Groeten aan en beste wensen voor Ella en Poppy', riep ik nog uit.

Baboe Tenie en kokkie Tas kwamen in tranen aanlopen en beiden heb ik in mijn armen genomen. Die bedienden waren veel betere mensen dan al die lui die zo prat gingen op hun Indische afkomst.

Nadat ook Ben de Lima uitvoerig afscheid van mijn familie had genomen, liepen we als afscheid van onze stad snel de hele wijk Oendahan Koelon door. Toen riepen we een betjak aan en we lieten ons naar de Toendjoengan rijden.

Het was al laat in de middag. Voor de Marinierskantine lieten we de betjak stoppen, we stapten uit en doken naar binnen om ons vol te gieten met whisky en brandy. Toen Ben en ik al halfdronken waren, zagen we nog zes andere mariniers van andere onderdelen binnenkomen. Ook zij goten zich vol met bier en sterke drank. Het werd gezellig met die Hollanders, er werden allerlei liedjes gezongen en de een zong nog valser dan de ander. Daarna gingen we met z'n achten al zwaaiend de straat op. Gelukkig waren we niet de enige dronken mariniers. Maar het aantal passagierende mariniers was wel behoorlijk geslonken en we werden aangestaard door voorbijgangers.

Intussen was het al avond geworden. Ben en ik zochten een Chinees restaurant. Op aanwijzing van Ben vonden we een klein restaurant ergens aan de Embong Malang, waar men volgens hem het lekkerste varkensvlees serveerde van de hele stad. Het eerste wat we bestelden was een flink glas met sterke koffie. Pas nadat we ons na een korte tijd wat minder dronken voelden, bestelden we ons galgenmaal. Het was een uitgebreide Chinese rijsttafel met een bijzonder varkensvleesgerecht, dat ik nooit eerder had gegeten.

Na het eten stelde Ben voor naar de woning van Evelyn te gaan om afscheid te nemen. Vanuit het Chinees restaurantje liepen we wat loom naar het telefoondistrictskantoor-zuid, vlak bij Hotel Sarkies, eveneens aan de Embong Malang. Joke Petten was daar ook en ze rende in de armen van Ben. Hij werd overal gezoend en Evelyn deed dat bij mij. Het gaf me een fijn gevoel, al kreeg ik van Evelyn eerst nog een zachte klap in mijn gezicht, omdat ik naar de drank stonk. Onder het liefkozen in de voorgalerij smeekte Evelyn me om voor altijd bij haar te blijven. Ze wilde koste wat het kost een kind van me, om mij voorgoed aan haar te binden. Ik kromp zowat in elkaar van angst toen Evelyn dat allemaal zei met een door tranen verstikte stem. Maar ik slikte iets weg en zei zachtjes tegen haar: 'Evy, sorry, maar ik kan dat niet. Ik hou erg veel van je, maar ik sta nog steeds onder de krijgstucht. Door bij jou te blijven, zou ik later de kogel krijgen wegens desertie. Krijg jij de gelegenheid om later ook naar Nederland af te reizen, schrijf me en ik zal daar op je wachten.'

Het liep al tegen middernacht toen Ben en ik eindelijk de moed hadden om ons van onze geliefden los te maken. We kusten onze geliefden voor de laatste maal. Daarna renden we weg naar Simpang. We boften, want onze beroemde Lintwormexpres kwam langzaam aanrijden om de bocht naar Kaliasin te maken. We staken onze handen op. De Lintwormexpres minderde vaart, zodat we er al rennend in konden springen. Die truckcombinatie reed tot vlak bij de Willemsoordkazerne en we sprongen eruit en liepen rustig naar de wacht bij de slagboom.

De volgende morgen werden we al om zes uur gewekt. Na een flink bad genomen te hebben, kleedden we ons aan en begonnen we meteen met het inpakken van onze bagage. Ieder had een plunjezak en een koffer. Na het ontbijt keerden we in kaki-uitgaansuniform met muts terug naar onze slaapvertrekken, we checkten onze bagage en sleepten de hele handel naar de appèlplaats, waar ongeveer tweehonderd mariniers stonden die zich hadden gereedgemaakt voor de reis overzee. Kapitein Veenhuizen stelde mij op de appèlplaats voor aan de majoor der mariniers Van Tielrooy, die was benoemd tot transportcommandant en die mee zou varen.

Laat in de morgen werd er 'baksgewijs' geblazen. Alle tweehonderd mariniers stonden gepakt en gezakt aangetreden. Er werd een korte afscheidsrede gehouden door de kazernecommandant namens de commandant zeemacht. Daarna kregen we alle mogelijk instructies en uiteindelijk konden we afmarcheren naar de Djambistraat, daarbij uitgewuifd door de weinige achterblijvers.

Aan de Djambistraat stonden twee Lintwormexpressen gereed met vier trucks om ons te vervoeren naar de haven van Tandjoeng Perak. De route ging door de binnenstad van Soerabaja. Voor het laatst gaf ik mijn ogen goed de kost. Voor het laatst nam ik alles in mij op. Diepe droefheid maakte zich van mij meester, maar ik liet niets merken aan de inzittenden rondom mij. Overal waar we reden werden we nagewuifd door de burgerij. Hoe we dat uitwuiven moesten opvatten, was aan ons.

Na zowat een uur in colonne te hebben gereden, kwamen we in het havengebied en naderden we de kade waar de Groote Beer aangemeerd lag. Veel jongens hadden dat schip binnen de kortste keren herdoopt tot de Ruige Beer. De Groote Beer was een zogenaamd *Liberty Ship*, dat onze regering van de USA had aangekocht. Het was een schip met een oorlogsverleden. De colonne stopte aan de kade, we stapten uit met al onze bagage en liepen langzaam in de richting van het schip. Er was een kapel van de marine aangetreden en er werden allerlei vaderlandse liederen en marsen gespeeld. Veel militairen waren dolblij dat zij eindelijk konden thuisvaren, maar velen ook niet. Met een verdrietig gevoel liep ik langzaam de trappen op naar het schip. Een lid van het scheepspersoneel wees mij de weg naar mijn slaapplaats. Ik wierp mijn bagage op de kooi en ging terug aan dek. Ik liep langs de verschansing en keek omlaag naar de kade.

Tussen het publiek zag ik Evelyn in haar witte kanten tropenjurk staan met haar zuster en zwager. Ik kreeg het te kwaad en zwaaide naar haar. Ik schreeuwde haar toe dat ik in Holland op haar zou wachten, indien zij ook mocht repatriëren. Ze stond er roerloos en bleef er roerloos staan.

Ik hoorde de scheepshoorn eerst eenmaal loeien, toen tweemaal. De schepelingen liepen naar de trossen om die los te gooien. Bij het derde geloei van de scheepshoorn was dat gebeurd. De Groote Beer maakte zich los van de kade en voer langzaam weg. Ik liep naar de boeg. Van daaruit had ik een panoramisch uitzicht op mijn geboortestad. Heel in de verte zag ik nog de toren van het gouvernementsgebouw en ver daarachter lag de wijk Oendahan Koelon, waar Mama woonde.

Plots voelde ik een hand op mijn linkerschouder. Ik keek over mijn schouder in de sympathieke ogen van majoor Van Tielrooy.

'Laat je tranen maar lopen, Nolan', zei hij vol medeleven. 'Ik weet wat het betekent om op zo'n ellendige manier afscheid te moeten nemen. Ik weet alles over je familie. Men heeft mij volledig ingelicht. Je hebt je opgeofferd voor Koningin en Vaderland en daarom is de Koninklijke Marine moreel verplicht om jou voorgoed onder haar hoede te houden. In jouw geboorteland ben je je leven niet meer zeker, dat weet je, en niet alleen omdat je Oranjegezind bent, maar ook omdat je meer van jezelf gegeven hebt dan Nederland eigenlijk van jou had mogen verwachten.'

Ik knikte als dank en bleef alsmaar turen naar de plaats op de kade waar Evelyn Preyers stond. Ik kreeg de aanvechting om overboord te springen en terug te zwemmen, maar bleef net zo lang turen totdat ik haar niet meer kon zien.

De Groote Beer voer met volle kracht vooruit in noordelijke richting door de nauwe straat tussen Java en Madoera. Vervolgens maakte het schip een bocht in westelijke richting en voer het door naar Semarang. Vroeg in de morgen van de 23ste maart 1950 lag de Groote Beer daar op de rede. Met grote motorbarkassen van de marine werden een paar honderd KNIL-militairen, veelal met hun gezinnen, van de kade naar het schip overgebracht. Van Semarang uit ging de reis verder in westelijke richting naar Tandjoeng Priok, de haven van Batavia. Daar kon de Groote Beer langs de kade aanmeren. Langzaam wandelden Ben de Lima en ik over het dek, van waar we in de verte de contouren van de stad Batavia konden zien. Daar ergens moest mijn zuster Ina intussen wonen. De Groote Beer bleef nog een volle dag en nacht aan de kade liggen, totdat alle militairen van het KNIL met hun gezinnen aan boord waren. Het was bijna avond toen onze schuit vanuit Tandjoeng Priok vertrok. Zij voer in westelijke richting langs het eiland Sumatra. Voor de laatste maal werd aangemeerd. Dat was bij Sabang op de kop van Atjeh. Daar werden water en proviand ingeladen. Weemoedig keken Ben de Lima, Harry Rijckaerdt, Jonker Laperia en ik uit over de stad.

V

SPEKKOEK

Papier in een munitiekistje

Iemand had me opgespoord en stuurde me foto's van een geheimzinnig kistje, met daarbij een brief. Ik maakte een afspraak en werd in een provinciestadje door oude Indische kennissen van mijn vader onthaald op nasi rames. De man was een Indo en vertelde me dat mijn vader een branie was geweest vroeger op Java. Hij had het uit verhalen van mensen uit Soerabaja, waar mijn vader berucht zou zijn geweest. Helaas kon hij geen namen noemen die ik me herinnerde uit zijn verhalen en memoires. De vrouw was een Hollandse en kookte louter Indisch, met recepten die ze van haar schoonmoeder had gekregen. Ik vond het een vreemd gezicht om een blanke vrouw zo voor haar Indo man te zien zorgen, en later vond ik mijn eigen perceptie weer merkwaardig.

Na het eten werd het kistje van zolder gehaald. Het was marineblauw, verschoten, beschadigd en nogal zwaar. De afmetingen: 47 centimeter breed, 37 centimeter diep en 31 centimeter hoog, de twee verstevigingslatjes op de afsluitklep niet meegerekend.

Op de klep en aan de achterkant staat in vette witte letters, met punten:

AAN CTD. AFD

MARNS. ROTTERDAM.

A. NOLAN

Op de zijkanten is in dezelfde kleur en hetzelfde lettertype diagonaal aangebracht:

RUIMBAGAGE.

Aan de voorkant mijn vaders bestemmingsadres in Den Haag:

A. NOLAN
PARALLELWEG. 169.
DEN HAAG.

Er staat niet: A. NOLAND. Hij heette dus nog geen Noland, althans, niet voor de Mariniersbrigade. Het kistje kon mijn vader niet hebben vergezeld bij zijn overtocht van Indonesië naar Nederland, omdat hij in Amsterdam aankwam met zijn scheepskist, waaruit volgens hem tijdens de reis twee samoeraizwaarden waren ontvreemd. Het kistje moet dus met een ander scheepstransport met bestemming Rotterdam naar Nederland zijn gekomen.

Mijn gastvrouw vertelde dat het kistje bij haar inmiddels overleden Indische schoonmoeder was blijven staan, bij wie mijn vader ooit regelmatig langsging. Ik wist niet wie ze bedoelde en het interesseerde me weinig. Ik kende het kistje niet uit mijn jeugd. Een muffe vergeelde Nederlandstalige krant uit 1950, het jaar van mijn vaders aankomst in Nederland, bedekte de bodem. Maar wat had er verder in gelegen? Was het slechts als souvenir bedoeld van de Mariniersbrigade?

Ik heb mijn vader een brief geschreven en gevraagd of ik het kistje mocht houden, als souvenir. Ik heb nog geen antwoord gekregen, wat vreemd is, want hij antwoordt doorgaans vrij snel op brieven.

Phil herkende er een ouderwets munitiekistje in, voor de patrouilles die de Arend met de Nederlandse mariniers ondernam. Hij twijfelde er niet aan of er hadden ooit handgranaten in gelegen, patronen en zo meer. De Arend had dat zware kistje waarschijnlijk tijdens patrouilles met touwen om zijn schouders hangen. Ik bewaar er nu de vele brieven in die hij mij naliet voor hij naar Spanje vertrok – brieven die hij ooit aan justitie richtte met klachten over de Kinderbescherming, de leiding van het Voorschotense internaat, over Ma, Frau Eva, Renate en die Spaanse vrouw die hem al na twee weken ontvluchtte. Verder bewaar ik er de foto's in die aan de wraakzucht van Frau Eva zijn ontsnapt. Uiteraard ook het vergeelde en stoffige manuscript, dat ik toen bij hem in de brievenbus had gedeponeerd. Later herschreef hij alles in een kortere vorm, en ook die versie bewaar ik in het munitiekistje. Het was gereed in het zestigste levensjaar van de Arend, in 1985. Toevallig werd in dat jaar in Bondowoso op Oost-Java een oorlogsmonument opgericht:

Monumen Gerbong Maut

Dat staat voor 'monument des doods'. Ik stond in die tijd op het punt om de oversteek naar Indonesië te wagen om bij mijn tante Ella te gaan logeren. Geen uitgever, zelfs geen van de zeshonderd Indische verenigingen die Nederland toen telde, toonde belangstelling voor het manuscript, dat mijn vader maar blééf rondsturen. Soms heb ik het gevoel het te bewaken, wanneer ik het munitiekistje als zitje gebruik om gitaar op te spelen.

Nu ligt het manuscript bij Phil, met wie ik een typische tweelingrelatie heb, waarin de jongere aldoor tegen de oudere aan schopt, altijd in de contramine is, tenzij hij een goede bui heeft. De verstandhouding tussen Phil en mij heeft iets weg van die tussen mij en Ma. Normaal converseren is er niet bij. Het gaat met spot en soms met ruzies, zoals vroeger bij ons thuis, toen ik als oudste ervoor moest zorgen dat hij en Arti tijdig thuis waren en al die dingen meer. Tegen heug en meug was ik een verlengstuk van niemand anders dan mijn vader. Dus ik ben de Wijsneus die het in Phils ogen allemaal beter denkt te weten, en Phil is in mijn ogen de Inquisiteur die met hamer en beitel mijn weifelachtige natuur in een sculptuur van onwrikbaarheid probeert te beitelen. We wonen in dezelfde stad, op nog geen kilometer van elkaar vandaan, maar we zien elkaar zelden in levenden lijve, we communiceren per e-mail en soms per webcam.

Ook onze moeder woont na omzwervingen langs Helmond en Zoetermeer weer in 'de stad der vervloeking', om met de Arend te spreken. Na de dood van oom Willem heeft ze er zelfs voor gekozen haar laatste jaren te slijten in die woonwijk van Dudok *of all places*. Als ik die kant op fiets, door het Zuiderpark rijd, en ik zie bij het verlaten van het park die woonwijk weer voor me opdoemen, dan wil ik niets liever dan direct rechtsomkeert maken. Ik haat dat gebied.

Phil en ik zien Ma hooguit eenmaal per jaar, anders dan Arti, Mil en Nana. Die drie wonen in Amsterdam, maar gaan vaker dan wij bij haar op bezoek. Ma zelf gaat bij niemand op bezoek, ze zit aan de televisie gekluisterd en weet zelfs niet waar wij wonen. Pa weigert naar Nederland te komen om zijn kleinkinderen te zien. Wat een familie! Mil is de enige die Pa opzoekt in Malaga. Er heersen allerlei vetes tussen mijn broers en zussen: de een wil die niet zien, de ander lust die weer niet. Ik ben dan wel de oudste, onttrokken aan allerlei animositeit tussen dat viertal, maar ik krijg ons vijven met geen mogelijkheid bij elkaar. Wat dat betreft deed Pa het niet slecht vanuit zijn flatje in Haarlem. Hij kreeg nooit de hele troep verzameld tijdens Kerst of zijn verjaardag, maar vier van ons wist hij nog weleens om zich heen te krijgen.

Ik vraag me af hoe die ouwe katjong* nog altijd rondzwalkt in dat uitzichtloze leven van hem, met dat onvoltooide verleden achter en die dode toekomst voor zich. Gaat hij morgenochtend voor de duizendste keer dat dubieuze Amsterdamse krantje halen aan die onooglijke Spaanse boulevard van dat betonnen toeristenoord, waar hij zich – hoelang geleden is dat ook weer – heeft teruggetrokken? Gaat hij na zijn koffie toebroek in de ochtend bij zijn vaste liederlijke Chinese eethuisje terug naar zijn flat om daar met een loep onder zijn versleten ogen alle artikelen over racisme in Nederland uit te knippen? Ik heb er veel ontvangen, die kopietjes met zijn standaardbericht, met de hand geschreven, erbij:

Vertrek uit dat beroerde land vol rassenhaat en vestig je hier, in Zuid-Spanje!

Ja gezellig, moet ik zijn gezanik over de koningin, de Kinderbescherming en Ma weer aanhoren. Ja, ik zeik ook weleens over Hollanders, maar ik ga niet voor ze vechten, en voor het koningshuis al helemaal niet: dat hadden ze wel door bij de dienstkeuring, op een dag waarop ik het einde niet haalde, zo snel als ze me 'voorgoed ongeschikt' voor de dienst hadden verklaard. Zus Mil vertelde me eens dat hij inmiddels plakboeken vol heeft over racisme in Nederland, waar hij nooit zijn draai heeft kunnen vinden. Het zal stellig geen troost voor hem zijn als ik hem zou zeggen dat ook ik in dit Holland mijn draai nooit heb kunnen vinden. Want dan gaat-ie weer lullen met dat jij-bent-hier-geboren-zinnetje dat ik al genoeg te horen heb gekregen. Hij en die hele Indische scheepscolonne van het eerste uur hebben mij en mijn generatiegenoten ingepeperd dat wij niet bij hen horen omdat wij niet dáár geboren zijn. Nou, bij wie horen we dan wel? Duizenden mensen bezoeken momenteel in Den Haag een festival genaamd 'Indische Zomer' – vraag me niet voor wie want de organisatoren met neokoloniale trekjes hebben het zelfs in hun hoofd gehaald om de grootste rijsttafel ter wereld op het Plein te serveren. Tja, als je nauwelijks een restje cultuur uit vervlogen tijden kunt behouden, dan maar een gooi naar een vermelding in het *Guinness Book of Records*. Geen idee of ze wel weten dat de rijsttafel het culinaire symbool is van het kolonialisme in zijn weelderigste tijdsgewricht. Mijn vader heeft nooit veel met de Indische upper class opgehad. Hij hing in Holland liever rond bij de Chinees dan in Indische toko's, waar er inmiddels maar weinig van over zijn hier in het Haagse. De Indonesiërs nemen de eethuisjes hier intussen over en ik vraag me af wat hij daarvan zou vinden. Voor de gemiddelde Hollander is er geen verschil tussen de Indische en de Indonesische keuken. Intussen gaan wij kinderen van na de oorlog hier door voor Indo's, échte Indo's, ooit een scheldnaam, nu een geuzennaam, maar we blijven natuurlijk nep vergeleken met mijn vaders generatie en hun tempo-doeloeshit. Las laatst een boek van ene Wim Walraven jr. Die jongen had een cholerisch pennende vader genaamd Willem Walraven. Die Walraven senior was een Belanda-journalist, gehuwd met een Javaanse, en hij schreef stapels brieven naar zijn vriend vol scheldkanonnades over 'die Indo's', terwijl-ie er zelf een zooi rond zich had lopen in die tropenwoning van hem. Helaas schreef hij goed. Indozoonlief Walraven junior heeft het uiteindelijk nog geschopt tot beroepsgeflipte. Huisje *in the middle of nowhere* ergens in Amerika. Worden de herinneringen aan zijn vader hem te veel, dan loopt-ie een eindje de woestijn in en gaat-ie er een partijtje staan schreeuwen. Zelf schreeuw ik ook. Dat doe ik wanneer ik een dodelijke techniek uitvoer in de dojo* waar ik train. Japanners noemen die schreeuw 'kiai'. Ik ben namelijk zo dwaas me aan de kunst van het jiujitsu te wijden terwijl ik toch eerder de leeftijd voor tai chi heb bereikt. Ik leef in kreeftgang, zo lijkt het wel. Ik moet denkelijk nog over mijn angst voor geweld heen komen. Voor de Arend ben ik in elk geval niet meer bang. Hij heeft geluk gehad dat ik niet dertig jaar eerder een jiujitsuka ben geworden, anders had ik hem nog dat huis van hem door geramd, met die kloterige oorlogsboeken die stonken naar de mottenballen, die vieze obats* op zijn plakkerige tafeltjes en die achterlijke Indische kleedjes aan de muren. Ik schijn een aardige jongen te zijn, voor sommige zweefkousen zelfs een hoogstaand mens, edel de principes van de *I Tjing* tot zich nemend. Daarom stap ik niet alsnog op het vliegtuig om de Arend voor eens en voor altijd naar de eeuwige jachtvelden te zenden. Kan ook zijn dat hij er inmiddels zit natuurlijk. Dan moet hij die familie van hem de groeten maar van me doen en ze vertellen dat hij een grote klootzak is geweest voor zijn kinderen, zo ze dat daarboven al niet weten. Vervolgens zou hij zich moeten laten geselen met de zweep van zijn moeder. Haar broer Soen mag dan zijn gestriemde rug inwrijven met azijn, als ze dat daarboven tenminste hebben. En daarna mag hij met hen de goden danken dat hij deze treurige Indische Herfst te Den Haag niet meer hoeft mee te maken, want je kunt er donder op zeggen dat die grootste rijsttafel ter wereld ten onder zal gaan in een Hollandse moesson. Niemand die daarop zit te wachten, behalve ik dan. Wat een treurnis. Het tot de rollator gedoemde uitgedunde Indische pelotonnetje laat zich voor de zoveelste keer door de Belanda's te kijk zetten. Wat dat betreft zijn Indo's inderdaad net eeuwige filmsterren, zoals men ze in Indonesië beschouwt. Ze doen wat de regisseur van ze vraagt, maar bewaren hun tempo-doeloegejammer voor bij het afschminken achter de coulissen. Indo's vormen geen front. Rivaliserende splintergroeperinkjes zijn het en ze nemen niets maar dan ook niets van elkaar aan. Dat wist de Arend al. Naar een Belanda willen ze wél luisteren met hun ingebakken minderwaardigheidscomplex, zelfs als het een Belanda is die van toeten noch blazen weet over die Indische geschiedenis. Dan voelen ze zich gezien! Begrépen door de Belanda, de toewan besar*. Sukkels met hun tempo doeloe. Nou moet ik wél zeggen dat mijn beste vrienden Indo's zijn. 'Soort zoekt soort', zei de Arend vroeger altijd. In elk geval zijn we het over één ding eens: ook hij had een hekel aan dat tempo-doeloegedoe. Niet dat hij zoiets als een verfijnde smaak had. Die Amerikaanse rotzooi die hij dagelijks tot zich nam via de zwart-wittelevisie was gewoon een erfenis van de dweepziekte die hij had opgelopen in dat vervloekte Nederlands-Indië. Wat dat betreft was de Arend net een Belanda. Australische radiozenders liepen in het vooroorlogse Indië kwijlend achter hun grote Amerikaanse broertjes aan en zonden

Hawaïaanse muziek uit. De muziek waaide over en Indo's adopteerden de Hawaïanen als hun muzikale broers en zussen. Oom Karel speelde verduiveld goed *steelguitar* en werd ooit tweede bij de Soerabajase kampioenschappen, als ik me dat goed uit de vroegere verhalen van de Arend herinner. Kan ook zijn dat ik me vergis en dat zijn broer niet de tweede plaats haalde met zijn steelguitar maar met de *sikoe*, de drietand waarmee hij zo bedreven was in de *poekoelan*-gevechtskunst*. Of hij werd in beide disciplines tweede. Ook mogelijk. Hij heeft de Arend in de tuin laten zweten aan de rekstok, hem leren trappen en slaan, maar ik denk niet dat hij zonder wapens een groot vechter was. Echte vechters halen hun neus op voor pistolen, geweren en kanonnen. De Arend niet. Die schiet een Chinese gevechtskunstenaar op de markt dood met een dom pistool. Zelfs zijn broer Karel moest ervan kotsen. Gevechtskunst versus wapentuig dat door vele generaties is verfijnd. De eenling versus het technisch collectief. Wat een ongelijke strijd is dat! Ik kies de kant van de eenling, die zich jaar in jaar uit bekwaamt in de gevechtskunst. Dat die in mijn geval toevallig Japans is, daar kan ik ook niks aan doen. Moeten de oude vijanden van de Arend dan soms ook de mijne zijn? Natuurlijk heeft hij ze vervloekt, de bommenwerpers die zijn familiehuis aan puin gooiden, maar vooral omdat het Japanners waren. Nooit heb ik hem horen zeggen dat hij blij was dat zijn moeder, broers en zusters nog in leven waren. Het enige waar hij jarenlang over kon zeiken waren de twaalf manshoge Chinese vazen die aan gruzelementen gingen. Oké, ze waren kostbaar, maar de mooie lijven van zijn zusters brachten toch ook geld in het laatje? Wat een schande was het toch voor hem dat zij zich als serveersters meldden in een restaurant waar Japanse officieren zich elke avond klem zopen aan de sake. En dat zijn zusters zich als animeermeisje lieten gebruiken. Foei! Dergelijke dames noemt men nu 'troostmeisjes', althans wanneer ze werden gedwongen door de bezetter. Werd je niet gedwongen, maar zag je je genoodzaakt om langs de weg van handel in de liefde je brood te verdienen, dan mag je je geen troostmeisje noemen. Want dan krijg je weer die club van troostmeisjesbeschermers over je heen. Er zijn troostmeisjes die zich hebben georganiseerd om excuses af te dwingen bij de huidige Japanse overheid. En ze willen geld zien! Wie laat zich nou achteraf betalen door zijn of haar beul. Rot op met je geld! Ik zou van de Arend ook geen geld willen. Geen cent. Zus Mil wel, maar die is in haar hele leven welgeteld maar één keer door hem geslagen. Een van zijn zusters, Ella, heeft mij op haar oude dag vol smart verteld dat ze hem had liefgehad, die Japanse officier die bij hen over de vloer kwam. Ze vertelde me dat op de voorgalerij van haar huis in Soerabaja, waar ik een maand logeerde in de hoop iets over mijn vaders oorlog te horen. Dat was niet veel, liever gezegd: helemaal niets. Ze zei doodleuk: 'Mijn broertje was altijd thuis, bij mij.' Alsof ze niet twee jaar lang in een vrouwenkamp opgesloten had gezeten. Enfin, liefde trekt zich niets aan van oorlog, kijk maar naar die films over de liefde tussen een nazi en een Jodin of over het onvervulde wederzijdse verlangen tussen een Duitse officier en een Franse pianolerares. De romantiek van de Arend lag in Holland. Hij was zo dwaas om het staatsieportret van koningin Wilhelmina boven zijn bed te hangen. Zijn hele familie viel over hem heen en wachtte wijselijk op betere tijden, terwijl hij als enige de kant van de Hollanders koos. Dat zijn moeder niet meer dan een bijvrouw van zijn vader was, dat was nog een geluk bij een ongeluk, want hij kon nu fijn met een Chinees identiteitsbewijs en Chinees speldje op zijn revers de straat over. Griezelig eigenlijk, die dubbelrol die hij speelde, net als die oom Soen van hem overigens, die gewoon met Indonesiërs omging maar intussen zijn neefje hielp om tegen hen te vechten. Ik begrijp daar weinig van. Dat hij zich met schoolmakkers meldde bij het Vernielingskorps, dat is wél te begrijpen. Helaas werd hij opgepakt door de Japanners en gefolterd. Ja, ik heb de littekens op zijn rug gezien.

Hij heeft ze me getoond, en vaker dan me lief was. Was hij misschien niet gewoon zo laf dat hij steeds de kant van de sterksten koos? Toen de Amerikanen hun atoombommen op Hiroshima en Nagasaki hadden geworpen en Japanse soldaten met bedrukte gezichten door de stad liepen, stak hij bij nacht en ontij die jongens overhoop met zijn takeyari. Het was toch al een zootje in de stad sinds Soekarno de Republiek Indonesia had uitgeroepen: Javanen riepen om hun Merdeka, hun vrijheid, en er werden leuzen tegen de Belanda's en Indo's op de muren gekalkt. Maar wat was hij nou eigenlijk? Javaanse vrienden herinnerden hem er steeds weer aan dat de Indische gemeenschap, althans de highbrows uit de coterie van wijlen zijn vader, hem altijd met de nek had aangekeken. Zijn keuze in deze revolutionaire periode had toch duidelijk moeten zijn? Maar in de verte klonken de kanonnen van de Royal Navy. Met een rood-wit insigne op zijn blouse misleidde hij de Indonesiërs en hij bood zijn diensten aan bij de Engelsen. Als agentje 1ste klas wachtlopen met een gummiknuppel. Dan komen onze naïeve Hollandertjes terug omdat ze denken dat Indonesië nog altijd van hen is. Tot zijn leedwezen valt er onder de herstelde algemene stadspolitie voor hem weinig keet meer te schoppen, maar gelukkig komen de geallieerde mariniers eraan, de vriendjes van de Amerikaanse cowboys, *the real shit*, opgeleid in Carolina. Als jonge katjong raakte hij verliefd op hun uniformen en moderne wapens. Er zaten meer jongens zoals hij daar, allemaal tolken, die net als hij Chinees, Japans, Javaans, Maleis, Nederlands, Engels en wat al niet meer spraken, jeugdvriendjes van hem: Indo's, Chinezen, Ambonezen, Menadonezen en zelfs Javanen met hun persoonlijke motieven tegen de Indonesische vrijheidsstrijders. Opgepakte Indonesiërs worden door hem en zijn maten verhoord, in elkaar getrapt en gemarteld. Lekker, zo'n baantje. Die Hollanders laten die martelingen aan de tolken over. Wat nou tolk? De Arend schopt het zelfs tot hoofd van de afdeling Verhoor van Gevangenen. Hij moet dan wel heel erg wreed zijn geweest. Of intelligent, vergeleken met zijn medetolken. Intussen wordt het duidelijk dat de wereld zich tegen Nederland keert, met de Amerikanen voorop: die doen namelijk zaken. Terwijl hij en zijn maten nog de beest uithangen en de ene na de andere gevangene kreupel slaan, zitten de hoge boorden met hun gehandschoende smerige tengels al aan de conferentietafel. Arto is maar een ordinaire soldaat. Het besef daagt dat hij verkeerd heeft gegokt. Maar hij wil het niet weten. Als de strijdbijl is begraven en de dekolonisatie gaat beginnen, zeggen zelfs zijn Nederlandse maten dat hij maar beter kan blijven. Dáár, op Java! Hij schrijft dat niet, maar hij vertelde me dat eens. Maar wat moet je als je op de tweede plaats staat van de door Soekarno ondertekende zwarte lijst? De Indonesiërs zoeken hem en zullen hem blijven zoeken, tot aan zijn slaapkamer in Holland toe. Hij heeft die spoken toch wel meegenomen naar dat Spaanse toeristenoord, mag ik hopen. Soms lijkt het van niet. Ze komen zelfs mij bezoeken in mijn dromen. Ik gedij het best in mijn eentje met een gitaar op schoot en een leerling tegenover me. En hij in zijn eentje met een typemachine op schoot en een portrettenlijstje tegenover zich. Ik ben de gevangengenomen gitarist en ik heb hem eindeloos verhoord tijdens mijn bezoeken aan hem in zijn Haarlemse flatje, bijna zoals hij zijn gevangenen heeft verhoord, minus de mishandelingen uiteraard. Van de weeromstuit heeft hij me zijn memoires overhandigd, herschreven en wel. Ik heb ze jaren laten liggen, ik kon ze gewoon niet lezen. Nu dan, eindelijk. Hij had altijd gedacht dat Arti ze bij hem in de brievenbus had gegooid. En ik heb hem nooit de waarheid verteld, dat ik het was die dat had gedaan. Want ik wilde nagaan hoe vaak hij ernaast zat, gewoon er helemaal naast.

Is dat manuscript van hem nou een zwartboek of een blauwboek? Het is een flauw geintje van me, maar van hém heb ik de verklaring dat de Indonesiërs de blauwe baan van de Nederlandse driekleur scheurden en die aan de Indo's meegaven voor hun repatriëring naar Holland. En dat we daarom 'blauwen' werden genoemd in de jaren vijftig en zestig. Later hoorde ik heel andere verklaringen van dat zachte scheldwoord 'blauwe'. Zijn zijn memoires niet eigenlijk een uit de hand gelopen verweerschrift voor al dat ellendigs wat hij daarginds heeft uitgevreten? Of een lang gesoebat om nog meer lintjes dan dat ene dat hem is toegekomen? De Arend stopte zelf bij honderd met het kerven van zijn slachtoffers op zijn geweerkolf, als ik me goed herinner. Zelfs al is het maar tien procent van wat hij allemaal opsomt, hij blijft een massamoordenaar met die Hollandse maten van hem.

Ik heb het manuscript aan een paar vrienden laten lezen met de vraag om het op waarheidsgehalte te schatten. Phil is nog bezig. Ik hecht vooral belang aan zijn oordeel, meer dan aan dat van een paar vrienden, die denken dat de helft waar is en de andere helft verzonnen. Als dat zo is, dan noemen ze dat hier fictie. Een roman gebaseerd op ware feiten. Zoiets. Of: factie, als contrapunt op fictie. De Arend zou een dergelijk etiket natuurlijk als een schande opvatten, want bij hem gaat het om de waarheid en niets anders dan de waarheid. Daar lijden veel van zijn generatiegenoten aan. Toegegeven, het is een cliché: er is niet naar hen geluisterd. Ik zeg het niet graag, maar daar hebben ze toch een punt, zowel highbrows als de 'kleine Boeng': de Indo uit de maatschappelijke onderlaag van weleer. Helaas zijn ze hier dol op het cliché van de 'zwijgende Indische vader'.

Ik zag eens een documentaire op televisie over een Hollandse ex-soldaat die uit wroeging een of ander dorp in Indonesië bezocht en daar alle bewoners liet optrommelen rond het podium waarop hij snikkend en snotterend zijn excuses aanbood voor wat hij had gedaan.

De Indonesische dorpsbewoners hoorden hem zwijgend aan, stelden hem geen vragen, en als je goed keek dan kon je in hun ogen lezen: *Wat staat die Belanda daar toch te kletsen?*

Wij hebben de oorlog toch gewonnen? Die man is in de war, hij denkt dat hij hier nog altijd de baas is, dat het kolonialisme nooit verdwenen is. Kasian, zielig voor die man ja.

Het spijt me dat ik de oorlog van u heb verloren, het spijt me zo, geachte overwinnaars!

Wat een gênante vertoning, ik kan er nu nóg niet om lachen. Als er dan toch íéts is wat ik mijn vader en zijn voor rechtvaardiging knokkende generatiegenoten moet nageven is dat zij zich nooit, maar dan ook nooit hebben geëxcuseerd voor de strijd die zij in naam van Oranje hebben gevoerd. 'In naam van Oranje' wordt niet goed begrepen in Holland, zoals dat wordt beschouwd door mensen uit Nederlands-Indië en Indonesië, met hun vorsten, sultans, prinsessen en wat al niet meer.

Webcamchat

ALAN: 'Hé, verdiep jij je al in die zooi van Pa of zit je alleen nog maar achter die computer en die synthesizer van je?'

PHILIP: 'Ik heb Pa's manus in pdf van jou ontvangen en ga die wel een keer doorspitten. Ik heb zijn memoires nooit echt goed doorlezen ...'

ALAN: 'Klinkt mooi, Bro ... doorlezen ...'

PHILIP: 'Af en toe wat willekeurige paginaatjes in pdf op mijn computerscherm. Ik ben het originele document kwijt sinds ik alles wat van papier is in de container van mijn flat heb gedumpt.'

ALAN: 'Maar je hebt toch wel gelezen hoe hij de een na de ander over de kling joeg, of niet?'

PHILIP: 'Ja. Maar is dat nieuw dan? Hij vertelde ons die dingen al toen wij nog klein waren.'

ALAN: 'Geloof jij die shit?'

PHILIP: 'Waarom niet?'

ALAN: 'Waarom wel?'

PHILIP: 'Als mijn antwoord jou niet aanstaat, kom dan niet met een wedervraag, want daar heb ik een hekel aan. Ik zal het goed met u maken, meneer Wijsneus: voor mijn gevoel zijn die memoires van hem *genuine*.'

ALAN: '*Genuine*! Ha! Sinds wanneer gaat u op uw gevoel af, meneer de Inquisiteur? U is toch een verstandsmens, aanhanger van de logica? Maar je gelooft die shit dus?'

PHILIP: 'Zoals ik al zei, heb ik Pa's memoires nog nooit goed gelezen, maar hij lijkt me eerlijk, oprecht en waarachtig in zijn beschrijvingen, evenwel met hier en daar een beetje sambal erbij. Nou ja: mag het?'

ALAN: 'Maar waar begint of eindigt de fictie?'

PHILIP: 'Doet dat ertoe? Zijn leven is toch een roman, of niet soms? Wat ik het bijzonderst vind is dat hij zich tijdens zijn leven van maar één kant heeft gemanifesteerd, en wel die van een tiran, terwijl hij zich in zijn memoires van een andere kant laat zien, die van de romanticus.'

ALAN: 'Een romanticus met een MI in zijn handen, ja.'

PHILIP: 'Dacht jij dat romantici alleen maar de liefde bedreven of zo? Ik dacht dat jij zo geletterd was. Waarom ga je niet gitaarspelen? Jij moet gitaarspelen! Ik zal Pa's document wel een keer grondig doornemen. Momenteel ben ik, zoals je hoort en ziet, behoorlijk verkouden.'

ALAN: 'Je lijkt Pa wel, met die verkoudheden van je. Weet je nog dat toen wij in dat vieze Indische kosthuis zaten, Pa ons bestookte met brieven waarin hij ons opriep, nee gelastte, nee nee, beval om hem te komen verzorgen? Die man was om de haverklap ziek. En wij maar terug naar dat suffe Voorschoten reizen om er boodschappen voor hem te doen. In de winter stonk het bij hem altijd naar kajapoetolie, gember, citroen, pepermunt, drop en bamisoep. Weet je nog hoe hij die bamisoep maakte? Hij pakte een grote soeppan, gooide er in één keer een bevroren kip in, met een heel pakje margarine, een kruidenblok, in vieren gesneden grote uien, sambal, ketjap, ve-tsin en zo'n pak van die zogenaamde bamigroenten uit de supermarkt. Hij bracht dat mengsel in één keer aan de kook, draaide vervolgens het gas laag en ging dan uitgebreid een douche nemen. Na een uur gooide hij de mie erbij, liet rauwe eieren in die drek zinken en vlak voor het eten ging er nog een zak taugé doorheen. En … lekker dat het smaakte! Lekker! Niet te geloven dat je op zo'n achteloze manier lekkere bamisoep kan maken.'

PHILIP: 'Verrek, nu je het zegt, dat ben ik allemaal vergeten! Hij had altijd griep hè, in de winter? Nou goed, dan ben ik Pa, voor een weekje dan. Maar voordat ik weer op de bank ga liggen, wil ik nog wel even iets zeggen over Ma, die mislukte Helmondse blijspelspeelster die ons het liefst per ufo retour had gestuurd naar die planeet waar wij volgens haar vandaan zijn gekomen. Ma zei vroeger altijd tegen ons, toen wij nog klein waren, dat Pa schizofreen was. Hij zou een gespleten persoonlijkheid hebben, maar ze gaf nooit duidelijk aan welke persoonlijkheden dat dan wel niet waren. Ikzelf heb daar een bevinding over. Pa was in wezen een gevoelsmens. Maar voor de buitenwereld moest hij als verstandsmens functioneren. Dat leidde natuurlijk tot allerlei problemen, aangezien hij tegen zijn natuur in moest gaan. Ik ga dus niet zeggen dat Ma gelijk had. Integendeel, daar was en is ze te dom voor. Zij begreep Pa in het geheel niet. Elke avond zat hij aan de Remington te typen, maar ik kan me geen moment herinneren waarop Ma eens nieuwsgierig naast hem ging zitten. Wat moet je met een vrouw die zich totaal niet interesseert voor wat jij te vertellen hebt? Mooi dan, ik ga weer ter bank.'

ALAN: 'Beterschap, Bro. Overigens dachten Ma en wij dat Pa altijd zat te studeren. Ma wist helemaal niks van die memoires. Maar goed, ik hoor het wel als je die shit van Pa eenmaal doorgenomen hebt.'

PHILIP: 'Shit? Blijft meneer de Wijsneus over shit spreken? Pa's memoires vallen onder de noemer proza, broer.'

ALAN: 'Ga jij nou maar met je kop boven een emmer Dampo

hangen, dan zie je vanzelf de schim van Pa wel verschijnen onder die betraande ogen van je.'

PHILIP: 'Hé, nu je het zegt: Dampo! Dat was toch dat spul waar Pa kokendheet water op gooide? Dan duwde hij je kop in die emmer en kreeg je een natte handdoek over je kop, terwijl hij je bij je nek bleef vasthouden, die kampbeul. Maar het hielp wel, hè? Je kon de volgende dag gewoon weer naar school.'

ALAN: 'Hé, Bro, even wat anders. Weet jij wat een boeaja is?'

PHILIP: 'Nee, is het eetbaar?'

ALAN: 'Ja. Pa at in de oorlog ook schildpaddenvlees, dus waarom geen krokodillenvlees.'

PHILIP: 'Betekent dat woord krokodil? Hm, ik denk wel dat hij ons ooit verteld heeft dat hij krokodil heeft gegeten.'

ALAN: 'Hij vrat alles, tot en met halfbedorven varkensvlees, om zich alvast te harden tegen de Derde Wereldoorlog.'

PHILIP: 'Deed hij dat dáárom? Ik dacht uit krenterigheid.'

ALAN: 'Kan ook, of beide. Hij kocht altijd voor een prikkie vlees bij de slager dat eigenlijk al voorbij de houdbaarheidsdatum was. Hij had ook een rare preoccupatie met wat hij lijkenlucht noemde. Hij noemde vrijwel alles wat hij aan vlees at stukjes lijk. Halfbedorven varkensvlees gaf hem een soort kick. Maar goed, de krokodil is onder verschillende namen bekend. Je hebt baya en boeaja. In de klassieke Nederlandstalige koloniale verhalende literatuur en in de pantoens, dat zijn verzen in de krontjongmuziek, staat de boeaja voor een vrouwenversierder. Dat paste hem wel, denk je niet?'

PHILIP: 'Mijn god, wat heeft die man een zooi vrouwen versleten.'

ALAN: 'Toen ik voor een tweede keer voor langere tijd bij Pa in Voorschoten verbleef en het wel even aardig tussen ons ging – het was in een zomer, dan viel-ie wel mee – stond elk weekend wel weer een andere vrouw uit de een of andere contactadvertentie op de stoep. Pa was geabonneerd op een blaadje van een Duits huwelijksbureau en hij presteerde het steeds weer om binnen zes weken de taal te leren van zijn correspondentievriendinnen: Pools, Portugees, Spaans, Zweeds – wat een talenwonder! Volgens mij spreekt hij onderhand twintig talen of zo. Eens een tolk, altijd een tolk.'

PHILIP: 'Jij was er een keer niet en Pa had per ongeluk een dubbele afspraak gemaakt. Er werd aangebeld en ik deed open. De dame, een Hollandse, zag er niet direct appetijtelijk uit, wat Pa in het geheel niet scheen te hinderen. Ik ben nu nóg verbaasd over hoe snel hij die vrouwen mee wist te krijgen naar de slaapkamer. Waarschijnlijk zei hij tegen ze dat ze dan makkelijker met elkaar kon praten, zodat zijn zonen hen dan niet konden horen. Hij gebruikte ons als smoes, dat weet ik zeker. Nou, hij had zijn slaapkamerdeur nog niet op slot gedaan of er werd weer aangebeld. Het slachtoffer was zó mooi dat zelfs ik haar wel lustte. Ik wist even niet wat ik moest doen en nodigde haar uit in onze logeerkamer. Daar hield ik haar lang aan de praat in de hoop dat Pa snel klaar zou zijn met die desperate dame uit Den Helder of waar ze vandaan kwam. Ik zette thee voor haar, putte me uit in verontschuldigingen, draaide luitmuziek zodat ze verschoond kon blijven van mogelijke slaapkamergeluiden. Ze heeft een uur bij mij op de kamer gezeten, ik heb een uur lang de mooiste vrouw mogen aanschouwen die hij met zijn suffe kop finaal heeft misgelopen. Ik heb hem uiteindelijk maar gered door haar naar de bushalte te brengen. En haar ook natuurlijk. Pa kon zich later wel voor zijn kop slaan.'

ALAN: 'En stompzinnig lachen ook, zeker?'

PHILIP: 'Ja, mensen waren maar voorwerpen in zijn universum. Maar als het wat geworden was tussen hem en die oogverblindende blonde dame, dan zou er zeker een dag zijn gekomen waarop hij haar voor haar kop had geslagen. Dat zou hij immers ook bij zijn derde vrouw doen, die Duitse.'

ALAN: 'Renate.'

PHILIP: 'Ja, die ging er na zo'n akkefietje meteen vandoor, want dat had ze hem beloofd: één klap en ik ben vertrokken.

Maar ze kwam terug en toen heeft hij haar nooit meer geslagen.'

ALAN: 'Ze heeft het nog een behoorlijke tijd bij hem uitgehouden, ze is zelfs meeverhuisd naar Haarlem. Daar lag ze altijd maar op bed, misschien wel depressief van dat leven met hem. Op een keer heeft ze me opgebeld vanuit Duitsland, nadat ze uiteindelijk was vertrokken. Ze wilde me nog even groeten, maar ze klonk vermoeid, was levensmoe en vooral teleurgesteld in de liefde. Ik mocht haar graag, ze wist veel van flamencomuziek, van literatuur en van wereldgeschiedenis.'

PHILIP: 'Wanneer was dat eigenlijk?'

ALAN: 'Ik weet het niet meer. Ik was wél bij hun huwelijk in Voorschoten, als enige van de familie. Wat een armoedig huwelijk was dat zeg, we gingen na afloop chinezen tegenover dat oude internaat van ons. En later, toen jij in Genève zat, trouwde hij met een Spaanse. Die Spaanse had haar oude vader bij zich, zo'n trotse klassieke Spanjaard, en haar kleine zoontje uit een eerder huwelijk. Pa speelde raar met dat zoontje. Hij liet hem omgekeerd aan zijn enkels bungelen met zijn hoofdje vlak boven de vloer, dat soort dingen. Ik zag eigenlijk toen pas hoe raar hij met kleine kinderen omging. Van die gevaarlijke spelletjes. Ma noemde hem toch een sadist? Een kind voor de lol boven een ravijn laten bungelen, in Indonesië, of over de reling laten hangen van een balkon in Nederland. Pa liet dat kind steeds nét niet met zijn hoofd de vloer raken en hij lachte er vreemd bij. Het gezicht van die oude Spanjaard verstrakte van ingehouden woede en hij heeft uiteindelijk zijn kleinzoontje maar bij zich op schoot genomen. Ik schaamde me kapot, man. Die Spaanse danste de flamenco op grammofoonplaten die ze uit Spanje had meegenomen, om haar vreugde te uiten. En meteen kwamen de benedenburen klagen over het geluid van haar schoenhakken. Pa sloeg die klagers bijna van de voordeur weg, mijn hemel wat een huwelijksdagje was dat.'

PHILIP: 'Hoelang heeft dat standgehouden?'

ALAN: 'Een paar weken, denk ik. Dat was te voorzien. Hé, weet jij nog dat hij die struise Portugese ex-operazangeres had? Die was de hele dag bezig haar stem te oefenen, haha, die galmde door de flat. Hij stuurde haar terug naar Portugal maar kon niet van haar af komen en toen heb jij op zijn verzoek een brief geschreven waarin je haar meldde dat Pa krankzinnig geworden was, hahaha!'

PHILIP: 'Haha, ja nú weet ik het weer! Het was een goede brief, want het bleef stil uit Portugal.'

ALAN: 'In welke taal schreef je die brief eigenlijk?'

PHILIP: 'Pa dicteerde wat in het Portugees en ik verzon er van alles bij, in het Frans, haha! Dat-ie in een krankzinnigengesticht was opgenomen en werd verdacht van vrouwenhandel. Dat wij, zijn kinderen, hem krankzinnig hadden laten verklaren – dat was zijn eigen idee.'

ALAN: 'O wacht, en weer later was ik bij hem in Haarlem en daar liep toen een heel lieve Zweedse vrouw rond. Ze liep letterlijk op haar tenen om Pa niet te storen. Ze wilde van alles voor hem doen, maar hij haalde haar al het huishoudelijk werk uit de handen. Vreemd was dat. Ze was lief, man, ze was zo lief.'

PHILIP: 'En?'

ALAN: 'Nooit meer teruggezien.'

PHILIP: 'Weet je nog dat Pa zich altijd zo trots beriep op zijn sterrenbeeld?'

ALAN: 'Ja, daar heeft-ie ons ook al mee besmet, met die boeken over astrologie. Hij als Weegschaal had altijd maar zijn verstand en gevoel in balans, volgens hem. Klopt helemaal niks van. Maar goed, hij zat wel altijd te dubben: zal ik dit hier hangen of toch maar daar? En dan hing zo'n Indisch kleedje hier, maar moest het toch maar daar, haha.'

PHILIP: 'Astrologie was kinderspel van hem. Hij gebruikte het voor zijn correspondentie met al die vrouwen. Hij wist er geen moer van. Weet jij dat de antieke astrologen ooit met maar negen of tien zodiaktekens werkten? Dat was toen zich na de middeleeuwen met de opkomst van de natuurwetenschappen een scheiding voltrok tussen astrologie als occulte wetenschap en astronomie als moderne wetenschap. De astrologen kampten met een gat tussen Maagd en Schorpioen. Ze misten een soepele overgang tussen beide tekens en hebben er toen Weegschaal tussen gezet. Dat is natuurlijk een vreemd teken, als je erover nadenkt. Weegschaal valt met Waterman en Tweelingen onder de luchttekens. Nou zijn Waterman en Tweelingen als mensen nog wel te plaatsen in de twaalf tekens van de dierenriem, maar Weegschaal heeft niets menselijks, laat staan iets dierlijks in de dierenriem. Weegschaal is een werktuig, een machine, een ding! De weegschaal als perfect instrument dat domweg luistert naar commando's.'

ALAN: 'Kijk, nu moet je toch écht zijn shit, neemt u mij niet kwalijk, zijn proza gaan lezen. Zet een gewicht op een weegschaal en de weerstand slaat door. Nou, een betere soldaat kan een vorst zich niet wensen. Astrologie als verklaring voor Pa's handelen past jou wel. Maar ja, een mens kan nog zo veel snappen, het gaat er natuurlijk om wat een mens niet snapt.'

PHILIP: 'In dat geval moet jij bij je gitaar blijven. Muziek hoef je niet te snappen. Dus je zit goed.'

Waerde Wijsneus,

Gisteravond Pa's gehele document snel diagonaal gelezen. Vervolgens de ganse nacht erover gedroomd, jemig, het hield maar niet op, de ene na de andere droom. Pas de volgende ochtend na het opstaan en douchen kon ik eindelijk een beetje op de bank slapen. Petje af voor dat gewroet van jou in Pa's verleden. Ik zou nog liever een jaar lang in de isoleercel zitten in dat Voorschotense internaat van ons.

Philip Noland
Geen virus aangetroffen in dit bericht

Geachte Inquisiteur,

Nou, dan heb ik nog wel wat voor je ter overpeinzing, zodat we dan samen het werkelijkheidsgehalte kunnen toetsen. Weet jij hoe de hoogste marineman het door Pa genoemde tweede gevangenentransport noemde in een brief aan zijn minister, drie weken na die gebeurtenis? *De Lijkentrein* ... Een Hollandse televisiejournalist vond dat zo misplaatst dat hij besloot het maar als boektitel te gebruiken, vijftig jaar na dato. Hij spoorde mij op, toen jij nog in Genève woonde, en kwam bij mij thuis om in Pa's manuscript te snuffelen, terwijl ik in de zijkamer gitaarles zat te geven. Hij las het ook diagonaal en haalde er alleen de bladzijden uit die over dat ellendige gevangenentransport van Pa gaan. Hij kopieerde ze met mijn toestemming en ging ermee aan de slag, met verklaringen en getuigenissen van ex-mariniers uit Brabant en Limburg, plus ... volgens hem, geheime documenten en bandopnames opgeslagen in de kluizen van het ministerie van Defensie. Naar zijn zeggen zat er een uitgetikt verhoor van Pa bij van de een of andere bandopname die ze destijds van hem in Soerabaja hebben gemaakt. Gebruikten ze toen een bandrecorder? Daar heeft Pa niets over geschreven.

Ik zal snel samenvatten wat die journalist over die Lijkentrein schreef, dan hoef je dat boek niet te lezen. Pa's gevangenentransport was een ander, dat ik de *Spooktrein* zal noemen. Je zult zien dat de versies van die journalist en die van Pa nogal van elkaar verschillen. Pa geeft geen achtergrond over de politiek, daar wist hij niets van, en welke Jan met de pet wist dat toen wel? Laat zo'n *universal soldier* meeluisteren met de poppenspelers en Jan Klaassen gaat er als een haas vandoor.

Het begint in Londen, in 1943, waar een stel topofficieren die de laffe Nederlandse regering in ballingschap adviseren, het plan beramen om Nederlands-Indië terug te veroveren op Japan. In Camp Lejeune in North Carolina, Amerika, krijgen de eerste vierhonderd Nederlandse mariniers, die van over de hele wereld zijn opgetrommeld, een speciale training. Na de bevrijding van Zuid-Nederland komen er door een grootscheepse wervingsactie via Schotland de ovw'ers bij. In mei 1945 bevinden zich al een paar duizend mariniers in Amerika. Japan wordt met atoombommen gedwongen tot capitulatie. Tijd dus om de Mariniersbrigade op te heffen, al voordat die in actie is gekomen. Maar de doelstelling wordt aangepast: het weer onder Nederlands gezag brengen van het op hol geslagen Indonesië.

Wanneer eind 1945 duizenden mariniers met zware, moderne Amerikaanse wapens naar Nederlands-Indië koersen, mogen ze het land niet in. De Engelsen, die tijdelijk de macht over Indië toegewezen hebben gekregen, vinden de situatie wel best zo en hebben geen zin in oplopende spanningen. En gelijk hadden ze. Na enkele weken van chagrijn en verveling op een oude plantage in Malakka krijgen de mariniers alsnog toestemming Nederlands-Indië te betreden. Dat wordt direct gelazer, want de Mariniersbrigade wordt toegevoegd aan een landmachtonderdeel: de A-Divisie. De marinetop wordt zo elke zeggenschap ontnomen en krijgt de Oosthoek van Java als werkterrein, uitgerekend de gebieden waar de familieleden van Pa's vader Willem Nolan uitgestrekte plantages bezitten.

De landmacht was vooral strategisch bezig, terwijl de Mariniersbrigade een stel doeners vormde. Pa en zijn kornuiten krijgen op Oost-Java in no time een compleet gebied in handen, maar worden dan doodleuk teruggefloten, zoals dat in Pa's memoires staat te lezen. Toch komt er geen overeenstemming tussen Nederland en de inmiddels uitgeroepen Republiek Indonesia. Het Nederlandse leger van 100.000 man wordt intussen een zware kostenpost voor de regering in Den Haag. Er wordt voor gekozen om zo veel mogelijk deviezen te verwerven door gewapenderhand zo veel mogelijk stukken vruchtbaar land in te nemen. Zo wordt gehoopt op het weer op gang komen van de kapitaalstroom. En zo wil men de voormalige kolonie op een eigen manier naar onafhankelijkheid leiden en dat niet alleen aan de Indonesiërs toevertrouwen.

Voor het strijdplan wordt de naam Operatie Product verzonnen: de Eerste Politionele Actie. Die klus krijgt de Mariniersbrigade in Oost-Java toebedeeld, die hem in enkele dagen klaart. Maar dat kon alleen doordat Indonesiërs zich op veel plaatsen terugtrokken, als voorbereiding op een guerrillaoorlog. Pa had dat als jongen van 22 wel zo ongeveer in de gaten. Hij en zijn kornuiten namen ook nog de politietaken in de stad over en zetten zodoende kwaad bloed bij de Indonesische politie, waardoor velen zich uit frustratie aansloten bij de guerrilla's.

Omdat Pa, met de Veiligheidsdienst Mariniersbrigade, intelligencewerk moest doen, verloor de landmacht het zicht op wat Pa en consorten daar allemaal uitspookten. In die typische mariniersijver arresteerden zij veel te veel mensen. Daardoor raakten de gevangenissen overvol.

De VDMB kreeg een slechte naam en werd op Oost-Java synoniem voor marteling en wreedheid. De officiële berichtgeving naar Nederland is 'goed', maar ter plekke weten ze wel dat het sinds de Eerste Politionele Actie alleen maar een zootje geworden is. Het is dweilen met de kraan open, zoals Pa als gevangenenverhoorder heeft ondervonden. De Mariniersbrigade vraagt intussen om uitbreiding van bevoegdheden: nota bene het recht tot standrechtelijke executies. Maar de commandant van de A-Divisie geeft gelukkig geen antwoord, anders waren Pa en zijn kornuiten nog erger tekeergegaan daar op Oost-Java. Het heeft dus nooit geboterd tussen de landmacht en de mariniers en men overwoog alweer om de Mariniersbrigade op te heffen. Een stel gekken waren het natuurlijk sowieso.

Het plan wordt uitgesteld, maar het komt al tot een inkrimping tot drie bataljons van elk 1.300 man. Blijven over een stuk of 3.900, zeg 4.000 man, want weten wij veel of Pa en zijn makkers 'van het land' überhaupt wel worden meegeteld?

Die journalist die over de Lijkentrein schreef, zoemde in op een gevangenentransport dat ná Pa's trein vertrok. Bij dat transport komen er van de honderd gevangenen zesenveertig dood aan in Soerabaja. Pa's gevangenentransport was een ander, een spooktrein, omdat zijn transport het nieuws niet haalt.

De gevangenentransporten waren nodig om de gevangenissen te ontlasten. In Bondowoso zaten bijna driehonderd mensen in voorarrest, honderd meer dan de limiet. Er moesten dus honderd gevangenen over worden gebracht naar Soerabaja. De treinwagons voor de Lijkentrein worden een dag eerder besteld, terwijl Pa dat voor de Spooktrein op de dag zelf moet doen. De luitenant van de Lijkentrein heeft kennelijk een bijzonder laag IQ en doet iets wat Pa nooit zou hebben gedaan: hij sluit de treinwagons en vergrendelt ze met ijzerdraad.

In een van de wagons van de Lijkentrein heeft een gevangene een paar bananen bij zich en een vork, waarmee hij een gaatje in de bodem van de wagon prikt. Een bananenblad wordt opgerold en doet dienst als rietje waarmee de gevangenen om beurten wat zuurstof tot zich kunnen nemen tijdens de reis op wat later meteorologisch de heetste dag van het jaar 1947 blijkt te zullen worden. Wanneer na een reistijd van elf uur over 224 kilometer, zonder water, zonder eten, zonder ventilatie en met een absoluut gebrek aan zuurstof, de trein aankomt op station Wonokromo, Soerabaja-Zuid, krijgt de MP de achterste wagon niet open. Er moet personeel van de Staatsspoorwegen aan te pas komen. De deur van de derde wagon gaat open, maar er heerst een merkwaardige stilte binnen. De MP'ers denken aan een stil protest, terwijl de nog levende gevangenen van de eerste twee wagons met moeite beginnen uit te stappen. Als de tweede sergeant-majoor ziet dat er alleen nog lijken in de derde wagon liggen, stort hij in. Voorwaar een luxe, want wie niet mogen instorten, zijn de nog levende gevangenen uit de eerste en tweede wagon. Die krijgen van de militaire politie de absurde opdracht om de dode lichamen van hun kornuiten uit de wagons te halen en op een rij op het perron te leggen. De MP telt zesenveertig dode en vierenvijftig levende gevangenen. De lijken worden op vrachtwagens geladen. De levenden moeten tussen de doden gaan zitten en bij aankomst de doden het ziekenhuis in dragen. Daarna worden de overlevenden in de gevangenis aan de Werfstraat opgesloten, terwijl er elf in het ziekenhuis mogen achterblijven.

Heb jij de *Excessennota* gelezen, Phil? Of heb je er nooit van gehoord? Dat flutschrift – er is vaak geroepen om een nieuwe versie, ofwel een nieuwe klucht, want excessen waren structureel – verscheen in het jaar dat ik voor Pa's deur stond en hij mij vroeg:

'Waarom heb jij mij verlaten?'

Ik neem aan dat Pa het niet heeft gelezen en jij evenmin. Die journalist van de Lijkentrein ging op onderzoek naar Java en schrijft dat aan de zogenaamde Bondowoso-affaire slechts enkele alinea's in de *Excessennota* zijn gewijd.

Wanneer de pers eenmaal weet heeft van de Lijkentrein, komt de Mariniersbrigade met een communiqué waarin staat dat er tot dan toe ruim vijftig gevangenentransporten hebben plaatsgevonden en dat ruim 2.800 gevangenen zonder problemen zijn vervoerd. Mikpunt wordt dus de Lijkentrein, terwijl Pa's Spooktrein kort daarvoor nagenoeg hetzelfde traject heeft afgelegd.

Volgens de journalist, die relatief weinig woorden vuilmaakt aan Pa, kwamen er in zijn Spooktrein vier Indonesiërs om in een potdichte goederenwagon. Niets over de eerste gevangene die op de vlucht sloeg zodra Pa in Probolinggo de deur opende en die hij naar eigen zeggen direct neerschoot (dode nummer een). Niets over de tweede gevangene die probeerde te vluchten en in het prikkeldraad bleef hangen (dode nummer twee). Niets over de derde gevangene die uit de trein wilde springen toen die over een ravijnbrug reed.

Ong schoot, maar miste. Toen legde ik aan en de voortvluchtige stortte in het ravijn. (dode nummer drie)

Niets over de vierde en vijfde gevangenen die onderweg van Bangil naar Sidoardjo uit de wagon probeerden te springen en die door Pa en zijn helpers dood werden geschoten (dode nummer vier en vijf). En niets over de gevangene die in Sidoardjo wilde vluchten en die door Pa werd neergeknald (dode nummer zes).

Volgens Pa zijn in Pasoeroean drie gevangenen aan de hitte bezweken. In Sidoardjo kwamen er volgens hem twee gestikten bij. Van de negenentwintig gevangenen heeft Pa achttien levende en vijf dode gevangenen aan de marechaussee overgedragen.

Dat maakt drieëntwintig. Zes waren dus vermist en doodgeschoten of gestorven in prikkeldraad. Die getallen in zijn lezing kloppen dus. Ik vraag me wel af of de MP dat aantal goed heeft vergeleken met de papieren die Pa diende te overhandigen. Vijf gevangenen die volgens Pa gestikt aankomen zijn er één meer dan die vier waarover de journalist schrijft. En wat dachten ze over dat zestal dat helemaal niet arriveerde?

Volgens de journalist waren de feiten rond de vier doden van Pa's Spooktrein bekend bij de leiding van de Mariniersbrigade, bij de commandant van de Zeemacht, bij het Openbaar Ministerie en bij de minister van Overzeese Gebiedsdelen. Maar de minister kreeg dit volgens hem pas ruim twee weken later per telegram doorgeseind via landvoogd Van Mook. De minister heeft dus waarschijnlijk de Tweede Kamer opzettelijk onvolledig ingelicht. In de *Excessennota* van ruim twintig jaar later staat summier vermeld dat er een dag vóór de Bondowoso-affaire ook iets fout is gegaan, maar daar is geen aandacht aan geschonken.

De reconstructie van de journalist over pa's Spooktrein luidt in het kort als volgt:

Adjudant Mulder had voor vervoer per trein gekozen en Nolan (zonder d), een '22-jarige jongeman uit de streek', met het transport belast. Was dit het werk van een tolk? Dat vraagt de journalist zich niet af. Wist hij wel dat Pa een tolk was? De journalist neemt de namen van Pa's drie toegewezen bewakers over. Verder vermeldt hij dat Pa om een open veewagon had gevraagd en dat dat verzoek door de stationschef was afgewezen. Verder zou Pa hebben gevraagd of hij de twee betraliede raampjes mocht stukslaan voor wat frisse lucht. Waarom beschrijft Pa dat niet in zijn memoires?

Om half elf worden op het zinderend hete station van Djember de gevangenen ingeladen. De wagon staat veertig minuten in de brandende zon voor de trein vertrekt. Volgens een overlevende van de Spooktrein was het op het station van Djember al ondraaglijk benauwd geweest in die wagon en waren er al enkele gevangenen flauwgevallen. Volgens de lezing van de journalist is Pa al op het station Klakah poolshoogte gaan nemen, heeft hij de bewakers emmers water naar binnen laten gooien en heeft hij van zijn eigen geld rijst en vruchten gekocht en liet hij een van zijn kompanen drinken kopen. Dus niet pas een kilometer of dertig verderop, in Probolinggo. In Klakah zouden alle gevangenen weer bijgekomen zijn. Eén was totaal overstuur en kreeg een zenuwinzinking. Pa besloot die man over te dragen aan de MP voor opname in een ziekenhuis. Dat klinkt een stuk menselijker dan zo'n man neerschieten. Maar Pa noemt Klakah helemaal niet als tussenstop in zijn memoires, laat staan dat hij noemt dat hij iemand aan de MP overdraagt. In Probolinggo zou volgens de journalist een gevangene om meer ruimte hebben verzocht. Pa heeft dat verzoek ingewilligd en zeven zieken in de wagon laten liggen, terwijl hij eenentwintig gevangenen liet overstappen in een andere wagon. Dit staat niet zo in Pa's memoires beschreven. Vanaf Probolinggo mochten de wagons voortaan open blijven staan, terwijl de bewakers de deuren onder schot hielden. In Pa's versie slaat een gevangene op de vlucht en sterft hij hangend in een prikkeldraadomheining.

Zoals Pa zelf schrijft, heeft hij direct bij aankomst in Wonokromo – dat was rond half acht in de avond, na een reis van negen uur – de telefoon gepakt. Hijzelf is verhoord door twee korporaals van de MP, die rapport op hebben gemaakt. Volgens de journalist is hij naar de kazerne gebracht om zich daar voor verder verhoor beschikbaar te houden. In Pa's versie gaat hij eerst naar zijn moeder en slaapt hij daar een gat in de dag. Daarna gaat hij naar de Marinierskantine en spoelt hij er een dozijn borrels weg. Nou, je weet wat voor slechte drinker die vader van ons was. Eén glaasje brandewijn en hij stond al te tollen op zijn benen. Kan zijn dat hij het zuipen verleerd was in het koude Holland. Van de Marinierskantine gaat hij terug naar de Vuurvliegkazerne. Het kan zijn dat die journalist dit soort details als niet ter zake doende naast zich neer heeft gelegd.

De treinwagon van Pa's Spooktrein was ruim zeven meter lang en was van hout opgetrokken. Maar een laag asfalt op het houten dak heeft de hitte zeer doen oplopen, zeker op de kleine stations waar onvoldoende overkapping aanwezig was. Pa wordt inderdaad verhoord door dezelfde commissie die zich over de Lijkentrein buigt. Volgens de journalist krijgt hij géén tien jaar voorwaardelijk, zoals Pa schrijft, maar wordt hij onvoorwaardelijk en direct vrijgesproken omdat hij alle maatregelen had getroffen die binnen zijn mogelijkheden hadden gelegen. Anders dan in zijn verhaal verscheen hij dus helemaal níét voor de krijgsraad. Volgens die journalist verschenen alleen de verdachten van de Lijkentrein. Opdat zo geen ruchtbaarheid werd gegeven aan die Spooktrein die Pa zo heeft vervloekt.

Zo kwamen volgens de journalist noch het publiek, noch de volksvertegenwoordiging, noch de internationale pers iets te weten over wat zich de dag vóór het drama met de Lijkentrein had voorgedaan. Zelfs de Republiek Indonesia zal nooit iets over Pa's Spooktrein weten. En wat niemand weet, is nooit gebeurd. Zijn verhaal zal hooguit als fictie worden afgedaan. Ik moet er wel bij zeggen dat die journalist slechts één overlevende heeft kunnen interviewen.

Alan Noland
Geen virus aangetroffen in dit bericht

Waerde Wijsneus,

Ik heb uw epistel per e-mail ontvangen en het zelfs gelezen. Ben je lijken aan het tellen? Wat is er met je aan de hand, man? Straks word je nog patholoog-anatoom in reversie. Laat je niet in met zo'n televisiejournalist, want die zijn gewend leugens te verspreiden. Dat soort politiek correcte lui roept van schande richting de regering en gaat met diezelfde lui des avonds zich te goed doen aan kreeft aan het Lange Voorhout. Hier leutert een overjarige journalist die vijftig jaar na dato een reis onderneemt naar de Oosthoek van Java, aldaar één enkele overlevende interviewt en een duik neemt in 'geheime' archieven, die hij waarschijnlijk wisselend als betrouwbaar en onbetrouwbaar bestempelt, al naar gelang hem dat uitkomt. Zelfs al is Pa's geheugen vertroebeld: hij is er wél zelf bij geweest. Wie heeft hier dus meer recht van spreken? Jij zou het liefst kiezen voor de journalist, omdat Pa dan niemand uit die trein heeft doodgeschoten. Maar ... hij zat op die trein. Hij was belast met het vervoer van die gevangenen. Het is mogelijk dat direct na aankomst buiten zijn medeweten met de papieren is geknoeid om het aantal gevangenen in de Spooktrein bij te stellen. Het is zelfs mogelijk dat Pa helemaal geen papieren bij zich had. In een oorlog wordt namelijk gerommeld. Trouwens: jij moet eens leren lezen ... Pa heeft het over een *pro-forma-eis van tien jaar gevangenisstraf.* Dat is dus niks. Waarom ga je niet gitaarspelen? Jij moet gitaarspelen en niet de last van Pa blijven torsen. Straks bezwijk je er nog onder. Wees zen. Zen! Maar vooruit, ik zal jou helpen met het zoeken naar officiële documenten, want er klopt iets niet met de aanduidingen van gids, tolk, marinier, VDMB'er, informant, spion en ga zo maar door. Er klopt iets niet. U hoort nog van me. Amen.

Philip Noland
Geen virus aangetroffen in dit bericht

Wachten

Sinds de Arend weinig meer van zich laat horen vanuit Zuid-Spanje aan de Costa del Sol, vraag ik me af of hij daar niet op zijn dood zit te wachten, ik bedoel: echt zit te wachten. Er schijnen mensen te zijn die bewust op hun dood wachten en elke ochtend zwaar teleurgesteld weer wakker worden. Maar er zijn er ook die dagelijks niets anders doen dan de schaduw van de dood van zich af meppen. Ma is er zo eentje. Die zou het liefst de dood in eigen persoon de nek omdraaien. Die beseft niet dat het eeuwige leven de hel moet zijn. Niet dat ik op de dood van de Arend zit te wachten, want ik wil hem nog een keer spreken. Niet over de dingen die we nooit hebben kunnen bespreken. Gewoon over het leven daar, de ordinaire dingen van het bestaan. Hoelang hebben wij elkaar al niet meer gezien? Een jaar of vijftien? Wat voor vader en zoon zijn wij nou eigenlijk? Ik herinner me dat de laatste keer dat ik hem spontaan opzocht in die zelfmoordwijk in Haarlem, hij zo blij was als een kind om me weer eens te zien. Dat verbaasde me. Werkelijk. Ik was al lang niet meer bij hem op bezoek geweest sinds hij en Arti aan de kersttafel hadden gemeend de boel wat op te moeten vrolijken door dreigend met een mes en een schaar over de tafel heen elkaar uit te dagen. Als oudste ben ik toen opgestaan, heb zijn huis verlaten, ben in mijn auto gestapt en heb ze de moord laten stikken. Phil woonde toen al in Genève en moest niets maar dan ook niets van ons, van de hele familie, hebben. Geen idee wat hem mankeerde, ik wist alleen dat hij ergens op de 27ste etage woonde en uitzicht had over het Meer van Genève. Nou, als je zo hoog woont, dan wil je in elk geval geen gezeur aan je kop. We belden elkaar eens in het jaar, zoiets. Ik weet nog dat de Arend en Arti mij de volgende dag, na dat agressieve gedoe van hen, op Tweede Kerstdag, opbelden. Ik lag nog te slapen, werd wakker, nam op en hoorde hun stemmen. Ik luisterde alleen en zei niets. Die twee vechtjassen verwonderden zich over de open lijn en vroegen zich hardop af of er soms iets aan de telefoon mankeerde. Ik bedacht opgelucht dat hun stoere gedoe goddank niet tot een echte steekpartij had geleid en ben toen mijn bed weer in gekropen, zonder wat te zeggen, met de telefoon open. Afscheid van Pa nemen, toen hij eenmaal alles op orde had voor zijn tweede landverhuizing, heb ik niet gedaan. Ik weet niet meer waarom. Misschien wilde ik helemaal geen afscheid nemen. Misschien wilde ik helemaal niet geloven dat hij werkelijk naar Spanje zou vertrekken. Misschien kán ik helemaal geen afscheid nemen. Zoiets schijn je in je jeugd te moeten leren. Dat doe je níét als je van het ene op het andere ogenblik in een internaat wordt gedumpt.

Mettertijd is er een soort onverschilligheid over me gekomen, die ook de Arend moet kennen. Geen van ons beiden stuurde de ander een ansichtkaart met de eeuwwisseling. Is daarmee ons verhaal er een van de vorige eeuw? Bang voor hem ben ik gelukkig al lang niet meer. Daar is hij eenvoudigweg te oud voor. Ik doe aan vechtsport, hij maakt geen schijn van kans. Ik ben niet zo'n lafaard als hij die vrouwen en kleine kinderen slaat.

Ik sla geen oude mensen. Dat had ik op mijn 21ste moeten doen. Ik liep in die tijd met een knipmes in mijn laars om hem de strot door te kunnen snijden, zoals ik in mijn slechtste gedachten had gedaan. Soms nam ik de bus naar Voorschoten, waar hij toen nog woonde, en zodra ik zijn portiek binnenkwam, haalde ik het mes uit mijn laars en omklemde ik het in mijn rechterjaszak. Ik ga de trappen op, ik bel aan, hij doet open ... Wat voor mens ben je dan om in koelen bloede je vader overhoop te steken?

Ik vraag me weleens af hoe het zou zijn als hij dood was. Zou mijn haat daarmee sterven? Zou ik dan net zo'n waardeloze sterveling worden als ieder ander, voor wie er niets eenvoudigers bestaat dan de doden eren? Is dat niet vreselijk ordinair en gemakkelijk? Ik herinner me dat het voor hem helemaal niets uitmaakte wanneer iemand meters diep in de aarde kwam liggen te rotten. Hij deed nooit anders dan sarcastische grapjes maken over de dood van een ander. Wat dat betreft was hij niet direct de eerste de beste kleurloze burger. Je moet er toch niet aan dénken dat we allemaal zo neurotisch, getroebleerd of getraumatiseerd zijn als hij en ik? Hij en ik. Ha! Wij beiden in één zin! Het is even wennen, meneer de ex-marinier! Het is nog net geen 'wij'.

Ze zeggen dat de doden in ons voortleven. Maar leven wij ook in de doden voort? Gesteld dat het zo is: zou hij me dan nog willen horen? Zien? Over mijn schouder willen meelezen? Maakt het voor mij eigenlijk wel uit of hij leeft of dood is? Ik bedoel: voor ons, voor hem en voor mij. Hij laat nog altijd niets horen op mijn brief over dat munitiekistje van hem. Zijn krantenknipsels over racisme stuurt hij niet meer op, met zijn niet-aflatend advies om in Spanje te komen wonen.

Die Spanjaarden haalden hem op een keer van ergens achter uit een rij tussen dertig blanke Hollanders vandaan om hem voorrang te verlenen in een hotel dat hij bezocht voor hij naar dat land emigreerde. Die positieve discriminatie ervoer hij bijkans als het verkrijgen van een onderscheiding. Maar doen ze dat nu nog steeds, die spanjolen? Zijn verjaardagskaarten blijven ook weg. Nou ben ik ook niet direct een trouwe zoon die zijn vader netjes elk jaar een kaart stuurt. Kaarten liegen. Kaarten zijn een fooi vergeleken met echte aandacht. Het is geen kunst om eens per jaar aan iemand te denken en een kaartje te posten omdat-ie toevallig aan de beurt is volgens de verjaardagskalender die bij je op de plee hangt. Tegenwoordig gaat het digitaal via het internet en in de toekomst zal het volautomatisch gaan, als ik Phil moet geloven. Heeft Pa eigenlijk wel een e-mailadres? Zal wel niet, ik ga wel naar hem toe, het wordt eens tijd, al vind ik dat hij allang eens deze kant op had mogen komen. Hij heeft een paar kleinkinderen, maar hij verdomt het om ze te gaan zien. Wat een grootvader van niks is hij toch. Lijkt zijn eigen vader wel, die zuiplap die van armoe op het eind van zijn leven maar op een kamertje in een koloniale sociëteit is gaan wonen. Maar het moet er toch eens van komen. Kleine Zus wil wel mee. Maar Grote Zus, met wie Pa een raadselachtige band heeft, die nergens anders op is gebaseerd dan dat zij de naam van een van zijn jeugdliefdes draagt, die ik nergens in zijn manuscript kan ontdekken, die Mil van ons begint altijd maar stampei te maken zodra zij er lucht van krijgt dat we eens zijn kant op willen komen. Als we haar moeten geloven, dan zit ze om de haverklap met haar beide kinderen, voor wie ze buitengewoon slecht zorgt, bij hem wanneer wij onze reisplannen bespreken. Ze zal wel op zijn erfenis van niks uit zijn. De aasgier van de familie cirkelt zo al enkele jaren boven de zich voortslepende gedaante van de lamme Arend in de woestijn van zijn eenzaamheid. Nou, van mij mag ze.

Kleine Zus, onze Nana, vreest wél dat hij straks, als hij eenmaal dood is, nacht na nacht aan het voeteneinde van haar bed zal verschijnen om haar bang te maken en van alles te verwijten, al die dingen die hij welbeschouwd geen hond verwijten kan met die oorlogszieke geest van hem. Vreemd toch, die angst van Nana. Ze was veel te jong om in zijn klauwen te vallen, ze was zeven toen we naar het internaat werden gedeporteerd, om met de Arend te spreken, en tóch kent ze die angst. Het is hem dus aardig gelukt zijn kroost angstig of wereldvreemd te maken. Voor Broer Phil is alles, maar dan ook alles *conspiracy*. Hij haat de Amerikanen en schept er een groot genoegen in Amerikaanse websites te hacken. Die vader van ons weet toch wel wat een website is, of hangt hij nog altijd dag in dag uit als een halfdode zeeleeuw aan de buis? Mil zegt dat dat ding van hem om zes uur in de morgen al keihard aan staat. Hij volgt dus nog altijd dat tropenritme van Java. Broer Arti viert intussen zijn derde decennium als heroïneverslaafde; dat heeft hij toch ook aardig voor elkaar gekregen. Die jongen heeft alle gevangenissen van Nederland van binnen gezien vanwege die stapels kleine veroordelingen die verslaafden aan hun kont krijgen. Hij probeert steeds weer af te kicken, maar begint dan vrijwel onmiddellijk het gedrag te vertonen van een getroebleerde puber. Zijn verhaal kan zó in een televisieserie! Ja, het verhaal van de Arend is al helemaal met niets te vergelijken, dat weten we, al is het tweederangs Oranjelievend Indo-proza van een soldaat vol tegenstrijdigheden. Misschien is hij ze daar wel om gaan haten, de Belanda's, omdat ze hem niet wilden lezen. Toen Pa nog op Java zat, met die horkerige Belanda-soldaten om hem heen, keek hij nogal tegen ze op. Ze kwamen uit het land van wijlen zijn vader, al was die man in Djember geboren en was hij alleen in Nederland om er zijn middelbare school en zijn rechtenstudie te volgen. Door die man voelde hij zich toch verlaten toen die stierf, maar hoe zit dat nou eigenlijk? Wat wilde hij komen zoeken hier? Zijn voetsporen in de klei? Ja, hij moest vluchten, dat verhaal kennen we nu wel. Maar wat heeft hem nou eigenlijk zo doen handelen vóórdat hij moest vluchten? Dát is de vraag. Waar ligt de kern? Ik begrijp dat niet uit dat proza van hem. Was het de kale kop die hij tot zijn twaalfde jaar had? Komt hij er eventjes niet uit, dan verwijst hij maar gemakshalve naar die beruchte gemoedstoestand van de 'Indonesiër' die men in de stoffige koloniale literatuur mata gelap noemt. De donkere waas voor de ogen. Tsja. Sorry, ik was even mata gelap, ik kan het ook niet helpen. Dát. Daar moet je tegenwoordig bij het oorlogstribunaal hier in Den Haag mee aankomen! Als hij zijn memoires nou had opgehangen aan het motief van een zoon die zijn vader bewonderde om zijn 'Indo-Europese' afkomst en status, dan had ik hem nog wel een beetje begrepen. Maar als een gek tekeergaan omdat hij nu eenmaal voor het koningshuis heeft gekozen, nee, dat gaat er bij mij nog altijd moeilijk in. Wát betekende die vader nou eigenlijk voor hem? Dát moest hij eens schrijven! Wat hij waarschijnlijk niet wist, was dat zijn vader weigerde in planterskringen Nederlands te praten. Dit volgens Daatje, die Indonesische "zus" met dubbele aanhalingstekens, aangezien wij dezelfde grootmoeder hebben. Zij als kleindochter uit Sie Swan Nio's eerste huwelijk en ik als kleinzoon uit Sie Swan Nio's tweede non-huwelijk met die vader van hem. Daatje heeft me dat verteld toen ik haar bezocht in Jogjakarta tijdens mijn logeerpartij bij tante Ella. Dat mijn grootvader bij voorkeur Engels sprak in dat koloniale Indië. En dat hij zelf whisky importeerde, want meneer de advocaat voelde zich een Schot. Hij haatte Nederlanders. Maar waarom? De Arend sprak Nederlands want hij voelde zich een 'Indische Nederlander', maar ook hij haat Nederlanders, net als zijn vader. Maar wél voor ze vechten … Laat ik het erop houden dat hij ze uiteindelijk is gaan haten. Nah, ze waren hem nou ook niet bepaald dankbaar, die Hollanders. Ze salueerden niet voor hem op straat! Had hij maar in uniform kunnen blijven lopen, hier in Holland. Er is er eentje, in de buurt waar ik woon, een Indo van zijn generatie, die zoiets doet. Hij loopt in junglecamouflagekleding over straat met een rode baret op zijn kop. Paratrooper. De oorlog hangt na een halve eeuw nog altijd om hem heen. De man, tenger, met de ogen van een opgejaagd roofdier, loopt aldoor in zichzelf te mompelen. Als je goed luistert in het voorbijgaan, dan hoor je dat hij in het Maleis op zowel de Belanda's als op de Indonesiërs moppert. Een enkele keer roept hij iets naar me, als hij even vergeten is dat ik van de tweede generatie ben, op wie hij neerziet omdat onze generatie nauwelijks het ouderwetse Maleis spreekt. Ik weet toevallig waar hij woont. Zijn huis heeft, net als dat van tante Lique toen, een etalage. Die hangt vol met krantenknipsels over de oorlog in Indonesië, hier en daar zijn kop erop, uit de tijd dat lokale kranten nog aandacht schonken aan de koloniale oorlog.

Veertig jaar als Indo ronddolen in de Hollandse modder moet een zware straf, welhaast een marteling voor Pa zijn geweest. Zijn oude vrienden verdwenen een voor een in de mist en hij zag geen nieuwe verschijnen. Vrouwen wel, ja, die kwamen en gingen. Totdat hij doodmoe was van dit land én van al die vrouwen en hij eindelijk vijfenzestig was en met pensioen kon gaan. Tijd voor een tweede vlucht, naar Spanje, toen hij zijn drie zonen nacht na nacht aan zijn voeteneinde zag verschijnen. Mijn hemel! Het scheen dat hij met een bijl onder zijn bed sliep in die Haarlemse flat met twee logeerkamers, waar nooit iemand van ons sliep. Vooral de waan dat op zekere nacht Arti zijn flat zou binnensluipen om hem de strot af te snijden, bezorgde hem kippenvel. Hoezo Arti? Die jongen heeft zijn vader net zo gemist als hij zijn eigen vader. Stel dat hij was gekomen, onze Arti, gewoon om hem te zeggen dat hij hem altijd heeft gemist, zou hij dan zijn jongste zoon voortijdig de hersens hebben ingeslagen? Wij Indo's vechten toch ongewapend? Als het moet met een lippenstiftkoker van je vriendin of een sleutelbos in je knuist. Een bijl is voor Russen. Wie haat, moet zijn afkomst niet verloochenen. De Arend was een lafaard. Hij is voor ons gevlucht, voor zijn bloedeigen zonen. Ja, én voor de regen, de kou, de wind en de kilte van dit gezellige Holland.

De nacht

Intussen blijf ik worstelen met de vraag of nachtmerries overdraagbaar zijn. Dat ik die met hem deel zonder dat hij er ook maar erg in heeft. Als ik ga slapen, draai ik mijn rug nog altijd niet naar de deur toe ... Ik ben nog altijd als een kind zo bang in het donker. Daarom ben ik een nachtdier. Gitaarspelen en gitaarles geven doe ik in de namiddag en avond. Deze woorden schrijf ik 's nachts. Of ik lees een roman. Of ik kijk maar wat voor me uit, tegen mezelf pratend, daar ben ik goed in. Het zijn geen zuivere monologen maar dialogen, want een stem in mijn binnenste geeft antwoord. Dat is geen geest, dat is geen onbekende, dat ben ikzelf. De nacht is mijn vijand, de nacht is mijn vaders paladijn en daarom ben ik wakker. Door te waken kan ik de nacht in de gaten houden. Dit is de voortzetting van hoe de Arend sliep met halfopen ogen. Eerlijk gezegd vervelen de dagen me, zij zijn mijn vrienden niet. In de zomer gaat het nog wel, bij strandweer aan de klotsende zee. Voor de rest zijn de dagen een grauwe hel in Holland. Maar toch, zodra ik over de grens ben, leef ik net als vrijwel ieder ander mens gewoon bij de dag. Indonesië, Griekenland, Schotland, Amerika, Frankrijk ... Maar ook in België, Duitsland en Oostenrijk, daar waar het net zo koud is als in Holland. Dus hier klopt alweer iets niet. Of juist wel. Holland is voor mij dus de couleur locale van mijn vaders oorlog, al heeft die overzee gewoed. Alleen in Holland zijn de nachten bedreigend. Ze houden me waakzaam. Eén opvallend geluid of ik sluip de trap op of af om te zien of er soms iemand mijn huis is binnengedrongen. Soms pak ik de *sai*, een Japanse drietand (dat ding waar oom Karel zo goed mee om kon gaan), of de *bo*, de Japanse stok, waarmee ik mijn kata's* oefen in de dojo. Ik sta klaar om elke indringer finaal in elkaar te meppen. Uit angst. Maar voor wie? De Arend is hier niet meer, hij zit een paar duizend kilometer verderop. Een ander kan ik niet bedenken.

Dat hij bang was dat de een of andere Javaan gewapend met een kris zijn slaapkamer zou binnendringen om hem de strot af te snijden, dat is – voor een volwassene, niet voor een kind – nog wel te begrijpen met al die misdaden die hij heeft begaan. Maar wat mij bezielt, dat kan ik aan niemand vertellen. Te ingewikkeld. Net als hij heb ik tientallen vriendinnen gehad. Helaas ben ik een onmogelijk mens, nauwelijks geschikt om mee samen te leven. Stuk voor stuk heb ik ze voor het slapengaan instructies gegevens hoe te handelen mocht ik als een waanzinnige het bed uit stormen om diep ineengedoken in een hoekje te gaan zitten sidderen. Kom dan niet bij me. Blijf op gepaste afstand van me staan. Raak me niet aan, want mijn angst verandert in agressie. Roep me bij mijn naam. Ik hoor dan dat je een lieve vrouw bent, met wie ik eerder in een liefdevolle omstrengeling heb gelegen. En niet dat spook dat de Arend toen was, dat me 's nachts besloop en me natte washandjes in mijn smoel smeet als ik weer eens liep te slaapwandelen.

Gaat iemand die paranoïde is, zijn zoontje natte washandjes in zijn smoel gooien? Paranoïde geesten spelen niet, lijkt mij, ze worden op de huid gezeten door de overheid, de buren, door vrienden en familieleden. In dit geval door een zoon van acht voor wie het bed nooit een vriend was en dat hij dus moest ontvluchten. Alleen in het internaat sliep ik als een roos, tussen de jongens op de slaapzaal. En ... ik slaapwandelde er niet. Mijn geslaapwandel vroeger was de Arends grote ergernis. Ik herinner me dat ik op een avond het huis uit slaapwandelde en bij de lieve buren aanbelde. Ze deden voor me open en lieten me zelfs binnen. Het was heerlijk warm bij ze in huis, waar het vredig was en geen oorlog woedde. Mijn vrijheid duurde niet lang, ik werd teruggehaald door mijn moeder, die me verbaasd overdroeg aan de voormalige gevangenenverhoorder:

'Wat moet jij daar, bij de buren?'

Vond hij mij misschien al te pro-Indonesisch misschien? Hij herinnert zich vast nog wel dat ik zelfs als kleine jongen kritische vragen stelde over de oorlog, omdat ik vond dat hij tegen zijn eigen volk had gevochten. Hij antwoordde slechts met slaag.

Maar de allerlaatste keer dat ik hem vroeg of hij uiteindelijk tóch niet aan de verkeerde kant had gevochten, toen heeft hij aarzelend geantwoord: 'Ja, misschien toch wel, ja ...'

Dat was vlak nadat hij mij zijn herschreven manuscript overhandigd had. Ik lieg niet als ik zeg dat ik hoop dat hij het niet meende. Want zoiets wens ik hem niet toe: het afgrijselijke inzicht dat hij volslagen verkeerd heeft gehandeld.

Van Kleine Zus weet ik dat hij zijn doodskist met de Nederlandse driekleur wil laten afdekken. Zo heeft hij dat testamentair geregeld, met Grote Zus als erfgename omdat de vier anderen kennelijk niet deugen. Dus zelfs in Spanje wil hij nog laten zien dat hij voor dit kille land gevochten heeft. Ik dacht trouwens dat hij zich in Nederland had willen laten begraven. Ik heb hier nog een brief van hem, met een kopie van zijn begrafenispolis. Ik heb geen idee of deze polis nog rechtsgeldig is, of dat hij inmiddels iets anders heeft geregeld. Het zal wel. De grond hier in de modderpoel van Nederland is een stuk kouder dan in Spanje.

Die Nederlandse vlag ... Wat kan die spanjolen die oorlog

tussen Nederland en Indonesië nou schelen. Ze weten niet eens hoe de Nederlandse vlag eruitziet. Ze kennen alleen de oranje shirts van het Nederlands voetbalelftal. En de Hollanders voor wie hij heeft gevochten zullen écht niet aan zijn graf komen staan. Ze hebben er geen idee van wat er ginds aan de overkant allemaal is gebeurd, en als dat wel zo is, dan verdringen ze dat. Ja, ik heb mijn mantra, ik ben vervelend, mijn broers en zussen noemen me een zeikerd.

Komt hij nou nooit naar Holland omdat hij dit land haat? Of is hij gewoon te lui? Hij is een van die zeldzame grootvaders die kan zeggen dat hij zijn kleinzoon nog nooit heeft gezien, laat staan heeft horen spelen op de gitaar. Die zelfs nooit naar hem heeft gevraagd in zijn brieven. Mijn zoon is wel nieuwsgierig naar hem en stelt nu en dan vragen over zijn onbekende opa, waar ik omzichtig mee omspring. Ik ben niet zo gek als mijn vader om hem te gaan belasten met al die zooi in mijn kop.

Hacked

Hier, meneer de Wijsneus. Ik heb enkele geheime documenten ontvreemd uit gesloten archieven, de riolen van de koloniale oorlog. Wij geeks noemen dat hacken. Ik heb Pa's memoires tot driemaal toe van a tot z gelezen. Anders dan jij sta ik volledig aan de kant van Pa. Ik zou zeggen, geachte broeder: grijp een andere zaklantaarn en laat je licht schijnen op de drek van anderen, kijk door de ogen van Pa en laat de Nederlanders en de Indonesiërs elkaar hun eigen sprookjes vertellen. De officiële geschiedschrijving is toch een leugen. Jij vraagt me in die ellenlange e-mails van je wie je nou eigenlijk geloven moet: Pa of die journalist die een keertje naar Java vliegt en daar zwetend in de hitte één kampongmannetje interviewt en er zijn hele relaas op baseert. Jij wil niet dat Pa een 'moordenaar' is. Dat is jouw probleem. Plus, jij hebt nog een probleem: jij hebt nooit, zoals ik, in dienst gezeten. Ze moesten jou niet, je haalde zelfs het eind van de dienstkeuring niet! Ze zagen al direct aan jou dat jij niet deugde voor het leger. Jij bent van het type dat met zijn gitaar liedjes gaat staan zingen voor de vijand. Ik vraag jou, Wijsneus: kan iemand die van dienstwege een vrijbrief heeft anderen om zeep te helpen een moordenaar worden genoemd? Was die soldaat van Oranje uit de gelijknamige speelfilm een moordenaar? Nee? Wat dan? Een held? O! En Pa dan? Lees bijgaande geheime stukken en wacht op een e-mail van me over iets wat Pa verzwegen heeft. Maar … wacht! Dus val me de komende tijd niet lastig, want ik ben bezig aan een compositie op synthesizer in 11/8 maat.

Philip Noland
Geen virus aangetroffen in dit bericht

Dienstgeheim

KONINKLIJKE MARINE
Korps Mariniers

Soerabaia, 12 maart 1947.

No. 220/3/47/509
Van: Commandant Mariniersbrigade
Aan: Commandant Zeemacht Ned. Indie
Onderw: Salarieering Burgertolken
Ref.: Uw schrijven No. A2 3a/1/3 ddo November 1946

Ik heb de eer Uwer Excellentie het volgende mede te deelen.

1. Bij Uw b.g. schrijven zijn de volgende loonschalen vastgesteld voor de Burger-tolken, in dienst van de Mariniersbrigade.

Klasse 1 f. 65,- per maand
Klasse 2 " 95,- per maand
Klasse 3 " 155,- per maand
Klasse 4 " 200,- per maand

2. Het is gebleken, dat het praedicaat "tolk" een onjuiste weergave is van de militaire aard van het werk, hetwelk door dit personeel wordt verricht.
Ik moge de bijzondere aandacht van Uwe Excellentie vragen voor het feit, dat het grootste deel van het personeel hetzelfde werk verricht als de militairen in voorste lijn. Zij zijn geuniformeerd en bewapend en loopen door de bijzondere aard van hun werk vaak zelfs grootere risico's dan de infanterie-patrouilles.
Deze omstandigheid was oorspronkelijk niet voorzien.
Ook in andere opzichten, n.l. het verhooren van krijgsgevangenen en opmaken van rapporten en/of adviezen, gaan hun werkzaamheden ver uit boven de taak die hun oorspronkelijk was toegedacht.

3. Het komt mij dan ook niet alleen gewenscht, doch noodzakelijk voor, dat het bedoelde personeel wordt bezoldigd op een wijze, die overeenstemt met hun tegenwoordige taak.
De verdeeling in 4 klassen zou ik willen handhaven, doch in overeenstemming willen brengen met de salarieering van resp. Marinier I, Korporaal, Sergeant en Sergt. Majoor of Adjudant, n.l. +/- f.

100,-, f. 155,-, f. 225,- en f. 300,- per maand.
Op deze wijze wordt naar mijn meening een billijke salaris-regeling bereikt.

4. Deze regeling is bedoeld slechts van toepassing te zijn op het geuniformeerde en bewapende deel dezer geemployeerden.
Voor hen die hiertoe niet behooren wordt het oude bezoldigingsschema gehandhaafd.

Ik moge Uwer Excellentie verzoeken dit voorstel wel in welwillende overweging te willen nemen en mij Uw beslissing, kan het zijn spoedig, telegrafisch te willen mededeelen.

De Commandant Mariniersbrigade,
De Kolonel der Mariniers,

[handtekening]

Antwoord

2 juni 47.-

R.168/4/17

B u r g e r t o l k e n.

----

1. Naar aanleiding van Uw schrijven van 12 Maart 1947 No 220/3/47/509 heb ik de eer UHoogEdelGestrenge mede te delen dat het mijn aandacht heeft getrok-

ken dat de burgertolken gedeeltelijk zijn geuniformeerd en bewapend.

2. Alhoewel zulks op zich begrijpelijk is, meen ik er toch op te moeten wijzen dat zulks in strijd is met hun positie als burgerambtenaar en aanleiding kan geven tot moeilijkheden zowel voor de dienst als voor betrokkenen.

3. Aannemende, dat bedoelde tolken militair dienen te zijn, verzoek ik U om een opgave te willen indienen van de naam en voornamen van betrokkenen, alsmede hun geboortedatum en -plaats, nationaliteit en voorts de militaire rang, die zij volgens Uw oordeel bij de Mariniers Brigade dienen te hebben; in geval zij reeds een militaire status hebben, hun huidige kwaliteit c.q. rang en bij welk deel der weermacht.

   Tevens stel ik prijs op een afschrift van de uitslag van het securityonderzoek van elk der betrokkenen.

4. Mijn bedoeling is de burgertolken, ingevolg art. 99 van de dienstplichtregeling voor Ned.Indië (I I.V. XIV), bij de zeemacht in te lijven in een rang, overeenstemmende met het door hen uit te oefenen gezag, dan wel in overeenstemming met de van hen te vorderen diensten.

5. In geval een of meer van hen als militair tot een ander deel der weermacht behoort dan de Koninklijke Marine, zal dzz. het nodige worden gedaan hen voor de zeemacht over te nemen.

6. Een andere mogelijkheid betrokkenen op te roepen om deel uit te maken van de militaire macht, staat vermeld in de Militaire Verordening No. 157, waarvan een afschrift te Uwer kennisneming en aanhouding hierbij gaat.

7. Indien een oproeping en tewerkstelling bij de Mariniers Brigade volgens vorengenoemde verordening door U wordt geprefereerd, moge ik U verzoeken mij dit mede te delen. -

De Vice-Admiraal,
Commandant der Zeemacht in Ned.Indië,
Voor deze:
Het Hoofd van Afdeling I,
Kapitein der Zee,

de Commandant Mariniers Brigade

S o e r a b a j a.

[handtekening]

ESD'ers: Employés Speciale Diensten

Meneer Wijsneus, ik trainde onlangs mee op een kemposchool, een kleinzoon, een zoon en zijn vader, een oude man uit het voormalig Nederlands-Indië. Die oude man, de oprichter van die school, zat aldoor achter zijn laptop het internet af te struinen, maar hij was *zanchin**, er was niets dat hem ontging. Zodra zijn zoon of kleinzoon iets niet goed voordeed, kwam die oude man van de bank om ze te corrigeren. Ik raakte met die oude man in gesprek en hij vroeg naar mijn naam, zoals ook Pa altijd deed. Hij zei of ik niet Nolan bedoelde, zonder d., et cetera. Die man, een Ambonees, heeft Pa nog gekend, al vochten zij nooit samen, hij was nog wat jonger dan Pa. Die man was indertijd voor de burgerlijke stand een 'inlander', dus hij had helemaal niets op met het koningshuis. Hij was niet eens gelijkgesteld aan Europeanen, zoals Pa, althans op school, maar een zogenaamde 'inheemse' jongen. Voor hetzelfde geld had hij aan de kant van de Indonesiërs gevochten, als die hem een geweer in zijn handen hadden geduwd. Het enige wat hij namelijk dacht toen de revolutie uitbrak, was: ik heb zo snel mogelijk een wapen nodig. Het maakte hem niet uit aan wiens kant hij vocht, zolang hij zichzelf maar kon verdedigen. Hij kwam dus puur toevallig bij de mariniers terecht, waar hij Pa weleens zag.

Nu komt het ... Weet jij hoe ze hem én Pa en al die andere 'jongens van het land' noemden? ESD'ers* ... employé speciale diensten. Dat was de officiële benaming van tolk, kortweg: ESD'er. Het is een benaming die Pa helemaal nergens gebruikt. En ik snap dat wel, want hij wilde marinier zijn. Dan was hij althans iets. Als ESD'er was hij feitelijk niets.

Wanneer soldaten in een vreemd land aan wal gaan en er de taal niet spreken, dan is het noodzakelijk om gebruik te maken van plaatselijke tolken en gidsen. Zo gebeurde dat ook met de Nederlandse Mariniersbrigade die naar Indonesië werd gestuurd, toen Nederland weigerde zijn soevereiniteit op te geven.

Pa en die kempoleraar waren jongens van Oost-Java, totaal losgeslagen na die toestanden tijdens de Japanse bezetting. Zij spraken meerdere talen, kenden de gebruiken van het land, wisten de verschillende bevolkingsgroepen uit elkaar te houden en lieten zich dus gemakkelijk ronselen als gids en tolk voor de stoer ogende Nederlandse mariniers. De geheime stukken bewijzen dat hun rol veel verder ging dan die van gids of tolk. Bij de Engelsen waren zij gidsen, bij de Nederlanders werden zij tolken met zeer uitgebreide bevoegdheden. Uiteraard zijn zij buiten de geschiedenisboeken gehouden, nog even los van het feit dat ze hier niet graag over het koloniale geweld van die tijd spreken. Als ESD'er golden zij officieel níét als militair, terwijl ze wél bewapend waren. Een listige titel – employé speciale diensten – want het betekende dat je voor alles en nog wat kon worden ingezet. En dat hebben ze geweten.

Normalerwijs verwacht je dat als de mariniers een dorp binnenvallen, zij er verdachten gevangennemen, arresteren en ter verhoor meenemen naar de legerbasis, waar de tolken zouden behoren te zitten. Maar een leger bestaat ook maar uit een stel bijeengeraapte jongens die liever met de meiden in de kali gaan zwemmen. Ze sturen de ESD'ers als kanonnenvoer vooruit en lopen er in dekking achteraan. De ESD'ers waren volgens die kempoleraar nog zwaarder bewapend dan de gemiddelde marinier. Daarom zie je ze op foto's met dolken, krommessen en soms zelfs samoeraizwaarden, naast hun moderne geweren en handgranaten. Jij hebt lang gedacht dat het zo was gegaan: de Hollanders stellen vragen, Pa vertaalt alles en typt het uit. Ja, zo hoorde het wel te gaan, toen. Hij ziet van achter de schrijfmachine hoe afgrijselijk die Indonesische opstandelingen worden gemarteld en wordt daar gek van. Dát wens jij te geloven, maar dan ga je voorbij aan Pa's memoires en doe je die af als fictie. Helaas gaan in een oorlog de dingen nou eenmaal niet zoals het hoort. Oorlog is anarchisme achter een poppenkast van uniformen, rangen en standen.

Volgens die kempoleraar waren er 130 ESD'ers zoals Pa. De meesten ingedeeld bij de VDMB, de Veiligheidsdienst Mariniersbrigade, die betrokken was bij de Politionele Acties. Maar voor, tussen en na die acties vonden al die verzwegen operaties plaats, zoals die jacht van Pa op de Prinses van de Jungle. Zelfs als er met de Indonesiërs een wapenstilstand was afgesloten en er een demarcatielijn was getrokken, die dus niet mocht worden overschreden, werden de ESD'ers tóch naar die andere kant gestuurd om er mensen op te pakken. Dat is kwalijk, want zij waren officieel geen militair en zouden het nooit worden, lintje of geen lintje, die poespas doet er niet toe.

Pa heeft géén militair pensioen gekregen voor wat hij voor zijn 'vaderland' heeft gedaan. Professionele hulpverlening bestond niet in de jaren vijftig. De ESD'ers zijn verzwegen. Misschien is Pa wel de enige van hen die zijn memoires op papier heeft gezet, om zichzelf en zijn kameraden nog een smoel te geven. Welke zoon wil lezen dat zijn vader met fosforpatronen desahuisjes in de fik steekt en schiet op vluchtende mensen, zelfs in de streek waar hij als zuigeling door zijn ooms en tantes is grootgebracht? Jij wil dat niet. Ik wel. Oorlog is oorlog en oorlog is zo oud als de mensheid. Oorlog is een deel van het leven. Jij schuwt het leven en daarom ben jij een nachtuil.

Als aan het einde van de oorlog een paar ESD'ers overlopen naar de kant van de Indonesiërs, met de namenlijsten van voormalige collega's in hun boekjes, wordt de zwarte lijst opgesteld, waarop zowel Pa's naam prijkt als die van die kempoleraar. Wanneer de eerste ESD'ers worden vermoord, treedt een ongeschreven wet in werking: de 'marinierscode'. ESD'ers worden hoe dan ook beschouwd als collega's, als kameraden. Hun credo luidt: 'Eens marinier, altijd marinier.' Zij hebben zich dus over de ESD'ers ontfermd, uiteraard zonder toestemming van de overheid. Pa moest ze wel zelf uit hun huizen gaan halen, met gevaar voor eigen leven, maar in elk geval was het de marineleiding die besloot om alle ESD'ers weg te halen uit Oost-Java, en niet de een of andere gezant van de koningin. Ook hebben zij voor een lintje voor Pa gezorgd, uit kameraadschappelijk eerbetoon.

Enkele tientallen ESD'ers kwamen in Nederland terecht. Anderen via Nieuw-Guinea weet ik waar. In elk geval zonder geschiedschrijving in kleine groepjes over de wereld verspreid. De rest was dood.

De standaard geschiedschrijving gaat over het KNIL, het KNIL en nog eens het KNIL. Van de tolken bij de mariniers hebben de mensen hier in Nederland nog nooit gehoord. Pa heeft geprobeerd ze een smoel te geven. En vanaf nu wil ik jou er niet meer over horen.

Philip Noland
Geen virus aangetroffen in dit bericht

Arto, kom tot ons

Arto, mijn anak mas, hier is je moeder. Maak je gereed, mijn zoon, de tijd is voor ons gekomen om jou uit de aardse hel weg te halen. Het is hier beter dan bij jou in Malaga, waar jij je in eenzaamheid hebt teruggetrokken, zoals veel ex-soldaten doen op de wereld die ik een halve eeuw geleden heb verlaten. Het lijkt in Malaga net zo heet als toen bij ons thuis in Soerabaja. Wij hier leven in de koele bergen, die jouw oudste zoon kan zien in het motief op de Chinese vazen die ik jou via een marineofficier ter afscheid meegaf toen jij Indonesië moest ontvluchten. Jouw oudste zoon is belast met jouw herinneringen aan de oorlog en draagt zo een deel van jouw kruis. Onlangs had hij weer een nachtmerrie over jou. Het was volle maan, konijnen sliepen op het strand en jouw zoon zag één langoor waken. Toen was jij in het tropische bos en hij moest jou zoeken. Jouw zoon had niets te vrezen, het was maar een spelletje. Hij doolde, zocht en vond je op een open weide. Maar het werd ernst. Je wilde weer vechten en hij werd weer bang voor je. Je lachte om zijn ongeoefendheid, je hoonde hem want je was weer jong en snel, je donkere ogen glansden boven je spottende mond. Jouw zoon viel op de warme aarde en zijn schreeuw galmde in zijn slaapkamer. Er was niemand om hem te kalmeren. Hij haastte zich in zijn kamerjas naar beneden en dronk wat water op de sofa. Naast hem lag een grammofoonplatenhoes waarop een leger konijnen prijkte onder de titel *Multiplication*. Jouw zoon legde de plaat op de grammofoon om naar de gitarist te luisteren. Toch bleef jouw geest de woonkamer vullen, terwijl jouw zoon voor zich uit prevelde:

'Wanneer sterf je nou eens de moord, man, je hebt me nu wel lang genoeg gekweld, zoals jouw slachtoffers jou vanuit het hiernamaals zijn blijven kwellen. Eens zal je ze voor je stervende ogen zien opdoemen, met vooraan de gestalte van de eerste persoon wiens dood jij op je geweten hebt. Wie was dat? Een oude schoolvriend misschien die in het vijandelijke kamp zat en niet wilde vechten voor de Hollanders, in wie jij de broeders zag van een lakse vader die jou nooit heeft willen erkennen? Misschien zie jij in je slapeloze nachten steeds dat ogenblik weer waarop jij je dolk in het lijf van die oude schoolvriend voelde glijden en jij kotsend op hem lag omdat hij jou in paniek had vastgegrepen en jou in zijn doodsstrijd niet wilde loslaten. Je hebt je losgerukt, om je heen gekeken en je bent toen hard van hem weggerend. Maar niemand behalve je moeder zag dat de onschuld uit jouw ogen was verdwenen. Een jaar later is jouw oude schoolvriend op dat ellendige uur aan jouw voeteneinde verschenen, ongrijpbaar als een kakkerlak die zich zou gaan multipliceren. Het jaar daarop kwam hij terug in twee gedaanten en die deelden zich op in vieren. In het daaropvolgende jaar kwamen zij terug met vier en deelden zich op in achten. En zo, na jaren van ongeremde vermenigvuldiging, bewoont inmiddels een heel leger het dodenrijk waarin jij wordt verwacht, zodat men in koor kan gaan zingen: *Soerabaja Branie, welkom thuis, welkom in ons midden*! Wij zijn intussen met zovelen en toch zijn wij nog altijd bang voor u. Vertel ons wat wij hebben misdaan, anders dan dat wij in de koloniale oorlog tegen elkaar hebben gestreden. Wij zijn altijd voor u blijven bidden toen u na onze oorlog hopeloos uw weg zocht in de bakstenen jungle van dat verre Holland, waar gesloten deuren zich niet laten intrappen omdat een onbegrijpelijke macht dat steeds verhoedt, iets wat oneindig sterker is dan de toverkunsten van de knapste man uit onze jeugd in Nederlands-Indië, de doekoen* die pas wilde sterven toen hij zeker wist dat de Hollanders eindelijk voorgoed waren vertrokken ...'

Arto, ik, jouw moeder, kan het niet langer aanzien dat haar kleinzoon visioenen heeft van hoe jouw oude vijanden jou aan de krokodillen voeren. De krokodil leeft niet meer in de kali van jouw geboortestad, hij staat alleen nog in het stadswapen van Soerabaja, samen met de haai in de Gouden Rivier. Jouw zoon is er op bedevaart geweest en misschien zal hij er terugkeren om er jouw as over het water uit te strooien. Jouw vrienden die eerst de kant van de Nederlanders kozen, tot inkeer kwamen en toen voor de Indonesiërs zijn gaan vechten, ook zij zijn in ons midden. Zij hier, wij allen, kennen geen wrok of haat. Er is voor jou geen reden om nog langer te vechten tegen de dood die rond jouw huis waart in de hete nachten van Malaga. Ben jij eenmaal hier, dan zullen de nachtmerries van jouw zoon verdwijnen en hij zal jou alles vergeven wat jij met je oorlogszieke geest jouw vrouw en kinderen met je broekriem en je bebloede vuisten hebt aangedaan. Hij zal gaan begrijpen dat jij met je romantische ziel niets anders wilde dan vechten voor een blanke koningin die in jouw fantasieën de ganse dag op een troon zat met het volk buigend om haar heen, zoals bij ons in de oude tijd. Hij zal inzien dat je het niet in eigen hand hebt hoe je als mens geboren wordt en wat je weg is in het leven. Dus vecht niet langer in je dromen en kom tot ons, opdat wij samen kunnen waken over de weg die jouw zoon nog moet bewandelen.

Melding in HTML

Zijn rouwkaart is niet van papier gemaakt. Zijn rouwkaart zit niet in een envelop. Zijn rouwkaart is dus geen rouwkaart. Het is een melding, door Phil opgemaakt in HTML. Mil wilde een fysieke rouwkaart laten drukken, maar aangezien zijn oude kennissen, verre familieleden en marinierskornuiten over de hele wereld verspreid zitten, heeft Phil zijn doodsbericht op het internet gezet, aanvankelijk met de verkeerde sterfdatum, want er heerste verwarring, er was miscommunicatie en er waren ruzies over de verlate berichten van Mil, die in allerijl naar Spanje was gevlogen. De patriarch sterft en meteen is het anarchie binnen de familie. Alleen Nana had nog tijdig op het vliegtuig kunnen stappen om Mil achterna te reizen. Phil heeft zijn mooiste foto gekozen, van toen de Arend een jaar of vijfenzestig was, geschoten door Nana vlak voor zijn emigratie naar Spanje. Hij ziet er senang uit, achter een wolk sigarenrook. Veel sigaren rookte hij niet, misschien één per dag. Nolan-traditie? Die Nolans zaten voornamelijk in de tabak in Djember. Nana en ik hadden altijd gedacht dat Phil hem haatte. Dat blijkt niet zo te zijn. Of niet meer. Wanneer is hij gestopt met zijn vader te haten? Sinds het lezen van zijn memoires? Uiteraard is zijn haat omgeslagen richting onze moeder, die voor hem alles symboliseert wat Holland niet wil weten. Phil heeft er iets moois van gemaakt, er spreekt zelfs liefde uit de webpagina en ook de summiere tekst is mooi. Maar de data geven te denken.

* * * * *

Arend Noland

Surabaya, Indonesia 28 september 1925
Málaga, España 28 september 2005

Een goede reis door
de ruimte en
tijd voor een ander leven

De kinderen en kleinkinderen ...

[etc.]

* * * * *

Phil heeft zijn tevreden kijkende portret met uitlopers van slierten sigarenrook in een planeet verwerkt. Op de achtergrond hangt de aarde in een indigo lucht en er cirkelen fonkelende planeten op de achtergrond. Pa heeft de galerij der goden betreden, zo lijkt het wel. Ik denk dat Phil in zoiets als een voortbestaan na dit aardse leven gelooft. Ik zou er bijna zelf ook in gaan geloven als ik zijn internetkunstwerkje bekijk.

Volgens de artsen en autoriteiten in Spanje zijn er geen aanwijzingen voor zelfmoord. Want dat is iets waar je direct aan denkt bij iemand die op zijn verjaardag eenzaam sterft in een of ander Spaans appartementje en die op een ochtend wordt gevonden door de werkster die het huis van een oude en uitgebluste soldaat schoonhoudt en boodschappen voor hem doet. Phil en ik houden het op het mysterie dat zijn leven altijd heeft omgeven. Mijn zoon betreurt het dat hij zijn grootvader nooit meer kan ontmoeten. Mijn hilarische verhalen over zijn ruwe soldateske kookkunst met zijn spek, boter, mie, kruidenblokken en overmatige gebruik van ve-tsin bezorgen hem de slappe lach.

Soera & Baja

Volgens Nana hebben de Spanjaarden hem 'stijlvol en doelmatig' begraven. Wat mij betreft hadden ze hem voor de krokodillen en de haaien gegooid in Soerabaja, waar hij op de wereld is gekomen. Niet uit wraak voor wie hij wat ook aandeed, maar als idee voor de ultieme thuisvaart. De perfecte recycling. In zijn geliefde Amerika schijnt het mode te zijn, dat ecologisch sterven: zieken lopen er de woestijn of bossen in en laten zich opvreten door de gieren of alligators. Maar de krokodil leeft niet meer in de kali van zijn geboortestad, die staat alleen nog in het stadswapen van Soerabaja.

De geschiedenis luidt dat Soerabaja in 1293 is gesticht door ene Radèn Wijaya. De naam Soerabaja komt van de haai Soera en de krokodil Baja, tegenwoordig gespeld: Sura en Baya. In het stadswapen zijn de dieren in een eeuwig gevecht verwikkeld, verstild in de rivier de Kali Mas: de Gouden Rivier. Ik ben er ooit een kijkje wezen nemen, die ene keer dat ik in Indonesië was. De Kali Mas had nog het meest weg van een vervuilde Amsterdamse gracht, bij een temperatuur van 32 graden. Dat daar ooit krokodillen zwommen, kon ik me gemakkelijk voorstellen, maar een haai moet wel erg de weg kwijt zijn geweest.

Onmogelijk is het niet, de Kali Mas stroomt immers naar zee en de dieren kunnen elkaar in brak water hebben ontmoet. Hier in Holland is ooit een walvis in de Rijn aangetroffen. Die hebben ze netjes weer naar zee geloodst, want Hollanders zijn erg menselijk als het om dieren gaat. En mijn vader ook, te oordelen naar zijn memoires.

Sinds de Arend dood is, valt er weinig meer voor mij te haten. Er zijn zelfs ogenblikken waarop ik met zoiets als liefde aan hem terugdenk. Ik ben nu dan tóch net zo'n sterveling als ieder ander geworden die 'over de doden niets dan goeds' zegt. Maar ik heb zijn begrafenis gemist, heb mijn warme hand niet op zijn koude voorhoofd kunnen leggen. Vreemd dat vanaf zijn dood mijn nachtmerries zijn verdwenen. En dat ik weer overdag leef, net als ieder ander mens.

Ik heb met Kleine Zus besproken om onze vader over vijf jaar, wanneer zijn graf zal moeten worden geruimd, omdat het voor die periode verzekerd is, met kist en vlag en wimpel alsnog te laten cremeren. Ik neem dan het vliegtuig naar Java met zijn as in een urn, die ik bijzet bij het graf van zijn moeder. Maar misschien is het beter om naar de Rode Brug over de Kali Mas te gaan om zijn as over het water uit te strooien.

Onlangs vond ik een mislukte foto terug van mij op de Rode Brug daar in Soerabaja. Mijn neefje, de kleinzoon van die vermoorde Japanse officier, heeft mijn fototoestel bewogen toen hij afdrukte. Het is net alsof een spook zich over de brugleuning buigt en diep in het water kijkt. Ik was in mijn vaders voetsporen getreden, maar zonder dat ik er erg in had. Ik was er vreemd, ik voelde mij er vreemd. Hij was gekomen van heel ver, als eeuwige vreemdeling, hij had zich opgericht als een monster uit een grauwe en koude zee, waar hij dacht zijn verleden van zich af te kunnen spoelen. Het waren er velen die hij achter zich liet: geslagen, verkracht, vermoord, drijvend in de kali die stonk naar de dood en die hem begeleidde naar de haven van vertrek aan de monding van de rivier op de noordoostelijke punt van Java. Hij vertelde me zijn verhalen van de oorlog, avondenlang, zoals een ander zijn kinderen sprookjes vertelt. Hij vertelde me hoe hij dood en verderf zaaide met zijn krijgsmakkers in de dorpen van zijn jeugd. Wilde hij zijn jeugd met vlammenwerpers en granaten te lijf gaan, om zo de sporen van zijn schaamte en de schande van zijn onwettigheid uit te wissen? Hij werd nooit erkend door zijn vader, maar zijn moeder gaf hem het leven niet om de levens van anderen te verwoesten. Bleef hij innerlijk altijd dat jochie dat niets anders wilde dan schieten op vleermuizen, muizen en ratten toen hij later met steeds betere geweren grotere prooien najoeg? Een stel vrienden van die grotere prooien joegen op hun beurt hem op toen de strijdbijl tussen Nederland en Indonesië eigenlijk al was begraven. Hollandse mariniers zorgden voor zijn vrijgeleide naar de boot. Zes weken lang voer hij op zee en toen hij Holland zag, werd hij zo wanhopig dat hij niets liever had gewild dan overboord springen om terug te zwemmen naar Java. Was hij nou gek geworden in de oorlog of eenvoudig gek geboren? Het moet in hem hebben gezeten. Hij had slechts een decor nodig waarin hij zich kon uitleven. Karma. Pech. Vervloeking. *Whatever*. Het maakt allemaal niet uit, je hebt het niet in de hand hoe je als mens wordt geboren en hoe je je als mens een weg baant door het leven. Mijn vader voer naar zijn vaderland, ik nam het vliegtuig naar zijn moederland. Ik doorkruiste heel Soerabaja, zonder kennis van zijn manuscript, de namen van de straten, lanen, pleinen en kampongs die hij allemaal noemt. Op de Jembatan Merah, de Rode Brug over de Kali Mas, hoorde ik van mijn gids over het mythische gevecht tussen de Haai en de Krokodil, die het water ooit rood kleurden. Het water zag strontbruin, het stonk er en er scharrelden arme Javanen rond. Het water heeft een lang verleden. Als ik de as van mijn vader over dat water ga uitstrooien, dan zal ik even oud zijn als hij toen hij zijn memoires af had. Lang heb ik als een gek zijn waanzin bevochten. Nu ben ik een vermoeide brug die zich over een verleden buigt zonder zijn eigen spiegelbeeld in het water te zien. Ik vecht niet langer, ik hou ermee op.

Glossarium

'606' – aanduiding voor een salvarsaninjectie tegen venerische ziekten

AHK – Algemeen Hoofdkwartier
ALRI – *Angkatan Laoet Repoeblik Indonesia*: de Indonesische Marine
AMA Police Forces – *Allied Military Administration Police Forces*: de geallieerde militaire politiemacht
amtrac – amfibisch voertuig annex landingsvaartuig
anak mas – lievelingskind
APRA – *Angkatan Perang Ratoe Adil*: het Legioen van de Rechtvaardige Vorst
atap – dakbedekking van gedroogde palmbladeren

baboe – vrouwelijke kinderoppas of bediende in de koloniale tijd
baroe – nieuwkomer; spotnaam voor mariniers die pas uit Holland zijn gekomen
BAR – *Browning Automatic Rifle*: Amerikaans machinegeweer
Belanda – Hollander
Bersiap – letterlijk: zich gereedhouden; benaming voor de chaotische en gewelddadige periode tijdens het gezagsvacuüm na de Japanse capitulatie
Big Shit – spotnaam voor de staf van de Mariniersbrigade
'Boeka pintoe lekas! Kalau tidak lekas, kamoe saja boenoeh!' – 'Open snel de poort! Als je niet gauw de poort opent, dan schiet ik je dood!'
BPRI – *Barisan Pemberontakan Rakyat Indonesia*: het Indonesisch Burgerstrijdersfront

bushido – riddermoraal van de klassieke samoerai

CZM – commandant Zeemacht

dardanel – lijfwacht van hoge officier, met doodsverachting in uiterste plichtsbetrachting

Daroel Islam (DI): het Indonesisch verzetsleger op streng islamitische grondslag tegen zowel het Nederlandse als het Indonesische leger

desa – dorp

'Djangan sinjo Arto! Djangan sinjo Arto! Mintah ampoen, itoe anak tidak salah!' – 'Niet doen, Arto! Niet doen, Arto! Heb genade! Dit kind is onschuldig!'

djongos – huisjongen

doekoen – medicijnman, Indische of Indonesische natuurgeneeskundige

dojo – gebouw voor de beoefening van Japanse zelfverdedigingskunsten

dokar – met een paard bespannen voertuig op twee wielen

dungaree-uniform – groen gevechtstenue

ESD – employé speciale diensten

Friese ruiters – verplaatsbare versperringen

gang – zijstraatje

gedèk – grote, dikke matten, gevlochten van brede, geplette bamboerepen

geweergroep – acht man mariniers

gotong rojong – het verrichten van daden voor het gemeenschappelijk belang

ground strafing – beschieting met machinegeweren vanuit een vliegtuig

INBAT – infanteriebataljon

Indisch – culturele aanduiding voor zowel blanken als Indo's die behept zijn met trekken en gewoontes uit Nederlands-Indië

indo – (met kleine letter) iemand geboren uit een Europese, meestal Nederlandse vader en 'inlandse' (= Indonesische) moeder, feitelijk een scheldwoord uit het rijtje 'liplap, creool, sinjo, kleurling, blauwe' etc. – iemand met de afkomst maar zonder de rechten van een Indo-Europeaan

Indo – (met hoofdletter) afkorting van Indo-Europeaan, of geuzennaam van de naoorlogse generatie, die zich afzette tegen de vooroorlogse eerste generatie, die zich 'Indische Nederlander' noemde

Indo-Europeaan – een gemengdbloedig persoon die geëcht was door zijn Nederlandse vader en een Nederlands paspoort had

Indo-Peranakan – kind geboren uit een Indo vader en een peranakan moeder (zie ook: peranakan)

kabaja – vrouwenoverkleed, gedragen in combinatie met een sarong; Chinese vrouwen droegen altijd een witte kabaja

kata – stijloefening met ingebeeld gevecht

katjang-idjoe – groene bonen

katjong – straatjongen, boeffie: plagerige term voor een Indische jongen die zich als een 'inlandse' (Indonesische) jongen gedroeg

Kem Pei Tai – militaire politie van het Japanse Keizerlijke Leger, tevens inlichtingendienst

KES – Koningin Emma School

kijai – hoge islamitische priester of leraar (niet: hogepriester)

Kloear! – Kom naar buiten!

KNIL – Koninklijk Nederlandsch-Indisch Leger; het Nederlandse koloniale leger

koffie toebroek – ongefilterde gemalen koffie met suiker en heet water
kokkie – keukenmeid, soms ook baboe genoemd
K-rations – kleine pakketten noodrantsoenen
kretek – sigaret met kruidnageltabak
krontjong – Indische muzieksoort met oude Portugese invloeden
krontjongen – met gitaar de Don Juan uithangen

legong – klassieke Balinese hofdans
Lintwormexpres – speciale truck van de Mariniersbrigade waaraan een lange halfopen aanhanger met dakbedekking was gekoppeld met 77 zitplaatsen en 36 staanplaatsen; de treeplanken werden gebruikt door mariniers om in het rijdende voertuig te springen; de busdienst in het langgerekte Soerabaja had vaste stopplaatsen en een centrale dienstregeling met drie lijnen
LST – *Landing Ship Tank*: landingsvaartuig voor tanks

masjoemi – gemilitariseerde moslimpartij
mata gelap – het donkere oog: verblind door woede
Merdeka! – letterlijk: Vrij! (strijdkreet voor onafhankelijkheid Indonesische revolutionairen). Ook gebruikt voor de Indonesische revolutie, die uiteindelijk naar onafhankelijkheid leidde.
MLD – Militaire Luchtvaart Dienst

NEFIS – *Netherlands Forces Intelligence Service*: de Nederlandse militaire inlichtingendienst
NICA-**geld** – de gulden, het geld van de *Netherlands Indies Civil Administration* (het Nederlandse bestuur)
njai – 'inheemse' huishoudster en levensgezellin
nona, nonna – Indisch of Indonesisch meisje

obat – Indisch of Indonesisch kruidenmedicijn, zalfje e.d.
ovw'er – oorlogsvrijwilliger

parabellum – automatisch pistool van Duitse makelij
parang – Balinees kapmes van ruim een halve meter lengte
pasanggrahan – pension
pelopor (met stomme e) – voorloper, pionier, verkenner: antikoloniale strijder
pemoeda – jeugdige nationalistische voorvechter
pemoedi – vrouwelijke pendant van pemoeda
pendek – onderbroek
pentjak silat – oorspronkelijk uit Madoera afkomstige, snelle en sierlijke gevechtskunst
peranakan – in Nederlands-Indië geboren kind uit Chinese ouders
pikolan – bamboe draagstok
pillbox – kleine bunker
PKI – *Partai Komunis Indonesia*: de Communistische Partij van Indonesië
plopper – verbastering van pelopor, als scheldwoord gebruikt door soldaten in Nederlandse dienst voor Indonesische vrijheidsrijders en later door onwetende Nederlanders voor Indo's in Nederland (ook in de verhalende literatuur)
PNI – *Partai Nasional Indonesia*: de Indonesische Nationalistische Partij
poekoelan – gevechtskunst met een mengeling van pentjak silat en jiujitsu, toegeschreven aan vooroorlogse Indo's op West-Java
poesaka – erfstuk met bijzondere, magische betekenis
Polisi Negara – Staatspolitie
puppus – spotnaam voor iemand met een rang van niks

romusha – Indonesische dwangarbeider in Japanse dienst

sakura – kersenbloem-embleem, het nationale symbool van Japan, als badge gebruikt door de Kem Pei Tai, maar ook in de volksmond de aanduiding van Japanse soldaten
saroe – bargoens voor sarong
sarong – lendendoek
Sendjata makan toean! – vaste uitdrukking: de wapens keren zich tegen de gebruiker
sembah – begroeting waarbij plat tegen elkaar gelegde handen naar het voorhoofd gebracht worden
SHK – Soerabaja Hoofdkwartier
sniper – sluipschutter
sobat – vriend
soto madoera – Madoerese soep van rundvlees, gegeten met rijst
Staf Satoe – de eerste, dus hoogste staf van de TNI

tani – landbouwer
Tennō Heika – Zijne Keizerlijke hoogheid de Keizer van Japan
Tjakra Brigade – afkorting van Korps Barisan (= colonne) Tjakra Madoera, hulptroepen van het KNIL
tjoekri – krom zwaardmes
TNI – *Tentara Nasional Indonesia*: het Indonesische Nationale Leger, later de nieuwe naam voor de TRI, gevormd samen met de pelopors
toean, toewan – meneer
toewan besar – grote meneer, ook in figuurlijke zin
tongtong – houten blok gebruikt voor klopsignalen, vergelijk tamtam

VDMB – Veiligheidsdienst Mariniersbrigade

warga negara – Indonesisch staatsburgerschap

zanchin – waakzaam
zeuntje – scheepsjongen die eigenlijk matroos wil worden maar als assistent van de kok van de marine werkt
Zwaco – Zwarewapencompagnie